Jardin des lettres

Programme 2016

Retrouvez sur le site jdl.site.magnard.fr :
- l'ensemble des **problématiques** du manuel ;
- des propositions de **séquences** ;
- des fiches **EPI**.

Français 3e

CYCLE 4

Livre ressources

Sous la direction d'Évelyne Ballanfat

Pierre-Alain Caltot
Professeur au lycée Paul Eluard, Saint-Denis (93)

Hélène Solnica
Professeure au collège Rosa Luxemburg, Aubervilliers (93)

Claire Chauvin
Professeure au lycée polyvalent La Baugerie, Saint-Sébastien-sur-Loire (44)

Coraline Soulier
Professeure au lycée Louis Pasteur, Lille (59)

MAGNARD
www.magnard.fr

Couverture : Laurence Moinot
Mise en page : Christel Parolini, Barbara Tamadonpour
Édition : Gwendal Fossois, Christelle Gombert, Emmanuelle Mary

5, allée de la 2e D.B., 75015 Paris
www.magnard.fr
ISBN : 978-2-210-10715-1

LITTÉRATURE

Thème 4 Agir dans la Cité : individu et pouvoir

Questionnement Progrès et rêve scientifique

Étude de la langue

Compétences langagières travaillées dans le manuel

Dans quelles pages chacune des compétences est-elle travaillée ?

■ Atelier d'expression • Parcours → Dossier ≺ Étude de la langue

	À l'oral	À l'écrit
Exprimer des sentiments, des sensations ou des émotions	■ **Atelier d'expression** « Raconter pour dénoncer » p. 185 • **Parcours** *La Peste* p. 202	■ **Atelier d'expression** « Apprendre par cœur un poème » p. 136 ■ **Atelier d'expression** « Raconter pour dénoncer » p. 183 ≺ **Étude de la langue** « Dénotation et connotation » p. 271, ex. 11
Développer une opinion, défendre un point de vue	• **Parcours** *La Promesse de l'aube* p. 61 • **Parcours** « Des sociétés imaginaires : déformer pour mieux faire voir » p. 77 • **Parcours** *La Ferme des animaux* p. 105, 106 ■ **Atelier d'expression** « Apprendre par cœur un poème » p. 141 ≺ **Étude de la langue** « Les connecteurs narratifs et argumentatifs » p. 363, ex. 12	■ **Atelier d'ouverture** « Créer un *selfie* littéraire ou artistique » p. 19 • **Parcours** « Écriture de soi et autobiographie » p. 33 → **Dossier** « Aux sources de l'autobiographie : se raconter dans l'Antiquité » p. 36 • **Parcours** « Marguerite Duras, la passion d'écrire » p. 45 • **Parcours** *La Promesse de l'aube* p. 53, 54 • **Parcours** « Des sociétés imaginaires : déformer pour mieux faire voir » p. 73 → **Dossier** « L'utopie, rêver le monde pour le changer » p. 85 • **Parcours** « Le thème de l'argent au théâtre » p. 87, 91 • **Parcours** *La Ferme des animaux* p. 107 • **Parcours** « Les histoires traversées par l'Histoire » p. 173 • **Parcours** « Révolte et indépendance au théâtre » p. 193 ≺ **Étude de la langue** « Vocabulaire et figures de style : juger, s'opposer, s'engager » p. 279, ex. 9, 10 ≺ **Étude de la langue** « L'attribut du COD et son accord » p. 315, ex. 11 ≺ **Étude de la langue** « Les modalisateurs » p. 365, ex. 9, 10
Formuler un avis personnel à propos d'une œuvre ou d'une situation	■ **Atelier d'ouverture** « Créer un *selfie* littéraire ou artistique » p. 17, 18, 19, 20 • **Parcours** *La Promesse de l'aube* p. 61 ■ **Atelier d'expression** « Raconter pour dénoncer » p. 181 • **Parcours** « Révolte et indépendance au théâtre » p. 189 • **Parcours** *La Peste* p. 213	• **Parcours** *La Ferme des animaux* p. 113 • **Parcours** *La Peste* p. 213 • **Parcours** *Le robot qui rêvait* p. 250
Débattre, interagir avec autrui dans un échange	■ **Atelier d'ouverture** « Créer un *selfie* littéraire ou artistique » p. 16, 21 • **Parcours** « Des sociétés imaginaires : déformer pour mieux faire voir » p. 75, 80 → **Dossier** « L'utopie, rêver le monde pour le changer » p. 84 • **Parcours** « Le thème de l'argent au théâtre » p. 86 • **Parcours** « Les personnages de créateurs, êtres bienfaiteurs ou figures maléfiques » p. 227, 228 • **Parcours** *Le robot qui rêvait* p. 248	
Exploiter les ressources expressives et créatives de la parole	• **Parcours** « Le lyrisme, musique du cœur et chant du monde » p. 122 ■ **Atelier d'expression** « Apprendre par cœur un poème » p. 140-141, ■ **Atelier d'expression** « Improviser un poème engagé à l'oral » p. 197, 199, 200 ■ **Atelier d'expression** « Construire un discours et le dire » p. 214-219 ≺ **Étude de la langue** « Vocabulaire et figures de style » p. 277, ex. 12 ≺ **Étude de la langue** « Les voix du verbe » p. 305, ex. 12 ■ **Atelier d'ouverture** « Les gestes du grammairien » p. 261	
Faire une mise en voix collective	• **Parcours** « Le lyrisme, musique du cœur et chant du monde » p. 131 → **Dossier** « Le mythe de Prométhée » p. 233	
Construire un récit collectif	• **Parcours** « La Lune, entre sciences et littérature » p. 235 ≺ **Étude de la langue** « Les compléments circonstanciels de but, de cause, de conséquence et de temps » p. 333, ex. 12	
Lire en respectant une contrainte	■ **Atelier d'expression** « Apprendre par cœur un poème » p. 136-141	

	À l'oral	À l'écrit
Dire de mémoire un texte littéraire	■ **Atelier d'expression** « Apprendre par cœur un poème » p. 136-141 • **Parcours** « La poésie et l'Orientalisme » **p. 158**	
Mettre en scène et jouer	• **Parcours** « Le thème de l'argent au théâtre » **p. 95** • **Parcours** « Révolte et indépendance au théâtre » p. 190, 192 • **Parcours** *Le robot qui rêvait* p. 253	
Comprendre un choix de mise en scène, une technique de jeu	• **Parcours** « Le thème de l'argent au théâtre » **p. 90** ■ **Atelier d'expression** « Rédiger et interpréter un sketch satirique » p. 117 • **Parcours** « Révolte et indépendance au théâtre » **p. 189, 195**	
Établir des liens entre les œuvres	• **Parcours** « Le lyrisme, musique du cœur et chant du monde » p. 133 ■ **Atelier d'expression** « Apprendre par cœur un poème » p. 140 • **Parcours** « La poésie et l'Orientalisme » **p. 159** • **Parcours** « Les histoires traversées par l'Histoire » p. 175, 178	• **Parcours** « Des sociétés imaginaires : déformer pour mieux faire voir » p. 80 • **Parcours** « Le thème de l'argent au théâtre » **p. 89, 95** • **Parcours** *La Ferme des animaux* p. 105 • **Parcours** « La poésie et l'Orientalisme » **p. 156, 159** • **Parcours** « La Lune, entre sciences et littérature » **p. 238**
Présenter une œuvre, exposer les résultats d'une recherche	→ **Dossier** « L'autoportrait féminin, reflet d'une conquête » p. 46	■ **Atelier d'ouverture** « Créer un *selfie* littéraire ou artistique » p. 17
Comprendre un discours ou un texte lu	• **Parcours** *La Promesse de l'aube* p. 58 • **Parcours** « Des sociétés imaginaires : déformer pour mieux faire voir » p. 77 ■ **Atelier d'expression** « Adapter et transformer une fable en dialogue » p. 101 • **Parcours** « Le lyrisme, musique du cœur et chant du monde » p. 122, 127, 132 • **Parcours** « Arthur Rimbaud, poète adolescent, poète voyant » p. 145, 149 • **Parcours** « La poésie et l'Orientalisme » **p. 158, 161** ■ **Atelier d'expression** « Raconter pour dénoncer » **p. 181** ■ **Atelier d'expression** « Improviser un poème engagé à l'oral » p. 197, 200 • **Parcours** *La Peste* p. 209 ■ **Atelier d'expression** « Construire un discours et le dire » p. 214-219 ■ **Atelier d'ouverture** « Les gestes du grammairien » **p. 260**	
Comprendre une interview	• **Parcours** *La Promesse de l'aube* p. 58 • **Parcours** « Le thème de l'argent au théâtre » **p. 97** ■ **Atelier d'expression** « Apprendre par cœur un poème » **p. 136** → **Dossier** « L'Orientalisme dans les arts » **p. 152** • **Parcours** « La poésie et l'Orientalisme » **p. 161** ■ **Atelier d'expression** « Improviser un poème engagé à l'oral » p. 200 ■ **Atelier d'expression** « Construire un discours et le dire » p. 218 • **Parcours** « La Lune, entre sciences et littérature » **p. 239**	
Décrire un lieu, un personnage		■ **Atelier d'expression** « Rédiger et interpréter un sketch satirique » p. 116 • **Parcours** « La poésie et l'Orientalisme » **p. 163** • **Parcours** *Le robot qui rêvait* p. 253 ≺ **Étude de la langue** « Le nom et ses expansions » **p. 287, ex. 10** ≺ **Étude de la langue** « La proposition relative » **p. 291, ex. 10** ≺ **Étude de la langue** « Pédagogie différenciée – Autour du nom » **p. 294-295, ex. 7** ≺ **Étude de la langue** « Les différentes constructions de verbe » **p. 303, ex. 11** ≺ **Étude de la langue** « Le mot *que* » **p. 329, ex. 10** ≺ **Étude de la langue** « Les emplois du subjonctif » **p. 336, activité 4** ≺ **Étude de la langue** « Pédagogie différenciée – Le texte/implicite » **p. 366-367, ex. 8**

	À l'oral	À l'écrit
Pratiquer l'écriture d'invention		■ **Atelier d'ouverture** « Créer un *selfie* littéraire ou artistique » p. 21 • **Parcours** « Écriture de soi et autobiographie » p. 33 ■ **Atelier d'expression** « Parler de soi dans une lettre » p. 65-69 • **Parcours** « Des sociétés imaginaires : déformer pour mieux faire voir » p. 81 • **Parcours** « Le thème de l'argent au théâtre » p. 97 ■ **Atelier d'expression** « Adapter et transformer une fable en dialogue » p. 101 ■ **Atelier d'expression** « Rédiger et interpréter un sketch satirique » p. 119 ■ **Atelier d'expression** « Écrire un pantoum lyrique » p. 167 ■ **Atelier d'expression** « Raconter pour dénoncer » p. 185 ■ **Atelier d'expression** « Improviser un poème engagé à l'oral » ; p. 201 • **Parcours** *La Peste* p. 211 ■ **Atelier d'expression** « Construire un discours et le dire » p. 219 • **Parcours** « Les personnages de créateurs, êtres bienfaiteurs ou figures maléfiques » p. 228 • **Parcours** « La Lune, entre sciences et littérature » p. 243 ■ **Atelier d'expression** « Écrire un article critique» p. 257 ≺ **Étude de la langue** « Vocabulaire et figures de style : insister et exagérer » p. 277, ex. 8, 9 ≺ **Étude de la langue** « Pédagogie différenciée – Le verbe » p. 308-309, ex. 8 ≺ **Étude de la langue** « Pédagogie différenciée – Le lexique » p. 282-283, ex. 7 ≺ **Étude de la langue** « Pédagogie différenciée – Autour du nom » p. 294-295, ex. 6, 7 ≺ **Étude de la langue** « Pédagogie différenciée – La phrase » p. 342-343, ex. 7 ≺ **Étude de la langue** « Pédagogie différenciée – Le texte/situation d'énonciation » p. 356-357, ex. 6, 7 ≺ **Étude de la langue** « Pédagogie différenciée – Le texte/implicite» p. 366-367, ex. 7, 8 ≺ **Préparer le brevet** p. 373, 374-377
Raconter, imaginer la suite d'un texte	≺ **Étude de la langue** « Les compléments circonstanciels de condition, d'opposition et de concession » p. 335, ex. 13	• **Parcours** *La Promesse de l'aube* p. 63 • **Parcours** « Arthur Rimbaud, poète adolescent, poète voyant » p. 149 • **Parcours** « Révolte et indépendance au théâtre » p. 195 • **Parcours** « La Lune, entre sciences et littérature » p. 237 ≺ **Étude de la langue** « Les périphrases verbales » p. 307, ex. 12
Se mettre à la place d'un personnage		• **Parcours** *La Promesse de l'aube* p. 59 ≺ **Étude de la langue** « Pédagogie différenciée – Le verbe » p. 320-321, ex. 7 ≺ **Étude de la langue** « Pédagogie différenciée – Le texte/situation d'énonciation » p. 356-357, ex. 7
Raconter et écrire « à la manière de »	• **Parcours** « Écriture de soi et autobiographie » p. 31	■ **Atelier d'ouverture** « Créer un *selfie* littéraire ou artistique » p. 18, 21 • **Parcours** « Écriture de soi et autobiographie » p. 26 • **Parcours** « Marguerite Duras, la passion d'écrire » p. 41, 45 ■ **Atelier d'expression** « Adapter et transformer une fable en dialogue » p. 101 ■ **Atelier d'expression** « Rédiger et interpréter un sketch satirique » p. 119 • **Parcours** « Arthur Rimbaud, poète adolescent, poète voyant » p. 144 ■ **Atelier d'expression** « Écrire un pantoum lyrique » p. 167 ■ **Atelier d'expression** « Raconter pour dénoncer » p. 183 ≺ **Étude de la langue** « Dénotation et connotation » p. 271, ex. 11 ≺ **Étude de la langue** « Pédagogie différenciée – La phrase » p. 342-343, ex. 7
Écrire une lettre		• **Parcours** « Écriture de soi et autobiographie » p. 27 ■ **Atelier d'expression** « Parler de soi dans une lettre » p. 69 • **Parcours** « Le thème de l'argent au théâtre » p. 93 • **Parcours** « La poésie et l'Orientalisme » p. 163 • **Parcours** « Les histoires traversées par l'Histoire » p. 179 ■ **Atelier d'expression** « Raconter pour dénoncer » p. 181

	À l'oral	À l'écrit
Écrire un poème		• **Parcours** « Le lyrisme, musique du cœur et chant du monde » p. 135 • **Parcours** « Arthur Rimbaud, poète adolescent, poète voyant » p. 151 ■ **Atelier d'expression** « Écrire un pantoum lyrique » p. 167 ■ **Atelier d'expression** « Improviser un poème engagé à l'oral » p. 201 ≺ **Étude de la langue** « Pédagogie différenciée – Le lexique » p. 282-283, ex. 7
Écrire à partir d'images	≺ **Étude de la langue** « L'apposition » p. 289, ex. 11	• **Parcours** « Des sociétés imaginaires : déformer pour mieux faire voir » p. 79 ≺ **Étude de la langue** « Vocabulaire et figures de style : insister et exagérer » p. 277, ex. 9 ≺ **Étude de la langue** « Le nom et ses expansions » p. 287, ex. 10 ≺ **Étude de la langue** « La proposition relative » p. 291, ex. 10 ≺ **Étude de la langue** « Les différentes constructions de verbe » p. 303, ex. 11 ≺ **Étude de la langue** « La proposition subordonnée complétive » p. 327, ex. 11 ≺ **Étude de la langue** « Le mot *que* » p. 329, ex. 10 ≺ **Étude de la langue** « Les emplois du subjonctif » p. 336, activité 4
Écrire un dialogue, une scène de théâtre ou de film		• **Parcours** *La Ferme des animaux* p. 108 ■ **Atelier d'expression** « Rédiger et interpréter un sketch satirique » p. 115 ≺ **Étude de la langue** « Les modes impératif, conditionnel et subjonctif » p. 299, ex. 11 ≺ **Étude de la langue** « Les paroles rapportées » p. 353, ex. 12
Rédiger une note de mise en scène		• **Parcours** « Le thème de l'argent au théâtre » p. 91
Décrire et interpréter une image, un document, un film	• **Parcours** « Les histoires traversées par l'Histoire » p. 173 • **Parcours** « Révolte et indépendance au théâtre » p. 193 • **Parcours** *Le robot qui rêvait* p. 251 ≺ **Étude de la langue** « L'apposition » p. 289, ex. 11 ≺ **Étude de la langue** « L'ironie · Implicite et explicite » p. 361, ex. 8	■ **Atelier d'ouverture** « Créer un *selfie* littéraire ou artistique » p. 16, 17, 20 • **Parcours** « Écriture de soi et autobiographie » p. 29 → **Dossier** « L'autoportrait féminin, reflet d'une conquête » p. 46-51 • **Parcours** *La Promesse de l'aube* p. 54, 57 • **Parcours** « Des sociétés imaginaires : déformer pour mieux faire voir » p. 75, 77, 79 • **Parcours** « Le lyrisme, musique du cœur et chant du monde » p. 125 → **Dossier** « L'Orientalisme dans les arts » p. 152-155 • **Parcours** « La poésie et l'Orientalisme » p. 161 ■ **Atelier d'expression** « Raconter pour dénoncer » p. 184 • **Parcours** « Les histoires traversées par l'Histoire » p. 173 • **Parcours** « Révolte et indépendance au théâtre » p. 193 • **Parcours** « Les personnages de créateurs, êtres bienfaiteurs ou figures maléfiques » p. 225, 229 • **Parcours** « La Lune, entre sciences et littérature » p. 239 • **Parcours** *Le robot qui rêvait* p. 244-245, 247 ■ **Atelier d'expression** « Écrire un article critique» p. 255 ≺ **Étude de la langue** « La formation des mots » p. 268, activité 2 ■ **Atelier de classe** « Qu'est-ce qu'une expansion du nom ? » p. 284-285 ≺ **Étude de la langue** « Le nom et ses expansions » p. 287, ex. 10 ≺ **Étude de la langue** « La proposition subordonnée relative » p. 291, ex. 10 ≺ **Étude de la langue** « Les différentes constructions de verbe » p. 303, ex. 11 ■ **Atelier de classe** « Comment accorder dans le groupe verbal ? » p. 310-311 ≺ **Étude de la langue** « Les compléments essentiels » p. 313, ex. 12 ≺ **Étude de la langue** « Le mot que » p. 329, ex. 10 ≺ **Étude de la langue** « Thème et propos » p. 331, ex. 10 ≺ **Étude de la langue** « Les points de vue » p. 355, ex. 8

	À l'oral	À l'écrit
Écrire une dépêche, un article de journal		■ **Atelier d'expression** « Écrire un article critique» p. 254-257 < **Étude de la langue** « La situation d'énonciation dans différents genres littéraires » p. 347, ex. 9
Pratiquer la réécriture		< **Étude de la langue** « Le vocabulaire de l'analyse littéraire : théâtre, roman » p. 275, ex. 9, 10, 11 < **Étude de la langue** « Le nom et ses expansions » p. 287, ex. 7, 8, 9 < **Étude de la langue** « La proposition subordonnée relative » p. 291 ex. 7, 8, 9 < **Étude de la langue** « Les accords complexes du participe passé » p. 317 ex. 8, 9, 10, 11 < **Préparer le brevet** p. 370, 374-377
Transposer un texte	• **Parcours** *La Ferme des animaux* p. 110	• **Parcours** *La Promesse de l'aube* p. 57
Écrire une définition		• **Parcours** *La Peste* p. 210 < **Étude de la langue** « Origine et famille de mots » p. 267, ex. 11
Écrire un texte argumentatif		• **Parcours** « Des sociétés imaginaires : déformer pour mieux faire voir » p. 81 • **Parcours** « Le thème de l'argent au théâtre » p. 97 • **Parcours** « Le lyrisme, musique du cœur et chant du monde » p. 132 ■ **Atelier d'expression** « Raconter pour dénoncer » p. 185 ■ **Atelier d'expression** « Écrire un article critique» p. 257 < **Étude de la langue** « Les emplois du subjonctif » p. 337, ex. 9 b
Formuler des hypothèses		• **Parcours** *La Ferme des animaux* p. 110 ■ **Atelier de classe** « Qu'est-ce qu'interpréter le sens des mots ? » p. 264-265 ■ **Atelier de classe** « Qu'est-ce qu'une expansion du nom ? » p. 284-285 ■ **Atelier de classe** « Comment identifier la forme d'un verbe ? » p. 296-297 ■ **Atelier de classe** « Comment accorder dans le groupe verbal ? » p. 310-311 ■ **Atelier de classe** « Qu'est-ce qu'une phrase complexe ? » p. 322-323 ■ **Atelier de classe** « Qu'est-ce que la situation d'énonciation ? » p. 344-345 ■ **Atelier de classe** « Qu'est-ce que l'implicite ? » p. 358-359
Faire une recherche		→ **Dossier** « L'autoportrait féminin, reflet d'une conquête » p. 46 ■ **Atelier d'expression** « Écrire un pantoum lyrique »p. 165 → **Dossier** « Le mythe de Prométhée » p. 231, 232 → **Dossier** « Représenter l'Autre dans le cinéma de science-fiction » p. 244
Situer les œuvres dans leur contexte historique et culturel		→ **Dossier** « Aux sources de l'autobiographie : se raconter dans l'Antiquité » p. 34-37 • **Parcours** « Marguerite Duras, la passion d'écrire » p. 42 → **Dossier** « L'autoportrait féminin, reflet d'une conquête » p. 46-51 • **Parcours** *La Promesse de l'aube* p. 51 → **Dossier** « L'Orientalisme dans les arts » 152-155 • **Parcours** « Arthur Rimbaud, poète adolescent, poète voyant » p. 146 • **Parcours** « Les histoires traversées par l'Histoire » p. 170-179 • **Parcours** « La Lune, entre sciences et littérature » p. 234-245 → **Dossier** « Représenter l'Autre dans le cinéma de science-fiction » 244

Quelles sont les compétences travaillées dans chacune des parties du manuel ?

Thème 1	À l'oral	À l'écrit
■ Atelier d'ouverture « Créer un *selfie* littéraire ou artistique »	•Formuler un avis personnel à propos d'une œuvre ou d'une situation •Débattre, interagir avec autrui dans un échange	•Développer une opinion, défendre un point de vue •Présenter une œuvre, exposer les résultats d'une recherche •Raconter et écrire « à la manière de » •Décrire et interpréter une image, un document, un film •Pratiquer l'écriture d'invention
→ **Dossier** « Aux sources de l'autobiographie : se raconter dans l'Antiquité		•Situer les œuvres dans leur contexte historique et culturel •Développer une opinion, défendre un point de vue
• **Parcours** « Marguerite Duras, la passion d'écrire »	•Situer les œuvres dans leur contexte historique et culturel	•Développer une opinion, défendre un point de vue •Raconter et écrire « à la manière de »
→ **Dossier** « L'autoportrait féminin, reflet d'une conquête »	•Présenter une œuvre, exposer les résultats d'une recherche	•Décrire et interpréter une image, un document, un film •Faire une recherche •Situer les œuvres dans leur contexte historique et culturel
• **Parcours** *La Promesse de l'aube*	•Développer une opinion, défendre un point de vue •Formuler un avis personnel à propos d'une œuvre ou d'une situation •Comprendre un discours ou un texte lu •Comprendre une interview	•Développer une opinion, défendre un point de vue •Raconter, imaginer la suite d'un texte •Se mettre à la place d'un personnage •Décrire et interpréter une image, un document, un film •Transposer un texte •Situer les œuvres dans leur contexte historique et culturel
■ Atelier d'expression « Parler de soi dans une lettre »		•Pratiquer l'écriture d'invention •Écrire une lettre

Thème 2	À l'oral	À l'écrit
• **Parcours** « Des sociétés imaginaires : déformer pour mieux faire voir »	•Développer une opinion, défendre un point de vue •Débattre, interagir avec autrui dans un échange •Comprendre un discours ou un texte lu	•Développer une opinion, défendre un point de vue •Établir des liens entre les œuvres •Pratiquer l'écriture d'invention •Écrire à partir d'images •Décrire et interpréter une image, un document, un film •Écrire un texte argumentatif
→ **Dossier** « L'utopie, rêver le monde pour le changer »	•Débattre, interagir avec autrui dans un échange	•Développer une opinion, défendre un point de vue
• **Parcours** « Le thème de l'argent au théâtre »	•Débattre, interagir avec autrui dans un échange •Comprendre un choix de mise en scène, une technique de jeu •Comprendre une interview •Écrire une lettre	•Développer une opinion, défendre un point de vue •Mettre en scène et jouer •Établir des liens entre les œuvres •Pratiquer l'écriture d'invention •Rédiger une note de mise en scène •Écrire un texte argumentatif
■ Atelier d'expression « Adapter et transformer une fable en dialogue »	•Comprendre un discours ou un texte lu	•Raconter et écrire « à la manière de » •Pratiquer l'écriture d'invention
• **Parcours** *La Ferme des animaux*	•Développer une opinion, défendre un point de vue •Transposer un texte	•Développer une opinion, défendre un point de vue •Formuler un avis personnel à propos d'une œuvre ou d'une situation •Établir des liens entre les œuvres •Écrire un dialogue, une scène de théâtre ou de film •Transposer un texte •Formuler des hypothèses
■ Atelier d'expression « Rédiger et interpréter un sketch satirique »	•Comprendre un choix de mise en scène, une technique de jeu	•Décrire un lieu, un personnage •Raconter et écrire « à la manière de » •Pratiquer l'écriture d'invention

Thème 3	À l'oral	À l'écrit
• **Parcours** « Le lyrisme, musique du cœur et chant du monde »	•Exploiter les ressources expressives et créatives de la parole •Faire une mise en voix collective •Établir des liens entre les œuvres •Comprendre un discours ou un texte lu	•Écrire un poème •Décrire et interpréter une image, un document, un film •Écrire un texte argumentatif
■ **Atelier d'expression** « Apprendre par cœur un poème »	•Exprimer des sentiments, des sensations ou des émotions •Développer une opinion, défendre un point de vue •Exploiter les ressources expressives et créatives de la parole •Lire en respectant une contrainte •Dire de mémoire un texte littéraire •Établir des liens entre les œuvres •Comprendre une interview	
• **Parcours** « Arthur Rimbaud, poète adolescent, poète voyant »		•Comprendre un discours ou un texte lu •Raconter, imaginer la suite d'un texte •Raconter et écrire « à la manière de » •Écrire un poème •Situer les œuvres dans leur contexte historique et culturel
→ **Dossier** « L'Orientalisme dans les arts »	•Comprendre une interview	•Décrire et interpréter une image, un document, un film •Situer les œuvres dans leur contexte historique et culturel
• **Parcours** « La poésie et l'Orientalisme »	•Dire de mémoire un texte littéraire •Établir des liens entre les œuvres •Comprendre un discours ou un texte lu •Comprendre une interview •Décrire un lieu, un personnage •Écrire une lettre •Décrire et interpréter une image, un document, un film	•Établir des liens entre les œuvres
■ **Atelier d'expression** « Écrire un pantoum lyrique »		•Raconter et écrire « à la manière de » •Écrire un poème •Faire une recherche •Pratiquer l'écriture d'invention

Thème 4	À l'oral	À l'écrit
• **Parcours** « Les histoires traversées par l'Histoire »	•Établir des liens entre les œuvres •Décrire et interpréter une image, un document, un film	•Développer une opinion, défendre un point de vue •Écrire une lettre •Décrire et interpréter une image, un document, un film •Situer les œuvres dans leur contexte historique et culturel
■ **Atelier d'expression** « Raconter pour dénoncer »	•Exprimer des sentiments, des sensations ou des émotions •Formuler un avis personnel à propos d'une œuvre ou d'une situation •Comprendre un discours ou un texte lu	•Exprimer des sentiments, des sensations ou des émotions •Raconter et écrire « à la manière de » •Écrire une lettre •Décrire et interpréter une image, un document, un film •Écrire un texte argumentatif •Pratiquer l'écriture d'invention
• **Parcours** « Révolte et indépendance au théâtre »	•Formuler un avis personnel à propos d'une œuvre ou d'une situation •Mettre en scène et jouer •Comprendre un choix de mise en scène, une technique de jeu •Décrire et interpréter une image, un document, un film	•Développer une opinion, défendre un point de vue •Décrire et interpréter une image, un document, un film •Raconter, imaginer la suite d'un texte
■ **Atelier d'expression** « Improviser un poème engagé à l'oral »	•Exploiter les ressources expressives et créatives de la parole •Comprendre un discours ou un texte lu •Comprendre une interview	•Écrire un poème •Pratiquer l'écriture d'invention
• **Parcours** *La Peste*	•Exprimer des sentiments, des sensations ou des émotions •Formuler un avis personnel à propos d'une œuvre ou d'une situation •Comprendre un discours ou un texte lu	•Formuler un avis personnel à propos d'une œuvre ou d'une situation •Pratiquer l'écriture d'invention •Écrire une définition
■ **Atelier d'expression** « Construire un discours et le dire »	•Exploiter les ressources expressives et créatives de la parole •Comprendre un discours ou un texte lu •Comprendre une interview	•Pratiquer l'écriture d'invention

Questionnement	À l'oral	À l'écrit
• **Parcours** « Les personnages de créateurs, êtres bienfaiteurs ou figures maléfiques »	•Débattre, interagir avec autrui dans un échange	•Pratiquer l'écriture d'invention •Décrire et interpréter une image, un document, un film
→ **Dossier** « Le mythe de Prométhée »	•Faire une mise en voix collective	•Faire une recherche
• **Parcours** « La Lune, entre sciences et littérature »	•Construire un récit collectif •Comprendre une interview	•Établir des liens entre les œuvres •Pratiquer l'écriture d'invention •Raconter, imaginer la suite d'un texte •Décrire et interpréter une image, un document, un film •Situer les œuvres dans leur contexte historique et culturel
→ **Dossier** « Représenter l'Autre dans le cinéma de science-fiction »		•Faire une recherche •Situer les œuvres dans leur contexte historique et culturel
• **Parcours** *Le robot qui rêvait*	•Débattre, interagir avec autrui dans un échange •Mettre en scène et jouer •Décrire et interpréter une image, un document, un film	•Formuler un avis personnel à propos d'une œuvre ou d'une situation •Décrire un lieu, un personnage •Décrire et interpréter une image, un document, un film
■ **Atelier d'expression** « Écrire un article critique»	•Écrire une dépêche, un article de journal	•Décrire et interpréter une image, un document, un film •Écrire un texte argumentatif •Pratiquer l'écriture d'invention

Étude de la langue	À l'oral	À l'écrit
■ **Atelier d'ouverture** « Les gestes du grammairien »	•Exploiter les ressources expressives et créatives de la parole •Comprendre un discours ou un texte lu	
Le lexique	•Exploiter les ressources expressives et créatives de la parole	•Exprimer des sentiments, des sensations ou des émotions •Développer une opinion, défendre un point de vue •Pratiquer l'écriture d'invention •Raconter et écrire « à la manière de » •Écrire un poème •Écrire à partir d'images •Décrire et interpréter une image, un document, un film •Pratiquer la réécriture •Écrire une définition •Formuler des hypothèses
Autour du nom	•Décrire et interpréter une image, un document, un film	•Décrire un lieu, un personnage •Pratiquer l'écriture d'invention •Écrire à partir d'images •Décrire et interpréter une image, un document, un film •Pratiquer la réécriture •Formuler des hypothèses
Le verbe	•Exploiter les ressources expressives et créatives de la parole	•Décrire un lieu, un personnage •Développer une opinion, défendre un point de vue •Raconter, imaginer la suite d'un texte •Pratiquer l'écriture d'invention •Se mettre à la place d'un personnage •Écrire à partir d'images •Écrire un dialogue, une scène de théâtre ou de film •Décrire et interpréter une image, un document, un film •Formuler des hypothèses
La phrase		•Décrire un lieu, un personnage •Raconter et écrire « à la manière de » •Écrire à partir d'images •Décrire et interpréter une image, un document, un film •Pratiquer la réécriture •Écrire un texte argumentatif •Formuler des hypothèses •Pratiquer l'écriture d'invention
Le texte	•Développer une opinion, défendre un point de vue •Décrire et interpréter une image, un document, un film	•Développer une opinion, défendre un point de vue •Décrire un lieu, un personnage •Se mettre à la place d'un personnage •Écrire à partir d'images •Écrire un dialogue, une scène de théâtre ou de film •Décrire et interpréter une image, un document, un film •Formuler des hypothèses •Pratiquer l'écriture d'invention
Préparer le brevet		•Pratiquer l'écriture d'invention •Pratiquer la réécriture

ATELIER D'OUVERTURE # Créer un *selfie* littéraire ou artistique

p.16 à 21

Objectifs et démarches de l'atelier

▶ Cet atelier, qui ouvre le manuel, entre en résonnance avec le thème « Se raconter, se représenter ». Il vise les objectifs suivants :
- comprendre les libertés offertes par la représentation de soi : il existe une distance entre la personne et les représentations qu'elle donne d'elle-même ; chacun dispose, pour parler de soi, d'une marge qui lui permet de ne pas s'engager entièrement, et d'accéder à une forme de création ;
- permettre à l'élève de s'ouvrir à diverses formes d'expression artistique, de l'écrit à la photographie, et de réinvestir ce qui le marque en fonction de sa sensibilité ;
- contribuer à créer, s'il se peut, une bonne dynamique de groupe en début d'année, en associant d'emblée l'expression – orale ou écrite – avec la notion fondamentale de confiance.

▶ L'atelier se déroule en trois étapes. La première consiste à définir les caractéristiques de l'autoportrait, en faisant dialoguer la notion contemporaine de « selfie » avec le mythe de Narcisse, puis à réfléchir à ce que signifie « être soi-même », en utilisant des portraits photographiques d'Audrey Hepburn par Philippe Halsman. La deuxième étape invite à travailler ensemble les notions de représentation de soi, d'objectivité, de déguisement : elle met en évidence la plasticité de l'autoportrait et les possibilités d'expression biaisée qui l'enrichissent. Enfin, les élèves sont invités à approfondir leur travail de représentation d'eux-mêmes en se confrontant à de brefs extraits littéraires. Chaque activité est tournée vers l'expression, écrite ou orale. Les questionnaires sont volontairement allégés, car l'enjeu du dossier n'est pas d'approfondir l'étude des œuvres, mais de permettre aux élèves de prendre la parole sur un sujet à la fois familier et sensible.

Compétences travaillées dans l'atelier

▶ À l'oral, les élèves sont invités, à chaque occasion, à « exprimer leurs sensations, sentiments et avis personnels ». Il leur faudra, pour cela, chercher dans leur lexique les mots justes, qui permettent d'exprimer adéquatement ce qui leur vient à l'esprit, de manière à le construire. De là, la seconde compétence de l'oral mise en œuvre : « interagir dans une conversation, une situation de recherche ». Les élèves sont en effet souvent mis en situation d'interpréter tel ou tel élément verbal ou visuel ; ils pourront s'entraider efficacement, confronter leurs hypothèses, voir évoluer leur pensée au contact de celle des autres.

▶ À l'écrit, les élèves « exploitent des lectures pour enrichir » leur expression personnelle : ils sont invités à réutiliser, le plus rapidement possible, les éléments sources d'effets que les œuvres étudiées leur permettent de repérer. Ils doivent aussi « utiliser des stratégies pour trouver des idées » : ayant repéré les processus de création d'un artiste, ils peuvent les imiter, jouer avec eux ou les détourner pour parvenir à exprimer leurs propres idées et sensibilités.

Corrigé des questions et activités

▶ Débattre

Le sujet du débat a pour but de faire réagir les élèves autour de la notion d'introspection, qui peut être familière aux adolescents. Le mot « dangereux » est volontairement provocant, pour inciter chacun à prendre la parole : on ne voit pas bien, dans un premier temps de réflexion, pourquoi le fait de s'intéresser à soi comporterait des risques, et le mouvement de réflexion collectif permet aux élèves de progresser ensemble.
Pour la mise en œuvre de ce débat, il est possible de réfléchir au moment où se fera l'étude du mythe de Narcisse : avant de lancer le sujet, ou au moment où les élèves auront épuisé les arguments visant à prouver l'innocuité de l'étude de soi ? On peut également choisir de faire travailler les élèves en plusieurs petits groupes, dont l'un d'entre eux sera la porte-parole, avant le temps de discussion collectif. Il est aussi possible de proposer aux élèves de se répartir dans la classe : ceux qui pensent « oui » d'un côté, les autres en face, les indécis au centre ; le but étant, pour chaque camp, d'attirer à lui le maximum d'élèves par l'usage d'un argumentaire convaincant.

J. W. Waterhouse, *Écho et Narcisse* p. 16

▶ Lecture d'image

1. Le mot « égoïste » qualifie celui ou celle qui « ne se préoccupe que de son intérêt ou de son plaisir propre, au détriment ou au mépris de celui d'autrui » (Trésor, Lexilogos). Le narcissisme, si l'on s'en tient au mythe de Narcisse, renvoie à la fascination que celui-ci éprouve pour sa propre image, et qui le mène à refuser toute relation avec autrui. Cette obsession de soi conduit à la mort par noyade, dont le symbolisme évoque clairement la perte totale de soi et de tout repère. Le narcissisme apparait donc comme un égoïsme porté à l'extrême, et qui se rapprocherait d'une maladie.

2. Le tableau de Waterhouse met en évidence le souci exclusif de soi de Narcisse. Le personnage masculin occupe les deux tiers du tableau et la nymphe Écho est comme rejetée sur le côté gauche. Narcisse, à plat ventre, est absorbé par la contemplation de son reflet, que le spectateur peut également observer ; le corps du personnage est comme étalé à la vue et les angles curieux de la silhouette, dans une position sans doute peu confortable, retiennent l'attention. Par contraste, Écho parait à la fois rigide et vulnérable. Les mains de Narcisse sont crispées sur le vide, soulignant l'illusion du personnage qui cherche à retenir son reflet, et annonçant sa mort. Celles d'Écho sont posées sur des supports solides, comme si elle cherchait à se protéger du désespoir et de l'abandon. Les regards des personnages divergent : Écho observe Narcisse, qui n'a d'yeux que pour son propre reflet.

1. Se montrer avec confiance

Photographies d'**Audrey Hepburn** p. 17

▶ Lecture d'images

1. Les élèves sont très libres dans leurs propositions, à condition de ne pas être hors de propos et de conserver un langage soutenu ; par exemple, pour le premier portrait : élégante, raffinée, mystérieuse, mélancolique, secrète ; pour le second : énergique, exubérante, exultante, puissante, originale.

2. Les élèves justifient leur choix en utilisant les marques de l'expression d'une opinion personnelle : « je pense que, à mon avis, d'après moi, pour ma part… ». Leur avis doit s'appuyer sur au moins un détail de l'image, auquel ils attribueront une signification vraisemblable.

Extrait du site Internet de **P. Halsman** p. 17

▶ Comprendre

1. La stratégie de Philippe Halsman consiste à demander aux gens de sauter, afin de les mettre en confiance en les débarrassant des postures « correctes », peut-être contraintes, imposées par nos habitudes sociales.

2. Dans ses portraits, le photographe cherche à capter la personnalité authentique de son modèle, loin des réflexes figés imposés par les normes sociales. Il veut révéler le « caractère » de chacun, avec ses qualités et ses défauts. Sa finalité est d'éliminer tous les masques que l'éducation et les règles de comportement habituelles imposent à chacun, au quotidien.

▶ Une personnalité

1. L'objectif de cette activité est de permettre aux élèves de prendre du recul par rapport à la démarche du photographe et de réfléchir aux situations où nous nous sentons libres de révéler notre vraie personnalité. Il peut être intéressant de demander aux élèves de prendre quelques secondes pour noter leurs idées sans les rédiger, afin que les premières réponses orales n'influencent pas les suivantes.

2. Ici, si les élèves ne sont pas encore assez en confiance dans la classe, il peut être préférable de les placer en petits groupes pour qu'ils puissent échanger plus librement.

2. Se montrer à son avantage

M. Aurèle, *Pensées pour moi-même* p. 18

▶ Comprendre

1. Il faut tenir compte du texte explicatif, qui rappelle le rôle politique de Marc Aurèle. Chez un empereur, un bilan des qualités héritées de ses ancêtres est une légitimation : son caractère et ses aptitudes familiales font de lui l'homme prédestiné à régner sur l'Empire. Mais, sur le simple plan humain, le recensement des qualités admirées chez autrui est aussi une invitation à les cultiver en soi-même, et pour soi. Toutes les hypothèses vraisemblables élaborées par les élèves peuvent être reçues.

2. L'écrivain qui fait son autoportrait est son seul témoin : par le fait, il n'est donc en rien contraint de dire la vérité, que ce soit en partie ou en totalité. Les avantages sont tous du côté de la création littéraire et de la préservation de soi : ils permettent à celui qui écrit de conserver toute sa liberté vis-à-vis de ceux qui le liront. Les inconvénients sont plus subtils : l'examen de soi perd en acuité dès lors que, par le jeu de la fiction, l'écrivain se détourne de la vérité et cherche davantage à créer un personnage.

▶ Faire la liste de ses qualités

L'objectif de ce travail est de permettre aux élèves de se livrer à une approche positive de leur personnalité, l'introspection étant liée à une recherche de filiation (familiale ou amicale). Ils sont ainsi amenés à diversifier leur lexique, autour du champ lexical des qualités, dont on peut gagner à faire avec eux une liste improvisée. Il est ainsi possible, par exemple, de leur demander de chercher des noms de qualités commençant par telle ou telle lettre de l'alphabet, par exemple « a » (athlétique) ou « t » (ténacité).

N. Rockwell, *Triple autoportrait* p. 18

▶ Lecture d'image

1. Sur le tableau de Norman Rockwell, un peintre fait son autoportrait en s'observant dans un miroir. Sur la toile, le portrait apparait corrigé des défauts que présente le reflet du miroir.

2. Le peintre s'aide d'un miroir et du matériel ordinaire de l'atelier : peinture, palette, pinceaux. À cela s'ajoute le verre de boisson, le livre ouvert qui risque d'être souillé par ce dernier, et surtout des reproductions de divers autoportraits de grands peintres, dont Van Gogh. On remarque aussi des objets à connotation militaire, qui semblent exprimer une forme de gloire des États-Unis.

3. Entre l'original et la copie, les lunettes ont été supprimées, dévoilant un regard méditatif et interrogateur ; la pipe redressée dans un angle qui exprime davantage de dynamisme et une forme d'insolence. L'ensemble du visage parait plus arrondi et ferme, en somme rajeuni par rapport à sa représentation dans le miroir.

4. La pratique de l'autoportrait ne vise pas forcément à dire toute la vérité ; elle peut consister en une amélioration de la réalité, voire en une correction de celle-ci. Elle se rapproche alors de la fiction ou même du mensonge. Elle n'est en tout cas pas objective, car il est au moins difficile, pour un auteur ou un artiste, de rester neutre vis-à-vis de lui-même.

▶ Imaginer son autoportrait

Cette activité vise à permettre aux élèves de poser les fondations de l'autoportrait littéraire qu'ils sont en train de construire. En imitant Norman Rockwell, qui montre comment l'artiste peut gommer un aspect de lui-même qui lui déplait, ils se libèrent de l'obligation illusoire de tout dire de soi, et découvrent l'espace de liberté créatrice qui est celui de la représentation de soi. Ils réfléchissent à la part d'omission ou de fiction que celle-ci peut comporter. La mise en place rapide de cette idée se révélera fructueuse lors de l'étude approfondie de grandes œuvres autobiographiques.

3. Se déguiser pour se révéler

L. de Vinci,
La Joconde ou Portrait de Mona Lisa
Y. Morimura,
Mona Lisa In Its Origins p. 19

▶ Lecture d'image

1. Sur le tableau de Yasumasa Morimura, les traits de la Joconde ont été imprégnés et déformés par ceux de l'artiste. Son front est plus carré et anguleux, ses sourcils ont épaissi, ses yeux se sont étirés en amande, son nez a nettement forci, ses mâchoires ont grossi. La base de son cou est nettement plus musclée et sculptée, et ses mains, beaucoup plus grandes, fortes et épaisses, sont devenues des mains masculines.

2. Il revient aux élèves de nommer leur réaction, tout en la justifiant, ce qui suppose qu'ils s'appuient sur des éléments précis : une certaine idée du statut des œuvres d'art, ou de la liberté de l'artiste.

3. Il est possible de faire au moins deux hypothèses à ce sujet, ce qui n'interdit pas que les élèves en proposent d'autres. Morimura peut chercher à mettre en évidence l'aspect énigmatique de sa personnalité, de sa démarche artistique. Il peut aussi vouloir transmettre sa conception des œuvres d'art : ces dernières appartiennent à tout le monde, car elles expriment des idées et des questions communes à tous les humains.

4. Face à l'œuvre picturale la plus représentée et imitée, Morimura prend des libertés remarquables : il modifie les formes, les couleurs, les traits du personnage. Par cette démarche, il s'autorise à s'approprier et modifier le travail de Léonard de Vinci ; il dérange nos habitudes par rapport à cette œuvre qui nous était familière.

5. Il revient aux élèves de donner un avis sur la validité de la démarche de Morimura. Certains peuvent valider cette manière d'annexer les caractéristiques d'une œuvre très connue pour exprimer quelque chose de soi : le mystère, le refus d'en dire plus et une certaine forme d'iconoclastie.

▶ Graine de savoir

En latin, *ego* est la forme renforcée de l'expression de la première personne du singulier. Le mot signifie « moi, moi je » ; on le retrouve dans « égoïste » ou « égocentrisme ». Le grec *auto* exprime le fait d'agir seul, par soi-même ; on le retrouve dans « autonome » ou « automobile ». On voit que l'anglais insiste davantage sur l'aspect égocentrique du *selfie*, alors que le québécois rend aussi compte de la technique en question.

▶ Faire un *selfie booth*

L'objectif de cette activité est de permettre aux élèves de constater la différence entre l'œuvre d'art, réfléchie, concertée, et l'activité ludique qui consiste à modifier son aspect physique à l'aide d'un accessoire stéréotypé. L'effet produit dans la démarche est souvent comique, de la dérision au grotesque ; il ne permet en général pas de dire quoi que ce soit de profond ou d'original sur la personnalité de celui ou celle qui se prête au jeu : les accessoires créent ici une forme d'uniformité dans la déformation. Il apparait alors clairement que le déguisement choisi par le peintre japonais lui a permis d'annexer les énigmes inhérentes à l'œuvre d'art qu'il a choisie : la fusion avec Mona Lisa, bien plus que le placage d'un accessoire quelconque, permet de réfléchir à la personnalité mystérieuse de l'artiste et met en avant son refus de se livrer directement.

▶ Imaginer son autoportrait en œuvre d'art

1. Cette activité fait appel à l'horizon culturel des élèves, en interrogeant à la fois leur parcours scolaire et les apports personnels dont ils sont capables. Elle leur permet aussi d'entrer dans une relation plus intime avec l'œuvre d'art, puisqu'il s'agit dès lors, pour eux, de l'utiliser pour traduire un aspect de leur personnalité.

2. Le temps du commentaire par un(e) camarade permet de prendre de la distance avec la proposition, et d'avoir conscience du décalage qui peut exister entre l'image que les autres ont de nous et celle que nous souhaitons donner. Il peut être utile, pour les élèves, de proposer leur autoportrait en œuvre d'art au regard de plusieurs de leurs pairs. Pour chacun, l'occasion est donnée de s'exprimer de manière nuancée et respectueuse, puisque l'on touche à l'expression de soi.

4. Chercher qui nous sommes

Stendhal,
Vie de Henry Brûlard p. 20

▶ Découvrir

1. L'évènement qui amène Stendhal à réfléchir sur lui-même est l'approche de son cinquantième anniversaire.

2. Pour se connaitre, Stendhal réfléchit à ses amours et s'interroge sur son intelligence, puis sur ses éventuels « talents » ; enfin, il mentionne l'avis d'une connaissance qui le jugeait « ignorant ».

▶ Comprendre

3. Les élèves pourront répondre qu'il n'est pas souhaitable d'attendre la cinquantaine pour chercher à savoir qui l'on est, car, par exemple, les épreuves de la vie nous y contraignent.

4. À celles proposées par Stendhal, il est possible d'ajouter d'autres questions, par exemple :
- Quel métier ai-je exercé ?
- Me suis-je mis au service des autres ?
- Ai-je su me rendre utile ?
- Ai-je rendu mes parents fiers de moi ?
- Ai-je inventé quelque chose ?
- Ai-je vécu pour mon plaisir ?

5. Décrire son évolution

Autoportraits de **R. Doisneau** p. 20

▶ Lecture d'images

1. Les élèves sont invités à faire des hypothèses. L'artiste a pu se prendre en photographie à plusieurs reprises durant sa vie, par exemple pour voir l'évolution de son visage, redire sa vocation de photographe, améliorer sa technique de l'autoportrait ou transmettre l'évolution de sa personnalité au travers de son expression.

2. Le premier autoportrait traduit un grand respect pour l'appareil photographique et une sorte de repli sur soi : le regard est masqué. L'ambiance parait sereine. Le second autoportrait est celui d'un homme fait, au regard tendu, aux sourcils froncés qui expriment une réflexion intense par rapport à ce qu'il a vu – le cliché est d'après-guerre –, ou à son rôle social en tant que photographe, par exemple. Les mains serrées sur l'appareil mettent en évidence l'importance de celui-ci dans la vie de l'homme. Les manches retroussées et le col ouvert mettent en évidence le mépris de certains codes et le désir de se camper en homme d'action, de terrain.

3. Le photographe semble avoir évolué vers plus de maturité et d'ouverture au monde et aux autres. Son appareil photo est devenu un outil, peut-être une sorte d'arme pour affronter le vingtième siècle. Si le cadrage s'est élargi, les deux éléments majeurs de l'autoportrait restent le visage et l'appareil.

▶ Comparer deux portraits de soi

Le but de cette activité est d'inciter les élèves à entrer dans un des fondements de la démarche autobiographique : la saisie d'une évolution en soi-même, l'explication de la formation d'un caractère. On pose ainsi une base pour l'étude ultérieure de textes littéraires. Ce travail se fait de manière légèrement distanciée, puisque les élèves sont invités à utiliser des supports photographiques éloignés de leur temps présent.

1. Il peut être utile de rappeler aux élèves que la comparaison doit s'établir entre leur photographie de CP et celle de 4ᵉ, non entre le CP ou la 4ᵉ et la 3ᵉ. Chaque adolescent doit pouvoir proposer au moins trois points d'évolution de son jugement sur le monde. On peut par exemple suggérer de penser à la relation avec les adultes, ou à la réflexion sur les dimensions sociale et politique de l'existence.

2. Les élèves sont familiarisés avec la description d'un personnage du point de vue physique et moral. Il peut être efficace de revoir avec eux quelques éléments de lexique pour faciliter la rédaction, et permettre de prendre de la distance par rapport à la question, qui invite très clairement à l'étude de soi. On peut rappeler les acquis liés aux œuvres de Halsman, Rockwell et Morimura, pour faciliter la tâche aux plus réticents. Il est en effet possible de gommer, d'ajouter, de se recréer pour ne pas se trahir – ou sans se trahir.

6. Faire son autoportrait comme un écrivain

Cette page invite à la réalisation d'un autoportrait littéraire, qui tiendra compte des apports de l'atelier dans son ensemble. Elle propose des pistes supplémentaires pour nourrir à la fois la forme et le contenu du texte produit par chaque élève. On peut laisser chacun libre d'y recourir ou non.

S. Weil,
Selfies p. 21

▶ Écrire un autoportrait

Cet exercice vise à faire calquer les étapes du texte de Sylvie Weil. Il propose à l'élève un premier canevas qui lui expliquera comment commencer et quels éléments évoquer. Il est loisible, ensuite, de retravailler les textes de manière à se donner davantage de liberté, notamment en ajoutant des éléments importants aux yeux des élèves et qui auraient été omis.

▶ Débattre

L'objectif de ce travail est de faire théoriser certains enjeux de l'autobiographie, de manière à poser les bases pour la réflexion littéraire qui va suivre. En réagissant aux citations, les élèves sont invités à s'appuyer sur leurs récentes acquisitions en matière d'autoportrait. Ils sont toujours invités à étayer leurs interventions par des exemples précis, qui peuvent être tirés de l'atelier.

On peut proposer au moins deux modalités de réalisation pour ce débat :

– attribuer une citation à un petit groupe d'élèves et demander un compte-rendu oral synthétique à un élève porte-parole ;

– faire expliciter les enjeux de chaque citation en grand groupe et inviter les élèves à se positionner dans l'espace en fonction de leur accord ou désaccord avec la proposition, demander ensuite des justifications…

M. Proust,
Questionnaire p. 21

▶ S'exprimer à l'oral et à l'écrit

Le travail autour du questionnaire de Marcel Proust a pour but de permettre à chacun de nuancer et d'approfondir sa représentation de soi, par un questionnement parfois inattendu qui pousse à prendre conscience de multiples aspects de sa personnalité. C'est aussi l'occasion de retravailler le premier jet du *selfie* littéraire établi à l'aide du texte de Syvie Weil, en l'enrichissant et en l'étoffant.

Cette amélioration de l'écrit se fonde sur une coopération orale entre élèves, qui permet de restituer la dimension de dialogue confiant qui a sous-tendu tout l'atelier ; la précision et la clarté seront donc recherchées et valorisées dans l'expression : les élèves eux-mêmes peuvent être chargés, à l'issue de l'atelier, de la co-évaluation de cette dimension de leur travail.

Se raconter, se représenter

Parler de soi ne va pas de soi. La facilité avec laquelle, aujourd'hui, toute personne connue, même si sa gloire est éphémère, livre sa vie sous forme de récit, peut donner l'impression que le travail autobiographique est à la portée de tous et ne nécessite que l'effort d'une bonne mémoire. Or, le sens de ce thème est tout autre, et répond à une démarche dont les enjeux peuvent être multiples et varier selon les époques ou les formes d'expression. Nous avons donc choisi un premier parcours, dans l'histoire littéraire de l'autobiographie, pour comprendre les variantes et les constantes du genre, voir comment l'expression de soi est possible alors même que la notion de « moi » n'est pas encore formulée. À travers les extraits proposés, trois démarches peuvent être observées par les élèves :

– **l'expression de soi quand l'autobiographie n'est pas un genre littéraire à part entière** ; est-ce pour autant que les écrivains de l'Antiquité ne parlaient pas d'eux-mêmes ? La lettre et le récit historique sont des genres à travers lesquels il est possible de parler de soi, de ses sentiments, de son regard sur le monde. Il est particulièrement intéressant pour les élèves de comprendre que l'art épistolaire est celui qui permet le mieux d'épancher cette pensée intime lorsque l'époque dans laquelle on vit fustige l'expression de soi. De Cicéron à Madame de Sévigné, on ne cesse de parler de soi, mais sur un mode qui ne peut choquer la bienséance. Et c'est avec la conscience de ces codes sociaux que l'on mesure alors à quel point la démarche d'Augustin d'Hippone et ses *Confessions*, puis de Montaigne écrivant les *Essais*, sont une hardiesse littéraire qui nous touche et nous surprend encore.

– **l'autoportrait comme image de soi et, à travers elle, des hommes et de leurs faiblesses** ; si la voie a été ouverte par ses deux illustres prédécesseurs, Rousseau ne prend pas moins de risques en s'aventurant lui aussi dans *Les Confessions* alors que le Siècle des Lumières parle de raison, d'universalisme et non de sensibilité subjective. Or, la découverte de la poésie romantique dans sa richesse et non dans une vision schématique et réductrice, permet bien de comprendre qu'en parlant de ce « moi », chaque écrivain ou chaque poète parle aussi et avant tout de la condition humaine en général et ne se limite pas à son cas particulier. Il est alors aisé de faire remarquer la différence avec les récits non littéraires, évoqués en introduction, parfois même rédigés par une autre main, et qui se contentent de montrer la singularité d'une existence.

– **l'autobiographie comme message d'affirmation de soi, de lutte pour une cause** ; le XXᵉ siècle, par les traversées dramatiques que les individus sont contraints d'effectuer à travers les remous de l'Histoire, mais aussi par les bouleversements sociaux qu'entrainent certaines prises de conscience, est le siècle des écrivains impliqués, souvent militants, qui effacent parfois les limites entre leur œuvre et leur vie, tant la première importe au point parfois d'influencer la seconde, dans une sorte de rapport inversé. L'exemple de Marguerite Duras mêlant, à un moment de sa vie, les noms de la fiction et les personnes réelles, fait de la passion d'écrire une affirmation de soi envers et contre tout.

▶ **Autobiographie et autoportrait sont le reflet d'une même démarche**, quoique les supports diffèrent. Dans le cadre d'une réflexion sur l'égalité filles/garçons, alors même que l'image féminine est souvent soit galvaudée soit confisquée, il nous a paru important de montrer combien les femmes, par leurs écrits mais aussi par leurs tableaux, pouvaient donner à voir une image d'elles-mêmes, et par là, affirmer une identité. Mettre en perspective l'œuvre d'Élisabeth Vigée Le Brun et les autoportraits de Frida Kahlo est une bonne manière de comprendre combien parler de soi en tant que femme est une véritable conquête. On voit bien là comment il est possible de suivre une trame commencée en 5ᵉ avec le portrait de plusieurs femmes aventurières.

▶ Comprendre le sens de l'autoportrait écrit ou représenté, à travers différentes époques, est aussi une manière d'amener les élèves à s'interroger sur les pratiques contemporaines que constitue par exemple, de nos jours, l'usage immodéré du *selfie*. Il ne s'agit, dans un manuel de français, ni de se limiter à leur stricte production, ni de les réfuter comme ne faisant pas partie d'une forme d'expression de soi, mais bien d'essayer de comprendre comment en faire un travail esthétique sur soi-même, un jeu de représentation qui donne à réfléchir sur la manière dont on se voit et dont on se donne à voir.

PARCOURS UN THÈME Écriture de soi et autobiographie

p. 24-33

Objectifs et démarches du parcours

Problématique : *Comment l'autobiographie s'est-elle inventée au fil des siècles ?*

▶ Ce parcours présente le genre autobiographique, dans le but d'en montrer les caractéristiques génériques et l'actualité de ses enjeux. Les textes et références appartiennent à des œuvres datées du Moyen Âge au XXe siècle, mais les thèmes autobiographiques mentionnés sont intemporels, qu'il s'agisse des premières tentatives de communication d'un bébé, d'une étude de formation d'un trait de caractère, ou de faire le lien entre conviction individuelle et engagement politique. Les élèves sont ainsi amenés à comprendre l'ouverture universelle du discours sur soi.

▶ Le parcours fait le choix de l'ordre chronologique, pour permettre aux élèves d'acquérir des repères culturels solides, mais aussi afin de montrer clairement l'évolution du genre autobiographique et le déploiement progressif de ses enjeux. Complété par un dossier sur les racines antiques de l'expression de soi, il permet de faire découvrir la multiplicité des thèmes du discours à la première personne, mais aussi d'en comprendre les enjeux politiques et sociaux.

▶ Ce parcours vise à permettre aux élèves de :
- constater la variété des formes et thèmes liés à l'expression de soi ;
- étudier le lien entre singulier et universel ;
- réfléchir aux enjeux sociaux de la prise de parole à la première personne ;
- s'approprier les outils de l'expression personnelle ;
- formuler une réflexion personnelle sur le lien entre récit et représentation de soi.

Organisation du parcours et choix des axes de lecture

1. L'autobiographie dans l'Antiquité et au Moyen Âge

A. d'Hippone, *Les Confessions*, texte 1
C. d'Orléans, « En regardant vers le pays de France », *Ballades*, texte 2 p. 24-25

• Pistes didactiques

Cette double page explore les premiers textes tournés vers l'expression personnelle, mais qui partent, pour cela, de thèmes liés à la dimension collective de la vie humaine : l'interrogation du projet divin pour Augustin d'Hippone, la notion de patrie pour Charles d'Orléans. C'est par le biais de thèmes qui concernent une collectivité que le « je » parvient à émerger progressivement.

• Proposition d'hypothèse de lecture

Comprendre comment le « je » apparait dans un discours à portée collective.

2. Parler de l'Homme à la Renaissance

M. de Montaigne,
« Au lecteur », *Essais*, texte 3
M. de Montaigne,
« Des menteurs », *Essais*, texte 4 p. 26

• Pistes didactiques

Cette page consacrée à Montaigne n'est pas la plus facile d'accès du parcours, mais elle permet aux élèves de comprendre que toute autobiographie propose, plus ou moins explicitement, une stratégie de lecture au lecteur de bonne volonté. On comprend ainsi que lire une autobiographie ne consiste pas à admirer passivement une vie et une œuvre, mais bien à entrer en dialogue avec l'auteur-narrateur.

• Proposition d'hypothèse de lecture

Étudier les multiples dialogues proposés par le texte.

3. Parler de soi avec les codes du Grand Siècle

Mme de Sévigné,
Lettres, texte 5 p. 27

• Pistes didactiques

L'expression des émotions est une des caractéristiques du genre autobiographique ; en dehors des Mémoires, plus difficiles d'accès, elle en est la seule forme active au XVIIe siècle. Il était donc intéressant de montrer aux élèves comment, en un siècle qui se défie du « moi », l'épistolaire permet de préserver l'expression de la sensibilité.

• Proposition d'hypothèse de lecture

Comprendre comment l'expression de soi use d'artifices pour se révéler.

4. Se prendre en exemple au siècle des Lumières

J.-J. Rousseau,
Les Confessions, textes 6 et 7 p. 28-29

• Pistes didactiques

Rousseau constitue un passage obligé dans l'étude de la formation du genre autobiographique ; les élèves sont mis en position de découvrir la vigueur de son projet d'expression et de légitimation personnelles, en contraste avec la discrétion du siècle précédent.

• Proposition d'hypothèse de lecture

Étudier la définition et la mise en œuvre de la sincérité par le narrateur.

5. Se peindre pour représenter les hommes au temps des Romantiques

F.-R. de Chateaubriand,
Mémoires d'outre-tombe, textes 8 et 9
V. Hugo,
Les Contemplations, textes 10 et 11 p. 30-31

• Pistes didactiques

Par la narration d'expériences présentées comme authentiques et qui débouchent sur des thèmes de réflexion universels, les Romantiques accentuent la dimension dialogique de l'autobiographie, dans la lignée de Montaigne et Rousseau. La comparaison avec les expériences personnelles est possible avec Chateaubriand, tandis qu'Hugo explicite et théorise la dimension universelle de toute vie humaine.

• Proposition d'hypothèse de lecture

Étudier la mise en relation du particulier et de l'universel dans l'autobiographie.

6. L'autobiographie militante au XXe siècle

A. Hampate Bâ,
« Lettres ouvertes à la jeunesse », texte 12
S. de Beauvoir,
Mémoires d'une jeune fille rangée, texte 13 p. 32-33

• Pistes didactiques

Ayant prouvé sa capacité à parler de tous et à tous, l'autobiographie s'ouvre, au XXe siècle, à un certain militantisme ; le « moi » est à présent légitimé, en tant que tel, à se poser avec autorité dans le discours politique et social. Cette évolution marque une forme d'inversion des priorités par rapport aux premiers essais d'expression de soi ; elle en apparait aussi, après les Romantiques, comme un aboutissement logique.

• Proposition d'hypothèse de lecture

Comprendre le lien entre discours autobiographique et argumentation.

Corrigés des questionnaires et des exercices

1. L'autobiographie dans l'Antiquité et au Moyen Âge

A. d'Hippone,
Les Confessions, texte 1 p. 24

Analyser un discours ironique

Entrer dans la lecture. Dès son plus jeune âge, Augustin est porté à l'expression de ses sentiments et de ses pensées, il tente de communiquer avec son entourage par tous les moyens dont il dispose : « je me démenais de tous mes membres, de toute ma voix » (l. 5-6) ; « déjà, sur le seuil de l'enfance, je cherchais des signes pour manifester mes sentiments » (l. 12-14).

1. Les efforts de l'enfant qui cherche à communiquer sont traduits par le texte de multiples manières :

- une opposition, « je voulais montrer […] mais en vain » (l. 2-3), qui pose d'emblée le problème du bébé confronté à l'absence de langage articulé pour traduire et partager ce qu'il ressent et désire ;
- une énumération : « je me démenais de tous mes membres, de toute ma voix, de ce peu de signes » (l. 5-6), qui met en évidence l'accumulation des essais infructueux et des moyens inopérants que l'enfant tente d'utiliser ;
- une répétition : « que je pouvais, tels que je les pouvais » (l. 7), qui montre les multiples essais du petit.

2. Le bébé veut se faire comprendre pour « montrer ses volontés à qui pouvait les accomplir » (l. 2-3) et pour « manifester ses sentiments » (l. 13-14). Les adultes sont assez peu sensibles à ses efforts, ou cela n'est pas précisé dans le texte. Ils ne donnent pas suite aux injonctions maladroites du petit : « on ne m'obéissait point, faute de me comprendre ou pour ne pas me nuire » (l. 8-9).

Bilan **3.** La dernière phrase montre qu'Augustin a pour projet de faire de son parcours le sujet d'une œuvre autobiographique: «je cherchais des signes pour manifester mes sentiments» (l. 13-14) exprime la recherche d'une langue adéquate pour exprimer sa sensibilité et ses pensées. Cette démarche est entreprise dès «le seuil de l'enfance» (l. 13): cette précision est apportée par un adulte qui porte un regard rétrospectif sur sa vie, et met en évidence la précocité de son désir d'expression personnelle.

C. d'Orléans,
«En regardant vers le pays de France»,
Ballades, texte 2 p. 25

Comprendre l'expression de la nostalgie

Entrer dans la lecture. Le vers qui revient comme un refrain est «De voir France que mon cœur aimer doit» (v. 7, 14, 21, 25). Ce vers met en évidence deux actions: voir et aimer. La vue de la France, impossible, est associée à l'expression de la nostalgie. L'expression de l'amour du pays natal est reliée à une forme de fatalité, mais aussi de devoir, qui prend place à la rime et s'en trouve valorisée.

1. Les expressions de l'état d'esprit du poète sont:

- «Qu'il me souvint de la douce plaisance» (v. 3), qui exprime le regret du passé, la nostalgie d'un plaisir révolu;
- «si commençai de cœur à soupirer» (v. 5), qui met en évidence la tristesse, le chagrin du temps présent;
- «je vois que la voie commence / De bonne paix» (v. 10-11), qui traduit le constat d'une amélioration et l'espoir;
- «la nef d'Esperance» (v. 15), qui nomme le sentiment choisi par le poète, qui a pris la décision d'espérer.

2. L'image associée aux rêves d'avenir est celle de la «nef d'Esperance» (v. 15), qu'on pourrait reformuler par «le bateau de l'espoir». Cette image associe le bateau, moyen obligé de retour vers la France pour le poète, au sentiment qui le hante. Elle fonctionne comme une métaphore, et dépasse le plan personnel pour ouvrir le lecteur à une rêverie sur le thème de l'évasion.

3. On peut proposer: «La paix n'a pas de prix, la guerre est détestable, elle m'a privé de la France, que j'aime».

Bilan **4.** Les thèmes universels qui permettent au poète de faire entendre sa voix personnelle sont l'amour de la patrie et de la paix, le mal du pays, le rejet de la guerre.

2. Parler de l'Homme à la Renaissance

M. de Montaigne,
«Au lecteur», *Essais*, texte 3
M. de Montaigne,
«Des menteurs», *Essais*, texte 4 p. 26

Comprendre l'intention de l'auteur

1. L'auteur s'adresse au lecteur sur un ton familier, parfois sur le mode de la plaisanterie.

2. Le mot «nudité» est à prendre ici au sens métaphorique. Il est question de nudité morale ou intellectuelle: l'auteur aimerait pouvoir dire tout ce qu'il pense, sans se censurer en quoi que ce soit. Cette nudité n'est pas totale dans le texte tel qu'il est proposé au lecteur, comme le suggère le conditionnel à la ligne 7: «je me <u>serais</u> très volontiers [...] <u>peint</u> tout entier».

3. Le but apparent de la dernière phrase est de détourner le lecteur de la lecture des *Essais*: le sujet de l'œuvre est dévalorisé et l'auteur suggère que le lecteur peut avoir mieux à faire que de perdre son temps en futilités. En fait, l'auteur cherche à établir une relation de connivence avec le lecteur, et à lui faire prendre conscience de l'intérêt de partager sa réflexion sur lui-même.

4. Montaigne tente de faire comprendre à son lecteur qu'il n'a pas toujours écrit tout ce qu'il aurait voulu écrire, et que ce qu'il écrit ne correspond pas toujours à ce qu'il pense; il use de l'ironie et de l'antiphrase dès la présentation de l'œuvre. Sans doute est-ce une sorte d'avertissement adressé au lecteur, qui doit s'habituer à deviner la pensée de l'auteur et à lire pour ainsi dire «entre les lignes» pour comprendre son véritable propos.

5. Montaigne met en avant son manque de mémoire.

6. Ce trait de personnalité est présenté comme un avantage, qui permet d'oublier les «offenses reçues» (l. 7) et de toujours découvrir, avec le même plaisir que la première fois, «les lieux et les livres» (l. 13).

7. L'auteur ne se prend pas au sérieux dans cet extrait, comme le montrent les tournures «si admirable en défaillance» (l. 4: effet d'attente trompée), «je pense être très singulier et très rare, et digne de gagner renom et réputation» (l. 5-7: redondances qui mettent en évidence l'ironie).

8. Les marques de comparaison sont: «qui soit si admirable» (l. 4), «je me souviens moins» (l. 7), et «à la façon dont...» (l. 8-9). Montaigne se compare à tous les autres hommes, dont il se trouve différent, puis à Darius, roi de Perse, à qui il dit être semblable et sur qui il prétend vouloir prendre modèle.

9. Les élèves pourront réfléchir à leur manque de mémoire, ou à tout autre trait de caractère ordinairement considéré comme un défaut, et dont ils pourront chercher à mettre en valeur les avantages pratiques, sur le mode légèrement ironique et dérisoire utilisé par Montaigne.

Bilan **10.** En mettant en évidence un trait de caractère qui peut paraitre défavorable, en se comparant avec le reste de l'humanité, puis avec un personnage historique, et en proposant des commentaires amusants, Montaigne permet à son lecteur de partager son expérience, puis de faire un retour sur la sienne.

▶ Établir son autoportrait

L'élève doit mettre en œuvre des compétences qui se rapprochent de l'établissement d'une définition, et utiliser pour cela le vocabulaire lié à la description de la personnalité et du caractère. Le but de l'exercice est de parvenir, comme Montaigne, à susciter l'intérêt du lecteur en décrivant sa propre personnalité: les élèves se rapprocheront donc du ton de la plaisanterie, et chercheront à éviter tant l'autodépréciation que l'autocélébration.

3. Parler de soi avec les codes du Grand Siècle

Mme de Sévigné,
Lettres, texte 5 p. 27

Apprécier l'expression des sentiments personnels

Entrer dans la lecture. La nouvelle annoncée est la naissance du fils de Madame de Sévigné, ce qui correspond, en général, à l'expression de sentiments joyeux.

1. Les mots destinés à retenir l'attention du lecteur dans le premier paragraphe sont: «je vous trouve un plaisant mignon» (l. 1), «avez-vous oublié qui je suis ?» (l. 2-3) et «je vous apprends» (l. 10), qui mettent en évidence le rapport entre l'auteure et le destinataire de la lettre.

2. Madame de Sévigné exprime sa tristesse de ne pas avoir de nouvelles de son cousin, non en se plaignant ou en utilisant le champ lexical du chagrin, de l'abandon, mais en utilisant des plaisanteries quelque peu violentes : « je vous en ferai bien ressouvenir, si vous me fâchez, je vous réduirai au lambel » (l. 5-6), « un garçon, à qui je vais faire sucer la haine contre vous avec le lait » (l. 12-13).

3. Les phrases sont de longueur moyenne, et deviennent de plus en plus longues au fil du paragraphe. Elles expriment en général deux idées séparées par une virgule, deux points ou un point-virgule ; l'auteure cherche ainsi à produire une impression de dynamisme, d'agressivité, de rapidité.

4. Les sentiments exprimés en fin de lettre sont la « tendresse » (l. 16) et le « plaisir » (l. 19) d'être ensemble, ce qui parait assez naturel entre cousins, mais contraste avec le ton plus vindicatif du début de la lettre.

Bilan **5.** Le reproche s'exprime ici explicitement, et par l'hyperbole, ce qui en adoucit la réception en forçant à sourire. L'amitié est exprimée indirectement, par le sous-entendu que l'auteure aimerait avoir des nouvelles, et directement par les formules finales de la lettre. L'ensemble est d'une grande efficacité et échappe à la banalité potentielle de ce genre d'écrit.

▶ Répondre à une lettre

L'élève met ici en œuvre ses compétences épistolaires : il montre qu'il maitrise les caractéristiques formelles de la lettre, et notamment son dialogisme. Le but de l'exercice est de réinvestir au maximum le style vivant, animé de la lettre de Madame de Sévigné et d'imiter son ton naturel.

4. Se prendre en exemple au siècle des Lumières

J.-J. Rousseau,
Les Confessions, textes 6 et 7 p. 28-29

Comprendre l'analyse d'un trait de caractère

1. Les expressions qui peuvent marquer sont : « une entreprise qui n'eut jamais d'exemple, et qui n'aura point d'imitateur » (l. 1-2), « cet homme, ce sera moi » (l. 3-4), « je connais les hommes » (l. 5), « que la trompette du jugement dernier sonne quand elle voudra » (l. 8-9), « je dirai hautement : Voilà ce que j'ai fait, ce que j'ai pensé » (l. l. 11). Toutes ces phrases expriment la conscience d'être unique, celle d'accomplir un projet inédit et ambitieux, la volonté bien arrêtée de ne se laisser détourner par rien ni personne du but fixé.

2. Les occurrences de la première personne sont : « je forme, je veux, mes semblables, moi, moi seul, je sens mon cœur, je connais, je ne suis fait, j'ai vus, j'ose, je ne vaux, je suis, je viendrai, me présenter, je dirai, j'ai fait, j'ai pensé, je fus, j'ai dit ». Il ne s'agit pas ici d'un simple étalage d'égocentrisme, mais de mettre en avant l'expression d'une individualité qui se revendique comme telle, et se libère des codes et des contraintes du XVIIe siècle, par exemple.

3. Dans les dernières lignes du texte, il est question du « jugement dernier » (l. 9), que la religion chrétienne, avec d'autres, désigne comme la fin du monde et le retour sur Terre de la divinité. En imagination, l'auteur se confronte donc à Dieu. Il cherche à montrer qu'il ne doit de comptes à personne d'autre, et à souligner le parti pris de franchise qu'il a adopté dans son œuvre.

4. En le comparant avec le texte de Montaigne, on peut comprendre que le projet de Rousseau n'est pas exactement « sans exemple », mais qu'il est peut-être allé plus loin, dans la « nudité », que Montaigne n'a voulu ou pu le faire. On remarque aussi que le ton est ici beaucoup plus solennel qu'à la Renaissance.

5. La répétition des marques de la première personne, la revendication de la franchise, la définition du projet de se peindre exhaustivement, font que l'affirmation de soi est ici beaucoup plus forte que dans les textes précédents.

6. Le narrateur est accusé d'avoir brisé l'un des peignes de Mlle Lambercier. D'après lui, cette accusation est infondée : « je n'avais ni cassé ni touché le peigne » (l. 32).

7. On peut proposer : « L'enfant, accusé d'une mauvaise action qu'il n'a pas commise, est battu sans qu'on obtienne de lui l'aveu attendu. Cette injustice déclenche en lui une tempête d'émotions et d'interrogations. Devenu adulte, il subit encore les conséquences de cet évènement. »

8. Le procédé de style le plus marquant, qui traduit le déséquilibre des forces, est l'accumulation des verbes qui décrivent les actions des adultes : « se réunissent, m'exhortent, me pressent, me menacent » (l. 9-10), face à l'unique verbe qui résume la résistance de l'enfant : « je nie » (l. 8).

9. Le passage du récit à l'analyse des sentiments est marqué par la phrase « je sens en écrivant ceci que mon pouls s'élève encore » (l. 51-52).

10. Le narrateur explique les effets de l'injustice sur l'enfant qu'il était par la phrase « qu'on se figure un caractère docile et timide [...] son petit être intelligent et moral ! » (l. 39-50). La ponctuation expressive marque l'intensité des émotions ressenties, à la fois à l'époque des faits et au moment de l'écriture. Les énumérations, le rythme haché par une ponctuation fréquente, miment le tourbillon d'idées et de sentiments qui s'empare de l'enfant, dont l'univers habituellement stable et équitable se trouve bouleversé en un instant.

11. Le narrateur est marqué jusque dans sa vie d'adulte par l'évènement qu'il a subi enfant. Son caractère le porte probablement à combattre l'injustice, mais il ne la supporte même pas chez les animaux ; il y est exagérément sensible, jusqu'à s'y impliquer et en souffrir de manière disproportionnée : « je me suis souvent mis en nage [...] il se sentait le plus fort » (l. 58-63).

Bilan **12.** On peut faire au moins deux liens entre les deux extraits : le narrateur peut dire qu'il « connai[t] les hommes » car il a été victime de leurs plus mauvais penchants, comme l'injustice de deux adultes envers un enfant innocent. D'autre part, la vérité compte énormément pour lui, car l'injustice dont il a été victime enfant reposait d'abord sur la méconnaissance des faits dont les adultes l'accusaient.

▶ Lecture d'image

1. Le peintre a un beau visage régulier, éclairé par de grands yeux gris bleus. Son visage exprime l'équilibre et la sérénité, il regarde le spectateur avec beaucoup de bienveillance. Il parait encore jeune, sa bouche est fine et ferme, son nez droit, son front haut ; tous ces signes sont associés à un caractère franc et agréable dans l'imaginaire collectif. Sa perruque et son jabot de fine dentelle blanche éclairent le tableau ; ils sont impeccables, comme son catogan et son habit de velours bleu, à la fois élégant et confortable.

Le peintre s'est très probablement représenté à son avantage.

2. Son expression est bienveillante, sereine, paisible. Tout son aspect semble traduire l'intelligence. Son attitude, bras croisés, traduit une certaine assurance ; son habit met en évidence son aisance matérielle.

3. Son regard porte dans la direction du spectateur, qui se sent impliqué dans l'autoportrait, comme si le peintre tentait d'établir un dialogue, de communiquer.

4.

Ressource numérique

M. Q. de la Tour, *Autoportrait*: étude de l'œuvre

5. Se peindre pour représenter les hommes au temps des Romantiques

F.-R. de Chateaubriand,
Mémoires d'outre-tombe, textes 8 et 9 p. 30

Comprendre le regard d'un écrivain

1. L'énumération des lieux parcourus par l'écrivain donne l'impression d'avoir affaire à un aventurier, un voyageur au long cours. Elle le rend crédible, car il a une expérience longue et variée de la vie humaine.

2. L'écrivain a parcouru l'Amérique du Nord, mais aussi le Proche-Orient, comme le montrent les noms des villes et des peuples qu'il énumère. Il a également pris le temps de rencontrer les hommes, en partageant leurs habitations: «la hutte» (l. 2), «la tente», «les wigwams» (l. 3).

3. Lucile est une petite fille négligée, délaissée. Les procédés de style qui animent sa description sont deux injonctions («qu'on se figure» l. 3, «qu'on lui mette» l. 5) qui font écho au quotidien de l'enfant, et une énumération désordonnée qui rend compte de la façon dont les adultes s'occupent de cette enfant: avec la plus grande négligence.

4. Le narrateur protège sa sœur: «je devins son défenseur» (l. 9). Cela révèle, chez le jeune garçon, un trait de caractère positif: il est sensible à l'injustice et prend la défense de ceux qui sont plus faibles que lui.

5. Les sœurs Couppart font penser à des sorcières. En effet, leur signalement correspond à celui de ces personnages de contes: «deux vieilles bossues habillées de noir» (l. 10-11).

6. Le petit garçon se montre violent quand sa sœur se fait gronder parce qu'elle lit mal – elle est, à ses yeux, victime d'une nouvelle injustice. Les adultes prédisent alors que ce jeune «vaurien, révolté, paresseux» (l. 14) deviendra comme ses ancêtres, qui étaient «des fouetteurs de lièvres, des ivrognes et des querelleurs» (l. 16-17). Le manque de clairvoyance des adultes au sujet de l'enfant et la mauvaise influence qu'ils exercent sur lui sont ici flagrants. Ils ne comprennent pas que le petit agit, selon lui, pour défendre une enfant, et on ne voit pas pourquoi l'amour de la justice entrainerait un enfant à devenir un délinquant.

Bilan **7.** L'auteur porte sur lui-même un jugement positif, tempéré par le regard dépréciatif que les adultes portaient sur lui quand il était enfant. L'écriture autobiographique lui permet de partager implicitement sa révolte contre l'aveuglement de sa famille avec le lecteur.

V. Hugo,
Les Contemplations, textes 10 et 11 p. 31

Comprendre l'intérêt universel de l'autobiographie

1. Les Contemplations évoquent «la vie d'un homme» (l. 5).

2. Les indices qui montrent qu'une forme de dialogue s'établit avec le lecteur sont:

- l'alternance d'une question et de sa réponse;
- la forme orale d'une phrase non verbale: «oui, et la vie des autres hommes aussi» (l. 5-6);
- la mise en place d'une forme de discours direct et la présence très marquée de la première et de la deuxième personne: «ma vie est la vôtre, votre vie est la mienne, vous vivez ce que je vis» (l. 7-8).

3. Selon Victor Hugo, les lecteurs reprochent aux auteurs de ne parler que d'eux, et pas des lecteurs. L'écrivain leur reproche de ne pas comprendre que notre vie ne nous est pas propre («Nul de nous n'a l'honneur d'avoir une vie qui soit à lui» l. 6-7), et que le «je» de l'auteur est remplaçable par celui du lecteur: «quand je vous parle de moi, je vous parle de vous» (l. 11-12).

4. «Quand je vous parle de moi, je vous parle de vous» (l. 11-12): pour Victor Hugo, une vie humaine en vaut une autre, et dire «je» revient à prendre la parole au nom de tous. Le poète qui exprime ses idées, ses émotions, le fait de la part de tout homme qui pense et vibre.

«Insensé, qui crois que je ne suis pas toi» (l. 13-14) exprime, de façon raccourcie, l'idée que la conscience et la sensibilité sont universelles; dans cette mesure, le poète peut déclarer parler au nom de tous.

5. Ce poème est le résumé d'une vie humaine.

6. Le texte suit l'ordre chronologique de la vie humaine; il évoque successivement la naissance, la petite enfance, la découverte des livres, l'amitié et la découverte du désir et de l'amour, l'insouciance de la jeunesse, puis la vie de famille, le travail artistique, l'engagement politique, l'alternance des luttes, des succès et des échecs, puis la mort.

7. Les expressions qui évoquent les aspects de la vie de Victor Hugo sont:

- sa fille Léopoldine: «toute une famille / Vous embrasse, une mère, une sœur, une fille!» (v. 9-10); «Tout vient et passe; on est en deuil» (v. 18);
- son rôle d'orateur et de député: «On jette sa parole aux sombres assemblées, / Devant le but qu'on veut et le sort qui vous prend, / On se sent faible et fort, on est petit et grand» (v. 14-16)

8. Le pronom personnel le plus utilisé ici est «on», 3e personne du singulier. Ce choix est inhabituel pour une autobiographie: les auteurs choisissent en général la première personne du singulier pour raconter leur vie et exprimer leurs idées et sentiments personnels. On peut comparer le choix de Hugo avec celui de Jules César: le «on» de Hugo est plus impersonnel que le «il» de César; le «on» permet donc bien au lecteur de s'identifier à l'auteur à travers les idées et les émotions de celui-ci.

Bilan **9.** Hugo raconte sa vie de manière impersonnelle, en laissant à peine quelques allusions qui ne la privent pas de sa tournure universelle. Il choisit un pronom impersonnel et général, ce qui fait que le lecteur peut, en effet, penser que le poème autobiographique a été écrit pour lui, et presque par lui.

▶ À la manière de Victor Hugo

Les élèves peuvent évoquer ici des évènements très simples: une naissance, une première expérience scolaire ou amoureuse, une découverte artistique ou culturelle qui «ouvre un monde» de réflexions ou d'idées. Le but est de parvenir à raconter cette expérience personnelle de manière impersonnelle et donc universelle: il faut donc veiller à éviter l'usage du «je» et de tout indice de la première personne.

6. L'autobiographie militante au XXe siècle

A. Hampate Bâ,
« Lettres ouvertes à la jeunesse », texte 12 p. 32

Comprendre la leçon d'une vie d'échanges

Entrer dans la lecture. De « Mes chers cadets » (l. 1) à « il lui fut donné de rencontrer » (l. 17), le texte est autobiographique. Les autres paragraphes décrivent l'époque contemporaine et donnent aux jeunes une série de conseils.

1. Au premier paragraphe, l'auteur joue le rôle du conteur : « celui qui vous parle… » (l. 2). C'est au second paragraphe qu'il se rapproche le plus de l'écrivain, en rendant compte de sa quête intérieure. Dans le dernier paragraphe, l'auteur se pose en grand-père expérimenté : « Permettez au vieil homme que je suis de vous donner un conseil » (l. 30-31).

2. L'orateur crée le dialogue avec ses lecteurs en s'adressant d'abord directement à eux : « Mes chers cadets » (l. 1), « jeunes gens, derniers-nés du XXe siècle » (l. 18), « Souvenez-vous » (l. 21). Il donne également de nombreux conseils et ordres à l'impératif qui contribuent à créer l'impression d'un contact direct : « pensez », « soyez », « permettez »…

3. La vie des jeunes gens est décrite comme « effrayante » (l. 19) et « passionnante » (l. 20), dans la mesure où elle se confond avec l'époque où ils vivent. Elle est menacée par les « conflits » (l. 21) et risque de se tourner vers « des travaux stériles et improductifs » (l. 24). L'effet produit est de mettre en évidence la lucidité du vieillard, qui devient très proche, par ce moyen, des jeunes à qui il s'adresse.

4. Les conseils donnés aux jeunes sont les suivants : « souvenez-vous des vertus du dialogue et de la palabre ! » (l. 21-22), « pensez à revenir vers notre Mère la terre […] et donnez-lui tous vos soins » (l. 24-26), « soyez au service de la vie » (l. 27). Le mode de vie qui en découle est d'une grande sobriété, voire d'une réelle rusticité : les jeunes sont encouragés à revenir à une vie paysanne, proche de la terre, et à conserver le rythme lent des palabres (le mot, en Afrique, n'a pas le sens péjoratif que nous lui connaissons en Europe ; la palabre est plutôt le conseil des sages du village).

Bilan **5.** Amadou Hampaté Bâ s'appuie sur ses voyages et ses connaissances encyclopédiques pour promouvoir la sobriété de la vie paysanne africaine : il sous-entend qu'après tous ses voyages et tous ses échanges avec une multitude d'humains, il n'a pas rencontré de mode de vie plus viable et plus favorable au développement harmonieux de l'humain sur la planète Terre.

S. de Beauvoir,
Mémoires d'une jeune fille rangée, texte 13 p. 33

Comprendre les enjeux de l'autobiographie pour la société

1. L'image des carrés gris permet de visualiser l'uniformité monotone des journées des femmes dont le seul rôle consiste à tenir les maisons. Par sa sobriété, l'image rend bien compte de la pauvreté et de l'ennui qui peut découler d'un emploi du temps consacré uniquement aux tâches ménagères, et d'une vie dépourvue de la moindre reconnaissance.

2. L'autobiographie apporte des témoignages directs et des expériences vraiment marquantes ; elle constitue une preuve, dans les argumentaires dont ont besoin ceux et celles qui luttent pour faire évoluer la société, comme ce fut, parmi d'autres, le cas de Simone de Beauvoir.

Activité d'expression p. 33

▶ S'exprimer à l'écrit et anticiper son autobiographie

Les élèves peuvent réinvestir ici les techniques observées au fil du parcours. Ils sont amenés à faire le choix d'une expérience digne d'intérêt (potentiellement universelle, comme vue chez Hugo) et à la décrire, en utilisant le vocabulaire des sentiments et émotions, pour rester dans le registre de l'expression de soi. Le fait d'imaginer un recul de plusieurs années permet aux élèves de ne pas se sentir trop personnellement impliqués.

DOSSIER Aux sources de l'autobiographie : se raconter dans l'Antiquité

p. 34-37

Objectifs et démarches du dossier

▶ Ce dossier permet aux élèves de découvrir, en traduction, quelques extraits de la littérature de l'Antiquité, et d'acquérir des repères culturels sur des figures et des questions qui informent encore notre pensée à l'heure actuelle. Le questionnement sur la représentation de soi et le récit de son action est installé à l'aide de l'opposition de la Pythie et de Narcisse, du « connais-toi toi-même » aux risques de l'égocentrisme. Cette réflexion se prolonge en abordant la place du discours sur soi en politique et dans l'intimité à Rome, avant d'aborder la dimension universelle du « je » déjà présente chez Sénèque, et le lien entre politique et représentation de soi.

▶ Le travail de découverte est sous-tendu par un examen des caractéristiques de l'autobiographie, pensées par les critiques contemporains, mais dont certaines sont déjà présentes dans les textes antiques. Les élèves peuvent ainsi établir une fiche générique sur l'autobiographie, et constater la pérennité de ses caractéristiques et de ses questionnements de l'Antiquité à nos jours.

Corrigés

1. Penser à soi dans la Grèce Antique : un défaut méprisable, ou une discipline nécessaire ? p. 34

Narcisse, l'égoïste

• On peut exprimer la morale de la légende de Narcisse ainsi : si l'on pense trop à soi, on se coupe des autres, ce qui peut conduire à la mort.

• Narcisse est implicitement accusé d'égoïsme.

La Pythie, la chercheuse

• Parmi les héros qui vont consulter la Pythie, on peut citer : Œdipe et son père Laïos ; Egée, roi d'Athènes sans descendance, qui devient le père de Thésée ; et bien sûr Héraclès.

La Pythie leur révèle leur avenir, leur mission, au travers de formules peu claires dont le sens devient plus net au fur et à mesure que leur destin se déroule.

2. Parler de soi dans la Rome antique

Cicéron : parler de soi dans une plaidoirie et dans ses lettres p. 35

• Cicéron se pose en citoyen, en maitre de maison, en chef de famille dans « Plaidoyer pour sa maison ». Cicéron se pose en mari, en homme sensible et désespéré dans « Lettres à ses proches ».

• C'est l'extrait de la lettre à son épouse qui fait le plus apparaitre l'intimité de Cicéron, en exprimant ses sentiments et des éléments cachés au public, comme ses larmes et celles de Térentia.

Repérer les caractéristiques de l'autobiographie

Toutes les caractéristiques apparaissent déjà dans les textes de Cicéron, à l'exception de la dernière, « récit qui sert à comprendre la construction d'une personnalité ».

Sénèque : parler de soi en philosophe p. 36

• L'emploi de « je » qui montre Sénèque dans son quotidien est le premier : « j'habite juste au-dessus d'un bain ». Celui qui le désigne en tant que philosophe cherchant une règle de vie est le second : « je force mon esprit... ». En effet, ce dernier est universalisable, c'est-à-dire qu'il peut être repris par tout un chacun, ce qui n'est pas le cas du premier. Le partage universel de la réflexion est un des buts de la pratique philosophique.

• La dernière phrase du texte (« Que tous bruits du monde s'élèvent à l'extérieur, pourvu qu'en moi aucun tumulte ne se produise... ») est la phrase qui permet de passer de l'anecdote à la réflexion philosophique.

• Sénèque suggère ainsi que les conditions de vie, même pénibles, ne sauraient empêcher la pensée de se développer : cette dernière est libre, elle n'est pas conditionnée par le contexte matériel.

Comparer nos idées

L'exercice a pour but d'amener les élèves à opposer notre perception de la pudeur à celle des Romains et des Grecs, et de les faire réfléchir à la validité de nos catégories.

Repérer les caractéristiques de l'autobiographie

Les caractéristiques qui apparaissent déjà dans le texte de Sénèque sont :

- récit qui tente de repérer les expériences qui ont eu une influence sur la vie ;
- récit qui permet de suivre l'évolution de la réflexion de l'auteur.

▶ **Graine de savoir**

Les mots français formés à partir de la racine « ego » sont : égoïsme, égoïste, égocentrisme, égocentrique, égoïstement.

César : faire un rapport et se valoriser p. 37

• Ce rapport militaire est manifestement rédigé de manière à mettre en valeur le rôle de César et à rendre peu crédibles ses opposants, qui n'ont jamais la parole et dont le point de vue n'est pas explicité. Ainsi, même si le personnage principal peut apparaitre en difficulté, il est clair que le texte n'est pas totalement neutre et objectif.

• Jules César, de retour de Gaule, se fait proclamer *imperator* à vie (attention ! *imperator* signifie « général avec les pleins pouvoirs » et non empereur). Son autobiographie lui a donc servi à obtenir le soutien le plus large possible, afin de rencontrer le minimum d'obstacles lors de la réalisation de son projet politique.

Repères littéraires

La *Guerre des Gaules* se rapproche de deux des genres évoqués :

- elle est écrite par un personnage politique qui explique, raconte, justifie point par point son action et relève donc des mémoires ;

- elle est l'éloge d'un vivant, qui dit du bien de lui-même et brosse son propre portrait en brillant chef de guerre.

Repérer les caractéristiques de l'autobiographie

La *Guerre des Gaules* possède toutes les caractéristiques de l'autobiographie, à l'exception de la première : en effet, ce texte n'est pas rédigé à la première personne.

PARCOURS UNE VIE, UNE ŒUVRE

Marguerite Duras, la passion d'écrire

p. 38-45

Objectifs et démarches du parcours

Problématique : *Comment Marguerite Duras mêle-t-elle vie et œuvre, au point d'en effacer les frontières ?*

▶ Ce parcours aborde la relation entre la vie et l'œuvre de Marguerite Duras, de manière accessible aux élèves, hors de tout parti pris critique envers l'écrivain. Les extraits ont été choisis dans les œuvres les plus connues et les plus représentatives de son travail, afin d'entrer dans son univers et d'en découvrir les principaux thèmes.

▶ Le parcours est pensé selon trois grands axes : les racines familiales et leur prégnance dans l'œuvre ; les débuts d'écrivain et la confrontation à la guerre, avant la reconnaissance ; enfin, la recherche menée autour du cinéma et du thème de la passion. Ces entrées présentent l'avantage d'être à la fois thématiques et chronologiques, permettant ainsi une appréhension claire des grands axes de la vie et de la dynamique de travail de l'écrivain.

▶ Ce parcours vise à permettre aux élèves de :
- se familiariser avec les thèmes de prédilection de Marguerite Duras ;
- découvrir la vie et le travail d'une artiste parfois méconnue, de manière à former leur jugement personnel ;
- apprendre à identifier les éléments du style d'un écrivain ;
- s'approprier des repères culturels sur le xxe siècle ;
- ébaucher, puis affiner une réflexion personnelle sur la relation entre la vie et l'œuvre d'un artiste.

Organisation du parcours et choix des axes de lecture

Introduction p. 38-39

Cette double page a pour but de faciliter aux élèves l'entrée dans l'univers particulier de Marguerite Duras. Les photographies et les citations permettent de percevoir à la fois sa personnalité énigmatique, passionnée, à la fois distante et enthousiaste, et ses contradictions stimulantes pour la réflexion personnelle des adolescents.

1. Le roman familial

L'Amant, texte 1
Un barrage contre le Pacifique, textes 2 et 3 p. 40-41

• Pistes didactiques

La double page invite à entrer dans l'univers de Marguerite Duras par le biais du roman familial, à la fois évoqué de manière factuelle, dans la dimension biographique, et de manière romancée par les extraits des œuvres. Le choix iconographique facilite le travail d'imagination nécessaire aux élèves, pour reconstituer la jeunesse atypique de Duras, et comprendre la libre interprétation qu'elle en fait dans son œuvre.

● **Proposition d'hypothèse de lecture**

Observer le partage et la recréation par l'art des impressions d'une jeunesse hors du commun.

2. L'entrée dans l'écriture : Paris, rue Saint-Benoît • La maison pour écrire

La Douleur, textes 4, 5 et 6 p. 42-43

● **Pistes didactiques**

La double page s'articule autour de l'écriture conçue comme acte et recherche. Si les débuts de Marguerite Duras sont difficiles, ils sont aussi liés à un réseau d'amis, et à une vie amoureuse intense et hors normes. La figure de Robert Antelme permet de prendre en compte cette notion de réseau, mais aussi d'ancrer historiquement les débuts d'écrivain de Marguerite Duras.

● **Proposition d'hypothèse de lecture**

Observer des moyens originaux de faire partager des émotions au lecteur.

3. L'horizon des images

Le Ravissement de Lol V. Stein, texte 7 p. 44-45

● **Pistes didactiques**

Entre solitude, amours et amitiés, entre écriture et cinéma, Marguerite Duras poursuit toute sa vie un cheminement de réflexion et de création très particulier. La thématique de la passion imprègne toute son œuvre : cette double page la prend comme fil conducteur et met en lien sa place dans la vie de l'auteur et dans ses œuvres, mises en lumière dans la variété des moyens d'expression maitrisés par l'artiste.

● **Proposition d'hypothèse de lecture**

Comprendre les effets du style et de l'image pour décrire le phénomène passionnel.

Corrigés des questionnaires et des exercices

Introduction p. 38-39

Faire connaissance avec l'auteure

1. Les éléments liés au métier d'écrivain sont : la machine à écrire, les feuilles de papier, le sous-main, les stylos. Aujourd'hui, ils seraient probablement les mêmes, à l'exception de la machine à écrire, qui serait remplacée par un ordinateur.

2. Sur le portrait 2, Marguerite Duras parait pensive, rêveuse ou méditative. Ses yeux tournés vers la gauche et sa bouche traduisent une sorte de repli intérieur, un léger refus de communiquer avec le photographe – ou le fait qu'elle ignore qu'on la prend en photo.

Sur le portrait 3, souriante, les yeux levés, elle parait à la fois tendre et légèrement moqueuse. Elle parait plus jeune que sur l'image précédente.

3. Les élèves associent librement les citations, mais doivent donner une raison plausible à chaque fois. Par exemple : j'associe « La passion reste en suspens dans le monde… » au portrait 2, parce que la passion rend parfois sombre et pensif, qu'elle peut nous isoler des autres et nous faire paraitre boudeurs.

4. Marguerite Duras a prouvé qu'elle se faisait complètement confiance en devenant écrivain, ce qui ne correspondait pas à ses études de droit, ni aux projets de sa mère à son sujet. Ce métier est risqué : on y est confronté à l'opinion de tous et l'on accepte que ses idées soient discutées par d'autres, sans toujours pouvoir se défendre. La certitude de se faire confiance permet de ne pas dépendre de l'opinion des autres à notre sujet, et de se lancer dans des aventures qu'on n'entreprendrait pas autrement.

5. L'idée commune aux trois citations est que l'écrivain ne maitrise pas totalement ce qu'il vit, pense et écrit.

Bilan 6. Le travail de l'écrivain consiste en quelque sorte à se rendre transparent, disponible pour ce qui doit être écrit. On peut être surpris par cette conception du métier, dans la mesure où l'on imagine davantage un écrivain qui maitrise son œuvre, qui en trace le plan, et qui rend la réalité conforme à son projet. Marguerite Duras exprime les choses en sens inverse.

1. Le roman familial

L'Amant, texte 1
Un barrage contre le Pacifique, textes 2 et 3 p. 40-41

Comprendre la biographie

1. D'après les éléments de sa biographie, Marguerite Duras n'a pas reçu une éducation très stricte, sauf pour ce qui concerne les études, qu'elle a dû mener conformément aux projets de sa mère. Elle pouvait vagabonder librement dans la nature, se baigner n'importe où, fréquenter qui bon lui semblait et ne pas porter de souliers, mais elle a été pensionnaire à Saïgon, puis étudiante à Paris.

2. Durant son enfance, M. Duras a développé l'amour de l'Indochine, de la liberté, « le sentiment d'être plus proche des Vietnamiens que des colons blancs ».

3. Marguerite Duras semble vivre une relation harmonieuse avec sa mère. Sa position marque de la confiance, mais aussi une sorte de protection de la jeune fille envers la femme plus âgée.

Bilan 4. Il semble que la photographie de Marguerite Duras avec son amie vietnamienne corresponde mieux à l'univers de sa jeunesse, puisqu'elle déclare qu'elle et ses frères vivaient « comme des petits vietnamiens ». Mais, dans les faits, l'auteure a dû passer plus de temps sur les bancs de l'école qu'à errer en liberté, comme tous les enfants scolarisés. Il y a donc peut-être un léger décalage entre le ressenti, le discours, et la réalité de ce qui s'est produit. Ce qui est le plus important aux yeux de Duras reste la proximité avec les enfants du pays.

Comprendre la force des images

1. Comme le Pacifique, le Mékong est puissant, capable de tout emporter, de détruire les projets des humains. Il est également beau et fascinant à regarder.

2. Les métaphores que l'on peut relever et expliquer sont :

- « le Mékong et ses bras » : les bras sont les plus petits fleuves qui sont issus de la séparation du courant du grand fleuve par des terres ;

- « les océans, ces territoires d'eau » : les territoires sont habituellement sur terre, ici l'auteure inverse notre façon de penser ;

- « une tempête qui souffle à l'intérieur des eaux du fleuve » : la tempête qui souffle met en évidence la force du courant ;

- « du vent qui se débat » : le vent se débat comme s'il résistait à la violence de l'eau qui l'emprisonne ; en fait, il n'y a pas de vent dans le fleuve, on parle toujours de la puissance du courant

- « elle avait jeté ses économies de dix ans dans les vagues du Pacifique » : jeter ses économies dans la mer, c'est dépenser en pure perte l'argent qu'on a accumulé ;

- « ce tunnel de dix ans » : un tunnel, c'est un passage difficile de la vie

- « le grand vampirisme colonial » : le colonialisme apparait comme un monstre qui suce le sang des peuples colonisés, mais qui prive aussi de ressources les gens issus des classes pauvres de la société, et qui se lancent dans l'aventure coloniale.

3. Le texte insiste sur la « naïveté » de la mère. Les images qui traduisent la malhonnêteté de ceux qui l'entourent sont : « les puissances du mal », le « grand vampirisme colonial » (l. 9-10).

4. M. Jo est caractérisé par une élégance un peu exagérée et une grande richesse. On devine que la mère envie cette richesse qu'elle a peine à imaginer ; peut-être songe-t-elle à marier sa fille à cet homme pour assurer son avenir.

▶ Écrire à la manière de...

Les élèves peuvent tirer parti de leur lecture des textes et de la biographie de M. Duras, ou choisir de mobiliser un vocabulaire et des thèmes qui leur soient propres. Il leur faut éviter de porter un jugement sur eux-mêmes : on peut les inviter à conserver, à la manière de M. Duras, un regard tourné vers le monde extérieur.

2. L'entrée dans l'écriture : Paris, rue Saint-Benoît • La maison pour écrire

La Douleur, textes 4, 5 et 6 — p. 42-43

Comprendre les évènements déterminants d'une vie et d'une carrière

1. L'appartement de la rue Saint-Benoît marque une rupture dans la vie de M. Duras parce qu'elle y prend pied dans sa vie d'auteure. Après la période de transition qui l'a vue quitter l'Indochine et mener à bien ses études, la voici jeune mariée, consciente de ses ambitions littéraires. La guerre lui fait prendre conscience de la dimension sociale et politique de sa vie, et la vie lui impose une série d'épreuves, comme la mort d'un enfant. Tout cela s'est déroulé rue Saint-Benoît.

2. Ses débuts d'auteure ont été difficiles, son premier roman a été rejeté à plusieurs reprises par les éditeurs. Elle a été aidée par son mari, Robert Antelme.

3. La déportation en camp de concentration de son mari par les nazis, puis son retour, dans un état de santé extrêmement critique, marquent à vie Marguerite Duras.

Comprendre l'intensité des émotions

1. Le texte rend compte des émotions et réflexions contradictoires éprouvées par Marguerite Duras, alors qu'elle espère le retour de camp de Robert Antelme, ne sachant pas s'il est mort ou vivant. Les phrases courtes, hachées, miment l'angoisse et la frayeur. L'alternance entre le conditionnel, l'indicatif et le subjonctif montre le passage incessant de la réflexion à la spéculation, de la certitude au doute, de la réalité à l'espoir.

2. L'urgence de la situation est traduite par la brièveté des phrases, parfois nominales ou formées d'un seul mot, la fréquence des ordres, l'absence d'adjectifs. Le locuteur donne l'impression d'aller à l'essentiel à chaque mot et de manquer de temps.

3. Les paroles qui permettent de comprendre la réaction de Marguerite quand elle a entendu les mots précédents sont : « Calmez-vous. Oui. Il est à Dachau. » (l. 5-6) On imagine l'agitation de la jeune femme, qui fait ensuite répéter de crainte d'avoir mal compris, et demande enfin où se trouve son mari.

4. Le docteur qui découvre Robert L. est effrayé par son état physique, qui traduit une santé catastrophique.

Bilan **5.** Robert L. est d'abord désigné comme une « forme » (l. 3), qui a ensuite fait l'action de « sourire » (l. 9). Cela montre qu'il passe du statut d'objet à celui d'humain, en même temps qu'il s'arrache peu à peu à la mort pour revenir à la vie.

3. L'horizon des images

Le Ravissement de Lol V. Stein, texte 7 — p. 44-45

Déchiffrer les signes de la passion

1. Les termes qui montrent que la présence d'A.-M. Stretter s'impose comme une sorte de fatalité sont « s'avancer » (l. 1) et « elle apparaissait » (l. 4).

2. Lol réagit en regardant intensément sa rivale, puis en dansant avec son fiancé qui la regarde pour la supplier de le laisser partir. C'est d'un regard qu'elle exprime son acceptation, qu'elle accompagne d'un sourire. Lol « suit des yeux » (l. 14) le couple qui se forme, puis elle s'évanouit.

Le terme de ravissement est à comprendre comme une sorte d'enlèvement : dans ce passage, Lol devient absente à elle-même à partir du moment où elle perd son fiancé ; elle ne parait pas capable de réagir activement.

Bilan **3.** Marguerite Duras décrit la passion par ses signes extérieurs, par l'attitude, les gestes et les actions des personnages. Elle ne propose pas d'analyse explicite de leurs sentiments. Pour cette raison, sa façon de décrire la passion peut paraitre originale et surprenante.

▶ Lecture d'image

1. Les personnages sont saisis en double grâce au miroir qui est face à la caméra. Le plan rapproché est construit de la manière suivante : un premier plan flou ou brulé sur le dos du vice-consul, Anne-Marie Stretter de face, très nette, captant la lumière ; le dos d'A.-M. Stretter dans le miroir, et, plus flou, le visage et le torse du vice-consul, à l'arrière-plan dans le miroir. Le vice-consul parait fasciné par A.-M. Stretter, qui le dévisage avec froideur – de fait, on n'est même pas certain qu'elle regarde exactement dans la direction de l'homme, il se peut qu'elle fixe le vide à côté de lui. Cela met en évidence l'asymétrie de leur relation : le vice-consul aime cette femme, qui ne le lui rend pas.

2. La situation est à peu près l'inverse de ce qui se produit dans *Le Ravissement de Lol V. Stein*, où le déclenchement de la passion est réciproque et où les personnages s'absorbent dans une fascination mutuelle. Ici, la femme reste en dehors de la passion, de la même manière que Lol en est rejetée. L'homme est absorbé par la passion dans les deux cas.

DOSSIER L'autoportrait féminin, reflet d'une conquête

p. 46-51

Objectifs et démarches du dossier

▶ Les œuvres et repères culturels rassemblés dans ce dossier ont pour objectif de permettre aux élèves de mettre en parallèle l'autoportrait féminin et l'évolution du statut social des femmes, depuis le XVIIIe siècle. En observant les autoportraits avec les outils proposés dans les activités, en les confrontant aux informations historiques et sociologiques qui leur sont communiquées, ils pourront comprendre comment l'autoportrait, genre pictural à part entière, permet aux femmes de se représenter, de caractériser le statut qui doit, à leurs yeux, être le leur, et de guider le regard qu'elles attendent de la part des autres.

▶ Les élèves pourront ainsi découvrir les prémices de l'émancipation des femmes au temps de Vigée-Lebrun, la relégation des artistes féminines au XIXe siècle, puis leur déploiement au XXe siècle avant l'apaisement, en dehors de la concurrence des genres, de certaines œuvres du XXIe siècle.

1. L'autoportrait féminin au XVIIIe siècle : l'espérance de liberté et d'égalité

É. Vigée Le Brun,
La Paix ramenant l'Abondance,
Autoportrait au chapeau de paille,
Madame Vigée Le Brun et sa fille p. 46-47

• Pistes didactiques

L'étude de deux autoportraits et d'un tableau de Vigée Le Brun permet de faire comprendre la démarche d'auto-représentation des femmes au XVIIIe siècle, et de montrer comment leur reconnaissance par leurs pairs masculins se concrétise par petites étapes.

Ces portraits ont été choisis parce qu'il s'agit d'œuvres-clés de Vigée Le Brun, artiste représentative de la trajectoire de nombreuses femmes de son époque. Les portraits présentent l'intérêt de mobiliser à la fois des idées, des émotions et une technique très aboutie.

• Proposition d'hypothèse de lecture

Comment l'autoportrait est-il une représentation d'un soi militant, mais aussi un manifeste artistique et social ?

2. L'autoportrait féminin au XIXe : les femmes confinées

V. Demont-Breton,
À l'eau !, Le Foyer
L. C. Breslau,
Narcisses et tulipes dans un vase de verre p. 48

• Pistes didactiques

Les tableaux de V. Demont-Breton et de L. C. Breslau ne sont pas des autoportraits, et c'est pour cette raison qu'ils ont été choisis : il s'agit de montrer que le XIXe siècle ne nous a pas laissé d'autoportraits féminins, ce qui est significatif d'une régression dans l'accession des femmes à l'égalité.

Les tableaux proposés permettent de mettre en évidence la maitrise technique des artistes. Dans le même temps, les thèmes imposés – soins aux enfants, pauvreté, femme gardienne et âme du foyer – mettent en évidence la manière dont le statut de la femme est défini au XIXe.

• Proposition d'hypothèse de lecture

Comment les tableaux cantonnent-ils la femme au rôle de mère dans la société, et d'artiste mineure en peinture ?

3. L'autoportrait féminin au XXe siècle Une féminité valorisée et libérée • La légitimité acquise des femmes artistes

F. Kahlo,
Autoportrait à la robe de velours p. 49
T. de Lempicka,
Mon Portrait
Lady Pink,
Autoportrait p. 50

• Pistes didactiques

Les autoportraits de F. Kahlo, T. de Lempicka et Lady Pink dialoguent de manière à mettre en évidence l'accession des femmes à l'indépendance, au moins intellectuelle, à la liberté et à l'égalité. Ils permettent aussi de comprendre le glissement des attributs traditionnels des genres.

Les techniques plus variées, et très modernes, sont au service de la représentation de soi ; celle-ci permet de faire porter le regard sur des idées peu conventionnelles de la beauté, et de comprendre la réciprocité entre liberté dans l'art et dans la société.

• Proposition d'hypothèse de lecture

Comment les autoportraits mettent-ils en évidence la liberté et l'assurance des artistes ?

4. L'autoportrait féminin au XXIe siècle : la remise en question du monde, sans distinction de genre

E. Brotherus,
Artiste avec modèle en Apollon
N. Yamaguchi,
Keitai Girl n° 1 p. 51

● **Pistes didactiques**

Les autoportraits photographiques choisis tendent à prouver qu'à notre époque, les femmes ne posent plus tant la question du genre, quand elles se représentent, que d'autres questions plus générales et qui concernent l'ensemble de la société.
Le passage de la peinture à la photographie ouvre des perspectives de comparaison ; les techniques parfois inattendues utilisées par les artistes invitent à la réflexion et ouvrent l'imaginaire.

● **Proposition d'hypothèse de lecture**

Comment les autoportraits tentent-ils de repenser la société ?

Corrigés

1. L'autoportrait féminin au XVIIIe siècle : l'espérance de liberté et d'égalité

É. Vigée Le Brun,
La Paix ramenant l'Abondance p. 46

• *La Paix ramenant l'Abondance* est une allégorie et appartient donc à la peinture d'Histoire. Cela montre que Vigée Le Brun désirait être classée dans la catégorie des peintres d'Histoire, donc, dans la hiérarchie en vigueur à l'époque, dans la première catégorie. Elle ne s'interdit pas pour autant de placer au premier plan de son œuvre une nature morte, sujet que les femmes avaient alors le droit de représenter.

É. Vigée Le Brun,
Autoportrait au chapeau de paille p. 46

• Sur son *Autoportrait au chapeau de paille*, l'artiste regarde directement le spectateur. Elle donne ainsi une impression de confiance en elle, d'assurance.
• On peut dire que ce tableau est un manifeste dans la mesure où la jeune peintre parait avec les attributs de son métier, notamment la palette chargée de couleurs et les pinceaux. Elle revendique donc son titre de professionnelle et la considération qui en découle.
• De la part d'une si jeune artiste, ce tableau peut être perçu comme une provocation, car il se réclame ouvertement d'un très grand maitre, Rubens, dont il annexe et imite les procédés : rendu des tissus et des matières, du ciel ; agencement des volumes ; choix de certaines caractéristiques du personnage féminin (son teint notamment). On aurait pu s'offusquer de ce qu'une jeune artiste prétende imiter et dépasser le vieux maitre flamand sur son propre terrain.

Ressource numérique

ACTIVITÉ

Un siècle de femmes peintres

Les artistes retenues sont les plus connues, ou les moins mal connues de ce siècle qui en a tant compté. Les tableaux sont représentatifs de la place très restreinte accordée aux femmes dans la société de ce siècle. Les exposés devront tenir compte des connaissances historiques et sociologiques pour présenter une artiste et son tableau de manière dynamique, en restant dans l'axe du dossier.

É. Vigée Le Brun,
Madame Vigée Le Brun et sa fille p. 47

• *Madame Vigée Le Brun et sa fille* traduit une relation pleine de douceur et de tendresse. La lumière douce met en valeur les teintes rosées de la peau des deux personnages, ce qui procure une ambiance apaisée ; la position des deux sujets suggère leur proximité, la protection aimante de la mère et les sentiments réciproques de l'enfant ; les cheveux des deux personnages se mélangent et leur teinte semblable souligne encore leur ressemblance. Le regard de Julie semble prendre le spectateur à témoin de la qualité de la relation qui l'unit à sa mère, alors qu'Élisabeth Vigée Le Brun parait perdue dans un rêve ou une méditation sur la maternité, ses joies et ses interrogations.
• La maitrise technique de l'artiste est mise en valeur par les drapés travaillés, le rendu de matières soyeuses et lumineuses, la transparence des broderies de l'écharpe nouée en ceinture. La pose pleine de naturel et la luminosité de la carnation des personnages, qui irradie la lumière, indiquent aussi les qualités de l'artiste.

2. L'autoportrait féminin au XIXe : les femmes confinées

L. C. Breslau,
Narcisses et tulipes dans un vase de verre p. 48

• *Narcisses et tulipes dans un vase de verre* est une nature morte qui représente des fleurs placées dans un vase. Quelques pétales sont tombés sur le support.
• Il est certainement difficile de représenter la transparence du vase, la souplesse et la délicatesse des fleurs. L'artiste est une technicienne de premier ordre qui parvient à rendre à l'œil la sensation de la transparence et la matière des fleurs.
• Ce sujet ne permet évidemment pas au peintre de montrer l'étendue de sa sensibilité : aucune autre émotion ne peut s'y exprimer que l'admiration devant la beauté des fleurs et le sentiment éventuel de leur fragilité. Il est clair qu'une peinture d'Histoire, par exemple, permettrait de rendre compte d'une palette infinie d'émotions, allant de la colère à l'amour ; et de mettre en scène un grand nombre de matières, des drapés de tissus somptueux à la majesté des palais ou à la violence des incendies…

V. Demont-Breton, *À l'eau !, Le Foyer* p. 48

• *À l'eau!* de Virginie Demont-Breton représente une jeune femme qui emmène deux enfants nus se baigner dans la mer. Le plus petit ne parait pas en âge de tirer un grand plaisir de la baignade, il est donc probable que le bain de mer est donné pour des raisons d'hygiène, faute d'un autre moyen.

• Les femmes peintres n'ont pas le droit, au XIXe siècle, d'étudier et de peindre des nus masculins. La nudité des petits garçons, perçue comme plus innocente, permet à l'artiste de transgresser la règle.

• La femme du *Foyer* passe manifestement ses journées à tenir la maison du pêcheur et à prendre soin de ses enfants, comme le suggèrent le nourrisson qu'elle tient dans ses bras et la flamme du foyer qui brille derrière elle.

• Dans cette scène, l'émotion voulue par l'artiste vient du contraste entre la virilité solide du pêcheur et la fragilité des enfants. Elle procède aussi de l'opposition entre l'extérieur hostile – la mer et ses dangers – et le foyer pauvre mais accueillant. Le spectateur doit être attendri par cette famille démunie, mais soudée autour de parents courageux, dont les rôles sont parfaitement délimités et qui, chacun à leur manière, luttent contre l'adversité.

• Le tableau ne semble pas dénoncer la situation, il en fait état de manière à montrer chaque chose et chaque être à la place qui lui est propre : l'homme à l'extérieur, affrontant les éléments pour gagner le pain quotidien, la femme à l'intérieur, veillant sur les enfants et accueillant l'homme à son retour ; les enfants, réclamant la tendresse des parents. Aucun élément ne semble contester ce qui est présenté comme un idéal de vie pour les pauvres, ou un ordre des choses immuable.

3. L'autoportrait féminin au XXe siècle Une féminité valorisée et libérée • La légitimité acquise des femmes artistes

F. Kahlo,
Autoportrait à la robe de velours p. 49

• Le visage de la jeune femme exprime le dédain, voire le mépris ; il traduit une forme de dureté fière ou d'indépendance, là où l'on pourrait s'attendre à du désespoir ou à l'expression d'un sentiment d'abandon. Sa conception du rôle de la femme est donc opposée à la passivité et à la dépendance vis-à-vis de l'homme qui lui sont traditionnellement associées.

• Sur ce tableau, les tons sombres, presque noirs de la mer peuvent traduire une forme d'agressivité, de colère. Le mouvement stylisé et maitrisé des vagues met néanmoins en valeur la forme de la spirale, symbole de l'infini ou lien entre la terre et le ciel. Si la mer joue ici le rôle de paysage état d'âme, elle exprime aussi l'ouverture de la jeune femme à d'autres idéaux de vie que l'amour : le voyage, la recherche, la création.

• La couleur rouge peut symboliser la vie, l'amour, la violence, le bonheur et la prospérité selon les cultures. Dans la situation de la jeune femme, on pourrait s'attendre à des couleurs froides qui expriment le chagrin, la perte, le deuil. Au contraire, le choix d'une couleur liée à la vie, même dans ses aspects extrêmes, montre bien que ses valeurs sont du côté de l'action, et qu'elle puise en elle-même l'énergie d'aller de l'avant.

• En touchant du velours, on éprouve la sensation d'une grande douceur, du poids et de la densité du tissu. En regardant l'étoffe, on perçoit le chatoiement discret de la lumière. Le choix de cette matière révèle donc à la fois le gout du confort, une certaine sensualité, et le fait d'assumer d'être mise en lumière, vue, regardée, considérée comme une personne attirante.?

• Frida Kahlo s'inspire de *La naissance de Vénus* de Botticelli.

La main prête à se tendre, qui est une invitation à l'amour pour Vénus, est plus ambiguë chez Frida Kahlo. On peut l'interpréter comme une main jadis unie à une autre main, qui va se refermer ou se retirer, à son tour, pour symboliser la rupture. On peut aussi y voir la dernière marque d'amour pour l'homme qui l'a abandonnée : sa main reste tendue pour un retour éventuel. On peut enfin la lire comme une remarque ironique adressée au fiancé, qui n'a pas compris qu'il est passé à côté d'un véritable trésor.

• Face à la société, Frida Kahlo revendique sa dignité de femme indépendante, qui n'a aucun besoin d'un homme pour acquérir un statut social : à son époque, la démarche est plus qu'audacieuse. Comme artiste, elle donne la preuve de sa culture picturale et de sa capacité à jouer avec les codes et les règles pour créer un style qui n'appartiendra qu'à elle.

T. de Lempicka,
Mon Portrait
Lady Pink,
Autoportrait p. 50

• Dans chaque autoportrait, le regard est porté vers le spectateur qu'il considère directement. Comme chez Vigée-Lebrun, le sentiment traduit est celui d'une grande assurance, d'une réelle confiance en soi de la part de chacune des artistes. On peut y lire, chez Tamara de Lempicka, une forme de provocation très légèrement agressive, et chez Lady Pink, une bienveillance empreinte d'une gaieté affectueuse, à peine moqueuse.

• Pour Tamara de Lempicka, l'impression de vitesse est rendue par les lignes parallèles, très dynamiques, de l'automobile, et par les plis de l'écharpe, à la fois pressée et emportée par le vent.

Chez Lady Pink, l'énergie est traduite par la silhouette de l'artiste, dont la musculature et la tenue n'ont rien à envier à celles d'un homme, mais aussi par les couleurs vives et vibrantes choisies, et encore par la ponctuation du slogan graffé : les points d'exclamation.

C'est la première fois que la vitesse, l'énergie, la force sont associées à la féminité, dans la série de tableaux que nous venons de parcourir. On peut donc dire que c'est au XXe siècle que les femmes se sont considérées et représentées comme les égales des hommes, ou que les attributs mentionnés ont cessé d'être attribués arbitrairement à l'un des deux sexes.

4. L'autoportrait féminin au XXIe siècle : la remise en question du monde, sans distinction de genre

E. Brotherus,
Artiste avec modèle en Apollon p. 51

• Sur la photographie d'Elina Brotherus, une jeune femme vêtue de manière décontractée, en chaussettes, de dos, observe un danseur, nu, à l'exception de son boxer. L'atmosphère est lumineuse et apaisée ; les personnages sont à la fois détendus et concentrés sur la beauté qu'ils cherchent à produire ou à capter. On ne perçoit dans ce cliché aucune tension d'ordre érotique ou directement sexuel : peut-être est-ce à cause des chaussettes de la jeune femme ou du boxer du jeune homme ; il est clair que la séduction et la rivalité de genre ne sont pas ici à l'ordre du jour.

• Le détail qui montre que la jeune femme est la photographe est le fil de déclenchement à distance qui est au sol, et qu'elle actionne manifestement avec son pied. On a donc bien affaire à un autoportrait où l'artiste, insoucieuse de la politesse conventionnelle et de certains codes de mise en scène, se montre de dos.

• Cette œuvre montre que l'artiste a complètement dépassé, en matière d'autoportrait, les règles restrictives jadis imposées aux femmes, et qu'il n'y a même plus, pour elle, de concurrence possible entre les deux genres. Elle se montre en esthète qui apprécie simplement la beauté d'un corps humain, sans chercher à le dénuder ; elle ne cherche pas à se mettre en valeur mais, assise sur une chaise d'écolière, invite peut-être le spectateur à partager simplement son admiration et sa contemplation. Sa façon de refuser de mettre en scène un nu intégral masculin révèle également que, alors que la possibilité lui en est acquise, l'enjeu ne se situe plus, pour elle, à ce niveau : l'art, au contraire, est un lieu de liberté où les deux genres coexistent, travaillent et créent en toute harmonie et dans un respect mutuel absolu.

▶ Cherchez la différence…

Là où le tableau de Manet transforme le corps féminin en objet du désir masculin, voire en propriété des jeunes gens fortunés qui entourent la femme dénudée, la photographie de Elina Brotherus élimine la dimension du désir en ne dénudant pas totalement l'homme ; elle met en évidence la distance et le respect des deux personnages : la femme observe le danseur sans chercher à l'annexer ; il n'est plus question de possession genrée, mais de contemplation à simple vocation esthétique.

N. Yamaguchi, *Keitai Girl n° 1* p. 51

• Keita Girl peut être comparée à un androïde, à un robot, à un extraterrestre ou encore à un serpent dont les écailles seraient des téléphones portables…

• Ici, le téléphone semble permettre la communication, comme il est supposé le faire pour nous au quotidien : il est à la disposition des spectateurs, qui peuvent appuyer sur les touches pour obtenir des sons et des lumières. Néanmoins, par ce biais, ils n'obtiennent qu'une communication stéréotypée avec l'artiste, qui réagit aux pressions par des gestes caricaturaux. De plus, l'accès, apparemment inédit, qui serait autorisé vers le corps de l'artiste, se révèle illusoire. En effet, le corps, recouvert de l'armure de téléphones, est en réalité parfaitement inaccessible. La communication, comme échange et partage authentique de sensations, de sentiments et d'idées, est donc ici clairement gênée par les téléphones qui sont censés la faciliter.

• L'artiste invite à la réflexion sur notre monde contemporain. Elle montre que pour elle, le téléphone portable constitue un obstacle à la communication, ou un moyen de se défendre contre les intrusions des autres dans notre intimité profonde : sur les réseaux sociaux, nous ne nous montrons que sous un certain jour, ce qui fausse la communication en faisant basculer la représentation du côté du mensonge. À l'aide de son costume, Keita Girl dénonce un monde qui semble nous inviter à communiquer toujours mieux, alors que nos messages et nos prétendus échanges sont illusoires et artificiels.

▶ Pour conclure…

• Du XVIIIe au XXIe siècle, l'autoportrait féminin a beaucoup évolué. Les femmes ont d'abord cherché à conquérir le statut d'artistes et de professionnelles qui leur était dénié ; le XIXe siècle les a reléguées aux travaux ménagers et au rôle de gardiennes des valeurs familiales. C'est au XXe siècle qu'a pu être posée une réelle égalité, et que les attributs traditionnellement réservés aux hommes ont été partagés par les femmes. Un enjeu majeur, la peinture et la représentation du nu masculin, qui faisait l'objet de toutes les transgressions, et qui était interdite aux femmes, a cessé de l'être. Il ne s'agit donc plus pour elles d'un objet de désir ; au contraire, le mouvement de l'art tend à montrer une coopération sereine des deux genres dans la création.

• Les élèves sont libres d'exprimer leurs pensées et d'interroger le passé, le présent et l'avenir, en s'appuyant sur les œuvres étudiées ou sur d'autres qu'ils peuvent connaitre.

PARCOURS UNE ŒUVRE INTÉGRALE *La Promesse de l'aube*, Romain Gary

p. 52-63

Objectifs et démarches du parcours

Problématique : *Romain Gary a-t-il joué le jeu de l'autobiographie ou invente-t-il de nouvelles règles ?*

▶ Ce parcours aborde l'œuvre autobiographique de Romain Gary pour comprendre la manière dont l'auteur se raconte, étudie la formation de son caractère, rend compte des expériences qui l'ont marqué. Le parcours met aussi en lien le « récit » et la « représentation de soi » en étudiant les effets du récit, les choix opérés par le narrateur et la manière dont sont traités certains thèmes obligés de l'autobiographie.

▶ Le parcours est calqué sur l'ordre du récit du narrateur, dont il relève certains temps forts, de la prise de conscience de sa vocation à la réalisation de celle-ci. Le narrateur, confronté à de nombreuses difficultés, passe peu à peu d'une attitude passive à une prise active sur la réalité qui l'entoure. Ce chapitre permet de confronter les élèves au récit d'un parcours de vie, de manière qu'ils puissent se comparer, réagir aux anecdotes, porter un jugement sur le comportement du héros, et adopter une attitude active de lecteur ou lectrice d'autobiographie.

▶ Ce parcours vise à permettre aux élèves de :
- s'entrainer à la compréhension de textes, parfois longs ;
- développer leur intuition, notamment pour ce qui concerne l'implicite ;
- réfléchir au fonctionnement et aux passages obligés du récit de vie ;
- s'approprier les outils qui permettent de se dépeindre et de décrire la société, l'époque où l'on vit ;
- d'établir la nuance entre « récit » et « représentation de soi ».

Organisation du parcours et choix des axes de lecture

Introduction p. 51-52

Cette double page propose de découvrir de manière intuitive et ludique les grands éléments de la vie de Romain Gary. Elle a pour but de donner quelques repères biographiques aux élèves, pour leur permettre de confronter la fiction aux faits, afin d'envisager la complexité du rapport entre la vie et l'œuvre d'un écrivain. Les élèves relient les petits textes aux photographies, qu'ils peuvent décrire. Il leur est possible de réagir au résumé de cette vie mouvementée.

1. La naissance d'une vocation

Extrait 1 p. 53

• Pistes didactiques

Cette page propose d'entrer dans *La Promesse de l'aube* par un épisode très marquant, qui met en valeur la relation particulière entre le fils et la mère. Cette évocation appelle des réactions fortes de la part des élèves, qui réfléchissent aux enjeux de la protection de l'enfant et du sacrifice de la mère.

• Proposition d'hypothèse de lecture

Observer les liens entre l'anecdote ponctuelle et la vie entière du narrateur.

2. Les deux « promesses de l'aube »

Extraits 2 et 3 p. 54

• Pistes didactiques

Le titre énigmatique mérite d'être éclairé, ce que l'auteur fait deux fois dans le roman. Les élèves peuvent être amenés à dire ce qu'ils entendent eux-mêmes dans cette formule, avant d'entrer dans l'étude de la page.

• Proposition d'hypothèse de lecture

Étudier la double définition du mot « promesse » par le narrateur.

3. Une patrie rêvée ?

Extrait 4 p. 55

• Pistes didactiques

L'étude du rapport entre les mots et la réalité se poursuit dans l'opposition entre, d'une part, les conditions terribles du voyage des émigrants, et d'autre part leur rêve doré au sujet de leur patrie d'adoption. L'enjeu autobiographique est celui de la formation de la pensée et des attentes ; cette interrogation universelle peut intéresser les élèves qui ont la possibilité d'en discuter.

• **Proposition d'hypothèse de lecture**

Observer comment un texte littéraire met en évidence les enjeux de l'émigration.

4. Le premier amour

Extrait 5 p. 56-57

• **Pistes didactiques**

La scène à la fois drolatique et cruelle permet de remettre en cause les discours d'opinion sur l'innocence de l'enfance et l'évidence de l'amour. La portée critique de l'extrait peut être développée par les élèves, qui peuvent aussi faire jouer le « miroir autobiographique » en comparant leur expérience, réelle ou fictive, de la rencontre (amicale ou amoureuse) à celle du narrateur.

• **Proposition d'hypothèse de lecture**

Comprendre la mise à distance des clichés portant sur la rencontre amoureuse, et l'impact de cette dernière sur la représentation de soi.

5. Ambition et réalité

Extrait 6 p. 58-59

• **Pistes didactiques**

La complexité des rapports entre une mère excessive, dont la rêverie tyrannique est parfois préjudiciable à son fils, et un fils désireux de combler sa mère en tout point, apparait ici avec tous ses enjeux. Une étape est cependant franchie : cessant de subir passivement des humiliations publiques (même involontaires), le jeune garçon a l'occasion de voir sa valeur personnelle reconnue, en dehors de toute performance sportive. Les enjeux de la situation peuvent faire l'objet d'une réflexion sur la représentation positive de soi, opposée au récit d'évènements défavorables.

• **Proposition d'hypothèse de lecture**

Comprendre l'influence des éléments extérieurs sur la formation du caractère et la conception de la vie.

6. L'expérience de la pauvreté

Extrait 7 p. 60

• **Pistes didactiques**

Dans cet extrait, Romain Gary met en scène la formation de sa personnalité et souligne ses valeurs, notamment le respect de soi. Le récit permet d'opposer l'implicite et l'explicite, et de comparer l'attitude du personnage, face au même problème, à deux moments distincts de son évolution.

• **Proposition d'hypothèse de lecture**

Observer comment la représentation de soi entraine une leçon de vie.

7. Écrire en temps de guerre

Extrait 8 p. 61

• **Pistes didactiques**

Le narrateur met en place sa stature de héros, à la fois guerrier et écrivain, suivant le souhait maternel. En partant des informations explicites fournies par le récit, les élèves peuvent affiner leur perception de la représentation que le narrateur livre de lui-même, et comprendre comment l'implicite influence leur imagination. L'objectif est de leur faire concevoir un autobiographe qui est aussi le héros du roman de sa vie.

• **Proposition d'hypothèse de lecture**

Étudier la mise en scène romanesque d'une réalisation de soi.

8. Un amour sans limites

Extrait 9 p. 62

• **Pistes didactiques**

La relation mère-fils est un des axes majeurs de *La Promesse de l'aube*. Le choix de ce dernier extrait permet aux élèves d'en appréhender la démesure, et de faire un bilan sur les diverses facettes de ce lien ambigu, aux effets à la fois dévastateurs et positifs.

• **Proposition d'hypothèse de lecture**

Observer la glorification de la mère par le narrateur.

Synthèse

Cette page amène les élèves à dresser un bilan sur plusieurs aspects du roman autobiographique. La synthèse permet de faire le point sur les aspects génériques, la notion de récit et de représentation.

Le débat à partir de la citation de Lacan incite davantage à une réflexion libre sur l'intérêt de la vérité : « toute la dire » est-il possible ? Cela est-il même souhaitable dans le cadre d'un roman qui doit susciter l'intérêt des lecteurs ?

Le travail d'écriture, qui consiste à faire le lien entre deux extraits, permet de renforcer la réflexion sur l'aspect social d'un récit de vie qui est aussi un récit d'émigration, d'assimilation et d'excellence, et de renforcer ainsi la réflexion sur l'actualité de l'œuvre.

Corrigés des questionnaires et des exercices

Introduction p. 52

• **Découvrir la biographie d'un auteur**

« Je suis une comédienne de talent… » à photographie 4 ; il s'agit de Mme Kacew, la mère de Romain Gary.

« Après des années de pauvreté… » à photographie 2 ; c'est le passeport de Mme Kacew, sur lequel figure son fils.

« Je suis né en 1914 à Vilna… » à photographie 3 ; Romain Gary enfant.

« Je me suis juré de lutter… » à photographie 5 ; Romain Gary en tenue d'aviateur pendant la Seconde Guerre mondiale.

« C'est aussi pendant la guerre… » à photographie 1 ; Romain Gary ambassadeur et écrivain reconnu à la maturité.

1. La naissance d'une vocation

Extrait 1 p. 53

Comprendre un épisode décisif

Entrer dans la lecture. 1/ « Depuis treize ans [...] strictement défendues » (l. 1-11) : le bifteck, symbole du combat maternel. 2/ « Un jour [...] et m'enfuis. » (l. 12-20) : une vision révélatrice *ou* la découverte du sacrifice. 3/ « Au bout de l'avenue [...] suffire à apaiser » (l. 21-33) : la naissance d'une vocation de justicier.

1. La mère ment à son fils en lui faisant croire qu'elle « n'aimait que les légumes et que la viande et les graisses lui étaient strictement défendues » (l. 10-11). Elle fait cela pour ne pas lui dire la vérité : elle n'a pas les moyens financiers d'acheter deux biftecks, un pour elle et un pour son fils, chaque jour.

2. Le fils éprouve de l'« horreur » (l. 18) parce qu'il comprend qu'il a été mystifié, mais aussi parce qu'il mesure l'étendue de la pauvreté de sa mère, et enfin parce qu'il déteste se savoir cantonné au rôle d'enfant à charge. La mère parait « coupable » (l. 19) parce qu'elle a menti, mais aussi parce qu'elle s'en veut probablement de ne pas s'être assez bien cachée, et d'avoir laissé découvrir son sacrifice.

3. Les sentiments et expressions qui montrent que cet épisode est un élément déclencheur pour le narrateur sont nombreux. « J'éclatai en sanglots et m'enfuis » (l. 20), « je courus me cacher », « l'idée de me jeter sous un train » (l. 22-23) montrent la profondeur croissante du chagrin, de la honte et du désespoir qui poussent presque l'enfant au suicide. Ces sentiments négatifs se retrouvent en fin d'extrait : l'expression « un intolérable sentiment de privation, de dévirilisation, presque d'infirmité » (l. 29-30) explicite encore la dégradation de l'estime de soi dont l'anecdote est l'occasion pour le narrateur.

À l'inverse, un sentiment très positif de révolte contre l'injustice du monde prend racine dans cet épisode : on peut y voir l'origine de la vocation de justicier de Romain Gary, telle qu'il la décrit dans *La Promesse de l'aube*, et dont sa vocation d'écrivain n'est qu'un des modes de réalisation : « une farouche résolution de redresser le monde [...] charria le feu jusqu'à la fin » (l. 25-27).

4. Les temps utilisés dans cet extrait son majoritairement l'imparfait (« elle luttait », « elle plaçait », « m'attablais », « me regardait »...) et le passé simple (« j'allai », « je demeurai », « me mordit », « s'empara »...). L'opposition de la valeur durative de l'imparfait, qui met en évidence les habitudes et le temps long de la description, avec l'aspect ponctuel du passé simple, souligne l'impression d'évènement décisif.

5. La vocation de Romain Gary est avant tout une vocation de justicier, qui prend l'allure d'une sorte de superhéros des temps modernes : « une farouche résolution de redresser le monde, et de le déposer un jour aux pieds de ma mère, heureux, juste, digne d'elle » (l. 25-26). Cette aspiration à transformer le monde commande toutes les autres tentatives de briller, de faire quelque chose d'exceptionnel, qui parcourent l'œuvre ; il sous-tend la vocation d'écrivain qui est l'un de ses moyens d'expression.

6. Dans cette autobiographie, le narrateur ne craint pas de montrer sa naïveté et son égoïsme : il a cru au mensonge de sa mère et ne s'est pas inquiété des raisons de son prétendu régime végétarien. De même, sa réaction infantile – éclater en larmes et courir se cacher – ne présente rien d'héroïque et ne correspond pas à une certaine définition de la virilité présente au long du texte.

Bilan **7.** On peut dire que cette expérience, qui marque l'entrée dans la responsabilité vis-à-vis d'autrui et la fin de l'illusion de vivre dans un milieu harmonieux et équilibré, où la mère dirige les choses selon sa volonté, marque la fin de l'enfance en tant que période protégée des difficultés de la vie réelle.

2. Les deux « promesses de l'aube »

Extraits 2 et 3 p. 54

▶ Lecture d'image

1. La tendresse maternelle s'exprime par plusieurs moyens. La position des personnages, en premier lieu, évoque une totale confiance, par l'abandon de la tête de la femme et de l'enfant endormis. La femme tient l'enfant serré contre elle, l'enfant a posé la main sur la poitrine de sa mère, dans un geste qui renforce leur contact et exprime leur intimité, que la nudité des personnages vient encore renforcer. On peut aussi évoquer les cheveux ondulés qui se mêlent, les teintes identiques des visages et de la peau, qui soulignent la parenté. Enfin, le sein de la femme apparait comme un symbole de générosité.

2. L'enfant répond par une totale confiance, que traduit un abandon physique complet à la tendresse de sa mère.

3. L'impression qui se dégage de cet ensemble est celle de la sérénité, et peut-être d'une forme de respect pour l'harmonie et la douceur qui émanent des deux personnages.

Comprendre et comparer les deux promesses

Entrer dans la lecture. Les formules qui évoquent la « promesse de l'aube » sont : « la promesse que je m'étais faite, à l'aube de ma vie, de lui rendre justice » (extrait 2, l. 4-6) et « Avec l'amour maternel, la vie vous fait à l'aube une promesse qu'elle ne tient jamais » (extrait 3, l. 1-2).

1. Le jeune homme part à la guerre pour disputer « la possession du monde à ceux dont [il] avait si bien appris à connaître, dès [ses] premiers pas, la puissance et la cruauté » (l. 8-10). Il le fait pour sa mère : « je pensais à toutes les batailles que j'allais livrer pour elle » (l. 3-4).

2. Il s'agit de combattre le nazisme, et de défendre les idéaux d'humanisme, de liberté et de fraternité qui sont ceux de la France et de ses Alliés.

3. La phrase est très longue, son rythme ample est comparable à celui d'une période oratoire. Ces choix d'écriture correspondent à l'élargissement de la réflexion du jeune homme et de sa vision du monde : il s'agit de passer d'une honte personnelle à une vision plus juste de la relation avec sa mère, de son propre projet de vie, et de l'état du monde en général.

4. Parmi les mots et expressions qui expriment le désespoir, on peut citer : « manger froid jusqu'à la fin de ses jours » (l. 3-4), « ce ne sont plus que des condoléances » (l. 4-5), « on revient toujours gueuler sur la tombe de sa mère comme un chien abandonné » (l. 5-6), « jamais plus, jamais plus, jamais plus » (l. 6-7). Ce sentiment s'impose lors de la comparaison entre l'immensité, voire l'infinité de l'amour maternel, et les déceptions causées par d'autres amours moins absolues.

5. L'idée défendue par les deux dernières phrases de l'extrait est qu'aucun autre amour ne peut procurer la plénitude, la confiance et l'abandon auxquels donne accès l'amour maternel. Les élèves sont libres d'être de cet avis ou d'un autre – on attend au moins une ébauche de justification.

6. La valeur du présent utilisée est le présent de vérité générale. L'effet produit est celui d'un jugement définitif et universellement vrai sur l'amour maternel, d'une qualité à laquelle les autres amours sont loin de pouvoir prétendre. L'ensemble est assez péremptoire et peut provoquer une forme de chagrin, de désespoir.

Bilan 7. Les élèves répondent librement, en justifiant leur propos.

3. Une patrie rêvée ?

Extrait 4 p. 55

▶ Lecture d'image

Le dessinateur met en valeur l'emboitement, dans l'esprit de Romain Gary devenu adulte, de ses souvenirs et de ses rêves d'enfant. Il met également en évidence la présence rassurante de la mère, qui borde le petit garçon, que l'on devine anxieux et tourmenté.

Comprendre l'image d'une patrie rêvée

Entrer dans la lecture. La phrase qui montre que l'auteur a réfléchi à l'influence de sa mère est : « la France que ma mère évoquait [...] avait fini par devenir pour moi un mythe fabuleux » (l. 3-5).

1. L'ordre des éléments est : la mère et l'enfant voyagent vers l'Ouest ; la mère raconte une France rêvée ; l'enfant imagine une France peuplée de personnages littéraires.

2. Les expressions qui évoquent le voyage vers la France sont : « Dans les wagons à bestiaux qui nous emportaient vers l'Ouest, avec le typhus pour compagnie » (l. 6-7), « mes doigts engourdis » (l. 8), « je marchais dans la neige, le long de la voie ferrée » (l. 13), « on me rasait le crâne » (l. 15, par crainte des poux qui transmettent le typhus), « une paillasse » (l. 16). Le voyage se fait dans des conditions extrêmement dures, misérables.

3. Les personnages se représentent la France comme un pays presque fabuleux, libre et prospère, où les artistes et les intellectuels tiennent le premier rang : « la terre lointaine où les plus belles histoires du monde arrivaient vraiment ; tous les hommes étaient libres et égaux ; les artistes étaient reçus dans les meilleures familles » (l. 8-11). Ce pays est peuplé de personnages historiques et littéraires, et de grands écrivains : « le Chevalier Bayard ; la Dame aux Camélias ; [...] Napoléon Bonaparte ; Sarah Bernhardt » (l. 20-22).

4. Les pensées des personnages n'ont aucun rapport avec les conditions matérielles dans lesquelles ils effectuent leur voyage : ils rêvent de la gloire militaire et littéraire de la France, en même temps que de son opulence et du « sucre » (l. 21) qu'ils y trouveront, alors qu'ils sont confrontés au typhus, au froid, et ne disposent pas du confort le plus élémentaire.

5. Les élèves peuvent faire plusieurs hypothèses, par exemple : la mère parle ainsi à son fils pour lui éviter de trop souffrir pendant le voyage, pour le distraire de l'ennui et de la souffrance ; elle parle ainsi pour s'étourdir elle-même et pour ne pas avoir le temps de se demander si elle parviendra, en France, à assurer sa survie et celle de son enfant.

6. Le signe de ponctuation qui domine le texte est le point-virgule, qui permet de créer un rythme saccadé, mais aussi de ne pas couper la phrase qui s'allonge sans fin, juxtaposant des éléments hétéroclites, mimant ainsi le rêve éveillé où se plongent la mère et le fils.

7. Le détail cocasse est le pot de chambre, auquel le petit garçon s'« attache » (l. 15), qu'il ne quitte pas et qu'il presse dans ses bras en dormant. L'aspect ridicule de ce pot de chambre transformé en doudou introduit dans le texte une dimension comique qui n'est pourtant pas dénuée d'un certain pathétique.

Bilan 8. L'expression qui fait le lien entre temps du souvenir et temps de l'écriture est « Jusqu'à ce jour » (l. 1). Elle montre que l'influence exercée par la mère sur le fils a perduré toute sa vie.

4. Le premier amour

Extrait 5 p. 56-57

Comprendre un jeu de séduction enfantine.

Entrer dans la lecture. Valentine est une petite fille de huit ans « brune aux yeux clairs », « vêtue d'une robe blanche » (l. 6-7). Son caractère est tyrannique : l'enfant prend plaisir à faire manger à son compagnon de jeu les objets vivants ou inanimés les plus repoussants, et ne fait part d'aucune admiration pour les curieux exploits qu'elle le force à réaliser.

1. Valentine agit ainsi pour tenter de mesurer l'étendue de son pouvoir de séduction, ou par ennui, ou pour voir si les autres limiteront ses désirs ou réagiront de façon tant soit peu inattendue. Le jeune Romain agit par amour, ce qui le pousse à prouver à celle qu'il aime qu'il est capable de tout pour elle.

2. Expressions évoquant la manipulation :
- « Valentine n'était pas femme à se laisser impressionner » (l. 15)
- « la cruelle » (l. 17)
- « Valentine ne m'accordait même pas un regard » (l. 19)

Expressions évoquant l'innocence et l'enfance :
- « elle [...] m'annonça, comme en passant » (l. 25)
- « elle avait huit ans » (l. 4)
- « vêtue d'une robe blanche » (l. 7)
- « elle tenait une balle à la main » (l. 7)

L'effet produit par l'association de ces expressions de sens opposé est la totale ambiguïté du portrait de Valentine, dont le lecteur finit par ne plus savoir quel âge elle a vraiment.

3. La souffrance physique est exprimée par l'hyperbole « les yeux me sortaient de la tête, tout devenait feu et flamme autour de moi » (l. 18-19). La souffrance physique et morale est exprimée par une allusion (« j'essuyai mes larmes », l. 23), puis par une métaphore guerrière (« capitulant sans conditions », l. 23) et une métaphore religieuse (« mon martyre commença », l. 27).

4. Cette scène de première rencontre amoureuse déjoue de nombreuses attentes : tout d'abord, elle se produit entre de très jeunes enfants de huit et neuf ans, alors que ce type de rencontre est, en général, associé à l'adolescence au moins. De plus, les clichés sur le « coup de foudre » réciproque sont battus en brèche : la petite fille est présentée comme une séductrice blasée que rien, ni beauté ni exploits, ne peut impressionner. Cette enfant semble dénuée de sensibilité, l'émotivité faisant pourtant partie des traits traditionnellement attribués aux jeunes personnages féminins. On a donc ici une forme de parodie, celle-ci consistant à prendre à contre-pied tous les éléments traditionnellement liés à un passage obligé d'un genre – ici, dans le roman autobiographique, l'inévitable récit de la première rencontre amoureuse.

5. Les phrases dans lesquelles le narrateur adulte commente son expérience passée sont : « une passion violente, totale, qui m'empoisonna complètement l'existence » (l. 2-3) ; « je peux dire qu'à neuf ans, c'est-à-dire bien plus jeune que Casanova, je pris place parmi les plus grands amants de tous les temps, en accomplissant une prouesse amoureuse que personne, à ma connaissance, n'est jamais venu égaler » (l. 30-33) ; « Après cette expérience, on peut dire que je connaissais tout de l'amour. Mon éducation était faite. Je n'ai fait, depuis, que continuer sur ma lancée» (l. 45-48). Le narrateur porte sur lui-même un jugement à la fois compatissant et ironique. Dans le même temps, il se défend d'avoir réellement évolué par rapport à cette expérience déterminante, ce qui montre que le jugement est encore valable à l'heure de l'écriture.

6. «Dieu sait» (l. 43), au présent, introduit une vérité générale qui concerne les femmes et le narrateur. Celui-ci considère l'amour comme une relation de force, inégale, où les femmes commandent et où les hommes sont voués à l'exploit, sans pouvoir mettre en avant leur sensibilité. Cette vision de l'amour implique une forme de misogynie ou d'assignation de caractéristiques liées au genre, que les élèves sont libres d'accepter ou de contester, pourvu qu'ils justifient leur opinion.

7. L'accumulation produit un effet de surabondance d'éléments hétéroclites, elle aide à percevoir la surenchère à laquelle se livrent Valentine et le narrateur enfant.

Bilan 8. Le narrateur expose une vision désabusée des relations amoureuses. Il en dit l'illusion fondamentale: celui qui aime cherchera toujours inutilement à éblouir l'autre pour lui plaire, tandis que celui qui est aimé s'ennuie dans l'espoir d'être enfin étonné. Il revient aux élèves de montrer, par exemple, qu'il n'y a pas ici de place pour un amour réciproque et équilibré, fondé sur la vérité et la confiance.

▶ Lecture d'image

1. Quand le peintre choisit de représenter l'Amour sous les traits d'un enfant, il en donne une image pure et innocente; il laisse à penser que l'amour est un sentiment inoffensif et dépourvu de tout artifice, comme le sont les très jeunes enfants.

2. Les élèves sont libres de leur choix, en fonction de l'idée qu'ils se font de l'amour et qu'ils doivent expliciter rapidement.

3. Les points de vue du peintre et de Romain Gary sont opposés: en effet, sa première expérience des amours enfantines lui a révélé la duplicité, ou la complexité de ce sentiment, qui le pousse à se dépasser en se mettant en danger, tandis que la jeune Valentine est montrée sous les traits d'un véritable despote miniature, imperméable à toute émotion et qui joue de son pouvoir de séduction pour créer des rivalités entre les autres enfants, sans jamais les récompenser.

▶ Transposer une scène

Les élèves pourront tirer profit d'une récapitulation des caractéristiques de l'écriture du genre théâtral, qu'ils vont devoir mettre en œuvre ici. Il leur faudra veiller à l'intérêt de chaque réplique et de chaque tour de parole, en évitant les interventions vides. Pour cela, le texte doit leur être très présent, afin qu'ils puissent exprimer littéralement la pensée des deux protagonistes.

▶ Graine de savoir

Eros est le dieu grec de l'amour, perçu comme relation de désir entre deux êtres. Nommé Cupidon par les Romains, c'est lui qui, à l'aide de ses flèches, fait naitre les relations amoureuses entre les mortels. Lui-même tombe amoureux de Psyché, jeune fille d'une beauté parfaite, qu'il épouse.

L'histoire d'Eros et Psyché se déroule donc entre adultes, et non entre enfants; Eros est perçu assez souvent comme une puissance dangereuse; il n'a pas l'innocence qu'on prête habituellement aux enfants. Psyché, qui se rendra coupable de curiosité excessive, ne partage pas non plus ce trait.

Le tableau de Bouguereau propose donc au moins une libre interprétation de la mythologie, et les élèves pourront proposer quelques hypothèses sur les raisons de ce choix, qui consiste à gommer, dans l'amour, tout ce qu'il pourrait présenter de trouble et de dangereux.

5. Ambition et réalité

Extrait 6 p. 58-59

Étudier le récit d'une défaite

Entrer dans la lecture. Le narrateur n'a jamais joué au tennis, mais sa mère est persuadée qu'il peut devenir champion, or elle manque d'argent pour l'inscrire en club. Elle fait donc un scandale et en vient à faire appel au roi de Suède. Celui-ci, après avoir poussé le jeune garçon à disputer quelques balles, ce qu'il fait avec combativité, accepte de financer l'inscription, malgré le niveau déplorable du narrateur.

1. Au cours de cette scène, le narrateur a pu éprouver de la honte, de la gêne face à l'attitude de sa mère. Sa rencontre inopinée avec le roi de Suède a pu l'intimider. Son échec face à l'entraineur a pu le déstabiliser, entamer sa confiance en soi, voire le mettre en colère. Enfin, la générosité du roi a pu lui paraitre soit humiliante, soit flatteuse.

2. La mère a un comportement hors normes: elle s'emporte contre les lois sociales élémentaires qui rendent payante l'inscription en club sportif: «Comment [...] vulgaire question d'argent» (l. 1-6) et, au lieu de se calmer quand elle est informée de la présence d'un roi, semble basculer dans le monde imaginaire des contes de fées: «un sourire à la fois [...] se rua en avant» (l. 16-18). Après l'échec de son fils, elle le traite comme s'il «n'avai[t] pas démérité» (l. 36). Ses rapports avec son fils sont complexes: elle se montre à la fois très exigeante et très tendre à son égard. Il est certain qu'elle n'a pas le moindre égard pour sa pudeur et sa timidité.

3. Les expressions qui montrent que la partie est perdue d'avance sont: «je n'avais tenu que trois ou quatre fois la raquette de tennis à la main» (l. 33-34) et «j'allai à mon exécution» (l. 39).

4. «Je sautais, plongeais, [...] volais» (l. 41): cette accumulation, qui comporte des éléments de gradation et de métaphore, permet au lecteur de visualiser les mouvements du narrateur en le rapprochant de différents animaux ou personnages: tantôt poisson, oiseau, clown, balle ou gymnaste, le narrateur se livre à une pantomime incohérente, à l'opposé des mouvements disciplinés d'un sportif confirmé.

5. Ce passage fait penser à un conte à cause du rôle qu'y joue le roi, qui intervient pour rétablir une forme de justice, à la demande de la veuve désespérée et au bénéfice de l'orphelin, après avoir soumis ce dernier à une épreuve. Le narrateur lui-même fait référence à l'univers du conte: «je croyais encore un peu au merveilleux. Je croyais à la baguette magique» (l. 48-49).

6. Cet épisode est essentiel dans l'apprentissage du narrateur, qui doit supporter la lubie de sa mère et son ambition démesurée à son égard, le tout se révélant dans une scène publique dont le ridicule et l'aspect déplacé n'échappent pas au jeune garçon. Il a encore à subir une partie de tennis parfaitement inégale, qui va révéler sa nullité alors que sa mère a annoncé monts et merveilles: la chute de ce masque qu'il n'a pas choisi est certainement pénible. Néanmoins, il parvient à surmonter sa honte «sous ce regard de confiance totale» (l. 36-37): c'est en prenant en compte la raison profonde qui pousse sa mère à agir comme elle le fait qu'il parvient, contre toute attente, à faire la preuve de son «courage» et de son «mordant» (l. 64).

Bilan 7. Dans ce récit, le narrateur donne à voir une forme de victoire sur lui-même en parvenant à lutter contre tout ce qui pourrait l'écraser: la violence de sa mère, qui écrase sa sensibilité et ses idées, et son manque total d'expérience en tennis. Ne tenant aucun compte de ces obstacles, il parvient à donner la preuve de sa valeur. C'est dire si la destinée d'un enfant pauvre, étranger dans le pays où il vit, est tenue en échec ou plutôt, c'est dire si la notion de destinée est inopérante pour un jeune décidé à faire son chemin. À partir de ce récit d'apprentissage, on peut donc formuler plusieurs leçons, et citer la phrase de Guillaume d'Orange: «il n'est pas nécessaire d'espérer pour entreprendre, ni de réussir pour persévérer». On peut également dire que la situation sociale n'a rien à voir avec la valeur réelle de chacun, que les rois ne sont pas forcément des juges inexorables, que le combat des mères pauvres pour leurs enfants n'est pas perdu d'avance...

Ressource numérique

ACTIVITÉ

Interview de Myriam Anissimov, biographe de Romain Gary

▶ Imaginer un autre point de vue

Les élèves utiliseront leurs compétences de lecteurs pour imaginer, à partir de l'extrait, les réactions possibles d'un spectateur neutre. Il leur faudra tenir compte du déroulement de la scène, des personnages en présence et de leurs caractères respectifs. Ils observeront que le spectateur neutre accordera peut-être davantage d'importance aux réactions de la mère et du roi, qu'il se moquera peut-être du sportif maladroit qu'est le narrateur. On comprendra ainsi comment le narrateur tourne la scène à son avantage, malgré tout.

Ressource numérique

ACTIVITÉ

Extrait lu de *La Promesse de l'aube*

6. L'expérience de la pauvreté

Extrait 7 p. 60

▶ Graine de savoir

a. La nécessité commande et fait agir les hommes, parfois malgré les risques qu'ils encourent.

b. L'homme ne survit pas seulement grâce à ce qu'il mange, mais aussi parce que l'espérance le soutient (parfois en le trompant).

c. Les humains ne se règlent pas seulement sur les textes législatifs et les codes comportementaux, ils agissent parfois uniquement en fonction de leurs besoins.

d. Quand on ne dispose pas de produits de luxe, on se contente de ce qu'on a les moyens d'acheter.

Les élèves peuvent choisir l'un ou l'autre de ces proverbes, qui mettent tous en évidence un aspect de la situation décrite par Gary. Il leur revient de justifier leur choix en l'associant, au moins, à une citation du texte.

Étudier une leçon de vie

Entrer dans la lecture. Le narrateur est poussé à sortir de chez lui par la faim, et l'espoir que des amis lui procureront à dîner.

1. Le narrateur est plongé dans un dénuement complet: les expressions «Je n'avais rien mangé depuis la veille» (l. 2), «je n'avais pas de quoi m'offrir le métro» (l. 13) le prouvent.

2. Les sentiments éprouvés par le narrateur sont celui de sa «dignité» (l. 17), puis la «rage», l' «indignation» et l' «humiliation» (l. 23). Il pense pouvoir aller dîner chez une famille amie sans que l'on devine pour quel motif exact; puis il prend conscience qu'il ne peut attendre cette famille absente, passée une certaine heure, sans risquer de se rendre ridicule ou sans que sa pauvreté soit découverte. Enfin, le spectacle d'un homme qui mange un gros morceau de bœuf suscite en lui une violente révolte.

3. Le narrateur préserve sa dignité en cessant d'attendre ses amis et donc en renonçant au repas qu'ils auraient pu lui procurer.

4. L'accumulation «rage, indignation et humiliation» produit l'effet d'une violente décharge de sentiments qui ont été refoulés sous l'effet de la faim et dans le souci de sauver les apparences. Elles reflètent un profond sentiment d'injustice.

5. Le problème de la pauvreté et de la faim est abordé dans l'épisode fondamental du «bifteck». Dans ce premier épisode, le narrateur s'enfuit, en larmes et honteux, et pense à se suicider sous l'effet de la honte et de l'humiliation; il manifeste aussi sa vocation de transformer le monde et d'en éliminer l'injustice. Dans l'extrait 7, c'est le narrateur qui a faim, et non plus sa mère. Il fait face à la pauvreté en sauvant de son mieux les apparences, mais ne peut que s'évanouir sous le coup des émotions violentes que lui procure l'injustice dont il est victime. Sa révolte prend une forme de plus en plus précise.

6. Dans sa situation critique, le narrateur réagit en préservant de son mieux sa dignité; il ne se laisse pas aller au découragement, mais trouve encore en lui la force de se révolter contre l'état de la société. Il donne de lui-même une représentation ambivalente: à la fois convive intéressé, parasite ou pique-assiette, si on veut le condamner, et jeune homme obligé de chercher fortune, il se montre toujours soucieux de sa dignité, et conserve une forme de recul vis-à-vis de sa situation. Il est donc globalement plutôt sympathique au lecteur.

Bilan 7. Au travers de cet épisode, on peut recevoir plusieurs leçons de vie: ne jamais céder au découragement, savoir compter sur ses amis, toujours avoir le sentiment de sa dignité humaine...

7. Écrire en temps de guerre

Extrait 8 p. 61

Comprendre le début d'un accomplissement

Entrer dans la lecture. Les conditions de vie et de travail de l'écrivain soldat sont précaires, inconfortables; il les dit «pas bonnes» (l. 2), il ajoute qu'il «était difficile, dans ces conditions, de faire de la littérature» (l. 14).

1. En insistant sur le manque de sommeil et les conditions de vie difficiles, Romain Gary cherche probablement à susciter la compassion et l'admiration du lecteur, en tout cas une forme de sympathie.

2. Les expressions qui font référence à la mort des autres pilotes sont: «presque toujours, au retour, un camarade manquait» (l. 12) et «une fois [...] nous perdîmes sept avions d'un coup» (l. 12-13). Cette manière détournée et implicite de parler de la mort peut permettre de rendre le récit moins pénible au lecteur, ou de laisser entendre à quel point le souvenir est insupportable pour le narrateur.

3. « Pour moi, tout cela faisait partie d'un même combat, d'une même œuvre » (l. 15-16) : le narrateur met sur le même plan le fait de « faire de la littérature » et celui de faire la guerre. On peut le comprendre dans la mesure où toute son action a pour but de lutter contre l'injustice, de rendre justice à sa mère en devenant le grand homme qu'elle souhaitait. Dans les deux cas, être un grand soldat, un grand écrivain revient à rectifier le monde suivant le désir maternel.

4. Le narrateur donne de lui-même l'image d'un héros plein d'abnégation, courageux, qui mène de front l'écriture et le combat armé. Au contraire des extraits précédents, où il tend à subir ce qui lui arrive, il semble ici avoir pris le contrôle de sa vie, et être acteur des évènements auxquels il participe.

5. Au fil de l'autobiographie, l'enfant choyé mais peu doué devient un homme résistant, soucieux de sa dignité et désireux de justice sociale, puis un combattant taciturne dont les heures de repos sont consacrées à la littérature. En plus d'une certaine conception de la virilité, le lecteur reçoit une forme de leçon de vie qui le porte davantage à louer le narrateur qu'à le blâmer. Une telle trajectoire de vie ne peut, en effet, susciter que l'admiration et la sympathie, surtout quand elle est présentée avec l'humour acide et la gravité amusée qui caractérisent Romain Gary.

Bilan **6.** « J'étais né » : cette expression forte souligne une date clé de l'existence du narrateur, comme s'il avait été enfanté et mis au monde une seconde fois. Cette seconde naissance est associée à la publication de son premier roman ; le jeune homme a réussi à entrer en littérature et à devenir ce que lui et sa mère souhaitaient qu'il fût : un écrivain français. Tout le temps qui précède, marqué par les échecs, les efforts, les difficultés matérielles, peut être assimilé à une gestation qui se termine par une forme de consécration.

▶ Défendre un choix

L'exercice est effectué en deux temps par les élèves, qui font appel aux compétences liées au résumé et à l'argumentation. Le but est la fois de faire revivre les extraits lus ensemble et de pratiquer un petit exercice d'argumentation. Il n'est pas utile, ici, que les élèves développent trop longuement l'un ou l'autre des aspects de la question.

8. Un amour sans limites

Extrait 9 p. 62

Étudier une scène d'une intense émotion

Entrer dans la lecture. Les phrases qui annoncent une cassure sont : « Je devrais interrompre ici ce récit [...] pour que tout soit fini. » (l. 1-4) Ces mots créent une tension forte en rappelant le projet d'écriture du narrateur et en laissant percevoir au lecteur qu'il va raconter un évènement dont le souvenir lui est encore insupportable.

1. La dernière ruse de la mère a été, avant de mourir, de rédiger assez de lettres à l'intention de son fils pour que celui-ci ne reçoive pas l'annonce de sa mort tant que durait la guerre. Elle a agi ainsi pour lui permettre de combattre jusqu'au bout, sachant qu'il menait cette guerre pour elle avant tout : « elle savait bien que je ne pouvais pas tenir debout sans me sentir soutenu par elle et elle avait pris ses précautions » (l. 10-11), « Je ne devais pas savoir » (l. 14).

2. Le rythme des phrases est irrégulier, haché, mime les incertitudes et les saccades de la recherche de la mère par son fils. Il permet de rendre compte de la tension qui précède l'annonce d'une mauvaise nouvelle, et de la faire partager au lecteur.

3. Le contenu implicite de la phrase est l'idée que, par-delà la mort, l'amour de la mère a réellement soutenu le fils et lui a permis de mener à bien ses combats.

4. Le narrateur éprouve successivement de la surprise, de la peur, puis un chagrin sans mesure d'apprendre la mort de sa mère. Les émotions ne sont pas nommées, parce qu'elles sont trop évidentes et que cela n'ajouterait rien, mais aussi parce que le nom de l'émotion peut parfois paraitre en dessous de sa violence, et enfin parce que la souffrance éprouvée par le narrateur qui fait le récit de ce moment de sa vie en serait certainement encore accrue.

5. L'image du « cordon ombilical » permet de donner du relief et de la solidité à la relation qui unit la mère et le fils. Le cordon symbolise le lien vital par lequel la mère nourrit son enfant et lui permet de vivre et de grandir ; il est aussi ce lien que l'on coupe à la naissance, ce geste symbolisant la distance qui doit s'établir entre la mère et le bébé, appelé à grandir. Ici, la mention du cordon montre que rien n'a réellement pu séparer, pour le meilleur ou pour le pire, la mère et l'enfant, que leur lien est indissoluble.

Bilan **6.** Dans l'autobiographie, le temps écoulé est comme atténué par l'écriture, dans la mesure où le fait d'écrire a posteriori ravive les souvenirs, par exemple.

Activités d'expression

▶ Débattre à partir d'une citation

L'activité a pour but de faire percevoir la complexité de la notion de vérité, du point de vue littéraire : peut-on la cerner à l'aide des mots ? Est-ce possible de manière exhaustive ? Dès lors que nous n'accédons pas à l'exhaustivité, devons-nous pour autant renoncer à un discours qui correspond aux faits ? Par ailleurs, un discours exhaustif, et donc vrai, aurait-il le moindre intérêt littéraire ? Les élèves font appel à leurs compétences d'écoute et de dialogue pour examiner librement les enjeux de ce mot de « vérité », en s'appuyant sur leur lecture de *La Promesse de l'aube*.

▶ Imaginer la suite d'un récit

Les élèves s'appuient sur le canevas proposé, qui leur permet de mener un récit respectant un schéma narratif simple. Le but de l'activité est de leur permettre d'entrer plus avant dans un problème évoqué au fil de la lecture, qui est celui de l'acquisition d'une place dans une société. Il leur faudra faire appel à leurs compétences d'imagination et à quelques connaissances historiques pour nourrir leur récit, d'un point à l'autre du texte.

ATELIER D'EXPRESSION

Parler de soi dans une lettre

p. 64-69

Pistes didactiques de l'atelier

L'atelier propose d'explorer successivement ou isolément plusieurs orientations de l'expression épistolaire. On peut décider de mettre ce travail en œuvre en deux séances ou plus. La démarche didactique repose sur le passage fréquent et immédiat de la lecture et de l'étude des procédés stylistiques à l'écriture.

On passe d'un écrit centré sur soi à un écrit qui part de soi, mais se tourne de plus en plus vers l'autre et cherche ouvertement à faire partager des idées et des choix politiques. Les élèves comprennent ainsi la mise en œuvre, par écrit, du dialogue imaginaire avec un absent ; ils entrent dans la démarche qui consiste à se décrire pour partager ses sentiments, ses idées, et entrainer avec soi dans une démarche collective.

Objectifs et démarches de l'atelier

▶ **Exploiter des lectures pour enrichir son écrit**

Pour éviter de trop séparer la lecture de l'expression, et chercher à enrichir l'une par l'autre, les élèves sont invités à étudier de courts extraits, où un procédé de style est mis en évidence. Après l'avoir étudié en détail et en avoir compris les effets, les élèves passent immédiatement à un exercice d'application, qui incite à reprendre à son compte le procédé de style, pour en tirer un effet identique à celui exercé par l'auteur dans le texte de départ.

▶ **Pratiquer l'écriture d'invention**

L'écriture d'invention séduit les élèves par les possibilités d'évasion qu'elle offre. Elle comporte néanmoins le risque d'oublier l'exigence des évaluations, qui porte sur la maitrise des caractéristiques génériques et des figures d'expression. La pratique d'écrits de longueur variée, avec des degrés d'exigence variés dans la maitrise et l'aboutissement permet, sans se priver de la dimension de « plaisir », de renforcer les outils techniques des élèves.

▶ **Exprimer ses sensations, ses sentiments, son avis personnel**

Le lexique des sensations et sentiments est toujours en cours de construction chez les élèves en fin de cycle 4. Prendre conscience, nommer et exprimer une émotion ressentie est un travail de précision pour lequel on peut proposer divers outils aux classes : élaboration commune d'un alphabet des émotions, association de mots et de thèmes musicaux, de textes, de situations. Ces travaux sont renforcés par la mise en œuvre, face aux textes, d'une émotion dans la formulation du ressenti, ou de ce que l'auteur a cherché à faire ressentir aux lecteurs.

La formulation d'un avis personnel implique le repérage du thème d'un texte, celui de l'avis de l'auteur, et la comparaison de cet avis à celui, spontané, de l'élève. L'expression de ces avis personnels met de plus en jeu la maitrise des modalisateurs. À cette expression s'associe la capacité à écouter, comprendre et reformuler l'opinion d'autrui.

Corrigé des questions et activités

1. Rompre sa solitude

É. Zola,
Lettres p. 65

▶ **Comprendre**

1. Dans la lettre 1, Émile Zola exprime le regret de sa région d'origine et de Paul Cézanne, l'ami qui est resté au pays. Dans la lettre 2, Émile Zola nomme davantage ses émotions : la tristesse, l'abattement, l'épouvante, le découragement, le chagrin et le doute. Le ton des deux lettres diffère donc légèrement ; dans la première, l'auteur donne à entendre les émotions qui sont les siennes sans les expliciter ; dans la seconde, il mène un travail d'introspection détaillé et explicite.

2. Dans la première lettre, É. Zola fait contraster le Midi et le nord de la France en évoquant ce dernier avec une certaine emphase, quelque peu ironique : « La Seine à la large largeur, à la profonde profondeur » (l. 2-3) ; au contraire le Sud est évoqué à l'aide d'un mot de patois, la « goure » (l. 6), dont la simplicité exprime aussi une forte charge affective. Le Nord est aussi décrit par le biais d'une série de négations qui traduisent l'idée de manque, d'absence et de privation, alors que le Sud est associé implicitement au Paradis avec l'adjectif « célestes » (l. 6).

Faits évoqués par l'auteur	Sentiments éprouvés
Incapable d'écrire deux mots, de marcher Pense à l'avenir	Abattement Épouvante
Solitaire et méprisé	Chagrin
Doute de lui, se remet en question	Triste du matin au soir

Dans la deuxième lettre, l'auteur donne de lui-même une image négative et très pathétique.

3. É. Zola est monté à Paris dans l'espoir de s'y faire rapidement reconnaitre comme écrivain et d'obtenir très vite la gloire et la fortune. La capitale n'a pas répondu favorablement à ses attentes et à ses ambitions : il la voyait comme un lieu généreux, où les artistes pauvres et talentueux seraient reçus à bras ouverts. Il découvre au contraire un monde très dur où la solitude et le conflit sont la loi de l'existence des artistes.

▶ Grammaire pour dire et écrire

1. Joie : bonheur, allégresse, heureux(se), plaisir, sourire, satisfaction…

Colère : rage, fureur, énervement, irrité(e)…

Peur : effroi, terreur, angoissé(e), craindre, inquiétant(e)…

2. Le but de l'exercice est de mettre en application les observations effectuées dans les textes de Zola. Les élèves doivent exploiter le lexique des émotions et ne pas se cantonner à quelques idées toutes faites ; ils doivent parvenir à mettre en lien une situation, une émotion et son expression nuancée.

3. Le lexique des émotions est l'un des plus difficiles à acquérir, mais aussi l'un des plus stimulants et nuancés. La contrainte arbitraire de l'alphabet permet aux élèves de se concentrer efficacement sur la recherche lexicale, et de mesurer leurs connaissances, qui les surprennent parfois. La mise en commun permet souvent d'accroitre le vocabulaire de chacun et est l'occasion de fournir des explications précises sur le sens des mots.

2. Faire sourire

Colette,
Lettres de la Vagabonde p. 66

▶ Comprendre

1. Colette s'est cassé la jambe, a été conduite à l'hôpital, a mangé en retard et s'excuse auprès de l'amie à laquelle elle devait rendre visite : elle ne pourra pas venir.

2. Colette insiste fort peu sur sa douleur, à laquelle elle se contente de faire allusion en notant qu'elle a beaucoup crié : « après une séance de hurlements remarquables » (l. 4), et qu'elle a « mal » (l. 5). Elle développe le plus possible les éléments comiques qui ont entouré son accident.

3. Le détail qui vise à faire sourire la destinataire est le récit du repas de cinq heures du soir, où la narratrice accidentée dévore sous les yeux de ceux qui l'entourent, et qui sont plus choqués qu'elle par son accident.

4. L'expression « rien que pour les tourmenter » traduit de manière faussement agressive et ironique, donc détournée, l'affection de Colette pour ses meilleurs amis, qu'elle est consciente d'inquiéter en leur annonçant son accident.

▶ Grammaire pour dire et écrire

La dictée permet aux élèves de conserver le style très oral de Colette, voire de l'imiter spontanément, ce qui est le but de l'exercice ; on part ainsi d'un premier jet que la seconde phase de travail à l'écrit permet d'enrichir. On amène ainsi les élèves à découvrir une stratégie possible de travail à deux et au brouillon. Les élèves ne devront donc pas se formaliser d'avoir à modifier, amender, retravailler leur improvisation orale.

▶ Graine de savoir

L'élève pourra évoquer les forums, emails, SMS, espaces de discussion privée ou publique sur les réseaux sociaux, applications mobiles permettant d'échanger messages et photographies…

3. Exprimer des émotions

M. Proust,
Lettres à sa voisine p. 67

▶ Comprendre

1. Les chagrins qui frappent à la fois le rédacteur et la destinataire de la lettre sont les morts de leurs proches à la guerre : Marcel Proust a perdu son ami Bertrand de Fénelon, et sa voisine a appris le décès de son frère.

2. Proust tente d'apaiser le chagrin de sa voisine en l'assurant de sa pensée et de sa sympathie, en lui parlant de la souffrance avec beaucoup de justesse, et en essayant de détourner le cours de ses pensées en lui demandant l'idée d'un jouet qu'il pourrait offrir à son fils.

3. L'auteur parle d'abord de lui-même, puis donne pour ainsi dire la parole à sa destinataire ; il lui parle d'elle et exprime les pensées qu'elle pourrait tenter de formuler. Les pronoms personnels montrent une forme d'équité du rédacteur, qui parle à la fois de lui et de sa destinataire.

4. L'auteur se montre réellement ouvert à autrui, accueillant à sa peine, et cherche sans prétention, mais avec beaucoup de tact, à apaiser le chagrin des autres. Son attitude est généreuse et sympathique.

5. En faisant partager sa propre peine avec beaucoup de discrétion, l'auteur cherche sans doute à montrer qu'il est capable de comprendre le chagrin des autres, puisqu'il le ressent pour lui-même.

▶ Grammaire pour dire et écrire

Le but de l'exercice est de focaliser l'attention des élèves sur la dimension dialogique du genre épistolaire, qui peut quelquefois leur échapper. La situation proposée permet de donner l'idée d'une certaine empathie ; elle rend aussi possible et souhaitable une coopération entre élèves, dans le but d'améliorer les productions de chacun.

▶ Graine de savoir

La lettre montre que son auteur souffre d'un chagrin personnel, mais aussi « avec » et « pour » sa voisine qui ressent une peine de même nature que la sienne. La sympathie est ici à l'opposé de l'égoïsme, qui voudrait que le rédacteur de la lettre se cantonne à son propre chagrin ; au contraire, il choisit de partager celui d'autrui.

4. Écrire pour témoigner

S. de Beauvoir,
Lettres à Nelson Algren p. 68

▶ Comprendre

1. Les deux champs lexicaux qui s'opposent sont celui de la richesse et celui de la misère.

2. La rédactrice conserve un ton assez neutre et n'intervient que rarement dans son témoignage. Elle propose d'abord une vue d'ensemble de Rio, avant de donner davantage de détails significatifs, et très concrets, sur les favelas.

3. Simone de Beauvoir, malgré un ton assez neutre, cherche évidemment à dénoncer les favelas, qu'elle décrit d'abord en les faisant contraster avec les quartiers « chics et ultrariches » (l. 16) de Rio. Les chiffres qu'elle énonce : « 750 000 personnes » (l. 8), « monter et descendre 600 pieds » (l. 14) confèrent une allure précise et bien informée à ses dires, l'analyse des causes de la situation. L'explication sur le trajet en camion des émigrants et l'énumération qui résume les conditions d'hygiène atroces (la gradation « pas d'électricité, pas d'égouts, pas d'eau », l. 13) sont très sobres : peu d'adjectifs et d'adverbes, aucun modalisateur. Néanmoins, elle permet à son lecteur de se faire une idée suffisamment claire des favelas pour qu'il ne puisse que les dénoncer à son tour.

4. Les sentiments de l'auteure à l'égard de la ville de Rio sont ambivalents : elle juge la ville « d'une admirable beauté » (l. 3-4) et déclare que l'ensemble est « plaisant [...] tant c'est vivant » (l. 6). Cependant, elle choisit de terminer son billet par la description des favelas, qui est faite pour provoquer le rejet et la colère du lecteur, devant la condition injuste et insupportable de leurs habitants.

5. L'auteure ne voyage pas en touriste à la recherche de plaisir et d'amusement ; elle n'est pas non plus une simple conférencière qui vient donner son cours, puis repart sans s'intéresser au pays où elle se trouve. Simone de Beauvoir a choisi de se renseigner, de voir les choses par elle-même, et de se mettre en situation de comprendre assez la société pour pouvoir se construire un avis à son sujet.

▶ Grammaire pour dire et pour écrire

L'exercice a pour but de faire réutiliser immédiatement les outils observés par les élèves et mis en œuvre par Simone de Beauvoir. Il faut donc que les élèves choisissent, au départ, une situation réellement digne d'intérêt, et qu'ils fassent appel à leurs compétences de narration, de description et d'argumentation, tout en usant d'un vocabulaire péjoratif ou mélioratif, suivant les besoins de leur cause.

5. Expliquer son combat

M. Luther King,
« Lettre de la prison de Birmingham »,
Révolution non violente p. 69

▶ Comprendre

1. Cet extrait dénonce la condition inhumaine imposée par les Blancs aux Noirs américains.

2. Les lecteurs sont sans cesse interpelés par l'utilisation du pronom « vous » et de verbes au conditionnel, qui les obligent à se mettre à la place des Noirs humiliés à chaque occasion.

3. L'emploi de la 3e personne est préférable parce qu'elle est plus impersonnelle que le « je », qui n'engage que l'auteur. La 3e personne, elle, peut aussi englober le lecteur.

4. Le champ lexical de l'eau et du raz-de-marée est employé dans ces lignes : « coupe », « déborde », « noyer », « abysses ». Cette métaphore filée accentue l'effet du propos.

5. Cette lettre pourrait être appelée *Manifeste*, ou encore *Discours*, car elle joue également avec les formes de l'oral.

▶ Grammaire pour dire et pour écrire

Les textes de la page 256 (extraits 1 et 2) ont pour but de convaincre. Ce sont des textes argumentatifs qui s'adressent à la raison du lecteur. Les textes de la page 257 (extraits 1 et 2) ont pour but de persuader : ce sont des textes de fiction qui s'adressent aux sentiments des lecteurs.

Le propos de l'exercice est de permettre aux élèves de mettre en œuvre les outils dont ils ont pu observer l'efficacité dans le texte de M. L. King. Les trois contraintes formelles doivent faire l'objet d'une application systématique, dont les élèves vérifient eux-mêmes l'effectivité (on peut leur proposer de surligner ce qu'ils font pour les aider à le visualiser). Le texte n'a pas vocation à être long, dans la mesure où il ne s'agit, pour le professeur, que de vérifier la compréhension et la mise en œuvre d'un procédé stylistique.

THÈME 2

Dénoncer les travers de la société

Prendre conscience de soi, comme y invite le thème 1, c'est aussi former son jugement, et donc faire preuve d'esprit critique. En 4e, les élèves ont déjà eu l'occasion d'observer la confrontation individu/société, avec, parfois, un conflit de valeurs qui conduit les personnages d'une œuvre littéraire mettant en jeu ce conflit à prendre position, s'affirmer en s'opposant, ou chercher une conciliation quand elle est possible. Par ailleurs, l'étude des moyens d'information, y compris la presse d'opinion ou la caricature, a aussi donné l'occasion de relever les procédés d'ironie, dans un but satirique. On peut donc considérer que cette nouvelle approche de la critique des fonctionnements d'une société, à travers les œuvres littéraires, l'art, y compris dans ses formes contemporaines, n'est pas un domaine inconnu. Mais ce que nécessite une analyse pertinente de certains textes où l'implicite domine, c'est une maitrise de certains ressorts d'argumentation : capacité à développer une thèse, à l'illustrer d'exemples, habileté à contre-argumenter, à utiliser les procédés stylistiques de l'ironie, ou à relancer le débat par des questions rhétoriques. Surtout, il faut savoir, à travers des textes qui se donnent comme narratifs ou descriptifs, décrypter l'argumentation indirecte, comprendre la dimension apologétique qu'ils contiennent. Notre souhait, dans les groupements qui sont proposés pour ce thème, est de montrer que, sous des dehors accessibles mais avec une signification qui reste complexe, certains textes – ou œuvres cinématographiques – dénoncent des faits de société qui suscitent la réflexion.

▶ **Sociétés inquiétantes ou sociétés idéales, utopies qui tournent au cauchemar** : tel est l'objet d'un dossier qui permet d'entrer en matière tout à la fois par le texte et par l'image, afin que la difficulté du thème ne rebute pas les élèves. En effet, la notion d'idéal de société ou, à l'inverse, de totalitarisme, n'a que peu de réalité concrète pour eux, et c'est avant tout en frappant leur imagination, leur sensibilité que l'on peut atteindre leur esprit critique. Nous avons choisi de proposer des textes d'auteurs et de périodes variées, afin de faciliter la prise de recul que ne permettrait pas la seule approche contemporaine : Thomas More, Fénelon, Diderot, mais aussi Cristin et Bilal ou encore Suzanne Collins, afin de montrer qu'il n'y a pas de coupure radicale entre une littérature dite « classique » et les formes d'expression que connaissent les adolescents.

▶ **Travers de la société et des comportements individuels ridiculisés au théâtre** : un thème s'y prête particulièrement bien, tant il peut révéler d'avidité et de bassesses, celui de l'argent. S'il est vrai que *L'Avare* de Molière est célèbre entre toutes les pièces faisant de l'argent le moteur de l'intrigue, il nous a paru intéressant de mettre cette œuvre en perspective, d'offrir aux élèves des extraits de l'Antiquité à la période contemporaine, et de montrer que la littérature européenne l'avait aussi traité. Aussi allons-nous de Plaute à Éric-Emmanuel Schmitt, en abordant aussi Goldoni, Balzac (en tant que dramaturge), Pagnol… Mises en scène, tableaux, dessins caricaturaux complètent l'étude de vices qui peuvent ronger les individus : l'avarice et la cupidité.

Si l'on considère la fable comme une petite comédie, ce qu'elle est aussi, on ne manquera pas de faire aborder aux élèves l'étude de l'œuvre de La Fontaine, comme canevas pour une production personnelle mettant en scène des personnages confrontés à l'attrait de l'argent.

▶ **Critique des régimes totalitaires à travers un roman satirique en forme de fable animalière** : déformation, absurdité, mais aussi humour féroce pour évoquer, au départ, le régime stalinien, mais, plus largement, toute dérive et tout décalage entre un idéal de bonheur pour tous et une répression féroce pour y parvenir. *La Ferme des animaux* de George Orwell le montre avec une cruauté cynique.

Ce que nous souhaitons à travers ces différents textes, c'est montrer aux élèves, amateurs de sketchs contemporains, que, là encore, il est possible de jeter des ponts entre des œuvres-clés et les univers qui les font rire, mais que la profondeur des premiers doit leur permettre de mesurer la valeur des seconds. Un sketch n'est pas bon ou mauvais parce qu'il est contemporain. Il est riche ou non d'un contenu qui le rattache à la réflexion conduite par les écrivains et les artistes dont le rôle est d'affirmer une parole de liberté sans mensonges ni compromis.

PARCOURS UN THÈME

Des sociétés imaginaires : déformer pour mieux faire voir

p. 72-81

Objectifs et démarches du parcours

Problématique : *Comment la déformation propre à la fiction peut-elle montrer la réalité de la société ?*

▶ Ce parcours aborde le thème des sociétés imaginaires pour comprendre la façon dont elles permettent de montrer et de critiquer des défauts présents dans les sociétés contemporaines. Les textes et le film appartiennent à des œuvres qui vont du XVIe au XXe siècle, mais les enjeux mis en œuvre sont intemporels, qu'il s'agisse de la place du travail, de la surveillance de la société, de la notion d'égalité sociale ou encore de l'éducation. Si le support principal est le récit de fiction, les auteurs sont philosophes, poètes, romanciers.

▶ Le parcours s'articule autour de deux sous-parties : la première est consacrée aux visions pessimistes, qui visent à critiquer des aspects posant problème dans nos sociétés, et la seconde met en avant des sociétés meilleures, dont les auteurs expriment leur intérêt pour des améliorations sociales. Par ailleurs, les textes offrent des difficultés croissantes de compréhension pour permettre d'accéder à des textes plus ambitieux une fois que le principe de la critique a été assimilé. Ce chapitre offre enfin l'intérêt d'amener de façon progressive l'élève à formuler une réflexion personnelle sur ces sujets de société.

▶ Ce parcours vise à permettre aux élèves de :
- formuler une interprétation d'une œuvre de fiction en distinguant la portée critique d'un récit ;
- comprendre l'association entre la critique dans la fiction et situation réelle ;
- réfléchir au fonctionnement de la société d'aujourd'hui ;
- s'approprier les méthodes qui permettent de critiquer indirectement une société ;
- formuler une réflexion personnelle sur des sujets de société.

Organisation du parcours et choix des axes de lecture

1. Des sociétés inquiétantes

F. Lang,
Metropolis (film) p. 72-73

• Pistes didactiques

Cette double page propose de découvrir en quelques photogrammes l'univers du film *Metropolis*. Elle a pour objet de présenter l'enjeu des textes qui vont suivre, par le biais d'une illustration assez accessible de la critique d'une société existante par le recours à la fiction. Les premiers photogrammes appellent plutôt une description des éléments visibles, tandis que la deuxième page amène les élèves à formuler des hypothèses de sens en confrontant la totalité des photogrammes.

• Proposition d'hypothèse de lecture

Observer un fonctionnement social inégalitaire grâce à des images explicites.

H. Michaux,
« Voyage en Grande Garabagne », *Ailleurs*, texte 1 p. 74-75

• Pistes didactiques

Michaux s'amuse à rencontrer des peuples imaginaires dans ces textes. La découverte de leurs mœurs s'effectue progressivement, jusqu'au tableau final qui permet de mesurer la portée critique de ces courts extraits.

• Proposition d'hypothèse de lecture

Comprendre comment l'élaboration d'un peuple imaginaire peut s'accompagner d'une pensée critique.

G. Orwell,
1984, texte 2 p. 76-77

• Pistes didactiques

Big Brother est une référence souvent évoquée dans nos sociétés où les techniques d'information et de collecte des données se multiplient. Le monde imaginé par Orwell mêle fiction et réalité, en nommant Londres comme la capitale de l'Océania. La caricature souligne l'actualité de cet extrait.

• Proposition d'hypothèse de lecture

Observer les effets d'une surveillance constante de la société.

2. Des sociétés idéales

Voltaire,
Candide ou l'Optimisme, texte 3 p. 78-79

• Pistes didactiques

Ce texte constitue l'un des plus difficiles du parcours : les élèves réinvestissent leur connaissance des procédés employés par un auteur pour transmettre une critique indirecte, en rattachant leurs observations à la société du XVIIIe siècle.

• **Proposition d'hypothèse de lecture**

Comment la description met-elle en scène la société idéale découverte par Candide ?

F. Rabelais,
Gargantua
J.-J. Rousseau,
Émile ou De l'éducation p. 80

• **Pistes didactiques**

Cette dernière page oriente la réflexion sur les questions d'éducation grâce à deux textes qui proposent un point de vue similaire, sous des formes différentes. Ces auteurs avancent que la liberté est une condition d'apprentissage importante. Cette observation trouve un aboutissement logique dans les deux sujets de réflexion qui sont proposés aux élèves.

• **Proposition d'hypothèse de lecture**

Réfléchir aux méthodes d'apprentissage et d'enseignement.

Corrigés des questionnaires et des exercices

1. Des sociétés inquiétantes

F. Lang,
Metropolis (film) p. 72-73

Découvrir les caractéristiques de la ville

Entrer dans la lecture. L'étude du mot fait apparaitre deux racines, *-metro-*, qui implique une notion d'ordre, de géométrie, et *-polis-*, nom grec signifiant « cité, ville ». Le film semble donc dès son nom associé à la création d'une société.

1. Les éléments architecturaux associés à la modernité sont liés à une vision géométrique et monumentale de la ville, dont le gigantisme écrase les humains. Les arêtes très découpées des immeubles sont également des éléments modernes des années d'après-guerre, dont New York est une illustration.

2. Le réalisateur imagine une ville aux dimensions gigantesques et le montre grâce à des plans d'ensemble associés à un effet de plongée dans le cas du photogramme 1.

3. Les immeubles renvoient plutôt l'image d'une société de bureaux, d'agences, de travailleurs dits en « col-blanc », des hommes d'affaire.

4. L'adjectif épithète « éternel » introduit une idée ambiguë : le jardin semble figé dans une situation absolument contraire à la nature, où tout change et se transforme au fil des saisons.

5. Le photogramme 3 n'a rien d'un espace naturel : tout est artificiel. L'autre photogramme, tout en montrant des éléments de nature, montre un jardin recréé pour le loisir avec la fontaine et la présence du paon, très décoratif.

6. Les jardins semblent composés pour le loisir : un groupe se prépare à faire du sport, et dans le photogramme 4, deux personnages s'amusent près de la fontaine.

Bilan 7. Cette cité présente deux aspects très caractérisés : d'une part, la ville, à l'architecture évoquant le gigantisme, dans laquelle travaillent des hommes d'affaire, d'autre part les « jardins éternels » où s'amusent leurs enfants, qui dégagent cependant une impression étrange : tout y est artificiel et ne correspond pas à l'idée qu'on se fait d'un jardin.

Comparer l'opposition entre la ville du haut et la ville du bas

1. Les ouvriers semblent tous vêtus de façon similaire. Ils portent tous un costume sombre, de gros tissu, ainsi qu'une casquette. Cet uniforme les rend tous semblables, comme des pions remplaçables d'une grosse machinerie.

2. Leur univers possède les mêmes dimensions gigantesques et futuristes que la ville qu'occupent les habitants de la surface. Néanmoins, il s'agit d'un univers souterrain, ce que souligne l'absence d'horizon des plans. On y voit des rangées interminables de lumières au plafond, de vastes bâtiments d'habitations, sans ornement, et des machines aux proportions inquiétantes, perdues dans une brume qui en masque les dimensions réelles.

3. Les adjectifs décrivent tous un aspect de ce travail tel que les images l'évoquent. La machine est oppressante et écrase les éléments humains qui l'entourent, imperceptibles. Le réalisateur renvoie là l'image d'un travail déshumanisant, dans lequel les hommes semblent nourrir de leur propre chair une machine prête à les dévorer (l'image apparait plus loin, sous la forme d'une hallucination : Freder croit reconnaitre le dieu Moloch).

4. Une fois leur journée de travail terminée, les ouvriers retournent se reposer (ils semblent las sur le photogramme 7). Leur travail profite aux dirigeants, qui vivent à la lumière.

5.	Ville du haut	Ville du bas
Habitants	dirigeants et leurs enfants	ouvriers
Cadre de vie	immense, lumineux	souterrain, sombre
Activité	affaires, loisirs	machines, travail

Les deux villes semblent des antithèses l'une de l'autre, avec ce qui parait une véritable injustice : alors qu'ils profitent de leur travail, les dirigeants font vivre leurs ouvriers dans un cadre sinistre.

Bilan 6. De telles images relèvent avant tout de la science-fiction : rien n'est dit de la situation politique de cette ville. Néanmoins, elle permet de réfléchir à la notion de justice sociale, dont les luttes du XXe siècle se sont fait l'écho (avec par exemple le Front populaire en 1936 et l'invention des congés payés).

H. Michaux,
« Voyage en Grande Garabagne », *Ailleurs*,
texte 1 p. 74-75

Retrouver ses défauts chez des peuples inconnus

Entrer dans la lecture. Les noms de peuples ne ressemblent pas à des peuples existants, tout comme le verbe « uhuhait » (l. 7), créé par l'auteur. Son intention est de provoquer chez le lecteur la sensation de découvrir un milieu étrange, inconnu, et de susciter la curiosité.

1. Le spectacle auquel assiste le narrateur consiste en un affrontement brutal, « à mort » (l. 4) de deux hommes sur une estrade. Le narrateur se montre prudent car la vie de cette société est rythmée par la violence : son voisin ne s'émeut pas du spectacle proposé, et indique son numéro, comme s'il s'agissait d'un extrait de catalogue. Cela donne à penser que cette société accorde peu d'importance à la vie humaine et à la mort.

2. Le motif de cette guerre est religieux : les deux peuples ont des pratiques différentes, que ne tolèrent pas les Hulabures et qui les poussent à déclarer la guerre aux Mazanites.

3. Parmi les conséquences de leur caractère bagarreur, on relève :

- « trop de coups et blessures » (l. 2),
- la vie séparée des couples,
- une menace sur la démographie du peuple, voué à disparaitre.

Ces conséquences sont le résultat un peu absurde du caractère des Kalakiès.

4. Les Hivinizikis papillonnent sans jamais se poser nulle part :

- il est « impossible de leur donner une satisfaction un peu prolongée » (l. 31-32), car ils passent à autre chose,
- ils oublient les jalons qu'ils ont posés (l. 34),
- les codes secrets changent si souvent qu'« on ne sait jamais lequel appliquer » (l. 36).

5. Le peuple des Kalakiès, avec les conséquences excessives de leur caractère bagarreur, peut faire sourire. Ils sont si agressifs qu'ils provoquent leur propre disparition. Il y a là une forme d'humour noir qui permet de dire qu'il s'agit bien d'une satire.

6. On peut relever des points communs entre ces sociétés et les nôtres, malgré les exagérations :

	Hacs	Hulabures et Mazanites	Kalakiès	Hivinizikis
Caractéristiques principales	violence et voyeurisme	intolérance religieuse	violence et agressivité	superficialité
Défauts bien réels	goût pour les spectacles violents, émissions basées sur le principe de l'espionnage des candidats	haine et rejet d'autrui basés sur une différence de religion	agressivité de sociétés où règne le principe d'autodéfense, comme aux États-Unis par exemple	place des réseaux sociaux qui rendent les échanges humains superficiels, comme Twitter et la limite de 140 caractères

Bilan **7.** En imaginant ces peuples, H. Michaux montre les défauts de la société d'alors. Ces défauts sont toujours présents, quoique moins prononcés. On peut apprendre à se méfier de nos réflexes de violence, d'intolérance ou d'impatience.

▶ Lecture d'image

1. L'élève peut laisser libre cours à son imagination : on distingue quatre formes qui évoquent des figures humaines, mais distordues, assez méconnaissables. Le lien avec les peuples s'établit aisément, mais peut aussi être laissé de côté.

2. La proposition de titre vise à verbaliser un ressenti : celui de l'étrangeté des peuples. Titres possibles : *Réunion de Hacs préparant le spectacle 25, Mazanites célébrant un mariage.*

▶ Débattre à l'oral

Pour ouvrir ou prolonger la réflexion, ce débat pose la question de vivre dans ces sociétés. Si la réponse collective sera probablement négative, les justifications permettent aussi d'établir un parallèle avec ce qui suscite des troubles dans nos sociétés : intolérance religieuse, violence extrême, voyeurisme, superficialité des échanges.

G. Orwell,
1984, texte 2 p. 76-77

▶ Graine de savoir

Le mot « politique » est un adjectif qui s'applique à toute activité qui porte sur la société et son organisation. « Être policé » signifie se comporter en acceptant les règles sociales.

Vivre sous une surveillance constante

1. Big Brother, le dirigeant de cette société, est partout : les murs portent des affiches à son effigie, jusque dans les immeubles d'habitations.

2. Par son nom, le « télécran » fait évidemment penser à un poste de télévision, que l'on imagine donc rectangulaire, noir ou sombre, et d'environ un mètre de large sur 50 ou 60 cm de haut. Cet objet permet de diffuser des programmes.

3. La Police de la Pensée surveille les habitants indistinctement, grâce au télécran et grâce aux hélicoptères qui espionnent les habitations. Comme son nom l'indique, le crime traqué est lié à la réflexion : on devine qu'il ne faut pas critiquer Big Brother.

4. L'éducation des enfants d'Océania repose sur un endoctrinement à travers des organisations qui rassemblent les enfants.

Bilan **5.** Cette société fait penser à la société nazie, ainsi qu'à la société soviétique de Staline. Dans les deux cas, les dissidents, ceux qui ne s'intègrent pas à ce mode de pensée, sont punis et enfermés dans des camps ou envoyés au goulag. Orwell dénonce un travers présent aujourd'hui encore : celui de la surveillance d'une société par ses dirigeants.

Ressource numérique

AUDIO

G. Orwell, *1984*

Les extraits audio illustrent cette vision terrifiante : la ville est dominée physiquement par les ministères, dont les noms montrent la manipulation du langage. Celle-ci, connue sous le nom de « novlangue », est expliquée dans le second extrait par un autre des personnages (voir également le chapitre de langue sur le nom qui présente un atelier de grammaire consacré au novlangue).

▶ Lecture d'image

1. La caricature rapproche la surveillance exercée par Big Brother de la collecte de données qu'effectuent Google et Facebook grâce à leurs algorithmes.

2. Delize critique la surveillance des citoyens effectuée par ces entreprises, avec leur consentement. La place croissante des robots suggère une menace impossible à mesurer avec précision.

▶ Exprimer un point de vue

L'exercice mêle réflexion et imagination : en se projetant dans différentes situations de la vie quotidienne, l'élève doit ensuite formuler un avis personnel. Le personnage est oppressé par l'impression d'être constamment surveillé, ce qu'illustrent des situations de la vie courante : on peut imaginer que Big Brother figure sur les produits de consommation, les jouets des enfants, que les enseignants doivent le célébrer à longueur d'exercices, que les gens s'espionnent et se regardent tous avec inquiétude.

2. Des sociétés idéales

Voltaire,
Candide ou l'Optimisme, texte 3 p. 78

Comprendre le rêve et les aspirations de Voltaire

Entrer dans la lecture. Le mot « Eldorado » signifie « le doré » en espagnol, en référence à la richesse supposée de cette cité mythique.

1. a. Les questions de Cacambo supposent une grande déférence à l'égard du roi, devant lequel on doit montrer son respect.

b. En réalité, il faut « [sauter] au cou de sa majesté » (l. 12), ce qui montre que les rois d'Eldorado sont proches de leur peuple (ce que confirme l'invitation à diner ensuite).

2. Les dimensions, les exagérations montrent le caractère imaginaire du lieu : « mille colonnes » (l. 16), une « galerie de deux mille pas » (l. 24). Il s'agit d'hyperboles.

3. En France, le pouvoir est exercé par Louis XV, héritier de la monarchie absolue de Louis XIV. La justice est rendue de façon arbitraire, et on peut être emprisonné pour avoir critiqué le roi. De plus, la place des sciences correspond aux aspirations des philosophes des Lumières.

4. Candide se réjouit des sciences car cela montre que cette société cherche à améliorer ses conditions de vie, et respecte les sciences sans superstition religieuse. Voltaire, en tant que philosophe des Lumières, exprime ainsi son propre avis sur les sciences à travers le personnage de Candide.

Bilan 5. Ce pays fonctionne selon des idéaux d'égalité et de fraternité. Indirectement, Voltaire critique l'état du royaume et souhaite faire comprendre quelles améliorations il convient d'apporter.

▶ Lecture d'image

1. Plusieurs éléments évoquent un paradis universel : les personnages sont paisibles et baignent dans une douce lumière. Le paysage est lui aussi paradisiaque, avec des champs, des fleurs et la mer à l'horizon.

2. Les couleurs pastel sont douces.

3.

Ressources numériques

ACTIVITÉ

P. Signac, *Au temps de l'harmonie*

▶ Décrire un mode de vie idéal

Le tableau est un support accessible pour développer une rédaction fondée sur l'invention. Les Harmoniques peuvent pratiquer différentes activités pour illustrer leur souci d'autrui :

- si l'un d'eux veut jouer à la pétanque, plusieurs se proposent aussitôt de partager ses activités ;
- le choix des loisirs et des travaux fait l'objet de décisions partagées, communes...

Montesquieu,
Lettres persanes, texte écho p. 79

Comparer deux sociétés imaginaires

1. Le peuple des Troglodytes vit en partageant totalement toutes les ressources, et toutes les possessions sont communes à tous. Le nom ne correspond à aucun peuple connu, et il n'y a pas d'indications géographiques permettant de les situer.

2. Montesquieu et Voltaire partagent un même idéal de société fraternelle, ce qui est caractéristique de la philosophie des Lumières.

F. Rabelais,
Gargantua, texte 4
J.-J. Rousseau,
Émile ou De l'éducation, texte écho p. 80

Réfléchir sur une question de société : l'éducation

1. La règle principale est « Fais ce que tu voudras » (l. 8). En ancien français, la formule est la suivante : « Fay ce que vouldras ». Le nom de l'abbaye, Thélème, appartient au même champ lexical, puisqu'il signifie « volonté » en grec.

2. Les habitants de l'abbaye sont des hommes et des femmes, qui vivent leur journée en s'occupant paisiblement. Cette place des loisirs indique qu'ils appartiennent à une classe aisée, tout comme le fait qu'ils savent lire et écrire.

3. Ils doivent cultiver leur maitrise des langues étrangères et leur pratique de la musique. Leur rôle auprès de Gargantua semble être d'égayer sa cour et de le conseiller.

4. Bien qu'ils l'expriment différemment, Rabelais et Rousseau pensent qu'il vaut mieux laisser à l'élève la liberté de choisir ce qu'il apprend, afin qu'il apprenne de façon autonome.

Bilan 5. Ce modèle éducatif implique aussi des conditions de travail qui permettent aux élèves de trouver les réponses qu'ils cherchent. Il s'adresse plutôt à des enfants de classe sociale élevée, dont les parents peuvent payer un précepteur particulier, comme dans le texte de Rousseau.

▶ Comparer des textes

Il n'existe pas de réponse définie à une telle question. Les deux textes présentent des qualités distinctes :

- celui de Rabelais présente une société imaginaire, qui permet de délivrer son message de façon distrayante ;
- le texte de Rousseau est plus complexe car plus argumenté, mais le message est plus clairement exposé.

▶ Réfléchir en groupe

Ce travail permet de rechercher les différentes situations d'apprentissage qui peuvent se présenter dans la vie quotidienne, et de réfléchir à ce qui donne envie d'apprendre. Il s'agit par ailleurs d'une première initiation à l'argumentation en articulant les idées à des exemples concrets, afin de les justifier. La synthèse finale permet enfin de développer un point de vue complexe, en plusieurs paragraphes.

Activités d'expression p. 81

▶ Imaginer une société idéale

Sur le modèle des exemples de Michaux, l'activité propose d'inventer le mode de vie des Omobuls. Le nom évoque la rondeur, ce qui peut se traduire par une vie dominée par les rêves, ou encore dans un univers aquatique. L'élève détermine ensuite ce qui correspondrait à une amélioration dans la société d'aujourd'hui, puis la traduit dans ce monde imaginaire.

Exemple : les ressources énergétiques intégralement renouvelables → Les Omobuls s'éclairent le soir grâce à la chlorophylle des plantes, diffusée dans des globes translucides. Ils prennent soin de cultiver ces plantes dans d'immenses jardins, et tous viennent à tour de rôle les entretenir.

▶ **Exprimer son avis sur l'argumentation par la fiction**

Il n'y a pas de réponse type, chaque élève pourra formuler un avis différent, fondé sur sa sensibilité. Néanmoins, l'argumentation par la fiction suppose que le message soit clairement compréhensible, et correctement illustré par le récit. On attend donc que la justification mette en avant ces qualités.

DOSSIER L'utopie, rêver le monde pour le changer

p. 82-85

Objectifs et démarches du dossier

▶ Le dossier constitue un prolongement du parcours consacré aux sociétés imaginaires. Il vise à exposer des éléments de compréhension relatifs à la notion d'utopie. Il s'articule en deux parties : l'une consacrée à la présentation de l'utopie et à ses aspects mélioratifs, l'autre exposant des mises en garde et introduisant la notion de contre-utopie. Un EPI est ici possible, autour de la relation entre les grandes utopies et les fondements idéologiques des dictatures communistes du XXe siècle.

▶ Ce dossier vise à permettre aux élèves de :

- découvrir et définir la notion d'utopie comme la recherche d'une société parfaite ;
- reconnaitre les limites de l'utopie ;
- associer l'utopie avec des réalisations politiques ;
- découvrir les contre-utopies modernes grâce à l'exemple d'*Hunger Games*.

Corrigés

Un lieu… loin de la réalité p. 82

• Étymologiquement, le mot « utopie » signifie « qui n'existe pas ». De ce fait, ce nom est inventé pour désigner une société inventée de toute pièce.

• Le fait qu'il s'agit d'une ile conforte cette impression d'irréalité : une ile est un lieu clos sur lui-même, isolé du reste de la société.

La recherche de la perfection p. 82

• Le principe fondateur de la société parfaite de Thomas More est l'égalité.

• En interdisant la propriété individuelle, il espère faire disparaitre la misère.

Des paradis naturels, l'héritage de Thomas More

Fénelon et le pays de la Bétique p. 83

• Les richesses de ce pays sont les mines d'or et d'argent, les troupeaux, le sol fertile.

• Les habitants dédaignent l'or et l'argent, et préfèrent les ressources liées à leur activité agricole car elles servent aux « besoins de l'homme » : la terre fertile, le climat doux et tempéré, les troupeaux aux laines fines.

• Le point commun aux deux peuples est qu'ils vivent heureux en partageant leurs ressources, afin que personne ne manque de rien.

Diderot et la société otaïtienne p. 83

• L'ile d'Otaïti fait penser à Tahiti, car les deux sont des iles tropicales. L'ile de Tahiti est associée à une nature luxuriante et à une vie paisible.

• En vantant le mode de vie des Otaïtiens, Diderot critique la société européenne du XVIIIe siècle, qui pratique notamment l'esclavage.

Une réalisation difficile et dangereuse

L'idéal égalitaire de **Thomas More** p. 84

Débat en classe

Il s'agit de formuler les conséquences gênantes de l'égalité telle qu'elle est décrite par Thomas More : l'absence de porte aux habitations implique l'absence d'intimité, de solitude, puisqu'il est possible à tous de venir dans la maison. Si l'idée se veut généreuse, son application ressemble plutôt à une intrusion dans la vie privée.

De même, l'échange d'habitation rend impossible toute possession matérielle durable, et implique qu'il faut savoir se détacher de ses biens. Ce n'est pas impossible, mais on peut par exemple s'attacher à des objets pour des raisons sentimentales, et le fait de ne pouvoir les conserver peut paraitre cruel.

Cristin et Bilal : *La Ville qui n'existait pas* p. 84

Plusieurs éléments mettent une distance entre l'utopie et la réalité. Il y a tout d'abord la bulle qui enferme la ville, qui la coupe du monde, à la manière des cités miniatures contenues dans les boules à neige. Ensuite le personnage au premier plan garde la tête baissée, dans une attitude indiquant la tristesse, le manque d'espoir. Enfin, tout autour, la vie suit son cours, comme le montre la fumée de la centrale nucléaire. Celle-ci peut symboliser les menaces qui pèsent sur l'avenir, et qui persistent, montrant également l'échec de l'utopie.

> **piste EPI**
>
> **Matières concernées :** Français, Histoire-Géographie, Arts-Plastiques
> **Problématique :** Comment les utopies égalitaristes ont-elles été appliquées au xxe siècle ?
> **Activités :** Cet EPI propose de joindre la réflexion critique à l'étude des sociétés totalitaires du xxe siècle, c'est-à-dire le communisme et le nazisme. La production vise à mettre en valeur le décalage entre le postulat de départ, positif, et sa réalisation concrète, avec les nombreuses conséquences négatives qui en découlent. On peut y joindre une conclusion sur les sociétés contemporaines, notamment la Corée du Nord ou la Chine d'aujourd'hui.

Des mondes de cauchemars

Panem dans *Hunger Games* p. 85

• Panem s'inspire en plusieurs endroits de la société actuelle : le dérèglement climatique et ses conséquences sociales constituent le point de départ de l'intrigue. Par ailleurs, la place du spectacle, qui montre de vrais individus, rappelle les émissions de télé-réalité.

• Les points communs sont les suivants : la disposition de la foule ; les drapeaux avec le symbole du parti ; les bras tendus, qui rappellent un geste nazi ; l'architecture monumentale en béton. La place du symbole du parti et le geste de soutien sont particulièrement ressemblants.

▶ **Expression écrite**

Au terme du dossier, le décalage entre l'utopie et sa réalisation doit apparaitre assez distinctement. L'élève doit donc formuler cet écart en repérant les risques d'excès contenus dans les textes présentés et en montrant leur caractère absolument irréaliste, en plusieurs paragraphes distincts.

PARCOURS UN THÈME Le thème de l'argent au théâtre

p. 86-97

Objectifs et démarches du parcours

Problématique : *Comment le thème de l'argent au théâtre permet-il de dénoncer certains comportements ?*

▶ Ce parcours propose une réflexion sur le rôle de l'argent au théâtre. C'est en effet un ressort comique très ancien, dont la présence remonte même à l'Antiquité; c'est pourquoi le choix des auteurs va d'Aristophane à Éric-Emmanuel Schmitt, en intégrant Plaute, Goldoni, Molière, Balzac et Pagnol. Dans chacun de ces textes, l'on s'aperçoit que l'argent constitue un ressort comique essentiel : le thème de l'argent permet de montrer la duplicité des personnages et leur immoralité. Il peut ainsi conduire l'élève à s'interroger sur la place qu'il convient de réserver à l'argent face aux valeurs profondément humaines que représentent les liens familiaux.

▶ La progression suivie est apparemment chronologique, mais elle permet de commencer par un texte provocateur d'Aristophane, qui ouvre la réflexion sur la place de l'argent dans la vie quotidienne. Après avoir établi le fait qu'il ne faut pas mépriser l'argent, ou du moins le confort matériel qu'il peut apporter, les textes présentés montrent progressivement des personnages rendus malades par l'argent, au point d'y sacrifier leurs enfants, jusqu'à la figure du banquier Golden Joe, qui ne voit plus rien du monde.

▶ Les objectifs pédagogiques de cet atelier sont les suivants :
- analyser la satire au théâtre à travers les discours que tiennent les personnages ;
- comprendre le rôle de l'argent comme ressort comique grâce à l'immoralité des personnages ;
- réfléchir à la place de l'argent dans la vie quotidienne ;
- formuler un avis personnel sur cette question en intégrant les enjeux moraux exposés par les auteurs des textes.

Organisation du parcours et choix des axes de lecture

1. Faut-il préférer la pauvreté à la richesse ?

Aristophane,
Ploutos, dieu du Fric, textes 1 et 2
Plaute,
Aulularia, texte écho — p. 86-87

• Pistes didactiques

Pour entrer dans le parcours, cette double page permet de susciter une réflexion sur le rôle de l'argent dans la vie quotidienne. Tout en reconnaissant son importance, elle introduit un personnage rendu malade par la présence d'un trésor chez lui.

• Proposition d'hypothèse de lecture

Réfléchir à la place de l'argent dans la vie quotidienne en étudiant un discours faussement critique.

2. Maladies d'argent

C. Goldoni,
La Banqueroute, texte 3
C. Goldoni,
Les Rustres, texte écho
Molière,
Les Fourberies de Scapin, texte 4 — p. 88-91

• Pistes didactiques

Les deux textes de C. Goldoni montrent des personnages sans scrupule, qui font passer leur intérêt financier avant le bonheur de leurs enfants. Dans celui de Molière, tout comme dans les précédents, l'argent rend difficile la relation entre un père et son fils. La réaction de Géronte face au péril encouru par son fils relève presque du dilemme tragique : perdre son fils ou perdre son argent.

• Proposition d'hypothèses de lecture

Comprendre l'immoralité des discours des personnages sur l'argent et leur relation avec leurs enfants.
Observer la mise en scène du dilemme de Géronte.

3. L'argent et l'amour, un mariage d'intérêts

H. de Balzac,
Le Faiseur, textes 5 et 6 p. 92-93

• Pistes didactiques

Le texte présente une variation sur le thème du mariage d'intérêt, déjà exposé dans la double page consacrée à C. Goldoni. Cette fois-ci, un père cherche à éviter la faillite en mariant sa fille, contre son gré, à un riche noble. Sa discussion avec sa femme ressemble au discours d'un marchand cherchant à vendre un objet.

• Proposition d'hypothèses de lecture

Analyser le vocabulaire marchand et l'évaluation de la fille par ses parents.

4. La corruption par l'argent

M. Pagnol,
Topaze, textes 7 et 8 p. 94-95

• Pistes didactiques

Ce passage illustre la souffrance de Topaze, déchiré à l'idée d'être malhonnête. Face à lui, son ancien supérieur, Muche, se réjouit au contraire de le voir s'enrichir.

• Proposition d'hypothèses de lecture

Observer l'opposition entre l'état d'esprit de Topaze et celui de Muche, qui témoigne de deux conceptions opposées de ce qu'est l'honnêteté.

5. Le monde de la finance

É.-E. Schmitt,
Golden Joe, texte 9 p. 96

• Pistes didactiques

Le texte contient un portrait de Golden Joe par ses employés. Parallèlement, on assiste au fonctionnement de cette banque d'affaires, où seules les réalités chiffrées comptent.

• Proposition d'hypothèses de lecture

Observer la place des chiffres dans le discours des personnages et la présentation d'un modèle de banquier, Golden Joe.

Corrigés des questionnaires et des exercices

1. Faut-il préférer la pauvreté à la richesse ?

Aristophane,
Ploutos, dieu du Fric, textes 1 et 2
Plaute,
Aulularia, texte écho p. 86-87

▶ Débattre à l'oral

Cette activité trouve plutôt sa place à la fin de l'étude : elle amène un exercice de réfutation des arguments de La Galère grâce à des exemples de la vie quotidienne qui illustrent le rôle « facilitateur » de l'argent.

Analyser un discours ironique

1. La Galère s'oppose à ce que tous soient riches, comme le montrent les réflexions suivantes : « vous n'en tireriez aucun avantage » (l. 1-2) et « ta vie, alors, sera mille fois plus pénible que celle que tu mènes aujourd'hui » (l. 21-22).

2. Selon La Galère, la richesse rend mécaniquement fainéant, et entraine les hommes à ne plus travailler : il affirme qu'il n'y aura plus d'artisan, plus de marchands d'esclave, plus de laboureur, les hommes deviendront gros.

3. La Toussaille n'est pas convaincu par cette argumentation car il considère qu'une vie de travail n'est pas une vie heureuse.

4. La Toussaille se permet même un jeu de mots sur la « taille de guêpe » engendrée par La Galère, c'est-à-dire par la privation de nourriture. Aristophane met en avant dans cette réplique les faiblesses du discours de La Galère, qui « oublie » d'évoquer les méfaits du manque d'argent.

5. Il n'y a pas de morale dans ce texte : trop d'argent semble préférable au personnage, plutôt qu'une vie de travail et de privation, ce qui est une réflexion assez réaliste.

6. Aristophane se moque de deux travers grâce à cette personnification, travers qu'on va retrouver plus loin, dans les autres textes. D'une part, il y a le besoin maladif de ne rien dépenser, de conserver son argent pour le seul plaisir de le posséder, et d'autre part la folie dépensière, qui fait dilapider même l'argent que l'on ne possède pas.

7. Euclion est un bon exemple de ce rapport maladif à la possession d'argent : la présence d'or chez lui l'obsède et le rend paranoïaque. Il est persuadé que tout le monde veut le voler, même sa vieille servante.

Bilan **8**. Cette dernière question n'amène pas de réponse-type. La richesse semble préférable, selon le point de vue de La Toussaille, même si La Galère n'a pas tort de dire que cela rend paresseux ; en revanche, Euclion illustre une vision négative d'une trop grande richesse.

▶ Lecture d'image

Le chat de Geluck formule une même idée de la richesse que La Toussaille, c'est-à-dire quelque chose qui n'est pas négligeable.

2. Maladies d'argent

C. Goldoni,
La Banqueroute, texte 3
C. Goldoni,
Les Rustres, texte écho
Molière,
Les Fourberies de Scapin, texte 4 p. 88-91

Analyser l'aveu d'un homme dépensier

1. Pantalon ne se montre guère inquiet d'être ruiné ; il se dit qu'au moins, il a éprouvé du plaisir à tout dilapider : « Ce qui me console au moins, c'est que mes sous, personne ne les a mangés, personne ne me les a volés, et que la mer ne me les a pas engloutis. J'en ai bien profité, je les ai dépensés, et j'en ai fait profiter mes amis. Moi, maintenant, je suis comme un roi.» (l. 3-8)

2. Son épouse a aussi contribué à sa perte car elle a dépensé leur argent en achats et en mondanités, c'est-à-dire lors de fêtes. C'est ce que lui reproche Pantalon.

3. Pantalon s'est mal comporté à l'égard de son fils, car il a dépensé même l'argent qui lui revenait, ce qui ressemble à du vol. Cette attitude est révoltante car il s'est servi de son pouvoir sur les finances de son fils pour s'en emparer.

4. Madame Clarice ne semble guère fiable: Pantalon croit qu'elle va lui rendre l'argent qu'il lui a prêté, mais lui-même n'a pas eu cet égard pour son fils.

Bilan **5.** L'attitude de Pantalon est choquante à plus d'un titre: il a dépensé tout l'argent qu'il pouvait sans se soucier des autres, que ce soit sa femme ou son fils. Pour ce dernier, on peut même considérer que son père lui a volé la dot de sa mère. Pantalon est un père indigne.

▶ Lecture d'image

Le costume de Pantalon est entièrement rouge, une couleur évocatrice de violence. De plus, il porte une dague, une arme dont il peut se servir contre les autres. Son masque de *commedia* est par ailleurs disgracieux, pour montrer sa laideur morale.

Découvrir la pratique des mariages arrangés

1. Le contrat conclu par les pères contient deux clauses: l'octroi de six mille ducats, et l'ordre de ne pas rencontrer la jeune fille à l'avance. Le champ lexical de l'argent est assez fourni: «dot», «sequins», «ducats d'argent», «rentes sur le Trésor», «argent».

2. Les pères ne se soucient pas du tout de leurs enfants, car ils consacrent l'essentiel de leur dialogue aux questions d'argent. De plus, la demande du fils de Maurizio est écartée sans que celui-ci cherche à la défendre, de peur de perdre le marché.

Bilan **3.** Dans les deux textes de cette page, les pères ne se soucient guère de leurs fils. Les uns comme les autres préfèrent leur rapport à l'argent à leurs rapports familiaux.

▶ Comparer deux mises en scène

Ressource numérique

VIDÉO

Deux mises en scènes du dilemme de Géronte

• Les costumes et le décor diffèrent de façon très nette:

- dans la première vidéo, il s'agit de costumes sobres, inspirés de la coutume napolitaine. De même le décor est discret (un simple banc) et l'attention se focalise sur le jeu des acteurs;
- dans la seconde, les costumes sont conçus pour paraitre excessifs, théâtraux, avec des accessoires très voyants. L'acteur qui joue Géronte porte même un postiche pour simuler la calvitie. Le décor est présent, mais plutôt suggéré que réaliste.

• Le jeu des acteurs confirme l'impression donnée par leurs costumes:

- la première vidéo montre des acteurs qui représentent le texte, soulignant discrètement les effets comiques;
- cette fois-ci le jeu est très appuyé, là aussi très théâtral. Les inflexions dans la voix montrent ce souci de s'exclamer bruyamment.

Après l'observation, les élèves doivent ensuite exprimer leur préférence en reformulant l'analyse des mises en scène.

Comprendre les réticences d'un père hésitant

1. La première inquiétude de Géronte porte sur le montant de la somme demandée par les pirates.

2. Scapin s'efforce tout au long de cette scène de le convaincre de payer la somme demandée

3. Il essaie d'apitoyer Géronte en se lamentant sur le terrible sort qui guette son fils, lui reprochant de lui préférer son argent.

4. a. Géronte parait convaincu par ce reproche, puisqu'il semble s'apprêter à donner la somme.

b. Il reste cependant très difficile de soutirer la somme requise à Géronte, qui use de tous les stratagèmes possibles pour retarder l'inévitable. Le principal jeu de scène montre justement une répétition du même geste: il remet sans cesse dans sa poche la bourse qui contient son argent, au lieu de la donner à Scapin.

Bilan **5.** La répétition du mot «galère» contient un reproche voilé à son fils, qui l'a mis dans la terrible situation de donner son argent. C'est clairement pour se lamenter de son argent perdu qu'il répète ce mot.

▶ Exprimer son point de vue

Pantalon et Géronte illustrent tous deux les difficultés que peut susciter l'argent dans les relations familiales. Il est difficile de formuler une préférence, car l'un s'emploie à dilapider l'argent de son fils, tandis que l'autre éprouve toutes les difficultés à donner de l'argent pour sauver son fils.

▶ Rédiger une note de mise en scène

L'exercice doit être introduit par la diffusion des deux extraits joués par des compagnies différentes (lienmini p. 90). Après avoir réfléchi sur les postures correspondant aux sentiments exprimés par Géronte, les élèves focalisent leur attention sur le rôle de la bourse, qui symbolise l'importance de l'argent. Ils doivent notamment s'attacher à définir la place que doit lui accorder Géronte: dans sa poche ou dans sa main. Enfin, il reste à rédiger des instructions pour caractériser l'attitude de Scapin, qui simule l'inquiétude tout en cherchant à soutirer la bourse des mains de Géronte.

3. L'argent et l'amour, un mariage d'intérêts

H. de Balzac,
Le Faiseur, textes 5 et 6 p. 92-93

Étudier le marchandage d'un père à propos de sa fille

1. a. Mercadet a une opinion défavorable de sa fille: «la pauvre enfant n'est pas notre plus belle affaire» (l. 1), «la laideur reste» (l. 3), «je voudrais savoir ce qui l'a charmé dans ma fille» (l. 7), «il fallait la faire jolie» (l. 21). Il lui reconnait cependant une certaine intelligence.

b. Les termes qu'il emploie, qui appartiennent au champ lexical de l'apparence, montrent qu'il la trouve laide.

2. Il est plus méfiant que surpris, car selon lui, sa fille ne présentant aucune beauté, il pense que celui qui lui fait la cour le fait par intérêt.

3. «La pauvre enfant n'est pas notre plus belle affaire» (l. 1)
→ La pauvre enfant n'est pas notre plus beau produit.
«J'espère que Julie, malgré ses lectures, comprendra le mariage comme il doit être compris: en affaire!» (l. 13-15)

→ J'espère que Julie, malgré ses lectures, comprendra le mariage comme il doit être compris : c'est du commerce.

4. M. Mercadet espère que le mariage de sa fille lui rapportera de l'argent. Mme Mercadet, malgré sa défense de sa fille, attend la même chose.

5. Pierquin félicite Mercadet de ce mariage qui va renflouer ses dettes, au point qu'il l'associe directement à cette union : « vous faites un superbe mariage » (l. 2-3).

6. Il soupçonne cependant Mercadet d'avoir inventé de toutes pièces un millionnaire, pour duper les créanciers. Cela montre que Mercadet est considéré comme capable de mentir, même à ses proches, et de payer un jeune homme pour parvenir à ses fins, sans considération pour sa fille.

Bilan **7.** L'argent est critiqué par Balzac dans ces deux extraits, car le père vend littéralement sa fille à des fins personnelles, sans prendre une seule fois en compte son intérêt. Au contraire, il regrette sa laideur qui complique sa recherche de fiancé. L'argent aussi supplante les sentiments de Mme Mercadet, pourtant bien intentionnée à l'égard de sa fille qu'elle défend devant les critiques de son père.

▶ Rédiger une lettre argumentée

L'objectif de cet exercice est de pratiquer une forme d'argumentation dans un cadre épistolaire : en ce sens, il correspond au sujet d'imagination du brevet. On attend de la production qu'elle articule une critique du mariage d'argent à des sentiments plus personnels de Julie sur la question, liés à sa relation amoureuse. Le travail préparatoire au brouillon cherchera notamment à envisager les conséquences affectives d'un mariage sans amour, face aux bénéfices financiers et au confort matériel.

Ressource numérique

ACTIVITÉ

Interview du metteur en scène Robin Renucci et extrait complémentaire du *Faiseur*

1. Extrait complémentaire

1. On découvre que Julie Mercadet ne partage pas du tout le point de vue de ses parents, et dit préférer « le bonheur et la pauvreté ».

2. On devine, grâce à l'énumération que Mercadet fait des avantages matériels dont bénéficiera sa fille, qu'il espère également profiter de cette riche situation, d'autant que Mme Mercadet rappelle qu'ils sont dans une position difficile.

2. Interview de Robin Renucci

1. L'avant-dernière répétition de la pièce s'intitule le filage. Les comédiens portent pour la première fois leurs costumes et jouent l'intégralité de la pièce. De ce fait, les gestes sont ajustés, tout comme les costumes.

2. Le journaliste définit la pièce de Balzac comme « l'histoire d'un homme d'affaires qui utilise toutes les ficelles pour se sortir d'affaire », il évoque également « une fable sur les dérives du capitalisme financier ».

3. Le metteur en scène évoque quant à lui les thèmes suivants, liés au monde de l'argent : « dette personnelle », « pyramide financière », « spéculation qui devient un projet de société ».

4. Robin Renucci évoque la valeur de l'argent, la valeur du travail, et trois intrigues : Mercadet va marier sa fille, il cherche à ne pas rembourser ses dettes, et il invente une spéculation boursière.

5. Le décor est celui d'un appartement bourgeois, à Paris. Pour ne pas gêner les comédiens, les meubles sont hors du plateau, comme après une rénovation qui ne serait pas encore terminée.

6. Les contraintes sont liées à un montage très rapide de la scène, sur des tréteaux. De ce fait, les lumières sont posées à même le sol, et les meubles épars tout autour.

4. La corruption par l'argent

M. Pagnol,
Topaze, textes 7 et 8 p. 94-95

▶ Lecture d'images

1. Le changement de costume indique l'enrichissement de Topaze : son costume est plus élégant dans le dernier photogramme.

2. On remarque également qu'il ne porte plus ses lunettes, et que son maintien est plus assuré : il regarde avec un air supérieur l'autre personnage (que l'on ne voit pas).

3. On peut donc en conclure qu'il est devenu foncièrement malhonnête et qu'il essaie de tirer le meilleur parti possible de la situation.

Observer l'influence de l'argent sur les relations des personnages

Entrer dans la lecture. « Prête-nom » et « homme de paille » sont deux expressions synonymes. Ces mots désignent la dissimulation d'activités frauduleuses derrière un homme à la réputation honorable.

1. Topaze éprouve le besoin de se confier car il souffre de sa situation, qui blesse son sens moral. En effet, il sert de paravent pour les activités malhonnêtes de son supérieur. Il cherche à montrer à Muche que personne n'est dupe de cette situation : « je ne suis plus un honnête homme » (l. 1). Il estime gagner « trop » d'argent (l. 22), car cet argent lui rappelle qu'il est complice de cette malhonnêteté.

2. Muche porte un regard différent sur la situation car il admire l'enrichissement de Topaze. Lorsque ce dernier déclare qu'il gagne « trop », ce mot doit être prononcé avec regret et dépit. En revanche, Muche le répète joyeusement, avec peut-être un peu de convoitise, comme le montre le deuxième extrait de cette scène.

3. Muche décrit le licenciement de Topaze comme résultant du besoin de liberté de ce dernier, encouragé en ce sens par sa propre bienveillance. En réalité, le paratexte nous apprend que Topaze a été licencié car il était trop honnête, ce qui avait dû déplaire à Muche.

4. Le changement de Muche est directement associé à la nouvelle situation de Topaze. Devenu riche, celui-ci devient un homme intéressant, et ce sont justement ces relations d'intérêt que Pagnol dénonce.

5. a.

Ressource numérique

VIDÉO

Adaptation cinématographique de *Topaze* par Marcel Pagnol

b. Topaze exprime son désarroi en s'approchant très près de Muche, et en employant un ton très déterminé. Cependant, son interlocuteur ne réagit visiblement pas comme il s'y attend, et son désarroi laisse progressivement place à un doute sur les intentions de Muche, que souligne la posture de Topaze à la fin de la scène, les bras croisés, dans un geste d'attente.

6. On apprend que la visite de Muche est motivée par le soi-disant chagrin d'amour de sa fille. Vu son intérêt pour l'argent, on devine qu'il cherche à la marier à un homme riche. D'ailleurs, Topaze est tellement surpris qu'il met très longtemps à comprendre où Muche veut en venir et croit au départ qu'il s'agit d'une maladie réelle.

7. La scène se termine sur un malentendu : Topaze pense que Muche lui demande de confirmer qu'il avait bien auparavant demandé la main de Mlle Muche, et Muche utilise cette confirmation comme s'il s'agissait d'une nouvelle demande. Il accorde la main de sa fille à Topaze qui ne la demandait pas.

Bilan **8.** Muche et Mercadet cherchent tous deux à conclure des mariages d'argent pour leur fille. Ils paraissent sans scrupule, ne respectant pas les sentiments de ceux qui sont concernés : Mercadet arrange le mariage de sa fille comme un contrat commercial, tandis que Muche essaie de forcer la main de Topaze.

▶ Mettre en scène

L'exercice de mise en scène repose sur l'analyse de l'opposition entre Topaze et Muche. Après avoir observé qu'ils n'attendent pas la même chose de cet entretien, il s'agit de trouver les gestes permettant de le faire comprendre aux spectateurs. Ensuite, les élèves cherchent à repérer les répliques les plus significatives pour leur ajouter des didascalies de gestes. Pour préparer la mise en scène, les élèves doivent ensuite interpréter avec le ton qui convient ces répliques, puis progressivement filer tout le texte.

5. Le monde de la finance

É.-E. Schmitt,
Golden Joe, texte 9 p. 96

Analyser la critique d'un être sans émotion

Entrer dans la lecture. « Golden Joe » signifie littéralement « Joe le doré », en référence à sa richesse.

1. Le portrait de Joe dans la presse est très flatteur, ce qui montre l'importance de l'argent dans la société : « le spéculateur aux doigts d'or, le démultiplicateur universel, le prince des golden boys » (l. 27-29). Tout le monde admire l'enrichissement rapide du personnage, même s'il nuit à son père pour cela.

2. Guilden est nettement différent des deux autres personnages : il se montre maladroit et rêveur. Il est curieux du monde, à la différence de Rosen qui n'aime pas ce qui est sentimental, et de Golden Joe qui pense tout savoir du monde.

3. Golden Joe résume la Terre à ce qu'il en perçoit depuis son écran. Il la décrit donc en des termes qui font comprendre cette métaphore : « rectangulaire, de la taille d'un écran, et elle tourne lorsqu'on appuie sur une touche » (l. 39-41).

4. Au moins deux expressions montrent la déshumanisation des banquiers : « ce qu'on met dans les banquiers pour qu'ils travaillent » (l. 15) et « New York ferme. / Tokyo ouvre. » (l. 1-2). Pour les trois personnages, le seul intérêt réside dans les chiffres qu'ils accumulent, et dont on ne sait même plus à quoi ils correspondent.

Bilan **5.** L'auteur critique ce métier car il n'y a pas de place pour l'humain, pour les sentiments. La Terre est uniquement définie par les ressources qu'elle peut produire.

▶ Lecture d'image

L'acteur incarne bien ce type de personnage : on peut y retrouver un homme arrogant, à l'apparence élégante et soignée. Il tient dans ses mains un dollar, plaçant l'argent au centre de l'image.

Comprendre une interview

Ressource numérique VIDÉO
Interview d'Éric-Emmanuel Schmitt

1. L'auteur dit de Golden Joe qu'il est dans la misère, car il a perdu son humanité. Il ne voit plus les gens que comme des fonctions qui peuvent rapporter de l'argent. Son argent ne le rend pas riche. Au contraire, sa richesse est appauvrissante.

2. Éric-Emmanuel Schmitt oppose à la richesse d'argent le malheur qu'on a quand on est incapable de vivre. Les sentiments, l'amour, sont des richesses qui échappent à Golden Joe. Il n'est pas capable de saisir cette richesse non matérielle. Pour l'auteur, il est plus important d'être un homme que d'être un consommateur.

Activités d'expression p. 97

▶ Réfléchir à partir d'une citation

L'exercice propose de rédiger une synthèse du parcours à partir des personnages rencontrés. La Toussaille, Pantalon et Golden Joe se montrent plutôt satisfaits par l'argent, même si dans les deux premiers cas, on peut objecter que ce sont deux personnages pauvres. À l'inverse, on peut remarquer qu'Euclion, Géronte et Topaze sont rendus malheureux : là aussi, ce sont plutôt des personnages riches qui pensent de la sorte. Malgré l'opposition initiale, l'élève peut donc conclure que si l'argent est souvent désiré par ceux qui en manquent, avoir trop d'argent ne rend pas forcément heureux. En ce sens, l'adage populaire se vérifie plutôt bien avec ces exemples. On peut donc, dans cet exercice, illustrer l'intérêt d'approfondir la réflexion pour enrichir une réponse apparemment très simple.

▶ Imaginer son propre modèle

L'élève est ici amené à se projeter dans son propre futur d'adulte. Il s'agit de concevoir comment se comporter face à l'argent, à compléter avec un travail éventuel en EMC. Il est en effet intéressant de montrer que le crédit, s'il constitue un principe assez facile pour se procurer de l'argent, pose en réalité de nombreux problèmes à l'emprunteur, aggravant souvent une situation déjà précaire. Par ailleurs, la richesse induit souvent des envies de consommation, qui ne sont pas toujours nécessaires.

ATELIER D'EXPRESSION

Adapter et transformer une fable en dialogue

p. 98-101

Pistes didactiques de l'atelier

Cet atelier propose un travail de transposition de la fable vers le dialogue. Il mobilise ainsi des connaissances génériques et des compétences liées aux connecteurs du discours argumentatif. L'élève doit donc s'approprier les codes de la fable, notamment la visée argumentative, tout en approfondissant la compréhension des mécanismes du dialogue. La production finale permet en outre de réinvestir des observations formulées dans le parcours précédent, relatif au thème de l'argent.

L'atelier propose de passer progressivement d'une observation du discours argumentatif au sein de la fable à l'étude de deux exemples d'adaptation, en illustrant l'intérêt du dialogue. Au terme de cette comparaison, l'exercice qui est proposé permet de réinvestir le dialogue en le dotant d'une portée critique. En ce sens, il répond également aux objectifs définis par le sujet d'imagination au brevet.

Objectifs et démarches de l'atelier

▶ **Distinguer l'explicite du sous-entendu**

Le principe de la fable repose sur la rédaction d'un récit à visée didactique. De ce fait, en étudiant les éléments qui la composent, les élèves sont amenés à s'approprier cette position de lecteur qui cherche à déceler l'intention critique de l'auteur.

▶ **Pratiquer l'écriture d'invention en s'appuyant sur les caractéristiques de la fable**

Cette écriture d'invention présente une contrainte particulièrement difficile : non seulement il s'agit d'écrire un récit correctement structuré, sous la forme de paroles rapportées, mais il faut encore lui ajouter une visée argumentative. Parmi les éléments attendus, les élèves devront concevoir des personnages représentatifs d'un certain comportement face à l'argent, pouvant aller jusqu'au recours aux traits animaliers, à l'instar de ce que l'on trouve dans les fables présentées. L'autre élément important repose sur le recours au dialogue et au discours indirect, de manière à mettre en scène le propos critique.

▶ **Communiquer un point de vue à travers un récit à visée argumentative**

L'analyse de l'argumentation est l'un des grands enjeux de la classe de troisième. Comprendre une intention critique derrière une forme narrative est par ailleurs un élément essentiel du thème 2. Cet atelier permet donc de réinvestir des notions abordées lors du parcours 1, consacré aux sociétés imaginaires, relatives à l'argumentation : le point de vue d'un auteur, les justifications apportées pour le développer.

Le travail de rédaction proposé à l'issue de l'atelier permet en réalité de développer deux points de vue opposés, en les insérant dans le cadre d'un récit dialogué. L'articulation de ces points de vue fait ainsi appel à des notions relatives aux liens logiques du discours.

Corrigé des questions et activités

1. Identifier les éléments de la fable

J. de La Fontaine,
« Le Loup et l'Agneau », *Fables* p. 99

▶ **Comprendre**

1. Le Loup est un prédateur, un animal puissant qui constitue souvent une menace, tandis que l'Agneau est un animal inoffensif, qui sert d'ailleurs de référence pour définir la douceur : on dit souvent « doux comme un agneau ».

2. Les arguments du Loup sont mensongers : l'Agneau ne peut troubler sa boisson, puisqu'il se situe après lui, et il n'a pas pu dire du mal du Loup, puisqu'il n'était pas né. Les réfutations développées par l'Agneau montrent sa logique : il a raison de contester les arguments du Loup.

3. La Fontaine illustre sa morale grâce à un court récit explicatif : en montrant comment le plus fort l'emporte, malgré le bon droit du plus faible, il illustre cette injustice sociale.

▶ **Grammaire pour dire et pour écrire**

1. Le signe de ponctuation exprime un rapport de conséquence. Le connecteur approprié pourrait être « donc » ou « de sorte que ». Ex : « On me l'a dit, de sorte qu'il faut que je me venge. »

2. L'exercice doit permettre à l'élève de montrer sa compréhension du discours logique de l'Agneau. Voici les arguments que l'Agneau oppose au Loup:

– Je ne puis avoir troublé ton breuvage, car je me désaltère plus bas dans le cours d'eau.

– Je n'étais pas né l'an passé, je n'ai donc pas pu dire du mal de toi.

– Je n'ai pas de frère, de sorte qu'il n'a pu médire de toi.

3. 1. L'Agneau est faible, de sorte qu'il est menacé par le Loup.

2. Le Loup veut manger, il s'en prend donc à l'Agneau.

3. L'Agneau ne veut pas être mangé, si bien qu'il argumente.

4. La force du Loup est suffisante, il n'a donc pas besoin d'argumenter.

2. Réinterpréter une fable classique

J. de La Fontaine,
« La Cigale et la Fourmi », *Fables*
F. Sagan,
« La Fourmi et la Cigale » p. 100

▶ Comprendre

1. Dans la deuxième fable, la fourmi exerce une activité marchande, comme le montrent les termes « stocké » et « soldez ».

2. Chez La Fontaine, la Fourmi se définit par son sens de l'épargne et du travail, tandis que la Cigale s'amuse sans préparer les jours difficiles de l'hiver.

3. Françoise Sagan évoque la société de consommation en associant l'attitude de la Fourmi à celle d'un marchand qui stocke trop de marchandises, tandis que la Cigale incarne désormais le consommateur.

4. Il est difficile de formuler une morale d'après ces deux fables. Dans la fable de La Fontaine, Les deux comportements peuvent présenter un défaut:

– la Fourmi ne s'amuse jamais, et passe une vie austère à travailler sans cesse;

– la Cigale ne prévoit rien et dépend ensuite des autres pour assurer sa survie.

Tout en transposant la fable dans un univers moderne, Françoise Sagan formule une morale plus explicite (peut-être proche de ce que pensait réellement La Fontaine): le marchand n'a qu'à s'en prendre à lui-même s'il a prévu trop de stocks, et il est immoral de sa part de démarcher des personnages qui n'ont pas besoin de consommer.

La deuxième partie de la question appelle un avis personnel de la part des élèves, qui doivent se prononcer sur cette situation de consommation. Cela peut être l'occasion d'élargir le débat à la place occupée par la publicité dans la vie quotidienne.

▶ Grammaire pour dire, pour écrire

1. On peut proposer: « Chère voisine, je souffre de la faim. Pourriez-vous, je vous prie, me prêter quelque grain pour survivre jusqu'au prochain printemps ? », dit la Cigale à la Fourmi, d'un ton affaibli par le manque de nourriture.

2. L'objectif est d'amener l'élève à rédiger un dialogue présenté selon des règles normalement bien maitrisées. Chaque animal peut s'exprimer en montrant ses sentiments, ce qui contribue à enrichir le dialogue, pour préparer l'activité finale. On peut proposer le dialogue suivant:

La Cigale s'emporta:

« Ne soyez pas sans cœur! Votre refus montre à quel point vous êtes égoïste!

— Et vous ? répliqua la Fourmi, vous venez me faire la leçon alors que vous êtes seule responsable de cette situation! Ne venez pas me reprocher les conséquences de votre manque de prévoyance.

— C'est une question de vie ou de mort, vous me reprocherez mon comportement une autre fois, laissez-moi de quoi vivre, enfin… » gémit la Cigale.

3. Réécrire en adaptant au gout de l'époque

Ésope,
« Le laboureur et ses enfants », *Fables*
J. de La Fontaine,
« Le Laboureur et ses enfants », *Fables* p. 101

▶ Comprendre

1. La morale de ces deux textes est exprimée en des termes similaires: le travail est un trésor, qui amène aux hommes la prospérité.

2. Les propos du père sont plus explicites chez La Fontaine que chez Ésope, car il précise que ses fils doivent chercher un trésor, alors que dans la fable antique, le père indique juste avoir caché quelque chose dans sa vigne. Le choix de La Fontaine donne une plus grande intensité dramatique au récit, car un trésor est un élément qui suscite toujours la convoitise.

3. Il n'y a pas de réponse-type. La réponse doit s'appuyer sur des éléments objectifs qui permettent de retrouver les composants de la fable, afin de préparer plus facilement l'activité finale.

Ressource numérique

AUDIO

Lecture des deux fables par des comédiennes

L'activité de compréhension de la page précédente peut s'effectuer à partir de cette écoute, en relevant les particularités du timbre de voix prêté à chaque animal. De plus, il est aisé de comprendre la vivacité du modèle popularisé par La Fontaine, dont les fables reposent sur le style direct.

Activité finale

Au terme de ces études, la rédaction d'une fable apparait donc de façon plus limpide. En premier lieu, il faut définir les deux points de vue qui vont s'opposer suite à la découverte du trésor. Un tableau comparatif permet ensuite de visualiser clairement les éléments de justification qui seront ensuite exposés dans le dialogue, tout en les reliant les uns aux autres par des connecteurs logiques.

L'étude conjointe des fables d'Ésope et de La Fontaine a permis de définir un cadre narratif assez simple, dans lequel les personnages sont déjà indiqués. Si l'élève le souhaite, il peut tout à fait procéder à une animalisation de ces caractères, sur le modèle des autres fables.

La rédaction du texte sous forme de paroles rapportées intervient ensuite assez naturellement, à partir des éléments définis ci-dessus.

PARCOURS UNE ŒUVRE INTÉGRALE *La Ferme des animaux*, Georges Orwell

p. 102-113

Objectifs et démarche du parcours

Problématique : *Comment la fable animalière d'Orwell critique-t-elle une forme de totalitarisme ?*

▶ Ce parcours vise à étudier le roman satirique *La Ferme des animaux* de George Orwell, publié en 1947. Ce roman s'inscrit dans le thème 2 en proposant une dénonciation sévère des méfaits du communisme, transposés dans le cadre d'une fable animalière. La découverte progressive des textes du parcours installe ainsi un parallèle constant entre la réalité du régime communiste et la vision caricaturale et ironique qu'en propose l'auteur. À cette occasion, il est possible de réinvestir les éléments génériques exposés dans l'atelier précédent, consacré à une transposition de fable et dialogue, ainsi que ceux du dossier consacré à l'utopie.

▶ L'étude s'ouvre sur le discours de Major, un personnage qui disparait rapidement du roman, afin d'établir une relation explicite entre le thème du roman, une révolte animalière, et la réalité politique à laquelle il renvoie. Par la suite, différents aspects de la vie à la ferme sont étudiés, toujours avec un contrepoint historique, notamment grâce à une iconographie très riche. Nous proposons également de nous appuyer sur des images tirées d'une adaptation animée, afin de faciliter la compréhension des textes. Finalement, l'échec de la révolution des animaux permet de réfléchir aux résultats de la Révolution d'Octobre.

▶ Les objectifs envisagés sont les suivants :
- établir une relation entre fiction et réalité ;
- étudier la dénonciation d'un régime politique ;
- enrichir la connaissance du régime communiste en Russie et la culture politique en général ;
- formuler un avis étayé par des références précises au roman ;
- comparer et juger plusieurs adaptations du roman.

Organisation du parcours et choix des axes de lecture

1. Les fondements de l'Animalisme

Extrait 1 : le discours de Major
Extrait 2 : Un hymne pour tous
Extrait 3 : Un drapeau de ralliement p. 102-103

• Pistes didactiques
Cette double page permet d'initier la lecture du roman en indiquant les éléments à partir desquels se fonde l'analogie avec le régime soviétique. Après l'étude du discours de Major, qui tente de galvaniser les animaux et de les conduire au soulèvement, les principaux symboles du régime des animaux sont exposés aux côtés de leurs modèles soviétiques.

• Hypothèses de lecture
Observer les effets rhétoriques du discours de Major et comparer les symboles tirés du livre et ceux de la réalisation communiste.

2. La vie à la ferme

Extrait 4 : Des débuts difficiles
Extrait 5 : Un projet ambitieux p. 104-105

• Pistes didactiques
Une fois le rapprochement historique établi, l'étude de la satire est plus évidente. Ainsi, la présentation des réactions des animaux, associée au discours de Boule de Neige, qui caricature les promesses politiques, permet de comprendre comment Orwell inscrit la dénonciation dans son texte grâce à l'ironie.

• Hypothèse de lecture
Analyser le fonctionnement de l'ironie.

3. Un changement politique

Extraits 6 et 7 : La rivalité entre Boule de Neige et Napoléon
Extrait 8 : L'explication de Napoléon p. 106-107

• Pistes didactiques
Les principes théoriques de l'Animalisme sont directement contestés par la rivalité entre les deux leaders d'opinion que sont Napoléon et Boule de Neige. Bien que le pouvoir soit un objectif commun aux deux cochons, ils diffèrent dans les méthodes pour y parvenir. Napoléon, plus violent que son adversaire, finit par l'emporter lors d'un coup d'état.

• Hypothèse de lecture
Analyser la crise politique qui résulte de l'opposition entre Napoléon et Boule de Neige.

4. Propagande et répression

Extrait 9 : Portrait d'un travailleur « modèle »
Extrait 10 : Un terrible procès p. 108-109

- **Pistes didactiques**

Le cheval Boxeur illustre la mise en scène d'une propagande d'État, tandis que se déroulent simultanément de terribles procès politiques.

- **Hypothèse de lecture**

Analyser l'écart entre l'implication de Boxeur et les meurtres politiques.

5. La mort de Boxeur

Extrait 11 : Les explications de Criard p. 110

- **Pistes didactiques**

La scène implique de percevoir le double langage de Criard, le porte-parole du régime. L'ironie est mordante, entre une scène atroce et son récit émouvant.

- **Hypothèse de lecture**

Analyser les procédés de manipulation par les sentiments.

6. La situation finale

Extrait 12 : L'état de la ferme
Extrait 13 : Tous les animaux sont égaux, mais certains le sont plus que d'autres
Extrait 14 : Un tableau saisissant p. 111-112

- **Pistes didactiques**

La fin du roman est graduelle : tout d'abord l'état de la ferme est florissant, mais cette richesse ne profite pas aux animaux. Pour comprendre ce décalage, on peut analyser la visite des voisins, qui illustre le retour à la situation initiale en ce qui concerne les habitants de la ferme. Ses dirigeants se sont même enrichis au point de ressembler aux humains. Là aussi, c'est en quelque sorte le retour à la situation de départ.

- **Hypothèses de lecture**

Observer le retour à la situation initiale et la portée symbolique du roman.

Corrigés des questionnaires et des exercices

1. Les fondements de l'Animalisme

Extrait 1 : le discours de Major
Extrait 2 : Un hymne pour tous
Extrait 3 : Un drapeau de ralliement
E. Pottier, « L'Internationale », texte écho p. 102-103

Étudier un discours de révolte

Entrer dans la lecture. Le terme « camarades » renvoie explicitement à la Russie soviétique en 1945.

1. Les conditions de vie des animaux sont déplorables :
- la nourriture est tout juste suffisante ;
- le travail est pénible ;
- lorsque les animaux ne peuvent plus travailler, ils sont égorgés.

Ce sont des conditions d'autant plus choquantes et révoltantes qu'elles paraissent injustes.

2. La cause de ces conditions tient en un seul mot : « l'Homme ». La forme emphatique permet la mise en valeur de ce terme, et l'emploi de la majuscule souligne sa dimension universelle.

3. L'intention de Major est de pousser les animaux à la révolte. Il justifie son point de vue en exposant leurs conditions de vie affreuses, et en les comparant aux ressources disponibles. Cette situation n'est pas équitable pour les animaux.

4. Parmi les passages les plus convaincants, on pourra relever :
- « la vie d'un animal, c'est misère et esclavage ; c'est la pure vérité », lignes 9-10 ;
- « Pourquoi alors continuons-nous dans ces conditions misérables ? Parce que tout le produit de notre travail nous est volé par les êtres humains », ligne 19-21.

Ces deux passages illustrent les talents oratoires de Major, qui met en avant ses arguments sous des formes susceptibles d'emporter la conviction de l'auditoire.

Bilan **5.** Les animaux peuvent réagir d'abord avec pitié lorsqu'ils mesurent leurs souffrances, puis avec colère quand ils comprennent qu'elles ne sont pas inévitables. La fin du discours peut aussi susciter leur enthousiasme, quand Major commence à esquisser un futur sans oppresseur, sans humain. Plusieurs expressions le montrent : « Aucun animal en Angleterre n'est libre » ; « Pourquoi continuons-nous dans ces conditions misérables ? », qui est une question oratoire ; « Là, camarades, est la réponse à tous nos problèmes » ; « Chassez l'Homme et l'origine de notre faim et de notre épuisement se trouve supprimée », qui s'appuie sur une interpellation à l'impératif.

Formuler des pistes de lecture

1. Tableau comparatif des équivalences :

La Ferme des animaux	*L'Internationale*
Bêtes d'Angleterre, bêtes d'Irlande	Ouvriers, paysans, travailleurs
Les champs	La terre
Un âge d'or qui viendra	Le soleil brillera toujours

2. Les drapeaux sont monochromes, avec l'incrustation d'un symbole : la faucille et le marteau pour les travailleurs, la corne et le sabot pour les animaux. Orwell insiste sur la ressemblance pour rattacher sa fable à un contexte historique et géographique précis : la Russie soviétique.

3. Le mot « parodie » désigne la reprise des codes d'un genre défini, à des fins satiriques. Il s'agit donc de se moquer en imitant les caractéristiques soviétiques, ce qui est effectivement le cas ici. Orwell s'inspire des principaux symboles pour les détourner et les ridiculiser.

4. Le recours aux figures animalières permet de renforcer la critique grâce à leur symbolique propre. Ainsi, les cochons sont des animaux associés à la saleté et à la goinfrerie.

5. Le modèle littéraire est ici celui de la fable, reconnaissable grâce à la présence de personnages animaux.

Bilan **6.** Le projet d'Orwell pour le roman est ainsi de dénoncer le communisme soviétique en le transposant dans un cadre animalier.

piste EPI

L'étude du roman peut se faire en lien avec l'étude de la guerre froide, notamment à l'époque de la Russie stalinienne. La production attendue peut prendre la forme d'une exposition de portraits croisés, après des recherches conjointes menées en Français et en Histoire-Géographie. Dans ce parcours, plusieurs repères historiques peuvent être exploités pour constituer une base de départ.

2. La vie à la ferme

Extrait 4 : Des débuts difficiles
Extrait 5 : Un projet ambitieux
Les Sept commandements, texte écho p. 104-105

Comprendre un texte ironique

1. Les animaux oscillent entre « bêtise » et « apathie » : ils sont peu intéressés, ou alors ne comprennent pas ce qu'on attend d'eux.

2. Les trois arguments sont :
– « S'il partait, nous mourrions de faim. »
– « Pourquoi devrions-nous nous soucier de ce qui arrivera après notre mort ? »
– « Si cette Rébellion doit se produire de toute façon, quelle importance que nous la préparions ou non ? »
Les connecteurs employés, « si » et « pourquoi », montrent qu'ils sont le fruit d'une réflexion logique.

3. Les cochons peinent à répondre à ces objections. Ils répondent à des questions concrètes par des réponses théoriques, ce qui ne peut satisfaire les interlocuteurs, visiblement peu pressés d'être « sauvés ». L'Animalisme semble une théorie coupée de la réalité animalière.

4. Les commandements dépeignent un idéal de société égalitaire et pacifique pour les animaux, éloignée du modèle humain.

5. Néanmoins, dès leur formulation, ils sont tournés en dérision par Orwell, par l'intermédiaire du résumé simpliste destiné aux moutons.

Bilan 6. Le message critique est tout d'abord formulé par les animaux eux-mêmes. Ensuite, les situations illustrent le décalage entre cette vision théorique de l'Animalisme et la vie quotidienne des animaux. Ces derniers sont égoïstes, gourmands, et peu soucieux de ce qui adviendra à leurs successeurs, tout comme les hommes. La reformulation extrêmement simplifiée confirme ce décalage et cette critique : certains animaux sont tout simplement trop bêtes.

▶ Graine de savoir

La sympathie signifie « entrer en relation amicale avec », tandis que l'empathie correspond au fait de « partager les sentiments de quelqu'un, entrer dans ses sentiments ».

Analyser un discours convaincant

1. Boule de Neige défend l'idée d'un bonheur accessible à tous, reprenant les principes qui ont présidé à la formulation des Sept commandements. Pour cela, il veut convaincre les animaux de construire un moulin.

2. Il justifie cette opinion par les bienfaits qui seront alors apportés aux animaux et le bonheur matériel qui en découlera.

3. L'expression « phrases rayonnantes » est une métaphore qui exprime l'enthousiasme de l'orateur.

4. Boule de Neige énumère les bienfaits dont les animaux pourront profiter immédiatement après avoir durement travaillé pour construire le moulin. Il espère ainsi les convaincre de voter en faveur de son projet. Cette manœuvre réussit parfaitement, puisqu'à l'issue de ce vote, les animaux sont unanimes.

5. a. Dans ce discours, Boule de Neige annonce le bonheur matériel rendu possible par la construction du moulin.

b. L'énumération des exemples est restituée par l'accumulation d'images de confort. Les exemples sont les mêmes, mais ils paraissent plus concrets grâce aux images.

c. Les exemples sont intéressants car ils apportent une illustration immédiate de la thèse défendue.

▶ Exposer son point de vue

La réponse suggérée est positive : le recours à des animaux permet de mieux représenter la situation politique. Les élèves peuvent établir des rapprochements avec des caricatures de presse qui utilisent ce genre de procédé. Les animaux sur lesquels appuyer le raisonnement sont principalement les cochons.

▶ Graine de savoir

La démocratie correspond à une forme de gouvernement exercé par le peuple. La forme de gouvernement exercé par un seul s'appelle une monarchie.

3. Un changement politique

Extraits 6 et 7 : La rivalité entre Boule de Neige et Napoléon
Extrait 8 : L'explication de Napoléon
Premières récoltes, texte écho p. 106-107

Analyser le fonctionnement d'un système politique

1. L'organisation politique fait penser à une forme de démocratie : les animaux assistent à des débats et s'impliquent dans des Comités destinés à leur donner le contrôle du fonctionnement de la ferme :
– le Comité de la production des Œufs pour les poules ;
– le Comité des Queues Propres pour les vaches ;
– le Comité de rééducation des Camarades Sauvages ;
– le Mouvement pour une Laine Plus Blanche.
Le travail est collectivisé par ce biais.

2. Si Boule de Neige s'implique particulièrement dans ces comités, Napoléon se consacre quant à lui à la formation des jeunes, considérant les animaux adultes comme trop vieux pour être instruits. Cependant ce n'est pas la cause de leur opposition : en effet, ils ne se supportent pas et cherchent sans arrêt à se contredire.

3. Parmi les passages humoristiques, on peut relever les intitulés fantaisistes des comités, soulignés par les majuscules. L'effet comique est d'autant plus évident que l'auteur le met en contraste avec l'échec obtenu par ces différents outils. Si ces passages font sourire, ils montrent aussi l'inutilité des efforts de Boule de Neige et les limites de la Ferme des Animaux.

4. Le texte écho montre en quelque sorte l'envers du décor. Sous des dehors égalitaires, on voit les cochons s'approprier une ressource destinée à tous.

5. Boule de Neige et Napoléon sont exceptionnellement d'accord pour prendre les pommes à leur seul bénéfice. De ce fait, leur ambition commune est finalement d'accaparer le pouvoir.

Bilan **6.** Ce système politique est risqué pour la Ferme des Animaux : on l'a vu aux pages précédentes, les animaux ne sont pas forcément assez intelligents pour comprendre leur rôle et leur pouvoir, et sont susceptibles d'être manipulés, par exemple par Boule de Neige qui est un orateur brillant. Napoléon prépare quant à lui les animaux à obéir aveuglément à ses ordres en éduquant les plus jeunes.

▶ **Formuler une opinion**

La comparaison de Boule de Neige et de Napoléon permet de faire ressortir les différences entre leurs deux modes de gouvernement :

– Boule de Neige s'emploie à faire participer tout le monde, à travers des Comités aux intitulés fantaisistes ;

– Napoléon éduque en priorité les jeunes, avec une méthode qui fait penser au fascisme. En effet, il embrigade les jeunes chiens pour les rendre obéissants.

Étudier la critique d'un régime politique

Entrer dans la lecture. Symboliquement, en occupant la place où se tenait Major, Napoléon s'approprie le rôle de leader que ce dernier occupe dans les esprits des animaux.

1. Napoléon impose une forme de dictature. Les animaux ne sont plus consultés pour les décisions, mais recevront leurs ordres pour la journée. Enfin, il est entouré de molosses menaçants, ce qui fait penser aux services spéciaux que l'on retrouve dans toutes les dictatures pour protéger les intérêts du pouvoir en place.

2. Il ne justifie à aucun moment cette décision, elle est imposée par les molosses dont il s'est entouré, qui effraient les autres animaux.

3. La présence des chiens annonce un pouvoir imposé par la force.

4. Les animaux réagissent d'abord avec consternation. Certains voudraient manifester leur désapprobation, mais ne trouvent pas les arguments pour le faire. D'autres font savoir clairement leur désaccord, mais les chiens les intimident. Enfin, les moutons semblent pleinement satisfaits et empêchent les autres de pouvoir s'exprimer à cause de leurs bêlements répétés.

5. Cette prise de pouvoir est annoncée dans les pages précédentes par différents indices :

– la bêtise des animaux les rend vulnérables aux manipulations ;

– Napoléon comme Boule de Neige désiraient le pouvoir, pour faire ensuite ce qu'ils voulaient, comme avec les pommes ;

– les cochons avaient commencé à s'accaparer les meilleures ressources.

Bilan **6.** Ce régime ne respecte pas les principes de l'Animalisme, car l'égalité entre les animaux est contredite par le contrôle exercé par les comités spéciaux de cochons, et non plus par tous les animaux.

4. Propagande et répression

Extrait 9 : Portrait d'un travailleur « modèle »

Extrait 10 : Un terrible procès

J. D. Littlepage, *L'Or des Soviets*, texte écho p. 108-109

Comprendre la satire

1. Boxeur est un cheval puissant, dont chacun respecte la force et le bon caractère. Il n'est pas désagréable envers les autres, mais manque un peu d'intelligence.

2. Son travail est essentiel au fonctionnement de la ferme, comme le montre la métaphore : « Il y avait des jours où le travail entier de la ferme reposait sur ses puissantes épaules », lignes 9-10.

3. Sa devise est contestable, car au bout d'un moment, elle devient absurde. En réalité, il ne conteste rien, et s'efforce de s'adapter à ce qu'on lui impose, ce qui ne peut conduire qu'à un échec.

Bilan **4.** À travers Boxeur, Orwell dénonce le rôle essentiel du travail, au détriment de la réflexion. De plus, il est susceptible de représenter un modèle à suivre pour les autres, un modèle de sacrifice.

Comparer texte et image

1. Stakhanov est un héros national car il abat une charge phénoménale de travail, bien au-delà de ce qui est habituellement réalisé.

2. La statue et Stakhanov glorifient le travail et la supériorité sociale des ouvriers.

3. Le parallèle avec Boxeur, dont le modèle pourrait être Stakhanov, est clair : tous deux accomplissent un travail considérable.

▶ **Imaginer une discussion**

Pour réaliser cet exercice, il est important de préparer un plan opposant les deux argumentaires. L'objectif est de contester la logique absurde de Boxeur, qui semble prêt à se sacrifier lui-même, en montrant les limites de cette logique. Plusieurs noms d'animaux sont évoqués dans les pages d'ouverture, comme Clover et Mollie, qui peuvent être les interlocutrices de Boxeur.

Étudier une dénonciation virulente

1. Ce texte fait naitre chez son lecteur un sentiment ambivalent, entre l'horreur face aux faits évoqués, et le rire face à l'absurdité des crimes dénoncés.

2. Les crimes dont les animaux sont accusés, ou s'accusent, sont les suivants :

– collaboration avec Boule de Neige pour détruire le moulin ;

– tentative de rébellion au sujet des œufs, commanditée par Boule de Neige ;

– vol de six grains de maïs pendant la famine ;

– uriner dans l'abreuvoir, pour Boule de Neige ;

– meurtre d'un vieux bélier.

L'accusation qui se répète concerne le rôle implicite de Boule de Neige, parfois même à travers un rêve.

3. La liste des crimes est effectivement ridicule et comique, comme dans l'exemple de la brebis qui a uriné dans l'abreuvoir des animaux. Elle produit un effet comique, en décalage avec les égorgements qui se succèdent.

4. Une rupture franche se produit avec ces évènements, qui ne s'étaient même jamais produits du temps où la ferme appartenait encore à Jones.

5. Si l'horreur de ces évènements n'était pas forcément prévisible, néanmoins la mainmise de Napoléon sur la ferme était de plus en plus brutale, notamment grâce aux molosses qui le servent.

6. Les cochons manipulent les Sept Commandements pour convaincre les animaux qu'ils agissent conformément aux règles de l'Animalisme autrefois définies par Major. L'extrait montre que la phrase a été allongée d'un complément de manière.

Bilan **7.** Le mode de gouvernement de Napoléon s'apparente désormais à une véritable dictature, réprimant dans le sang tous ceux qui voudraient s'opposer à lui.

piste EPI

La réalité historique qui inspire cet extrait vient des purges opérées par Staline pendant les années 1930, afin de se débarrasser de ses opposants. Tout comme Napoléon, il procède à des procès politiques, mascarades qui lui permettaient de juger sommairement ceux qui lui avaient préféré Trotski.

5. La mort de Boxeur

Extrait 11 : Les explications de Criard p. 110

Étudier une scène de manipulation

1. D'après ce que raconte Criard, les derniers instants de Boxeur sont très émouvants : les animaux peuvent éprouver de la pitié, de la tendresse pour leur ami, et de la sympathie pour Criard qui se tenait à ses côtés.

2. Les dernières paroles de Boxeur, telles que Criard les raconte, légitiment les actions de Napoléon et son gouvernement tyrannique. Elles ne sont pas véridiques, car elles s'inscrivent dans une manipulation de l'auditoire dont les cochons sont coutumiers.

3. Le terme « Boucherie chevaline » s'explique selon Criard par le fait que le fourgon du vétérinaire appartenait auparavant à un équarisseur.

4. Cependant, Orwell invite le lecteur à se méfier en décrivant la façon dont Boule de Neige se comporte, avec méfiance, comme quelqu'un qui vérifie l'effet de son mensonge :
- « Là, le comportement de Criard changea soudainement » ;
- « ses petits yeux jetèrent des regards méfiants de part et d'autre ».

5. Le ton employé par Criard est celui de l'indignation, sous-entendant que Napoléon ne s'abaisserait jamais à commettre une telle vilenie. Son raisonnement s'articule de la façon suivante :
- il emploie tout d'abord un connecteur d'opposition, « mais », pour réfuter l'idée selon laquelle Napoléon ne serait pas soucieux du bonheur des animaux, même lors de leurs derniers instants ;
- il emploie ensuite un connecteur de temps, « auparavant », pour retracer l'histoire de façon chronologique ;
- il termine son exposé en montrant, par une nouvelle opposition, que le vétérinaire n'avait pas repeint le camion, ce qui expliquait l'erreur des animaux qui avaient lu l'ancien nom sur le fourgon.

6. La réaction des animaux consiste en un soulagement « prodigieux ». En effet, Criard est parvenu à leur faire croire que Boxeur n'avait pas été abattu par l'équarisseur, vendu par les cochons comme le faisait autrefois Mr. Jones. Ils s'inquiétaient du sort de Boxeur, et sont donc convaincus par les explications de Criard.

Bilan **7.** Les mensonges de Criard ont servi à faire croire aux animaux que Boxeur n'a pas été emporté à l'équarrissage. Ils ont produit deux effets :
- l'expression du chagrin de tous à l'évocation pathétique des derniers instants de Boxeur,
- le soulagement lorsqu'ils ont compris d'où venait leur erreur.

Tout en trompant les animaux, Criard contribue aussi à asseoir la réputation de Napoléon, présenté comme soucieux des animaux, au point de ne pas les vendre lorsqu'ils ne peuvent plus servir à la ferme.

▶ Transposer un discours à l'oral

À partir de la ligne 12, les paroles de Criard sont rapportées au discours indirect libre. L'exercice implique donc de commencer par délimiter les parties qui correspondent au discours et celles qui appartiennent au récit. Ensuite, l'ensemble doit être transposé au présent et avec les pronoms qui correspondent à la situation d'énonciation.

▶ Établir une hypothèse de lecture

Il s'agit de rédiger ici un premier bilan de l'étude, en montrant la dégradation progressive des conditions de vie des animaux. La mort de Boxeur constitue un reniement supplémentaire, qui conduit les cochons à se rapprocher à chaque fois un peu plus des pratiques de l'ancien propriétaire, Mr. Jones.

6. La situation finale

Extrait 12 : L'état de la ferme
Extrait 13 : Tous les animaux sont égaux, mais certains le sont plus que d'autres
Extrait 14 : Un tableau saisissant p. 111-112

Comprendre la situation finale

1. a. La ferme dégage des « profits considérables », mais ses bénéfices ne profitent pas du tout à l'ensemble des animaux.

b. Les conditions de vie des animaux ne se sont pas du tout améliorées pour les animaux, qui continuent à travailler très dur.

2. Napoléon justifie cette situation par « l'esprit de l'Animalisme ». Selon lui, le confort et le bonheur matériel ne conviennent pas aux animaux, ce qui justifie qu'il les en prive. De même, il n'est plus du tout question de profiter d'un temps de travail réduit, comme promis autrefois par Boule de Neige.

Bilan **3.** On pourrait croire que les cochons partageraient cette existence difficile, mais en réalité, au fil du roman, on les a vus s'accaparer progressivement les ressources, comme dans l'exemple des pommes tombées de l'arbre. Orwell dépeint une société qui, sous l'apparence d'une république où chacun bénéficie des mêmes droits, se révèle une véritable dictature.

Comparer la fin au début du roman

1. Napoléon annonce plusieurs changements très importants à ses visiteurs :
- abandon de la coutume de s'appeler « camarade » ;
- disparition des symboles animaliers sur le drapeau ;
- abandon de la dénomination « Ferme des Animaux », au profit de l'ancien nom « Ferme du Manoir ».

Ces changements constituent des indications claires de la disparition des idéaux qui avaient présidé à l'établissement de la « Ferme des Animaux », formulés notamment dans les Sept commandements.

2. Symboliquement, Napoléon ressemble de plus en plus aux humains : la visite des fermiers du voisinage montre qu'ils le considèrent comme l'un des leurs, ce que confirme également les habitudes adoptées par Napoléon (dormir dans un lit, marcher sur deux pattes, porter des vêtements, utiliser le téléphone).

3. En définitive, la situation décrite par Major est assez comparable à cette situation finale, notamment pour ce qui concerne les conditions de vie des animaux :
– la ferme s'appelle « Ferme du Manoir » ;
– le terme « camarades » n'est plus employé.
Néanmoins, le changement majeur concerne la productivité de la ferme, dont les infrastructures ont été modernisées, et le rendement amélioré. Les animaux n'en profitent pourtant pas, ils continuent à mener une vie frugale et difficile.

Comprendre la portée symbolique du récit

1. Après le discours de Napoléon, les fermiers entrent dans la maison pour jouer aux cartes et vider des « chopes ».

2. Napoléon est gros et bien vêtu. Il se tient fièrement devant les autres fermiers, ce qui contribue à établir sa supériorité par rapport aux autres animaux. On sent qu'il cherche à se distinguer d'eux et à ressembler davantage aux humains.

3. Les animaux éprouvent une sensation étrange en regardant par la fenêtre, sans pourtant parvenir à la définir. Ils ne comprennent pas d'où leur vient cette impression, qu'ils ont en regardant les visages des animaux.

4. La dispute surgit lorsque deux personnages jouent la même carte, un as de pique. Implicitement, cela suggère que l'un d'eux a triché.

5. La dernière phrase implique une confusion totale entre les hommes et les cochons, que les animaux ne peuvent plus distinguer. Ce retournement de situation (surtout par rapport au début du roman) se comprend comme la fin de l'utopie des animaux, qui ont cru être libres en prenant le contrôle de la ferme. Ce contrôle leur a définitivement échappé à cause des cochons.

Bilan 6. Il n'y a pas de réponse-type. La proposition suivante intègre le reniement progressif de l'idéologie de l'Animalisme, qui est l'enjeu principal de la fin du roman.

Quiconque va sur deux pattes est un ennemi, sauf si c'est un cochon.

Quiconque va sur quatre pattes, ou a des ailes, est un ami, mais il faut lui dire « Monsieur » si c'est un cochon.

Aucun animal ne devra porter de vêtement, sauf les cochons qui doivent protéger leur fragile épiderme.

Aucun animal ne devra dormir dans un lit, à l'exception des cochons qui ont une charge de travail exceptionnellement lourde.

Aucun animal ne devra boire d'alcool, à moins d'être un cochon qui est malheureusement obligé de s'en servir pour traiter avec les humains.

Aucun animal ne devra tuer un autre animal, sauf s'il s'agit d'un traitre à la solde de Boule de Neige, le maudit.

Tous les animaux sont égaux, mais pas les cochons, qui le sont encore plus.

Activités d'expression

▶ Réfléchir à partir d'une citation

L'exercice permet de proposer une synthèse du parcours en réfléchissant au public auquel le roman est destiné. De façon ironique, Orwell adopte pour son œuvre une écriture faussement enfantine. Cependant, les connaissances politiques et historiques requises pour bien la comprendre, ainsi que la morale amère qui la conclut, en font un roman destiné plutôt à un public adulte. Plusieurs passages illustrent cette position, parmi lesquels on peut citer principalement :
– le discours de Major ;
– les procès politiques et les violences qui succèdent.

▶ Formuler son avis sur l'œuvre et ses adaptations

Le photogramme s'inspire assez nettement des représentations du nazisme, à l'aide des éléments suivants :
– la perfection physique des chiens ;
– les barbelés ;
– les guérites bicolores.
Le rapprochement entre les deux régimes est en effet possible, mais doit être étayé par des éléments précis.
Les régimes communiste et nazi peuvent en effet tous deux servir de modèle implicite :
– la même violence à l'égard des opposants ;
– la même idéologie omniprésente ;
– le même mépris à l'égard du peuple qui souffre.
Pour conclure ce parcours, il peut être intéressant de chercher à lister les enseignements du roman, que l'on peut mettre en parallèle avec ce que les élèves auront appris en cours d'histoire. Plusieurs éléments peuvent être retenus :
– il faut se méfier des belles utopies, souvent propices à une manipulation des foules ;
– le meurtre des opposants est un indice certain de tyrannie d'un régime ;
– il ne faut pas se laisser duper par de belles paroles des politiciens, qui cachent souvent le désir du pouvoir, ou celui de s'enrichir.

ATELIER D'EXPRESSION Rédiger et interpréter un sketch satirique

p. 114 à 119

Pistes didactiques de l'atelier

▶ Le but de cet atelier est de préparer un sketch satirique qui vise à critiquer des comportements sociaux. Les compétences sollicitées reposent sur les différents procédés comiques mis en œuvre dans le cadre de la rédaction et de la préparation du sketch. Ce format est actuellement populaire auprès des élèves, notamment dans sa forme du *stand up*, et il se révèle intéressant pour évoquer la critique des mœurs.

Objectifs et démarches de l'atelier

▶ **Analyser des caractères comiques**

Le principe du sketch repose sur la mise en scène d'un caractère comique, après en avoir observé différentes manifestations dans les sketchs présentés.

▶ **Pratiquer l'écriture d'invention en construisant un sketch satirique**

Les différents types de phrase sont sollicités dans le cadre de l'écriture d'un sketch, afin de donner de la vivacité à l'évocation du personnage comique. En cherchant à le mettre en situation, d'autres procédés peuvent être employés, comme les antiphrases et les énumérations.

▶ **Mettre en scène les éléments textuels du sketch en exploitant les ressources du comique de geste**

Une fois le texte du sketch composé, il reste aux élèves à le jouer, c'est-à-dire à l'enrichir de gestes et d'intonations variées, sollicitant un comique plus immédiat, fondé sur le jeu.

Corrigé des questions et activités

1. Analyser le caractère des personnages

Molière, *Le Bourgeois gentilhomme*, Acte II, scène 5 et Acte III, scène 3 p. 115

▶ **Comprendre**

1. Le personnage accepte le costume que lui tend le tailleur car il croit ainsi ressembler aux « personnes de qualité ».

2. Sa femme réagit avec étonnement devant l'accoutrement de son mari. Elle se moque de lui, ce qui montre qu'il doit avoir l'air ridicule avec un costume grotesque, comme l'indiquent les plumes et la perruque dont il est orné.

3. En évoquant les questions de costume, Molière se moque de la prétention du personnage qui veut se faire passer pour meilleur qu'il est.

▶ **Grammaire pour dire et pour écrire**

1. L'intonation appropriée pour :

1 : déclarative ; **2** : exclamative : **3** : exclamative ; **4** : interrogative.

2. Ce monologue s'articule autour du personnage de Madame Jourdain. Elle est sure d'elle, pleine de bon sens, et refuse de soutenir les excentricités de son mari. Face à elle, le maitre tailleur est un personnage plus douteux, qui cherche surtout à profiter de l'ambition de M. Jourdain. Le discours de Madame Jourdain développe la description du costume de son mari pour justifier son refus de payer. Enfin, les différents types de phrase enrichissent le texte en marquant les diverses émotions de Madame Jourdain.

2. Observer la mise en place d'une situation comique

Jean de la Bruyère, « Arrias », *Les Caractères*, 1688-1696 p. 116

▶ **Comprendre**

1. Arrias est présenté au cours d'un repas mondain, face à une société d'autres personnages.

2. Le principal sujet des verbes de parole est Arrias, comme en témoigne la liste suivante :
- « il prend la parole » ;
- « il récite » ;
- « Arrias prend feu ».

3. Il se comporte comme un cuistre, c'est-à-dire quelqu'un qui se sent supérieur aux autres et qui monopolise leur attention.

4. C'est à Sethon lui-même qu'il affirme le connaitre. Ce coup de théâtre révèle l'étendue de son ignorance sur le sujet.

▶ **Grammaire pour dire, pour écrire**

1. Les énumérations sont les suivantes :
1. « il manie les viandes, les remanie, démembre, déchire ».
2. « Tout ce qu'il trouve sous sa main lui est propre, hardes, équipage » ; « il embarrasse tout le monde, ne se contraint pour personne, ne plaint personne, ne connaît de maux que les siens ».

2. L'exercice constitue une préparation à l'activité finale en amenant l'élève à élaborer un caractère comique inspiré du texte de La Bruyère, tant pour la forme que pour le contenu. La mise en scène de soi que constitue le phénomène du *selfie* peut ainsi se prêter à la caricature.

3. Interpréter avec des gestes et des intonations

Gad Elmaleh, « Le blond », *L'Autre c'est moi*, 2007
Sylvie Joly, « L'après-dîner », 1980
Bénabar, « Tu peux compter sur moi », 2006 p. 117-119

▶ **Comprendre**

1. Le sentiment d'infériorité du personnage vis-à-vis du « blond » est montré par des situations de la vie quotidienne, lorsqu'il s'agit de manger un sandwich ou des chocolats. C'est absurde dans la mesure où il n'existe pas de façon parfaite de manger.

2. La jalousie du personnage est montrée dans cette scène, grâce à ces commentaires négatifs que le personnage s'adresse. Il voudrait ressembler à ce blond qui parait à l'aise face aux autres.

▶ **Grammaire pour dire, pour écrire**

1. L'association des gestes et des répliques est la suivante :
1. laisse ses bras pendre le long de son corps, avec un air abattu → **B.** « J'en pouvais plus »
2. porte la main à sa bouche → **A.** « Après il s'est mis des chocolats le mec »
3. se tourne vers un personnage imaginaire, avec un geste de dénégation → **C.** « À ce moment-là, j'ai dit à ma copine "On s'en va, c'est fini…" ».

2. La mise en scène repose principalement sur une gestuelle autour de la bouche, complétée par les tons interrogatifs et exclamatifs. Il faut notamment relever la présence du déictique de lieu « ici », avec d'autres termes qui montrent où doit s'opérer le geste : « dans la bouche », « sur les dents ».

▶ **Comprendre**

1. D'après cette image, Sylvie Joly incarne un personnage bourgeois, au cours d'une soirée entre proches.

2. À partir de la ligne 15, le ton du personnage change. La didascalie indique que le contexte d'énonciation a également changé : désormais elle est seule avec son mari, et plus en présence des autres.

3. La femme qu'elle incarne confie ses véritables sentiments à partir du moment où elle et son mari sont dans la voiture. Plusieurs expressions dépréciatives et familières montrent qu'elle critique la soirée : « elle est grossie… bouffie » ; « elle est pas fortiche » ; « saloperie de chauffage au sol ».

4. Ce personnage se montre très critique à l'égard des autres, après leur avoir menti sur son propre sentiment lors de cette soirée. En ce sens, on peut dire qu'il s'agit d'une femme hypocrite. Cependant, la mention de la camionnette et des *moonboots* montre qu'elle n'est pas aussi riche ni aussi bien habillée qu'elle voudrait le croire. C'est également un personnage prétentieux, qui se croit meilleur que les autres.

Ressource numérique — VIDÉO

La comédienne utilise les expressions de son visage pour caractériser la femme hypocrite et mondaine dont elle se moque. Le timbre de sa voix est également travaillé en ce sens.

▶ **Grammaire pour dire, pour écrire**

1. 1. Le niveau de langue employé dans la phrase « Vraiment, elle est pas fortiche ! » est familier, la reformulation peut être la suivante : « Elle n'est vraiment pas une cuisinière compétente. »
2. « Sophie, c'était très sympa » correspond à un registre courant. La reformulation en registre soutenu peut être : « Sophie, c'était une soirée délicieuse. »
3. « T'as pas vu ta tronche à toi par hasard ? » est un autre exemple de registre familier. On peut le reformuler de la façon suivante : « Vous êtes-vous regardé, vous qui êtes si laid ? »

2.

Familier	Courant	Soutenu
piaf	oiseau	volatile
crevé	fatigué	exténué
bouffé	mangé	sustenté
moche	vilain	laid

▶ **Comprendre**

1. Les négations sont très nombreuses dans cette chanson, sous une forme composée, « ne… pas », ou simplifiée, pour conserver l'oralité du texte. Elles accompagnent les nombreuses restrictions que le personnage pose lorsqu'il propose son aide, au point qu'on peut douter de sa bonne volonté.

2. Le chanteur se moque ici d'une forme d'hypocrisie, car le personnage d'ami qu'il imagine est en réalité très peu disponible pour les autres. Au contraire, lui demander un service revient à de façon paradoxale à se mettre à son service, comme l'indiquent les extraits suivants :
– « je peux venir en train mais je voyage en première » ;
– « La semaine, je suis pas trop joignable […] je peux je crois en juin ».

Activité finale

Une fois les textes parcourus, l'activité présentée reprend le même cheminement. Elle peut être pratiquée seul(e) ou au sein d'un groupe. L'élève doit d'abord choisir le personnage dont il fera la caricature. À la manière de La Bruyère, il doit ensuite imaginer des situations qui révèleront les défauts de ce caractère. Les procédés relatifs à l'écriture interviennent ensuite, associés le plus possible à une réflexion sur la gestuelle. Les différents ressorts du registre comique sont ainsi mobilisés au cours de cet atelier.

Visions poétiques du monde

De manière progressive et régulière, les élèves ont été familiarisés avec l'idée que la littérature créait des mondes, que l'imagination des écrivains et des artistes faisait surgir des univers, des personnages entrainant les lecteurs. Plus particulièrement, la création poétique leur a été proposée dès le cycle 3, puisqu'en CM1 et CM2, ils ont lu et appris des poèmes célébrant le monde, et qu'en classe de 6e, ils ont découvert des récits poétiques de création du monde. S'est amorcée l'idée aussi, dans cette première approche de la poésie au collège, que la langue des poètes pouvait, à elle seule, par sa musique, ses images, l'imagination de l'auteur, faire voir le monde sous un jour que l'on ne connaissait pas, ou même en créer d'autres, inattendus, attirants, riches de sensations et d'émotions.

En fin de cycle 4, l'expression du « moi » et le regard critique sur le monde conduisent aussi à réfléchir sur la manière dont les poètes, à leur tour, expriment les élans de l'âme en leur nom mais aussi en se faisant l'écho de tous les hommes ; comment ils peuvent parfois faire du lyrisme poétique une parole d'engagement qui lui donne un rôle d'éclaireur des consciences.

▶ Nous avons souhaité, dans le premier groupement consacré au lyrisme, éviter l'écueil qui consiste à dire, à tort, que les poètes romantiques, en particulier, ont limité l'expression des sentiments à la seule expression du « moi », à l'évocation de leurs souffrances personnelles ou de leurs amours malheureuses. Faire aimer la poésie, c'est faire sortir des clichés qui réduisent souvent un courant à quelques caractéristiques sans doute justes mais incomplètes et comme vidées de leur sens. A. de Lamartine a, certes, écrit *Le Lac*, mais c'est aussi lui qui affirme, dix-sept ans plus tard :

« Puis mon cœur, moins sensible à ses propres misères,
S'est élargi plus tard aux douleurs de mes frères ; »

L'expression d'une souffrance intime s'accompagne de l'engagement du poète ouvert à l'ensemble des hommes.

▶ Plus largement, la poésie devient le lieu d'une démarche personnelle dont la générosité prophétique doit être partagée. Sous cet angle, l'aventure extrême de l'adolescence et du génie de Rimbaud nous a paru digne de l'intérêt des élèves ; son désir de liberté, d'affranchissement des codes et du poids des convenances ne peuvent que toucher des adolescents de 3e ; par ailleurs, son irrépressible besoin de voyage, son attrait pour l'Orient, même s'il se situe au moment où il renonce à la poésie, nous a ensuite ouvert la voie vers le thème de l'Orientalisme dans les arts et la poésie, monde de rêve, chargé d'un exotisme plus projeté que réellement observé.

▶ Entrer dans la poésie, comprendre les visions du monde qu'elle propose, ne relève pas de la seule lecture. La poésie est une musique – et la figure d'Orphée comme premier des poètes lyriques nous le rappelle – et la seule manière de le sentir est d'entendre les vers à voix haute, de les lire, de les dire, mieux, de les réciter pour être dans la seule attention à la musique des mots. Nous avons voulu montrer, par l'atelier de mémorisation, que la poésie impliquait de ne pas être passif face au poème mais, au contraire, de lui redonner souffle, de l'interpréter comme peut le faire un musicien jouant une partition. Et si l'on fait entendre aux élèves que dans « poésie », l'étymologie nous renvoie à l'idée d'une « fabrication », nous leur proposons un atelier d'écriture poétique où la forme sans doute inconnue d'eux, celle du pantoum, doit permettre à tous sans exception de produire de la poésie, d'être des artisans du verbe. Plutôt que d'aborder la prosodie pour la seule observation des vers déjà écrits, il nous a semblé plus vivant de faire utiliser ces règles et ces contraintes pour en faire surgir des productions personnelles, une parole tantôt singulière, tantôt collective, prouvant que la poésie se dit, se vit, s'écrit et se partage.

PARCOURS UN THÈME

Le lyrisme, musique du cœur et chant du monde

p. 122 à 135

Objectifs et démarches du parcours

Problématique : *Comment l'expression de soi porte-t-elle la voix des autres ?*

▶ L'expression « visions poétiques » met en question les spécificités du regard artistique sur le monde, ainsi que la pluralité de regards que l'on peut trouver : qu'apprend-on de celui qui regarde ? Et que regarde-t-il ?

Formellement, l'énoncé invite à s'intéresser au lyrisme, moyen privilégié pour l'expression d'un regard singulier. Le poète peut exprimer son intimité, réagir à son environnement géographique, associer un paysage à une émotion mélancolique. Se coupant du réel, il peut choisir de faire part de sa rêverie. Cependant, le lyrisme n'implique pas nécessairement que ce regard soit tourné vers soi-même. Au contraire, prenant conscience de sa singularité, le poète peut s'engager auprès des autres hommes. Il devient le guide lors des temps difficiles, des guerres, ou bien l'ami et le confident d'un proche qui en a besoin.

▶ Le parcours vise à permettre aux élèves de :
- définir le lyrisme comme caractéristique d'une écriture intime ;
- présenter l'élégie antique ;
- définir le rôle du poète et l'importance de son engagement.

Organisation du parcours et choix des axes de lecture

1. Lyrisme et intimité

A. de Lamartine,
« Le Lac », texte 1
M. Desbordes-Valmore,
« Qu'en avez-vous fait ? », texte 2
Catulle,
Poèmes, texte écho p. 122-123

• Pistes didactiques

Le lyrisme se caractérise dans un premier temps comme une forme poétique tournée vers l'intimité, la réflexion personnelle. C'est ainsi l'occasion de découvrir l'élégie antique, qui sert de modèle littéraire.

• Proposition d'hypothèse de lecture

Observer la relation entre le lyrisme et l'expression de sentiments personnels.

F.- R. de Chateaubriand,
Mémoires d'outre-tombe, texte 3
C. D. Friedrich,
Le Rêveur p. 124-125

• Pistes didactiques

Cette double page permet de découvrir la mélancolie romantique et son gout pour un passé perdu. Grâce au tableau de Friedrich, les élèves découvrent la dimension picturale du mouvement. Le tableau peut également constituer une entrée dans le texte, qui est difficile. En effet, dans cet extrait, les élèves découvrent un aspect peu étudié du lyrisme : sa présence dans la prose.
Ils découvrent aussi l'aspect historique qui préside à l'apparition du romantisme et qui sera développé dans la partie « Lyrisme et engagement ».

• Proposition d'hypothèse de lecture

Comprendre la posture du romantique tourné vers le passé et à l'écoute de la nature.

V. Hugo,
« Soleils couchants », texte 4
C. Baudelaire,
« Le coucher de soleil romantique », texte 5
P. Verlaine,
« Soleils couchants », texte 6 p. 126-127

• Pistes didactiques

Les trois poèmes rassemblés ont pour objectif de présenter aux élèves un aspect du lyrisme personnel, après le lyrisme amoureux étudié aux p. 122-123 : le sentiment du poète face à la nature. De ce point de vue, le travail sur le lyrisme face à la nature dans le romantisme, en particulier chez Chateaubriand (p. 124), constitue une excellente introduction. Les trois poèmes présentés ici sont unis par leur thème commun, le coucher de soleil, et donnent lieu à trois traitements différents, pour la forme choisie comme pour les sentiments exprimés. On pourra décider de les travailler dans une perspective comparatiste, tous ensemble, en mettant en valeur leurs points communs et leurs différences, ou l'un après l'autre. La séance peut trouver différents prolongements pertinents : recherche d'autres poèmes sur le lyrisme et la nature par les élèves ou écriture d'un poème lyrique sur un phénomène naturel.

- **Proposition d'hypothèse de lecture**

Comment un même paysage naturel suscite-t-il une expression lyrique différente pour chacun des poètes ?

A. de Musset,
« La nuit de mai », texte 7
G. de Nerval,
« Fantaisie », texte 8
R. Queneau,
Chêne et chien, texte 9
É. Azam,
Qui journal fait voyage, texte 10 p. 128-129

- **Pistes didactiques**

Cette double page propose des textes du XIXe et du XXe siècles qui permettent de réfléchir à la place de la rêverie puis du rêve en poésie. On passe de la rêverie éveillée, source d'inspiration pour les romantiques, au récit de rêves dont on cherche le sens. C'est une bonne préparation à la seconde générale qui propose en poésie un parcours du Romantisme au Surréalisme.

- **Proposition d'hypothèse de lecture**

Comment l'écriture poétique est-elle un moyen privilégié pour exprimer le rêve ?

2. Lyrisme et engagement

V. Hugo,
« La fonction du poète », texte 11
A. de Lamartine,
« À M. Félix Guillemardet sur sa maladie », texte 12
V. Hugo,
« À l'obéissance passive », texte 13 p. 130-131

- **Pistes didactiques**

Cette double page propose à travers deux figures emblématiques et passionnées, Hugo et Lamartine, de découvrir la dimension historique et sociale du romantisme. On y voit des poètes romantiques qui, loin de se contenter d'évoquer leurs états d'âme, parlent d'évènements historiques et de leur place dans la société.

- **Proposition d'hypothèse de lecture**

Comment le poète définit-il sa mission dans la société ?

G. Apollinaire,
Poèmes épistolaires, À André Dupont, texte 14
R. Desnos,
« Couplets de la rue Saint-Martin », texte 15
P. Éluard,
L'Honneur des poètes, texte écho p. 132-133

- **Pistes didactiques**

Cette deuxième double page explore l'époque des deux guerres mondiales et des formes de lyrisme peut-être plus perturbantes pour les élèves : jeux de mots et ironie chez Apollinaire, simplicité chez Desnos.

- **Proposition d'hypothèse de lecture**

Engagement et lyrisme sont-ils compatibles ?

R.-G Cadou,
« Les secrets de l'écriture », texte 16
A. Chédid,
« L'espérance », texte 17 p. 134-135

- **Pistes didactiques**

Le fait de s'adresser à d'autres qu'à lui-même, et d'évoquer des sentiments aussi universels que l'amour et l'amitié conduit à s'interroger sur le rôle du poète. À la suite de Victor Hugo, René-Guy Cadou et Andrée Chedid brandissent le flambeau de l'espoir, pour guider les esprits inquiets et perdus.

- **Proposition d'hypothèse de lecture**

Comprendre l'importance de l'écriture poétique pour exercer une influence sur la société.

Corrigés des questionnaires et des exercices

A. de Lamartine,
« Le Lac », texte 1
M. Desbordes-Valmore,
« Qu'en avez-vous fait ? », texte 2
Catulle,
Poèmes, texte écho p. 122-123

Comprendre une réflexion sur la fuite du temps

Entrer dans la lecture. D'après le paratexte, c'est Julie qui s'exprime. Il s'agit de l'amante disparue de Lamartine.

1. Les paroles prononcées par Julie s'adressent au temps, sous la forme d'une apostrophe : « Ô temps ! ».

2. Au vers 9, un connecteur d'opposition indique un changement : « mais ». Julie constate que sa demande au temps pour qu'il passe moins vite est vaine et inutile, que le temps ne cesse de passer.

3. Face à ce constat, la jeune femme se tourne alors vers les autres hommes, par l'intermédiaire de verbes à l'impératif, conjugués à la première personne du pluriel : « aimons », « hâtons-nous ». L'impératif a ici la valeur d'un conseil à profiter du temps qui passe.

4. Le poème s'achève sur une métaphore qui associe le temps qui passe à un fleuve : « le temps n'a point de rive ». Leur point commun repose sur la même image de l'écoulement.

Bilan **5.** Julie demande au temps de s'arrêter, pour qu'elle puisse profiter des moments passés avec son amant. Face à l'impossibilité de suspendre le cours du temps, elle donne alors aux humains le conseil de profiter des bons moments, qui passent rapidement.

Ressource numérique

AUDIO

Lecture de poème

Les sonorités employées sont fluides, avec une allitération en « l ».

Exprimer une rupture amoureuse

1. Dans ce poème, la poétesse s'adresse à l'homme qui l'a quittée. Leur relation est explicitée dans les passages suivants : « Vous aviez mon cœur », au vers 1, et « Vous me laissez là », au vers 21.

2. Elle manifeste un sentiment de colère, ce que montre la répétition de la question « Qu'en avez-vous fait ? ».

3. Les images qui montrent son chagrin sont les suivantes : « Comme un pauvre enfant », qui rime avec le vers suivant « Que rien ne défend ».

4. On peut qualifier ce poème de lyrique car Marceline Desbordes-Valmore y dépose son chagrin et sa colère. De plus, la forme est très rythmée, très musicale.

5. La répétition du terme « soleils éclatants » exprime le bonheur passé du poète.

6. Tout comme Marceline Desbordes-Valmore, le poète se projette dans un futur sans celle qui l'a abandonné. Il pose des questions oratoires qui montrent sa jalousie lorsqu'il imagine celle-ci avec un autre homme.

Bilan **7.** Plusieurs points communs associent ces deux poèmes. Les poètes alternent l'évocation du passé avec celle du futur. Ils expriment leur souffrance et leur chagrin d'avoir été abandonnés par ceux qu'ils aimaient.

F.- R. de Chateaubriand,
Mémoires d'outre-tombe, texte 3
C. D. Freidrich,
Le Rêveur p. 124-125

Comprendre la mélancolie romantique

1. Le paratexte indique que la scène se passe en juillet 1817 mais le ciel est comparé « à un ciel d'automne » (l. 2). Le « vent froid » (l. 2) et les « nuages » (l. 4) semblent donc en effet correspondre à l'état d'esprit mélancolique du poète.

2. En les nommant par leur prénom, Chateaubriand crée un effet de proximité avec Henri IV et Gabrielle d'Estrées ; cet homme tourné vers le passé a l'impression de les avoir connus.

3. Les *Mémoires d'outre-tombe* ont été publiés en 1849, juste après la mort de Chateaubriand. Cette volonté de l'auteur explique le titre de l'œuvre.

4. La tristesse de sa jeunesse est associée au « bonheur », à « une félicité », à des mots donc plutôt positifs et tournés vers l'avenir, ce que l'on voit avec les termes « désir » et « croyais atteindre ». Mais sa tristesse d'homme mûr est tournée vers le passé et sa déception « vient de la connaissance des choses appréciées et jugées », « des jours perdus à la poursuite de cette félicité ». Il n'a pu atteindre le bonheur qu'il attendait.

5. La vie est présentée comme un chemin que le poète a parcouru rapidement : « j'ai marché plus vite qu'un autre, et j'ai fait le tour de la vie. » Le temps qui passe vite semble actif : « Les heures fuient et m'entraînent. » Les impératifs soulignent cette impression d'urgence : « Mettons à profit », « hâtons-nous ».

Bilan **6.** La métaphore finale est celle d'un navigateur qui écrit son journal tourné vers le rivage qu'il quitte. C'est donc un regard en arrière qui souligne la mélancolie. Cela reprend aussi l'image d'une vie vue comme un voyage, ce qui rappelle le chemin déjà vu précédemment.

Ressource numérique

AUDIO

Extrait des *Mémoires d'outre-tombe* par Daniel Mesguich

L'extrait lu par Daniel Mesguich est un long extrait narratif. Il est en prose : ce terme regroupe tout ce qui n'est pas vers. Le vers (de *versus*, « retourné » en latin, qu'on retrouve dans « renverser » par exemple) se distingue par un retour à la ligne que l'auteur choisit en fonction du rythme qu'il veut donner. La prose (de *prosum*, « en avant » en latin) avance tout droit. On lie souvent poésie et vers mais un texte peut être poétique sans être en vers : l'écrivain évoque des thèmes lyriques comme son accord avec la nature (le « désordre des éléments » se mêle à ses « désirs »), ses sentiments personnels (ici un amour passionnel et mystérieux). Il part dans une rêverie amoureuse et emploie également beaucoup de métaphores et d'hyperboles : « un seul de ses regards m'eût fait voler au bout de la terre », « la pensée la plus rare ».

Étudier un tableau romantique

1. Le paysage, avec ses grands arbres dénudés, et les ruines qui l'occupent, dégage une impression de solitude, de tristesse et d'abandon.

2. La silhouette du personnage semble petite par rapport à l'imposante architecture en ruines. Le fait que ce jeune homme soit assis renforce la différence de taille entre le cadre et lui.

3. Adossé contre les pierres, il semble regarder devant lui, comme perdu dans ses pensées. Le titre du tableau *Le Rêveur* confirme cette impression.

4. Les couleurs orangées à l'horizon font penser à un coucher de soleil. On est donc à un moment de la journée où la lumière commence à diminuer et où l'on peut éprouver une forme de mélancolie à l'approche du soir. Une harmonie teintée de tristesse règne entre le paysage, ses arbres et ses ruines, le jour déclinant et les pensées songeuses du jeune homme. Ce tableau est l'image du paysage « reflet de l'âme » cher aux Romantiques.

Bilan **5.** La scène du tableau se déroule au coucher du soleil comme dans le texte. Des ruines y sont figurées qui rappellent un passé perdu : or, dans le texte, on trouve des éléments architecturaux (« la tour d'Alluye » l. 4) et un passé disparu avec l'évocation d'Henri IV et Gabrielle d'Estrées. Le personnage est dans les deux cas solitaire et contemplatif au milieu de la nature.

V. Hugo,
« Soleils couchants », texte 4
C. Baudelaire,
« Le coucher de soleil romantique », texte 5
P. Verlaine,
« Soleils couchants », texte 6 p. 126-127

Analyser les formes variées du lyrisme autour d'un thème naturel

1. Le coucher de soleil provoque la joie et l'émerveillement du poète. La présence de nuages (v. 7 et suivants) le met en valeur.

2. Le champ lexical de la lumière : « ils dorent » (v. 2), « feu » (v. 4), « flamboie un pâle éclair » (v. 10), « brille » (v. 13), « luire » (v. 15), « grands lacs de lumière » (v. 18), « un rayon du soir » (v. 22), « luisent » (v. 23). Parmi les couleurs dominent le doré, le feu et le bleu du ciel. Cela renvoie aux couleurs des rayons du soleil rasant.

3. Le poète décrit le paysage, comme le révèlent les marques de la 1re personne et le lexique des sentiments (« j'aime », v. 1) ou la ponctuation, en particulier l'exclamation du v. 7. Le discours est adressé (v. 7). Dans la dernière strophe, le poète évoque les rêveries ou les images suscitées par le soleil dans les nuages, faisant état de ses impressions (« on croit voir », v. 19).

4. Au début du sonnet, le soleil est décrit dans sa force et sa beauté lors de son lever. Il est associé au matin (v. 1 et 2) et à la nature qui se lève avec lui (v. 5 et 6).

5. La fugacité du coucher de soleil est traduite par la précipitation du poète : « courons » (v. 7) ; « attraper » (v. 8) ; « je poursuis » (v. 9). Le sonnet fait état aussi du caractère inévitable du coucher de soleil, et donc de la fuite du temps : « en vain » (v. 9) ; « l'irrésistible Nuit » (v. 10).

6. L'opposition entre les quatrains et les tercets du sonnet recoupe une opposition entre le lever et le coucher du soleil. Les registres employés s'opposent à l'optimisme et à la vivacité d'une nature agréable (v. 5) dans les quatrains, à une atmosphère lugubre (v. 11) et une nature effrayante (v. 13-14) dans les tercets.

7. Le poète exprime sa mélancolie devant le coucher de soleil. Le terme désigne l'humeur noire, c'est-à-dire une tristesse, un sentiment d'incapacité et de mal-être. Le mot est répété deux fois dans le poème (v. 3 et 5) ; il est encore évoqué par la nature « aube affaiblie » (v. 1), « cœur qui s'oublie » (v. 7), « fantômes » (v. 12).

8. Le titre est repris quatre fois dans le poème. Cela crée un effet de refrain, de reprise lancinante. Dans les deux premières occurrences, l'expression constitue un vers (v. 4 et 8) ; dans les deux suivantes, l'expression fait l'objet d'un enjambement (v. 10-11 et 15-16).

9. Le choix par Verlaine du pentasyllabe, un vers impair, provoque un effet de disharmonie, qui peut témoigner de la disharmonie intérieure du poète, plein de tristesse. La reprise de mêmes termes, l'effet de refrain et la reprise de mêmes sonorités (assonance en [i] ou allitération en [l]) traduisent la présence répétée de la mélancolie dans le cœur du poète.

Bilan 10. Le coucher de soleil est associé à des sentiments très différents : Hugo, dans une veine romantique, l'associe aux beautés de la nature, en particulier au charme des couleurs. Il fait état de son admiration et de ses pensées créatrices devant le ciel au moment du coucher de soleil. Baudelaire et Verlaine témoignent de sentiments bien différents : ils évoquent leur mal-être devant le coucher de soleil. Baudelaire expose, en particulier, le contraste entre le sentiment positif et dynamique qu'il éprouve au lever du soleil et sa peur devant les ténèbres de la nuit. Chez Verlaine, c'est le sentiment de mélancolie qui domine devant la fin du jour. Tous ces poèmes sont donc lyriques dans la mesure où les poètes y expriment leurs sentiments personnels devant une réalité naturelle. La diversité des sentiments personnels traduit le caractère unique de chaque perception et, dans le même temps, l'intention de conférer une dimension universelle aux sentiments éprouvés.

A. de Musset,
« La nuit de mai », texte 7
G. de Nerval,
« Fantaisie », texte 8
R. Queneau,
Chêne et chien, texte 9
É. Azam,
Qui journal fait voyage, texte 10 p. 128-129

Rêver éveillé

1. Ce n'est pas vraiment un dialogue car le poète n'entend pas la muse qui s'adresse à lui et se parle à lui-même.

2. La muse évoque le printemps à travers « la fleur » qui va « éclore », les oiseaux qui chantent (la bergeronnette) et la nature qui verdit : les premiers buissons verts.

3. Le poète voit les choses de manière plus sombre : « Comme il fait noir ».

4. L'incertitude du poète se traduit par les mots « j'ai cru qu'... ». De plus, il emploie un indéfini suivi d'un terme flou « une forme ». L'action aussi est décrite de manière floue : « flottait ». Et tout cela semble bien éphémère : « Elle s'efface et disparaît. »

5. Le poète nous dit que l'air « a des charmes secrets ». Ici, « charme », a son sens originel de « puissance magique ». Le poète développe ces pouvoirs dans la strophe suivante qui commence par le connecteur logique « or ». « Entendre » v. 5 rime avec « s'étendre » v. 7 : c'est donc bien l'écoute de l'air qui déclenche la rêverie, la vision du poète.

6. Le poème s'appuie sur une allitération en [r] qui apparait dans tous les vers et très souvent à la rime : « -rais », « -èbre », « -tendre », « -erre », « -eurs », « -être ». Ce sont donc six rimes sur les huit du poème qui contiennent ce son et qui rappellent « l'air » entendu. De plus tous les vers sont des décasyllabes, avec une césure 4/6, très régulière.

7. Le paysage se découvre d'abord dans un plan d'ensemble « un coteau vert » et nous semblons nous approcher de plus en plus : le château puis la dame. Cela ressemble à un travelling avant.

Bilan 8. La rêverie est ici associée à l'amour pour une figure féminine difficile à atteindre, à peine réelle, qui « s'efface » dans le texte de Musset et appartient à « une autre existence » dans celui de Nerval.

Interpréter des rêves

1. On pourra rapprocher le « maléfacteur » du maléfice et expliquer les différentes formes des radicaux issus de *facio, facis, facere, feci, factum*, faire. « Damneur » et « ensemenceur » pourront être rapprochés des verbes « damner » et « ensemencer ».

2. Les points d'interrogation peuvent être interprétés de différentes façons : surprise de découvrir un aspect inconnu de soi, colère contre une attitude de lui-même qu'il réprouve, ironie face à la naïveté de sa jeunesse.

Suggestion d'activité écrite : pour mieux comprendre le texte et la symbolique du rêve, on peut inviter les élèves à écrire une traduction antonymique de ce texte. Il faudrait écrire le contraire de ce rêve. Le but est d'utiliser non des négations mais le maximum de mots antonymes. Cela permet de faire surgir les connotations associées aux mots : en quoi va se transformer le crocodile, par exemple ?

3. Les mots qui se répètent avec de légères variations sont les expressions «j'ai rencontré le peuple Peul» puis «le peuple Peul» seul, «m'approcher», «près», précédé de «plus» puis de «si», comme si la poétesse s'était approchée du peuple Peul comme celui-ci le lui demandait.

4. La répétition des mots évoqués dans la question précédente montre ce rapprochement entre l'auteur et le peuple. Les deux se trouvent liés dans le même vers 2 : «Je crois qu'il m'a dit». Elle va pouvoir écouter «Plus près des lèvres des anciens».

5. Les éléments naturels sont sujets de verbes d'action : «les masques» se mettent debout, «le vent brun : / tordait les pierres», «la mer» l'a «roulée dans son creux».

6. Le fait que les éléments naturels prennent vie parait surnaturel , voire inquiétant. Ils semblent prendre le pouvoir sur elle. Tout cela se passe aussi la «nuit» et les «braises» peuvent également évoquer l'enfer. On passe du «plus près» au «si près» et l'on peut se demander si on ne passera pas au «trop près».

7. Les points de suspension servent normalement à interrompre la parole, les deux points à introduire une précision ou une citation. Ici, les points de suspension sont très nombreux mais tiennent leur rôle : c'est comme s'il était difficile de tout expliquer, ils laissent la place à l'imagination. Les deux points sont utilisés très étrangement au vers 12. Ils se placent entre le sujet et le verbe et, au vers 17, entre le verbe et son complément : cela crée un effet de rupture, de décalage par rapport à la normalité, ce qui convient à l'ambiance du rêve.

Attention : les points de suspension entre crochets sont rajoutés par le manuel pour indiquer une coupe dans le texte.

Bilan 8. Dans le texte d'Édith Azam, c'est plus une impression de fascination et de douceur qui est créée : l'auteur semble ressentir un certain bien-être. Le rêve de Queneau lui permet de faire un retour sur lui-même, de s'analyser ; l'auteur semble avoir des regrets quand il dit : «je me suis puni».

V. Hugo,
«La fonction du poète», texte 11
A. de Lamartine,
«À M. Félix de Guillemardet sur sa maladie», texte 12
V. Hugo,
«À l'obéissance passive», texte 13 p. 130-131

Comprendre l'évolution du poète

1. Le poète se compare aux prophètes : «pareil aux prophètes». Étymologiquement, «prophète» vient du grec, de *pro-phémi*, et signifie : qui dit (*phémi* : dire). Le poète doit donc annoncer l'avenir ; on peut aussi supposer qu'il se voit comme un médiateur entre Dieu et les hommes.

2. Le terme «utopies» est mis en valeur à la rime : il s'oppose d'ailleurs aux «jours impies» du premier vers. Ce terme qui désigne une société fictive idéale montre que le poète est celui qui imagine des «jours meilleurs». «L'avenir» est aussi lié à la lumière et donc au bonheur au vers 10 : «faire flamboyer l'avenir» et le poète est celui qui l'illumine avec ses textes comme «avec une torche» : la comparaison met ainsi en valeur le côté lumineux, radieux de cet avenir.

3. Le poète montre qu'il s'est détourné d'une poésie strictement intime et plaintive pour s'intéresser aux peines de ses concitoyens.

4. «se plaindre et soupirer» (v. 2), «des chants de deuil» (v. 4), «un écho qui pleure» (v. 5), «la douleur» (v. 10), «mon cri» (v. 11), «souffert, aimé, perdu, gémi !» (v. 15), «le lac de mes pleurs» (v. 22)

5. Le poète parle de lui-même à la première personne, et celle-ci est souvent renforcée : «en moi seul» (v. 11), «à moi seul» (v. 16). Le poète se dévalorise par les comparaisons qu'il emploie : il se compare à «une faible femme» et utilise la métaphore «ma fourmi». Il parle souvent de lui par métonymie, en ne se désignant que par la partie la plus sensible : «mon âme» (v. 1), «ma personnalité» (v. 13), «mon cœur» (v. 20). À la fin, le poète prend de la distance par rapport à lui-même et parle de lui à la troisième personne : «l'âme d'un seul».

6. «L'égoïsme étroit» du poète s'oppose à «l'être universel» v. 7, à «l'univers» v. 9, «la nature» v. 13, au «grand mystère» v. 16 et au «ciel» et «la terre» v. 17 : termes qui reprennent en variant la même idée, c'est-à-dire le monde qui l'entoure, si vaste. Il y a également une répétition dans le poème de «tout[e]» (v. 8 et 17), «tous» (v. 22) et «toutes» (v. 25) qui témoigne que le poète sort de l'intérêt pour sa seule et unique personne et s'intéresse à ceux qui l'entourent.

7. La biographie de Lamartine montre qu'il a d'abord écrit sur ses amours mais qu'il s'est ensuite engagé en politique comme député et comme républicain.

8. Le point d'exclamation du premier vers ne reflète que l'interpellation. Ceux des vers 6, 12, 15 et 18 renvoient en même temps aux douleurs personnelles qu'il chantait et à l'exaspération, à l'énervement contre lui-même qu'il ressent. On peut y voir une certaine ironie : l'auteur se moque de lui-même. Les deux derniers (v. 19 et 25) évoquent une véritable douleur : d'abord le regret d'avoir été égoïste «Pardonnez-moi, mon Dieu !», puis un cri qui veut refléter une peine universelle «a gémi toutes les douleurs !».

Bilan 9. Le poète, pour Hugo, doit en quelque sorte guider le peuple comme un «prophète», muni d'une «torche». Pour Lamartine, il doit transcrire les émotions de tous. À chaque fois, il est proche du peuple et assure une fonction en faveur de celui-ci.

▶ Lecture d'image

1. On voit les drapeaux tricolores flotter, ainsi qu'un drapeau rouge marqué «République». La foule est regroupée en masse et est en liesse. Elle mêle des soldats, des gens du peuple et des bourgeois : on le comprend à leur tenue. Sur le côté gauche, on aperçoit des richesses amassées : il y a eu pillage. Au premier plan apparaissent plus clairement les traces du combat, les armes (canon, pavés) et les morts : un homme et un cheval (complètement sur la droite).

2. Lamartine est quasiment au centre de l'image, monté sur un fauteuil : un espace vide autour de lui le met en valeur. Il lève la main droite pour parler.

Partager des sentiments

Entrer dans la lecture. Les exclamations semblent traduire l'enthousiasme et l'admiration du poète pour cette armée.

1. Au début le poète parle des soldats à la troisième personne : «ils». Puis il utilise le pronom indéfini «on», qui peut aussi se comprendre comme l'équivalent de «nous». Enfin il s'adresse directement à eux en disant «vous». Il donne l'impression d'en être de plus en plus proche.

2. L'auteur utilise de nombreux termes mélioratifs pour qualifier les soldats : «fiers, joyeux». Il les associe à la «Liberté sublime». Leur puissance semble s'étendre partout grâce aux accumulations du premier vers et des vers 10 et 11. Ils sont plus forts que les éléments : «Dans la pluie et la neige et de l'eau jusqu'au ventre». La succession rapide de propositions courtes avec des verbes d'action renforce cette impression : «On battait [...] on culbutait [...] on allait». Les soldats sont comparés à «des démons», c'est-à-dire des divinités aux pouvoirs magiques, et leur puissance s'oppose à la fragilité des «trônes» qu'ils renversent et qui sont comparés à «des feuilles mortes». L'admiration exprimée par l'exclamation finale est soulignée par l'interjection «Oh !» et la majuscule au mot «Soldats», mis à la rime.

Bilan 3. Ici Hugo retranscrit les sentiments de tous ces soldats et applique en quelque sorte ce que souhaitait Lamartine : il traduit les sentiments d'autres que lui. On ressent aussi sa propre émotion faite d'admiration mais le premier rôle est laissé à ceux dont il parle.

▶ Lire à plusieurs voix

Il sera intéressant de comparer les découpages faits par les différents groupes. On peut leur suggérer de lire aussi certains passages, particulièrement propices à une lecture à plusieurs voix.

G. Apollinaire,
Poèmes épistolaires, À André Dupont, texte 14
R. Desnos,
«Couplets de la rue Saint-Martin», texte 15
P. Éluard,
L'Honneur des poètes, texte écho p. 132-133

Ressource numérique

AUDIO

Réagir par écrit

On appréciera particulièrement les réponses nuancées qui sauront montrer que les deux thèmes se lient.
On sera sensible aussi à la forme du paragraphe argumenté qui devra débuter avec un alinéa et une phrase d'introduction présentant le poème.

Comprendre les intentions du poète

Entrer dans la lecture. Cette première lecture permettra au moins de remarquer qu'il s'agit bien d'une lettre avec le nom du destinataire au début et le signataire à la fin.

1. L'auteur présente les mauvaises conditions météorologiques («Il a bien fait mauvais», «un froid de loup»), les longues missions («j'ai sur un grand cheval fait six heures de route») et les souffrances physiques («genoux en sang»), qu'il relativise car il sait que bien d'autres «meurent en ce moment». Il montre ainsi le danger, la précarité de la vie au front.

2. Les termes relatifs à la guerre sont liés à des termes plus pacifiques comme au vers 11 où «l'art du canon» est réduit à «l'art de tout bien mesurer» et comparé à «l'astronomie». Le vers 13 réduit aussi le sens de la guerre : «Voilà tout le secret de la guerre».

3. Les jeux de mots présents aux vers 2 et 3, puis 9 et 10, participent aussi à cet aspect absurde de la guerre, notamment par la conséquence absurde du vers 3 : «J'ai tant aimé les Arts que je suis artilleur.» La «tartine» du vers 2 renvoie à la lettre d'André Dupont, le terme normalement péjoratif est ici amicalement accolé à l'adjectif «douce». L'enchainement des idées semble dicté par les rimes plus que par un véritable sens, dénonçant ainsi l'absurdité de la situation.

4. Ces jeux de mots contribuent aussi à une certaine légèreté du poème. Le poète semble garder confiance en l'homme auquel il associe des termes positifs : «la joie et la vertu» (v. 14).

Bilan 5. Le soldat au front a besoin de garder le contact avec l'arrière, de partager encore les sentiments d'avant-guerre, comme l'amitié avec André Dupont ou l'amour pour Lou. C'est une façon d'oublier quelques instants l'horreur de ce qu'ils sont en train de vivre. Apollinaire écrit des poèmes car c'est ce qu'il aime, ce qu'il sait faire : la concentration demandée et le plaisir de créer un beau texte sont des moyens redoublés d'oublier ou transcender ses conditions de vie.

Comprendre les sentiments du poète

Entrer dans la lecture. Le texte dénonce les arrestations pendant la Seconde Guerre mondiale. Celles-ci menaient à des tortures, des déportations, tout cela sans procès : les gens disparaissaient sans qu'on en ait de nouvelles.

Le retour du «je n'aime plus la rue Saint-Martin» peut sonner comme un refrain.

1. et **2.** André Platard est désigné deux fois comme «l'ami», «le copain» (vers 7 et 10), le terme ici n'est pas moins fort, il retrouve son sens originel et montre un partage quotidien, celui du pain (v. 9).

3. Le «ils» peut désigner les Allemands ou la police française du gouvernement de Vichy.

4. Il y a dix propositions négatives dans le poème (aux vers 1 ; 3 ; 4 ; 5 ; 9 ; 12 ; 13 ; 14 ; 16 et 17). Cela marque la perte, la privation dont souffre le poète.

5. Le poème est un constat de cette disparition face à laquelle le poète semble passif : mais il écrit ce poème où le nom de son ami revient trois fois. C'est un moyen de lutter contre sa disparition. Il rappelle aussi ses souvenirs : «Nous partagions».

6. Les deux poètes évoquent des sentiments partagés par tous : douleur, amitié, humour; ils sont en ce sens «des hommes comme les autres». Desnos particulièrement s'emploie à s'exprimer dans un langage très simple, dépouillé.

Bilan 7. Une sorte de lassitude et de dégout semblent animer le poète : «Je n'aime rien». Le temps passe et rien ne change, le poète semble sans espoir : «Le temps passe, on ne sait rien.»

▶ Faire le lien entre les œuvres

L'amitié tient une place importante pour les deux poètes : elle est une des traces de l'humanité possible, c'est-à-dire de relations positives entre les êtres. La relation épistolaire avec son ami semble importante pour Apollinaire : «Écrivez-moi souvent». Desnos, quant à lui, consacre un poème à son ami disparu qui semble avoir emmené avec lui tout son gout de vivre.

R.-G Cadou,
« Les secrets de l'écriture », texte 16
A. Chédid,
« L'espérance », texte 17 p. 134-135

Exprimer la nécessité de la poésie

Entrer dans la lecture. D'après le titre, le poète cherche à exposer les secrets qui se cachent derrière l'acte d'écrire.

1. Ceux qui n'ont pas besoin du poète savent déjà la valeur de l'existence, de la poésie. Ceux qui sont « retirés sous la lampe » sont déjà près d'une source lumineuse ; les habitants d'une « cité lacustre » habitent un environnement qui rend sensible à la beauté du monde, enfin « l'écolier attentif à son cœur » a déjà conscience de l'importance de l'existence.

2. Le poète veut tout d'abord se tourner vers celui qui « n'entend pas la rumeur [...] de son sang », ce qui est une métaphore pour montrer qu'il est coupé de ses sentiments. Il a besoin du poète pour écouter à nouveau ses sentiments.

3. Le verbe « divulguer » implique qu'un secret est caché, et qu'il appartient au poète de le faire savoir aux hommes.

4. Le temps qui passe est évoqué par la métaphore « la crue noire du temps », au vers 13. On peut également penser au poème de Lamartine qui aborde un thème voisin.

5. Cette auberge particulière propose aux passants des « couches étoilées », et des vaisselles « pleines de soleil ». Il s'agit d'une nourriture qui évoque la beauté, la vie.

Bilan 6. Le poète est important car il peut rappeler aux hommes les beautés de la vie et l'importance des sentiments. Face à des périodes difficiles, lire de la poésie peut être une source de réconfort.

Comprendre le rôle du poète dans la société

1. La poétesse évoque les lumières qu'elle a allumées, et l'espérance qu'elle a enracinée dans « le terreau du cœur ».

2. L'opposition est entre lumière et ténèbres, entre le bien et le mal. On peut ainsi relever : « ténèbres », « nuit », face aux « flambeaux » et aux « clartés ».

3. Ce poème doit être déclamé avec un ton joyeux, car il est destiné à inspirer de l'espoir aux autres personnes. Les mots importants sont souvent situés à la fin des vers. On peut citer par exemple : « espérance », « vie », « renaissent », « cœur ».

Bilan 4. Le poète peut apporter aux hommes du réconfort lorsqu'ils traversent des périodes sombres, individuellement ou collectivement. Les poèmes qu'il offre aux hommes sont autant de « flambeaux » qui brillent dans la nuit.

Activité d'expression p. 135

▶ Écrire un poème exprimant ses sensations

Cette forme de poème à démarreur est inspirée par l'Oulipo et notamment par Jacques Jouet, dont vous pouvez découvrir le travail par exemple sur le site : oulipo.net.

Cette écriture d'inspiration picturale sur le motif permet une observation nouvelle de ce qu'on semble connaitre depuis longtemps. On peut aussi la pratiquer en promenade dans le collège, en concoctant un parcours.

ATELIER D'EXPRESSION Apprendre par cœur un poème

p. 136-141

PISTES DIDACTIQUES DE L'ATELIER

▶ Apprendre par cœur ? Quoi ? Pourquoi ? Pour qui ? On peut se réciter un texte à soi-même silencieusement ou à voix basse, pour le plaisir et la douceur. On peut le réciter à une seule personne, de manière intime et complice. On peut le réciter à un public, pour transmettre une émotion, faire entendre un beau texte. On apprend par cœur à longueur de temps et contre notre gré des chansons (plus ou moins bonnes), des slogans publicitaires… Pourquoi ne pas y ajouter un peu de beau en réserve ? Un poème qu'on aura plaisir à réciter plus tard, un jour de solitude, de portable déchargé, un jour de berceuse à chanter…

OBJECTIFS ET DÉMARCHES DE L'ATELIER

▶ Cet atelier poursuit des objectifs culturels mais aussi métacognitifs. Il s'agit pour l'élève de (re)découvrir le plaisir de savoir des textes par cœur et de réfléchir à la meilleure manière pour lui de les retenir.

▶ Méthode

Notre réflexion sur le fonctionnement de la mémoire s'appuie sur un court ouvrage : *Une mémoire pour apprendre,* de Cécile Delannoy et Sonia Lorant-Royer, Hachette éducation et CRDP, Ressources formation, 2007.

Toute activité d'apprentissage fait appel à la mémoire, mais l'enseignement sollicite peu l'effort conscient de la mémorisation à une époque où comprendre est présenté comme plus utile qu'apprendre. La mémoire fonctionne très bien de manière inconsciente et il est important de passer à une conscientisation.

L'essentiel est de comprendre que la mémoire de travail est limitée à environ sept éléments et que, pour garder les éléments plus longtemps en tête, il faut les faire passer dans la mémoire à long terme. On peut se représenter celle-ci comme une toile d'araignée : enregistrer quelque chose, c'est le lier par un fil à la toile existante. Ce fil, on le tisse par des émotions, des mises en mots, des réflexions. Cet atelier veut essayer d'apprendre à l'élève différentes façons de tisser sa mémorisation.

Il faut privilégier l'apprentissage distribué, fractionné, qui permet à l'élève de revenir plusieurs fois sur l'apprentissage (plutôt trois fois vingt minutes de travail qu'une heure) : c'est au professeur d'organiser ces retours (comme l'explique Michel Vuillermoz dans le lienmini). La qualité de l'apprentissage dépend également de la profondeur du traitement de l'information : trouver un moyen mnémotechnique, reformuler, procéder à des associations, manipuler pour transformer le matériau, le rattacher au connu, en déduire de nouvelles connaissances, anticiper sa réutilisation.

▶ Déroulé des activités

La découverte des textes se fait en deux temps : une lecture et une reformulation (p. 136) puis le chœur de lecteurs (Créer des liens p. 140). Dans l'idéal les deux activités devraient s'enchainer. Le reste de l'atelier est souple et peut être fractionné, les activités peuvent se faire dans l'ordre voulu par le professeur. Il nous semble cependant intéressant de le pratiquer de manière intensive sur peu de séances ou de semaines. Les différentes activités proposent en effet d'explorer plusieurs façons de mémoriser : par réduction du poème à des mots-clés poétiques, par l'ouïe, par la musique et la vue enfin. Les textes ont été choisis pour illustrer à la fois le programme et une certaine diversité poétique. On pourrait très bien proposer les activités sur d'autres textes, selon le travail mené avec la classe. À chaque étape, l'activité peut se faire sur n'importe quel poème.

▶ Compétences travaillées

- Comprendre des textes variés, en décelant les implicites.
- Produire des écrits divers avec une intention et un contexte particuliers.
- S'exprimer à l'oral avec clarté et en s'adaptant à la situation de communication.
- Manifester sa sensibilité et sa pensée personnelle dans l'échange ouvert et argumenté avec d'autres points de vue.
- S'approprier une culture littéraire vivante et organisée.
- Exercer sa créativité par des pratiques individuelles ou collectives.

▶ Oral

- Lire un texte à haute voix de manière claire et intelligible ; dire de mémoire un texte littéraire.
- Percevoir et exploiter les ressources expressives et créatives de la parole.

▶ Écrit

Produire des écrits pour penser et pour apprendre.

▶ Langue

- Comprendre le fonctionnement syntaxique.
- La théorie de Michelle Grangaud sur les poèmes fondus.

Corrigé des questions et activités

1. Reformuler un texte et le rattacher à des émotions p. 136

Première partie de la découverte de l'ensemble du corpus qui dans l'idéal ouvre immédiatement sur l'activité Créer des liens de la page 140 (avec un petit groupe, les deux activités peuvent tenir en une heure).

Si on veut faire un groupe de plus de huit, il faudra proposer d'autres poèmes.

Se questionner sur ce qui est le plus facile à apprendre amène à réfléchir aux impressions trompeuses, à mesurer la relativité de cette facilité supposée : chacun aura sa vision des choses. Qu'est-ce qui peut paraitre simple ? Un poème court mais difficile, un poème long mais qui plait, qui parle à l'élève ?

D'où l'intérêt de leur faire nommer les sentiments ressentis à la lecture : les élèves pourront s'appuyer pour cela sur la Grammaire pour dire et pour écrire p 137.

▶ Avant de commencer

1. On pourra distinguer les élèves qui ont besoin d'écrire ou de bouger (kinesthésiques), ceux qui « photographient » la page (visuels), ceux qui ont besoin de répéter à voix haute, voire de mettre en musique (auditifs). On pourra ouvrir sur d'autres techniques : moyens mnémotechniques, illustration, ce que les élèves ont pu voir à la télé (ainsi dans un des derniers épisodes de *Fais pas ci, fais pas ça*, Elliott, le fils de la famille, crée des « tutos » rap pour réviser les maths).

Les élèves ont beaucoup de mal à détailler ce qu'ils font. On peut leur demander de lister à l'infinitif toutes les actions qu'implique pour eux le fait d'apprendre par cœur. On peut aussi leur faire écouter le lienmini où Michel Vuillermoz détaille sa méthode.

Ressource numérique

WEB INTERVIEW

Michel Vuillermoz explique comment il apprend un texte par cœur.

2. et **3.** C'est un beau moment d'échange sur lequel il faut insister pour que les élèves récitent clairement à voix haute les bouts de textes ou les textes dont ils se rappellent. Tout type de texte est acceptable : c'est une façon pour eux de se rendre compte que leur mémoire marche (même quelquefois de manière inconsciente). On peut aussi les faire d'abord échanger à plusieurs : ils se récitent leurs souvenirs en groupe de quatre, puis la classe met en commun une liste de textes favoris, souvent sus.

▶ Graine de savoir

Cette affirmation présente l'œuvre littéraire comme une collaboration entre l'auteur et le lecteur : le fruit du travail de l'auteur n'est rien sans la lecture active du lecteur. Le texte demande de l'attention, du temps. Ce plaisir pourrait être comparé à celui de savourer lentement un bon repas : on mange plus vite qu'on cuisine, c'est un tort aussi, peut-être…

S. Verheyde, *Confessions d'un enfant du siècle* p. 137

▶ Lecture d'image

Musset parle de l'amour qui est un sentiment universel et intemporel. Il en montre souvent le versant douloureux : le lecteur se sent moins seul. Il a eu une histoire d'amour malheureuse avec une autre écrivaine connue : George Sand. Le fait qu'il a également écrit des romans et du théâtre joue certainement aussi sur son attrait.

R. Queneau, « Un poème c'est bien peu de chose » p. 137

▶ Comprendre

Le texte parle de « poème » mais semble le dévaloriser : « c'est bien peu de chose ». Il est en vers libres, parle de choses du quotidien : catastrophes ou faits anodins. Il utilise des tournures familières : « ça vous noie », « vlan » qui sont en décalage avec la vision traditionnelle de la poésie.

▶ Grammaire pour dire et pour écrire

a. Nous proposons ici un classement possible mais tout l'intérêt réside dans la discussion qui permettra de faire surgir des connotations, des nuances entre les termes : le chagrin est-il par exemple plus passager que la tristesse ? L'inquiétude est-elle moins réelle que la déception ? Ce peut être l'occasion de discussions à l'oral en petits groupes ou en classe entière, suivies d'une phase de vérification dans un ou des dictionnaire(s) des hypothèses faites.

MALHEUR, désespoir, accablement, angoisse, abattement, tristesse, chagrin, déception, inquiétude, malaise, lassitude, gaieté, joie, jubilation, euphorie, exultation, extase, BONHEUR

b.

	Suscite le sentiment			Éprouve le sentiment		
Nom	**Verbe**	**Adjectif**	**Adverbe**	**Verbe**	**Adjectif**	**Adverbe**
déception	*décevoir*	*décevant, déceptif*	/	/	*déçu*	/
joie	réjouir	réjouissant	/	se réjouir	joyeux	joyeusement
lassitude	lasser	lassant	erreur : lassement existe mais est inusité et se rapporte à quelqu'un qui éprouve le sentiment	/	*lassé*	/
angoisse	angoisser	angoissant	/	s'angoisser	angoissé	anxieusement (certes ce n'est plus la même famille de mots mais on reste proche)

F. Sagan, *Bonjour tristesse* p. 138

▶ Lecture de couverture

Dans les deux textes, la « tristesse » apparait liée à l'amour (« Tu es inscrite dans les yeux que j'aime » chez Éluard). Elle surgit dans la vie comme une rencontre et s'inscrit sur les visages (« Un nouveau visage hantera désormais l'adolescente » pour Sagan, « Tristesse beau visage » chez Éluard).

P. Éluard, « À peine défigurée » p. 138

▶ Comprendre

Le titre renvoie au visage marqué par la tristesse, une tête à peine défigurée par ce sentiment qui change pourtant tout « par un sourire ».

H. Le Tellier,« L'amur qui dure » p. 138

▶ Comprendre

Le texte peut paraitre ambigu mais le poète s'adresse à son fils dont il évoque la « petite figure ». C'est donc le poème d'un amour protecteur.

V. Rouzeau, *Quand je me deux* p. 139

▶ Comprendre

La question posée conduira à explorer l'aspect visuel et sonore de la poésie et de découvrir la richesse de chacun de ces aspects : les blancs du texte en vers, les silences de la lecture… On pourra, selon les classes, faire une ouverture sur le slam, la chanson…

▶ Débattre en classe

Faut-il tout comprendre pour apprécier un poème ?

Les exemples des poèmes présents sur la page sont marquants sur ce sujet. Ne pas comprendre peut éveiller quelquefois un sentiment d'infériorité ou de rejet pour le lecteur mais les élèves peuvent découvrir qu'il est « normal » de ne pas comprendre. La fonction première du poème n'est pas référentielle (dénotative) mais bien esthétique, poétique.

▶ Le savez-vous ?

L'Oulipo a un site très complet et actif : oulipo.net

Le travail du groupe est souvent réduit à la partie visible de l'iceberg : celle des ateliers d'écriture à contraintes que l'Oulipo a inspirés. Mais le groupe propose depuis plus de cinquante-cinq ans une réflexion littéraire polymorphe et des productions variées, qui n'excluent pas l'aspect autobiographique comme c'est le cas ici avec les textes d'Hervé Le Tellier et Paul Fournel.

Si les oulipiens inventent de nouvelles contraintes, ils ont aussi pour but de mettre en lumière certaines trouvailles du passé, comme le pantoum (voir Atelier p. 164). Dans la lignée de ce que disait François Caradec, pour eux une lecture attentive, lente, est mère de l'écriture.

2. Créer des liens p. 140

Cet exercice s'appelle le chœur de lecteurs, il a été créé par Daniel Fatous dans le Nord.

Le but est de le pratiquer en une heure avec un groupe de 10 à 15 élèves de façon à ce que chacun puisse glisser quelque chose dans le texte de départ. Le professeur peut servir de secrétaire afin d'en garder une trace, il suffit de noter quel est le texte de départ, les mots sur lesquels s'accrochent les greffes et ces greffes. Si l'on dispose de plus de temps, on peut aussi garder cette trace grâce à tout un travail de collage papier.

Le premier tour de lecture reste souvent vierge, puis les plus courageux se lancent. Si cela bloque, ou si certains ne trouvent rien, il ne faut pas hésiter à aller lire sur leur épaule pour leur suggérer un mot qui nous semble possible à placer et leur laisser trouver l'emplacement.

C. Baudelaire, « Parfum exotique » p. 140

▶ Comprendre

Le poète est lové contre sa maitresse, il lui semble être en mer près d'une ile exotique accueillante.

E. Manet *Portrait de Jeanne Duval* p. 140

▶ Lecture d'image

On voit une jeune femme allongée, sensuelle, qui vient peut-être d'Haïti, une ile chaude, exotique, comme dans le poème.

3. Manipuler pour apprendre par cœur p. 140

Cette activité n'a de sens que si la première phase est faite soigneusement : l'élève prend le temps de choisir le mot-clé de chaque vers, apprend sérieusement ce texte réduit, puis le récite aux autres. Cette première phase de récitation sera la colonne vertébrale sur laquelle la deuxième partie de l'apprentissage pourra s'appuyer.

On entend souvent de très beaux « poèmes fondus » écrits par les élèves. Le terme a été inventé par Michelle Grangaud : http://oulipo.net/fr/contraintes/poeme-fondu

Dans *D'une petite haie, si possible belle, aux Regrets*, (Bibliothèque Oulipienne, n° 76, 1995), Michelle Grangaud présente dix propositions, parmi lesquelles : « 1 – Tout poème se compose de plusieurs poèmes fondus ensemble. [...] 4 – Un poème fondu, ou implicite, est constitué par une circulation de sens entre des mots non contigus du poème explicite. [...] On peut changer de pensée en faisant permuter les mots d'un poème, comme on peut changer de mot en en faisant permuter les lettres. » L'auteur tire ainsi de sonnets des *Regrets* de Joachim du Bellay de splendides haïkus. Le sens du haïku n'est pas forcément en lien avec le texte de départ. Voici ce que donne par exemple la réécriture du fameux « Heureux qui comme Ulysse » :

« L'âge de raison
reste le clos, la saison
entre ardoise et marbre. »

▶ Grammaire pour dire et pour écrire

Ce travail de grammaire est la version « exercice » et formalisation du travail de « farcissage », d'expansion de phrases, fait dans la section « Créer des liens ».

4. Apprendre par l'ouïe p. 141

Le travail est très valorisant pour les deux élèves. Il ne faut pas se laisser bloquer par un élève qui n'aurait encore rien appris : il aura le droit de prendre un papier pour s'aider et dire le poème à l'apprenant qui ne pourra pas lire le poème cependant.

Cet atelier marche très bien aussi en se déplaçant : pourquoi ne pas aller le faire dans la cour s'il fait beau, ou au CDI ?

On peut laisser se former les binômes en demandant à chacun de présenter le texte qu'il veut enseigner.

J. du Bellay, « Heureux qui, comme Ulysse » p. 141

▶ Lecture d'image

Cette lecture d'image est l'occasion de faire le point sur les connaissances des élèves sur Ulysse et permet de reparcourir l'*Iliade* puis l'*Odyssée.*

Ulysse (Odysseus en grec) est un des personnages principaux de l'*Iliade* : sa qualité première est l'intelligence, la ruse, la *métis* grecque. C'est lui qui invente la ruse du cheval de Troie qui permet aux Grecs de triompher définitivement des Troyens, après dix ans de guerre. Son retour sera semé d'embuches envoyées par les Dieux et il mettra dix ans encore à retrouver le chemin d'Ithaque où l'attendent sa femme Pénélope et son fils Télémaque. Son périple, pendant lequel il perd tous ses compagnons, est raconté dans l'*Odyssée*. Le mot est devenu un nom commun, qui désigne un long et difficile périple.

Dans la mosaïque présentée dans le manuel, Ulysse attaché à son mât résiste au chant des sirènes. Ces personnages mythologiques, mi-femmes mi-oiseaux, attirent les bateaux par leur chant pour les faire s'échouer.

5. Apprendre par l'ouïe et la vue p. 141

Les paroles sont beaucoup plus répétées que dans le poème. Le chanteur rajoute des strophes évoquant Ulysse (cyclope, barque sur des flots déchainés) et une morale.

Le clip s'ouvre sur un soleil levant et des collines verdoyantes. Les personnages se déplacent en montgolfière fantaisiste ou en pseudo hélicoptère. Sur les mots « En quelle saison » le temps tourne à l'orage, les feuilles mortes s'envolent au vent et l'automne s'annonce. Les personnages flottent dans les airs et ne progressent plus dans l'espace : leur chute semble sans fin.

Activité finale

Il est important de prendre ce temps de réflexion métacognitive : que retient-on le mieux et comment ? Les réponses seront normalement très personnelles. Il est important de retenir ce qui convient le mieux à chacun et de l'appliquer, et pas seulement pour des textes à apprendre par cœur. La méthode est transposable aux autres disciplines. Le professeur peut lister les conclusions des élèves et les transmettre à ses collègues. Il peut également y avoir une discussion entre élèves ou entre professeur et élèves : il est intéressant de remarquer que certains élèves ont du mal à se débarrasser de leurs a priori sur leur manière d'apprendre et se croient toujours visuels alors que manifestement la méthode orale a été un succès pour eux.

On peut même imaginer de former des groupes de méthode pour les prochaines séances d'apprentissage. On pourra aussi passer un beau moment d'échange et de partage sur les textes appris comme en début d'atelier : les élèves peuvent s'entraider si certains ont des trous, réciter choralement, en se relayant…

PARCOURS UNE VIE, UNE ŒUVRE

Arthur Rimbaud, poète adolescent, poète voyant

p. 142-151

Objectifs et démarches du parcours

Problématique : *Comment la vie et l'œuvre d'un poète entrent-elles en coïncidence à travers le lyrisme poétique ?*

▶ Ce parcours vise à montrer comment Rimbaud s'inspire des réalités qui lui sont familières et comment il en fait des objets poétiques. Il en livre une connaissance à travers les principes empiriques de la sensation et de la sensibilité, et à travers une expression lyrique. De ce point de vue, le parcours permet de revenir sur le lyrisme, étudié par les élèves dans le parcours précédent, et d'en développer certains aspects. Deux approches en particulier sont développées dans ce parcours : la jeunesse de Rimbaud, poète enfant, puis adolescent. Le choix de ce poète permet de présenter aux élèves une démarche poétique en éveil, en quête d'un ailleurs et d'une langue. L'autre approche, plus classique, est celle du poète voyant. C'est l'occasion de travailler avec les élèves sur les facultés particulières que suppose la création poétique, chargée de faire advenir, par le discours poétique, une réalité perçue par l'acuité sensorielle du poète pour la partager à tous. Le parcours se prête à une mise au point théorique sur la versification et permet de revenir sur les procédés techniques d'analyse pour un texte versifié. On pourra travailler avec les élèves sur différentes formes, en particulier le sonnet ou le poème en prose.

▶ L'ordre suivi est chronologique, conformément au principe des parcours « Une vie, une œuvre ». Il se propose donc d'évoquer les différentes périodes de la vie de Rimbaud et de les confronter à ses poèmes. Ainsi les élèves perçoivent comment le poète délivre véritablement une vision poétique de son monde. Les encarts biographiques pourront faire l'objet d'investissements divers, soit au préalable d'une étude des textes, soit en écho à leur lecture pour comprendre les ambitions du poète, soit en conclusion. Après l'étude des poésies de jeunesse, qui permettent d'introduire les grands thèmes de sa poésie (la quête de l'amour, la quête de l'ailleurs, la quête d'une langue poétique), le parcours propose d'étudier deux aspects particuliers, la poésie engagée de Rimbaud et l'aventure poétique de la voyance, à travers le recours à de nouvelles expériences poétiques. Enfin, on pourra évoquer le poème en prose à travers un extrait des *Illuminations*.

▶ Le parcours vise à développer chez l'élève :
- la compréhension des liens entre la vie et l'œuvre d'un poète ;
- la sensibilité aux évolutions, aux changements dans l'œuvre d'un poète ;
- la lecture, la compréhension et la découverte d'un univers poétique ;
- des compétences en versification ;
- des exercices de création poétique.

Organisation du parcours et choix des axes de lecture

Introduction

Rimbaud photographié par **E. Carjat**
H. Fantin-Latour,
Un coin de table p. 142-143

• Pistes didactiques

L'enjeu de la double page est de présenter aux élèves Arthur Rimbaud, le poète du parcours, à travers des portraits, photographies, peintures et citations. L'intérêt est double : enraciner Rimbaud dans le contexte du XIXe siècle, c'est-à-dire dans un rapport de distance chronologique avec les élèves (le contexte politique et culturel peut être approfondi à partir de l'Activité+ sur le tableau *Un coin de table*) ; présenter la jeunesse du poète, en faisant découvrir aux élèves que la valeur n'attend pas le nombre des années… On pourra les faire travailler sur la représentation du poète d'après les citations de l'auteur et introduire la relation à Paul Verlaine, présent dans les citations et sur *Un coin de table*.

• Proposition d'hypothèse de lecture

Confronter l'image que les élèves se font du poète à la présentation de Rimbaud d'après les documents historiques.

1. Un poète adolescent, entre les Ardennes et Paris

A. Rimbaud,
Les Cahiers de Douai p. 144-145

• Pistes didactiques

Les textes rassemblés sur cette double page permettent de faire connaissance avec Rimbaud tout en l'ancrant dans son époque, la fin du XIXe siècle, et sa région, les Ardennes. La biographie du poète permet de mettre en valeur certains aspects de sa personnalité : son indépendance, son gout de l'ailleurs, sa passion pour la lecture. Ces thèmes se retrouvent également dans les poèmes. On peut faire travailler les élèves sur ce rapport. Des rappels en versification, en particulier sur la forme du sonnet, pourront accompagner la lecture des textes. L'exploitation de « Ma Bohême », à diffuser aux élèves à partir du lien Audio, peut se prêter à divers exercices (écoute, repérage des effets poétiques, comparaison avec « Sensation », écriture du texte poétique à partir de sa récitation et exercices de versification).

- **Proposition d'hypothèse de lecture**

Comment le sentiment amoureux et le thème de l'errance apparaissent-ils comme les thèmes privilégiés par Rimbaud dans sa poésie d'enfance ?

2. La poésie engagée de Rimbaud

A. Rimbaud,
« Le Dormeur du Val », « Les Effarés »,
« Le Mal » p. 146-147

- **Pistes didactiques**

Les textes présentés imposent un effort de contextualisation historique et sociale. La lecture d'autres auteurs (cf. Hugo, « Napoléon le Petit ») ou de Rimbaud (« L'éclatante victoire de Sarrebrück »), ou des recherches documentaires peuvent être envisagées en amont de la séance (la Commune, le Second Empire). L'intérêt des textes présentés est d'illustrer la poésie engagée de Rimbaud, dont on pourra relever et expliquer les procédés.

- **Proposition d'hypothèses de lecture**

Qu'est-ce que la poésie engagée ? Sur quels procédés s'appuie-t-elle ? Contre quelles cibles s'érige-t-elle ?

3. Rimbaud et la poésie de l'ailleurs

A. Rimbaud,
« Voyelles », « Le Bateau ivre » p. 148-149

- **Pistes didactiques**

Deux enjeux s'imposent dans cette double page : il s'agit de faire repérer aux élèves le motif obsédant du voyage et de l'errance dans la vie de Rimbaud, en lien avec les textes déjà lus précédemment (« Sensation », « Ma Bohême ») et ses innovations poétiques, en particulier avec l'expérience du poète voyant. La quête de nouvelles expériences, de l'ailleurs, s'exprime donc dans une poésie expérimentale qui se fait aussi quête d'un ailleurs géographique, ou quête d'une autre langue. L'explicitation de la métaphore du poète comme alchimiste constitue un préalable qui pourra aider les élèves. Enfin, la rencontre avec Verlaine, décisive dans ces expériences poétiques, sera l'occasion de présenter aux élèves certains de ses textes.

- **Proposition d'hypothèse de lecture**

Comment la poésie de l'ailleurs invite-t-elle Rimbaud à renouveler la création poétique ?

4. Des vers à la prose : les innovations poétiques

A. Rimbaud,
« Aube », *Illuminations* p. 150

- **Pistes didactiques**

Il s'agit d'initier les élèves à une autre forme poétique pratiquée par Rimbaud, le poème en prose. On pourra revenir sur la distinction entre les deux termes et travailler sur ce qui relève de chacun d'eux dans « Aube ». Le travail peut être prolongé par un exercice d'écriture de poème en prose par les élèves.

- **Proposition d'hypothèse de lecture**

Qu'est-ce qu'un poème en prose ?

Corrigés des questionnaires et des exercices

Introduction

Rimbaud photographié par **E. Carjat**
H. Fantin-Latour,
Un coin de table p. 142-143

Faire connaissance avec l'auteur

1. Rimbaud avait 17 ans lorsque la photographie a été prise.

2. Comme le dit Verlaine, on retrouve sur la photo l'ovale du visage, les cheveux clairs en désordre, la pâleur des yeux. L'expression « ange en exil » est une métaphore qui signifie que Rimbaud est de nature plus angélique qu'humaine.

3. Exercice d'écriture descriptive visant à vérifier l'exactitude du lexique de la description physique employé par les élèves.

4. Rimbaud est le deuxième personnage assis en partant de la gauche. Il parait plus jeune que les autres, ne porte pas de barbe. Il se distingue aussi par son attitude, plus nonchalante et décontractée.

5. Rimbaud désigne le poète comme un « voyant ». Cela signifie qu'il est doué d'une faculté particulière, supérieure aux autres, pour voir les réalités du monde et les transcrire dans une langue poétique.

6. Pour Rimbaud, le poète a en charge toute l'humanité, et même les animaux. Le poète a une faculté de vision supérieure, qui lui permet de voir ce que les autres ne voient pas. Il est chargé de traduire ses visions de manière sensible à ses lecteurs (« faire sentir, palper, écouter ses inventions »).

Bilan **7.** L'expression « voleur de feu » fait référence à Prométhée : comme Prométhée, le poète est chargé de faire un cadeau aux hommes. Pour le poète, il s'agit d'offrir sa poésie comme moyen d'accès à une connaissance supérieure du monde. La langue poétique, comme le feu, permet d'accéder à la connaissance du monde.

Ressource numérique ACTIVITÉ

H. Fantin-Latour, *Un coin de table* : étude de l'œuvre

1. Un poète adolescent, entre les Ardennes et Paris

A. Rimbaud,
Les Cahiers de Douai p. 144-145

Comprendre la biographie

1. Rimbaud a été élevé par sa mère, Vitalie Cuif.

2. Robinson Crusoë est un personnage du roman de Daniel Defoë : il s'agit d'un aventurier qui échoue sur une ile déserte et apprend à y survivre seul. Rimbaud voit en lui un personnage qui a le gout de l'aventure.

Bilan **3.** Rimbaud a 16 ans lorsqu'il fugue pour la première fois. Sa jeunesse est tumultueuse et aventureuse.

▶ Écrire un quatrain

L'enjeu de l'exercice est de faire écrire aux élèves un bref texte versifié. Cela permet aux élèves de revoir les règles de la versification et de les appliquer. On sera sensible à l'évocation poétique d'un paysage naturel, comme dans « Sensation ».

Analyser la représentation de la jeunesse

1. Deux sens sont éveillés en particulier, la vue (« soirs bleus », v. 1) et le toucher (« picoté », v. 2 ; « la fraîcheur à mes pieds », v. 3 ; « le vent baigner ma tête nue », v. 4).

2. Le poète fait l'expérience de l'amour. L'amour est évoqué dans sa plénitude (« montera », v. 6), il comble « l'âme » du poète (v. 6). L'amour lui permet de comparer sa relation avec la Nature à celle l'unissant à une femme (v. 8) : cela le rend heureux.

3. Les verbes confèrent un fort dynamisme au poème : il ne s'agit que de verbes d'action. L'emploi du futur et la répétition du verbe « aller » (v. 1 et 7) renforcent le dynamisme.

4. Le trouble du poète est exprimé à travers les exclamations et l'emploi de points de suspension qui coupent la parole du poète. On relève aussi un champ lexical de l'ivresse qui s'applique métaphoriquement à l'amour (« griser », v. 1 ; « monte à la tête », v. 2 ; « on divague », v. 3).

5. Le poète tombe amoureux dans son adolescence : il a 17 ans (v. 1). En outre, le cadre temporel du poème est précisé dans la première strophe : c'est une « nuit de juin », ce qui connote la chaleur des soirs d'été. L'aventure amoureuse se poursuit quelques mois, jusqu'en aout (v. 13).

6. La jeune fille aimée est décrite comme une enfant. Rimbaud lui associe un lexique de la petitesse (« petits airs charmants », v. 7 ; « ses petites bottines », v. 10). Elle est présentée en même temps que son père qui la chaperonne (v. 8).

7. Chaque strophe du poème est marquée par une alternance de rimes masculines et féminines. Leur disposition est toujours croisée. Cela permet au poète de traduire le jeu amoureux entre garçon et fille qui se cherchent et se répondent.

8. Le poète se présente comme un bohémien, thème qui traverse la poésie de Rimbaud (voir « Sensation » ou « Ma Bohême »), c'est-à-dire un jeune homme en errance, en mouvement.

9. Le lieu du cabaret est associé aux plaisirs du corps pour le poète : d'une part la satisfaction de la faim (v. 4, v. 11-13) et de la soif (v. 13-14), d'autre part le désir amoureux, avec la description de la jeune fille qui fait le service (v. 8-10).

Bilan **10.** Deux thèmes dominent dans la poésie de la jeunesse que Rimbaud met en scène dans ces trois poèmes : d'une part le thème de la bohême ou de l'errance, dans « Au Cabaret-Vert » et dans « Sensation », qui lie le thème de l'errance à celui de la Nature ; d'autre part le thème amoureux, présent dans « Roman » et suggéré dans « Au Cabaret-Vert ». Dans « Sensation », le thème amoureux fait l'objet d'un déplacement parce qu'il est associé à la Nature.

Ressource numérique

ACTIVITÉ

« Sensation » et « Ma Bohême » lus par des comédiens

2. La poésie engagée de Rimbaud

A. Rimbaud,
« Le Dormeur du Val », « Les Effarés »,
« Le Mal » p. 146-147

Comprendre le contexte historique et social de l'écriture

1. Rimbaud est témoin de crises majeures du XIXe siècle. La première est politique, il s'agit de la défaite de Napoléon III à Sedan (septembre 1870) dans la guerre qui oppose la France et la Prusse. Cette défaite marque la chute du Second Empire. L'autre crise est sociale ; il s'agit de la Commune, une guerre civile qui agite Paris en mai 1871. La Commune est réprimée très sévèrement par la IIIe République qui vient de se mettre en place.

2. La Commune permet à Rimbaud de prendre conscience de la nécessité pour le poète de s'engager aux côtés des plus pauvres et des plus démunis.

3. C'est à cette période qu'il découvre le socialisme en politique et les *Misérables* en littérature.

Analyser la poésie engagée de Rimbaud

1. Dans les deux quatrains, la nature décrite est idyllique : elle appartient au motif du *locus amoenus*. En effet, c'est un espace végétal, comme le montre tout un champ lexical (« trou de verdure », « herbes », « cresson »...), marqué par la présence de l'eau (v. 1) et de la lumière. Les rimes, riches ou suffisantes, traduisent l'harmonie qui semble se dégager du lieu et mettent en valeur les termes qui renvoient à sa luminosité (« haillons »/« rayons »).

2. Le dernier vers nous apprend que le soldat est mort, il a été tué à la guerre par des balles (« deux trous rouges »).

3. Le premier indice de la mort du soldat vient de son sommeil, euphémisme pour la mort. D'ailleurs le verbe « dort » est mis en valeur, par son rejet au vers 7. Le thème revient au vers 10 avec « il fait un somme ». Le deuxième indice que le soldat est mort tient à son aspect physique : il est décrit comme « pâle » (v. 8), il est comparé à un « enfant malade » (v. 10) et « il a froid » (v. 11). Beaucoup d'indices s'accumulent dans les tercets.

4. Le contraste entre la nature idyllique où le personnage semble dormir et le scandale de la mort d'un jeune homme renforce la dénonciation de la guerre. En effet, Rimbaud insiste sur la jeunesse du soldat (v. 5, v. 10). Le texte dénonce donc la guerre par le recours à un registre pathétique.

5. Le scandale de la guerre est affirmé dès le titre du poème, avec l'allégorie de la guerre comme le Mal. Cela est relayé par la dénonciation de la violence guerrière, en particulier dans les deux quatrains : violence des couleurs (« rouges », « écarlates ») dans leur dénotation comme dans leur connotation, violence du lexique (« crachats rouges », « une folie épouvantable ») et violence des assonances, en particulier en [i] dans les vers 1 et 2.

6. Le poète s'en prend à Napoléon III à travers cette périphrase, qu'il présente comme le responsable de la guerre contre la Prusse.

7. Dans les deux tercets, Rimbaud s'en prend non plus à l'empereur mais à Dieu lui-même. Il l'accuse de laisser se produire le mal entre les hommes.

8. Le poème oppose les cinq enfants, qui sont associés à l'extérieur (« vent d'hiver », v. 24), au froid (« neige », v. 1 ; « givre », v. 14 ; « tremblote », v. 23) et à l'obscurité (« noirs », v. 1), et le four du boulanger qui est associé à l'intérieur (« grand soupirail », v. 2), à la chaleur (« ce trou chaud », v. 10) et à la lumière (« s'allume », v. 2, « cette lumière », v. 20). Ces deux univers sont séparés matériellement par un « grillage » (v. 17).

9. Le poète éveille la pitié en recourant à un registre pathétique, en particulier dans le portrait des jeunes enfants qui sont privés de nourriture et désirent du pain. En effet, le poète provoque la pitié du lecteur en associant le champ lexical de la petite enfance (« cinq petits », v. 4 ; « petits museaux roses », l. 16 ; « leur lange blanc », l. 23) et celui de l'indigence (« haillons », l. 12 ; « crèvent leur culotte », l. 22). La pitié est exprimée par le poète lui-même dans l'incise exclamative du vers 4 : « misère ! ».

Bilan **10.** Deux sujets d'indignation dominent dans ces trois poèmes engagés de Rimbaud : la guerre et la grande pauvreté. Il cherche à éveiller l'indignation chez le lecteur, en révélant l'horreur de la réalité (« Le Mal ») ou en décrivant des tableaux pathétiques. Ainsi, il présente une jeunesse en souffrance, parce qu'elle est victime soit de la guerre (« Le dormeur du val ») soit de la misère (« Les Effarés »).

3. Rimbaud et la poésie de l'ailleurs

A. Rimbaud,
« Voyelles », « Le Bateau ivre » p. 148-149

Comprendre la vie de bohême

1. Rimbaud se rend dans les pays suivants : Angleterre, Belgique, Allemagne, Italie, Autriche, Indonésie, Chypre, Égypte, Arabie Saoudite. Rimbaud est donc un infatigable voyageur qui s'est rendu dans trois continents.

2. La vie de bohême désigne une vie insouciante, d'errance et de découvertes, sans se soucier du lendemain. Sur la racine de « bohême » est forgé le terme « bohémien ». Rimbaud emploie le terme dans « Sensation » et dans « Ma Bohême ».

3. On retrouve le motif de l'errance et de l'aventure, déjà présent dans la poésie de jeunesse.

4. Ce document prouve la complicité littéraire qui unit Rimbaud et Verlaine, puisque le poème du premier a été copié à la main par le second.

Comprendre les enjeux du voyage pour Rimbaud

1. Le premier vers présente tout l'enjeu du poème et annonce sa structure. Il consiste à associer une voyelle et une couleur.

2. Les voyelles sont présentées dans l'ordre suivant : A, E, I, U, O. Cela est justifié par l'ordre des voyelles dans l'alphabet grec où l'oméga est la dernière lettre de l'alphabet.

3. a. La voyelle A est associée au noir (v. 3), en lien avec la couleur des mouches (v. 3) ou de l'ombre (v. 5). La voyelle E est associée au blanc, désigné explicitement par l'adjectif « blancs » (v. 6) ou par le nom « candeur » (v. 5, du latin *candidus*). D'autres termes connotent le blanc, comme « vapeurs », « glaciers » ou « ombelles ». La voyelle I est associée au rouge : la couleur est évoquée explicitement à travers le pourpre (v. 7) et implicitement avec les termes « sang », « lèvres », « colère » ou « ivresses ». La voyelle U est associée au vert : la couleur est évoquée avec le néologisme « virides » (v. 10) et suggérée avec la référence aux « pâtis » (v. 11). Enfin, la voyelle O est associée à la couleur bleue, elle-même associée dans le poème à la couleur violette (v. 14).

b. C'est donc la métaphore qui domine et qui permet d'associer les voyelles à toute sorte de réalités diverses.

4. a. Tout le poème est fondé sur l'association des sens, en particulier des sons (ouïe) et des couleurs (vue), mais d'autres sens sont aussi présents : dans l'expression « noir corset velu des mouches éclatantes […] cruelles », Rimbaud ajoute à la vue et à l'ouïe le toucher et l'odorat. On trouve aussi une évocation du gout avec l'ivresse.

b. Le principe des correspondances est associé au thème de l'alchimie, à laquelle Rimbaud fait référence (v. 11). Il s'agit d'une métaphore employée par le poète pour désigner sa démarche poétique : comme l'alchimiste qui, au nom de correspondances dans la matière, fait de tout objet de l'or, le poète, grâce aux correspondances entre les mots, a l'ambition de créer une nouvelle langue, fondamentalement poétique. C'est le principe de l'alchimie du verbe.

5. Le pronom « je » renvoie au bateau ivre, c'est une personnification.

6. Les couleurs sont nombreuses et sont tranchées les unes par rapport aux autres : la mer est associée à la couleur blanche (« lactescent », v. 2 ; le noyé associé à une « flottaison blême », v. 3). D'autres termes connotent la couleur blanche, comme les « colombes » (v. 12), comparant pour l'Aube, ou les neiges (v. 17). On trouve aussi des allusions au vert (v. 3, v. 17) et au bleu (v. 5, v. 20), et plus rarement au violet (v. 14), au roux (v. 8) et au jaune (v. 20). Elles donnent l'impression d'un paysage rêvé, n'appartenant pas à la réalité.

7. La mer est associée au voyage lointain pour le « bateau ivre » et constitue une métaphore de l'écriture poétique, comme cela est suggéré par l'expression, disjointe par un rejet, « le Poème/de la Mer ». Le dérèglement de tous les sens, voulu par le poète pour accéder à une langue poétique renouvelée, est évoqué par la multiplication des couleurs et l'association des grands thèmes de la poésie de Rimbaud : l'amour, le voyage, la vie de bohême suggérée avec la mention de « l'alcool » (v. 7, en lien avec le titre) et la quête d'une langue, comme le révèle la référence aux « rythmes lents » (v. 6) et aux « lyres » (v. 7).

8. Inviter les élèves à dire pourquoi il ne s'agit pas d'un voyage réel, mais d'un voyage intérieur que le poète attribue au bateau.

Bilan **9.** Ces deux textes sont l'œuvre d'un poète voyant qui a l'ambition de percer la réalité quotidienne pour révéler, à travers elle, une réalité supérieure. C'est cette vision que le poète appelle de ses vœux et à laquelle il peut parvenir par l'expérience de la voyance. Cette expérience lui permet de se mettre en quête d'une nouvelle langue poétique pour retranscrire ce qu'il parvient à voir. La poésie du voyant est révélée par la métaphore de l'alchimie (« Voyelles ») qui réalise des correspondances inattendues, et par l'expérience du voyage intérieur que traduit l'expérience du bateau ivre, double du poète.

Ressource numérique ACTIVITÉ

Documents audio et iconographiques autour du « Bateau ivre »

▶ **Poursuivre un poème**

Cet atelier d'écriture propose à l'élève d'appréhender l'œuvre de Rimbaud par l'angle de la création, en mettant ce travail de conception poétique en lien avec les exercices du cours. Une lecture orale, en commun, pourra être proposée. Chaque élève aura alors la possibilité de désigner son texte préféré, en étayant son choix avec des arguments. Ce travail offre ainsi l'occasion de les faire réfléchir quant au rôle des sens dans la geste poétique.

4. Des vers à la prose : les innovations poétiques

A. Rimbaud,

« Aube », *Illuminations* p. 150

Lire un poème en prose

1. La première et la dernière phrase du poème se répondent : ce sont deux octosyllabes blancs, isolés du reste du poème. Mais ils révèlent la progression entre le début et la fin du poème : la première phrase se situe au moment de l'aube, et la dernière à l'heure de midi.

2. Le récit suit une progression chronologique à partir du lever du soleil avec une nature encore endormie (thème de l'ombre et du réveil dans la 1re strophe). Puis, la lumière s'impose avec des éclats (v. 7) et la référence au coq qui annonce le lever du jour (v. 11). La transition s'accomplit vraiment dans l'avant-dernière strophe, avec la chute de l'aube. La transition est aussi spatiale, de la nature vers la ville.

3. La nature est décrite à travers un registre merveilleux : elle est évoquée par allusions, au moyen de synecdoques ou métonymies (« les haleines » pour les animaux ou « les ailes » pour les oiseaux). La nature est ensuite évoquée à travers sa déesse (v. 9). Le poète en fait donc une découverte petit à petit, ce que suggère son dévoilement progressif (v. 10).

4. Le poète entretient une relation particulière à la nature : la marche du poète semble éveiller les animaux désignés par métonymie et attirer le regard des minéraux, dans une forme de personnification (première strophe). Ensuite, il semble dialoguer avec une fleur (v. 7). Il jouit donc d'une complicité et d'une relation extraordinaires avec la nature.

Bilan **5.** Le texte hérite d'une forme poétique traditionnelle : il est divisé en strophes, de longueur similaire. Il s'ouvre et se ferme par un octosyllabe blanc. Pourtant, il est écrit en prose, il n'y a pas de rime ni de mètre respecté. Le texte se distingue cependant de la prose par l'emploi d'images fortes, de figures de style et d'un hermétisme apparent qui en rend la compréhension non immédiate. On pourra faire travailler sur le registre poétique d'un texte en prose. Le jeu sur les sonorités est typique du poème en prose : on opposera les sonorités sourdes du début du poème, en lien avec l'ombre (diphtongue [on], [è]). Avec la lumière, des sonorités plus vocaliques apparaissent, comme le son [i] qui domine dans la dernière phrase avec une assonance.

Activité d'expression p. 151

▶ **Écrire un sonnet**

L'objectif de cet exercice est de favoriser l'imagination et la créativité des élèves en laissant libre cours à leur inventivité et à leur sensibilité poétique, face à un objet du quotidien. Il s'agira pour eux d'affronter la forme contrainte du sonnet et d'en respecter les codes. Des révisions en matière de versification peuvent constituer un préalable nécessaire. On n'hésitera pas à renvoyer les élèves vers les autres sonnets du parcours ou du thème pour modèles.

Quelques procédés poétiques, typiques de la description, sont mis en avant pour aider les élèves dans leur propre écriture.

DOSSIER L'Orientalisme dans les arts p. 152-155

Objectifs et démarches du dossier

▶ Le dossier est consacré au mouvement artistique de l'Orientalisme, dont Delacroix est un représentant célèbre. L'objectif est d'appréhender les caractéristiques picturales de ce courant esthétique inspiré par la rencontre d'un ailleurs situé autour de la mer Méditerranée et au Proche-Orient. Les exemples proposés permettent d'envisager une continuité historique entre le XIXe et le XXe siècle. Ce dossier peut servir de support pour la préparation de l'EPI «Orient rêvé, Orient réel».

▶ Le dossier expose tout d'abord les éléments qui ont favorisé la rencontre entre l'Orient et les artistes. Ensuite, les élèves sont amenés à envisager la façon dont l'Orient est représenté à travers des lieux caractéristiques, des habitants représentatifs et, enfin, l'importance que la lumière revêt pour les artistes peintres. À l'issue de ce travail, ils doivent savoir:
- comprendre les caractéristiques artistiques des œuvres inspirées par l'Orient;
- formuler un jugement justifié en comparant deux œuvres d'art;
- établir une relation entre les évènements historiques et les manifestations artistiques.

Corrigés

1. Le bassin méditerranéen, un voyage d'étude p. 152

Ressource numérique VIDÉO
Interview de Côme Fabre, conservateur au musée du Louvre

Delacroix accompagne une mission diplomatique en Algérie et au Maroc en 1830. C'est pourquoi il visite l'Afrique du Nord.

2. Des lieux caractéristiques

G. de Nerval, *Voyage en Orient*
J.-L. Gérôme, *Oasis* (tableau) p. 153

Les éléments du paysage qu'on peut associer avec les éléments du texte sont les suivants :
1. «chaînes de montagne» ; **2.** «pins parasols» ; **3.** «terrasses cultivées en jardin» ; **4.** «châteaux» ; **5.** «villages».
Les peintres et les écrivains cherchent chacun à leur manière à transcrire leur émotion face à des paysages splendides et inhabituels, conquis par leur caractère pittoresque.

3. À la rencontre des habitants des pays d'Orient

G. Rosati, *Les Joueurs de backgammon* (tableau)
A. Tissier, *Odalisque* (tableau)
M. Caire, *Tête de femme de Biskra* (tableau) p. 154

Les couleurs employées par Rosati sont très riches : rouge vif, rose fuschia et jaune doré ornent un tableau aux motifs richement travaillés. L'ensemble donne aux personnages l'allure d'hommes importants.

Deux représentations de femmes s'opposent à travers ces deux tableaux :
- le sujet choisi est apparemment semblable, mais les femmes n'appartiennent pas au même milieu social : celle de Marie Caire habite un village, tandis que la femme peinte par Ange Tissier est une femme d'intérieur, qui vit dans un harem ;
- les couleurs employées sont très différentes : la villageoise est représentée avec des couleurs sobres tandis que l'odalisque porte des vêtements transparents, luxueux et ornés de fleurs ;
- le personnage représenté par Marie Caire porte assez peu de bijoux, uniquement autour de sa coiffure. Ange Tissier peint son odalisque avec un grand luxe de détails et de bijoux.

▶ **Devenez critique d'art**

La femme dont Marie Caire fait le portrait montre un visage décidé, au regard intense, tandis que l'odalisque représentée par Ange Tissier semble dépourvue de personnalité. Elle pose dans un décor typique d'un intérieur oriental, à la manière d'une poupée et elle ne parait pas réelle.

4. Les caractéristiques visuelles : couleurs et lumières

H. Matisse, *L'Entrée de la Casbah* (tableau)
C. Séné, *Cavaliers Chleuhs* (tableau) p. 155

▶ **Découvrez la palette d'un artiste**

La palette de couleurs utilisée par Matisse est la B, car elle comporte les couleurs primaires qui se retrouvent dans le tableau.
Charles Séné utilise des teintes très vives ou très sombres pour souligner la luminosité qui baigne le paysage et les personnages.

PARCOURS UN THÈME La poésie et l'Orientalisme

p. 156 à 161

Objectifs et démarches du parcours

Problématique : *Comment la vision de l'Orient influence-t-elle la production artistique ?*

▶ Pour explorer le thème 3, l'Orientalisme présente plusieurs caractéristiques intéressantes. Le principe même de ce courant repose sur la vision d'un espace géographique précis, sur le pourtour méditerranéen. Cette vision est celle d'artistes qui se nourrissent de références littéraires et mythologiques et qui transposent leur imaginaire dans ce nouveau contexte. Ils s'intéressent en particulier à la figure de la femme, qui constitue une nouvelle muse littéraire aussi bien que picturale. Les poèmes sont des supports privilégiés, mais les récits de voyage s'apparentent à des poèmes en prose. C'est enfin l'occasion de découvrir, à travers ses représentations, un autre univers culturel. Le parcours associe les poèmes aux manifestations picturales et musicales de l'Orientalisme, afin de montrer les spécificités de ce courant artistique en l'inscrivant dans une époque historique donnée. Ainsi, l'interview du conservateur du Louvre Côme Fabre est un élément intéressant pour expliquer cette relation aux élèves.

▶ Le parcours vise à permettre aux élèves de :
- observer la vision poétique de l'Orient du mouvement orientaliste ;
- analyser des formes poétiques variées ;
- comprendre la relation entre les différents supports artistiques présentés.

Organisation du parcours et choix des axes de lecture

1. L'Orient, source de rêverie

V. Hugo, « Rêverie », *Les Orientales*, texte 1
« Les Djinns », *Les Orientales*, texte 2
A. de Lamartine, « Clair de lune »,
Voyage en Orient, texte écho p. 156-159

- **Pistes didactiques**

Le recueil de Victor Hugo est riche d'images nourries par les stéréotypes de l'Orient, qui incarne un univers merveilleux dans l'esprit du poète. De même, Lamartine réagit face à un paysage inspirant.

- **Hypothèse de lecture**

Observer la façon dont l'Orient nourrit l'imaginaire des poètes.

2. La femme d'Orient, une nouvelle muse

C. Leconte de Lisle, « Le sommeil de Leïlah »,
Poèmes barbares, texte 1
A. de Lamartine, *Voyage en Orient*, texte écho 1
G. de Nerval, *Voyage en Orient*, texte écho 2
C. Baudelaire, « Un hémisphère dans ta chevelure »,
texte écho 3 p. 161-162

- **Pistes didactiques**

Les artistes s'intéressent en particulier aux femmes orientales, dont les vêtements diffèrent des coutumes occidentales, sombres et couvrantes. Ils sont fascinés par ces femmes qui leur inspirent poèmes et tableaux.

- **Hypothèse de lecture**

Analyser les caractéristiques des femmes orientales représentées dans les poèmes.

3. À la rencontre de soi-même

T. Gautier,
« La caravane », *La Comédie de la mort*, texte 4 p. 162

- **Pistes didactiques**

Le motif de la caravane est très fréquent dans l'Orientalisme, mais Théophile Gautier se l'approprie de façon très personnelle. Il est donc intéressant d'observer la transposition d'une réflexion métaphysique sur la vie humaine dans ce cadre oriental. Hypothèse de lecture
Observer la mise en place de la métaphore filée de la vie humaine dans le cadre d'une caravane saharienne.

Corrigés des questionnaires et des exercices

1. L'Orient, source de rêverie

V. Hugo, « Rêverie », *Les Orientales*, texte 1
V. Hugo, « Les Djinns », *Les Orientales*, texte 2
A. de Lamartine, « Clair de lune », *Voyage en Orient*, texte écho p. 156-159

Découvrir la rêverie du poète

Entrer dans la lecture. L'adjectif « mauresque » fait allusion à la culture de l'Espagne musulmane du Moyen Âge. La référence religieuse est un élément assez caractéristique de l'Orientalisme.

1. À travers le coucher de soleil et la saison de l'automne, Victor Hugo évoque une idée commune d'achèvement, de fin. Les couleurs qui les caractérisent sont le rouge et le jaune, comme dans ces mots : « rougit », « jaunissant », « dore ».

2. La ville rêvée par le poète comporte des « flèches d'or », « mille tours », à la manière d'un « palais de fées ».

3. Le paysage d'automne est lugubre, froid et humide, tandis que la lumière et la chaleur semblent baigner cette ville. Néanmoins, les mêmes couleurs se retrouvent dans le paysage d'automne par l'intermédiaire des feuilles mortes. Le brouillard, phénomène automnal, permet d'effacer la frontière entre la réalité et le rêve.

Bilan 4. Les images inspirées par l'Orient se glissent dans le paysage d'automne grâce aux couleurs. Elles sont associées à des histoires mythiques, comme dans les *Mille et une nuits*. La ville fantastique qui se dresse ainsi au-dessus de la brume incarne le désir d'ailleurs du poète, aux prises avec une saison lugubre.

▶ **Lecture d'image**

Les éléments du tableau qui rappellent le poème de Victor Hugo sont :
– les flèches des mosquées et des palais ;
– les couleurs chatoyantes, notamment l'or et le rouge dans le ciel ;
– les formes masquées par le brouillard.

Comprendre une méditation poétique

1. Lamartine se trouve près de Constantinople, l'ancien nom de la ville d'Istanbul. Il mentionne la mer de Marmara, le mont Olympe, ou encore Péra. Il décrit le paysage du détroit du Bosphore : « la mer », « les cyprès », le « mont Olympe », et au loin le « port de Constantinople ». La scène a lieu la nuit.

2. Il se trouve dans un cimetière, au milieu des tombes et des cyprès, un lieu qui est propice à la réflexion.

3. Le poète est tout d'abord contemplatif, il réfléchit à ce qu'il observe autour de lui : il regarde le port au loin, les tombes toutes proches, il écoute le silence et les bruits lointains de la ville. Ensuite, il se tourne vers ses sentiments, ses réactions face à ce paysage. Il éprouve un sentiment diffus de mélancolie et de mysticisme mêlés, de solitude face au cours du monde devant lui. Les indices du lyrisme sont discrets, mais bien présents : le pronom « je » indique la présence du poète, qui se désigne plus loin par la périphrase « âme poétique ». On peut également relever un lexique des sentiments : « impression », « agitation intérieure » et « repos mélancolique de la pensée ».

4. Ce texte présente les caractéristiques d'un poème en prose : l'évocation du paysage s'appuie sur les différents sens du poète, et est enrichie d'images qui traduisent sa perception personnelle du lieu.

Bilan 5. Lamartine est principalement marqué par le contraste entre le silence du lieu où il se trouve et l'agitation de la grande ville au loin. Il est alors sensible à son propre sentiment de solitude, peut-être inspiré par ses souffrances dues à la maladie de sa fille.

Observer une apparition fantastique

1. Le cadre exposé dans la première strophe est celui d'une ville portuaire, sans qu'il soit possible de la situer de façon précise : « Murs, ville, Et port », « Mer grise ». L'impression dominante est celle d'une ville silencieuse, impression provoquée par les vers très courts.

2. On perçoit les Djinns tout d'abord par le « bruit » qu'ils provoquent, une « rumeur » (v. 25).

3. Ils sont comparés à des figures animalières, grâce à des métaphores : « l'essaim des Djinns », « leur troupeau ». Hugo met en avant la forme que prend leur déplacement, un « nuage livide ». Enfin, ils sont associés à un ensemble de créatures démoniaques, comme les « vampires » ou les « dragons », (v. 52). Ils incarnent donc des figures dangereuses.

4. Leur présence est une menace pour la demeure du poète, qui est bouleversée par leur passage. Le « mur fléchit », « la maison crie et chancelle ».

Bilan 5. Le poème est rédigé en vers de longueur croissante, pour représenter par mimétisme le bruit engendré par la présence des Djinns. Ce sont des démons qui arrivent au loin, et s'approchent d'une ville tranquille, avant de s'en prendre directement au poète.

▶ **Écouter et dire un poème**

Ressource numérique AUDIO
Lecture du poème « Les Djinns »

Le ton s'enfle progressivement : au départ, la comédienne le déclame d'un ton monocorde, avant de mettre de plus en plus d'intonation. Cela permet de mettre en valeur le mimétisme du poème, qui croît progressivement pour suivre l'arrivée des Djinns.

▶ **Faire des liens entre les œuvres**

Ressource numérique AUDIO
Extrait du boléro de Ravel

La clarinette semble mimer le mouvement d'un serpent qui danse.

La répétition du même thème indique une forme de contagion du phénomène magique, qui ne cesse de s'amplifier, à la manière de la présence des Djinns dans le poème.

▶ **Établir des liens entre les œuvres**

Les deux poèmes comportent tous deux des évocations imaginaires, que ce soit d'une ville aux tours merveilleuses, ou bien des personnages fantastiques. Hugo nourrit son imaginaire de références littéraires, à la manière des *Mille et une nuits*.

2. La femme d'Orient, une nouvelle muse

C. Leconte de Lisle, « Le sommeil de Leïlah »,
Poèmes barbares, texte 1
A. de Lamartine, *Voyage en Orient*, texte écho 1
G. de Nerval, *Voyage en Orient*, texte écho 2
C. Baudelaire, « Un hémisphère dans ta chevelure »,
texte écho 3 p. 161-162

Lire des portraits féminins faits d'images

1. Plusieurs termes situent cette scène en Orient : « bengali », v. 3, « mangues », v. 4 « babouche », v. 11. Le poète crée avec ces quelques termes un arrière-plan stéréotypé.

2. La jeune femme décrite dans ce poème se repose de la chaleur, à l'ombre. Elle « sommeille » dans un jardin qu'on devine paradisiaque.

3. Le personnage féminin est caractérisé de la façon suivante :
- son front est ceint « de rubis » ;
- « l'ambre de son pied nu » ;
- « rose de chaleur » ;
- ses yeux « aux longs cils » ;
- « son bras charmant ».

La couleur qui revient est le rose, de la couleur de l'ambre au rouge du rubis.

4. Leïlah est associée au fruit de pourpre par l'intermédiaire des sensations gustatives et tactiles qu'elle suscite : elle « rafraichit le cœur » en asséchant « la bouche ». Par ailleurs, l'autre nom du fruit de pourpre est le fruit de la passion, ce qui renvoie à un imaginaire amoureux.

5. La figure féminine évoquée par Lamartine est définie par les termes « mystérieuse et éblouissante apparition », ce qui lui confère une dimension presque fantastique, et traduit l'admiration du poète.

6. Le poète est sensible aux voiles et aux tuniques qui enveloppent les silhouettes féminines qu'il croise dans les rues. Il remarque également les bijoux qui ornent leurs mains, leurs avant-bras et leurs chevilles. Enfin, il contemple aussi les parties dénudées du corps qui se devinent sous les voiles, et à leurs pieds chaussés de babouches.

7. La comparaison avec des statues antiques montre que le poète a l'impression de croiser des figures mythiques dans les rues de Constantinople, qui lui donnent accès à tout un imaginaire qui franchit les époques.

> **Ressource numérique** AUDIO
>
> **Lecture du poème de C. Baudelaire « Un hémisphère dans ta chevelure » par Michel Piccoli**

8. La rêverie de Baudelaire est nourrie par la chevelure de cette femme, qui lui rappelle des souvenirs d'un voyage qu'il fit vers l'île de la Réunion. Il retrouve notamment des odeurs caractéristiques : l'opium, le musc, l'huile de coco, par exemple.

Bilan 9. Ces poèmes sont semblables à des tableaux car ils décrivent des femmes orientales en traduisant l'admiration qu'elles suscitent. En ce sens, on peut rapprocher ces tableaux de ceux de Delacroix, Marie Caire ou Ange Tissier (p. 154).

Étudier un tableau orientaliste de Delacroix

> **Ressource numérique** VIDÉO
>
> **Interview de Côme Fabre, conservateur au musée du Louvre, à propos du tableau d'E. Delacroix, *Femmes d'Alger dans leur appartement***

1. Delacroix effectue son voyage au Maghreb en accompagnant une mission diplomatique en Algérie et au Maroc. Sur place, il noue des relations avec des personnes influentes qui lui ouvrent leurs intérieurs.

2. Le sujet de ce tableau est un intérieur marocain ou algérien typique : les pièces réservées aux femmes. Delacroix est surtout intéressé par les possibilités esthétiques offertes par les couleurs et les matières orientales. Pour cela, il va rapporter de nombreux souvenirs de ce voyage, qu'il réutilisera ensuite dans ses tableaux.

3. Le contraste simultané des couleurs est une technique picturale qui associe des couleurs opposées, comme le bleu et l'orange, ou le vert et le rouge, qui peuvent ainsi se renforcer mutuellement. Le thème de l'Orient fournit alors un prétexte pour utiliser des couleurs riches et variées, à la différence des intérieurs et des habits occidentaux, très sombres.

3. À la rencontre de soi-même

T. Gautier,
« La caravane », *La Comédie de la mort*, texte 4 p. 162

Comprendre la portée symbolique du poème

1. Ce poème se déroule dans un cadre désertique, entre une oasis et un désert. Il est surtout évocateur de danger : « brûlé », v. 3, « l'ombre du vautour », v. 7, ou encore « la sueur qui l'inonde ».

2. L'expression « Sahara du monde » désigne le chemin parcouru pendant la vie, qui est présenté comme quelque chose de difficile. C'est une métaphore pour évoquer le voyage de l'existence, comme sur « le chemin des ans ».

3. Pour un voyageur, l'oasis, évoquée au v. 11, représente un lieu de repos et de restauration. Ici elle prend la forme d'un bois de cyprès entouré de pierres blanches, qui peut faire penser au cimetière dépeint par Lamartine à la page 157. Cette impression est confirmée plus loin, au vers 13 : Théophile Gautier compare les cimetières à des oasis, ce sont les lieux du repos éternel.

4. Les mots importants dans ce tercet sont ceux qui reprennent la métaphore filée : « dans le désert du temps », et « les cimetières ». Ils sont placés à la fin du vers pour les mettre en valeur.

5. La caravane décrite représente le cours de la vie des hommes, qui cheminent dans un environnement hostile, le « Sahara du monde », le « désert du temps ». Ces mots évoquent la difficulté à trouver des repères dans l'existence, et la solitude qui accompagne chaque homme.

Bilan 6. La caravane saharienne inspire à Théophile Gautier une réflexion sur la vie, les difficultés qu'on peut y rencontrer, voire les menaces de mort qui pèsent. Ce sont des réflexions personnelles, sans rapport direct avec l'imaginaire oriental. Théophile Gautier transpose ses propres interrogations dans ce contexte.

Activités d'expression

▶ Écrire une lettre

La forme de la lettre permet de créer un contexte pour transposer les éléments acquis au cours de l'étude des poèmes :

– la représentation de la muse féminine ;

– l'intérêt des éléments caractéristiques, pour reconstituer un univers : les babouches, la djellaba, la lumière.

Le texte est complété par des termes et des expressions traduisant l'émotion du peintre.

▶ Imaginer un lieu de rêverie

Cet exemple s'inscrit dans le sujet d'invention, en imitant cette fois-ci les poètes dans leur évocation d'un ailleurs fantasmé. Il permet également de réinvestir les éléments lyriques abordés au cours de l'étude du thème 1.

ATELIER D'EXPRESSION

Écrire un pantoum lyrique

p. 164-167

Pistes didactiques de l'atelier

▶ Le pantoum est originaire de Malaisie et a été importé en France à l'époque romantique, notamment par Hugo. Le pantoun malais a été transformé en pantoum et la forme dialoguée s'est transformée en adoptant un principe de reprise des vers et une alternance de thèmes, notamment celui des sentiments. Cet atelier fait donc écho au parcours sur l'orientalisme et permet d'explorer un aspect plus formaliste du lyrisme, forme et expression des sentiments n'étant pas forcément antithétiques. La forme est toujours pratiquée, notamment par le groupe de l'Oulipo et Jacques Jouet qui a étudié son histoire dans *Échelle et papillons*, Les Belles Lettres, 2005.

▶ L'atelier proposé invite souvent à un travail au moins à deux. Il est décomposé en étapes claires et successives. Il permet dans un premier temps de manipuler l'alexandrin et de construire une culture poétique. Si l'on ne veut pas travailler le pantoum, cette partie de l'atelier peut se faire de manière indépendante. On passe ensuite à une observation du fonctionnement de la strophe et du pantoum entier, en fournissant aux élèves des éléments de syntaxe et de vocabulaire pour améliorer leurs alexandrins. L'élève doit enfin composer son propre pantoum en collaboration avec un camarade: cela demande un véritable travail de coopération.

Objectifs et démarches de l'atelier

L'idéal serait d'aborder cet atelier comme un atelier d'écriture: en demi-classe, avec des tables en U, autour desquelles les élèves pourront travailler à deux et pourront lire à voix haute à tous leur création. Cette publication orale, qui peut avoir lieu après la création des alexandrins et après celle des pantoums, est importante pour que l'atelier ait toute sa dimension créative et ne se réduise pas à un exercice scolaire. C'est un moment de curiosité et de bienveillance. On pourra remarquer l'écart par rapport à la contrainte tout en saluant les trouvailles créatives: l'écart est possible s'il est conscient, volontaire, donc source de création.

▶ **Compétences travaillées**

- Comprendre des textes variés, en décelant les implicites.
- Produire des écrits divers avec une intention et un contexte particuliers.
- S'approprier une culture littéraire vivante et organisée.
- Exercer sa créativité par des pratiques individuelles ou collectives
- Lire un texte à haute voix de manière claire et intelligible.

▶ **Écrit**

- Mettre en œuvre un processus d'écriture.
- Planifier les étapes de son texte.
- Formuler et transcrire.
- Respecter les principales normes de la langue dans une première écriture.
- Améliorer son texte en mobilisant les ressources de la langue.
- Pratiquer l'écriture d'invention.
- Utiliser les caractéristiques des genres littéraires pour composer des écrits créatifs.
- Exploiter des lectures pour enrichir son écrit.

Corrigé des questions et activités

1. Savoir lire et composer un alexandrin p. 165

▶ **Faire une recherche sur Internet**

On rappellera aux élèves qu'en mettant l'objet de la recherche entre guillemets, on obtient une recherche non plus par mots-clés mais par citation. Il sera intéressant de leur faire situer les poèmes sur une frise chronologique et de leur faire remarquer «l'intrus», Racine, auteur de théâtre. Ils peuvent aussi s'appuyer sur le manuel pour chercher des éléments biographiques sur les auteurs. Pourquoi ne pas attribuer chaque nouvel alexandrin à un auteur-chimère qui mélangerait les deux noms et des traits biographiques des deux auteurs?

▶ **Grammaire pour dire et pour écrire**

1. Cueillez dès aujourd'hui les ros<u>e</u>s de la vi(e)
C'est Vénus tout(e) entièr(e) à sa proi(e) attaché(e)
Frèr<u>e</u>, le temps n'est plus où j'écoutais mon âm(e)
Demain, dès l'aub(e), à l'heur(e) où blanchit la campagn(e)
C'est un trou de verdur(e) où chant(e) un<u>e</u> rivièr(e)

On pourra insister aussi sur les liaisons à faire.

2. a. et **b.**
1. « Cueillez dès aujourd'hui / les roses de la vie » (P. de Ronsard)
2. « C'est Vénus tout entière / à sa proie attachée » (J. Racine)
3. « Frère, le temps n'est plus / où j'écoutais mon âme » (A. de Lamartine)
4. « Demain, dès l'aube, à l'heure / où blanchit la campagne » (V. Hugo)
5. « C'est un trou de verdure / où chante une rivière » (A. Rimbaud)
6. « Ô rage ô désespoir / ô vieillesse ennemie » (P. Corneille)
7. « Je suis le ténébreux, / le veuf, l'inconsolé » (G. de Nerval)
8. « Et j'ai deux fois vainqueur / traversé l'Achéron » (G. de Nerval)
9. « Il est des parfums frais / comme des chairs d'enfant » (C. Baudelaire)
10. « Heureux qui comme Ulysse / a fait un beau voyage » (J. Du Bellay)
11. « La Nature est un temple / où de vivants piliers » (C. Baudelaire)
12. « Dans un mois, dans un an, / comment souffrirons-nous ? » (J. Racine)
13. « Le Poète est semblable / au prince des nuées » (C. Baudelaire)
14. « La rue assourdissante / autour de moi hurlait. » (C. Baudelaire)
15. « Entends, ma chère, entends / la douce Nuit qui marche. » (C. Baudelaire)
16. « Je le vis, je rougis, / je pâlis à sa vue » (J. Racine)
17. « J'ai plus de souvenirs / que si j'avais mille ans. » (C. Baudelaire)
18. « La musique souvent / me prend comme une mer ! » (C. Baudelaire)
19. « Sois sage, ô ma Douleur, / et tiens-toi plus tranquille. » (C. Baudelaire)
20. « Car j'ignore où tu fuis,/ tu ne sais où je vais,
Ô toi que j'eusse aimée, / ô toi qui le savais ! » (C. Baudelaire)
21. « Je suis belle, ô mortels ! / comme un rêve de pierre » (C. Baudelaire)
22. « La chair est triste, hélas ! / et j'ai lu tous les livres. » (S. Mallarmé)

c. Le travail de greffe peut se faire de manière individuelle ou en groupe. Il est inspiré du travail de Marcel Bénabou de l'Oulipo, *Alexandre au greffoir*, la Bibliothèque oulipienne, n° 29, 1986. Vous pourrez le trouver en ligne, à cette adresse : http://oulipo.net/fr/greffes-alexandrines

Après une préparation écrite où les élèves recomposent des alexandrins de manière individuelle ou à deux, on pourrait imaginer une sorte de « battle », de défi, de dialogue poétique à l'oral : l'un lance un hémistiche et quelqu'un d'autre doit compléter. On peut installer les élèves en cercle ou sur deux lignes face à face.

2. Comprendre le fonctionnement du pantoum

É. Marsolle,
« Pantoum de la désespérance »,
Échelle et papillons p. 166

▶ Découvrir

1. a. On laissera d'abord les groupes s'organiser pour s'entraîner à lire à voix haute : ont-ils mis en place des stratégies pour se répartir le texte ?

b., c. et **d.** Tout ce travail se fait à l'oral en duo, avec prise de notes par les élèves de leurs remarques. On peut proposer une lecture finale en commun pour s'assurer que le principe a été compris.

2. Dans le pantoum, les vers 2 et 4 d'une strophe deviennent les vers 1 et 3 de la suivante. On fera inscrire la phrase dans un encadré un peu plus large (d'autres règles la compléteront) auquel les élèves pourront se référer tout au long de l'atelier.

▶ Comprendre

3. Il faut neuf vers différents pour écrire un pantoum.
4. Les deux premiers vers de chaque quatrain évoquent la nature, les deux derniers les sentiments.
5. Il s'agit juste de rédiger correctement la phrase précédente.
6. Le dernier vers reprend le premier vers du poème.

▶ Graine de savoir

Cette rubrique peut permettre d'entrer dans le vocabulaire de l'analyse de la poésie : on fera distinguer aux élèves les termes désignant les vers et ceux désignant les strophes. On pourrait leur faire remplir un tableau et le compléter avec eux, au moins pour les noms les plus courants.

nombre	vers	strophe
0,5	hémistiche	
1	monosyllabe	monostique
2		distique
3		tercet
4		quatrain
5		quintil
6	hexasyllabe	sizain
7	heptasyllabe	
8	octosyllabe	
9		
10	décasyllabe	
11	hendécasyllabe	
12	dodécasyllabe/ alexandrin	

▶ Grammaire pour dire et pour écrire

J'applique

1. Il y a une proposition indépendante dans la plupart des vers sauf aux vers 1, 4, 7, 16.
2. On peut proposer aux élèves de travailler en groupe et de relire les vers de leurs voisins de façon à porter un regard distancié sur ce qui a été écrit.

J'applique

1. 1. On voit tout en rose quand on est heureux.
2. On a des idées noires quand on est triste.
3. On tremble de peur.
4. On frémit de rage.
5. On se fâche tout rouge mais on a honte quand on a le rouge au front.
On pourra suggérer aux élèves qui auraient peur de ne pas trouver de faire une recherche Internet pour combler les trous.

2. Une feuille gracile se balance / tremble
Une plaine verdoyante, ondoyante s'étend
Un tronc solide se dresse
Un tronc gracile tremble
Une branche gracile se balance
Une montagne imposante se dresse
On s'appuie sur une branche solide
On travaillera sur la cohérence des associations et les impressions créées par celles-ci. On montrera que la montagne ne s'étend pas a priori puisque cela s'associe à une idée de platitude ou que, pour luire, on a besoin d'une source de lumière : on luit sous la lune ou sous le soleil.

D. Thaly,
Lucioles et cantharides p. 167

▶ Reproduire

1. Le premier poème évoque la nature, le second l'amour.

2. Il faut tresser les deux poèmes ensemble, en prenant à chaque fois deux vers de chaque poème. Cet exercice est important parce qu'il permet au duo de comprendre le fonctionnement du pantoum et de réaliser plus facilement le sien ensuite.

Voici le pantoum d'origine :

Sous le jasmin

Alors que tout repose en la campagne grise,
L'astre des soirs sereins reluit aux firmaments.
Pour se comprendre est-il minute plus exquise ?
Mignonne, redis-moi la chanson des serments.

L'astre des soirs sereins reluit aux firmaments,
L'herbe fine est déjà luisante de rosée.
Mignonne, redis-moi la chanson des serments,
Ta tête, éperdument sur ma tête posée.

L'herbe fine est déjà luisante de rosée,
Des *filaos* en fleurs partent de longs soupirs.
Ta tête, éperdument, sur ma tête posée,
Écoutons dans nos cœurs la voix des souvenirs.

Des *filaos* en fleurs partent de longs soupirs
Et leur cime bruit au souffle de la brise.
Écoutons dans nos cœurs la voix des souvenirs
Alors que tout repose en la campagne grise.

Daniel Thaly, *Lucioles et cantharides*, Paris, © Ollendorf, 1900

3. Il faut alors que l'élève A lise les vers 1 et 2 du poème 1, l'élève B fait de même avec le poème 2. Puis l'élève A lit les vers 2 et 3 de son poème et ainsi de suite.

▶ Inventer un dialogue poétique

L'ouverture sur l'activité de dialogue poétique implique une capacité à l'improvisation, elle pourrait se pratiquer en écho avec l'atelier d'expression de la page 196 : Improviser un poème engagé à l'oral.

Activité finale

L'activité finale suppose d'être passé par toutes les étapes de l'atelier. Écrire un pantoum tout seul est assez compliqué. Mais à deux, et en suivant méthodiquement les étapes, cela devient un jeu d'enfant. Des élèves ont ainsi été récompensés au concours de l'AMOPA pour des productions qui avaient su se nourrir de vers connus.

C'est aussi apprendre que l'on écrit à partir de ce qu'on a lu en s'inspirant de la forme, des mots, des images et qu'il est agréable pour le lecteur de retrouver des choses qu'il connait et reconnait.

Si les élèves respectent bien l'alternance des vers, les lectures croisées peuvent se faire à l'infini sur le principe des *Cent mille milliards de poèmes* de Raymond Queneau. On pourrait aussi imposer les rimes de façon à ce que la combinatoire fonctionne encore mieux.

THÈME 4

Agir dans la Cité : individu et pouvoir

Qu'il le veuille ou non, tout individu est tributaire du lieu et de l'époque où il vit. Sa propre histoire est soumise aux aléas de l'Histoire, elle est même parfois traversée, voire brisée par elle. Il est d'usage, depuis de nombreuses années maintenant, de faire croiser les programmes d'histoire et de lettres, en mettant en lien les récits, souvent tragiques, que relatent les écrivains, et les évènements qui ont traversé le XXe siècle, les deux guerres mondiales en étant le point culminant de l'horreur. Faire comprendre qu'un régime politique, sous-tendu par une idéologie dangereuse, peut menacer l'individu, reste une priorité dans la formation de l'esprit critique. Mais ce que nous avons aussi voulu montrer, dans les choix de textes et de documents pour ce thème, c'est que partout, en toutes circonstances, les valeurs humaines de courage, de fraternité, le gout de la culture, pouvaient non pas toujours sauver des vies, mais conserver à chacun sa dignité. Sans occulter, en aucune façon, les catastrophes de l'Histoire, nous avons voulu transmettre aux élèves, à travers les paroles mêmes des écrivains, le message d'un humanisme contemporain, possible quoi qu'il arrive. Trois étapes essentielles ont guidé ce propos.

▶ La première fait le choix principal de **la Seconde Guerre mondiale**, tant les récits – roman ou journal – peuvent marquer les esprits, faire réfléchir, bouleverser aussi, sans qu'il s'agisse d'un seul « devoir » de mémoire, mais bien d'une interrogation profonde sur la nécessité de construire un monde de respect. Notre choix des extraits a donc porté sur des passages d'œuvre où trois valeurs essentielles étaient mises en valeur : la solidarité, la résistance par la culture partagée, le pouvoir de la pensée et de la réflexion. Jorge Semprun, Georges Perec, Anne Frank y sont largement présents, mais le choix de leur propos est celui, par-delà l'inhumanité de l'Histoire, de continuer à affirmer une parole d'humanité.

▶ La seconde choisit **la voix du théâtre**, celle qui permet, physiquement, de montrer au spectateur le personnage face au pouvoir, de faire entendre son refus de la soumission et, souvent aussi, sa tentative de révolte. C'est délibérément un théâtre du XXe siècle et contemporain que nous proposons aux élèves, pour qu'ils aient la possibilité de constater que l'art n'est pas dissocié du monde, que les écrivains et les artistes tentent de lui donner du sens, en tout cas l'interrogent. Il nous semble particulièrement important d'offrir ce filtre à des adolescents pour qui l'information brute est souvent la seule source de connaissance. De Brecht, Anouilh, jusqu'à Césaire et Wajdi Mouawad, les dramaturges mettent en scène des situations qui ont, directement ou non, un lien avec les évènements contemporains mais à travers le filtre de l'écriture, la décantation de l'art. La violence verbale est calculée, elle impose la mise à distance que ne peuvent donner les images de l'actualité.

▶ La troisième s'inscrit dans **une lecture intégrale** : celle d'un roman à la fois marqué par une époque mais aussi suffisamment symbolique de tous les fléaux contre lesquels l'individu peut chercher à se révolter et, surtout, qui le poussent à trouver avec autrui le seul rempart contre la barbarie : celui de la communauté humaine et de la fraternité. *La Peste* de Camus incarne parfaitement cette double intention et la langue, limpide, de l'auteur permet à tous d'entrer dans la réflexion généreuse qu'il propose. Cette œuvre se pose aussi comme un avertissement pour l'avenir et peut largement contribuer à favoriser le débat en classe.

▶ Donner aux mots toute leur force de dénonciation, c'est aussi permettre aux élèves de les entendre, en particulier dans des discours dont on analyse la syntaxe, les effets rhétoriques. Faire entendre certains de ces discours, d'André Malraux ou de Robert Badinter, donne vie à la pensée, lui rend sa dimension physique, en restitue le souffle. Notre souhait est que cette présence vivante soit perceptible et qu'elle donne aussi l'envie à chacun de s'exprimer, au sens propre, c'est-à-dire de faire sortir de soi, dans l'élan de la sincérité et avec les premiers outils de l'orateur, une pensée de conviction qui prépare l'engagement de tout futur citoyen.

PARCOURS UN THÈME Les histoires traversées par l'Histoire

p. 170-179

Objectifs et démarches du parcours

Problématique : *Comment la littérature permet-elle de relier les histoires personnelles à l'Histoire collective ?*

▶ Ce parcours aborde les témoignages issus de la Seconde Guerre mondiale. Par un aperçu sur la vie d'Anne Franck, Jorge Semprun, Georges Perec ou encore Robert Antelme, les élèves sont invités à explorer le pouvoir des mots pour dire la guerre, la violence, pour en garder la mémoire, pour leur résister et leur survivre. Le parcours peut être abordé en lien avec le cours d'histoire. piste EPI

▶ Le parcours s'articule en deux axes, choisis de manière à mettre en évidence la dimension humaine des situations subies par les civils en temps de guerre : d'une part la solidarité qui existe là où l'on ne s'y attend pas nécessairement, d'autre part l'impact de la pensée et de la mise en mots des situations, qui rend possible la survie morale et affective, pendant et après la traversée de situations destructrices.

▶ Ce parcours vise à permettre aux élèves de :
- comprendre le rôle de la culture et de la parole dans la protection de soi en temps de guerre ;
- se former une pensée personnelle face à des évènements marquants du xxe siècle, percevoir leur écho dans notre actualité ;
- réfléchir aux conséquences humaines de la guerre ;
- s'approprier la réflexion des auteurs et leurs stratégies de résistance ;
- exprimer leurs réactions et réflexions de manière fine, approfondie et nuancée.

Organisation du parcours et choix des axes de lecture

1. S'entraider pour survivre

J. Semprun,
Le Grand Voyage, texte 1
R. Antelme,
L'Espèce humaine, textes 2 et 3 p. 170-171

• Pistes didactiques

Cette double page vise à faire entrer les élèves dans la thématique, de manière à leur faire prendre conscience des enjeux concrets, matériels et immédiats de la guerre, lorsqu'elle est subie par les civils et/ou qu'elle prend la forme de la déportation. Les extraits choisis portent sur le corps et l'esprit souffrants, que la conscience cherche à préserver.

• Proposition d'hypothèse de lecture

Comprendre comment la solidarité et la fraternité aident à vivre des situations extrêmes.

2. Aider ceux que le malheur frappe

A. Frank,
Journal, texte 4
R. Clément,
Jeux interdits (film) p. 172-173

• Pistes didactiques

Par le biais du témoignage d'Anne Frank et du cinéma de fiction, inspiré de faits réels, cette double page cherche à faire prendre conscience aux élèves des aspects lumineux de l'humain en temps de guerre, et notamment de la solidarité qui se développe entre ceux qui sont persécutés, et ceux qui pourraient conserver leur tranquillité.

• Proposition d'hypothèse de lecture

Observer la mise en valeur d'attitudes solidaires en temps de guerre.

3. Résister par la culture

J. Semprun,
L'Écriture ou la vie, texte 5
M. Satrapi,
Persepolis, texte écho p. 174-175

• Pistes didactiques

Cette double page se fait l'écho de témoignages récurrents dans les récits de captivité, de déportation et de guerre en général. Il s'agit de donner une idée de la manière dont la culture permet de résister à ce que la guerre compte de mortel pour la conscience morale et la sensibilité. La culture devient ainsi un vecteur de liberté, là où le fait de subir semble la seule possibilité. Les élèves sont invités à en prendre conscience.

• Proposition d'hypothèse de lecture

Comprendre comment le partage de la poésie et de la culture permet de surmonter l'humiliation et d'affronter la mort.

4. Réfléchir pour survivre

G. Perec,
W ou le souvenir d'enfance, textes 6 et 7
A. Frank,
Journal, textes 8 et 9 p. 176-179

• Pistes didactiques
Ces deux doubles pages mettent en lumière les parcours de Georges Perec et d'Anne Frank, l'un ayant survécu à la guerre et l'autre non. Les élèves sont invités à observer la manière dont, pour chacun d'eux, l'acte de réfléchir a constitué une planche de salut, et le moyen de se préserver en tant que personne, libre, en quelque manière, dans un monde qui semblait ne plus laisser place à l'exercice d'une conscience individuelle.

• Proposition d'hypothèse de lecture
Observer le lien entre réflexion individuelle, résistance à l'oppression et liberté.

Corrigés des questionnaires et des exercices

1. S'entraider pour survivre

J. Semprun,
Le Grand Voyage, texte 1 p. 170

Comprendre un témoignage de solidarité

Entrer dans la lecture. Les éléments particulièrement marquants de cette description sont la promiscuité physique et la solidarité du narrateur et de son camarade.

1. L'imbrication est le fait, pour des matériaux de construction, par exemple, de se recouvrir partiellement. Le narrateur l'emploie pour décrire sa position par rapport à son camarade : tous les deux sont si près l'un de l'autre, qu'il n'y a de place au sol que pour trois de leurs quatre pieds. Cette situation est d'une cruauté et d'une violence sans mesure.

2. Les voyageurs éprouvent l'écrasement : ils sont littéralement entassés les uns contre les autres, les crampes : comment y échapper, en raison de l'immobilité debout qui leur est imposée ? Mais aussi la paralysie, puisqu'ils sont si serrés qu'ils peuvent à peine bouger, et l'aveuglement, car ils sont plongés dans « la pénombre » (l. 8).

3. Il règne dans le wagon une atmosphère étouffante / angoissante / oppressante, ou tout adjectif qui rend compte de l'horreur de la situation et de la peur qu'éprouvent les prisonniers : « des respirations haletantes et des poussées subites, affolées » (l. 9).

4. Entre le narrateur et son compagnon de voyage s'est établie une relation de solidarité et de fraternité. Dans un contexte où les hommes sont écrasés les uns par les autres, et doivent lutter pour survivre, une telle relation est plutôt inattendue ; cependant, cela montre que les situations extrêmes peuvent aussi provoquer des réactions d'une grande générosité.

5. Dans le dernier paragraphe, deux longues phrases, au rythme saccadé qui fait penser aux secousses du voyage en train, précèdent une très courte phrase dont l'effet est de laisser le temps au lecteur d'imaginer la scène qui lui est décrite. À la manière du narrateur, qui tentait d'anticiper, il doit prendre conscience d'une réalité « encore pire » (l. 12) que l'imaginable.

Bilan 6. Les moyens utilisés par le narrateur sont la description des mouvements possibles et la suggestion des sensations physiques éprouvées. À cela s'ajoute une note sur l'ambiance d'ensemble du wagon. Le narrateur pousse enfin, par son propre exemple, le lecteur à prendre conscience que ce qu'il peut imaginer de « pire » n'est pas encore suffisant. Néanmoins, la solidarité du narrateur et de son compagnon, qui utilisent le moindre moyen de s'entraider, reste l'aspect le plus marquant du texte.

R. Antelme,
L'Espèce humaine, texte 2 p. 171

Étudier les réactions et sentiments de déportés.

Entrer dans la lecture. Les mots qui appartiennent au champ lexical de la nourriture sont : « faim », « mâcher », « fécule », « graine de soja », « grasse », « nourrissante », « huileuse », « mâcher », « saveur », « avalée ». On peut remarquer que les mêmes mots sont parfois répétés, et que le champ lexical parcourt tout le texte.

1. « La faim est vigilante comme une flamme » (l. 1) est une comparaison ; « Elle épie le silence, guette le moindre signe » (l. 2-3) est une métaphore filée qui rapproche la faim d'un chasseur ou d'une sentinelle. Ces deux procédés de style amènent le lecteur à réfléchir sur la faim, et à en percevoir l'aspect dangereux, potentiellement mortel.

2. Le mot qui désigne les prisonniers est « types » : « quelques types » (l. 5), « un type » (l. 10). Ce terme relève de la langue familière, il met en évidence le relâchement des hommes qui ont subi la vie des camps.

3. Les prisonniers pratiquent le troc, graines de soja contre poignées de fécule, pour lutter contre la faim.

4. Jo ne se comporte pas comme ses compagnons, puisqu'il donne quelques graines de soja au narrateur, qui n'a rien à troquer en échange. Jo pose une action gratuite dans un univers où tous les échanges paraissent intéressés.

5. Le narrateur insiste sur le silence de Jo, parce que l'action de celui-ci est remarquable par sa générosité : or, il ne fait rien pour la souligner ou s'en vanter. Cette manière de saluer son silence est sans doute, de la part du narrateur, un hommage à la modestie de celui qui lui a permis de continuer à vivre.

6. À partir du moment où le narrateur mange, les phrases s'allongent progressivement. L'effet produit est celui d'un apaisement, d'une sorte de repos après les descriptions haletantes de la faim et du troc. Cela permet de partager les sensations et les émotions du narrateur.

Bilan 7. En soulignant l'humanité de Jo, dont le don et le silence contrastent avec la sècheresse et le marchandage des troqueurs, le narrateur montre la possibilité de relations humaines de qualité dans un monde qui semble voué à la violence. Il défend ainsi une certaine idée de l'humain, qui est capable du pire, mais aussi du meilleur, et notamment de résister aux traitements qui visent à le priver de conscience morale.

R. Antelme,
L'Espèce humaine, texte 3 p. 171

Comprendre la volonté de rester humains

Entrer dans la lecture. L'expression « rester comme ça » renvoie à l'abandon progressif des apparences de la dignité humaine par les prisonniers des camps de concentration, épuisés par un travail harassant, des appels interminables, des repas et des conditions de repos qui n'en ont que le nom. Les hommes en viennent parfois à perdre tout sens moral, et l'usage de la parole leur est rendu impossible. C'est contre cette déchéance que Gaston va lutter.

1. Les prisonniers sont « là » parce qu'ils ont été condamnés par les nazis, à cause de leur religion, de leurs choix politiques, de leur nationalité, de leur orientation sexuelle.

2. Les mots qui appartiennent au champ lexical de l'animalité sont « crever » (l. 7), « bête de somme » (l. 10), « aboiement » (l. 13). Cet état est causé par les conditions de détention, qui visent à faire perdre aux hommes le sentiment de leur dignité.

3. Les expressions qui mettent en évidence l'humanité des déportés sont : « un langage », « les copains », « une réunion », « chanter ».

Bilan **4.** L'auteur insiste sur la notion d'humanité parce que c'est cette humanité que les nazis ont cherché à détruire chez les déportés. En tant que survivant des camps, il met en évidence la manière dont les prisonniers, au contraire, préservaient leur statut d'êtres humains.

2. Aider ceux que le malheur frappe

A. Frank,
Journal, texte 4 p. 172

Comprendre les liens de solidarité créés par l'Histoire

Entrer dans la lecture. L'attitude des protecteurs de la famille Frank est à la fois courageuse et généreuse, car ils risquent la mort s'ils sont pris par les nazis.

1. Les organisations clandestines de résistance « fabriquent de fausses pièces d'identité, prêtent de l'argent aux clandestins, libèrent des endroits pour en faire des cachettes et offrent du travail aux jeunes chrétiens qui se cachent » (l. 1-4). Ces tâches visent à cacher les personnes en danger, tout en leur permettant de survivre. Elles sont évidemment très risquées, et sévèrement punies en temps d'Occupation. De plus, les travaux quotidiens liés à l'approvisionnement des familles cachées font partie des tâches de résistants, qui font les courses de ceux qui ne peuvent se déplacer et veillent à leur apporter un peu de beauté et de plaisir par le biais des fleurs et des livres. Le texte met en valeur l'importance de leur activité en énumérant leurs tâches, puis en resserrant le discours sur un portrait des protecteurs de la famille Frank en particulier. Anne fait d'eux un éloge enthousiaste, qui souligne leur efficacité, leur humanité et leur disponibilité.

2. La menace qui pèse sur « tous ceux que l'on recherche » est l'extermination dans les camps. L'emploi de la périphrase permet de rendre cette évocation moins menaçante, mais aussi de montrer la communauté de danger qui unit ceux que les nazis ont, de toute manière, décidé d'exterminer, et ceux qui se portent volontairement à leur secours.

3. Les protecteurs ne formulent jamais « un seul mot faisant allusion au fardeau » (l. 11) qui est le leur, ils ne se plaignent pas. « Ils font de leur mieux pour avoir l'air enjoué, apportent des fleurs et des cadeaux […] et sont partout et à tout instant disponibles pour nous » (l. 16-19). Ces éléments montrent leur entrain et leur amour. Anne Frank les met en évidence, car non seulement ces gens risquent leur vie quotidiennement pour autrui, mais ils le font avec une grande générosité et beaucoup de bonne humeur, ce qui les rend encore plus admirables.

4. Anne montre le dévouement absolu de Miep en soulignant la dimension physique de l'aide qu'elle apporte aux Frank, mais aussi les formes diverses que celle-ci revêt, et notamment sa dimension morale et culturelle : les êtres humains que sont les Frank sont pris en charge par Miep dans leur intégralité. Elle ne se contente pas de les nourrir physiquement, son apport est aussi intellectuel. Les phrases longues, marquées par des virgules, semblent s'allonger à la mesure des journées de Miep, où les travaux s'ajoutent les uns aux autres comme à l'infini.

5. Pour les reclus de l'Annexe, les « livres » représentent une forme de liberté : ils permettent une forme d'évasion, mais aussi l'acquisition d'un savoir qui leur permet d'envisager concrètement la fin de la guerre et de garder l'espoir.

Bilan **6.** Les raisons qui poussent Anne à faire cet éloge peuvent être la volonté de faire partager son admiration pour ses protecteurs à ses lecteurs, de montrer ce que leur tenue a pu avoir d'exemplaire, mais aussi de rassurant en ce qui concerne l'humain.

R. Clément,
Jeux interdits (film) p. 173

▶ Commenter à l'oral

L'exercice a pour but de pousser les élèves à lire des images, à interpréter des situations et le jeu d'acteurs, de manière à mobiliser le lexique des émotions et des sentiments.

Les compétences à mettre en œuvre sont donc celles de l'expression orale, et notamment l'utilisation d'un vocabulaire varié et précis, mais aussi l'écoute des autres et la capacité à infléchir son avis en fonction du leur.

Les élèves peuvent penser avoir besoin de connaitre toute l'histoire des enfants pour déchiffrer les images ; on peut les aider un peu au départ de l'activité, en associant avec eux des attitudes à des noms d'émotion, pour leur montrer qu'il n'en est rien.

Photogrammes 1 et 2

On peut mentionner l'expression triste et anxieuse de la petite fille, le geste de détresse avec lequel elle serre contre elle son petit chien, sa manière de serrer très fort la main du garçon. L'attitude du garçon est déterminée, comme le montrent son dos tenu bien droit, le bâton qu'il tient fermement en main, l'expression tendue de son visage.

Photogrammes 3 et 4

L'attitude du père, d'abord méfiante, dos arrondi et regard soupçonneux, expression fermée, tendu dans une position de confrontation, fait place à un geste de protection et de partage, et à une proximité avec les enfants qu'il protège.

Photogrammes 5 et 6

Les enfants sont, à chaque fois, dans des positions identiques. Leurs regards se croisent sur le photogramme 5, et la petite fille couve le jeune garçon des yeux lorsque, chagriné, il évite de la regarder. Leur proximité physique, la ressemblance de leurs émotions et de leurs attitudes traduisent la confiance et la compréhension qui règnent entre eux.

▶ Exprimer son point de vue

L'exercice a pour but de permettre aux élèves de synthétiser leurs intuitions et l'ensemble des informations auxquelles ils ont eu accès sur la page. Cet exercice d'expression écrite leur permet de réfléchir à la souffrance subie par les enfants pendant les guerres. Les élèves sont donc incités à chercher les formulations qui conviennent le mieux, à préciser leur pensée. Ils évitent de s'exprimer de manière trop impersonnelle au moment de donner leur avis, et cherchent à témoigner, sur la question qui leur est posée, d'une réelle compréhension de ce qui se produit, et dont les photogrammes donnent des exemples.

La petite fille, isolée et terrifiée, est accueillie par Michel qui l'a trouvée, et recueillie par la famille de celui-ci, même si le père s'est d'abord montré réticent. On comprend cette attitude, car, d'après les images, il est évident que les Dollet ne sont pas riches, et que leurs difficultés sont nécessairement accrues par la guerre.

Les photogrammes de *Jeux interdits* montrent, de manière en partie voilée, la souffrance des enfants en temps de guerre et la dénoncent, comme de juste : la petite fille se retrouve orpheline, elle est à la merci du premier venu, et ne doit sa survie qu'à sa chance de rencontrer des gens de bonne volonté. En temps de guerre, les enfants sont les plus fragiles et les plus exposés à la violence et à l'injustice.

3. Résister par la culture

J. Semprun,
L'Écriture ou la vie, texte 5 p. 174

Comprendre le rôle de la culture dans la dignité humaine

Entrer dans la lecture. Au camp de concentration de Buchenwald, le narrateur retrouve son ancien professeur qui est sur le point de mourir. Ne sachant trop comment le réconforter ou l'aider, il lui récite un poème qui permet au vieil homme de quitter la vie sereinement. La fin du texte, malgré sa tristesse, ne parait donc pas complètement désespérée.

1. Le professeur Halbwachs est atteint de dysenterie. D'après le texte, cette maladie fait perdre à l'homme la décence que son éducation lui avait fait acquérir (il ne peut se retenir de se vider). Elle est donc particulièrement humiliante.

2. Détresse du corps :

- « Halbwachs qui n'avait pas eu la force d'ouvrir les yeux » (l. 1-2) ;
- « une réponse de ses doigts [...] presque imperceptible » (l. 2-3) ;
- « la limite des résistances humaines » (l. 4-5) ;
- « au stade ultime de la dysenterie qui l'emportait dans la puanteur » (l. 6) ;
- « la détresse immonde, la honte de son corps en déliquescence » (l. 9-10).

Dignité de l'esprit :

- « une flamme de dignité, d'humanité vaincue mais inentamée » (l. 9-10) ;
- « la lueur immortelle d'un regard » (l. 12) ;
- « librement : souverainement » (l. 13-14) ;
- « Il sourit, mourant, son regard sur moi, fraternel » (l. 24).

3. Les expressions qui se rapportent à la lumière sont : « une flamme de dignité », (l. 9) « la lueur immortelle d'un regard » (l. 12), « nos cœurs [...] sont remplis de rayons » (l. 22). Cette métaphore suggère que l'intelligence et la dignité humaine ne meurent jamais, que la fraternité dans la culture est possible même dans les conditions les plus atroces.

4. Le narrateur tente d'aider son professeur en lui tenant la main, en lui racontant « n'importe quoi » (l. 7), puis en lui récitant un poème de Baudelaire. Cette dernière solution est la plus efficace ; elle permet d'établir un vrai contact avec le mourant.

Bilan **5.** Le partage d'un texte littéraire a permis à un mourant, révolté par le sentiment de son indignité, de retrouver le sens de la vie humaine : partage de la beauté, de la culture. Sa vie a pu s'achever sereinement malgré les conditions épouvantables de son agonie. Malgré la totale déchéance du corps, l'esprit est resté invincible et a pu lui assurer une mort pleinement humaine et digne de sa vie de professeur, passeur de culture, grâce à l'un de ses anciens élèves qui a pleinement compris, lui aussi, le sens de ce partage. C'est donc la culture qui permet d'assurer, ici, la survie de la dignité humaine.

M. Satrapi,
Persepolis, texte écho p. 175

Comprendre l'importance de l'accès à la culture

Entrer dans la lecture. La joie de Marjane Satrapi est représentée par les petites spirales qui traduisent une joie étourdissante, le sourire qui monte jusqu'aux oreilles, le bond et l'attitude confiante et aimante que la fillette finit par adopter envers ses parents.

1. L'adolescente reçoit une paire de chaussures de sport, un badge d'un chanteur de rock, un blouson en jean, et des posters de ses groupes occidentaux préférés. Ces objets relèvent de la culture rock.

2. Le père de Marjane a dissimulé les posters dans la doublure de son manteau, car ils sont représentatifs d'un courant interdit par le régime totalitaire et religieux qui gouverne l'Iran. Ces objets pouvaient lui valoir une amende ou une peine de prison, s'ils étaient découverts à la douane.

3. La jeune fille exprime sa reconnaissance par des compliments et des remerciements, mais aussi en serrant ses parents dans ses bras.

4. Ses sentiments sont intenses car elle comprend les risques pris par ses parents, et se sent reconnue par eux dans ses gouts et choix culturels, alors que le gouvernement, comme à toute personne, lui dénie cette liberté.

Bilan **5.** Ces objets, qui seraient banals pour nous, revêtent une grande valeur dans ce contexte, car ils sont interdits. Ils deviennent donc des symboles de liberté, et leur possession est synonyme de révolte contre un régime abusivement oppressif.

▶ Faire le lien entre les œuvres

Dans le cas de Marjane Satrapi comme dans celui de Jorge Semprun, les libertés individuelles sont entravées par le régime politique au pouvoir : le professeur Halbwachs, arrêté à cause de son métier et de ses convictions, ne peut mourir dignement ; la jeune Marjane n'a pas la possibilité d'accéder à la culture rock qui l'intéresse, à cause des interdits religieux mis en place par la dictature de son pays. Malgré tout, pour accéder à une culture qui leur est chère, ils disposent de l'appui de leur entourage ; le narrateur récite un poème à son professeur mourant et les parents de Marjane prennent des risques pour lui procurer les objets symboliques dont elle rêve. L'Histoire ne parvient donc pas à leur ôter totalement leur liberté.

L'exercice a pour but de faire réfléchir les élèves à la relation qui existe entre culture et liberté. Ils comparent les deux histoires en usant d'un vocabulaire précis, et ne s'en tiennent pas à un rapprochement rapide ; en répondant à chaque question, ils suivent un chemin de réflexion qui leur permet de comprendre que la culture est à l'origine de la liberté et qu'elle en détermine la réalité.

4. Réfléchir pour survivre

G. Perec,
W ou le souvenir d'enfance, textes 6 et 7 p. 176-177

Comprendre le sens de W

1. Les souvenirs d'enfance sont normalement associés à une période heureuse et insouciante de la vie, où l'enfant est entouré de l'affection de ses parents et partage avec eux des moments joyeux.

2. Les phrases du premier paragraphe sont relativement longues, mais elles sont coupées à intervalles réguliers par des points-virgules qui créent un rythme proche de celui d'une horloge ou d'une marche régulière. Ce choix permet de rendre compte de l'aspect « mécanique » des souvenirs énoncés par Perec, ou de ce qui lui en tient lieu, car on n'a pas, ici, de souvenirs d'enfance au sens habituel du terme.

3. Le narrateur attribue son amnésie à une « absence d'histoire » (l. 6) : s'il n'a pas de souvenirs, c'est qu'il n'y a rien de marquant dans son passé.

4. S'ils n'étaient pas effacés, les souvenirs d'enfance de Perec rassembleraient probablement quelques moments passés avec ses parents, avant la guerre et leur mort, puis les images de l'exode, son arrivée dans un orphelinat ou une famille d'accueil, le quotidien de la guerre fait de privations et de la peur, en tant qu'enfant juif, d'être découvert, puis enfin la Libération et les images des camps de concentration qui ont été largement diffusées.

5. Le narrateur a bien des souvenirs d'enfance, mais ce ne sont pas des souvenirs heureux ni liés à la famille ; il s'agit du souvenir d'une histoire et d'un monde qu'il avait inventés peu de temps après la fin de la guerre.

6. La vie des athlètes de W est répétitive, épuisante, soumise…

7. La première étape du texte est le récit, fait au moment de l'écriture, des circonstances dans lesquelles fut inventé, oublié et retrouvé le monde de W. La seconde étape décrit les conditions de vie des athlètes qui peuplent W.

8. D'évidence, l'emploi du temps et les conditions de vie ne sont pas celles de sportifs ; le narrateur décrit ici la vie de déportés en camps de concentration.

9. L'accumulation d'impératifs en fin de texte est effrayante. Elle renvoie aux ordres hurlés par les kapos et les nazis à l'intention des détenus des camps de concentration, à toute heure et notamment pendant les temps de travail et les appels.

Bilan **10.** W représente les camps de concentration, dans la vision qu'en avait Perec enfant. Le narrateur a donc, en quelque sorte, des souvenirs d'enfance qui ne sont pas de bons souvenirs, mais qui résultent de l'Histoire qui a traversé la sienne. Il est compréhensible que ces souvenirs, terribles et froids, aient remplacé ou fait disparaitre ceux qui les ont précédés, tant, peut-être, le sentiment de la perte de ses parents et de son enfance proprement dite était insupportable pour l'enfant.

▶ Graine de savoir

L'exercice a pour objectif de permettre aux élèves de mieux comprendre le texte de Perec et d'approfondir leur étude de la relation entre littérature et réalité.

Ils peuvent, pour répondre à la question, lire *Si c'est un homme* de Primo Levi, ou consulter l'exemple du camp du Struthof sur le site du CNDP : http://www.cndp.fr/crdp-reims/memoire/enseigner

A. Frank,
Journal, texte 8 p. 178

Comprendre un cri de révolte

Entrer dans la lecture. Anne Frank écrit son journal pendant les deux ans de sa vie qu'elle passe recluse à l'Annexe, cachée pour échapper aux poursuites des nazis avec sa famille. Ces conditions de vie influencent Anne qui parle de « désespoir » et interroge le sens de la guerre : « À quoi bon ? », puis en dénonce ensuite l'absurdité, dans une réflexion qu'elle étend à l'injustice générale du monde. La réclusion amène la jeune fille à une extrême lucidité, ou à un grand pessimisme touchant la nature et l'Histoire des hommes.

1. L'anaphore traduit l'obsession de la question des vies humaines gâchées par les violences et les injustices. Cette anaphore est renforcée, dans la dernière question, par l'interjection « Oh », qui apporte une émotion supplémentaire.

2. Les questions longues du début du texte sont relayées par de plus courtes, puis par une réellement brève qui semble résumer toutes les précédentes. L'intention d'Anne Frank est probablement de développer un plaidoyer contre la violence et l'injustice, sous forme d'amples questions rhétoriques, puis de frapper les esprits par une formule brève qui va sans doute, à son tour, obséder le lecteur.

3. Anne rejette l'idée que les seuls dirigeants politiques sont responsables de la guerre : elle est amenée à penser que tous les hommes aiment la guerre et éprouvent le besoin de détruire.

4. La dernière phrase produit l'effet d'une période oratoire qui permet au lecteur de sonder tous les aspects de la réflexion sur l'absurde, en élargissant progressivement son regard et en le dilatant même dans le temps. Cette construction très littéraire peut rappeler les essais, ou plus simplement les plaidoiries d'avocats et les discours politiques.

Bilan **5.** Face à la violence inutile des humains, le sentiment ressenti est celui de la révolte, de la colère, d'une rage impuissance ou d'une incompréhension désespérée. Anne Frank parvient à les mettre en valeur en exposant un questionnement à la fois simple et profond, sur un rythme lancinant qui marque profondément la mémoire du lecteur.

Ressource numérique AUDIO
Extraits lus du journal d'Anne Frank

▶ Faire le lien entre les œuvres

Anne Frank et Georges Perec ont tous deux cherché à résister à l'emprise totale de l'Histoire, qui a interrompu le cours de leurs vies. Anne Frank, par l'écriture et la lecture, parvint à s'évader en imagination de l'Annexe où elle était enfermée dans l'espoir de survivre. Par l'écriture, elle a décrit et analysé la vie à l'Annexe, prenant ainsi du recul et une forme de liberté par rapport à sa vie de claustration.

Georges Perec, orphelin, a traversé la guerre grâce à sa mère, qui l'a envoyé dans le Vercors par un train de la Croix-Rouge, restant elle-même à Paris où elle fut arrêtée avant d'être déportée. La mort de ses parents et de plusieurs de ses proches a marqué Georges Perec, qui a cherché à comprendre sa douleur et à la surmonter par l'écriture, et notamment par l'invention de W, quand il était adolescent.

Pour Anne Frank comme pour Georges Perec, l'écriture a donc été un moyen de lutter contre la violence qu'ils ont subie.

L'exercice a pour but d'amener une réflexion sur la démarche libératrice que peut constituer l'écriture, même dans les conditions les plus extrêmes. Les élèves mettent en œuvre leurs capacités de réflexion, ils cherchent à formuler leur pensée avec précision et utilisent leurs lectures pour enrichir leur écrit.

A. Frank,
Journal, texte 9 p. 179

Comprendre la valeur d'un témoignage

L'objet qui maintient le lien avec le monde extérieur est la radio, grâce à laquelle Anne a pu entendre l'annonce du ministre.

1. Les habitants de l'Annexe comprennent que le journal d'Anne pourrait passer à la postérité en faisant partie des témoignages recensés par le gouvernement, ce qui déclenche leur intérêt envers le texte de la jeune fille.

2. Anne ironise sur l'accueil qui pourrait être fait à son journal : « Pense comme ce serait intéressant […] un roman policier » (l. 6-8).

3. « Cela fera sûrement un drôle d'effet aux gens […] avons discuté ici. » (l. 9-12)

4. Anne témoigne de divers éléments de sa vie quotidienne : la nourriture, les conversations, mais aussi les bombardements, la queue devant les magasins, l'impuissance des médecins. Elle passe de sa vie personnelle à celle de ses concitoyens.

5. L'accumulation des détails concrets permettra aux futurs lecteurs d'imaginer plus facilement, et plus exactement, ce qu'il en était de la vie à l'Annexe.

Ressource numérique VIDÉO

Interview d'Éric Emmanuel Schmitt

6. Pour É. E. Schmitt, le *Journal* d'Anne Frank appartient à la littérature parce que la jeune fille a réellement retravaillé son texte, qui atteint un certain niveau de langue ; parce qu'elle y raconte sa vie avec la conscience d'œuvrer pour les générations à venir ; parce qu'Anne Frank aurait voulu être écrivain et que, dans sa simplicité, son message est universel.

Bilan **7.** Anne cherche à faire comprendre à chacun la difficulté de la vie en temps de guerre, probablement dans le but de détourner ses futurs lecteurs de tout projet guerrier.

▶ Écrire une lettre

L'objectif, pour les élèves, est de parvenir à rassembler quelques idées fortes sur Anne Frank, de l'accession de son journal au statut d'œuvre littéraire à sa diffusion dans le monde entier, et à son étude à l'école.

Les élèves pourront faire part de leurs sentiments à la lecture des extraits de l'œuvre et développer leur réflexion sur ses enjeux et sa portée. Ils veilleront à bien s'adresser à Anne Frank et à tenir un propos construit et réfléchi.

ATELIER D'EXPRESSION

Raconter pour dénoncer

p. 180-185

Pistes didactiques de l'atelier

▶ La démarche développée dans l'atelier vise à faire écrire, par les élèves, un récit qui soit la dénonciation d'un fléau de notre temps, à l'imitation des textes de Barbusse et Genevoix, et de la bande dessinée de Tardi.

▶ Les exercices pratiques mis en place au fil des supports étudiés dans l'atelier sont organisés progressivement, de manière que les élèves disposent, au moment d'aborder l'activité finale, de tous les outils requis. Certains relèveront de la langue (nécessité d'inclure des adjectifs, des comparaisons dans une description) ; d'autres affineront la sensibilité du lecteur en même temps que celle du « scripteur » : mobilisation des sens, procédés mis en œuvre pour susciter des émotions ; relation entre argumentation et fonctionnement de l'imaginaire.

Objectifs et démarches de l'atelier

▶ **Formuler un avis personnel à propos d'une œuvre**

Cet atelier a pour but de mettre les élèves en situation d'exprimer leur émotion et leur pensée face à des œuvres marquantes. Cette compétence mobilise un lexique précis, celui des émotions et sentiments ; elle s'appuie sur des capacités d'analyse du texte et de l'image.

▶ **Exploiter des lectures pour enrichir son récit**

Les élèves procèdent à une série d'allers et retours entre les textes qu'ils étudient et ceux qu'ils sont invités à produire. Ils apprennent ainsi à aller aux textes, non seulement pour entendre ce que ceux-ci ont à dire, mais aussi pour les imiter et s'emparer des procédés mis en œuvre par les auteurs, de façon à les annexer et à savoir par la suite les faire fonctionner de manière autonome.

▶ **Pratiquer l'écriture d'invention**

Les élèves de troisième découvrent les écrits argumentatifs, mais n'abandonnent pas pour autant l'écriture d'invention, dont ils approfondissent les techniques depuis le cycle 2. Le travail consiste donc ici à affiner les ressorts de la narration et de la description, la mise en œuvre de dialogues, de manière que l'ensemble soit positivement intéressant, et vise à atteindre le niveau des textes proposés en exemple. Ce faisant, les élèves découvrent la valeur argumentative d'un exemple bien narré : la dénonciation d'un fléau se construit aussi par le récit de ce fléau.

Corrigé des questions et activités

1. Rendre compte de ce que l'on dénonce

H. Barbusse,
Le Feu p. 181

▶ **Découvrir**

1. L'ambiance évoquée est d'une extrême violence : les soldats subissent un bombardement intense et s'attendent donc à mourir à chaque instant. L'air est à la fois saturé de projectiles meurtriers et de bruits de sifflements, de détonations, d'une intensité démesurée.

Les émotions qui en résultent sont la peur de la mort, la surprise à chaque coup de canon plus violent, et aussi une forme d'ivresse liée à la puissance des coups.

▶ **Comprendre**

2. Le texte fait appel à l'ouïe. Pour le lecteur, la description est très concrète ; comme la vue n'est pas le seul sens sollicité, on peut avoir l'impression de se trouver au front et d'en écouter les bruits.

3. Les hommes ne donnent pas l'impression d'être très actifs ; au contraire, ils subissent la guerre qui semble se faire autour d'eux. Ils l'écoutent et la commentent, un peu comme s'ils assistaient à un spectacle.

J. Tardi,
C'était la guerre des tranchées
Paroles de poilus p. 181

▶ Formuler un avis

L'exercice a pour but de familiariser les élèves avec l'expression de leur réaction face à des textes et à des images relatant des pages marquantes de l'Histoire humaine.
Ils mobilisent le lexique des sentiments et émotions, comparent les supports en s'appuyant sur ce qu'ils ont éprouvé et observé de manière précise.
Ils transposent à leur tour une lecture en image, en se démarquant, autant que possible, de la proposition de Tardi (ils peuvent pour cela utiliser les formes d'expression dont ils sont plus proches, par exemple le manga).

▶ Grammaire pour dire et écrire

Les élèves ont ici l'occasion de réinvestir les acquis de la double page; cet exercice permet également de rassembler le vocabulaire et de mettre en œuvre les procédés qui seront utilisés dans l'activité finale. Ils peuvent donc reprendre quelques mots et expressions du texte de Barbusse, mais il est aussi souhaitable qu'ils développent et amplifient la description par leurs propres moyens, ou en mobilisant des outils appropriés (dictionnaire de synonymes, des associations…).

Ressource numérique

AUDIO

Extrait lu du *Feu*, d'Henri Barbusse

On peut amplifier cet exercice, qui relève de la stricte imitation, en proposant aux élèves un travail successif sur un ou plusieurs autres des cinq sens. On pourra ainsi tirer parti des capacités et de la sensibilité propres de chacun.

2. Susciter des émotions

M. Genevoix,
Ceux de 14
E.-M Remarque,
À l'Ouest rien de nouveau p. 182

▶ Découvrir

1. Dans ces extraits, les personnages ressentent du désespoir (Pannechon, la femme, Sicot), de la lassitude, de la peur, du chagrin, de la compassion (texte 2, le narrateur envers Sicot), de l'angoisse (la femme). Le lecteur éprouve de la compassion envers les personnages confrontés à de terribles souffrances; peut-être de la révolte contre l'absurdité de la guerre.

▶ Comprendre

2. Les narrateurs ne parlent pas de leurs propres émotions pour ne pas influencer ou parasiter celles du lecteur. Ce choix est à la fois le plus sobre – un étalage d'émotions serait ici indécent – et le plus efficace pour permettre au lecteur de rejeter et de dénoncer la guerre.

3. Ces extraits révèlent l'intention de dégoûter les lecteurs de la guerre, en exposant les souffrances violentes, absurdes et injustes auxquelles la guerre expose hommes, femmes et enfants.

A. Herter,
Le Départ des Poilus p. 183

▶ Lecture d'image

1. L'attitude de la majorité des soldats est digne et résignée. Beaucoup partent à la guerre malgré eux; plusieurs embrassent leur femme ou leur enfant; un seul se montre enthousiaste et fait un signe de victoire, un bouquet de fleurs au bout de son fusil.

2. Les enfants sont tristes, ils pleurent; certains sont graves et comme figés par le chagrin, de sombres pensées paraissent les agiter. On devine que, très vite, les enfants deviendront orphelins.

3. Les groupes représentés sur ce tableau se prêtent à la description improvisée: on peut parler de leur attitude, de la position des personnages les uns par rapport aux autres, de l'expression des visages. Le lexique des émotions peut être mobilisé, et les élèves peuvent proposer des raisons d'ordre varié pour justifier l'intérêt qu'ils portent à un groupe en particulier.

▶ Grammaire pour dire et écrire

1. a. Les émotions des personnages sont traduites par leurs prises de paroles hachées et leurs gestes heurtés.

b. Exemples de procédés utilisés: « Quante c'est pus les balles, c'est la boue, c'est la flotte, c'est l'manque de dormir ou d'manger »: énumération doublée d'un rythme croissant.
« ne plus voir ce corps étendu, cette force jeune, cette simple bonté, tout cela qui était Sicot » gradation qui va du simple physique vers les qualités morales et qui culmine, se résume dans la nomination du personnage.
« femme sanglotante et tremblante… m'inonde de larmes… pleure… »: mise en œuvre du champ lexical de la tristesse.

c. Les éléments qui rendent ces passages réalistes sont, par exemple, les marques d'oralité utilisées par Genevoix, avec la transcription presque phonétique de la langue populaire du soldat; les détails matériels (chandelle, petite casemate, le claquement grêle d'une balle ou bord de l'entonnoir 7) dans le récit de Genevoix; la violence de la réaction de la femme désespérée dépeinte par Remarque.

2. On peut, pour aider les élèves à s'engager dans l'exercice, définir avec eux le nombre de fois où ils s'astreindront à utiliser chaque procédé, puis les inviter à vérifier, les uns pour les autres, que le défi a été réalisé.

2. Provoquer une prise de conscience

J. Tardi,
C'était la guerre des tranchées p. 184

▶ Découvrir

1. Le regard du soldat porte le reflet de la folie de la guerre, il exprime un désespoir, une incompréhension absolus. Son expression, bouche ouverte, yeux dilatés, pourrait être celle de la souffrance ou de la folie, ou encore celle de la peur et du refus complet de ce qu'il observe. Enfin, l'attitude, les mains levées et crispées sur le casque, traduisent à la fois l'impuissance, l'incompréhension, la douleur… L'ensemble exprime l'échec de la raison à comprendre, et le vertige devant ce qui est observé.

▶ Comprendre

2. Le narrateur ou le soldat peut parler – au nom de tous ceux, morts ou survivants, avec lesquels il a combattu. Le locuteur dispose de connaissances approfondies d'historien et de statisticien. Son but est évidemment d'exprimer l'absurdité et le gigantesque gâchis de la Première Guerre mondiale, afin de convaincre son lecteur de ne jamais céder à aucune forme de bellicisme.

3. Le mélange des chiffres et des commentaires, très amers et solennels, produit un effet glaçant qui force la réflexion à se pencher sur l'horreur et l'absurdité de la guerre.

4. Au regard de ces évènements, le soldat exprime, en plus de tout ce qui a déjà été dit, la réaction conjointe du narrateur, et du lecteur : l'effroi, la terreur, le scandale.

H. Barbusse, *Le Feu* p. 185

▶ Découvrir

1. Les trois étapes de la description sont : l. 1 à 6, la description du champ de bataille noyé et désert ; l. 7 à 14, le repérage des hommes dans la boue ; l. 15 à fin, la découverte des hommes noyés en pleine terre.

2. Le narrateur décrit le champ de bataille couvert d'eau, et devenu désert. Il évoque ensuite l'angoisse des hommes qui cherchent leurs semblables dans la boue. Enfin, il narre la découverte d'un groupe de soldats noyés.

▶ Comprendre

3. La tournure qui réapparait deux fois est la question « où sont… ? » (« où sont les tranchées ? où sont les hommes ? »). Elle traduit la perte totale de repères des personnages, qui se retrouvent dans un désert d'eau boueuse.

4. L'ambiance de ce texte est particulièrement lugubre, sinistre, macabre. Elle désoriente le lecteur et crée en lui un dégout et un effroi semblables à ceux ressentis par les personnages.

5. Cette représentation de la guerre ne comporte ni scène de combat, ni mise en présence d'ennemis. Elle travaille la dimension absurde et fantastique de la guerre, qui met en échec la raison humaine.

▶ Grammaire pour dire et écrire

Le travail proposé relève à nouveau de l'imitation. Pour dépasser le simple calque des procédés, on peut proposer à des groupes d'élèves d'animer leur dénombrement par des procédés de style et des commentaires également inspirés de la rhétorique de Tardi.

▶ Exprimer des émotions

L'exercice a pour but de permettre aux élèves de prendre du recul par rapport aux activités effectuées et aux textes découverts, pour pouvoir ensuite nommer et exprimer, le cas échéant, leurs émotions. Cette formulation fait appel au lexique des émotions et au choix d'un vocabulaire précis et adapté.

Activité finale

Cette activité vise à mobiliser l'ensemble des compétences travaillées au cours de l'atelier, de manière à réaliser le projet initial proposé aux élèves. Le lexique, les procédés littéraires sollicités par les activités ponctuelles menées précédemment sont réinvestis par les élèves pour mobiliser la sensibilité de leurs lecteurs et parvenir à un travail qui relève au moins de l'imitation, idéalement de l'assimilation et de la création.

PARCOURS UN GENRE Révolte et indépendance au théâtre

p. 186-195

Objectifs et démarches du parcours

Problématique : *Comment le théâtre permet-il d'exprimer, de définir et de partager la révolte ?*

▶ Ce parcours aborde le thème de la révolte au théâtre. Son but est de permettre aux élèves de percevoir à la fois la nature de la révolte, son expression, son lien avec le questionnement et la réflexion, et les ressources dont dispose le théâtre pour la mettre en scène, en explorer les mécanismes, et lui donner une voix. On est ainsi amené à comprendre que le théâtre peut devenir le lieu et le moyen de la révolte.

▶ Le parcours s'articule autour de six thématiques, qui permettent d'explorer diverses facettes de la révolte au théâtre. Les extraits proposés sont à la fois classés dans un ordre proche de la chronologie, et de difficulté croissante. Leurs enjeux sont en effet de plus en plus abstraits, bien que leur actualité soit parfois frappante ; la manière dont les auteurs interrogent et développent la révolte des personnages est moins évidente, ou les rapports avec la réalité vécue par les auteurs est plus complexe.

▶ Ce parcours vise à permettre aux élèves de :
- comprendre l'expression théâtrale du conflit entre les personnages ;
- assimiler la notion de rapport de force et d'opposition, ainsi que ses traductions scéniques ;
- utiliser et améliorer leur connaissance du théâtre, notamment de ses ressources vocales, gestuelles et scéniques ;
- faire le lien entre la fiction théâtrale et la réalité vécue, dénoncée ou souhaitée par les dramaturges ;
- réfléchir aux enjeux contemporains des thèmes abordés dans les textes.

Organisation du parcours et choix des axes de lecture

1. La révolte contre l'injustice sociale

B. Brecht,
Maître Puntila et son valet Matti, texte 1
B. Brecht,
Écrits sur le théâtre, texte écho p. 186

• Pistes didactiques

Cette page propose d'aborder le thème de la révolte par un texte où la situation d'opposition est flagrante, ses raisons évidentes, ses moyens accessibles à une compréhension rapide. L'extrait permet donc d'observer le fonctionnement théâtral de la révolte et de poser les bases d'analyse qui seront utiles pour approcher des scènes au fonctionnement plus abstrait. Dans le même temps, le texte écho met en évidence la démarche de l'auteur, qui se pose comme un éveilleur de conscience politique, et d'installer ainsi le questionnement sur la place du théâtre (œuvre de fiction) dans la cité (monde réel).

• Proposition d'hypothèse de lecture

Comprendre comment le dramaturge pousse le spectateur à réfléchir sur la réalité, par le biais de la fiction théâtrale.

2. La révolte contre le totalitarisme

E. Ionesco,
Rhinocéros, texte 2
E. Ionesco,
Notes et contrenotes, texte écho p. 187

• Pistes didactiques

Cette page permet de franchir un pas dans l'abstraction de la réflexion et les possibilités théâtrales de mise en scène et d'expression, face à des situations réelles difficiles à concevoir pour des esprits civilisés. Elle amène l'élève à interroger les enjeux d'une représentation qui peut paraitre simpliste, mais qui se révèle lourde de sens et d'actualité à chaque époque, et à repenser les rôles des acteurs et des spectateurs de la révolte.

• Proposition d'hypothèse de lecture

Observer les moyens dont dispose le théâtre pour décrire une réalité inconcevable.

3. La révolte contre des lois injustes

J. Anouilh,
Antigone, texte 3
M. Paquien, J. Nichet, O. Krejca,
mises en scène d'*Antigone* de J. Anouilh
A. Camus,
L'Homme révolté, texte écho p. 188-189

• **Pistes didactiques**

La double page se donne pour but de confronter les élèves à une référence culturelle majeure, mais sans doute assez difficile d'accès, sur la révolte. Elle permet d'examiner la notion de rapport de force à nouveaux frais, de retravailler la présentation théâtrale du fort et du faible (et leur inversion, en réception, dans l'esprit des spectateurs, par la valorisation opérée par le dramaturge). En confrontant le texte d'Anouilh à la définition de la révolte par Camus, en les confrontant à des propositions de mise en scène, les élèves sont amenés à comprendre le pouvoir propre au théâtre, qui permet de toucher la pensée de chacun et de l'amener à reconsidérer sa représentation de l'ordre du monde.

• **Proposition d'hypothèse de lecture**

Comprendre la mise en scène du débat sur la révolte et l'obéissance.

4. La révolte contre l'esclavage

A. Césaire,
Une tempête, textes 4 et 5 p. 190-191

• **Pistes didactiques**

La double page interroge les rapports entre révolte et soumission, révolte et dialogue, révolte et violence. Elle met en avant la place de l'illusion dans la révolte : illusion du plus fort qui ne saurait l'être toujours, illusion du négociateur confronté à son inefficacité immédiate, illusion du partisan de la violence qui ne saurait survivre à l'explosion qu'il projette : la révolte apparait dans les limites de son pouvoir, ce qui rend plus intenses encore les formes de son expression au théâtre. L'élève est ainsi amené à s'interroger sur la portée théorique et pratique du théâtre, qui permet de penser la réalité dans ses dimensions les plus taboues.

• **Proposition d'hypothèse de lecture**

Comment le dialogue théâtral montre-t-il des points de vue opposés sur la nécessité de la révolte ?

5. La révolte contre la violence

W. Mouawad,
Incendies, texte 6
N. Labaki,
Et maintenant on va où ? (film) p. 192-193

• **Pistes didactiques**

Le texte de Wajdi Mouawad interpelle à la fois par son actualité et son ouverture à la douleur du révolté. On approfondit ainsi la manière dont la fiction permet d'appréhender et de penser le réel : le spectateur est invité à se projeter dans la réflexion des personnages, ce qui entraine nécessairement certains remaniements de la catharsis dans son fonctionnement habituel. Sommes-nous capables de nous désolidariser totalement des personnages, de ne cautionner en rien leur aspiration à la violence, et nous en « purger », pour reprendre le terme d'Aristote, en assistant à leur souffrance ? Les élèves, en réfléchissant à ces enjeux, comprennent que le théâtre met avant tout en évidence la réflexion sur les moyens de la révolte.
Au travers du film *Et maintenant on va où ?*, les élèves sont invités à un travail d'interprétation. Les photogrammes permettent d'opposer les aspects tristes et joyeux de la révolte, de comprendre la complémentarité, dans la révolte, des sentiments, de la réflexion et de l'action, des dimensions individuelle et collective. En dépassant certains clichés religieux et culturels, le film ouvre la réflexion sur une révolte pour laquelle la violence n'est pas un moyen, mais au contraire l'ennemi dont il faut se débarrasser, permettant ainsi aux élèves d'envisager à nouveau les choses d'un autre point de vue.

• **Proposition d'hypothèses de lecture**

Comprendre comment le cinéma valorise une révolte en faveur de la paix, par des moyens non-violents.

6. De la révolte au théâtre à la vraie liberté politique

V. Havel,
C'est pour demain, méditation historique en cinq actes p. 194

• **Pistes didactiques**

La page invite à une réflexion sur le rôle effectivement politique du théâtre, et son statut de tribune pour les acteurs des mouvements de société. Les élèves sont amenés à saisir la dimension programmatique de la pièce de Havel, et le rôle de la formation de la pensée populaire dans la réussite de mouvements révolutionnaires aboutis, sans qu'intervienne la violence. La réflexion peut s'ouvrir sur le fait que, si la réalité inspire les analyses de la fiction, cette dernière peut en réalité finir par donner forme à une nouvelle réalité.

• **Proposition d'hypothèse de lecture**

Comprendre la fonction sociale et politique du théâtre, et son rôle de médiateur entre fiction et réalité.

Corrigés des questionnaires et des exercices

1. La révolte contre l'injustice sociale

B. Brecht,
Maître Puntila et son valet Matti, texte 1
B. Brecht,
Écrits sur le théâtre, texte écho p. 186

Comprendre le rôle du spectateur

Entrer dans la lecture. Dans un premier temps, Matti semble se présenter poliment à Maitre Puntila. Mais, très vite, celui-ci cherche à humilier son valet, et le ton monte progressivement entre les deux hommes, jusqu'à ce que Matti menace de démissionner, ce qui amène un geste de conciliation de la part de Puntila.

1. «Je ne te connais pas» (l. 5), «Tu es un homme ? Avant tu as dit que tu es un chauffeur.» (l. 16-17) sont les expressions les plus évidentes du mépris de Puntila envers Matti. Le refus d'identifier la personne et de lui reconnaitre la dignité humaine exprime le mépris le plus absolu qui puisse être.

2. Le valet vouvoie le maitre, ce qui traduit le respect et la politesse et suppose une certaine distance. Au contraire, le maitre tutoie le valet, ce qui montre qu'il le considère comme un inférieur.

3. Les phrases de Matti qui expriment la rébellion et la menace sont: «je n'ai pas l'intention de vous attendre […] de cette façon» (l. 13-15) et «Vous allez le voir tout de suite […] que vous ayez l'obligeance de sortir.» (l. 19-22).

4. Quand il évoque une «contradiction» entre le terme d'«homme» et le métier de «chauffeur», Puntila affirme que l'appartenance aux catégories sociales moins fortunées entraine la perte de la dignité humaine. Cette position est évidemment scandaleuse: l'humanité n'est pas liée au métier exercé, ni à la richesse d'une personne.

5. Les répliques sont de longueur d'abord moyenne, puis elles raccourcissent avant de devenir plus longues, puis de diminuer à nouveau. Ce rythme irrégulier et saccadé traduit la tension croissante entre les deux hommes, qui se provoquent, puis cherchent à occuper le terrain par la parole, et enfin à sortir vainqueurs du conflit.

Bilan **6.** Le spectateur peut étudier le rapport de force entre les deux personnages, faire le lien entre l'attitude arrogante et dominante de Puntila et sa fortune, et établir la relation entre la pauvreté de Matti et l'obligation où il se trouve de subir les humeurs et les affronts de Puntila. Il peut décider de transférer ses conclusions à la société réelle, ou pas. Il peut également choisir son camp entre ceux représentés par les deux personnages.

2. La révolte contre le totalitarisme

E. Ionesco,
Rhinocéros, texte 2
E. Ionesco,
Notes et contrenotes, texte écho p. 187

Comprendre l'intention de l'auteur

Entrer dans la lecture. Jean est en train de se transformer en rhinocéros.

1. Bérenger comprend bien que la transformation des hommes en rhinocéros vient du renoncement à ce qui fait la dignité humaine: la culture, les valeurs fondant les notions de bien et de mal. Mais il ne comprend pas que son ami Jean est en train de se transformer en rhinocéros sous ses yeux. Le spectateur peut voir en lui un personnage sympathique, mais un peu mou et dénué de panache; il peut être frappé par le contraste entre sa lucidité globale et son incapacité à agir.

2. Les valeurs invoquées par Bérenger, et rejetées par Jean, sont la «philosophie» (l. 15), «un système de valeurs» (l. 16), «des siècles de civilisation humaine» (l. 16-17), «l'être humain, l'humanisme» (l. 29). Le spectateur doit normalement se ranger du côté de Bérenger.

3. Les élèves sont libres de suggérer ce qui leur parait convenir, en l'argumentant. Les pistes suivantes peuvent être proposées: Bérenger doit exprimer des sentiments mesurés, une profonde réflexion, un espoir profond dans certaines valeurs et une incrédulité presque effrayée face à l'attitude de Jean. On peut donc imaginer que son jeu traduira une certaine fébrilité, une forme de lutte contre le désespoir: le comédien pourra se tenir légèrement courbé, comme pour lutter; il pourra utiliser ses mains pour exprimer le doute, le questionnement, la défense de soi et de son système de valeurs. Au contraire, les idées tranchées et le besoin de «respirer» de Jean doivent s'accompagner de cris, de grands gestes emportés, d'une manière brutale et bruyante d'aller et de venir en scène, qui permettront au spectateur de deviner l'imminence de sa transformation en rhinocéros.

4. Le spectateur ne peut pas penser que la transformation de l'humain en rhinocéros relève de la réalité, mais il comprend que cet outil de fiction est symbolique: il dit quelque chose au sujet du réel, en adoptant un procédé proche du conte.

Bilan **5.** Jean a cessé de réfléchir en fonction des valeurs morales de bien et de mal, il voit son intérêt du côté de la force brutale des rhinocéros et ne se donne même plus la peine d'argumenter. Son attitude, face à la douceur et à l'humanité de Bérenger, semble révoltante. Sa transformation permet à l'auteur de mettre en garde le spectateur: il est toujours possible de se laisser fasciner, sans le savoir forcément, par des discours violents, contraires aux valeurs humanistes qui fondent toute culture. L'auteur permet ainsi au spectateur de partager sa révolte contre le totalitarisme.

3. La révolte contre des lois injustes

J. Anouilh,
Antigone, texte 3
A. Camus,
L'Homme révolté, texte écho p. 188-189

Comprendre le refus de la soumission

1. Créon pourrait devenir le beau-père d'Antigone: «mon fils t'aime» (l. 28). Antigone et Créon sont assez proches l'un de l'autre pour que Créon se confie à la jeune fille: «Dieu sait si j'aimais autre chose dans la vie que d'être puissant» (l. 1-2). Il existe néanmoins une forme de hiérarchie entre eux, puisque Créon tutoie la princesse, qui, elle, le vouvoie: «tant pis pour vous» (l. 7), «tu m'amuses!» (l. 11).

2. Créon l'emporte sur Antigone par la place qu'il occupe dans la société et le pouvoir dont il dispose sur la jeune fille. Mais Antigone domine Créon par son mépris («c'est laid un homme qui a peur», l. 14), et parce qu'elle se réfère à des valeurs qu'elle juge supérieures aux lois. Sa révolte verbale devient plus forte, aux yeux du spectateur, que la défense par Créon de lois qui créent des inégalités entre les hommes.

3. Créon a dit «oui» à l'exercice du pouvoir, et la question ne s'est pas posée de la même manière pour Antigone, qui a refusé d'obéir à des lois qui lui interdisaient d'enterrer son frère. Pour Créon, la conséquence est de devoir faire appliquer les lois humaines, quoi que cela lui en coute (car on perçoit bien qu'il aimerait préserver Antigone). Pour Antigone, la conséquence est de devoir subir les lois humaines, qui ne peuvent supporter d'exceptions ni reconnaitre des instances qui leur soient supérieures.

4. Antigone utilise ici l'ironie et la dérision: elle montre que Créon n'est pas libre de ses actes, ce qui peut surprendre, quand cela concerne un roi. Elle montre que le monarque est prisonnier des lois, qu'il ne peut que faire appliquer. L'opposition entre loi et liberté parait séduisante, quand elle est mise en œuvre par Antigone, qui défend la fraternité contre des lois iniques. Mais on doit aussi se demander à partir de quand une personne particulière est autorisée à déclarer inique une loi.

5. Créon ne cesse d'implorer Antigone, qui se montre toujours plus dure, voire humiliante et insultante envers lui. La répétition du mot «non» par Antigone, aux lignes 9, 12, et 30, est un exemple de l'absence de dialogue entre les deux personnages: Antigone se refuse à entendre les arguments de son oncle, qui lui explique pourquoi il est forcé de la condamner si elle persiste, lui rappelle qu'il est forcé de la faire mourir, implore sa pitié pour lui-même et pour son fils. On peut imaginer que Créon avance vers Antigone qui ne cesserait de s'écarter de lui, qu'il bouge et tourne autour d'elle alors qu'elle se mure dans l'immobilité, qu'il parle de plus en plus fort, avec une émotion croissante, et qu'elle manifeste le plus de sécheresse et de mépris possible.

Bilan **6.** La scène, au moment de la création, pouvait produire un effet net sur le spectateur, qui voyait l'enjeu clairement; il s'agissait de savoir si l'on pouvait obéir à des lois qui visaient à priver de la dignité humaine toute une partie de la population française (juifs, homosexuels, tziganes, communistes…). A posteriori, nous comprenons qu'on devait, à ce moment, prendre parti pour Antigone. À notre époque, la réaction du spectateur peut être plus nuancée et ambivalente, car la loi, quand elle est juste, est une garantie de paix. On se demande s'il est prudent de se dresser contre elle au nom de valeurs autres, et à partir de quels critères un homme peut se déclarer apte à juger de la justice des lois. En d'autres termes, on réfléchit aussi à la légitimité de la révolte.

▶ Réfléchir à une définition

Antigone pourrait proposer, pour la révolte, la définition suivante: «La révolte, c'est exercer soi-même la justice, même quand on n'est pas assez fort pour cela.» Créon pourrait répondre: «La révolte, c'est contester les lois et menacer l'équilibre des relations sociales.»

Le but de l'exercice est à la fois d'amener les élèves à reformuler de manière simple et concentrée le propos de chaque personnage, et de leur permettre de rechercher en groupe la formulation la plus adéquate, ce qui participe au travail des compétences d'écoute et de reformulation. Les élèves éviteront de proposer une définition floue ou trop longue, de manière que l'exercice de comparaison et de réflexion commune puisse se dérouler efficacement.

M. Paquien, J. Nichet, O. Krejca,
mises en scène d'*Antigone* de J. Anouilh p. 188-189

▶ Analyse de mises en scène

1.

	Comédie Française 1993	Vieux Colombier, 2012	Odéon, 2004
Positions respectives d'Antigone et Créon	Créon tourne le dos à Antigone, qui est à quelques pas de lui.	Créon, en tordant les bras d'Antigone, semble chercher à la mettre à genoux.	Antigone tourne presque le dos à Créon, qui reste à distance de la jeune femme.
Expression des comédiens	Le visage d'Antigone exprime la colère, l'accusation, celui de Créon est un masque d'indifférence qui semble laisser percer une forme de culpabilité.	L'expression d'Antigone traduit à la fois la douleur et la révolte; celle de Créon, la colère, la volonté d'imposer sa décision, y compris par la force.	La comédienne exprime, les yeux clos, la fermeture à tout ce qui n'est pas la loi dictée par sa conscience. Dignité et douleur se partagent son visage. Créon, lui aussi, semble marqué par la douleur et le désespoir.
Attitude des comédiens, et ce qu'elle exprime	Antigone, bras tendu, bouche ouverte, incarne l'accusation et le rejet de la bonne conscience facilement acquise. Créon, figé et raide, semble la statue de l'indifférence et de la nécessité de maintenir un ordre social, même si cela suppose quelque injustice.	Antigone, le corps plié en trois par la brutalité de Créon, exprime la résistance et le refus de se laisser faire par la force. Cette force brutale est incarnée par un Créon gigantesque qui enserre les poignets de la jeune fille, pour montrer qu'elle est en son pouvoir.	Antigone, les mains liées, droite et immobile, exprime à la fois l'acceptation de son sort et la permanence de sa dignité, quand Créon, plus agité, semble implorer la jeune femme de transiger et de se laisser fléchir.

2. Cette question correspond à un espace d'expression libre pour les élèves, qui font leur choix et l'argumentent en fonction de leur perception des personnages et de l'intrigue.

4. La révolte contre l'esclavage

A. Césaire,
Une tempête, textes 4 et 5 p. 190-191

Comprendre la révolte de l'esclave

1. Prospero utilise des termes méprisants à l'égard de Caliban: «celui-là, je l'ai à l'œil» (l. 2), «ton langage barbare» (l. 11-12). Il lui donne des leçons comme s'il s'adressait à un enfant: «tu pourrais être poli, un bonjour ne te tuerait pas» (l. 12-13). Il utilise contre lui l'ironie et l'insulte: «toujours aussi gracieux je vois, vilain singe! Comment peut-on être aussi laid!» (l. 19-20) et lui donne des ordres brutalement: «Ouste! au travail! du bois, de l'eau, en quantité!» (l. 24).

2. Caliban manifeste sa révolte et sa volonté d'indépendance par de nombreuses expressions, parmi lesquelles: «Uhuru» (le fait d'utiliser sa propre langue, et non celle du colonisateur, est évidemment une manifestation de liberté); «un bonjour autant que possible de guêpes, [...] ta charogne!» (insultes, malédiction); «je ne te trouve pas beau du tout!» (symétrie comique); «Je commence à en avoir marre!» (registre familier); «Pour la dernière fois. La dernière, tu entends!» (menace).

Bilan **3.** On peut proposer trois étapes dans ce texte: l. 1-13, un échange moins que poli; l. 14-22, un concours d'insultes; l. 23 à fin, de l'ordre à la menace de coups.

La violence se manifeste par les insultes, le conflit des personnages qui cherchent à occuper l'espace de parole et s'opposent fortement sur tous les points de leur échange, les malédictions réciproques, l'ironie, la menace finale des coups et l'expression du fait qu'une limite a été atteinte.

▶ Mettre en voix le conflit

L'exercice a pour but de permettre aux élèves de mieux saisir et mettre en valeur le sens du texte, et d'augmenter à la fois leur plaisir de lecture et leur conscience des enjeux de la révolte, au théâtre et dans la vie.

Les élèves utilisent les ressources expressives de la voix, suivent les conseils qu'ils ont lus attentivement et reformulés si nécessaire. Ils ne cherchent pas à mettre en valeur leurs éventuels talents de comédien(ne), mais simplement à servir le sens du texte.

Comprendre les enjeux de la dispute

1. Ariel et Caliban ont tous deux été réduits en esclavage par Prospero; ils désirent retrouver leur liberté. Ils s'opposent sur la méthode qui leur permettra de réaliser ce rêve: Ariel croit à la négociation, Caliban la juge inefficace et illusoire et a opté pour la violence.

2. La répétition (épiphore) produit ici un effet lancinant: Ariel insiste sur le fait que le rapport de force est par trop inégal entre les personnages, et qu'il est défavorable à Caliban.

3. «Du flan!» exprime l'incrédulité et relève du langage familier. «Freedom now» signifie «liberté maintenant», c'est un slogan des mouvements des Noirs américains pour l'abolition des lois raciales. Le fait de changer de langue et de niveau de langue permet d'exprimer ce que l'on a à dire en le mettant en relief, de manière à traduire du même coup l'émotion profonde dont les mots sont empreints pour nous.

4. Caliban ridiculise son adversaire en lui faisant honte de la «lèche» (l. 20) à laquelle il se livre à ses yeux, puis en le caricaturant: «on te botte la fesse gauche, tu tends la fesse droite; comme ça, pas de jaloux» (l. 34-36). La mention du postérieur rend l'image à la fois grotesque et irrévérencieuse; elle permet de souligner la dérision de la parole évangélique citée juste avant, et tend à démontrer l'illusion qui veut qu'un faible puisse traiter et négocier avec celui qui le domine.

Bilan **5.** Les deux personnages ne sont pas ennemis: ils diffèrent sur la méthode dont il faut user pour retrouver sa liberté, lorsqu'on en est privé par quelqu'un de plus fort que soi. Caliban, qui défend la révolte violente, juge inefficace l'attitude plus pacifique d'Ariel. Il appartient ensuite au spectateur de faire son choix entre les idées défendues par les deux personnages.

▶ Graine de savoir

Pour Martin Luther King, la meilleure stratégie pour l'obtention des droits civiques était la non-violence: le fait de mettre en évidence la brutalité et l'iniquité des partisans de la ségrégation, pour faire pression sur eux. On pourra consulter l'article «Martin Luther King» de l'encyclopédie Larousse en ligne, le site martinlutherking.fr, et un bon documentaire BD: *Martin Luther King*, tome 14 «Les chercheurs de Dieu», aux éditions Bayard Jeunesse.

À ce mode d'action, Malcolm X préférait une stratégie d'action violente plus directe, passant par l'usage des armes, et la mise en œuvre d'une solidarité active des membres de la communauté afro-américaine. On pourra consulter l'article «Malcolm Little dit Malcolm X» de l'encyclopédie Larousse en ligne. Le personnage apparait également dans la BD *Muhammad Ali* de Sybille Titeux de La Croix, aux éditions Le Lombard.

L'exercice a pour but de faciliter aux élèves la mise en relation entre la fiction théâtrale et la réalité, tout en leur permettant d'accroitre leur culture générale. Les élèves utilisent leurs compétences de recherche documentaire, apprennent à faire porter leur recherche sur un point précis (ici, la stratégie d'action de chaque personnage); ils ne confondent pas pour autant la pièce de Césaire avec un documentaire qui ne dirait pas son nom.

5. La révolte contre la violence

W. Mouawad,
Incendies, texte 6 p. 192

Réfléchir aux limites de la révolte

1. Sawda et Nawal sont révoltées par la violence qu'elles subissent malgré elles: «on n'aime pas la guerre, et on est obligé de la faire. On n'aime pas le malheur, et on est en plein dedans» (l. 8-9). Autour d'elles, des hommes ont «brûl[é] des maisons» (l. 10), utilisé des «grenades, de la dynamite, des bombes» (l. 16) et causé une immense souffrance, qui est à la source de leur angoisse et de leur révolte.

2. Le jugement implicite contenu dans les questions de Sawda est que les deux femmes sont impuissantes à trouver un moyen d'action pour s'opposer à la violence qui dévaste leur monde, qu'elles sont passives, qu'elles ne peuvent pourtant pas le rester, et que l'acceptation passive de la violence est aussi grave que son exercice.

3. Nawal est d'abord animée par la compréhension de ce qui agite Sawda; elle est en même temps démunie pour lui répondre. Ensuite, elle va apparemment entrer dans ses vues et décider d'exercer à son tour la violence, par vengeance: «Tu veux aller te venger, brûler des maisons, faire ressentir ce que tu ressens pour qu'ils comprennent» (l. 9-11); «je te jure, Sawda, que moi la première, je prendrais les grenades, je prendrais la dynamite, les bombes» (l. 15-16).

4. Le mot «mais» met en évidence une attitude intellectuelle qui consiste à accepter la contradiction, à ne pas accepter de réponses toutes faites, ou trop faciles.

5. Nawal ne se laisse pas aller à ses premiers sentiments: «J'ai fait une promesse, une promesse à une vieille femme d'apprendre à lire, à écrire et à parler, pour sortir de la misère, sortir de la haine» (l. 16-18). La raison qui la pousse à refuser la violence est double: il s'agit d'une part d'une promesse, d'autre part d'une démarche d'acquisition d'une culture qui lui permet de ne pas céder à la brutalité qu'elle recèle, comme tout être humain.

6. Nawal défend finalement des valeurs de respect de la parole donnée, d'idéal, d'amour et de reconnaissance. Ces valeurs sont traditionnelles mais universelles. Elles contribuent à la paix dans le monde.

7. La scène produit sans doute beaucoup d'effet sur un public contemporain, confronté comme Nawal et Sawda à la montée de la violence dans le monde, et à la recherche de solutions. La révolte contre la violence est un fait commun à l'heure actuelle, l'angoissante recherche de solutions et de réactions est une question qui se pose à tous, que l'on soit de l'avis de Nawal ou de celui de Sawda. Le spectateur retrouve donc ses propres interrogations sur scène, et peut se reconnaitre dans la révolte des personnages qui cherchent un sens à leur action.

Bilan 8. La révolte au théâtre ne se résume pas au spectacle de la violence. Aucune des scènes étudiées ici ne contient d'échange de coups ou de conflit physique, même s'il en est question : le théâtre montre avant tout la réflexion sur la révolte. Il demande quelles raisons la font exister (c'est un des propos de la scène de Brecht), si elle est efficace contre la violence (thème récurrent chez Ionesco, Anouilh, Mouawad) ou encore si elle peut permettre d'obtenir la liberté (Césaire).

▶ Analyse de la mise en scène

L'expression de la comédienne qui incarne Nawal (en haut) reflète la colère, le chagrin, la révolte : son regard traduit néanmoins un désir de lucidité, et peut-être l'espoir d'une issue.

L'expression de la comédienne qui incarne Sawda parait plus désespérée, moins à même d'analyser la réalité, plus violente aussi.

Cette image peut, selon la sensibilité de chaque élève, être associée à diverses paroles du texte : il revient à chacun de justifier son idée.

N. Labaki,
Et maintenant on va où ? (film) p. 193

▶ Commenter à l'oral

L'exercice a pour but d'inciter les élèves à interpréter des images en se fiant à leur intuition et en utilisant leur culture générale.

Photogrammes 1 et 2

La douleur morale et le chagrin s'expriment par l'attitude des femmes, visages inclinés, yeux fermés, lèvres closes et serrées, mains sur les yeux. Sur le photogramme 2, le regard fixe et le visage figé de la femme, ses cheveux en désordre, expriment à la fois sa douleur et sa révolte. Là où le groupe est uni dans douleur et la déploration, la résignation, la femme isolée, à la nuque raidie par la décision et une forme de fierté, d'indépendance, contraste et met en évidence une décision individuelle.

Photogrammes 3 et 4

Le deuil est symbolisé par les vêtements noirs et la gestuelle des femmes (le poing sur le cœur, traduisant le chagrin extrême, est un geste rituel dans plusieurs cultures), de même, les cheveux lâchés expriment le refus de s'embellir et traduisent la dimension éphémère des plaisirs et des beautés terrestres. Le décor est très sobre et se résume ici à un arrière-plan évoquant le désert, le sud, les contrées arides qui entourent la Méditerranée. Les visages expriment tantôt la tristesse, le chagrin, l'abandon dans la douleur, tantôt la colère, la révolte silencieuse devant l'absurdité de la mort. Les femmes adoptent toutes la même tenue et la même attitude pour mener le deuil, ce qui traduit leur union.

Photogrammes 5 et 6

La révolte est mise en œuvre par des moyens non violents : le choix de préparer une fête avec un bon repas, dans un contexte de guerre ; celui de porter maillots de bain et lunettes de soleil, de revendiquer des loisirs et de prendre du temps pour le plaisir et l'oisiveté, quand tout est tourné vers la violence. Ce choix de l'insouciance et de la légèreté traduit l'attachement à la liberté des femmes, qui font précisément le contraire de ce qu'on attendrait d'elles ; renonçant au deuil et rejetant le chagrin, elles se consacrent à célébrer la joie de vivre d'une manière qui n'a rien de superficiel. La joie et l'énergie qui sont les leurs sont mises en évidence par leurs gestes, bras tendus, mains qui battent un rythme joyeux, par le choix des couleurs vives de leurs vêtements et maillots de bain. En opposition avec la modestie des couleurs et des tenues des images précédentes, ces choix montrent la volonté de bouleverser les codes et habitudes et de revendiquer une vie plus légère et plus vivable.

▶ Exprimer son point de vue

L'exercice invite les élèves à s'exprimer de manière assez concise, mais en allant à l'essentiel, sur un support moins habituel que les extraits de pièces de théâtre qui leur sont proposés dans le parcours. Les trois possibilités qui leur sont offertes leur permettent de faire appel à leurs talents de narration, d'imagination ou d'argumentation. La prise de parole étant la priorité, les élèves sont autorisés à se reprendre, à reformuler leur pensée, sans toutefois tomber dans l'excès et l'hésitation.

6. De la révolte au théâtre à la vraie liberté politique

V. Havel,
C'est pour demain, méditation historique en cinq actes p. 194

Comprendre le lien entre la scène et la réalité

Entrer dans la lecture. Rappeler un évènement historique au théâtre permet à l'auteur de faire en sorte que le public, qui connait l'Histoire de son pays, situe bien les enjeux de la pièce ; mais aussi de faire en sorte que le public compare l'évènement historique dont il est question, et qui est tiré du passé, avec l'actualité qui est la sienne, par une démarche bien naturelle de l'esprit.

1. Les indices qui montrent que le texte procède à une reconstitution historique sont la date du « 28 octobre », le ton pédagogique et les explications presque scolaires de l'actrice B, les noms précis des personnages et des bâtiments, la restitution chronologique du déroulement de la journée.

2. Le théâtre montre la contagion de la révolte en faisant voir au spectateur la relation entre la foule et Kopecky. Celle-ci répète les propos du meneur.

3. La forme théâtrale permet un récit à plusieurs voix, qui se transforme en jeu scénique, et rend ainsi vivante la leçon d'histoire.

4. Les objets et les paroles les plus efficaces pour susciter le sentiment de la liberté nationale sont le cri répété « nous sommes libres ! » et le drapeau.

5. En 1988, le texte a pu produire l'effet d'une incitation à recommencer la même démarche de libération pacifique.

Bilan 6. Kopecki apparait a posteriori comme un précurseur de Havel ; il semble annoncer le rôle que jouera son créateur dans la réalité, un an plus tard, dans la Révolution de velours. C'est cette révolte pacifique qui a permis la libération de la Tchécoslovaquie sans effusion de sang.

Activités d'expression

▶ Identifier émotions et intentions au théâtre

Ressource numérique

Répliques lues de manière expressive

L'exercice se donne un double but : il s'agit de faire en sorte de développer le vocabulaire des émotions chez les élèves, mais aussi d'enrichir leur écoute, et donc leur capacité d'expression, en leur proposant une sorte de défi. L'identification des intentions doit en effet se faire sur des répliques très courtes ! L'écoute des comédiens, qui présentent des intonations très précises, permettra aux élèves d'affiner leurs propositions de lecture à voix haute en classe, et de mieux « entendre » les textes qu'ils seront amenés à découvrir par la suite.

▶ Écrire la scène finale d'une pièce

L'exercice permet aux élèves de tirer parti de leur lecture de l'extrait de E. Ionesco pour passer à l'écrit et se remémorer les codes de l'écriture théâtrale. Les élèves sont attentifs aux consignes d'écriture, évitent les répliques vides (du type « oui ») et ne négligent pas de donner réellement une fin à la pièce, d'après les éléments qu'ils ont à leur disposition.

ATELIER D'EXPRESSION Improviser un poème engagé à l'oral

p. 196-201

PISTES DIDACTIQUES DE L'ATELIER

L'atelier vise à donner aux élèves les outils nécessaires pour improviser, de manière cadrée, un appel à l'espoir rythmé et imagé. La démarche peut s'effectuer en trois à quatre séances, ou plus, suivant le degré de technicité que l'on souhaite voir maitriser par chacun. La démarche méthodique adoptée consiste à favoriser les allées et venues entre des textes d'auteurs, et la pratique orale et écrite des élèves. L'oral est fortement valorisé, que ce soit par la lecture expressive des textes de référence, par son utilisation en tant que brouillon, de manière à favoriser le perfectionnement de l'expression, ou encore par sa valorisation comme aboutissement d'un travail de lecture et d'écriture.

Pour favoriser la prise de parole d'élèves timides, on peut leur proposer de choisir les élèves avec qui ils veulent travailler, ou de structurer davantage leurs préparations écrites.

Pour étoffer le contenu des poèmes improvisés par les élèves, on peut leur proposer de partir d'articles de presse (pour l'aspect factuel) ou de travailler de manière croisée : un atelier sur les « discours » (p. 214 du manuel élèves), un autre sur les « poèmes » ; faire échanger régulièrement les élèves sur leurs pratiques, et confronter les expériences oratoires, en comparer les mérites, dans une dernière phase.

OBJECTIFS ET DÉMARCHES DE L'ATELIER

▶ Construire l'interprétation d'un texte littéraire

Les élèves passent progressivement de la mise en évidence du sens littéral d'un texte à l'expression de l'effet produit sur le lecteur ; ils cherchent ensuite comment cet effet a été produit, quels outils l'auteur a mis en œuvre. L'interprétation consiste à formuler des hypothèses sur la manière dont l'auteur a voulu aborder un thème, sur ce qu'il (ou elle) a voulu que le lecteur en retienne. Ce travail est renforcé par les échanges oraux des élèves, qui construisent en commun leur lecture.

▶ Exploiter les ressources expressives et créatives de la parole

L'oral met en valeur les sonorités et les rythmes des poèmes lus de manière expressive. On peut prendre le temps de dresser, avec les élèves, une liste des émotions récurrentes dans les textes, pour ensuite leur proposer d'écouter et d'imiter la « mélodie » produite par ceux et celles qui ressentent ces émotions. On peut aussi imaginer une carte mentale autour des émotions clés, carte reposant sur l'association d'un champ lexical à une image marquante et à un type de situations. Ce travail leur permettra de se montrer d'autant plus créatifs quand ce sera à eux d'improviser.

▶ Connaitre les caractéristiques des genres littéraires pour composer des écrits créatifs

L'écrit créatif peut donner lieu à des erreurs, dans la mesure où les élèves ne perçoivent pas nécessairement l'exigence de maitrise des caractéristiques des genres et leur mise en application. Chaque caractéristique étant étudiée à part, puis réinvestie immédiatement dans un court écrit ou un bref oral, on peut mettre en valeur cet aspect technique de la rédaction littéraire.

▶ Exploiter des lectures pour enrichir son écrit

L'imitation des textes d'auteurs, après leur observation minutieuse, constitue un premier pas dans la création. Le fait de pasticher permet l'assimilation des outils stylistiques, avant que l'élève, s'il le souhaite, n'en fasse une utilisation plus libre et plus personnelle.

CORRIGÉ DES QUESTIONS ET ACTIVITÉS

1. Les poètes sont la voix de tous

J. Rousselot,
cité par M. Cosem dans *Au pays des mille mots*
L. Aragon,
Le Roman inachevé p. 197

▶ Comprendre

1. Les expressions qui disent la solidarité sont : « Est-ce mon pas, est-ce le vôtre », « est-ce mon sang, est-ce le vôtre », « est-ce ma main, est-ce la vôtre », « notre attelage claudicant », « votre toux me ronge » pour le poème de Rousselot ; « donne-moi ta main donne-moi ton mal passe-moi le feu qui t'habite passe-moi ce feu qu'il te quitte et qu'il se mette à se nourrir de moi», «que je l'emporte loin de toi [...] en incendie» pour celui d'Aragon.

2. On peut suggérer: «je suis malade de ta maladie», «c'est moi que ta douleur fait souffrir», «j'ai mal à tes blessures» pour Rousselot, et «donne-moi ta maladie», «laisse-moi porter ton fardeau», «je veux que tu te décharges sur moi de ce qui te fait souffrir» pour Aragon.

3. Dans les deux textes, les poètes s'adressent au lecteur, désigné par les pronoms de la deuxième personne; il est plus que probable que chaque lecteur représente ici l'humanité entière.

4. Les deux poèmes ne sont que peu ou pas ponctués, leur rythme, haletant, saccadé, fait penser à celui d'un cœur qui battrait trop fort; ils mobilisent des métaphores pour arriver à exprimer la solidarité intense que le poète ressent envers ses semblables. Par des images violentes, comme celle de la toux ou de la torche, les poètes rendent évidente la fraternité entre eux et les autres humains.

▶ Écouter

L'exercice a pour but d'engager les élèves à prendre la parole d'une manière qui leur est familière: la lecture de texte. Ici, le rythme des poèmes, très marqué, amène à détacher certaines parties de phrase ou à faire des choix de respiration; de la sorte, les élèves permettent à leurs camarades de mieux entrer dans le sens des textes et s'échauffent en vue de leur improvisation finale.

▶ Préparer son improvisation

L'exercice mobilise les connaissances lexicales des élèves, même s'ils peuvent associer très librement les mots à l'émotion de leur choix. Ce travail préliminaire les aide à construire un lexique qui leur sera utile lors de l'improvisation finale, tout comme la mise en œuvre d'un rythme, qui leur permet de rester dans le champ poétique.

2. S'engager contre la souffrance des enfants

N. Hikmet,
Paysages humains p. 198-199

▶ Lecture d'image

Les gens qui entourent N. Hikmet sont issus de tous les milieux sociaux, ils ont tous les âges. Leur attitude traduit une forme d'admiration, mais aussi de fraternité avec le poète, dont ils se tiennent très proches, sans que l'on puisse percevoir d'agitation ou d'hystérie comme chez les «fans» des célébrités contemporaines. À leurs yeux, le poète semble donc représenter celui qui a su, mieux qu'eux-mêmes, exprimer ce qu'ils pensent et désirent.

▶ Comprendre

1. Sur un escalier, devant une gare, alors qu'une foule agitée monte et descend, un enfant de cinq ans, nu ou presque, est accompagné par un agent. Une vieille femme vient à passer: après un bref dialogue avec l'agent, elle adopte le petit garçon.

L'enfant a pu devenir orphelin suite à des faits de guerre ou à une épidémie; il peut avoir mendié, volé pour survivre; il a pu être abandonné ou perdu par ses parents au cours d'une des migrations forcées qui ont marqué le XXe siècle...

2. L'ambiance de la gare est agitée, tumultueuse, fébrile. Les métonymies qui désignent les personnes qui vont et viennent sur l'escalier – «paniers et besaces», le rythme haché et répétitif des strophes très courtes, les répétitions, contribuent à donner l'impression que tout va très vite, et que, dans la foule dense, il n'est pas possible de percevoir les gens en entier: pas de regards, pas de mains, rien qui exprime le lien humain ou la solidarité.

3. L'ambiance contraste avec la fragilité de l'enfant, qui est d'abord caractérisé par son âge: «cinq ans, peut-être moins» (v. 9) puis par une série de notations négatives, qui mettent en évidence les privations dont le petit est victime: «il n'a jamais eu d'état civil» (l. 11); «sans souliers ni chemise» (l. 17). L'expression de sa solitude se fait en contraste avec le monde entier: Kémal «était tout seul [...] au beau milieu de l'univers» (v. 16, 18). Sa solitude est encore accentuée par le fait qu'il n'a pas, ou peu, de souvenirs: «Il ne se souvient de rien, que de la faim [...] une pièce sombre» (v. 19-22).

4. La femme est présentée par métonymies, qui forment un ensemble de petites touches ou de détails caractéristiques; son vêtement traditionnel, le «tchartchaf», sa silhouette, «grosse», puis son nom, ses origines ethniques, ses dates – très rapprochées – de naissance et de mariage données selon le calendrier musulman, et enfin la liste des tâches qui ont constitué sa vie, suffisent à donner l'idée d'une femme modeste et travailleuse.

5. L'ellipse utilisée par le poète renforce l'impression de modestie qui se dégage de la femme, et met en évidence le naturel avec lequel elle protège l'enfant. Le narrateur poète ne cherche pas à susciter l'émotion devant un «beau geste», mais à montrer très simplement ce qui devrait être très simple, et reste si exceptionnel: une attitude de solidarité humaine.

6. Le texte met en évidence l'indifférence des passants à la souffrance d'un enfant, ce qui est sans doute une des plus graves formes de violence de notre monde. En contraste se dessine l'attitude simple et exemplaire de Adviyé hanim, qui adopte l'enfant, et lui rend à la fois un foyer et la protection due à son âge: sa simplicité permet ici au lecteur d'imaginer toute la douceur qu'elle peut apporter à l'enfant. Le fait de les suggérer ensemble permet de renforcer les effets produits par chacun de ces aspects; la violence parait d'autant plus scandaleuse, et la douceur d'autant plus souhaitable.

▶ Grammaire pour dire et pour écrire

L'exercice a pour but de rappeler aux élèves qu'un texte efficace ne mobilise pas seulement le sens de la vue, mais aussi tous les autres. Le lexique se trouve ainsi réactivé, varié et enrichi en vue de l'improvisation finale. Le gout personnel de chacun est aussi invité à s'exprimer, puisqu'il s'agit de travailler selon sa préférence, en prenant soin de l'expliciter et de la justifier. L'élève veillera à bien respecter les étapes de la consigne, qui le font entrer dans l'exercice de manière progressive.

▶ S'exprimer

L'accroissement du lexique est le but premier de cet exercice. Le travail effectué ici peut idéalement être étendu à tous les textes étudiés dans l'année, de manière que chaque élève puisse se constituer un lexique de mots nouveaux qu'il réinvestit à chaque occasion.

La mémorisation, la recherche dans divers types de dictionnaire, la décontextualisation sont mises en œuvre ici.

▶ Préparer son improvisation

L'exercice a pour but de faire mobiliser les outils très simples utilisés par Hikmet pour émouvoir son lecteur et lui proposer un exemple de la dureté et de la douceur du monde. Les élèves pourront tirer parti des réponses qu'ils auront apportées au questionnaire pour travailler sur cet exercice préparatoire; il est possible de les laisser s'entrainer en petits groupes avant de les solliciter devant la classe.

3. Se confronter aux blessures de l'Histoire

J. Métellus,
Voyance et autres poèmes p. 200

▶ Comprendre

1. Cet exercice a pour but de permettre aux élèves de percevoir le rythme du poème et de mieux en saisir le propos, ce que l'oralisation permet en général.
2. Les expressions qui disent les engagements de Métellus sont: « une colère pourpre, mon cœur s'ouvre à la pulpe de la vie, Des plages de rage brillent sur la sève de mes sens, entonner mon chant de solitaire ».
3. Le champ lexical surligné en bleu est celui du plaisir, qu'on associe au présent; celui qui est surligné en vert est le champ lexical de la douleur, associé au passé.
4. La souffrance intérieure est causée par la présence, dans l'esprit du poète, de souvenirs qui ne lui appartiennent pas en propre, et qui remontent au temps de l'esclavage. Il est pénible au narrateur de mener une vie sereine, faite de plaisirs, tout en sachant que la vie de ses ancêtres a été une longue torture.
5. Les cinq sens sont mobilisés par ce texte, ce qui a pour effet de rendre les descriptions très vivantes, presque hallucinantes, pour mieux partager les visions qui remontent des temps passés.
6. La voyance n'est pas seulement source de souffrance: elle est aussi à l'origine de l'engagement poétique, et elle permet un « affinement » des perceptions et des idées, en rendant plus sensible la douceur du monde, quand on sait de quelle violence on peut être victime.

▶ Lire à plusieurs de manière expressive

Ressource numérique AUDIO

J. Métellus, *Voyance et autres poèmes*

L'exercice a pour but de permettre aux élèves de se familiariser avec les techniques de diction qui leur permettent de mieux entendre et comprendre la poésie, d'en percevoir les outils stylistiques et le fonctionnement par association d'idées.

Les compétences de l'oral sont ainsi associées à celles de lecture et de compréhension. Les élèves veillent à ne pas imiter en tout point le comédien; ils se recentrent sur leur propre imaginaire, modifient les rythmes, restent avant tout au service du sens du texte tel qu'ils souhaitent le mettre en valeur.

▶ Réutiliser du vocabulaire

Le travail proposé repose sur l'appréciation des sonorités des mots, et vise à rappeler aux élèves la musicalité, au fondement de la poésie. Comme précédemment dans l'atelier, les élèves sont invités à stocker des mots, en vue de l'improvisation finale: ce travail leur permettra de disposer d'un vocabulaire étendu qu'ils réutiliseront facilement et qu'ils pourront, à plus long terme, mémoriser et réinvestir.

Ressource numérique VIDÉO

Interview de Jean Métellus p. 239

L'interview met en valeur la poésie de Jean Métellus: il s'ouvre sur une lecture d'un texte du poète par lui-même, moment d'une grande intensité qui contribue à l'ouverture de l'imaginaire des élèves. Puis J. Métellus aborde les axes majeurs de sa démarche de création, son ancrage dans son histoire personnelle et les enjeux qu'il lui assigne. Le lien avec l'engagement de médecin peut être perçu par les élèves, et le lien avec l'atelier, la place du poète dans la société, s'en trouve éclairé.

4. S'engager contre le désespoir

P. Eluard,
« Et un sourire », *Derniers poèmes d'amour*
A. Chedid,
« Tant de corps et tant d'âme »,
Textes pour un poème p. 201

▶ Comprendre

1. Les élèves sont libres de leur choix, du moment que celui-ci est justifié. On peut suggérer: « Il y a toujours un rêve qui veille », ou « tu ne rêves pas en vain », qui expriment avec beaucoup de conviction la valeur libératrice du rêve, et que l'on peut rapprocher de la parole de Gandhi: « Soyez le changement que vous voulez voir. »
2. Le rythme des poèmes peut évoquer celui d'un cœur apaisé ou d'une respiration ample. Il peut aussi faire penser au rythme des vagues sur une plage.
3. La lumière et l'obscurité sont les symboles transparents de l'espoir et du désespoir, de la paix et de la violence. Les mots qui forment le champ lexical de la lumière sont: « une fenêtre éclairée, des yeux » chez Eluard, et « du feu, ton regard » chez Chedid. Le champ lexical de l'obscurité est formé par « la nuit » chez Eluard et « chaque ombre, feu qui pâlit » chez Chedid.
4. Le présent, chez Eluard, a valeur de vérité générale fortement affirmée. Chez Chedid, le mode utilisé est l'impératif. Les poètes cherchent donc à convaincre leurs lecteurs, à influencer leurs actes et leurs idées, et c'est dans ce but qu'ils écrivent.
5. Les poètes ne proposent aucun argument, ils se contentent d'affirmer et d'ordonner, ce qui correspond à la définition de l'espoir, qui n'a pas besoin de preuves, mais de conviction et de volonté pour exister.

▶ Graine de savoir

La nuance de sens entre « attendre » et « espérer » est la part d'anticipation positive, d'implication de soi que suggère ce dernier verbe; l'attente, par opposition, est du côté de la passivité et de la neutralité.

Activité finale

L'activité finale a pour but de permettre aux élèves de faire la somme de leurs acquis de l'atelier, en répondant à une sorte de défi, et en se lançant dans un exercice assez peu pratiqué dans le cadre scolaire. En réutilisant les compétences déjà mobilisées au fil de l'atelier, chacun en affine la maitrise; en suivant pas à pas les consignes du manuel, les élèves aplanissent les principales difficultés de l'improvisation. Le maintien d'une ambiance de groupe sereine, fondée sur l'écoute, et, pourquoi pas, sur la co-évaluation, est indispensable pour faire de ce temps un moment de plaisir pour tous.

PARCOURS UNE ŒUVRE INTÉGRALE

La Peste, Albert Camus

p. 202-213

Objectifs et démarches du parcours

Problématique : *Comment le roman peut-il devenir un moyen d'étude des comportements humains et une tribune pour plaider l'humanisme ?*

▶ Ce parcours aborde *La Peste* d'Albert Camus pour permettre aux élèves d'en percevoir les thèmes et enjeux majeurs, notamment en faisant le lien entre les évènements décrits par le « chroniqueur » pour la ville d'Oran et ceux qui ont marqué l'Histoire du XXe siècle. Les documents iconographiques et les repères culturels mettent les élèves à même de comprendre la manière dont Camus utilise le genre romanesque pour livrer son analyse de l'Histoire contemporaine, en même temps qu'un message humaniste.

▶ Le parcours suit le fil chronologique du roman, des premiers signes avant-coureurs de l'épidémie à la réouverture de la ville. Il aborde les thèmes majeurs du texte de Camus : la difficulté de s'avouer collectivement la présence d'un fléau mortel, les diverses attitudes humaines face au danger, l'espoir, face à l'absurdité de la vie, que constitue l'amitié, et le désir de ne pas nuire à autrui ; la mise en lumière, enfin, de la leçon universelle formulée par Camus : la permanence du risque et la nécessité de rester vigilant.

▶ Ce parcours vise à permettre aux élèves de :
- formuler une interprétation d'une œuvre de fiction en étant attentif(ve)s à la portée historique d'un récit ;
- comprendre la transformation symbolique des évènements réels et leur portée universelle ;
- réfléchir à ce que peut le sujet face à un pouvoir ou des évènements qui tendent à l'écraser ;
- s'approprier les outils dont la littérature dispose pour comprendre le pouvoir et inciter à l'action ;
- formuler un début de pensée personnelle sur l'ordre du monde au XXe siècle et tenter de la transposer à notre époque.

Organisation du parcours et choix des axes de lecture

1. Les signes d'une catastrophe à venir

Extraits 1 à 3 p. 202-203

• Pistes didactiques

Cette double page propose de découvrir, en quelques brefs extraits significatifs, l'ambiance générale du roman et la manière dont s'installe la tension dramatique. Son objet est de faire en sorte que les élèves perçoivent le plus vite possible la relation entre fiction et réalité instaurée par l'auteur, d'en reconnaitre les indices et de lui donner son statut de fil directeur de leur lecture. La deuxième page propose des repères succincts pour prendre pied dans le roman : une liste des personnages rapidement caractérisés et une mise en lien explicite avec l'Histoire du XXe siècle.

• Proposition d'hypothèse de lecture

Comprendre l'enjeu universel de la banalité de la ville. Étudier la dynamique du déclenchement du fléau.

2. Une vérité difficile à reconnaitre

Extrait 4 p. 204-205

• Pistes didactiques

L'extrait choisi met en opposition l'attitude lucide de Rieux et Castel, et celle des instances administratives et médicales de la ville, dont la réaction, fondée sur les convenances, ne tient pas compte de l'urgence humaine. Les élèves sont invités à explorer les raisons de cette disparité et à en mesurer les conséquences, tout en les rapportant à la réalité des évènements historiques dont Camus fut le contemporain.

• Proposition d'hypothèse de lecture

Opposer les personnages lucides et les personnages attachés à la routine.

3. Une fatalité inacceptable

Extrait 5
A. Camus,
Les Justes, texte écho
G. Klimt,
La Mort et la Vie p. 206-207

- **Pistes didactiques**

La double page vise à faire percevoir aux élèves un aspect essentiel de la pensée de Camus : la limite que constitue pour lui la souffrance des enfants. Face à une torture qu'on ne saurait justifier, le mot de « révolte » prend tout son sens, et cette idée clé de la pensée de l'auteur est approfondie à l'aide du texte écho. L'étude d'image permet d'en proposer une illustration et une perception intuitive, pour que la pensée des élèves gagne en abstraction et en contenu.

- **Proposition d'hypothèse de lecture**

Comprendre le sens de la révolte face à une situation limite. Analyser un tableau allégorique.

4. Le face-à-face avec la maladie

Extraits 6 à 9 p. 208-209

- **Pistes didactiques**

Les portraits des personnages clés de *La Peste* ont été rassemblés de manière à faciliter leur caractérisation et leur opposition, suivant le projet de Camus, en fonction de leur réaction face au fléau. De la démission au profit ou au combat courageux et désintéressé, les élèves sont invités à réfléchir à la valeur humaine de chaque attitude, sans perdre de vue le rapport avec la réalité historique, ni la portée universelle de cette galerie de portraits.

- **Proposition d'hypothèse de lecture**

Concevoir les enjeux historiques et réels de chaque type de personnage.

5. De l'amitié à la fraternité

Extraits 11 et 12 p. 210-211

- **Pistes didactiques**

La double page reprend le thème majeur de l'amitié, valeur centrale de *La Peste*, qui permet seule de sauver de l'absurde la vie humaine, vouée à la souffrance et au néant. Comme un contrepoint aux textes souvent sombres et apparemment pessimistes étudiés par les élèves, les extraits mettent en valeur la confiance et la sérénité à laquelle accèdent les deux personnages les plus solaires du roman.

- **Proposition d'hypothèse de lecture**

Observer l'exaltation de l'amitié, contrepoint d'un monde antihumain. Étudier la mise en évidence d'une certaine idée du sens de la vie.

6. Un avertissement pour l'avenir

Extraits 12 et 13 p. 212

- **Pistes didactiques**

Si *La Peste* présente certaines caractéristiques de la fable ou de la parabole, l'expression du narrateur atteint, dans les dernières lignes, la dimension de la prédiction et revêt explicitement une portée universelle. C'est, pour les élèves, l'occasion d'interroger le rôle politique de la littérature et de dresser un bilan des apports par rapport au thème central de l'action individuelle et collective dans la Cité.

- **Proposition d'hypothèse de lecture**

Comprendre l'interpellation du lecteur par le narrateur et le lien entre fiction et réalité.

Corrigés des questionnaires et des exercices

1. Les signes d'une catastrophe à venir

Extrait 1 p. 202

Découvrir un* incipit *surprenant

Entrer dans la lecture. La ville est qualifiée par l'adjectif « ordinaire » (l. 3, 4). Ce terme est répété pour attirer l'attention du lecteur sur l'idée que rien ne prédestine cette ville à devenir la cible d'un fléau. Par conséquent, ce qui va être dit pour cette cité est valable pour toutes les autres.

1. Ce début de roman n'attire pas l'attention du lecteur sur le caractère exceptionnel ou héroïque de ce qui va être raconté. Il ne présente pas de héros. Le ton adopté est volontairement neutre, celui du « chroniqueur » (l. 12), et le narrateur ne semble pas chercher à créer de tension dramatique ni à capter l'intérêt du lecteur.

2. Le narrateur témoigne parce que les faits peuvent paraitre à la fois « bien naturels » (l. 10) et « invraisemblables » (l. 11) ; parce qu'il a été « mêlé à tout ce qu'il prétend relater » (l. 20-21) et qu'il a recueilli « un certain nombre de dépositions » (l. 19-20), touchant ce qui est arrivé et qui a « intéressé la vie de tout un peuple » (l. 14).

3. À la ligne 12, le narrateur choisit pour lui-même le titre de « chroniqueur ». Un chroniqueur se donne pour but de noter tous les évènements qui se produisent dans un lieu et un temps déterminé ; il recherche la neutralité, l'objectivité.

4. Le narrateur peut être décrit par les trois adjectifs ; il est probablement assez neutre puisqu'il se veut « chroniqueur », il a été impliqué dans les évènements qui se sont déroulés ; il est discret puisqu'il ne révèle pas son identité.

Bilan 5. Ce début de roman n'a pas pour but premier de créer un suspense : il fonctionne plutôt comme une mise en garde dont le propos est de dire que ce qui va être raconté concerne tout le monde. Néanmoins, ce préambule aboutit aussi à engendrer une certaine tension dramatique, puisque tout un chacun peut se sentir concerné par les évènements qui vont être racontés : l'*incipit* suscite donc au moins de la curiosité.

Extraits 2 et 3 p. 203

Comprendre le déclenchement du drame

1. Les rats sont habituellement associés à l'univers de la fable; ils permettent donc de donner une leçon sur les humains. Dans l'univers du conte, ils évoquent souvent une foule pourvue d'un solide instinct grégaire, comme dans *Le Joueur de flûte de Hamelin*.

2. Le premier indice de la maladie n'a rien de spectaculaire: il s'agit d'un rat mort dans une cage d'escalier – même si les rats, en général, ne meurent pas à l'air libre.

3. La dernière phrase utilise une accumulation, une métaphore associée à une hypallage, et un rythme ternaire qui peut être compris comme une gradation. La richesse stylistique de ce passage met en évidence son importance, et la solennité du moment dans l'économie du roman.

4. Les symptômes de la peste décrits par le narrateur sont les suivants: «yeux brillants, respiration sifflante, douleurs vives au cou, aux aisselles et aux aines, bouche tapissée de fongosités, teint verdâtre, lèvres cireuses, paupières plombées, souffle saccadé et court, ganglions».

L'ensemble est d'une grande précision, qui mime avec exactitude l'observation et la recherche du médecin; pour le lecteur, ces symptômes décrits et énumérés sans commentaire autre que la mention de la souffrance du malade sont proprement effrayants.

Pour les deux médecins, il est important de faire le bon diagnostic car s'il s'agit bien de la peste, elle va se propager sous forme d'épidémie. Les docteurs sont alors responsables de l'information, dans les meilleurs délais, pour sauver le plus grand nombre possible de leurs concitoyens.

Bilan **6.** Le drame se déclenche discrètement, le jour où le docteur Rieux constate la présence d'un rat mort sur son palier. Ce signe apparemment anodin est complété par l'annonce de la première mort due à l'épidémie, celle du vieux Michel, puis par la prononciation du nom du fléau par Castel: «la peste».

> **piste EPI**
>
> Cette question a pour objectif de faire prendre conscience aux élèves d'un autre niveau de lecture de La Peste, celui qui ressortit à l'analyse de la Second Guerre Mondiale et de son déclenchement. Les élèves peuvent consulter leurs professeurs et manuels d'Histoire pour mieux remarquer l'absence de réaction française à la montée du nazisme, le déni de la montée des périls en France, mais aussi pour mieux remarquer comment s'est formé le mouvement nazi (ou le fascisme italien): en partant de petites actions discrètes et de comités peu nombreux, les mouvements totalitaires finissent par prendre le contrôle d'un pays entier et menacent directement les démocraties environnantes.

2. Une vérité difficile à reconnaitre

Extrait 4 p. 204-205

Analyser le discours des personnages

Entrer dans la lecture. Un préfet est un responsable civil, nommé par les autorités gouvernementales. Il est garant de la sécurité des populations. Il dispose à cet effet de moyens étendus et a notamment autorité sur les troupes de gendarmerie. S'il est réuni avec les médecins, c'est donc que ceux-ci ont à lui communiquer des informations qui concernent la sureté de la population et la santé publique.

1. Dans ce texte, Rieux et Castel s'opposent à Richard et aux autres médecins, ainsi qu'au préfet dont la résistance est moins nette. Le sujet de leur différend est apparemment la nature de l'épidémie: s'agit-il, ou pas, de la peste ? On comprend très vite qu'en fait, tout le monde sait plus ou moins que c'est d'elle qu'il s'agit, mais que les médecins qui sont du côté de Richard ne veulent pas prendre la responsabilité de l'annoncer à la cité.

2. Sous couvert de précautions scientifiques, Richard cherche à éviter la propagation de l'information sur l'épidémie de peste qui commence. Rieux est donc dans un état d'esprit décidé, il sait ce qu'il a à faire et n'hésite pas sur les moyens de le faire.

3. Castel utilise une ironie violente, qui repose sur des antiphrases, pour dénoncer la lâcheté de ses collègues. Il les accuse, dans le meilleur des cas, de manquer de lucidité.

4. L'énumération dressée par Rieux rappelle celle qui concernait le premier cas qu'il avait eu sous les yeux. Elle est très convaincante, car elle rassemble les symptômes notoires de la peste.

5. Les médecins ne sont pas prêts du tout, au début du texte, à admettre la présence de la peste; ils n'y sont pas totalement résolus en fin de texte. On peut avancer plusieurs explications: par exemple, ils vivent dans la croyance enracinée que la peste n'existe plus à l'époque moderne, ou l'idée de la peste les effraie tellement qu'ils ne peuvent se résoudre à constater son développement.

6. Le préfet ne se montre pas plus courageux que les médecins; sa préoccupation principale est de contrôler les rumeurs et les médias. La sécurité de la population ne semble pas le concerner au premier chef: il cherche simplement à faire adopter un régime de précaution.

7. L'expression «comme si» met en cause la réalité de la peste; elle montre que les médecins ne se rendent pas à l'évidence et se donnent bonne conscience avec un minimum de moyens.

Bilan **8.** Les autorités ne sont pas prêtes à faire face au fléau. Elles semblent peu disposées à imaginer que le pire est possible et qu'il est nécessaire de quitter la routine administrative. Les médecins et le préfet sont en opposition avec Castel et Rieux, qui manifestent une grande lucidité et un désir d'agir efficacement, de manière urgente. Ces deux hommes ne craignent pas de reconnaitre et de nommer le fléau; au contraire, les autres voient le mal sans vouloir le désigner comme tel, sans doute dans l'illusion de s'en protéger eux-mêmes et sans penser à leurs concitoyens.

piste EPI

La Seconde Guerre mondiale a également débuté par des indices qui n'ont pas alarmé les autorités, alors qu'ils devaient fonctionner comme des signaux d'alerte : remilitarisation, embrigadement de la jeunesse, théories raciales... Les gouvernements démocratiques de l'époque n'ont pas voulu reconnaitre le danger que représentait Hitler, même au moment de l'Anschluss.

3. Une fatalité inacceptable

Extrait 5
A. Camus,
Les Justes, texte écho p. 206-207

Étudier une scène révoltante

Entrer dans la lecture. Ces extraits suscitent des émotions fortes, comme la révolte face à la souffrance d'un être faible et innocent, l'empathie, le désespoir, la colère, le chagrin.

1. L'enfant est accaparé par la souffrance. Rieux effectue, pour se donner une contenance, les gestes classiques des médecins. De plus, il tente de communiquer sa force et son énergie à l'enfant en lui tenant la main. Le prêtre, Paneloux, formule une prière. Castel et les autres personnages attendent, dans une tension que l'on devine très violente.

2. Les verbes accumulés produisent l'impression d'une suite d'actions intenses, brèves et désordonnées qui contrastent avec la longue attente des personnages et le cadre très froid de l'hôpital.

3. Les parties désignées du corps de l'enfant sont : « les yeux, les mains, les jambes, les cuisses, le visage, la bouche ». Ces termes produisent l'effet d'un morcèlement du corps de l'enfant qui accentue encore le sentiment de souffrance.

4. La souffrance de l'enfant révolte les personnages qui se sentent impuissants. Rieux partage la souffrance du petit : il sent « cette agitation se mêler au tumulte de son propre sang » (l. 4). Il tente d'aider l'enfant sans y parvenir. Paneloux essaie quant à lui d'intervenir par une prière : « il se laissa glisser à genoux [...] Mon Dieu, sauvez cet enfant » (l. 14-17). Aucune des deux attitudes ne permet d'empêcher l'intolérable, ce qui amène le lecteur à partager la révolte impuissante des personnages.

5. L'expression « ce cri de tous les âges » traduit l'universalité de la souffrance de l'enfant, et met en évidence le scandale de la souffrance, à toutes les époques.

6. La répétition traduit ici la lenteur de la pensée des personnages, qui peinent à se rendre compte que l'enfant a fini de souffrir et que la scène qui les révoltait a pris fin, sans que leur révolte puisse cesser pour autant.

7. L'attentat doit être commis contre un puissant dirigeant, au service du tsar avant la Révolution russe. Le grand-duc qui est visé se déplace en calèche dans les rues d'une ville, il est accompagné de sa femme et de ses enfants.

8. Avant de voir les enfants, le révolutionnaire est enthousiasmé à l'idée de commettre l'attentat ; il se croit prêt à tout sacrifier pour défendre sa cause.

9. Il est particulièrement ému par les yeux des enfants, qui reflètent, à ses yeux, une insoutenable gravité.

10. Le terroriste s'est refusé à lancer une bombe sur des enfants ; il ne s'en est pas senti capable.

Bilan **11.** La révolte est une sorte de colère méthodique et active qui fait suite à un sentiment d'injustice. Ce qui révolte ici Rieux, Paneloux et le terroriste est la souffrance des enfants, c'est-à-dire la violence imposée à des êtres faibles et innocents qui n'ont, eux, jamais fait souffrir personne.

piste EPI

Au cours des guerres du xxe siècle, les enfants ont payé un lourd tribut. Camus dénonce ce fait dans les deux textes.

G. Klimt,
La Mort et la Vie p. 207

Analyser un tableau allégorique

1. Le tableau de Klimt est organisé en deux grands espaces séparés et entourés par un fond noir très dense. À gauche, la mort est représentée ; à droite, la vie.

2. La vie est représentée à l'aide d'une multitude de couleurs claires et chaleureuses, pour la plupart ; les personnages sont comme imbriqués les uns dans les autres ; l'effet produit est celui d'un tissu souple et dense qui dégage beaucoup d'énergie, de générosité.

3. À l'opposé, la mort est représentée dans un camaïeu de tons sombres et froids qui créent une impression lugubre. Le personnage est figé dans une attitude raide et son sourire cruel contraste violemment avec l'évidente faiblesse des nus de la vie, qu'elle considère de manière menaçante.

4. Une allégorie représente des idées en les personnifiant. La mort et la vie sont des idées ; elles sont ici représentées sous forme de personnes : ce tableau répond donc à la définition de l'allégorie. L'effet produit est saisissant : en une image, Klimt parvient à condenser des oppositions, des craintes, des associations d'idées qui donnent une sorte d'évidence à ce qui pourrait rester un cliché.

5. Ce tableau peut toucher les spectateurs parce qu'il aborde une question universelle et montre que tout ce qui est vivant est concerné par la menace de la mort, des vieillards aux bébés. Sa luminosité, les détails chaleureux qui représentent la vie, la tendresse des personnages les uns pour les autres, créent un fort contraste avec le froid qui se dégage de la mort, de manière à faire écho à des sentiments qui sont probablement universels.

piste EPI

Ce tableau peut être rapproché de *La Peste* de Camus parce qu'il représente aussi le scandale de la mort d'êtres fragiles, aimants et innocents.

4. Le face-à-face avec la maladie

Extraits 6 à 9 p. 208-209

Comparer les différentes attitudes face au fléau

1. Les personnages qui combattent la peste, ou finissent par la combattre, sont Rieux, Tarrou et Rambert. On peut les décrire avec les adjectifs : lucides, courageux, généreux, oublieux d'eux-mêmes, désintéressés, braves, téméraires…

2. Rieux lutte en médecin méthodique contre la maladie. Il pratique les gestes préventifs et curatifs, fait établir des statistiques, poursuit ses visites et se protège moralement contre la souffrance des autres. Son but est simplement de « combattre la peste » (l. 19).

3. Tarrou constate que Rieux ne dispose pas d'assez de moyens pour endiguer efficacement l'épidémie. Son projet est de créer des équipes de volontaires pour soutenir le travail des médecins.

4. Ni Rieux ni Tarrou n'attendent quoi que ce soit des instances au pouvoir. Ces personnages, qui reflètent les idées du narrateur, manifestent l'idée qu'en temps de fléau, les humains doivent cesser de compter sur les structures qui les soutiennent habituellement, et s'appuyer sur leurs propres forces physiques et morales, et leur solidarité.

5. Cottard considère que la lutte contre le mal est perdue d'avance, qu'il est en dessous de sa dignité d'aller au secours d'autrui, et que le fléau est pour lui une époque favorable. Ses valeurs sont donc la loi du plus fort et l'égoïsme forcené.

6. Rambert a évolué en voyant, d'une part, que ses espoirs de sortie ne se réaliseraient pas, d'autre part, que la lutte contre la peste constituait un idéal plus élevé que celui pour lequel il luttait jusqu'alors (son bonheur individuel). On peut le rapprocher de Rieux et de Tarrou, parce qu'il finit par entrer dans leurs vues et partager leur combat. Mais, au départ, son égoïsme le rendait proche de Cottard.

Bilan **7.** L'attitude de Rambert, hésitante au début, se rapproche finalement de celle, héroïque et modeste à la fois, de Rieux et Tarrou – qui, comme des héros, se dressent contre ce qui parait une fatalité. Celle de Cottard est malveillante vis-à-vis de ses semblables, puisqu'il parvient à tirer profit du fléau.

piste EPI

On peut rapprocher l'attitude de Cottard de celle des collaborateurs et des BOF. La façon d'agir de Rieux, Tarrou et Rambert évoque davantage celle des Résistants.

Ressource numérique

AUDIO

Extraits lus de *La Peste*

Ce temps de « lecture plaisir » a pour objectif de permettre aux élèves de découvrir divers extraits de *La Peste*, qui décrivent d'autres attitudes possibles face au fléau. Les élèves sont libres de réagir à cette écoute, soit en comparant avec les textes lus, soit en réfléchissant oralement à la manière dont Camus présente et rend « typiques » ses personnages.

5. De l'amitié à la fraternité

Extrait 10 p. 210

Comprendre des paroles de solidarité

1. On peut proposer : 1/ La déclaration d'amitié (l. 1-12) ; 2/ Tous responsables et tous coupables (l. 12-27) ; 3/ La recherche de la paix (l. 27-fin).

2. Les élèves sont libres de leur choix, du moment que ce dernier est justifié et explicité. On peut suggérer : « même ceux qui étaient meilleurs que d'autres ne pouvaient s'empêcher de tuer », « j'ai appris cela, que nous étions tous dans la peste, et j'ai perdu la paix », « il faut, autant qu'il est possible, refuser d'être avec le fléau ».

3. La ligne de conduite de Tarrou consiste à éviter, le plus possible, de nuire aux autres hommes, et à défendre, autant que possible, les victimes des fléaux. Cette ligne de conduite est difficile, elle peut paraitre aussi assez peu ambitieuse ; Tarrou ne rêve pas de supprimer les fléaux.

4. Le mot vient du grec *sum / pathein*, qui signifie souffrir avec. Selon Tarrou, il faut donc vivre en partageant la souffrance de ceux qui souffrent, pour trouver une forme de paix.

Bilan **5.** L'amitié individuelle repose, pour Tarrou, sur la confidence et sur l'action commune, donc, potentiellement, sur le partage de la souffrance. La fraternité entre les hommes découle, elle, de l'idée qu'il vaut mieux être du côté des victimes souffrantes que du côté des fléaux. Les deux sentiments ont donc une racine commune qui est la sympathie, le fait de partager la souffrance et les affections.

▶ **Définir une notion**

Exemples de réponses possibles :
- l'étoile du Nord, toujours au même endroit, toujours fiable ;
- le port qu'on rejoint dans la tempête ;
- le compagnon de tous les partages ;
- le confident de tous les secrets…

Extrait 11 p. 211

Comprendre une scène à part dans le roman

Entrer dans la lecture. Ce passage marque une rupture dans le roman, dans la mesure où il raconte un évènement qui se déroule hors de la ville, et n'a rien à voir avec la peste : il s'agit d'une baignade nocturne dans la mer, moment de plaisir et d'insouciance partagé qui constitue une sorte d'évasion temporaire pour Rieux et Tarrou.

1. Les sensations évoquées sont celles de la fraicheur et de la tiédeur de l'eau, de la nage, de l'eau qui glisse et bouillonne le long du corps. On retrouve aussi le bruit de la nage de l'autre, la vue des étoiles, la respiration paisible, et le rythme de la nage partagée.

2. L'amitié est représentée par l'image des deux nageurs qui progressent au même rythme. Les élèves commentent à leur gré cette image. On peut leur proposer de faire le rapprochement entre la lutte contre l'eau et la difficulté de la vie, que partagent les amis ; on peut aussi mettre en évidence le partage des plaisirs qui est une des caractéristiques de l'amitié.

3. La description de la baignade est semée de sifflantes et de chuintantes qui évoquent le bruit de l'eau ; on y retrouve également des labiales nombreuses, qui rappellent le battement des pieds des nageurs.

4. Les phrases qui décrivent la baignade sont généralement de longueur moyenne, mais elles produisent une impression d'ampleur et d'équilibre, de sérénité qui contraste avec le rythme beaucoup plus sec et saccadé du reste du roman.

Bilan **5.** Ce passage est exceptionnel dans le roman car il raconte un moment de plaisir et d'insouciance, où il n'est pas question de la peste. Les sentiments mis en valeur sont l'amitié, la camaraderie, le plaisir physique de l'effort. Les valeurs sont celles de proximité avec la nature, le gout du sport et du plaisir partagé, le gout de l'amitié.

▶ Raconter à l'oral

L'exercice a pour but de mieux faire appréhender aux élèves le caractère lumineux et solaire de cet extrait, qui contraste avec la dureté du reste du roman et souligne l'humanisme qui ne cesse de le soutenir. En narrant un épisode de même teneur, les élèves entrent à leur tour dans la démarche camusienne de valorisation de l'amitié, en tant qu'elle donne un sens à la vie humaine, qui peut en paraitre privée.

Les élèves tireront parti de leur lecture du texte, de leurs réponses aux questions; ils éviteront de négliger telle partie de la consigne, qui vise à les faire entrer progressivement dans l'activité.

6. Un avertissement pour l'avenir

Extraits 12 et 13 p. 212

Comprendre le sens du dénouement

Entrer dans la lecture. Il était forcé que le narrateur fût l'un ou l'autre des personnages, puisqu'on le savait impliqué au cœur de l'action et à même de recueillir de nombreux témoignages. Il revient ensuite à chacun de dire s'il s'attendait davantage à Rieux, au préfet, à Castel… ou à n'importe quel autre des survivants.

1. Face à la fin du fléau, la population passe de la terreur à une insouciance et à une joie de vivre retrouvées.

2. Les communiqués des statistiques de la préfecture mettent en évidence une diminution du nombre de décès. Puis, les autorités annoncent officiellement la fin de l'épidémie. Enfin, l'éclairage public nocturne est rétabli et les portes de la ville sont rouvertes.

3. Rieux ne s'associe pas aux manifestations de joie, ce qui peut être étonnant, car il a été le premier à manifester sa totale solidarité envers ses concitoyens. Cependant, la lucidité qui le caractérise explique aussi qu'il ne soit pas porté à l'insouciance, et qu'il sache que, si un fléau est vaincu, un autre peut lui succéder.

4. On peut opposer, par exemple, « la conviction que la victoire était acquise et que la maladie abandonnait ses positions » (l. 7-9) avec « le bacille de la peste ne meurt jamais ni ne disparaît jamais » (l. 12-13).

5. Les phrases courtes de l'extrait 12 contrastent avec celles, plus longues, de l'extrait 13. On voit s'opposer la légèreté et les idées futiles, peu consistantes, de la foule avec les réflexions plus graves, approfondies et lucides de Rieux.

Bilan **6.** Rieux retient, de l'expérience qu'il a traversée, l'idée que les fléaux ne peuvent être vaincus que temporairement.

piste EPI

La guerre, la haine et la violence n'ont cessé de réapparaitre, sous une forme plus ou moins ouverte, tout au long du XXe et en ce début de XXIe siècle. Il est donc évident que la leçon de Camus est encore d'actualité.

Activités d'expression

▶ Réfléchir à partir d'une citation de l'œuvre

Significations possibles pour…	
« la nuit »	« voir clair »
Le monde bouleversé par les fléaux La souffrance des hommes La méchanceté de certains hommes La mort La difficulté de vivre …	Trouver des moyens de lutte Aider efficacement ceux qui souffrent Comprendre les raisons de leurs actes Ôte-t-elle de la valeur à la vie ? Trouver malgré tout un sens, ou en donner un, à la vie …

On peut faciliter le travail des élèves en les aidant à se remémorer les enjeux des extraits étudiés ensemble. L'exercice a précisément pour but de mener cette récapitulation, de manière à permettre à chacun de mieux s'approprier le questionnement proposé par Camus. On fait donc appel aux capacités de mémorisation, de compréhension et de reformulation des élèves. Sans aller trop loin dans les enjeux philosophiques du texte, on peut les inciter à pousser leur réflexion et à se méfier des réponses toutes faites qu'ils pourraient être tentés d'y apporter.

▶ Débattre à l'oral à partir de l'œuvre

L'exercice a pour but de permettre aux élèves d'exprimer un avis de manière construite, en se remémorant de manière fine, sensible et personnelle leur expérience de lecture; cela dans le but de convaincre et de toucher un auditoire. La question posée invite également à réfléchir à la place de la littérature dans le monde, ce qui entraine la mise en œuvre d'une culture générale et la formation d'un jugement personnel. En suivant pas à pas les consignes, qui tendent à baliser la préparation de l'oral en vue de le rendre vraiment intéressant, les élèves se garderont néanmoins de toute généralisation.

ATELIER D'EXPRESSION

Construire un discours et le dire

p. 214-219

Pistes didactiques de l'atelier

▶ L'atelier amène les élèves à construire, étape par étape, un discours qu'ils prononceront face aux autres élèves. Chacun(e) choisit, dès avant le lancement des premières activités pratiques, un thème qu'il/elle souhaite utiliser, et une tonalité : l'éloge ou le blâme.

La construction du discours suit les étapes classiques de la rhétorique. À chaque temps de la création de leur discours, les élèves sont amenés à observer les procédés mis en œuvre par un orateur de renom. À partir de cette observation, chacun(e) est ensuite invité(e) à imiter, au moins, le travail étudié pour produire un support écrit, qui deviendra le discours.

▶ Le travail commence par la mise en place d'un *ethos*. On peut proposer aux élèves une « banque de mots » qui leur permettra de nommer les qualités qu'ils possèdent, ou de s'en attribuer d'imaginaires. On peut également, si la mise à l'écrit pose trop problème, leur proposer d'échanger avec un camarade la rédaction de ce passage ; on parlera alors de l'autre à la première personne.

La mise en œuvre de l'invention peut prendre appui sur des coupures de journaux – faits divers, informations – qu'on aura rassemblées ou que les élèves apporteront.

▶ L'élocution et l'action sont ensuite menées en parallèle. Les élèves pourront s'appuyer sur un travail approfondi du texte de Victor Hugo, qui peut être présenté comme une « mine » de procédés stylistiques. La répétition de l'exercice de lecture expressive par le plus grand nombre d'élèves facilite la mise en place des effets stylistiques et la réflexion sur le rythme.

Enfin, l'action est étudiée après les effets de la voix ; les gestes doivent venir à l'appui des procédés de style et des temps de réflexion les plus forts du discours. C'est à ce moment que le travail sur le brouillon prend toute sa valeur ; plus on pourra associer de gestes variés aux procédés de styles, plus le texte sera dense, plus il pourra être efficace. L'interaction entre élèves et avec le professeur revêt ici toute son efficacité.

▶ L'exorde et la péroraison sont mis en place en dernier ; ces morceaux sont ceux qui sollicitent le plus l'imagination. On peut encourager les petits groupes à vérifier, pour chaque texte, que les éléments fonctionnent avant que chaque élève ne prenne la parole seul face à la classe.

Objectifs et démarches de l'atelier

▶ S'exprimer de façon maitrisée en s'adressant à un auditoire

L'acquisition de cette compétence suppose la connaissance des codes de l'expression orale, lorsqu'elle est formelle. La « maitrise » peut en effet s'entendre au moins en deux sens : il s'agit, d'une part, de maitrise de soi : de son corps, ses gestes, son regard, sa voix, son débit ; d'autre part, de diriger son discours, d'en dominer le contenu, en deçà de sa mise en valeur par des procédés stylistiques, verbaux et non verbaux.

▶ Percevoir les ressources de la voix, de la gestuelle

Le travail sur la diction, la projection, l'intention expressive et les gestes de l'orateur font partie des ressources techniques qui permettent d'aboutir à la « maitrise » du discours. Ces techniques sont simples à comprendre, mais elles demandent de la pratique pour être acquises. Ces compétences sont liées à de petits exercices d'observation d'orateurs en action, on peut commencer de les faire acquérir par l'imitation et le jeu.

▶ Vérifier et améliorer la qualité d'un texte en cours d'écriture

Le travail du brouillon permet aux élèves de s'autoriser à faire des erreurs, et de prendre conscience qu'une réécriture ne consiste pas en un simple recopiage. Le passage très fréquent de l'écrit à l'oral aide également à passer le texte au crible de l'audition, ce qui permet de détecter aisément les répétitions, erreurs de conjugaisons, passages confus ; le travail en petits groupes contribue à cette dynamique d'amélioration par la confrontation des idées.

▶ Argumenter pour faire adopter un point de vue

En fin de cycle 4, les élèves prennent de plus en plus intensément conscience, en les verbalisant, des effets produits par les textes. Il leur appartient donc de tenter, à leur tour, de produire un effet par l'usage du discours : ils apprennent à former l'opinion des auditeurs, à les rallier à une cause, à une idée. Si l'usage de la persuasion, l'impact sur les émotions leur sont déjà familiers, l'exigence s'accroit en matière de raisonnement ; l'alliance des idées et des preuves est pratiquée plus intensément. Les élèves distinguent mieux les arguments des exemples et des idées générales ; ils deviennent plus sensibles à la nécessité de toujours soutenir et prouver ce qu'ils avancent.

Corrigé des questions et activités

1. Parler pour convaincre

Démosthène,
«Sur la couronne», *Plaidoyers politiques* p. 215

▶ Observer la technique oratoire

1. Les expressions que Démosthène emploie pour faire valoir ses qualités personnelles sont: «ce dévouement, vous trouverez qu'il a persisté chez moi sans arrière-pensée», «jamais je n'ai abandonné mon dévouement pour vous», «dès le début, j'ai choisi la ligne politique qui était droite et juste».

▶ Préparer son discours

2. On peut proposer aux élèves une «banque de mots» qui portera sur le lexique des qualités morales: abnégation, bienveillance, désintéressement, empathie, endurance, fiabilité, générosité, humilité, justice, modération, modestie, patience, résistance, sagesse, souplesse, tact, vigilance…

Thucydide,
Guerre du Péloponnèse p. 215

Observer la technique oratoire

3. Thucydide fait dire à Périclès que les Athéniens ont un mode de vie parfaitement équilibré, respectueux d'autrui et des lois, où le plaisir récompense le travail, formant des citoyens au caractère vertueux.

Préparer son discours

4. Les élèves peuvent, parmi les fléaux, dénoncer les famines, les catastrophes naturelles, les épidémies par exemple. Les éloges peuvent porter sur des actes généreux: sauvetages lors d'actes terroristes ou de catastrophes naturelles, opérations de partage, de préservation de l'environnement…

Leurs travaux sont des préliminaires qui auront avantage à rester sous forme de notes et d'idées non rédigées, mais déjà inscrites dans la recherche de mots précis pour désigner des faits clairement identifiés.

2. Parler pour persuader

V. Hugo,
Discours sur la misère p. 216-217

▶ Observer la technique oratoire

1. Les exemples de misère manifestent un dénuement de plus en plus accentué, ils sont donc de nature à provoquer de plus en plus de compassion ou de pitié. Les réactions du public en témoignent: on passe de «mouvement» à «longue interruption» puis à «sensation», ce qui semble montrer l'évolution d'une forme de gêne étonnée à une réflexion, puis à une réaction plus vive qui va dans le sens souhaité par l'orateur.

2. Les mots surlignés en vert correspondent aux valeurs de compassion / partage, culture / civilisation, d'humanité et de loi divine. On voit que ces valeurs sont de plus en plus imposantes et surplombantes; elles forment une gradation qui doit impressionner l'auditeur et l'amener, par degrés, à comprendre les lois qu'il transgresse.

3.

« voulez-vous savoir » « je ne dis pas »	Anaphores qui martèlent le rythme du discours et insistent sur l'importance du propos.
« des rues, des maisons » « hommes, femmes, jeunes filles, enfants »	Accumulations, gradations. On perçoit, notamment pour la seconde, la vulnérabilité croissante des personnes évoquées. La sympathie se développe en proportion de cette fragilité.
« des familles, des familles entières » « un malheureux homme »	Répétition. On prend mieux conscience de la signification du mot, de ses enjeux. Approfondissement de la réflexion.
« je dis, je dis »	Répétition. Insiste sur l'engagement personnel de l'orateur. Fait peser l'envergure morale et artistique de Hugo en faveur de la cause qu'il défend.
« toute sa force […] sa volonté »	Répétition doublée d'une gradation. Fait prendre conscience de tous les moyens dont dispose une société. Rend encore plus intolérable le scandale de l'indigence.
« vous n'avez rien fait » « tant que »	Répétition. Martèle le rythme de la fin du discours, met en parallèle l'inaction de la société et le dénuement total des plus démunis. Catalyse la réflexion de l'auditeur et emporte sa volonté de se mettre au service de la cause défendue.

▶ Préparer son discours

4. On peut proposer aux élèves de s'entraider, de vérifier mutuellement que l'ordre qu'ils ont choisi pour leurs exemples fonctionne.

5. Les élèves peuvent imiter les effets de Hugo, ou les adapter, les démarquer pour obtenir un texte plus personnel. On peut leur proposer de recopier la liste des figures à employer, et de cocher à chaque fois qu'ils pensent avoir réussi à en mettre une en œuvre, pour faciliter la vérification de l'exercice.

▶ S'entrainer à l'action

6. Le travail peut, si l'espace de la classe le permet, être préparé en petits groupes par les élèves.

7. Les silences sont destinés à permettre au public de prendre le temps de la réflexion, à chaque fois que le fait énoncé est particulièrement scandaleux. Ce procédé, plus sobre et efficace que l'expression d'une colère à la première personne, permet l'intériorisation des faits et des idées, et le partage de la révolte de l'orateur par les auditeurs.

8. Les auditeurs réagissent par le silence: à un suspense créé par l'orateur, à l'expression d'une misère particulièrement pathétique, à la mise en cause implicite de leur propre responsabilité dans la misère d'autrui et à la mise en évidence d'une situation dont on ne parle pas, mais qui est connue de tous et qui doit cesser d'être. On peut en déduire la règle que, pour faire en sorte que tous adoptent son point de vue, l'orateur gagne à laisser à l'auditoire, en faisant silence, le temps de la réflexion personnelle.

3. Parler comme un orateur p. 218

▶ Comprendre

1. Jaurès rejette la définition du courage comme prise de risque face au danger et à la mort, notamment dans le cadre de la guerre. Il cherche à promouvoir le simple courage de faire face aux épreuves de la vie, et de prendre les engagements humains qui vont, non vers la violence, mais vers un bonheur humain partagé.

▶ Observer la technique oratoire

2.

« Surtout, qu'on ne nous accuse point [...] nuée terrible »	S'emporter / en bas à gauche, le doigt pointé, accusateur, ou en haut au centre, les mains levées pour se défendre d'une accusation injuste.
« Le courage pour vous tous [...] que prodigue la vie »	Affirmer, s'enthousiasmer / en haut à droite, la main vers le bas pour marteler un fait certain.
« Le courage, c'est d'aimer la vie [...] aux huées fanatiques »	Décrire, faire imaginer / en bas au centre, la main levée mimant une certitude inspirée, à partager avec l'auditoire.
« Ah ! vraiment [...] éprouver leur courage ! »	Emporter l'adhésion / en bas au centre, et aussi en haut à droite, attitude ouverte et assurée.

▶ Préparer son discours

3. Cet exercice peut être mené individuellement d'abord, puis en petits groupes, en invitant les élèves à s'inspirer des attitudes de Jaurès ou d'autres orateurs qu'ils connaissent.

4. Les élèves peuvent commencer ce temps de travail commun en récapitulant les éléments d'un discours bien construit, et bien prononcé, de manière à créer une courte grille d'évaluation qui leur donne des repères clairs pour s'entraider.

Exemple :

Présence d'un éthos qui inspire confiance	Oui – un peu – pas du tout
Cause défendue nettement exprimée	Oui – un peu – pas du tout
Présence de faits et d'idées bien ordonnés qui font réfléchir les auditeurs (invention, narration)	Oui – un peu – pas du tout
Présence de figures de styles qui renforcent l'effet du discours et émeuvent les auditeurs (disposition, élocution)	Oui – un peu – pas du tout
Présence de gestes expressifs à l'appui du discours, voix bien timbrée, expressive, dont le volume varie	Oui – un peu – pas du tout
Place laissée aux silences (action)	Oui – un peu – pas du tout

Ressource numérique

VIDÉO

Interview de Sophie Hélène, lauréate d'un concours d'éloquence

▶ Comprendre une interview

Pistes d'exploitation de la ressource numérique. On peut se servir de cette interview à plusieurs moments : en tout début de travail, pour faire réagir les élèves et leur montrer l'actualité des techniques dont il va être question ; en milieu de séquence, pour relancer l'intérêt et couper le travail répété du brouillon par un temps d'oral ; en fin de séquence pour élargir vers la vogue actuelle de l'éloquence, pour stimuler la curiosité des élèves et leur montrer les enjeux de ce qu'ils viennent de travailler.

On peut aussi choisir de faire réfléchir les élèves de manière approfondie aux enjeux sociétaux de la maitrise de la parole, ce que l'interview met en valeur. Sont-ils d'accord avec ce que dit la jeune oratrice ? Leur propos devra, dans tous les cas, être justifié.

1. L'entrainement des orateurs consiste à pratiquer les formes du discours, à partir de situations fictives ou réelles, et à s'affronter dans des joutes oratoires.

2. Un discours efficace repose sur le plaisir de parler et d'être présent face à un public, mais aussi sur la pertinence de la réponse à la question posée, et l'usage des procédés de style et de prise de parole connus.

3. L'éloquence permet à chacun de se faire respecter et écouter dans le cadre familial, amical, scolaire, associatif et citoyen.

4. Mettre en valeur le début et la fin d'un discours p. 219

▶ Observer la technique oratoire

1. Les expressions surlignées permettent d'imaginer Athènes, dans son cadre naturel éternel, ainsi que les personnages historiques dont le souvenir s'est conservé jusqu'à notre époque, et dont les idées et les paroles résonnent encore dans nos esprits.

2. Les élèves pourront lire lentement, sur un ton rêveur, pensif, en réutilisant ce qu'ils ont appris sur l'usage du silence en rhétorique, par exemple.

3. La péroraison permet de visualiser les générations influencées par la pensée grecque, jusqu'à notre époque. Elle met en évidence l'aspect mythique, voir mystique, de cette transmission de certaines idées et valeurs.

Les élèves peuvent lire lentement, en articulant très nettement, en donnant l'impression de penser profondément à ce qu'ils disent – sur un ton méditatif et concentré. Il s'agit de donner le temps aux auditeurs de mesurer la solennité du propos et du moment.

▶ Préparer son discours

4. On peut proposer aux élèves de s'inspirer de moments historiques forts, comme Malraux, ou de thèmes fictifs dont ils seraient plus proches (rapprocher un temps de solidarité de l'émotion commune ressentie lors d'un concert, par exemple), ou encore s'appuyer sur l'immensité de la nature (face à la mer, au ciel étoilé...) pour marquer l'importance, à leurs yeux, de la cause qu'ils entendent défendre.

Activité finale

On peut proposer aux élèves de bien travailler leur prise de parole chez eux, individuellement, ou en petits groupes, avant de le faire face à toute la classe. Un mode de co-évaluation peut être défini, par exemple :

Présence d'un exorde qui dispose l'auditoire à écouter	Oui – un peu – pas du tout
Présence d'un ethos qui inspire confiance	Oui – un peu – pas du tout

Cause défendue nettement exprimée	Oui – un peu – pas du tout
Présence de faits et d'idées bien ordonnés qui font réfléchir les auditeurs (invention, narration)	Oui – un peu – pas du tout
Présence de figures de styles qui renforcent l'effet du discours et émeuvent les auditeurs (disposition, élocution)	Oui – un peu – pas du tout
Présence d'une péroraison marquante, qui permet de prendre conscience des enjeux du propos et d'adhérer à la position de l'orateur	Oui – un peu – pas du tout
Présence de gestes expressifs à l'appui du discours, voix bien timbrée, expressive, dont le volume varie Place laissée aux silences (action)	Oui – un peu – pas du tout

• Pour aider les orateurs à identifier les réactions qu'ils parviennent à susciter, on peut reprendre les expressions de Victor Hugo : mouvement/sensation/acclamation, et en ajouter d'autres : rumeur/émotion …

• On peut aussi inciter l'auditoire à identifier les effets produits par les discours à l'aide de la banque de mots suivante :

Le discours provoque la réflexion, le jugement	Le discours suscite de l'émotion	Le discours entraine des réactions spontanées
- Indignation face à une situation - Approbation face à une action - Prise de décision (engagement, désir d'agir, condamnation morale, approbation…)	- Compassion - Colère - Dégout - Admiration…	- Rire - Étonnement - Échange d'impressions…

Ressource numérique

Discours d'André Malraux et Robert Badinter

Corrigé de l'exercice

http://numeres.net/9782210106284/res/9782210106284-ani-jdl3-act12/index.html

QUESTIONNEMENT

Progrès et rêves scientifiques

Progrès et dépassement de soi ne sont pas des thèmes liés à notre seul modernisme, tant s'en faut. Le temps du mythe les évoque déjà et Prométhée, premier « voleur de feu », peut être considéré comme l'ancêtre fondateur de toutes les entreprises humaines visant à acquérir des pouvoirs nouveaux. L'intérêt de la réflexion proposée est double : d'une part, il invite à comprendre que l'homme, par les avancées de la science, cherche à toujours aller plus loin, maitriser les forces qui l'environnent ; mais il réside aussi dans le fait qu'aucun progrès n'est sans risque, et que science et éthique ne peuvent être dissociées sous peine de faire des découvertes de futurs dangers pour l'homme.

▶ Notre propos, à travers ces pages, n'est pas de dire qu'il y a des « limites » au progrès, mais d'amener les élèves à réfléchir sur les conditions nécessaires pour qu'une avancée scientifique et un « progrès » en soient également au regard des valeurs humaines qui doivent guider la société et les individus.

Les contrexemples en littérature sont autant de preuves de cette nécessité : fascinants et terrifiants à la fois, ils entrainent dans des univers où l'impossible devient réalité fictive ; Frankenstein invente une créature qui prend vie, *Le Meilleur des mondes* offre un nouvel ordre mondial, à la pointe de la biologie, mais terrifiant du point de vue des valeurs humaines. Cette réflexion sur les pouvoirs et les dangers de la « science sans conscience », fascinée par son propre pouvoir, doit favoriser les échanges entre élèves, aiguiser leur esprit critique sur les multiples questions de bioéthique qui se posent de nos jours, dans une perspective d'ouverture et, précisément, de progrès, si l'on entend ce terme à la fois dans le domaine de la science et de la morale.

▶ Nous souhaitons aussi, à l'occasion de cette question complémentaire, que les liens entre littérature et rêves scientifiques soient clairement perçus et que cesse la dichotomie entre les sciences et les lettres. Au contraire, nous avons voulu montrer que l'aventure scientifique était porteuse de poésie et que les écrivains, à leur manière, devançaient parfois les découvertes. C'est ce va-et-vient entre ces deux mondes, de la recherche et de la création littéraire, qu'illustre, par exemple, l'œuvre de Jules Verne. En proposant le thème de la Lune, nous croisons à la fois l'odyssée scientifique des premiers pas sur la lune et les différentes fictions, telle *L'Histoire comique des États et Empires du Soleil et de la Lune* de Cyrano de Bergerac.

▶ Il n'est par ailleurs pas courant, dans un programme de français, d'aborder la science-fiction, et l'occasion nous est ici donnée : le cinéma abordant ce genre est l'occasion d'une réflexion sur la manière de représenter celui que l'on pourrait appeler « l'Autre absolu », à savoir celui qui « viendrait d'ailleurs », d'une autre planète. Qu'en montre-t-on et, surtout, qu'est-ce que cela révèle des sentiments et des comportements humains ? En étudiant une œuvre intégrale, *le Robot qui rêvait*, on aborde la relation complexe et très actuelle qui lie l'humain au robot. Se pose alors la question de l'attitude à adopter : confiance en la capacité de l'homme à maitriser ses propres inventions, ou défiance à l'égard de ses propres créations et de leur hypothétique autonomie ?

▶ Un atelier d'expression nous a semblé le lieu le plus approprié pour permettre aux élèves d'être en prise directe avec un débat apparemment futuriste, mais qui pourrait déjà tenter certains savants emportés par les capacités de la science : celui du transhumanisme et de ses limites. À l'issue de ces lectures, débats, réflexions personnelles, nous espérons surtout que les adolescents apprendront à se poser des questions, à ne pas s'arrêter à des certitudes ni refuser le dialogue. Préparer leur conscience de futurs citoyens, c'est les aider à vouloir le progrès mais pas à tout prix ; c'est aussi leur apprendre à refuser l'obscurantisme sous prétexte de prudence, pour que leurs rêves d'avenir ne dépassent pas leurs intentions mais réalisent le bien commun.

PARCOURS UN THÈME Les personnages de créateurs, êtres bienfaiteurs ou figures maléfiques ?

p. 222-229

Objectifs et démarches du parcours

Problématique : *Comment la littérature propose-t-elle, à travers des personnages de créateurs parfois inquiétants, une vision contrastée du progrès ?*

▶ Ce parcours se propose d'interroger le rapport entre les lettres et les sciences à travers les figures de créateurs et leur volonté de donner/créer la vie. Le parcours aborde des documents de nature et de période variées dans un double objectif.

D'une part, il s'agit de faire découvrir aux élèves la permanence d'un mythe littéraire et artistique né dans l'Antiquité, le mythe de Prométhée, et d'analyser ses réécritures jusqu'à l'époque contemporaine. Il nous a donc paru important de contextualiser cette approche en donnant l'occasion aux élèves de (re)découvrir ce mythe à travers un dossier (p. 230-233), qui présente le personnage mythologique. Le principe littéraire de la réécriture est donc sous-jacent.

D'autre part, il s'agit de souligner le portrait contrasté de telles figures de créateurs, animés d'une volonté bienfaitrice au service des hommes et condamnés aux plus grands maux par leur action démesurée. La question de la démesure, impliquant une réflexion sur les rapports entre humanité et divinité, constitue l'un des thèmes transversaux du parcours. De ce point de vue, l'atelier sur le transhumanisme (p. 254-257) offre un prolongement à la réflexion.

▶ L'ordre retenu dans ce parcours est chronologique : nous partons donc de l'origine antique du mythe avec la présentation qu'Eschyle fait de Prométhée dans sa tragédie. Puis, nous proposons de voir sa reprise avec Frankenstein, autre figure de créateur, qui agit au moyen de la science. Le texte de Mary Shelley est alors confronté à des adaptations filmiques ou figurées. Enfin, nous proposons deux autres approches, plus contemporaines, des figures de créateurs. Avec Aldous Huxley, nous observons comment une société entière peut s'emparer d'une ambition à créer et à encadrer la vie. Avec *The Truman Show* de P. Weir, que les enseignants sont invités à projeter en intégralité en classe, nous voyons un déplacement de la figure de créateur vers le producteur d'une émission de télé-réalité qui se rêve tout-puissant.

▶ Ce parcours vise à permettre à l'élève de :
- comprendre ce qu'est un mythe littéraire et artistique ;
- analyser les principes de réécriture, adaptation, transformation ;
- s'interroger sur la place de l'homme, ou de la société, dans son rapport à la vie et au vivant ;
- se sensibiliser à un discours double sur le personnage, mélioratif et péjoratif ;
- prendre position, débattre, argumenter à l'écrit ou à l'oral.

Organisation du parcours et choix des axes de lecture

1. La naissance d'un mythe

Illustration « homme-robot » réalisée à partir de l'œuvre de Michel-Ange

Eschyle, *Prométhée enchaîné* p. 222-223

• Pistes didactiques

L'enjeu de ce texte est d'amorcer une réflexion sur les figures de créateurs, à travers Prométhée. On sera sensible au portrait contrasté du personnage développé par Eschyle, à travers un discours relevant à la fois de l'éloge et du blâme. Cela permet de revenir avec les élèves sur l'analyse des modalisateurs dans un discours théâtral. Le texte donne aussi l'occasion au professeur de proposer une synthèse sur la tragédie et son origine antique, sur les mythes grecs (en lien avec le dossier p. 230-233) et sur la notion d'*hybris* de l'Antiquité à nos jours.

• Proposition d'hypothèse de lecture

Il s'agit d'analyser la naissance d'un mythe littéraire dans la littérature antique : comment Prométhée constitue-t-il une figure ambivalente, à la fois bienfaitrice et dangereuse ?

2. Un rêve surhumain

M. Shelley, *Frankenstein ou le Prométhée moderne*
J. Whale, *Frankenstein* (film)
M. Mousse, *Frankenstein ou le Prométhée moderne* (bande dessinée) p. 224-225

● **Pistes didactiques**

Les documents permettent diverses approches :
– sensibiliser les élèves au principe de réécriture, en observant les permanences et les inflexions de la figure de Prométhée à travers celle de Frankenstein ;
– familiariser les élèves avec un mythe littéraire, Frankenstein ;
– travailler sur le portrait du monstrueux, sur la tentation d'un romantisme noir ;
– confronter texte et image (fixe ou animée) autour d'un même passage. Faire travailler les élèves sur la notion d'interprétation.

● **Proposition d'hypothèse de lecture**

Comment Mary Shelley réécrit-elle le mythe de Prométhée à travers la figure d'un savant fou ?

3. Un cauchemar collectif

A. Huxley,
Le Meilleur des mondes p. 226-229

● **Pistes didactiques**

La double page invite le professeur et les élèves à tisser des liens entre les figures individuelles de Prométhée ou de Frankenstein et la volonté d'une société entière de créer la vie. On pourra prolonger la réflexion à travers des exemples historiques (en particulier les sociétés totalitaires, en lien avec le programme d'histoire) ou des interrogations toujours actuelles (l'eugénisme). Les documents se prêtent à faire réagir les élèves à l'oral ou à l'écrit sur le caractère idéal ou criminel d'une société dans son rapport à la vie et à les faire argumenter.

● **Proposition d'hypothèse de lecture**

Comment l'ambition prométhéenne de création de la vie est-elle réinterprétée ici ?

Corrigés des questionnaires et des exercices

1. La naissance d'un mythe

Illustration « homme-robot » réalisée à partir de l'œuvre de **Michel-Ange** p. 222

▶ Comprendre des références picturales

1. Cette image représente deux mains qui entrent en contact, celle d'un robot et celle d'un homme.
2. Cette image fait référence à la fresque représentant la Création d'Adam par Dieu, au plafond de la Chapelle Sixtine (Vatican), peinte par Michel-Ange (XVIe siècle).
3. Sur cette image, la main de gauche est celle du robot : elle prend la place d'Adam sur la fresque de Michel-Ange ; celle de droite appartient à l'homme. Ici, l'homme occupe la place de Dieu sur la fresque de Michel-Ange.
4. Cette image souligne l'aspiration de l'homme à prendre la place de Dieu, en se faisant créateur. Comme Dieu, l'homme se présente en créateur : en l'occurrence, il donne vie au robot. C'est la tentation démiurgique de la création.

Eschyle,
Prométhée enchaîné, texte 1 p. 222-223

▶ Analyser le portrait contrasté de Prométhée

1. Prométhée présente l'humanité dans un état de misère, avant qu'elle ne reçoive son aide. Elle semble dénuée de raison et de capacité d'invention. Cela est suggéré par les deux comparaisons employées par Prométhée : il compare l'humanité aux « fantômes des songes » (l. 4-5) puis à « une frêle fourmi » (l. 7) pour traduire son incapacité à vivre et son indigence.
2. Prométhée a inventé les mathématiques, l'alphabet, l'agriculture, la navigation, la médecine et la divination.
3. a. On relève de nombreuses marques de la première personne, dans les pronoms (« moi » en anaphore aux l. 9, 12, 15), les adjectifs possessifs (« mon ») ou les verbes (« je fixai »…). Dans la dernière phrase qu'il prononce, Prométhée parait très sûr de lui : il parle d'ailleurs de lui-même à la 3e personne.
b. Le personnage parait sûr de lui et confiant dans les actions qu'il a accomplies pour les mortels. Prométhée apparait comme un personnage orgueilleux et prêt à contester l'ordre supérieur des dieux.
4. a. Le chœur parle de « folie imprudente » (l. 22) pour désigner l'action de Prométhée. Cela fait référence à l'*hybris* légendaire du personnage, c'est-à-dire une tentation démesurée qui pousse des mortels à rivaliser avec des immortels.
b. L'adverbe « trop » (l. 33) souligne la démesure du personnage.
5. a. Voici quelques expressions relevant du champ lexical de la création : « inventai » (l. 9), « mon industrie a tout créé » (l. 18), « inventions » (l. 24), « fondée » (l. 30), « l'inventeur de tous les arts » (l. 31).
b. En changeant le sort de l'humanité, Prométhée s'oppose à la volonté des dieux, en particulier de Zeus.
Bilan 6. Le portrait qu'Eschyle propose de Prométhée dans ce passage de la tragédie est contrasté : le personnage parait à la fois bienfaiteur pour les mortels et dangereux par rapport aux lois fondées par les dieux. En effet, Prométhée se présente comme un bienfaiteur pour les hommes, dont il a accompagné le développement et pour qui il a créé de nombreuses disciplines, essentielles pour leur survie (médecine, agriculture) ou pour leur développement intellectuel (mathématiques, alphabet). De plus, ces inventions paraissent gratuites et offertes à l'humanité, pour son bien. Pourtant, en offrant de tels cadeaux aux hommes, Prométhée s'oppose aux lois fixées par les dieux : comme le dit le Chœur, il a ainsi provoqué son propre malheur et a causé le châtiment des dieux à son égard. En effet, en voulant recréer l'humanité, à la manière d'un démiurge, il s'oppose au projet des dieux et se rend coupable d'*hybris*.

2. Un rêve surhumain

M. Shelley, *Frankenstein ou le Prométhée moderne*, texte 2 p. 224

▶ Étudier la réaction du savant face à sa créature

1. Cet épisode se passe lors d'une nuit (« une heure du matin », l. 5) d'automne. Le temps est mauvais : il pleut en quantité. Tout cela provoque un malaise chez le lecteur, comme le révèlent l'adjectif « sinistre » (l. 1) et l'adverbe « lugubrement » (l. 6).

2. Frankenstein est un démiurge car il est obsédé par l'idée de créer la vie (« j'avais travaillé avec acharnement, dans le seul but d'insuffler la vie à un organisme inanimé », l. 24-25).

3. La créature est présentée comme un monstre repoussant et d'une grande laideur. Il provoque « l'horreur » de Frankenstein (l. 18). L'auteur décrit surtout sa peau et son visage (chevelure, dents, yeux, bouche). Dans ce portrait, dominent le jaune des yeux, la blancheur des dents et la noirceur des lèvres. Ce sont donc des couleurs inattendues dans un portrait traditionnel.

4. Voici quelques périphrases : « cette catastrophe » (l. 10-11), « l'être repoussant » (l. 11), « monstre » (l. 30). Ces expressions sont péjoratives.

5. a. Les efforts de Frankenstein furent considérables : il décrit l'acharnement de son travail durant deux années où il a mis en péril sa santé (l. 26).

b. Frankenstein est déçu à la vue du monstre qu'il a créé. Il éprouve, en effet, du dégout devant sa laideur.

6. La suite du roman sera malheureuse puisque la Créature va détruire tout ce qui compte pour Frankenstein. Cela apparait dans l'emploi du terme « catastrophe » (l. 11), qui annonce de futurs malheurs.

Bilan **7.** Le titre choisi par l'auteur, Mary Shelley, invite à comparer Prométhée, le héros mythologique, et le héros du roman, Victor Frankenstein. Tous deux sont, en effet, des figures de démiurges, ou de créateurs, dont l'ambition est de recréer l'humanité, quitte à occuper la place d'un créateur. Mais on peut observer une différence dans le fait que Prométhée agit pour le bien de l'humanité et pour améliorer sa condition, alors que Frankenstein parait animé d'une ambition strictement personnelle.

J. Whale,
Frankenstein (film)
M. Mousse,
Frankenstein ou le Prométhée moderne (bande dessinée) p. 225

▶ Comparer des adaptations de Frankenstein

1. Frankenstein parait préoccupé, soucieux. Il a le regard fixe et concentré.

2. Le réalisateur a choisi de montrer d'abord la main de la Créature au moment où celle-ci prend vie et s'anime. Le mouvement de la main suscite la curiosité du spectateur, qui n'a pas encore vu le visage du monstre.

3. En focalisant l'attention du spectateur sur la main de la Créature (alors que Mary Shelley ne décrit pas les mains de la Créature dans le texte originel), le réalisateur fait sans doute référence à la fresque de Michel-Ange où Adam semble recevoir la vie de Dieu par le contact de leur main.

4. La BD traduit des rapports ambigus entre les personnages : ils semblent d'abord liés par une complicité (contact physique, sourire) puis par une rivalité (peur de Frankenstein, attitude menaçante de la Créature).

5. La Créature appelle Frankenstein « Père », elle insiste ainsi sur la fonction de démiurge du personnage qui est son créateur, ou son géniteur.

Bilan **6.** La question vise à écouter les réponses des élèves et à juger de l'acribie de leur lecture du texte, à l'épreuve de représentations visuelles sur des supports variés, appartenant à des époques diverses. Faire travailler les élèves sur le rapport entre texte et image implique de questionner la justesse de leur lecture du texte, le degré d'adaptation qu'il permet et la fidélité des interprétations.

3. Un cauchemar collectif

A. Huxley,
Le Meilleur des mondes, texte 3 p. 226

▶ Étudier la volonté d'une société à créer un homme nouveau

1. Les expressions relatives au monde scientifique sont, entre autres : « blouses [...] blanches » (l. 1), « cylindres jaunes des microscopes » (l. 3-4), « la Salle de Fécondation » (l. 5-6), « instruments » (l. 8-9)... Une atmosphère froide, voire glaciale, se dégage de ce laboratoire, à l'image de la lumière « fantomatique » du lieu (l. 3).

2. a. Les chiffres sont omniprésents dans le discours du directeur (l. 12-17). Cela permet de traduire son mépris pour la vie humaine, réduite à un système quantitatif.

b. Selon lui, le progrès est uniquement quantitatif, et non qualitatif. Il veut obtenir une productivité toujours plus grande, y compris dans les vies humaines.

3. Dans le roman d'Huxley, le directeur oppose l'époque ancienne où la reproduction était « vivipare » (l. 20), c'est-à-dire naturelle, biologique, et la reproduction du Nouvel État mondial où la reproduction est scientifique. Il n'y a plus aucune naissance naturelle, mais elles sont produites *in vitro* (voir « Repères littéraires »). Dans une telle société, le scientifique joue donc un rôle fondamental : c'est lui qui est à l'origine de la production de la vie.

4. Le directeur aspire à une société uniformisée, où tous les individus sont similaires, voire identiques (l. 24). À la fin du texte, il souhaite une société où tout est contrôlé par l'homme qui décide de tout : « on sait vraiment où l'on va » (l. 28).

Bilan **5.** Dans la dernière phrase de l'extrait, le directeur exprime son aspiration à une société scientifique où il n'y a plus de place pour le hasard. Son ambition est un contrôle total de la société, introduisant ainsi une rupture avec les époques précédentes (« Pour la première fois dans l'histoire »). Or, cette aspiration concerne aussi un contrôle de la vie humaine. Aussi la société décrite par Huxley dans ce roman connait-elle une tentation démiurgique, de création de la vie, strictement scientifique, en chassant l'origine biologique de la vie.

Illustration « Bébés dans des tubes à essais » p. 227

▶ Lecture d'image

1. Les élèves sont invités d'une part à mobiliser des compétences de description de l'image (en soulignant en particulier le caractère uniforme et similaire de l'individu, nécessairement unique) et d'analyse (en s'interrogeant sur le sens que veut donner l'illustrateur). Ils pourront, en particulier, faire état de leur ressenti (peur, angoisse...).

2. Il s'agit de faire dialoguer le texte et l'image : les élèves peuvent mettre en rapport les naissances *in vitro* dans les deux cas et la volonté prométhéenne d'une société qui promeut une humanité identique.

▶ **Débattre à l'oral**

L'enjeu du débat est de faire réagir les élèves à la lecture du texte. On pourra choisir cette activité comme prise de contact avec le texte, ce qui permettra éventuellement d'expliquer le sens littéral du texte. Il s'agit donc de demander aux élèves ce que leur inspire une telle société et si cela leur parait souhaitable.

Une approche positive d'un tel modèle social est envisageable, du point de vue de l'égalité que celle-ci permet. Mais le débat devra aussi souligner le caractère dangereux d'une science omniprésente dans les rapports humains. On sera aussi sensible à la grande violence qui se dégage des principes éducatifs de la société décrite. Les élèves sont invités à développer des arguments au service de leur thèse.

P. Weir,
The Truman Show p. 229

Ressource numérique

VIDÉO

Extrait du film *The Truman Show* de Peter Weir

▶ **Étudier une version moderne du mythe de Prométhée**

1. Cristof est le producteur d'une émission de télé-réalité. Le personnage parait autoritaire et sans scrupule vis-à-vis de Truman, à qui il a imposé d'être le héros d'une émission malgré lui. Son rapport à Truman est complexe puisqu'il a beaucoup d'affection pour lui mais ne respecte ni sa liberté ni ses choix.

2. Cristof est animé d'une tentation démiurgique. Il fait concurrence à Dieu. Cela apparait dans son caractère autoritaire, lorsqu'il ordonne : « Envoyez le soleil ! » (photogramme 3).

3. Cristof est une figure prométhéenne car il rêve d'exercer sa puissance sur Truman, malgré lui, en décidant de tous les éléments constitutifs de sa vie. D'ailleurs, il n'hésite pas à créer un monde artificiel, dans le studio gigantesque qu'il a créé (« Dans mon monde », photogramme 4).

4. Le rapport entre les deux personnages est ambigu : Cristof veille sur Truman comme un père sur son fils (photogramme 5), mais il se comporte aussi comme un démiurge impitoyable qui ne respecte pas sa créature, utilisée selon son bon vouloir.

5. Le réalisateur présente Cristof comme Dieu, par l'emploi de la voix off : il apparait comme une figure omniprésente mais invisible. Comme Dieu, il semble omniscient et omnipotent.

Bilan **6.** Cristof n'agit pas au nom de valeurs morales : il utilise Truman pour gagner de l'argent et fidéliser des téléspectateurs au mépris de la volonté et des ambitions de Truman. Le réalisateur du film dénonce ainsi le caractère extrême de certaines émissions qui ont pour conséquence d'aliéner les participants et les spectateurs.

Activités d'expression p. 228

▶ **Défendre la cause de Prométhée à l'oral**

L'objectif de cet exercice est double : il s'agit d'une part d'évaluer les acquis des élèves sur le parcours, en particulier en ce qui concerne Prométhée. La prise en compte des différents épisodes du mythe et de la démesure du personnage est au cœur de l'exercice.

D'autre part, l'exercice vise à développer des compétences d'expression, en particulier argumentatives. Les élèves seront attentifs à s'exprimer à la première personne et à convaincre ou persuader. Cet exercice donne aussi l'occasion de travailler sur la mise en scène ou sur le travail sur des gestes et de la voix.

▶ **Imaginer une humanité idéale**

L'exercice procède en deux temps successifs afin d'exercer les élèves à deux types d'écrit. D'abord, il s'agit d'un texte narratif faisant intervenir un démiurge créateur. Les élèves peuvent s'inspirer des exemples présents dans le parcours ou bien faire appel à leur imagination. Ensuite, ils sont invités à construire un texte argumentatif, en réfléchissant aux insuffisances de la société. Ils pourront ainsi creuser un des sujets proposés, en évoquant avec réalisme des propositions concrètes pour tendre vers une humanité idéale.

DOSSIER Le mythe de Prométhée : entre littérature et progrès scientifiques

p. 230-233

Objectifs et démarches du dossier

▶ L'enjeu de ce dossier est de donner aux élèves des repères culturels solides sur le personnage de Prométhée, dans la tradition littéraire et mythographique antique. Cela nous parait être la condition préalable à une bonne compréhension du mythe littéraire du créateur qui va s'inspirer de Prométhée.

▶ On n'hésitera pas à prolonger la réflexion en classe en travaillant sur la notion de mythe, antique ou contemporain, et en rappelant quelques mythes fondateurs étudiés ou connus par les élèves.

Corrigés

1. Prométhée, un Titan p. 230

Arbre généalogique :

Japet + l'Océanide Clymène

Atlas | Prométhée | Epiméthée + Pandore

Des travaux titanesques sont des travaux d'une très grande ampleur, qui nécessitent une force surhumaine.

Les Titans paraissent forts, musculeux, gigantesques ; ils sont représentés dans un monde en déroute, qui est en train de s'effondrer. Ils sont punis après s'être rebellés contre l'ordre olympien, institué par les dieux. Les Titans sont donc agents de désordre et des rivaux des dieux.

Déchiffrez du grec

La Théogonie signifie la naissance des dieux.

Racine de *théos* : théologie, mono/polythéisme, panthéon, athéisme.

Racine de *gonos* : cosmogonie, épigone.

2. Prométhée, l'histoire d'une damnation en trois épisodes

Premier épisode :
Prométhée ose se moquer des dieux p. 230

Prométhée révèle une fine connaissance des dieux et du choix fait par Zeus. Il est aussi caractérisé par la ruse, puisqu'il ose tendre un piège à Zeus.

Deuxième épisode :
Prométhée se met au service des hommes p. 231

Le feu constitue un apport essentiel car il permet de se chauffer, de voir dans la nuit ou de cuire les aliments.

Le feu est «maître de tous les arts» car il permet de forger, de cuire, de colorer aussi la céramique dans le monde grec antique. C'est un «trésor sans prix» car il est condition de survie pour les hommes.

Prométhée vole le feu à Héphaïstos (ou Vulcain), le dieu des forges.

Prométhée semble agir discrètement, il s'empare en cachette du feu car il commet un vol. Comme dans le texte d'Eschyle, il vole le feu aux dieux en le prenant dans une férule.

Recherche collective

La recherche vise à rapprocher la création de l'homme dans la mythologie gréco-romaine, de celle qui est décrite dans la culture judéo-chrétienne (Genèse).

Troisième épisode :
le châtiment de Prométhée p. 232

Comme dans le texte d'Hésiode, Prométhée est représenté entravé et soumis à l'attaque d'un aigle qui lui perce le flanc pour dévorer son foie. La souffrance du personnage est suggérée par le sang qui s'écoule de sa plaie.

La violence du châtiment est suggérée par le mouvement baroque qui anime la sculpture, la tension du corps de Prométhée et son visage crispé de douleur. Une torche enflammée aux pieds de Prométhée rappelle l'origine de sa faute et la cause de son châtiment.

Recherche sur Internet

Atlas, frère de Prométhée, a été condamné à porter la voute du ciel sur ses épaules pour le punir de son engagement dans la guerre contre les dieux olympiens.

3. Une version moderne du mythe de Prométhée

«Prométhée» de **Claude Nougaro** p. 232

Les conséquences inattendues sont les exactions des hommes par le feu (v. 22-27).

L'acte de Prométhée a donc donné lieu à des conséquences malheureuses, puisque la Terre entière est ravagée par le dieu.

Nougaro fait un jeu de mots entre le nom propre Prométhée et l'impératif du verbe «promettez». Cela traduit un pacte entre le Titan et l'humanité, qui n'a pas été respecté par cette dernière.

À la fin de la chanson, dans un dernier geste désespéré, les hommes font exploser un dernier baril de poudre grâce au feu, qui semble mettre fin à la Terre.

Ressource numérique

VIDÉO

« Prométhée » de Claude Nougaro

On pourra évoquer l'aspect plus parlé que chanté des couplets, le contraste avec les refrains très mélodieux. Concernant le décor, on remarquera par exemple la fumée qui envahit la scène au fur et à mesure de la chanson, ou la lumière aux couleurs soudain froides lors du dernier couplet.

PARCOURS UN THÈME La Lune, entre sciences et littérature

p. 234-243

Objectifs et démarches du parcours

Problématique : *Pourquoi peut-on dire que le discours littéraire sur la Lune est à la fois poétique et scientifique ?*

▶ Ce parcours invite les élèves à réfléchir sur les rapports entre sciences et littérature, en observant les progrès astronomiques à travers l'histoire. Le thème retenu est la Lune puisqu'il se prête à une lecture théorique ou scientifique puis empirique, avec l'expédition Apollo XIII en 1969.

L'enjeu principal du parcours consiste à analyser la capacité du discours littéraire à intégrer des données scientifiques contemporaines pour refléter les progrès accomplis. Le principal axe transversal du parcours concerne le rapport entre discours merveilleux et propos scientifique. Les élèves pourront ainsi découvrir que le discours littéraire sur la Lune est d'abord merveilleux ou poétique et devient de plus en plus scientifique et technique, conformément à la marche du progrès.

Le parcours se prête particulièrement à une exploitation dans le cadre des EPI (français, histoire, sciences, arts). Aussi avons-nous proposé des pistes pour les EPI tout au long du parcours.

▶ La présentation du parcours montre que la littérature se fait l'écho des progrès scientifiques contemporains. C'est pourquoi nous avons retenu quatre moments décisifs où les découvertes scientifiques et la création littéraire sont allées de pair : la période hellénistique avec les Histoires vraies de Lucien, en écho aux découvertes de l'école d'Alexandrie, le XVIIe siècle où les écrits de Cyrano de Bergerac rendent compte des découvertes récentes (gravitation, héliocentrisme), le XIXe siècle et l'ambition d'une littérature scientifique avec Jules Verne. Enfin, il nous a paru intéressant de faire travailler les élèves sur la mission Apollo XIII à travers un article de presse contemporain. Cette approche chronologique est pertinente sur le plan littéraire et témoigne d'une scientificité toujours plus grande de la littérature.

▶ Ce parcours vise à permettre à l'élève de :
- comparer le discours littéraire et le discours scientifique ;
- le texte narratif et informatif ;
- saisir le sens du « progrès » en littérature ;
- découvrir la figure littéraire et scientifique de Cyrano de Bergerac ;
- exprimer leur créativité à l'écrit ou à l'oral à travers des écrits d'invention ;
- tisser des liens entre histoire et littérature ; sciences et littérature ;
- s'exercer à des travaux de recherches personnelles ou collectives.

Organisation du parcours et choix des axes de lecture

1. Un voyage merveilleux

Lucien de Samosate,
Histoires vraies p. 234-235

• Pistes didactiques

Ce texte permet d'observer que la Lune fait l'objet d'une quête aventureuse depuis l'Antiquité, en lien avec les premières recherches astronomiques. Il donne l'occasion de revenir sur la catégorie littéraire du merveilleux avec les élèves, en observant la fantaisie, l'humour et l'imaginaire développés par Lucien dans son évocation de la Lune.

• Proposition d'hypothèse de lecture

Comment la description de la Lune renvoie-t-elle à un univers merveilleux ?

2. Une envolée extraordinaire

S. de Cyrano de Bergerac,
L'Histoire comique des États et Empires du Soleil et de la Lune p. 236-237

• Pistes didactiques

Les extraits donnent l'occasion de revenir sur la figure de Cyrano (voir p. 238-239 et JDL 4e), présenté ici en poète et en scientifique. On montrera aux élèves que la quête du héros est à la fois scientifique (découvertes astronomiques et astronautiques) et littéraire, puisque la fantaisie de Cyrano est sensible notamment dans les moyens retenus pour l'ascension. Le texte invite à un repérage des intertextes : les Histoires vraies de Lucien, la Genèse. Il permet aussi de faire le lien avec les découvertes astronomiques du XVIIe siècle.

• **Proposition d'hypothèse de lecture**
Comment la Lune est-elle présentée comme un objet à la fois scientifique et littéraire ?

3. Échos des XIXe, XXe et XXIe siècles

E. Rostand,
Cyrano de Bergerac
G. Moreau Geoffrey,
Cyrano de Bergerac (affiche de la pièce)
J.-P. Rappeneau,
Cyrano de Bergerac (film)
A. Ayroles, J.-L. Masbou,
De Capes et de Crocs (bande dessinée) p. 238-239

• **Pistes didactiques**
– Construire des repères littéraires et culturels sur Cyrano, l'auteur, puis Cyrano, le personnage de Rostand.
– Observer la permanence d'une représentation de Cyrano dans ses aspects physiques, moraux, intellectuels.
– Analyser l'association entre le personnage de Cyrano et la Lune et inviter les élèves à en déchiffrer la portée symbolique.

• **Proposition d'hypothèse de lecture**
Comment l'association entre le personnage de Cyrano et la Lune s'appuie-t-elle sur des ressorts poétiques et scientifiques ?

4. Une expédition scientifique

J. Verne,
Autour de la Lune
« On a marché sur la Lune »,
retranscription de l'échange
entre les cosmonautes au moment
de la sortie sur la Lune p. 240-242

• **Pistes didactiques**
Il s'agit de faire découvrir aux élèves que la littérature peut se nourrir des sciences, et en particulier des découvertes astronomiques contemporaines de l'auteur. Il sera intéressant, notamment, de confronter le texte de Verne avec les connaissances des élèves sur la Lune, qui pourront être nourries par des travaux de recherche documentaire, en amont ou durant la séance.

• **Proposition d'hypothèse de lecture**
Comment Jules Verne parvient-il à synthétiser enjeux littéraire et scientifique ?

Corrigés des questionnaires et des exercices

1. Un voyage merveilleux

L. de Samosate,
Histoires vraies, texte 1 p. 234-235

Découvrir un voyage merveilleux sur la Lune

1. Lucien et son équipage quittent la mer suite à un ouragan : leur bateau est projeté en l'air et monte vers la Lune.

2. L'ascension se produit à bord du bateau. Les quatre éléments sont évoqués dans ce parcours : l'eau de la mer d'où s'envole le bateau, l'air à travers lequel le bateau est projeté, la terre perçue par l'équipage lors de l'ascension et le feu qui sert de comparant pour la couleur des iles.

3. Endymion est un personnage de la mythologie grecque : il s'agit d'un roi d'une région grecque, l'Élide, qui devint l'amant de Séléné, déesse de la Lune. Mais c'est un mortel alors que la Lune est une déesse immortelle, ils sont donc séparés à la mort d'Endymion.

4. La Lune est décrite par Lucien comme un espace merveilleux, auquel on accède de manière mystérieuse – par ascension, dans le cas de Lucien et d'Endymion. De plus, on y trouve des créatures imaginaires, comme les Hippogypes, hybrides composés de cheval et de vautour.

5. La Lune permet d'observer la Terre à travers un grand miroir et d'entendre ce que les hommes y disent grâce à un puits. La Lune permet donc de connaitre la Terre et ses habitants.

6. L'humour de Lucien consiste à défier le lecteur : il pourra vérifier la véracité des propos de l'auteur par lui-même. Or l'implicite de cette phrase, perceptible dans la proposition conditionnelle (« si par aventure on parvient soi-même là-bas »), est que les hommes ne pourront pas se rendre sur la Lune. Le propos de Lucien est donc invérifiable !

Bilan **7.** La description de la Lune proposée par Lucien relève surtout du merveilleux, et non de considérations scientifiques : il s'agit, pour l'auteur, de présenter un lieu inaccessible pour le commun des mortels, peuplé de créatures fabuleuses. La Lune est à la fois décrite de manière identique à la Terre, puisqu'on y trouve les quatre éléments, et en contrepoint à cette dernière, puisqu'elle permet de l'observer et donc de la connaitre.

▶ Construire un récit collectif

L'exercice est conçu dans un double objectif : il s'agit d'une part de vérifier la compréhension du texte et la manière dont les élèves ont saisi ses enjeux ; d'autre part il s'agit de susciter un esprit d'émulation, de respect et d'écoute au sein de la classe, en forçant les élèves à improviser un récit cohérent à partir de ce que leurs camarades ont imaginé. L'exercice s'appuie sur un type de sujet courant dans les exercices d'écriture du brevet : imaginer la suite d'un texte.

2. Une envolée extraordinaire

S. de Cyrano de Bergerac,
L'Histoire comique des États et Empires du Soleil et de la Lune, texte 2 p. 236-237

Étudier la richesse d'une figure littéraire

1. L'expérience des fioles est utilisée par le personnage pour s'élever de la Terre vers le ciel : il s'agit de remplir des fioles de rosée et d'attendre que la rosée s'évapore. Le héros profite ainsi de la différence de poids pour s'élever vers le soleil. L'isocaèdre est composé de plaques de verre qui captent les rayons du soleil et font monter la température de l'air : celui-ci s'échappe par une ouverture, est remplacé par de l'air et provoque ainsi l'élévation de l'isocaèdre.

2. a. L'Arbre de Vie fait référence au livre de la Genèse, dans la Bible.

b. En voyant l'Arbre de Vie sur la Lune, le héros compare cette dernière au «Paradis» (l. 14), c'est-à-dire un lieu idéal qui ne connait pas le mal. En ce sens, on peut dire que la Lune est décrite comme une utopie.

3. Outre l'isocaèdre, le héros a aussi conçu une «horloge à vent» (l. 31) et une sphère qui représente le mouvement des astres. Ces objets appartiennent à l'astronomie. Il a aussi inventé un œil qui permet de voir la nuit, ce qui implique des compétences en biologie.

4. a. Le héros ressent des émotions fortes, comme le révèlent les termes suivants : «j'admirais», «extase», «je sens mes entrailles émues». Il décrit ainsi un sentiment profond d'émerveillement.

b. Le personnage ressent des émotions fortes au moment où son projet réussit, c'est-à-dire lorsqu'il parvient à atteindre le Soleil, après avoir atteint la Lune. Ce sont les couleurs du Soleil qui provoquent, notamment, son émotion.

5. La première citation fait référence à la révolution de la Terre. La seconde phrase fait référence au système héliocentrique. C'est donc la Terre qui tourne autour du Soleil, et non l'inverse.

Bilan **6.** Le héros de Cyrano est présenté à la fois comme un scientifique et un poète. Il est décrit comme un scientifique qui a les capacités pour concevoir et pour construire des machines innovantes et répondant à des problématiques scientifiques. Il est particulièrement versé en astronomie, mais également en biologie. Le héros apparait aussi comme un poète, qui prend en compte ses émotions et qui contemple les beautés de l'univers. Poésie et sciences se rencontrent lorsqu'il invente l'expérience des fioles.

▶ Lecture d'image

L'illustration de la p. 236 représente l'expérience des fioles ; celle de la p. 237 représente le héros de Cyrano dans l'isocaèdre.

▶ Raconter la suite des aventures du héros

L'exercice consiste à imaginer la suite du texte. Il permet de s'entrainer sur un type de sujet souvent donné au brevet en rédaction. L'exercice vise à éprouver la qualité de la lecture du texte chez les élèves et la bonne compréhension de ses principaux enjeux. Il s'agit par ailleurs de développer des compétences pour un exercice d'écriture collectif.

3. Échos des XIXe, XXe et XXIe siècles

E. Rostand,
Cyrano de Bergerac, texte écho p. 238

Comparer les deux textes

1. Rostand reprend deux expériences imaginées par Cyrano de Bergerac dans *Histoire comique des États et Empires du soleil et de la Lune* : les fioles de cristal pleines de rosée (v. 6-9) et l'isocaèdre (v. 11-16).

2. Dans le texte de Rostand, Cyrano imagine, en outre, de chevaucher une sauterelle artificielle qui pourrait le projeter dans le ciel ou encore d'être emporté par un globe plein de fumée.

3. On retrouve chez le héros de Rostand et chez celui de Cyrano de Bergerac les mêmes caractéristiques : ce sont des scientifiques, capables d'innover et d'inventer des machines extraordinaires, ce sont aussi des poètes. D'ailleurs le personnage de Rostand maitrise parfaitement l'art de la parole et s'exprime en alexandrins.

G. Moreau Geoffrey,
Cyrano de Bergerac (affiche de la pièce)
J.-P. Rappeneau,
Cyrano de Bergerac (film)
A. Ayroles, J.-L. Masbou,
De Capes et de Crocs (bande dessinée) p. 238-239

Faire des liens entre les images

1. Sur les trois images, on observe le personnage de Cyrano dans la nuit. La Lune apparait.

2. Une atmosphère mystérieuse se dégage des images.

3. Dans le film et dans la pièce, il s'agit de mettre en rapport Cyrano et la Lune, car, d'après le texte de Cyrano de Bergerac, il s'y est rendu.

A. Ayroles, J.-L. Masbou,
De Capes et de Crocs p. 239

Étudier une planche de bande dessinée p. 239

1. Le Maitre d'Armes parait très digne, il se tient droit. Il est vêtu à la mode du XVIIe siècle, il porte des bottes, un chapeau à plume et une cape, il est armé d'une épée.

2. Il est caractérisé par la longueur de son nez.

3. Voici le champ lexical de l'odorat : «effluve», «fumet», «je flaire», «parfums», «odeur»… Tout cela fait référence à la longueur de son nez.

4. Il s'exprime en alexandrins.

5. La Lune apparait comme un paysage mystérieux, tout en blanc à cause des nuages. Les constructions qui apparaissent sont diaphanes.

Bilan **6.** Le Maitre d'Armes partage de nombreuses caractéristiques avec Cyrano de Bergerac : comme le héros de Rostand, il a un long nez, il est vêtu à la mode du XVIIe siècle, il manie bien l'épée et s'exprime en alexandrins. Il fait preuve du même panache que le héros de Rostand.

Ressource numérique VIDÉO

Interview de Michel Vuillermoz (comédien, sociétaire de la Comédie-Française)

Comprendre une interview

1. Cyrano peut apparaitre comme un «personnage de conte», car rien ne lui semble impossible : il a une grande faculté à se réfugier dans l'imaginaire. Comme pour les personnages de conte, le monde est un espace du merveilleux.

2. M. Vuillermoz présente le personnage historique de Cyrano comme un homme de lettres complet (philosophe et dramaturge) et duelliste. Rostand reste fidèle au personnage historique de Cyrano même s'il invente son long nez. C'est un personnage héroïque, marqué par son opposition au monde entier.

3. L'héroïsme de Cyrano réside dans le fait qu'il veut réparer l'injustice, en employant parfaitement bien le langage codifié du temps.

4. M. Vuillermoz présente Cyrano comme un héros solitaire : on peut donc faire un lien avec le monde de la nuit, et donc avec la lune. La nuit est en effet un moment propice à la solitude et à la mélancolie de Cyrano.

4. Une expédition scientifique

J. Verne,
Autour de la Lune, texte 3 p. 240-241

Étudier deux regards sur la Lune

1. À gauche, il s'agit d'un extrait de roman ; à droite c'est un texte informatif.

2. La Lune reçoit des noms différents dans les mythologies : Diane chez les Romains, Phœbé chez les Grecs, Isis chez les Égyptiens, Astarté chez les Babyloniens et au Proche-Orient. Dans la mythologie gréco-romaine, la Lune est la sœur d'Apollon, le dieu du Soleil. Cela signifie donc que l'astre du jour et celui de la nuit sont frère et sœur.

3. Un satellite est un corps sidéral en orbite autour d'un autre corps plus important, une planète par exemple. Une météorite est un corps solide qui traverse l'espace et rencontre un astre ou une planète. L'impact peut provoquer de lourds dommages.

4. De *luna*, viennent les mots suivants : *lunaire, alunir, alunissage, lunatique*. De *sélénè*, viennent les mots suivants : *Sélénite, le sélénium* (matière chimique).

Comprendre l'ambition scientifique de Jules Verne

1. Le passage fait référence à la gravitation, découverte par Isaac Newton.

2. L'auteur compare les personnages à « des gens ivres » (l. 13).

3. Voici les termes relevant du champ lexical de la lumière : « effluve lumineux » (l. 15), « illumination » (l. 31), « étincelèrent au firmament » (l. 43). Voici ceux de l'obscurité : « vastes masses sombres » (l. 29-30), « son éclat accidentel s'amoindrit » (l. 39), « s'éteignirent » (l. 40-41), « habituelle ténébrosité » (l. 42), « l'impénétrable nuit » (l. 44). Les deux champs lexicaux sont présents conjointement.

4. a. La Lune est présentée comme un « disque mystérieux » (l. 16) au relief accidenté, où l'on trouve des reliefs accusés (« montagnes » l. 22, « océans » l. 26…). On trouve aussi des références à la terre (« cirques », « cratères » l. 23), à l'eau (« des mers véritables, des océans » l. 26) et au feu (l. 28).

b. Il s'agit d'orienter la recherche des élèves sur la présence de l'eau sur la Lune.

5. a. C'est la vue qui est sollicitée par les personnages pour découvrir la Lune. Champ lexical : « entrevirent » (l. 16), « apercevait » (l. 17), « distinguèrent » (l. 18), « yeux » (l. 32), « optique » (l. 33).

b. Les personnages se mettent à douter de ce qu'ils voient, comme le traduisent les phrases interrogatives (l. 32-37). Ils confrontent leur perception sensible et la réalité scientifique.

6. Jules Verne fait preuve d'une réelle ambition scientifique en décrivant la Lune conformément à la réalité, alors que, au XIXᵉ siècle, les connaissances qui la concernent sont uniquement théoriques. Il décrit justement son relief accusé et sa surface, constituée de cirques, montagnes… Le seul point sur lequel il fait erreur est la présence de l'eau sur la Lune, qui est attestée dans le passé mais qui est mise en doute à l'époque contemporaine.

« On a marché sur la Lune »,
retranscription de l'échange entre
les cosmonautes au moment de la sortie
sur la Lune p. 242

Lire un article de presse sur un alunissage

1. L'émotion d'Armstrong est perceptible face au caractère radicalement nouveau de son expérience : il exprime de la joie face au succès de l'opération et se dit honoré (l. 32-33). Cela est traduit par le recours à un lexique de l'émotion (« beauté » l. 25), à des modalisateurs (« sacré » l. 8) ou à des phrases exclamatives (« C'est fait ! » l. 8).

2. Armstrong réagit aussi en scientifique : il observe et décrit minutieusement ce qu'il perçoit, comme le sol de la Lune et s'en remet à ses sens pour donner un premier aperçu de la Lune. L'expérience du scientifique est donc d'abord empirique. Il a aussi le réflexe de comparer ce qu'il vit aux expériences scientifiques précédentes (l. 14-15).

3. Armstrong a une connaissance sensible de la Lune grâce à deux sens en particulier, le toucher (« la surface est extrêmement molle » l. 20 ; « une surface très dure » l. 22) et la vue (« je peux voir » l. 12 ; « ça ressemble beaucoup » l. 26).

4. « Splendide désolation » est un oxymore : en effet, il y a opposition entre les deux termes, pourtant liés par la syntaxe. L'expression parait justifiée si on regarde des images de la Lune.

5. Le président Nixon témoigne de la fierté de tous les hommes à voir les prouesses technologiques et scientifiques dont les astronautes ont été capables.

6. Le sens du message écrit sur la plaque est double : d'une part, il signifie que l'objectif de la mission Apollo XI est pacifique, et non guerrier, d'autre part, que c'est au nom de tous les hommes que la mission Apollo XI est venue sur la Lune.

Bilan **7.** Le sens de cette phrase joue sur l'opposition entre le sens propre (« un petit pas pour l'homme »), car Armstrong a avancé d'un pas habituel sur la Lune, et le sens figuré (« un grand bond pour l'humanité ») car le progrès scientifique que représente ce pas sur la Lune est considérable. En outre, il y a une généralisation entre le pas d'un homme seul, Armstrong, et ce qu'il signifie comme progrès technologique pour l'humanité entière.

Activités d'expression p. 243

▶ Imaginer un voyage sur la Lune

Les élèves sont invités à produire un texte narratif, qui s'apparente à un récit de voyage. Ils peuvent réinvestir les connaissances acquises au cours du parcours sur la Lune et respecter la réalité scientifique de ce satellite. Ils pourront choisir de développer un voyage en phase avec la réalité scientifique et astronautique ou bien développer un moyen imaginaire et merveilleux, à la manière de Lucien ou Cyrano. Leur texte comportera aussi une partie descriptive.

▶ Construire un récit collectif : un message aux Sélénites

L'exercice implique à la fois une dimension personnelle et une dimension collective. L'exercice se déroule en trois moments.

– D'abord un travail préparatoire est nécessaire pour permettre à chaque groupe de définir le thème et pour se mettre d'accord sur une unité.

– Puis, les groupes devront travailler à l'écriture de leur paragraphe. Les élèves seront alors amenés à s'interroger sur un message adressé à des inconnus.

– Enfin, l'assemblage des paragraphes permet à chacun de s'exprimer et de défendre sa proposition.

On peut poursuivre le travail d'écriture en demandant aux différents groupes de retravailler leur proposition en fonction des propositions de chacun.

DOSSIER Représenter l'Autre dans le cinéma de science-fiction

p. 244-245

Objectifs et démarches du dossier

▶ L'objectif de ce dossier est de développer la culture cinématographique des élèves à travers des films classiques ou contemporains. Leur point commun est d'appartenir au genre de la science-fiction et de représenter des figures d'extraterrestre. L'enjeu est précisément de voir la variété de telles représentations de l'autre face aux hommes, depuis l'étrangeté radicale jusqu'à la ressemblance totale.

▶ Le dossier se prête à diverses approches : travail en petits groupes à partir du lienmini, travail collectif avec des projections d'extraits plus larges en classe au choix du professeur, travail en EPI (lettres, arts, histoire, sciences/technologie). Par exemple, le dossier invite à considérer les films du point de vue historique de la guerre froide.

Corrigés

1. Découvrir huit films clés

p. 244

Ressource numérique ACTIVITÉ

Synopsis et extraits de films

▶ **Tableau :**

	Nom, date et genre	Portrait	Rapport aux êtres humains	Sentiment(s) provoqué(s)
1	S. Kubrik, 2001, *l'Odyssée de l'espace* (1968) Film de SF métaphysique	grands parallélépipèdes noirs en pierre	accompagnent les êtres humains depuis les temps préhistoriques jusque dans le futur	étrangeté, mystère
2	L. Cohen, *Les Envahisseurs* (1969) Série pour la télévision	parfaite similitude (à l'exception de leur auriculaire)	rapport d'hostilité, volonté de conquête	confusion, ressemblance néfaste
3	G. Lucas, *La Guerre des étoiles* (IV) (1977) Trilogie de comédies dramatiques SF	grande variété, tout type de créatures	différence radicale avec l'humanité	surprise, dégout, rire, peur
4	R. Scott, *Alien* (1979) Film d'épouvante	aspect monstrueux, animal (insecte)	hostilité absolue, cruauté	effroi
5	S. Spielberg, *E.T. L'extra-terrestre* (1982) Comédie dramatique de SF	aspect amusant et tendre, grands yeux, cœur brulant	tendresse, proximité, amitié	émotion, attachement
6	T. Burton, *Mars attacks !* (1996) Film comique	aspect repoussant et kitsch, drôle dans son outrance	rapport d'hostilité, volonté d'invasion	rire
7	S. Spielberg, *La Guerre des mondes* (2005) Film de SF	engins mécaniques violents et puissants	rapport d'hostilité, volonté de destruction	effroi
8	C. Nolan, *Interstellar* (2014) Film métaphysique de SF	l'autre est soi-même	rapport d'altérité et d'identité	surprise, étrangeté

2. Imaginer un extraterrestre

p. 245

L'enjeu de l'activité est de confronter deux discours visant à développer chacun la créativité et l'inventivité des élèves. Les élèves sont d'abord invités à proposer un texte descriptif à travers un portrait où ils pourront tout imaginer et s'inspirer des différents registres perçus dans le dossier.

Puis ils adapteront leur portrait au moyen d'une discipline artistique de leur choix. Ce sera l'occasion de faire travailler les élèves sur le portrait littéraire et artistique, ainsi que sur les nécessaires adaptations que supposent l'un et l'autre.

QUESTIONNEMENT **PROGRÈS ET RÊVES SCIENTIFIQUES**

PARCOURS UNE ŒUVRE INTÉGRALE

Le Robot qui rêvait, Isaac Asimov

p. 246-253

Objectifs et démarches du parcours

Problématique : *Comment concilier progrès scientifique et respect d'une éthique humaniste ?*

▶ Ce parcours met en question le progrès scientifique à travers le texte intégral d'une nouvelle de science-fiction, « Le robot qui rêvait », qui donne son nom à un recueil d'Isaac Asimov. Tout en donnant l'occasion aux élèves de découvrir l'univers futuriste d'Asimov, le texte de la nouvelle se propose d'interroger les rapports entre robots et être humains. La nouvelle qui confronte deux scientifiques et un robot met en question le sens du progrès en interrogeant son caractère dangereux. Les élèves sont ainsi invités à réfléchir d'une part sur le sens du progrès et sur son caractère tantôt positif, tantôt négatif et d'autre part sur ce qui caractérise l'humain face à la machine. De ce point de vue, l'atelier sur le transhumanisme (p. 254-257) fournit un complément à la réflexion. Face à un tel sujet, les élèves sont particulièrement invités à réagir, à s'exprimer et à se familiariser avec les techniques de l'argumentation. Enfin, on pourra profiter de ce parcours pour faire une synthèse sur la nouvelle et sur les procédés de la narration (schéma narratif, cadre spatiotemporel, rythme du récit, chute de la nouvelle…). Le parcours donne également l'occasion de découvrir le genre de la science-fiction.

▶ Arrivés en fin de cycle 4, les élèves sont confrontés à un texte intégral, d'une longueur au demeurant raisonnable (250 lignes) pour les préparer au lycée. La nouvelle ne pose aucune difficulté de compréhension et répond aux standards narratifs auxquels les élèves sont habitués. Enfin, divers éléments du paratexte permettent aux élèves de se familiariser avec l'univers littéraire d'Asimov. La parcours est volontairement conçu pour inviter les élèves à une lecture longue, aussi est-il jalonné de deux questionnaires. Le premier, portant sur l'*incipit*, permet de s'assurer que la compréhension du texte est bien engagée, puis un second questionnaire porte sur l'ensemble du texte de sorte que les élèves aient une perception générale de ses enjeux.

▶ Ce parcours vise à permettre à l'élève de :
- découvrir l'univers littéraire d'Asimov ;
- découvrir le genre de la science-fiction ;
- travailler sur un texte intégral ;
- saisir les caractéristiques d'une nouvelle (l'*incipit*, la chute) , sa composition, son rythme…
- s'interroger sur le sens du progrès, son caractère bienfaiteur ou dangereux ;
- s'interroger sur les limites de l'humanité, sur le rapport entre homme et machine ;
- s'exprimer, s'engager, développer une argumentation à l'écrit ou à l'oral.

Corrigés des questionnaires et des exercices

Identifier les caractéristiques d'un *incipit* de science-fiction — p. 246

1. On ne sait pas précisément où et quand se passe l'action ; mais nous savons qu'elle se déroule dans un univers futuriste (« robot » l. 11, « ordinateur » l. 14).

2. Trois personnages apparaissent : le robot LVX-1, qui annonce avoir rêvé, et deux femmes robopsychologues, Linda Rash qui est débutante et Susan Calvin, plus âgée, qui est sa supérieure.

3. Le robot est appelé LVX-1 (l. 1) et Elvex (l. 9).

4. Les deux femmes sont robopsychologues, c'est-à-dire qu'elles sont chargées de l'âme des robots, comme le signifie l'étymologie du terme. Cela est paradoxal puisque les robots sont des machines et n'ont donc pas d'âme.

5. Susan est appelée la « Légende vivante » (l. 24) ; cela signifie que Linda lui voue un grand respect et l'admire.

Bilan 3. Cet incipit *in medias res* suscite l'intérêt du lecteur car il est immédiatement plongé dans l'action de la nouvelle et confronté à un fait inattendu : un robot dit avoir rêvé. Or cela implique des facultés d'imagination et d'abstraction, impossibles pour une machine. On sent que la nouvelle porte sur les rapports entre l'homme et la machine.

Couverture originale de *The Complete Robot* d'**Isaac Asimov**
A. Rodin,
Le Penseur p. 247-248

▶ Étudier une couverture et sa référence

1. La couverture de *The Complete Robot* s'inspire du *Penseur* de Rodin : on y voit dans les deux cas un individu seul, assis, la tête appuyée sur le bras. Il semble plongé dans ses pensées.

2. Sur la couverture, le personnage est assis sur des membres en métal et des fils électriques : on a l'impression que le robot a enlevé ce qui fait de lui une machine.

3. On peut dire que les robots d'Asimov sont humanisés par le rapprochement avec le Penseur de Rodin. Cela signifie que, dans le monde d'Asimov, les robots sont doués de facultés humaines comme penser ou rêver.

▶ Débattre en classe

L'intérêt de l'exercice est de faire décrire aux élèves deux images en les comparant. Ce sera l'occasion de mener un travail lexical sur le sens de « rêver » et de différencier les sens propre et figuré du verbe.

Les élèves seront amenés ensuite à exprimer leur préférence et à choisir la couverture qui leur semble la plus adaptée à la nouvelle. On insistera sur les rapports entre texte et image et on demandera aux élèves d'étayer leur choix sur des arguments précis et justifiés.

Frontispice de l'édition originale de la nouvelle « Le Robot qui rêvait » p. 250

▶ Exprimer un point de vue

Il s'agit de mettre en rapport texte et image : on pourra s'interroger sur la posture du robot, ses dénotations (le rêve et l'imagination) et ses connotations (les liens entre humain et robot, sujet et objet).

B. Li,
spectacle Robot p. 251

▶ Décrire une image

Il s'agit d'exercer les élèves à la description de l'image, puis à la formulation d'une analyse sur les rapports entre humain et robot.

Sur cette photographie de ballet, l'homme parait s'adapter à la machine, ce qui va à contre-pied de la réalité où c'est plutôt la machine qui est au service de l'homme. On pourra aussi interroger les élèves sur le sens de la danse et sur ce qu'elle implique comme principe d'altérité, de complémentarité ou d'égalité.

Les élèves sont invités à comparer Elvex, dans la nouvelle d'Asimov, et NAO, dans le ballet, car ces deux robots accomplissent des actions habituellement réservées aux hommes : rêver et danser.

Interpréter deux regards scientifiques sur la marche du progrès p. 252

1. Elvex est un robot qui parvient à rêver. Cela est surprenant car rêver est l'apanage des créatures vivantes, homme ou animal, et non des machines.

2. Linda a donné cette faculté à Elvex pour que son cerveau soit plus complexe et se rapproche de celui d'un homme (l. 46-48).

3. Susan dit à Linda qu'elle a fait preuve d'impétuosité (l. 53) et qu'elle a outrepassé ses droits (l. 53). Par ailleurs, le fait qu'elle a agi seule en fait une figure prométhéenne, qui a une volonté démiurgique de création du vivant. Elle fait preuve d'*hybris*, en quelque sorte.

4. Dans les rêves d'Elvex, les robots sont présentés comme des travailleurs. Ils ont des tâches dures à accomplir (l. 161-163) et leurs conditions de travail sont périlleuses (l. 133-134). Les robots sont donc présentés comme des esclaves, puisque, selon l'étymologie de ce terme, « rab » signifie esclave en russe.

5. L'émancipation d'Elvex est traduite par deux moyens particuliers dans la nouvelle : d'une part, Elvex a un usage très développé de la parole, il échange avec des humains et parle autant qu'eux, dans une langue aussi claire et compréhensible. D'autre part, Elvex est doué de pensée et de capacité d'analyse : ainsi, il parvient à faire la différence entre la condition des robots dans la réalité et dans ses rêves (l. 161-169). Petit à petit, l'émancipation d'Elvex passe par la défense des robots par rapport aux humains.

6. Elvex remplace les trois Lois de la robotique par une nouvelle règle, unique : « les robots devaient protéger leur propre existence » (l. 162). L'homme qui apparait à la fin du rêve est Elvex lui-même : il n'est plus robot, il se considère comme un homme.

7. Selon Susan, Elvex constitue un danger pour les hommes car il veut défendre les robots et les soustraire à la domination des hommes. Il parle de lui-même comme d'un homme (l. 249) et considère les autres robots comme son « peuple » (l. 239). C'est pourquoi, elle décide de tirer sur Elvex.

Bilan **8. a.** On opposera la vision de Linda qui veut faire avancer la recherche scientifique et, au nom du progrès, créer des expériences nouvelles, par exemple en rapprochant le cerveau des robots de celui des hommes, comme Susan le reconnait (l. 217-223). Au contraire, Susan considère les dangers d'un progrès scientifique excessif qui peut remettre en cause l'ordre établi.

b. La question vise à faire réfléchir les élèves, à prendre parti en s'engageant dans le débat tout en apportant des arguments solides.

Activités d'expression p. 253

▶ Mettre en scène le procès de Susan Calvin

L'enjeu de l'exercice est d'abord de s'assurer que les élèves ont compris les enjeux et les détails du texte d'Asimov. Ensuite, il s'agit d'accompagner les élèves dans la définition de leur thèse (pour ou contre Susan Calvin) et de leurs arguments. Ils sont ainsi amenés à construire une argumentation solide et étayée.

On peut concevoir la mise en scène en classe d'un procès où les élèves sont amenés à débattre les uns devant les autres et à s'engager pour leur thèse.

▶ Créer un univers de science-fiction

L'exercice proposé vise à développer des compétences narratives. L'exercice s'appuie sur la compréhension par les élèves du genre de la science-fiction et de ses caractéristiques. Il s'agit donc pour eux d'exploiter ce qu'ils ont compris du genre. Ils réinvestiront le travail mené autour du texte d'Asimov en définissant à leur tour un type de relation entre homme et robot. De cette manière, ils s'interrogeront sur le sens du progrès.

ATELIER D'EXPRESSION

Écrire un article critique Sur le sujet : Pour ou contre le transhumanisme ?

p. 254-257

Objectifs et démarches de l'atelier

▶ Le thème choisi s'inscrit parfaitement dans la réflexion sur le progrès scientifique en proposant aux élèves de réfléchir sur des sujets d'actualité, le transhumanisme et le posthumanisme. Il s'agira donc d'interroger la marche du progrès, ses bienfaits et ses dangers et de confronter progrès et éthique. À chaque étape, les élèves sont invités à développer leur point de vue. L'atelier peut enfin servir de point de départ à un travail prolongé dans le cadre d'EPI (lettres/sciences). Il peut se prêter à un travail de recherches documentaires plus fouillé.

▶ Parvenus en fin de cycle 4, les élèves sont invités dans cet atelier à se confronter à un exercice d'écriture argumentatif long. C'est pourquoi ils seront accompagnés d'étape en étape. Il s'agit de les préparer ainsi aux exercices d'écriture travaillés au lycée. Le genre de l'article parait un moyen adapté pour développer des compétences argumentatives qui pourront faire l'objet de rappels de cours, comme l'atelier y invite (circuit argumentatif, structure de l'argumentation, convaincre/persuader).

Corrigé des questions et activités

1. Rechercher des documents et définir ses premières impressions

S. Spielberg,
A.I. Intelligence artificielle p. 254-255

▶ Découvrir / Préparer son article

Ces deux questions invitent les élèves à réfléchir pour construire leur thèse et pour éviter toute idée a priori plaquée sur le thème. Ils sont invités à exprimer leurs sentiments et émotions devant les deux scènes d'*A.I. Intelligence artificielle* proposée. On pourra confronter progrès et éthique.

2. Définir le sujet et comprendre le thème p. 255

▶ Comprendre

1. Les élèves sont invités à réagir et à faire état de leurs impressions devant des cyborgs. On pourra interroger en particulier les limites de l'humanité et les rapports entre homme et machine. La marche du progrès est alors mise en question.
2. Il s'agit ici d'un travail lexical sur le brouillage des catégories (machine, homme, animal) chez les cyborgs.

▶ Préparer son article

3. L'élève est invité à un travail de définition à partir du sens du mot et des exemples proposés. On insistera au passage sur la nécessité de définir les termes employés dans un article argumentatif.

Ressource numérique ACTIVITÉ
Article de Sciences et avenir sur Tim Cannon

3. Distinguer thèse / arguments / exemples

É. Kleinpeter, J. Perriault,
L'Humain augmenté p. 256

▶ Découvrir

2. L'hybridation implique la fusion d'entités étrangères l'une à l'autre, par exemple le corps humain et des matériaux technologiques dans le cas des posthumains.

▶ Comprendre

3. La médecine vise à réparer ce qui est blessé ou détruit alors que le transhumanisme repose sur le principe d'augmentation, c'est-à-dire l'ajout au corps humain d'éléments étrangers à sa nature.
4. Ils concernent des modifications physiques (extraits 1 et 2) et mentales (extrait 2).

▶ Préparer son article

5. Faire réfléchir les élèves et les accompagner dans la définition de leur thèse. À ce stade de l'atelier, ils peuvent formuler une thèse pondérée, ayant perçu des aspects positifs et négatifs du transhumanisme.

▶ **Formuler argument, exemple et thèse**

1. Le recours à la chirurgie esthétique à des fins non-thérapeutiques, mais pour répondre à un besoin ou à une souffrance, peut être un argument en faveur du transhumanisme.

2. La thèse de l'auteur est que le transhumanisme repose sur l'augmentation et l'hybridation.

3. Exemple d'augmentation : la chirurgie esthétique ; exemple d'hybridation : le cyborg.

4. Comprendre les limites d'une argumentation / élargir la thèse

J. Goffette,
L'Humain augmenté
F. Hadjadj,
Jeanne et les posthumains ou Le sexe de l'ange p. 256-257

▶ **Comprendre**

L'objectif est de faire réagir les élèves, les accompagner dans la formulation du caractère exaltant et dangereux du progrès quand la recherche prend l'homme comme objet.

▶ **Découvrir à l'oral**

1. L'exercice invite les élèves à prendre possession du texte et de ses enjeux.

2. L'objectif est de faire réfléchir les élèves et de les aider dans la formulation de leur thèse.

▶ **Comprendre**

3. Ce monde est posthumain car les personnages sont dotés de boutons (upgrade, reset). On peut les réinitialiser, comme des machines.

4. Les modifications sont physiques (les boutons) et mentales (on peut changer la mémoire des personnages avec le laveur de mémoire).

5. Un lexique réservé aux machines est employé pour les hommes : « réinitialisée », « bouton upgrade », « bouton reset », « faire un arrière rapide ».

6. L'auteur est contre le posthumanisme et le monde qu'il décrit est effrayant car inhumain. Les hommes sont devenus des machines.

▶ **Préparer son article**

7. Une nouvelle fois, les élèves sont invités à définir leur thèse. Il peut être intéressant de voir comment leur thèse a évolué et de leur demander à quels arguments ou à quels exemples ils ont été sensibles. Ils pourront les réemployer dans leur article.

▶ **Grammaire pour dire et pour écrire**

Les textes de la page 256 (extraits 1 et 2) ont pour but de convaincre. Ce sont des textes argumentatifs qui s'adressent à la raison du lecteur. Les textes de la page 257 (extraits 1 et 2) ont pour but de persuader : ce sont des textes de fiction qui s'adressent aux sentiments des lecteurs.

Activité finale

Dans un dernier temps, l'objectif de l'atelier est de demander aux élèves de mettre par écrit leurs idées, en définissant clairement la thèse qu'ils ont choisi de défendre. Leur plan sera constitué d'arguments au service de leur thèse et d'exemples pour montrer la pertinence de leurs arguments. Arguments et exemples peuvent être puisés dans les documents fournis par l'atelier.

Classe de 3e

Les interrogations ci-dessous, présentes en 5e et 4e, se retrouvent en fin de cycle 4, avec d'autant plus d'acuité que l'entrée au lycée pour la plupart des élèves suppose qu'ils maitrisent le bagage linguistique attendu au terme du collège.

Comment « faire de la grammaire » ? C'est la question récurrente que se posent beaucoup d'enseignants. Faut-il « décrocher » les séances du reste de la séquence ou bien systématiquement les raccrocher aux textes que l'on étudie, au risque de faire de ces derniers des « prétextes » à exploiter ?

Le contenu des programmes est clair : en aucun cas, il ne s'agit de faire un « étiquetage terminologique » dans lequel les élèves se perdent mais bien :

– de les aider à comprendre le fonctionnement de la langue ;

– de leur permettre d'acquérir des compétences linguistiques et non de simples connaissances grammaticales pour « comprendre et s'exprimer ».

Le travail sur la langue est donc bien au service de la **lecture des textes** – quelle que soit leur nature – et aussi de l'expression personnelle dans les **travaux d'écriture**.

Par ailleurs, le déficit de connaissances grammaticales de beaucoup d'élèves vient également du fait que les « mots de la grammaire » n'ont guère de sens pour eux et, surtout, que les mécanismes de la langue leur échappent. Par conséquent, le lien entre les leçons de langue et la lecture interprétative des textes doit faire sens non pour instrumentaliser les œuvres mais bien pour **faire entrer les élèves dans ce que l'on appelle une « écriture », un style** ; elles sont également – et peut-être essentiellement – au service des premières compétences à développer : les compétences langagières dont on peut constater qu'elles figurent en tête des rubriques des nouveaux programmes.

Par conséquent, quelles méthodes avons-nous choisies pour présenter nos activités de langue ?

▶ Tout d'abord en permettant aux élèves de **comprendre quelles opérations ils effectuent lorsqu'on leur demande un « travail sur la langue »** ; l'atelier appelé *Les gestes du grammairien* en ouverture leur donne la possibilité d'identifier eux-mêmes ce qu'ils ont à faire ; c'est **une manière active de faire comprendre les verbes de consigne** dont on sait que leur définition reste abstraite si l'on ne voit pas de manière immédiate et concrète ce qu'il convient d'en faire. La récurrence des gestes de suppression, déplacement, remplacement, expansion, réduction ou transformation, utilisés tout au long du cycle 4, permet d'acquérir des automatismes à la seule lecture d'un énoncé.

▶ Nous avons aussi essayé de **faciliter le passage de l'observation à la formulation de la leçon**. En effet, même si les exemples ou extraits sont toujours appropriés, même si les résumés à apprendre sont synthétiques et clairs, on se rend compte de la difficulté de certains à passer du constat collectif et concret sur un court texte (en adéquation totale avec ce que l'on veut expliquer, surtout lorsque les phrases sont « fabriquées » en conséquence) et la synthèse qui reste opaque car abstraite, comme déconnectée de ce qui vient d'être constaté. La possibilité de pouvoir faire collectivement des hypothèses sur ce que l'on vient d'observer et de comprendre, de les réfuter ou de les considérer comme justes, favorise le lien entre exemple de départ et leçon. C'est aussi une manière d'aider les élèves à « manipuler » les mots, à faire des essais, tant à l'oral, d'abord, qu'à l'écrit, ensuite.

▶ De nombreuses études ont montré que la mémoire était diverse dans sa manière de s'approprier les contenus ; visuelle, auditive… Ce qui est certain, c'est qu'une leçon trop longue, qui veut tendre vers l'exhaustivité des règles et, surtout, des exceptions, n'est pas accessible pour tous. Nous faisons donc **le choix de leçons courtes, aisées à mémoriser**, tant par la formulation que par la dimension visuelle des schémas qui les accompagnent. Certes, tous les cas grammaticaux n'y figurent pas, car ils peuvent être complétés par le professeur, mais ce qui nous importe, c'est que le lien puisse être fait de manière systématique avec les hypothèses formulées par la classe, qu'il n'y ait pas d'implicite, ni de prérequis supposés que certains ne possèderaient pas.

▶ Les exercices retrouvent les formulations connues grâce à l'atelier en tête de chaque partie « langue » et **un lien constant est fait** – celui qui nous parait essentiel – **entre les contenus linguistiques et les pratiques langagières**, avec la rubrique « pour dire et pour écrire » qui, une fois encore, cible un ou deux éléments à maitriser pour s'exprimer tant à l'oral qu'à l'écrit.

▶ Enfin, un effort tout particulier est mis sur la **proposition de bilans en réelle pédagogie différenciée**, c'est-à-dire, à partir d'un même support et avec la perspective de mêmes compétences à acquérir, des questions guidées pour certains, plus ouvertes pour d'autres, afin que tous parviennent à réaliser la tâche demandée. La réflexion en amont sur les connaissances et les capacités demandées, le constat des réussites et des difficultés auxquelles remédier ensuite constituent par ailleurs des indicateurs précieux pour des séances d'**accompagnement personnalisé**.

La volonté des programmes est de donner sens à la langue, de la mettre au service de la compréhension et de l'expression. Nous avons cherché à proposer une mise en œuvre qui, pour ce faire, **rende la langue attractive, vivante, et porteuse de sens**, dans ses contenus et dans les termes mêmes qui la nomment.

Tout l'enjeu du programme de 3ᵉ réside dans le fait qu'il doit permettre à la fois de **s'assurer que l'ensemble des connaissances du cycle 4 est acquis mais également que certains éléments stylistiques sont maitrisés afin d'aborder la lecture analytique au lycée** avec les outils nécessaires :

– pour le lexique : ce sont précisément les termes de l'analyse littéraire théâtrale et romanesque qui sont étudiés, ainsi que les noms des figures de style relevant de l'art oratoire ou du jugement. Aucune énumération inutile, donc, mais bien une identification de procédés trouvés dans les types de textes abordés et qui peuvent être réutilisés dans des argumentations personnelles par les élèves ;

– pour le nom : la suite et l'enrichissement des expansions du nom déjà abordées en 4ᵉ ;

– pour le verbe : la reprise et l'approfondissement des notions déjà travaillées afin de consolider les acquis (verbes attributifs, transitifs, intransitifs, par exemple) ; on complète en 3ᵉ avec une analyse plus précise de certains modes (conditionnel ou subjonctif, par exemple), mais c'est surtout en lien étroit avec l'orthographe que se fait le travail autour du verbe ;

– en orthographe, en effet, l'on s'arrête à l'accord des verbes pronominaux, souvent problématique, et sur les accords complexes du participe passé, en particulier avec l'attribut du COD ;

– la compréhension de la phrase complexe et la syntaxe des subordonnées sont approfondies et liées à la compréhension de l'emploi des modes subjonctif et conditionnel précédemment abordés dans la partie sur le verbe ; on revient aussi dans le détail sur les différentes nuances de subordonnées circonstancielles, mais toujours dans la perspective de les faire comprendre en situation, comme éléments d'explication d'un texte et non comme un catalogue de connaissances à mémoriser ;

– la grammaire de texte étudie la situation d'énonciation dans différents genres littéraires, ce qui doit aider les élèves à préparer l'entrée dans les textes en seconde ; les connecteurs temporels et logiques sont largement analysés afin que la confusion de plus en plus courante entre ces deux catégories soit évitée (« alors » n'exprime pas la conséquence…) ; enfin, pour ceux qui souhaitent « aller plus loin », nous abordons de la manière la plus simple possible la notion de thème et propos. Paroles rapportées, implicite et ironie font aussi partie du programme de langue en 3ᵉ, ainsi que les modalisateurs, puisqu'ils sont inhérents à toute argumentation, en particulier l'argumentation indirecte.

Progressivité dans la complexité de la langue, en évitant tout jargon inutile, comme c'était déjà notre souhait en 4ᵉ, mais aussi préparation à l'approche littéraire du lycée, appropriation des ressources syntaxiques pour mieux faire valoir son point de vue, tels sont les enjeux de ce programme de langue de 3ᵉ dont nous espérons qu'il convaincra les élèves que « langue et sens » ne font qu'un…

Atelier d'ouverture : Les gestes du grammairien p. 260-263

Démarche

Cet atelier d'ouverture de la partie langue a pour objectif de mettre les élèves en posture de grammairiens : il doit leur permettre de mettre en place des procédures de réflexion sur la langue comme objet d'étude pour en faciliter son acquisition et favoriser une utilisation consciente des moyens qu'elle offre.

Il vise à faire prendre conscience aux élèves que la grammaire est à la fois un ensemble de règles à suivre afin d'être compris, mais aussi la science qui étudie ces mêmes règles. La grammaire est donc autant à celui qui écrit ou dit qu'à celui qui lit ou entend.

La démarche est à la fois résolument inductive et réflexive : l'enjeu est d'attirer l'attention des élèves sur des gestes essentiels et des niveaux d'analyse différents (texte, phrase, mot) et de leur permettre d'expliciter leur démarche.

Choix du support

Nous avons choisi le texte de Grand Corps Malade afin d'éveiller la curiosité des élèves et de les surprendre. C'est aussi l'occasion d'étudier un genre particulier, la chanson, parce qu'elle se singularise comme co-présence de la langue et de la musique. Cette particularité nous a semblé très intéressante pour attirer l'attention des élèves sur les liens entre oral et écrit. En outre, ce choix permet de faire entrer les élèves dans l'analyse du texte par l'écoute (lienmini de la partie 1). On n'oubliera cependant pas de leur rappeler que le slam repose, à l'origine, sur la prédominance du texte, récité *a capella,* sans autre musicalité que celle des mots et de la voix. C'est dans les versions concert et CD qu'apparaissent les instruments. On pourra interroger avec profit les élèves sur le choix des instruments qui accompagnent la déclamation. Le piano, instrument noble et à cordes, répond à l'accordéon, instrument à vent plus populaire.

« J'écris à l'oral » se veut un pied de nez à la linguistique qui considère souvent la frontière entre écrit et oral comme infranchissable. Or, avec ce texte, nous sommes en présence d'un écrit oralisé qui occupe une position intermédiaire entre l'écrit formel et l'oral spontané, mettant en œuvre une véritable hybridation stylistique. Le texte respecte la forme canonique de la poésie et se présente donc d'emblée comme un écrit très codifié et élaboré ; l'artiste se présente d'ailleurs comme un artisan des mots (« j'ai de l'encre plein la bouche »). Néanmoins, on repère de nombreux éléments caractéristiques du français familier et de l'oralité qui confèrent au texte un effet d'oral spontané.

Enfin, l'artiste cherche et prend plaisir à surprendre voire à piéger son auditeur par le jeu sur et avec les mots : le support écrit se révèle nécessaire pour éviter les pièges et lever les ambiguïtés. Les élèves découvrent alors que le grammairien est celui qui utilise toutes les potentialités de la langue non pour analyser mais pour créer. En mesurant les écarts par rapport aux règles établies par la grammaire, ils comprennent la nécessité de les maitriser pour pouvoir s'en éloigner et affirmer ainsi leur singularité et leur liberté.

Objectifs pédagogiques

- Mettre les élèves en position de grammairiens qui observent, manipulent, débattent et tirent des conclusions.
- Faire prendre conscience aux élèves que le grammairien est celui qui étudie un texte mais aussi celui qui le produit, à l'écrit comme à l'oral.
- Faire comprendre aux élèves que le choix des mots est motivé par leur sonorité, ce que l'on veut dire et l'effet que l'on veut produire.
- Faire découvrir aux élèves les indices linguistiques et sémantiques dont ils disposent pour mieux comprendre un texte.
- Développer l'envie de coopérer et montrer l'intérêt de ce travail dans la construction du sens.
- Donner envie de s'exprimer.

Mise en œuvre

▶ Constitution des groupes

L'enseignant demande aux élèves de constituer des groupes de trois ou quatre. Il respecte, autant que faire se peut, leurs affinités : la langue doit être un endroit où ils se sentent bien. Pour s'assurer du bon déroulement de la séance, on pourra demander à chacun de remplir une fonction particulière : le maitre du temps veille à l'efficacité du groupe et à la participation de chacun, l'observateur note les points positifs et fait des suggestions d'amélioration, le secrétaire prend des notes, le rapporteur présentera à la classe les conclusions de son groupe.

▶ Déroulement

Après avoir insisté auprès des élèves sur le fait qu'on attend qu'ils se mettent dans la position du grammairien qui observe, analyse et tire des règles de ses observations, le travail de groupes peut commencer.

Plusieurs modalités sont possibles :
- ménager des plages de mises en commun à la fin de chaque partie ;
- laisser les élèves travailler en autonomie sur l'ensemble de l'atelier et ne faire une mise en commun qu'à la fin, pour le « Qu'avons-nous découvert sur les gestes du grammairien ? » ;
- attribuer à chaque groupe une seule partie de l'atelier pour faire apparaitre de façon concrète la nécessité des niveaux différents de (re)lecture lors de la lecture ou de la production d'un texte.

Quelle que soit la modalité choisie, la mise en commun doit être l'occasion pour les élèves d'utiliser différents types d'écrit comme supports de l'oral (schémas, cartes mentales, prise de notes) et de travailler sur le passage de l'écrit à l'oral dans cette phase de l'atelier.

L'atelier étant proposé en ouverture de la partie langue des trois niveaux du cycle, on tendra à accorder davantage de temps, au fil des années, à la mise en œuvre de l'activité finale, les élèves devant parvenir à une production de plus en plus longue et élaborée.

Rôle de l'enseignant

L'enseignant passe parmi les groupes pour observer et écouter ses élèves : il prend ainsi conscience du niveau de maitrise des savoirs et des savoir-faire de la classe. C'est à partir de ce diagnostic qu'il pourra construire sa progression annuelle en langue. Il peut également « débloquer » la réflexion d'un groupe et relancer la motivation d'un autre, ou apaiser les éventuelles tensions : travailler en groupe s'apprend !

Partie 1 - Se repérer par l'écoute et l'observation

Observons et manipulons

lienmini.fr/jdl4-A101

1. Ce texte est un texte poétique. À l'écoute, les élèves seront particulièrement sensibles à la musicalité du texte :
– répétition de sons : les rimes plates mais aussi à l'intérieur des vers, par exemple : « soir », « histoire », « espoir » (v. 1-2) ;
– répétition de mots : « des humains » (v. 5 et 7) et « je suis d'abord resté » (v. 9 et 10) ;
– mots avec des sonorités proches : « passif » et « pensif » (v. 9 et 10).

2. La lecture du texte permet de confirmer que ce texte est un texte poétique mais aussi de dégager d'autres caractéristiques.

Texte poétique	Récit d'un souvenir	Énoncé oral
La disposition du texte sur la page L'emploi des majuscules Les répétitions de sons, de mots et sonorités proches	Les indications de lieu Le pronom de première personne Les repères temporels Les temps verbaux utilisés	Les répétitions de sons, de mots et sonorités proches L'emploi de la ponctuation

3. Grand Corps Malade raconte « [s]a première Soirée Slam » (v. 4) et les conséquences qu'elle a eues sur sa vie et son écriture.

Qu'avons-nous observé ?

Cette première phase d'observation, conduite au niveau du texte, doit permettre aux élèves de repérer ce qui caractérise un genre : la disposition sur la page, la situation d'énonciation, l'emploi des connecteurs et des temps. Le texte proposé doit par ailleurs amener les élèves à prendre conscience que l'on n'est pas sensible aux mêmes choses lorsqu'on lit ou lorsqu'on écoute un texte.

Partie 2 - Comparer l'écrit à l'oral

Observons et manipulons

1. L'absence de signes de ponctuation forte, du premier élément de la négation (ne) et la présence de chiffres prouvent que l'auteur s'exprime à l'oral.

Je n'oublierai pas ces instants rares où la nuit sert de terrain à la recherche de l'éphémère, moitié inquiet, moitié serein. Je ne sais pas si le bonheur se touche mais on l'a peut-être frôlé deux ou trois fois dans cette atmosphère un peu louche, se reflétant dans nos voix.

2. Deux interprétations sont possibles : j'écris pour dire ou j'écris comme je parle. Les élèves seront surpris par cette affirmation dans la mesure où, pour eux, les codes de l'écrit et ceux de l'oral sont très différents.

3. a. Je suis **d'abord** resté pensif. **Puis** j'ai pris une avalanche de rimes et une cascade de thèmes. **Enfin** j'ai déterré l'encrier.

b. le slam : gifler, secouer, libérer. Je : zoner, rechercher.

Le slam **a giflé** mon esprit puis **libère** les passions, **secouant** mon envie créative restée en hibernation.

À la **recherche** de ces ambiances dans tout Paris je vais **zoner**.

Qu'avons-nous observé ?

Cette partie met en lumière les principales différences entre codes de l'écrit et de l'oral et porte principalement sur l'analyse de la phrase. Elle rappelle l'importance de la segmentation du texte en phrases et le rôle capital de la ponctuation.

Les élèves ont ainsi été amenés à supprimer pour repérer les groupes syntaxiques minimaux et à ajouter de la ponctuation ou des connecteurs temporels pour montrer leur compréhension du texte et mesurer les différences entre écrit et oral.

Partie 3 - Utiliser l'oral et l'écrit de manière complémentaire

Observons et manipulons

lienmini.fr/jdl4-A102

1. a. Les deux groupes de mots dont les sonorités sont très proches sont : « l'encrier » (v. 13) et « sans crier » (v. 14). En les lisant, on s'aperçoit néanmoins qu'ils sont distingués par l'orthographe : en/an.

Le premier est un groupe nominal alors que le second contient un verbe à l'infinitif.

L'artiste nous invite à une écoute et une lecture attentives et nous montre à quel point son texte est écrit.

b. Ce jeu sur les mots et les sons se poursuit avec « l'encre y est » (v. 15).

2. a. En grammaire, l'« accord » est la correspondance entre des mots reliés syntaxiquement et dont l'un agit sur la forme des autres. En musique, le mot désigne l'union de sons constituant l'harmonie et le réglage de la justesse d'un instrument.

b. Le principe est très simple encore <u>fallait-il</u> y penser / <u>Quelques instants</u> après, j'ai déterré l'encrier

c. Dans la première proposition, la liaison fait entendre l'accord sujet/verbe ; dans la seconde, l'accord déterminant/nom.

d. À l'oral, on entend l'accord au pluriel déterminant/nom (« mes oreilles ») et sujet/verbe (« sont envoutées ») mais pas celui du participe passé (féminin pluriel).

Qu'avons-nous observé ?

L'oral, comme la musique, se fonde sur la même nécessité de s'accorder et d'accorder, c'est-à-dire de se mettre d'accord sur ce dont on parle et de faire en sorte que ça sonne juste. Cette partie insiste sur une incidence de l'écrit sur l'oral, la nécessité de faire les liaisons, et montre que la grammaire est aussi au service de la lecture.

Il faut être attentif aux accords dans le groupe nominal (déterminant/nom et adjectif/nom) et à l'accord sujet/verbe. À l'oral, les liaisons permettent d'entendre certains d'entre eux. Il est donc important de les prononcer quand on lit un texte, ce qui permet de faire entendre un son harmonieux comme en musique. Cependant ce moyen n'est évidemment pas suffisant : de nombreux accords ne s'entendent pas, particulièrement en raison de la place du mot dans la phrase.

Partie 4 - Mettre en relation les mots et le texte

Observons et manipulons

1. a. En anglais *slam* signifie « la claque ». L'artiste fait claquer les mots ou envoie une claque verbale à l'auditeur pour lui transmettre ses émotions ou ses idées.

b. L'artiste évoque cette étymologie quand il écrit : « le slam a giflé mon esprit » (v. 17).

c. Le verbe « gifler » est employé ici au sens figuré.

2. Le verbe « zoner » est familier. On peut le remplacer par « marcher, déambuler, errer » mais la rime avec « résonner » (v. 20) est alors perdue.

3. a. L'artiste joue sur l'homonymie entre « voix » et « voie ».

b. On pense à l'expression « la voie est libre ».

c. Le mot « timbre » est utilisé avec son sens de « qualité particulière d'un son spécifique de l'instrument ou de la voix qui l'émet ».

Qu'avons-nous observé ?

Pour comprendre le sens d'un mot dans un texte, on peut :
– s'appuyer sur le contexte ;
– s'aider d'un dictionnaire, pour connaitre les différents sens du mot (propre et figuré) ;
– chercher son étymologie ;
– examiner les liens de synonymie et d'homonymie qu'il entretient avec d'autres mots.

Partie 5 - Remplacer et transformer pour identifier les classes grammaticales et leurs fonctions

Observons et manipulons

1. Le vers 22 est particulièrement difficile à comprendre en raison du jeu sur la paronymie des verbes « voir », « avouer » et « suivre » tels qu'ils sont conjugués et de la répétition du pronom personnel de la 3e personne.

Grand Corps Malade cherche à nous faire expérimenter le pouvoir des mots et de la poésie qui entraine et enlace pour nous faire partager l'expérience qu'il a lui-même vécue.

2. a. Les mots surlignés en rose sont des verbes.

b. « ai vu » : passé composé du verbe voir ; « vis » : passé simple du verbe voir ; « avoue » : présent du verbe avouer ; « ai suivie » : passé composé du verbe suivre.

c. Tu le voyais. Certains élèves peuvent avoir répondu : tu le vivais. L'artiste a employé cette forme parce qu'elle est polysémique.

3. Les mots surlignés en jaune sont des pronoms personnels de la 3e personne du singulier. Ils servent à remplacer un nom. C'est la dernière occurrence de ce pronom qui peut être remplacée par « la poésie » qui est un nom féminin et ne peut donc remplacer les deux premières occurrences. Elle ne peut pas non plus remplacer le « l' » devant « avoue » pour des raisons de sens.

4. La fonction complément d'objet direct indique sur qui porte l'action exprimée par le verbe. Elle est donc particulièrement bien choisie dans cette phrase où l'artiste montre le pouvoir que la poésie (fonction sujet) exerce sur les gens (« te » COD).

Qu'avons-nous observé ?

Les élèves ont :
– mis les mots en voix pour entendre comment le texte « sonne » ;
– repéré et identifié des formes verbales, des classes grammaticales et des fonctions ;
– remplacé un mot par un autre.

Le repérage des classes grammaticales et des fonctions permet de mieux comprendre comment la grammaire est au service du sens. On insistera auprès des élèves sur le fait qu'ils ont aussi été invités à mieux comprendre les choix de l'artiste, c'est-à-dire à se mettre dans la posture du grammairien en production et non en réception d'un texte.

À vous de jouer

Cette activité invite les élèves à réutiliser les gestes mis en œuvre dans les différentes parties de l'atelier et à voyager dans le sommaire et les pages de la partie langue. Elle est l'occasion pour chaque élève de faire le bilan de ce qu'il connait et de ce qu'il va découvrir.

Une « Soirée Slam » est un moment de partage, de brassage social et culturel synonyme d'ouverture à l'autre. Les élèves sont invités à se rencontrer autour des mots : tout le monde a le droit à la parole à égalité. Cette joute oratoire valorise le respect de l'« adversaire » : il faut aussi apprendre à écouter. L'enseignant veillera alors à donner le même temps de parole à chaque élève.

Les élèves s'exercent ainsi de façon ludique et artistique à l'expression de soi et peuvent faire l'expérience d'une prise de parole engagée. Cette activité constitue une véritable initiation à l'art oratoire. On n'exigera cependant pas des élèves des textes « parfaits » pour conserver la dimension de spontanéité de l'oral et encourager et valoriser la prise de parole de tous. Les élèves en grande difficulté pourront être invités à seulement déclamer tout ou partie du texte de Grand Corps Malade pour en montrer leur compréhension et partager leur propre sensibilité afin que personne ne soit exclu de cette activité de partage.

Le lexique

Présentation et progression au sein de la partie

▶ Ce groupement de leçons s'articule autour du lexique. Il vise à aborder des révisions de notions abordées à la fin du cycle 3, ainsi qu'en 5e et en 4e, avec des éléments relatifs à l'étude des textes, afin de préparer la poursuite des études au lycée (général, professionnel ou technologique).

Les deux premières leçons présentent des révisions relatives à l'origine des mots et à leur formation. Les leçons 3 et 4 permettent d'approfondir les relations de sens entre les mots, dénotation, connotation ou homonymie. La deuxième partie s'attache ensuite à présenter le vocabulaire de l'analyse littéraire à travers les différents genres (leçon 5), puis le vocabulaire et les figures de style associées dans différentes situations de langage (leçons 6 et 7). Enfin, une double page présente de façon panoramique les différentes figures de style.

Objectifs pédagogiques

Au terme de ce groupement de leçons, les élèves auront :
- révisé les principes de formation des mots ;
- réfléchi aux relations de sens entre les mots ;
- approfondi leur connaissance du vocabulaire de l'analyse littéraire ;
- complété leur connaissance des figures de style ;
- approfondi leur connaissance des nuances du vocabulaire de l'argumentation.

Atelier de classe : Comment interpréter le sens d'un mot ? p. 264-265

Pour plus de détails sur les objectifs généraux des ateliers et les modalités de mise en œuvre, veuillez vous reporter aux explications données dans l'atelier d'ouverture p. 143.

Démarche

▶ Le choix du texte de George Orwell permet d'aborder la question du lexique sous un angle inattendu, celui de la suppression de mots devenus inutiles. L'approche ludique est ainsi privilégiée pour réviser ensuite les notions relatives à la formation et à la signification des mots. Le texte présentant un point de vue assez provocant sur la question, la troisième partie amène donc les élèves à formuler à leur tour un point de vue sur cette question.

Mise en œuvre

▶ **Constitution des groupes**

Placer les élèves par groupes de 3 ou 4 maximum pour que chacun puisse participer. Le travail s'appuie sur des prérequis relatifs à la phrase, il parait donc intéressant de choisir des élèves de niveaux hétérogènes.

▶ **Déroulement**

Avant de lancer le travail en groupe, il faudra prendre le temps de lire attentivement le texte et interroger les élèves sur ce qu'ils comprennent du rôle de Symes, en leur demandant par exemple de définir son métier.

Ils peuvent ensuite commencer le travail par groupe suivant les modalités choisies (voir la présentation de ces modalités dans l'atelier d'ouverture). On leur rappellera que l'atelier vise à les mettre en position de grammairiens chercheurs, et qu'ils devront découvrir ou redécouvrir des informations sur le sens d'un mot. Comme les grammairiens, ils devront ensuite rédiger eux-mêmes leurs conclusions à la fin de chaque partie de l'atelier et en bilan général.

▶ **Gestion du temps**

L'atelier s'appuyant principalement sur des révisions, une heure parait une durée raisonnable.

Objectifs pédagogiques

À la fin de cet atelier, les élèves devront avoir présenté une réflexion sur :
- la formation des mots ;
- la signification des mots ;
- les façons d'exprimer un point de vue.

Partie 1

Observons et manipulons

Cette partie permet de réviser les éléments qui constituent les mots, grâce à des activités qui diffèrent de ce qui est généralement proposé. En effet, le personnage de Symes présente le « novlangue », c'est-à-dire des mots qui n'existent pas en appliquant les règles qui président à la formation des mots. Cette approche ludique permet en outre de préparer la troisième partie, consacrée à la rédaction d'un point de vue en fournissant des éléments de réflexion.

1. Le mot « novlangue » est constitué de l'adjectif « nouveau » et du nom « langue ». L'auteur a fabriqué ce mot en contractant les deux termes et en les assemblant.

2. Le radical commun aux trois mots est « bon ». Les préfixes permettent de formuler différents degrés de cet adjectif :
- *inbon* : le contraire de bon ;
- *plusbon* : meilleur, accentuation de cette qualité ;
- *doubleplusbon* : excellent, le redoublement de « plus » montre un renforcement de cette qualité.

3. Les mots de la même famille que destruction sont : « construction » et « structuration ». La ressemblance entre les mots a guidé le choix. Le noyau de destruction est *-struct-*. C'est la partie commune aux trois mots.

Qu'avons-nous observé ?

- Les mots sont formés en ajoutant des parties au début ou à la fin *(on n'attend pas nécessairement les mots exacts)*.
- On reconnait les mots de la même famille car il y a une ressemblance du noyau central.

Partie 2

Observons et manipulons

Les activités de cette deuxième partie focalisent l'attention des groupes sur les relations de sens entre les mots grâce à des exercices de déduction et d'observation. Les notions abordées ne présentent pas de difficultés particulières, ayant déjà été rencontrées au cours des précédents cycles.

1. Le mot *antonyme* désigne le contraire. Le mot *synonyme* désigne un mot qui présente une même signification. Les exemples qui illustrent ces définitions sont :

– « un mot qui n'est que le contraire d'un autre », l. 6-7 ;

– « une chaîne de mots vagues et inutiles comme "excellent", "splendide" et tout le reste », l. 11-12.

2. Dans ce texte, le mot *mauvais* signifie « qui n'est pas bon », il a le sens de l'antonyme de « bon ». Le deuxième exemple présente une signification différente : *mauvais* signifie alors qui est malintentionné, qui exprime un sentiment de haine, de rancune.

Le premier de ces emplois est à prendre au sens littéral, tandis que le second correspond à un sens imagé (on n'attend pas ici le terme de sens figuré).

3. La deuxième définition est la bonne. Ces mots sont des homonymes, ils s'écrivent de la même manière sans avoir la même signification, c'est pourquoi il est possible de les confondre.

Qu'avons-nous observé ?

Les liens de sens qui peuvent exister entre les mots sont :

– l'opposition : les mots sont de sens contraires, à savoir des antonymes ;

– la ressemblance : les mots se ressemblent tout en ayant des sens différents, ce sont des homonymes ;

– la signification : les mots ont une même signification, il s'agit des synonymes.

Partie 3

Observons et manipulons

Cette partie propose aux élèves de réfléchir aux enjeux de langage exposés par le texte : faut-il vraiment supprimer les mots que Symes juge inutiles ? Les groupes d'élèves sont ainsi encouragés à réfléchir à l'utilité des nuances de lexique, ainsi qu'aux outils leur permettant d'exprimer leur point de vue.

1. Les mots qui indiquent une exagération sont « plusbon » et « doubleplusbon », l. 12 et 14. Ils correspondent au comparatif et au superlatif de « bon ».

2. Symes aime son activité de destruction des mots. Il emploie des termes critiques comme « déchets » (l. 4) pour désigner les mots qui lui semblent superflus, ou « se débarrasser » (l. 5) pour montrer que son travail vise à soulager la langue de mots inutiles. Il préfère des mots simples, dépourvus de nuances, aux « mots vagues et inutiles » (l. 12). Il dit de son activité que « c'est une belle chose » (l. 3).

3. *Cette activité relève d'une expression personnelle. Les réponses doivent faire apparaitre une réflexion sur l'intérêt des nuances de sens et de la richesse du vocabulaire. Un travail particulièrement réussi peut citer en exemple les limites des formes brèves d'expression comme le SMS ou Twitter.*

4. Symes donne plusieurs exemples pour insister sur l'idée qui lui importe. La répétition permet donc de se montrer plus convaincant.

Qu'avons-nous observé ?

À partir de vos observations, vous établirez que :

– pour indiquer un point de vue, une préférence, il faut employer des termes qui le montrent en ayant un sens péjoratif ou mélioratif ;

– on obtient un effet d'insistance grâce à la répétition.

Qu'avons-nousdécouvertsurlamanièred'interpréter le sens d'un mot ?

▶ **La formation des mots**

Les mots sont construits par association de composants, qu'il s'agisse de plusieurs mots, ou de préfixes / suffixes.

▶ **Les familles de mots**

Ce sont des mots qui contiennent un même noyau (radical). On les reconnait grâce à leur ressemblance.

▶ **Les relations de sens entre les mots**

Les mots peuvent présenter des relations de ressemblance (homonymes), d'opposition (anonymes) ou de signification (synonymes).

▶ **L'expression d'un point de vue**

On exprime son point de vue en employant des termes dont le sens contient une indication, grâce à leur valeur méliorative ou péjorative. On peut le renforcer en donnant plusieurs exemples.

1 - Origine et famille de mots p. 266-267

▶ Cette leçon présente la première des révisions consacrées au lexique. Elle focalise tout particulièrement l'attention de l'élève sur la signification de l'image de la famille pour comprendre la relation étymologique. Les exercices proposent des ouvertures à d'autres disciplines comme les langues vivantes, la géographie ou les sciences.

Démarche

La première leçon présente deux termes d'une même famille étymologique, en demandant aux élèves de procéder à une démarche analytique et prospective, pour émettre une hypothèse qui leur permet de réactiver des connaissances antérieures, notamment de la fin du cycle 3. Ensuite, ce lien de parenté entre les mots est approfondi dans les deux activités qui suivent, grâce à la réalisation d'un schéma et d'un arbre généalogique. Enfin, l'activité 4 permet de s'entrainer en validant les observations formulées précédemment.

Objectifs pédagogiques

À la fin de cette leçon, les élèves devront être capables :

– d'expliquer le principe de l'étymologie ;

– de reconnaitre des mots appartenant à une même famille ;

– de s'aider de mots d'une même famille pour expliquer des termes compliqués ;

– de s'aider des mots d'une même famille pour comprendre des mots en langue étrangère.

Activité 1

Cette similitude entre les deux mots peut s'expliquer par le fait qu'ils appartiennent à la même famille. Ils partagent un même ancêtre latin, *ludus*. On peut parler de famille car ils se ressemblent comme les membres d'une même famille.

Activité 2

a. loyal : qui respecte la loi
légal : qui est conforme à la loi
législation : ensemble de lois

b. Ils n'ont pas tout à fait le même radical, du fait des différentes évolutions qu'a connu le radical latin. Ils conservent un lien de sens avec leur ancêtre car ils appartiennent tous au champ lexical du mot « loi ».

Activité 3

b. Le père de métier est : *ministerium*. Son frère est : ministère. Ses neveux sont : ministre, ministrable, administrer, administrateur.

Activité 4

a. A. Mot appartenant au même champ lexical :
1. douleur, pleurs, souffrance
5. feu, brulant, ardent
6. neige, hiver, verglas
B. Mots de la même famille (mots ayant la même racine ou origine) :
2. vent, éventail, éventer
3. nom, nominatif, surnom
4. planter, plantation, implanter
7. écrire, écrivain, écriteau
b. 2. venteux, ventilateur
3. nommer, dénominateur
4. planteur, replanter
7. écritoire, écriture
c. *Pour cette dernière activité, il suffit de se tourner vers la page en regard, qui présente de nombreux exemples.*

Repérer

1 **a.** et **b. 1.** manœuvrer, manuscrit, maniable, mainmise, manucure, manivelle : **main** (radicaux : man/main)
2. invisible, prévoyant, réviser, vision, percevoir, viser : **vue** (radicaux : vis/voi/voy)
3. bénédiction, médire, verdict, dictaphone, dicton, dictée : **dire** (radicaux : dict/di)

2 **1.** Le **patrimoine** constitue un héritage transmis de génération en génération.
2. La devise de la **patrie** est : *Liberté, Égalité, Fraternité.*
3. Le lien de parenté entre un père et son enfant est appelé **paternité**.
4. Il regarde son enfant avec une fierté toute **paternelle**.
5. Le vieux berger est considéré comme le **patriarche** du village.

Manipuler

5

Ancêtre latin	Verbe	Nom commun	Adjectif	Exemple d'une autre langue européenne
hospes : hôte, qui donne l'hospitalité	hospitaliser	hôpital	hospitalier	hospital (anglais)
festum : jour de fête	fêter	festivité	festoyer	fiesta (espagnol)
domus : maison, habitation	dominer	domaine	domotique	domain (anglais)

6 **a.** et **b.**
cumulus → cumul // comble
captivus → captif // chétif
maturus → mature // mûr
fragilis → fragile // frêle
potio → potion // poison
caritas → ch**arité // cherté**

7 Chassez l'intrus de chaque liste.
1. étoile, interstellaire, ~~étole~~, étoilement
2. crédible, incrédule, croyant, discréditer, ~~crépir~~
3. force, forçat, ~~forban~~, renforcer
4. recevoir, ~~récession~~, réception, récipient

Écrire

10 *transfrontalier* : adjectif, désigne ce qui vient de l'autre côté de la frontière, ce qui la traverse.
périurbanisation : urbanisation qui se développe autour des villes, à la périphérie.
technopole : centre qui regroupe des activités technologiques (entreprises ou laboratoires de recherche).

11 *agronomie* : lois qui régissent les cultures.
astronomie : lois qui régissent les mouvements des planètes et des étoiles.
géothermie : méthode de chauffage grâce à l'énergie souterraine. C'est également le nom de la science qui étudie ces phénomènes.
hydrophile : qui absorbe (= aime) l'eau.
thalassothérapie : soin à base d'éléments marins.

Ressource numérique lienmini.fr/jdl3-101

Le manuel numérique enrichi vous propose les **exercices 3, 8 et 12** (fiche 1) et **4, 9 et 13** (fiche 2) permettant ainsi de compléter les exercices proposés dans le manuel.

Fiche 1

Repérer

3 vestimentaire → vêtement
circuler → cercle
servir → servitude
espace → spatial
froid → frigorifique

Manipuler

8 **1.** invulnérable (*vulnus*, la blessure) : désigne un être vivant qui ne peut être blessé.
2. pacifique (*pax*, la paix) : qualifie quelqu'un qui recherche la paix.
3. pluridisciplinaire (*plures*, plusieurs) : désigne un élément appartenant à plusieurs disciplines.

Écrire

12 Le **téléphone** permet de communiquer à distance : on peut même appeler à l'autre bout du monde.
C'est une émission **anglophone**, car tous les personnages parlent anglais.
L'**orthophoniste** intervient pour améliorer la prononciation des enfants.
L'alphabet **phonétique** international reconnait 118 sons communs à toutes les langues.

Fiche 2

Repérer

4 **a.** et **b.**
1. pédestre, piédestal, piétiner, orthopédique, piéton, bipède → pied
2. aimer, amateur, amant, désamour, aimable → amour
3. extraterrestre, souterrain, terrien, terreau, terrasse, atterrir → terre

Manipuler

9 **1.** génie, génétique, engendrer, ~~gêneur~~, généreux, genre, génération
2. populaire, ~~politique~~, populace, surpopulation, popularité, repeupler
3. spectateur, inspectrice, spectaculaire, suspicion, ~~inspirer~~, aspect, spectacle
4. expatrier, patriarche, paternité, patrie, patriote, patrimoine, ~~patrouiller~~

Écrire

13 **1.** Le **chronomètre** permet de mesurer la durée de votre course.
2. Il se plaint tous les jours de ses douleurs : elles sont devenues **chroniques**.
3. Quand on mélange des éléments appartenant à deux époques historiques distinctes, c'est un **anachronisme**.
4. L'ordre **chronologique** respecte la logique temporelle des évènements.

2 - La formation des mots

p. 268-269

▶ Cette leçon présente les révisions d'un sujet déjà abordé à la fin du cycle 3 et au cours du cycle 4. Elle permet donc de fixer les informations à retenir quant à la formation des mots.

Démarche

Les deux premières activités présentent à l'attention des élèves des mots composés, de manière à retrouver assez aisément les préfixes et les suffixes. La troisième activité permet d'aborder plus en détail les différentes manières de former un mot, et la dernière activité introduit une réflexion sur l'intégration très ancienne de mots d'origine étrangère, que des défenseurs trop zélés de la langue ont tendance à oublier.

Objectifs pédagogiques

Au terme de cette leçon, les élèves devront être capables de :
– reconnaitre les éléments qui entrent dans la composition d'un mot ;
– comprendre le phénomène de dérivation ;
– distinguer les mots-valises et les mots composés ;
– s'aider de leur connaissance de la formation des mots pour comprendre des termes compliqués.

Activité 1

a. et **b.** Les éléments communs sont le préfixe *-im* et le suffixe en *-able*. Le préfixe introduit l'idée d'une négation et le suffixe permet de construire un adjectif.

Activité 2

a. L'image incite à évoquer le mystère et les adverbes sont là pour en renforcer l'expression.
b. L'élément commun à ces adverbes est le suffixe en *-ment*.

Activité 3

a. – Un **mot-clé** est formé à l'aide des noms « mot » et « clé ».
– Un **motel** est formé à l'aide de « hôtel » et de « meublé ».
– Un **audioguide** est formé à l'aide de du préfixe « audio » et du nom « guide ».
– Un **rurbain** est formé à l'aide des adjectifs « rural » et « urbain ».
– Un **copier-coller** est formé à l'aide des verbes « copier » et « coller ».
– Un **quatre-quarts** est formé à l'aide du chiffre « quatre » et du nom « quart ».
b. Ces mots ne sont pas construits de la même manière. Certains ont fusionné, perdant même une partie de radical, tandis que d'autres sont restés associés par un tiret. *[L'entrée en vigueur de la réforme orthographique a modifié la construction de nombreux mots composés]*.
c. Les mots-valises sont « motel » et « rurbain ».

Activité 4

a. Le mot sirop vient de l'arabe, depuis le Moyen Âge.
b. Il existe de nombreux mots empruntés à une langue étrangère. En voici quelques exemples parmi les plus couramment employés :
– mot d'origine allemande : wagon ;
– mots d'origine anglaise : babysitteur, copyright, interview, marketing, weekend ;
– mots d'origine arabe : abricot, algèbre, café, divan, sucre ;
– mots d'origine espagnole : bravo, paella, fiesta.

Repérer

1 **1.** décent → décemment
2. facile → facilement
3. fréquent → fréquemment
4. tardif → tardivement
5. puissant → puissamment

2 **1.** athée : le préfixe est *a-*
2. parasol, parapente : le préfixe est *para-*
3. exposer, exporter : le préfixe est *ex-*

Manipuler

5 **a.** et **b.**
1. *multi-* contient une idée de pluralité. Un autre mot : multiple.
2. *omni-* contient une idée de totalité. Un autre mot : omniscient.

6 Les mots possibles sont : antithèse, promeneur, hypermarché, meneur, activation, activateur, marcheur, prothèse, promener.

7 MAGDELON. – Il faut qu'un amant, s'il se comporte **agréablement**, sache débiter **bellement** les sentiments ; pousser les sentiments **doucement**, **tendrement**, **passionnément**.

D'après **Molière**, *Les Précieuses ridicules*, 1659

Écrire

10 *écotourisme* : tourisme fondé sur une approche écologique.
blogosphère : ensemble de tous les blogs que l'on peut trouver sur Internet.
biodiversité : diversité des organismes vivants et des végétaux.
bidonville : partie défavorisée d'une ville construite en matériaux de récupération.
consom'acteur : consommateur qui veut exercer une influence positive par ses choix de consommation écologiques, durables ou locaux.

Produire à l'oral

13 **a.**, **b.** et **c.** *Cet exercice s'inspire d'une des pratiques artistiques de l'Oulipo, le* Sardinosaure. *Sur le plan grammatical, l'intérêt est d'amener les élèves à réfléchir au radical d'un nom en cherchant à le combiner. Le choix des animaux est laissé aux élèves, qui peuvent avec humour créer des animaux étonnants.*

Préparer une dictée

14 **a.** étagères
préludèrent
répétait
mélancolique
touchante
b. Le préfixe *mono-* veut dire seul, et le radical *-tone* désigne le ton. L'adjectif monotone est utilisé pour décrire ce qui est dit sur un seul ton, sans variation propre à susciter l'intérêt.

Ressource numérique lienmini.fr/jdl3-102

Le manuel numérique enrichi vous propose les **exercices 3, 8 et 11** (fiche 1) et **4, 9 et 12** (fiche 2) permettant ainsi de compléter les exercices proposés dans le manuel.

Fiche 1

Repérer

3 **1.** pertinent → impertinent
2. faisable → infaisable
3. prudent → imprudent
4. gérable → ingérable
5. digeste → indigeste

Manipuler

8

Nom commun	Verbe	Adjectif
pardon	**pardonner**	impardonnable
proportion	**proportionner**	**proportionné**
règle	réguler	**réglable**

Écrire

11 *L'exercice propose aux élèves de s'amuser avec les combinaisons de mots pour créer des produits pharmaceutiques. Si les élèves s'inspirent de produits existants, ce n'est pas grave, car ce sont justement les pratiques des fabricants, qui cherchent à donner à leur produit une connotation positive.*

Fiche 2

Repérer

4 **1.** inimitié → amitié
2. sympathie → antipathie
3. désordre → ordre
4. anormal → normal

Manipuler

9 **1.** chercher → chercheur
2. priver → privation
3. définir → définition
4. prendre → préhension / preneur
5. dissoudre → dissolution

Écrire

12 **a.** Ils commencent tous deux par le préfixe *ex-*. Le mot **expédition** est composé à partir de ce préfixe *ex-*, du radical *-pédi-*, du suffxe *-tion*. Le mot **exposées** est composé du préfixe *ex-*, du radical *-pos-*, du suffixe verbal *-ées* (désinence).
b. Le mot **embarcation** se compose du préfixe *em-*, qui veut dire « sur », du radical *–barc*, qui désigne un bateau, et du suffixe nominal *-tion*.
c. Le mot **équinoxe** désigne une période de l'année au cours de laquelle la nuit est aussi longue que le jour (12 heures chacun).

3 - Dénotation et connotation p. 270-271

▶ Cette leçon vise à approfondir l'étude du vocabulaire. Les nuances de sens sont des éléments précieux de l'analyse littéraire.

Démarche

La première activité vise à cerner l'évolution du sens d'un mot aussi banal que le mot « voiture », pour établir le fait selon lequel les sens d'un mot sont souvent plus nombreux qu'on ne le suppose. Après cette entrée en matière, les élèves réfléchissent aux connotations mélioratives ou péjoratives d'un mot, liées à son contexte, grâce aux deux activités suivantes. Enfin, la dernière activité permet de mesurer l'importance du contexte pour déterminer les significations associées à un même mot, contexte que l'on désigne aussi sous le nom de connotations.

Objectifs pédagogiques

Au terme de cette étude, les élèves devront pouvoir :
– distinguer le sens dénoté du sens connoté d'un mot ;
– reconnaitre les nuances de connotation d'un mot.

Activité 1

a. Les différents sens de ce mot sont : véhicule déplacé par des chevaux ou des bras, élément d'un train destiné au transport des voyageurs, puis véhicule automobile.
b. L'évolution historique du sens de ce mot est liée à l'évolution de la technologie.

Activité 2

a. Le mot répété dans ces phrases est l'adjectif « artificiel », qui semble avoir le même sens dans les deux phrases, à savoir « non naturel ». En réalité, dans la première phrase, il prend un sens critique, alors que dans la seconde, son sens reste neutre.
b. La différence se remarque grâce au contexte suggéré par les autres mots employés dans la phrase : l'adjectif « mauvais » dans la première et l'adjectif « jolies » dans la seconde.

Activité 3

b. L'extrait 1 est mélioratif : on peut le dire grâce au vocabulaire soutenu employé, qui a un sens valorisant, tout comme l'adjectif « favorisé ». L'extrait 2 est péjoratif : le vocabulaire laisse entendre qu'il est en retard, grâce aux mots « démesurée » et « enfin ».
c. Ces mots n'ont pas toujours la même signification, c'est le contexte qui nous renseigne.

Activité 4

a. Les mots qui renvoient au champ lexical de la mer sont : « marins », « capitaines » vers 1 et « courses » au vers 2.
b. Le mot « capitaine » n'a pas la même signification dans les deux exemples.
c. Les éléments qui permettent de trouver la bonne signification du mot capitaine dans les vers de Victor Hugo sont les termes qui renvoient au champ lexical de la mer.

Repérer

1 **1.** Ce sac est plus **léger** que le tien. (sens dénoté)
2. Le chat descend les marches d'un pas **léger**. (sens connoté)
3. Il **se mêle** toujours de nos affaires. (sens connoté)
4. Les fils détachés **se mêlent** les uns aux autres. (sens dénoté)
5. Cet homme est **grand**. (sens dénoté)
6. C'est un **grand** homme. (sens connoté)

2 **1.** Ce vêtement est tout à fait **ordinaire**. (péjoratif)
2. Il nage comme un **poisson** dans l'eau. (mélioratif)
3. Il **se soumet** aux ordres donnés. (péjoratif)
4. L'**océan** fait rêver des générations d'enfants, de futurs aventuriers. (mélioratif)
5. Il prend toujours des poses très **théâtrales**. (péjoratif)

Manipuler

5

termes dénotés	termes connotés
maison	villa
juger	critiquer
sombre	ténébreux
extraire	arracher

6 Je **perds** mon chemin facilement.
Il cherche à **perdre** son adversaire.
Il mange une **glace** délicieuse.
Son cœur est froid comme la **glace**.
Au cours de ses vacances, il s'est fait **plumé** par des escrocs.
Le boucher a **plumé** les poulets qu'il va vendre.
Ce combat a été une véritable **boucherie**.
Il va reprendre la **boucherie** de ses parents.
La **lune** est un satellite de la Terre.
Il est souvent dans la **lune**.
C'est une fille très **effacée**.
Il **efface** son ardoise avec un chiffon.
La lune est très **brillante** ce soir.
C'est une déduction **brillante**.

Préparer une dictée

9 **a.** et **b.** Les cinq mots en gras appartiennent au champ lexical du mouvement. Ils témoignent de l'envie du poète de montrer que le port est un lieu de mouvement.
c. Cette description est méliorative.

Écrire

11 *L'exercice permet de réfléchir aux potentialités évocatrices d'un mot à travers une recherche poétique. Les termes employés doivent faire comprendre au lecteur s'il s'agit d'un texte mélioratif ou péjoratif.*

Ressource numérique lienmini.fr/jdl3-103

Le manuel numérique enrichi vous propose les **exercices 3, 7 et 10** (fiche 1) et **4, 8 et 12** (fiche 2) permettant ainsi de compléter les exercices proposés dans le manuel.

Fiche 1

Repérer

3 **1.** Même adulte, elle avait encore un rire enfantin. **connoté**
2. La Californie est construite sur une faille géographique. **dénoté**
3. Cet évènement est particulièrement triste. **dénoté**

4. Il se sert de vous comme de pions, qu'il peut sacrifier au besoin. **connoté**

5. Vous méritez une meilleure appréciation. **connoté**

Manipuler

7 **a. 1. écraser** • sens mélioratif: L'équipe de basket a écrasé ses adversaires.

• sens péjoratif: Il faut écraser ces horribles insectes!

2. enfant • sens mélioratif: Elle a conservé son âme d'enfant.

• sens péjoratif: Cessez de vous comporter comme des enfants.

3. famille • sens mélioratif: Notre équipe a fait la preuve de son esprit de famille.

• sens péjoratif: C'est un défaut de famille.

4. hiver • sens mélioratif: Les promenades en hiver ne sont à nulles autres pareilles.

• sens péjoratif: L'hiver est une saison froide et pluvieuse.

5. Internet • sens mélioratif: Internet offre aujourd'hui des possibilités incroyables.

• sens péjoratif: Il faut de méfier des arnaques sur Internet.

Préparer une dictée

10 Le mot qui a une connotation culturelle est «sultane». Il permet de situer l'action dans un univers oriental.

Fiche 2

Repérer

4 **1.** L'homme s'installa dans son **tipi** pour se reposer et ôta sa coiffe de plumes.

connotation culturelle et connotation géographique

2. À ces mots, il vit **rouge** et se mit en colère.

connotation symbolique

3. Le tigre du **Bengale** est réputé pour sa férocité.

connotation géographique

4. Le policier s'approcha en souriant, son **turban** légèrement penché sur le côté.

connotation culturelle

Manipuler

8

Terme neutre	Connotation méliorative	Connotation péjorative
Ex: désert	*étendue vaste, silencieuse, apaisante*	*manque d'eau, chaleur étouffante, animaux dangereux*
bateau	promenade sur l'eau, plaisir estival	risque de noyade et de naufrage
montagne	beauté naturelle, immensité et altitude	sommet inaccessible et dangereux, difficulté
musique	harmonie de sons, qui suscite des émotions	bruit gênant, qui dérange
pluie	élément naturel qui apporte l'eau aux plantes et aux animaux sauvages	impression humide, temps mauvais et froid

Écrire

12 *L'exercice permet d'analyser le tableau en laissant libre cours à son imagination. Il s'agit de caractériser ce personnage féminin en rédigeant un portrait orienté par des termes connotés, qui peuvent être mélioratifs ou péjoratifs.*

4 - Les homophones et les homonymes

p. 272-273

▶ Cette leçon a pour objectif de réviser les notions d'homophones et d'homonymes, déjà abordées à plusieurs reprises depuis le cycle 2. Les exercices présentés en application mettent principalement l'accent sur les homophones grammaticaux.

Démarche

La leçon met en avant la notion d'homophones, pour désigner les homonymes, car la signification de ce mot est aujourd'hui plus transparente pour les élèves. La première activité permet de lister un certain nombre d'homonymes et de remarquer leur point commun: ils se prononcent de la même manière. Ensuite, une deuxième activité permet d'envisager la principale difficulté grammaticale, à savoir la confusion entre des homonymes qui s'écrivent de la même manière, et l'activité 3 propose des astuces pour les distinguer. L'activité 4 invite enfin à récapituler les notions abordées.

Objectifs pédagogiques

Au terme de cette leçon, les élèves sont capables de:

– distinguer les homonymes homophones et homographes;

– proposer des astuces pour distinguer les homophones grammaticaux les uns des autres.

Activité 1

a. On peut citer les mots suivants:

– verre;

– vert;

– vers (direction);

– ver.

b. *Il s'agit d'un exercice d'invention, pour lequel on peut proposer les phrases suivantes:*

– Des **verres** se trouvent sur la table.

– Le peintre s'est servi de pigments **verts**.

– La jeune femme regarde **vers** le fleuve.

– Il y a peut-être des **vers** près des fleurs.

c. Ce sont à la fois des homophones et des homonymes car ils se prononcent de la même manière.

Activité 2

a. porte: nom commun féminin; porter, indicatif présent, 3e pers. sing.

portent: porter, indicatif présent, 3e pers. plur.

b. Un même mot peut avoir plusieurs sens, c'est l'une des difficultés rencontrées. Par ailleurs, ils se prononcent tous de la même manière. Ce sont des homonymes homophones.

Activité 3

a. 1. Il chausse **ses** skis avant de s'élancer sur la piste.

2. J'ai emprunté **à** mon voisin sa règle.

b. De nos jours, les animaux **sont** menacés par la pollution.
L'astuce proposée peut se focaliser sur le déterminant, en le remplaçant par un autre déterminant, ou bien chercher à reconnaître le verbe « être », en le conjuguant à un autre temps.

Activité 4

a. Les différents sens du mot « montre » sont :
– objet d'horlogerie destiné à mesurer le temps ;
– verbe *montrer* à la 3e personne du singulier de l'indicatif présent ;
– verbe *montrer* à la 2e personne du singulier de l'impératif présent.
Il s'agit d'homonymes homophones et homographes, à la différence des termes rencontrés dans la suite de l'activité.
b. air : substance que l'on respire, ou attitude.
aire : superficie.
erre : du verbe errer.
c. Le mot « voix » désigne un organe humain qui produit des sons.
Voici plusieurs homophones :
– voie : chemin ;
– vois : du verbe voir (2e personne de l'indicatif présent et de l'impératif).

Repérer

1 **1. C'est** l'heure de se préparer à partir !
2. Il **s'est** débrouillé tout seul aujourd'hui.
3. Ça alors ! Il oublie **ses** propres affaires.
4. La fillette est malade et appelle **sa** mère.
2 **1. Quoique** je sois fatiguée, j'accepte de t'accompagner.
2. Quoi que tu penses, il faut le garder pour toi.
3. Il parviendra au sommet **quoi qu'**il arrive.
4. Elle reviendra tôt **quoique** ses parents ne soient pas inquiets.

Manipuler

5 **a. 1. Ce** soir, nous irons voir le match de ta sœur.
2. Elle **se** surpasse à l'entrainement.
3. Ils **se** sont montrés chaleureux.
4. Ils ont accueilli **ce** chien avec bienveillance.
b. *La réalisation de cette consigne est assez simple, et les élèves peuvent proposer des variations des phrases présentées lors de l'exercice.*
6 **1. Où** êtes-vous ? Lieu
2. Choisis ce que tu préfères : pommes **ou** poires ? Alternative
3. Retrouvons-nous à l'endroit **où** le bus s'arrête. Lieu
4. Venez-vous **ou** bien devons-nous partir seuls ? Alternative

Écrire

9 *De manière générale, une fois le mot identifié, il est possible d'essayer de le remplacer par un mot appartenant à la même classe grammaticale. Si c'est un verbe, il faut le conjuguer à une autre personne.*

Préparer une dictée

12 **a.** La **mère** Guillette habitait une chaumière fort pauvre **à deux** portées **de** fusil **de** la ferme. **Mais** c'**était** une femme d'ordre **et** de volonté. **Sa** pauvre maison **était** propre **et** bien tenue, **et ses** vêtements rapiécés avec soin annonçaient le respect de soi-même au milieu de la détresse.

G. Sand, *La Mare au diable*, 1846

b. *Cet exercice peut être réalisé de nombreuses façons possibles, à l'aide des homophones présents dans cette leçon.*

Produire à l'oral

13 **a.** *La réalisation de cet exercice implique que chacun des mots soit identifié au préalable. Voici quelques propositions.*
sans : Il est venu **sans** sa trousse.
cent : Elle a pris au moins **cent** photographies du spectacle.
t'a : On **t'a** appelé plusieurs fois hier soir.
ta : Voici **ta** table de travail.
vers : Je me dirige **vers** la sortie.
vert : Ce camion **vert** roule lentement.
si : Nous sommes parfois **si** maladroits !
s'y : Elle va **s'y** rendre dès demain.
b. *Cette partie de l'exercice permet de varier l'approche en faisant interagir les élèves, qui peuvent procéder à une correction croisée.*

Ressource numérique
lienmini.fr/jdl3-104

Le manuel numérique enrichi vous propose les **exercices 3, 7 et 10** (fiche 1) et **4, 8 et 12** (fiche 2) permettant ainsi de compléter les exercices proposés dans le manuel.

Fiche 1

Repérer

3 **1.** Le **thym** et le serpolet sont des herbes de Provence.
2. J'ai **teint** en bleu ce vêtement, je le préfère ainsi.
3. Il **tint** à se rendre en personne sur le lieu du drame.
4. La carotte est un légume qui garantit un bon **teint** grâce à ses vitamines.
7 **1.** Georges Orwell **a** intitulé son roman *1984* d'après la date de publication, 1948.
2. Le roman montre une société totalitaire, **à** l'image de l'Allemagne nazie.
3. Les personnages **ont** pour règle de se méfier de tout le monde autour d'eux.
4. On considère souvent que ce roman est visionnaire.

Écrire

10 • sent / cent : Le premier mot est une forme du verbe « sentir », qu'on peut donc remplacer par une forme conjuguée à un autre temps. L'autre mot désigne le chiffre, qu'on peut donc remplacer par un autre chiffre.
• quand / qu'en : La conjonction de subordination peut être remplacée par une conjonction de même sens, tandis que l'on peut décomposer la forme « qu'en » pour entendre le mot « que ».

• ni / n'y : Le premier est une négation, qui peut donc être remplacée par l'adverbe de négation « pas », et le second contient l'adverbe de lieu « y », qu'on peut remplacer par « en ».

• mais / mes : « Mais » est une conjonction de coordination, à laquelle on peut substituer une autre conjonction, et on peut s'aider du remplacement par un autre déterminant pour reconnaitre le déterminant possessif « mes ».

Fiche 2

Manipuler

4 *La rédaction des phrases est laissée à l'imagination des élèves, en veillant à ce que le sens de chaque mot soit bien identifié.*

1. conte → compte, comte, comptent
2. cou → coup, cout, couds, coud
3. laid → lait, les, lai
4. quand → qu'en, camp
5. vice → vis, visse, visses, vissent, vice (et versa)

8 **1. C'est** grave, les pneus sont tout à plat.
2. On ne **sait** pas ce qui s'est passé.
3. Le garagiste **s'est** empressé de les regonfler à l'aide de ses outils.
4. Ces nouveaux pneus seront plus solides.

Écrire

11 **a.** et **b.**
Cette écriture invite les élèves à jouer avec les homophones pour composer des phrases. Elle ne présente pas de difficulté particulière et est surtout intéressante pour découvrir les holorimes.

5 - Le vocabulaire de l'analyse littéraire : théâtre, roman

p. 274-275

Démarche et objectifs pédagogiques

▶ Cette leçon est l'occasion de récapituler les connaissances des élèves dans la maitrise d'un lexique technique, propre à l'analyse littéraire autour de deux genres : le roman et le théâtre. Il peut se concevoir comme une occasion de réviser le lexique avant d'introduire l'étude d'un des deux genres ou comme un bilan, en fin d'année, qui invite à réviser les connaissances attendues d'élèves en fin de cycle 4. La première activité permet de distinguer récit, description et discours ; la seconde oppose tragédie et comédie ; la dernière porte sur le rythme du récit. À la fin de la leçon, les élèves doivent pouvoir employer le lexique adéquat afin de décrire un effet littéraire.

Activité 1

b. Partie en gras : récit
Partie en italique : description
Partie soulignée : discours

c. Le récit est au passé simple ; emploi de la 3e personne du singulier. La description est à l'imparfait. Le discours emploie des signes de ponctuation particuliers : tiret, guillemets ; emploi de la 1re personne (« nous »).

Activité 2

a. Le texte A est un dialogue (« Monsieur ») ; dans le texte B, Oreste se parle à lui-même.

b. À la fin du *Médecin malgré lui*, Léandre se marie ; à la fin d'*Andromaque*, Oreste est condamné au malheur.

c. Le premier texte est le dénouement d'une comédie, caractérisée par le thème du mariage et le sentiment de la « joie » ; le second est le dénouement d'une tragédie avec l'expression de sentiments douloureux (« haine », « colère », « malheur »).

Activité 3

a. L'ellipse se situe au début du texte : le lecteur ignore les raisons du chagrin d'Elléanore : elles ne sont pas expliquées lors de l'arrivée d'Adolphe chez elle.

b Il y a un sommaire au début du texte dans l'enchainement des verbes (« le jour parut ; je courus chez Elléonore »). La pause narrative est la description d'Elléonore (« elle était couchée… épars »).

Repérer

1 **1.** Ellipse
2. Sommaire
3. Pause

2 **1.** Il s'agit d'une stichomythie. Elle permet un enchainement très rapide de répliques entre les amants au sommet de leur échange passionnel.

2. Il s'agit d'un dialogue entre les personnages qui s'apportent des contradictions et se complètent dans l'échange de l'information.

3. Il s'agit d'une tirade. Elle permet de mettre en valeur l'éloquence du héros.

Manipuler

5 **a.** L'ellipse se situe dans l'expression : « deux jours plus tard ».

b. et **c.** *Les questions permettent aux élèves de travailler l'exercice de réécriture et de revenir sur leur compréhension du rythme du récit.*

Lire

6 **a.** La scène appartient à une comédie. On repère un comique de situation (le maitre est dans un sac et est dupé par son valet) et un comique de mots (l'accent employé par Scapin).

b. Ce sont des didascalies, c'est-à-dire des informations à destination des acteurs et des lecteurs mais qui ne sont pas dites sur scène.

Réécrire

9 L'exercice invite les élèves à travailler l'exercice de réécriture. Il permet aussi de réviser leurs connaissances sur les genres du théâtre et du roman. Ils sont invités à mettre en place une narration et à intégrer l'intrigue théâtrale, en la respectant, dans un récit qui pourra comprendre description et discours.

Ressource numérique

lienmini.fr/jdl3-105

Le manuel numérique enrichi vous propose les **exercices 3, 7 et 10** (fiche 1) et **4, 8 et 11** (fiche 2) permettant ainsi de compléter les exercices proposés dans le manuel.

Fiche 1

Repérer

3 *Le portrait moral du personnage est souligné, le portrait physique surligné en gris dans ce corrigé.*

a. Petite, ronde de partout, grasse à lard, avec des doigts bouffis, étranglés aux phalanges, pareils à des chapelets de courtes saucisses, avec une peau luisante et tendue, une gorge énorme qui saillait sous la robe, elle restait cependant appétissante et courue, tant sa fraîcheur faisait plaisir à voir. Sa figure était une pomme rouge, un bouton de pivoine prêt à fleurir, et là-dedans s'ouvraient, en haut, deux yeux noirs magnifiques, ombragés de grands cils épais qui mettaient une ombre dedans [...]. Elle était de plus, disait-on, pleine de qualités inappréciables.

G. de Maupassant, *Boule de Suif*, 1880

b. Le temps verbal dominant est l'imparfait.

c. Le narrateur décrit le corps de son héroïne, ses doigts, sa peau, sa gorge et son visage, en particulier ses yeux.

d. Champ lexical de la nourriture : « grasse à lard », « doigts [...] pareils à des chapelets de courtes saucisses ».

Lire

7 **a.** Les didascalies (soulignées dans le texte) sont à l'origine d'un comique de gestes puisque Harpagon fouille La Flèche sur scène.

Harpagon, *tâtant le bas de ses chausses*. – Ces grands hauts-de-chausse sont propres à devenir des receleurs des choses qu'on dérobe (...)

La Flèche, à part. – Ah ! qu'un homme comme cela mériterait bien ce qu'il craint ! et que j'aurais de joie à le voler !

Harpagon. – Euh !

La Flèche. – Quoi ?

Harpagon. – Qu'est-ce que tu parles de voler ?

La Flèche. – Je dis que vous fouillez bien partout, pour voir si je vous ai volé.

Harpagon. – C'est ce que je veux faire. *Il fouille dans les poches de La Flèche*.

La Flèche, *à part*. – La peste soit de l'avarice et des avaricieux !

Molière, *L'Avare*, 1668

b. Les apartés (soulignés en gris) permettent aux spectateurs d'entendre les remarques de La Flèche alors qu'Harpagon ne les entend pas : le comique procède des apartés car le valet y exprime ses critiques contre son maitre.

Réécrire

10 *Cet exercice consiste à réécrire un texte en en gardant l'esprit mais en changeant sa forme, puisqu'il y a passage d'un genre littéraire à l'autre : il s'agit en effet d'adapter un récit sous forme de pièce de théâtre. C'est l'occasion de rappeler la différence entre les deux genres et de faire manipuler aux élèves les marques particulières du théâtre (didascalie, apartés...).*

Fiche 2

Repérer

4 *Le portrait moral du personnage est souligné, le portrait physique surligné en gris dans ce corrigé.*

a. Petite, ronde de partout, grasse à lard, avec des doigts bouffis, étranglés aux phalanges, pareils à des chapelets de courtes saucisses, avec une peau luisante et tendue, une gorge énorme qui saillait sous la robe, elle restait cependant appétissante et courue, tant sa fraîcheur faisait plaisir à voir. Sa figure était une pomme rouge, un bouton de pivoine prêt à fleurir, et là-dedans s'ouvraient, en haut, deux yeux noirs magnifiques, ombragés de grands cils épais qui mettaient une ombre dedans [...]. Elle était de plus, disait-on, pleine de qualités inappréciables.

G. de Maupassant, *Boule de Suif*, 1880

b. Le temps verbal dominant est l'imparfait.

c. Le narrateur décrit le corps de son héroïne, ses doigts, sa peau, sa gorge et son visage, en particulier ses yeux.

d. C'est le champ lexical de la nourriture et de la gourmandise qui unifie le portrait : « grasse à lard », « doigts [...] pareils à des chapelets de courtes saucisses », « appétissante », « une pomme rouge ».

Lire

8 **a.** C'est un monologue.

b. Pour que ce monologue ne soit pas trop monotone, Figaro multiplie les phrases exclamatives et interrogatives afin de vivifier son discours. Le spectateur le voit également réfléchir, alors qu'il élabore sa pensée, comme le montrent les pauses signalées par les points de suspension.

c. Figaro s'adresse à des interlocuteurs imaginaires, qui ne sont pas sur scène, d'abord les femmes, puis le Comte dont il est le valet. Les marques de la 2e personne en témoignent.

Réécrire

11 *Cet exercice consiste à réécrire un texte en en gardant l'esprit mais en changeant sa forme, puisqu'il y a passage d'un genre littéraire à l'autre : il s'agit en effet d'adapter un récit sous forme de pièce de théâtre. C'est l'occasion de rappeler la différence entre les deux genres et de faire manipuler aux élèves les marques particulières du théâtre (didascalie, apartés...).*

6 - Vocabulaire et figures de style : insister et exagérer p. 276-277

Démarche et objectifs pédagogiques

▶ Cette leçon permet de synthétiser le lexique et les procédés stylistiques de l'exagération et de l'insistance. Elle peut faire l'objet d'une étude indépendante ou s'adosser à un travail littéraire sur le texte narratif ou argumentatif. La première activité permet de travailler sur l'expression de l'insistance ou de l'exagération dans le langage courant, et les autres activités dans les textes littéraires, le théâtre (activité 2) et la lettre (activité 3). À la fin de la leçon, les élèves doivent pouvoir repérer, identifier et nommer les différents procédés de l'insistance et de l'exagération.

Activité 1

a., **b.** et **c.** **1.** Je m'en vais en me précipitant. La phrase provoque une impression dynamique : gradation.

2. J'ai très froid. La phrase signifie l'intensité des sensations ressenties par le locuteur : hyperbole.

3. Je suis très amoureux de toi. La phrase est une déclaration d'amour : gradation.

4. Je vous remercie beaucoup de votre aide. La phrase exprime la gratitude : hyperbole.

5. Avec l'automne, il n'y a plus d'espérance. La phrase indique le caractère mélancolique du locuteur : parallélisme.

Activité 2

a. Le terme mis en valeur est « Rome ». Il fait l'objet d'une répétition à quatre reprises en tête de vers et en tête de phrase. C'est une anaphore.

b. Dans la première phrase, il s'agit du nom sur lequel porte une apposition. Ensuite il s'agit à trois reprises de l'antécédent d'une proposition subordonnée relative.

c. Le caractère obsédant de Rome est traduit par la répétition en anaphore du terme dans le discours de Camille qui témoigne ainsi de son déchirement entre la cause de sa patrie et de celle de son amant.

Activité 3

a. Mme de Sévigné met en valeur le contenu de son message par un effet de mise en attente : elle révèle après plusieurs longues phrases l'identité de la mariée.

b. La figure d'insistance, dans ce texte, est l'accumulation.

c. Le champ lexical de l'émerveillement provient des adjectifs qui sont présentés au superlatif.

d. Le nom de la femme épousée est révélé en anaphore.

Repérer

1 **1.** Il s'agit d'une gradation.

2. Il s'agit d'une anaphore et d'une gradation.

3. Il s'agit d'une hyperbole.

2 La figure de style est la répétition des rythmes ternaires : cela permet de présenter Laurent et sa lourdeur, le caractère répétitif de sa vie.

Lire

5 **a.** Le personnage recourt sans cesse à la première personne au point que ses marques saturent le texte : on y trouve aussi bien des démonstratifs possessifs (« mon nom », « mon courage ») que des pronoms personnels (« je ») ou des verbes conjugués à la première personne.

b. L'emploi du chiffre « mille ennemis » est hyperbolique.

c. On peut relever : « le seul bruit de mon nom renverse les murailles ».

d. Matamore apparait comme un personnage imbu de lui-même et vaniteux ; il relate ses aventures en exagérant son rôle et son action.

Écrire

7 *Les élèves sont invités à écrire un court texte d'invention en employant les procédés de l'exagération et de l'insistance vus dans la leçon. Ils pourront mettre en valeur leur expérience, leurs sentiments et leur avis. Le récit sera raconté à la 1re personne.*

9 *Les élèves proposent un récit en s'adaptant à la situation fournie par le tableau proposé : le récit est raconté en focalisation interne à la 3e personne. Il s'agit de formuler un texte mettant en œuvre les procédés de l'insistance, en raison de la situation désespérée dans laquelle se trouvent les personnages.*

Produire à l'oral

12 *L'exercice consiste à faire lire aux élèves un texte en alexandrins. On pourra travailler avec eux sur la lecture du texte poétique à cette occasion. L'enjeu est de les aider à trouver le ton approprié pour dire l'emphase et l'exagération.*

Ressource numérique

lienmini.fr/jdl3-106

Le manuel numérique enrichi vous propose les **exercices 3, 6 et 10** (fiche 1) et **4, 7 et 11** (fiche 2) permettant ainsi de compléter les exercices proposés dans le manuel.

Fiche 1

Repérer

3 C'est un chiasme.

Lire

6 **a.** Dans cette scène, Harpagon se plaint de la perte de son argent.

b. L'excès du personnage est traduit en particulier par les phrases interrogatives, surtout quand elles sont accumulées.

c. Exemple de gradation : « Je suis perdu, je suis assassiné, on m'a coupé la gorge ; C'en est fait, je n'en puis plus, je me meurs, je suis mort, je suis enterré ». Exemple d'hyperbole : « Sans toi, il m'est impossible de vivre ».

Écrire

10 *L'exercice invite les élèves à développer leurs compétences en matière de rédaction, en particulier en ce qui concerne le texte descriptif. Ils sont invités à employer les procédés de l'exagération à l'aide du lexique et des figures de style qui sont imposées.*

Fiche 2

Repérer

4 Est-ce que l'oie avait jamais fait du mal à quelqu'un ? Au contraire, l'oie guérissait les maladies de rate. On croquait ça sans pain, comme un dessert. Lui en aurait bouffé toute la nuit, sans être incommodé ; et, pour crâner, il s'enfonçait un pilon entier dans la bouche. Cependant Clémence achevait son croupion, le suçait avec un gloussement des lèvres, en se tordant de rire sur sa chaise [...] Ah ! nom de Dieu ! oui, on s'en flanqua une bosse !

É. Zola, *L'Assommoir*, 1877

a. Termes qui renvoient à l'oie : « ça », « lui », « un pilon », « son croupion », « le ».

L'auteur emploie des reprises anaphoriques et évoque successivement les différentes parties de l'oie : cela permet d'insister sur l'animal dans tout le texte et d'en faire le thème du passage.

b. Champ lexical de la gloutonnerie: «croquait», «dessert», «bouffé», «s'enfonçait un pilon entier», «s'en flanqua une bosse».

c. C'est le plat qui donne son unité au texte et sui permet de relier les différents épisodes ou de décrire l'attitude des personnages.

Lire

7 **a.** Dans ce monologue, Harpagon déplore la perte de son argent ; il montre ainsi le caractère excessif de son avarice.

b. L'excès du personnage est traduit en particulier par les phrases interrogatives, surtout quand elles sont accumulées.

c. Il est possible de relever une gradation et des hyperboles. Gradation : « Je suis perdu, je suis assassiné, on m'a coupé la gorge ; C'en est fait, je n'en puis plus, je me meurs, je suis mort, je suis enterré. » Un exemple d'hyperbole : « Sans toi, il m'est impossible de vivre ».

d. Harpagon s'adresse à son argent, il lui parle à la 2e personne et l'appelle même son « ami ». Il dévoile ainsi son rapport irrationnel à l'argent auquel il est attaché excessivement.

Écrire

11 *L'exercice invite les élèves à développer leurs compétences en matière de rédaction, en particulier en ce qui concerne le texte descriptif. Ils sont invités à employer les procédés de l'exagération, en particulier à l'aide du lexique et des figures de style qui sont imposées.*

7 - Vocabulaire et figures de style : juger, s'opposer, s'engager p. 278-279

Démarche et objectifs pédagogiques

▶ En lien avec la leçon 6, la leçon 7 permet de faire une synthèse sur les procédés littéraires permettant l'expression du jugement et de l'engagement. Cette leçon peut être utile pour commencer un travail sur le texte argumentatif afin de donner aux élèves les outils littéraires appropriés. Les activités 1 et 2 consistent à repérer les marques de l'engagement de l'auteur dans son texte. L'activité 3 introduit le circuit argumentatif. À la fin de la leçon, les élèves doivent pouvoir repérer l'engagement de l'auteur, distinguer argumentations directe et indirecte, comprendre l'enchainement entre thèse, argument et exemple.

Activité 1

b. Le sapin et la ronce s'opposent : le premier se présente comme supérieur au second pour son allure et son utilité.

c. Le sapin est orgueilleux et la ronce est modeste.

d. Le texte est composé de deux paragraphes : dans le premier, le narrateur donne son point de vue indirectement, puis dans le second, il le donne directement.

e. La morale de l'auteur donne raison aux humbles : ces derniers mènent une vie plus paisible en ne se vantant pas de leurs qualités.

Activité 2

a. Voltaire s'apitoie sur le malheur des hommes et dénonce le mal et les désastres naturels qui les guettent.

b. Les phrases exclamatives permettent à l'auteur d'exprimer son engagement affectif.

c. L'indignation de Voltaire est sensible dans les termes suivants : «malheureux», «déplorable», «effroyable», unis à la rime, ainsi qu'« inutiles douleurs », « ruines affreuses » et tout le dernier vers.

Activité 3

a. Thème 1, argument 2, exemple 3
Thème 2, argument 1, exemple 1
Thème 3, argument 3, exemple 2

b. *L'exercice permet de sensibiliser les élèves à l'écriture du paragraphe argumentatif. Dans cet exercice, tout le contenu leur est fourni, ils ont donc à se consacrer à la forme: reformulation des éléments, logique de la démonstration, insertion des connecteurs.*

Repérer

1 **1.** L'argumentation est directe: Voltaire annonce directement le sujet de sa réflexion, il l'analyse au moyen d'un exemple concret et s'exprime au présent de vérité générale.

2. L'argumentation est indirecte : Montesquieu dénonce l'aliénation de la mode au moyen de personnages de fiction, Rica et Rhédi.

3. L'argumentation est directe : Montaigne exprime la vérité, comme le révèlent l'emploi de la 1re personne et le recours à des anecdotes réelles.

2 **1. a.** C'est une argumentation directe : l'auteur exprime directement son jugement sur l'homme.

b. La thèse de l'auteur est fondée sur une opposition entre les qualités formidables de l'homme et ses terribles défauts.

c. C'est l'antithèse qui domine.

d.

Qualités de l'homme	Défauts de l'homme
monstre, chaos dépositaire du vrai juge de toute chose gloire	prodige cloaque d'incertitude et d'erreur imbécile ver de terre rebut

Réécrire

5 *L'exercice consiste à vérifier les connaissances des élèves sur la distinction entre argumentations directe et indirecte. Leurs compétences dans la mobilisation des arguments au service d'une thèse est également en jeu.*

Lire

6 **a.** L'auteur dénonce la torture. La pitié du lecteur est suscitée par l'état physique de l'esclave et par la misère dans laquelle il vit (« un caleçon de toile pour tout vêtement »).

b. C'est une argumentation indirecte puisque Voltaire recourt à des personnages pour dénoncer une situation.

c. Il cherche d'abord à persuader en s'adressant aux sentiments du lecteur (pitié, compassion).

Écrire

❾ *L'exercice permet aux élèves de développer leurs compétences en matière de rédaction de textes argumentatifs à partir d'un thème donné. Ils expérimentent les potentialités de l'argumentation qui vise à convaincre et de celle qui vise à persuader. Un travail comparatif à la fin de l'exercice permet de mettre en valeur la différence entre les deux sur le plan de la forme et de l'effet sur le lecteur. Il s'agit de travailler l'expression écrite de l'engagement dans une argumentation directe.*

❿ *Les élèves s'entrainent à écrire un apologue ; on peut faire un rappel préalable sur les caractéristiques du conte ou de la fable. Ils produisent ainsi un récit mettant en scène des personnages et débouchant sur une morale. Il s'agit de travailler l'expression écrite de l'engagement dans une argumentation indirecte.*

Ressource numérique lienmini.fr/jdl3-107

Le manuel numérique enrichi vous propose les **exercices 3, 7 et 11** (fiche 1) et **4, 8 et 12** (fiche 2) permettant ainsi de compléter les exercices proposés dans le manuel.

Fiche 1

Repérer

❸ *Dans ce corrigé, les termes mélioratifs sont surlignés en gris et les termes péjoratifs sont soulignés.*

Est-ce que tous les citoyens n'étaient pas égaux depuis la Révolution ? puisqu'on votait ensemble, est-ce que l'ouvrier devait rester l'esclave du patron qui le payait ? Les grandes Compagnies, avec leurs machines, écrasaient tout, et l'on n'avait même plus contre elles les garanties de l'ancien temps, lorsque les gens du même métier, réunis en corps, savaient se défendre.

É. Zola, *Germinal*, 1885

Lire

❼ **a.** C'est une argumentation directe.

b. L'argument d'autorité est la citation biblique de l'Ecclésiaste pour affirmer la vanité de l'homme (« vanité des vanités »).

c. À la fin du passage, Bossuet utilise le cas particulier de la mort d'Henriette d'Angleterre pour livrer une réflexion générale sur la mort de tout être humain (« les calamités du genre humain », « le néant de toutes les grandeurs humaines »).

d. L'auteur insiste sur la fragilité de la vie humaine et sur le fait que la mort survient de manière inopinée.

Écrire

⓫ misère → modestie ; travail dur → admirable ; la vie de brute → le courage ; désastreuses → allégées ; dérisoires → modestes ; en larmes → émues

Fiche 2

Repérer

❹ **a.** *Dans ce corrigé, les termes mélioratifs sont surlignés en gris et les termes péjoratifs sont soulignés.*

Est-ce que tous les citoyens n'étaient pas égaux depuis la Révolution ? puisqu'on votait ensemble, est-ce que l'ouvrier devait rester l'esclave du patron qui le payait ? Les grandes Compagnies, avec leurs machines, écrasaient tout, et l'on n'avait même plus contre elles les garanties de l'ancien temps, lorsque les gens du même métier, réunis en corps, savaient se défendre.

É. Zola, *Germinal*, 1885

b. Le jugement de l'auteur est rendu sensible par les phrases interrogatives.

Lire

❽ **a.** C'est une argumentation directe puisque l'auteur s'adresse directement au destinataire, Napoléon III (« toi »).

b. Le poète exprime son engagement au moyen d'images et de termes péjoratifs et mélioratifs. Le destinataire n'est pas explicitement nommé mais il est désigné péjorativement comme un « singe ».

c. Sa grandeur éblouit l'histoire.
Quinze ans, il fut
Le dieu que traînait la victoire
Sur un affût ;
L'Europe sous sa loi guerrière
Se débattit. –
Toi, son singe, marche derrière,
Petit, petit.

V. Hugo, *Les Châtiments*, 1853

Les termes mélioratifs concernent Napoléon Ier, les termes péjoratifs Napoléon III.

d. L'opposition est marquée par les changements de personnes (3e personne pour Napoléon Ier ; 2e personne pour Napoléon III) et de temps verbaux (temps du passé pour Napoléon Ier ; impératif pour Napoléon III).

Écrire

⓬ misère → modestie ; travail dur → admirable ; la vie de brute → le courage ; désastreuses → allégées ; dérisoires → modestes ; en larmes → émues

8 - Les figures de style p. 280-281

lienmini.fr/jdl3-108

Fiche 1

❶ **a.** et **b.** Te regardant assise auprès de ta cousine,
Belle comme une Aurore et toi comme un Soleil,
Je pensai voir deux fleurs d'un même teint pareil,
Croissantes en beauté, l'une à l'autre voisines.

3

Comparé	Comparant	Point commun	Mot outil
La lune	Un point sur un i	Même allure, même apparence	comme

5 **a.** oxymore ; **b.** vrai ; **c.** faux ; **d.** faux

Fiche 2

2 **1.** J'ai raté mon plat ; les invités n'ont rien dit.
2. La salle a applaudi à tout rompre.
3. J'ai découvert un Anouilh que je ne connaissais pas.
4. Les cordes étaient trop loin, leur musique était couverte par les vents.
5. Les enfants n'ont pas pu manger toute la boite !

4 **1.** Les Auxerrois ont remporté un triomphe hors du commun.
2. Il en fait des tonnes.
3. Le ciel va s'effondrer sur nous.
4. Ce héros court plus vite que la lumière.

6 Je laisse une mère, je laisse une fille, **je laisse** un enfant. Une petite fille **au beau visage, aux traits bien dessinés, à la peau claire, aux lèvres fines**, avec de grands yeux noirs et de longs cheveux châtains. Mais ma fille, **mon cœur, mon amour, qui me surprend, m'émerveille, me trouble, me charme**, c'est celle-là qui me fait mal !

D'après **V. Hugo**, *Le Dernier Jour d'un condamné*, 1828

Pédagogie différenciée sur le lexique p.282-283

Démarche et objectifs pédagogiques

▶ L'exercice proposé permet de revenir sur l'ensemble des leçons relatives au lexique : il constitue donc une synthèse des connaissances révisées ou apprises en 3e afin de préparer au mieux les élèves au brevet et au lycée. Le travail sur les sens propres et figurés des mots, la dénotation, les figures de style et les figures d'insistance est particulièrement sollicité. Le choix d'un texte poétique parait judicieux pour travailler sur le lexique.

Groupe 1

Repérer

1 Le mot « cœur » est à comprendre au sens figuré : il ne dénote pas l'organe mais connote le sentiment amoureux.

2 Le premier emploi de « nuit » (v. 8) est à comprendre au sens neutre comme l'indique l'épithète « noire ». En revanche, le second emploi (v. 11) est connoté comme l'indiquent les attributs « très douce et très blonde » : la nuit devient alors le moment de rencontre amoureuse entre les amants.

3 On relève une comparaison : « le ciel est pur aujourd'hui comme une onde » (v. 12). Au vers 10, on relève une métaphore : « à toi ma vie ».

Manipuler

4 **a.** Ce sont des tercets.
b. Ce sont des vers de 13 syllabes.
c. Dans la 4e strophe, les rimes sont féminines et suffisantes.

5 Lou est présentée de manière méliorative.

6 **a.** L'insistance est exprimée par la répétition d'« au moins ».
b. L'importance de Lou est sensible à travers tout le poème, comme le révèlent la mention du nom de la femme aimée (v. 2) et les apostrophes qui la désignent (v. 5 « ma chérie », v. 10 « ma vie […] mon sang », v. 11 « mon cœur »). En outre, le poème est écrit sous forme d'acrostiche de manière à créer une figure d'insistance sur le nom de la femme aimée.

Écrire

7 *L'exercice d'écriture invite les élèves à composer une strophe poétique sous la forme d'un acrostiche ; de cette manière ils peuvent employer des figures d'insistance relatives au mot ainsi mis en valeur.*

Groupe 2

Repérer

1 Le mot « cœur » est à comprendre au sens figuré : il ne dénote pas l'organe mais connote le sentiment amoureux.

2 Le premier emploi de « nuit » (v. 8) est à comprendre au sens neutre comme l'indique l'épithète « noire ». En revanche, le second emploi (v. 11) est connoté comme l'indiquent les attributs « très douce et très blonde » : la nuit devient alors le moment de rencontre amoureuse entre les amants.

3 On relève une comparaison : « le ciel est pur aujourd'hui comme une onde » (v. 12) où le comparé est le ciel et le comparant est l'onde. Au vers 10, on relève une métaphore : « à toi ma vie ». Le comparé est Lou ; le comparant est vie.

Manipuler

4 **a.** Ce sont des tercets.
b. Ce sont des vers de 13 syllabes.
c. À la 3e strophe les rimes sont masculines et pauvres ; à la 4e strophe les rimes sont féminines et suffisantes.

5 Lou est présentée de manière méliorative : elle est aimée par le poète comme le révèle l'apostrophe « ma chérie » (v. 5).

6 **a.** L'insistance est exprimée par la répétition d'« au moins » au vers 7. Il en va de même au vers 11 avec la répétition de « la nuit » qui encadre l'apostrophe à Lou « mon cœur ».
b. L'importance de Lou est sensible à travers tout le poème, comme le révèlent la mention du nom de la femme aimée (v. 2) et les apostrophes qui la désignent (v. 5 « ma chérie », v. 10 « ma vie […] mon sang », v. 11 « mon cœur »). En outre, le poème est écrit sous forme d'acrostiche de manière à créer une figure d'insistance sur le nom de la femme aimée.

Écrire

7 *L'exercice d'écriture invite les élèves à composer une strophe poétique sous la forme d'un acrostiche ; de cette manière ils peuvent employer des figures d'insistance relatives au mot ainsi mis en valeur.*

Groupe 3

Repérer

❶ Le mot « cœur » est à comprendre au sens figuré : il ne dénote pas l'organe mais connote le sentiment amoureux.

❷ Le premier emploi de « nuit » (v. 8) est à comprendre au sens neutre comme l'indique l'épithète « noire ». En revanche, le second emploi (v. 11) est connoté comme l'indiquent les attributs « très douce et très blonde » : la nuit devient alors le moment de rencontre amoureuse entre les amants.

❸ On relève une comparaison : « le ciel est pur aujourd'hui comme une onde » (v. 12) où le comparé est le ciel et le comparant est l'onde. Au vers 10, on relève deux métaphores : « à toi ma vie », « à toi mon sang ». Le comparé est Lou ; le comparant est vie, sang.

Manipuler

❹ **a.** Ce sont des tercets.

b. Ce sont des vers de 13 syllabes.

c. À la 2e strophe les rimes sont féminines et suffisantes. À la 3e strophe, les rimes sont masculines et pauvres et dans la 4e strophe les rimes sont féminines et suffisantes.

❺ Lou est présentée de manière méliorative : elle est aimée par le poète comme le révèle l'apostrophe « ma chérie » (v. 5). Son importance aux yeux du poète est explicite par la double métaphore du v. 10, « à toi ma vie à toi mon sang ».

❻ **a.** L'insistance est exprimée par la répétition d'« une fois par jour ». Il en va de même au vers 11 avec la répétition de « la nuit » qui encadre l'apostrophe à Lou « mon cœur ».

b. L'importance de Lou est sensible à travers tout le poème, comme le révèlent la mention du nom de la femme aimée (v. 2) et les apostrophes qui la désignent (v. 5 « ma chérie », v. 10 « ma vie… mon sang », v. 11 « mon cœur »). En outre, le poème est écrit sous forme d'acrostiche de manière à créer une figure d'insistance sur le nom de la femme aimée.

Écrire

❼ *L'exercice d'écriture invite les élèves à composer une strophe poétique sous la forme d'un acrostiche ; de cette manière ils peuvent employer des figures d'insistance relatives au mot ainsi mis en valeur.*

Le nom

Présentation et progression au sein de la partie

▶ Les leçons 9 à 12 constituent des révisions à propos des expansions du nom dont l'étude, amorcée en cycle 3, est poursuivie en cycle 4. Ces révisions sont proposées aux élèves en vue du brevet.

La section «Autour du nom» se compose donc d'un atelier qui permet aux élèves de réinvestir leurs connaissances, puis de trois leçons de révision concernant le nom et ses expansions (leçon 9) et l'étude particulière de deux d'entre elles – l'apposition (leçon 10) et de la proposition subordonnée relative (leçon 11). Enfin la leçon 12 propose de revenir sur différentes difficultés orthographiques dans les accords internes au groupe nominal.

Objectifs pédagogiques

– Définir et analyser les composants d'un groupe nominal (nature et fonction).
– Repérer et reconnaitre les différentes expansions.
– Maitriser les accords internes au groupe nominal.
– Employer des expansions dans un texte descriptif pour l'enrichir.

Atelier de classe : Qu'est-ce qu'une expansion du nom ? p. 284-285

Partie 1

Observons et manipulons

1. Les **amoureux** fervents ; les **savants** austères ; leur mûre **saison** ; les **chats** puissants et doux, orgueil de la maison, Qui comme eux sont frileux **et** comme eux sédentaires ; leurs **reins** féconds ; des **parcelles** d'or ; un **sable** fin ; leurs **prunelles** mystiques.

2. Les groupes nominaux présentent des différences de longueur, de compositions et dans la place des expansions. Ils présentent néanmoins une similitude dans la composition : au minimum déterminants et noms.

Qu'avons-nous observé ?

Un GN est un groupe uni par le sens et par la grammaire autour d'un nom noyau (nom propre ou nom commun), souvent d'un déterminant, et parfois d'une expansion.

Partie 2

Observons et manipulons

1. et **2.** *La place de l'expansion importe peu pour ce qui est de l'épithète et de l'apposition.Ces dernières peuvent précéder ou suivre le nom-noyau.*

– mon pauvre cœur : schéma 2 ;
– un hibou qu'on cloue, qu'on décloue, qu'on recloue : schéma 3 ;
– sa pierre : schéma 1 ;
– ce crapaud-là : schéma 1 ;
– l'un : schéma 1 ;
– son bec : schéma 1 ;
– un brûle-gueule : schéma 1 ;
– l'autre : schéma 1 ;
– l'infirme qui volait : schéma 2 ;
– un jour : schéma 1 ;
– ses longs pieds : schéma 2 ;
– le héron au long bec emmanché d'un long cou : schéma 3.

Qu'avons-nous observé ?

Un GN est composé d'un nom et d'un déterminant. Il peut être enrichi d'une ou de plusieurs expansions du nom. Certaines se placent avant et d'autres après le nom.

Partie 3

Observons et manipulons

Il s'agit de faire le point avec les élèves pour observer leur compréhension et leur maitrise du GN, de sa composition et de sa structure. On sera attentif à ce que les élèves emploient toujours un nom et un déterminant, et éventuellement une ou des expansion(s).

Qu'avons-nous observé ?

On fera remarquer aux élèves qu'ils ont dû tous employer le même déterminant et le même nom mais que les expansions varient et informent plus ou moins précisément sur le thème.

9 - Le nom et ses expansions p. 286-287

Démarche et objectifs pédagogiques

▶ Arrivés en fin de cycle 4, les élèves ont déjà travaillé sur les expansions du nom. L'enjeu est donc de réviser les caractéristiques et la nature des quatre expansions, avant de revenir plus particulièrement sur deux d'entre elles. La leçon 9 permettra de révéler si les élèves ont besoin d'une consolidation grammaticale et invitera le professeur, le cas échéant, à aborder les leçons 10 et 11. Si les élèves sont déjà aguerris sur ces leçons, on pourra leur demander, dès le travail sur les activités, le type d'expansion présent dans chaque phrase.

Activité 1

a. Il s'agit d'abord de comprendre le sens de cette image en repérant qu'Hercule est représenté deux fois pour souligner ses actions simultanées contre l'hydre.

b. *Les élèves sont invités à compléter les phrases et à manipuler conjointement les différents types d'expansion.*

Activité 2

a. – La veuve **de Paolo Saverini**
– une **petite** maison **pauvre**

– les remparts **de Bonifacio**
– la ville, **bâtie sur une avancée de la montagne**
– la côte **plus basse de la Sardaigne**
– une coupure **de la falaise qui ressemble à un gigantesque corridor**
– un **gigantesque** corridor
b. Les expansions permettent d'enrichir la description et d'apporter des précisions.

Activité 3

a. *Il s'agit de définir le sens des GN à l'aide de synonymes.*
b. *La postposition des épithètes change le sens des GN. L'exercice montre aux élèves qu'une épithète peut être antéposée ou postposée par rapport au nom noyau. Elle peut en ce cas changer de sens.*

Repérer

1 **a.** et **b.** **1.** attirée par le bruit : apposition ; **2.** du village : complément du nom ; **3.** mystérieuse : épithète ; **4.** qui y habite : PSR
2 Compléments du nom : du premier étage ; de se rafraichir ; de constater ; en bois ; de cette dernière ; à glaçons ; d'eau.

Préparer une dictée

5 **a.** et **b.** – hommes d'équipage : complément du nom
– des albatros, vastes oiseaux des mers : apposition
– vastes oiseaux des mers : épithète ; complément du nom
– les gouffres amers : épithète
– ces rois de l'azur, maladroits et honteux : complément du nom ; appositions
– leurs grandes ailes blanches : épithètes

Produire à l'oral

6 *L'exercice vise à montrer aux élèves que les expansions permettent d'apporter des précisions et des informations utiles sur le discours. On s'assurera que les élèves utilisent les quatre types d'expansions.*

Réécrire

7 **1.** Rapides, les forains ont monté le chapiteau.
2. Sur la place, le chapiteau du cirque a fière allure.
3. Le courageux dompteur dresse la famille de lions.
4. Les spectateurs qui assistent aux numéros sont venus nombreux.
10 *L'objectif de cet exercice est de faire repérer aux élèves l'importance des expansions dans un texte descriptif. Elles apportent des précisions. On pourra comparer les propositions des élèves pour voir qu'elles peuvent être très nombreuses et que les différents types d'expansions sont porteurs d'effets divers.*

Ressource numérique lienmini.fr/jdl3-109

Le manuel numérique enrichi vous propose les **exercices 3, 8 et 11** (fiche 1) et **4, 9 et 12** (fiche 2) permettant ainsi de compléter les exercices proposés dans le manuel.

Fiche 1

Repérer

3 **a. expression** d'ironie infernale
ses **yeux** incrustés d'argent et très brillants
Ces **yeux** brillants
une certaine **illusion** qui rappelait la réalité, la vie
b. la patine d'un vert noirâtre que le temps avait donnée à toute la statue

Réécrire

8 **a.** et **b.** une robe pailletée → une robe en paillettes
un vieil ami → un ami d'autrefois
une soirée festive → une soirée de fête

Écrire

11 *Avec cet exercice, les élèves travaillent sur les compléments de nom : ils sont invités à en recenser un certain nombre et à associer nom noyau et complément du nom de manière inventive, créant ainsi des néologismes ou de nouvelles expressions. Il s'agit de développer les compétences en rédaction des élèves ; l'exercice peut servir de base à un travail d'écriture long ou à une réflexion sur la portée poétique de la langue.*

Fiche 2

Repérer

4

Déterminant	Nom	Expansion du nom	Adjectif	GN prépositionnel	PSR
le	jardin	de mon enfance		X	
des	roses	blanches	X		
des	framboises	qui embaument			X
un	cerisier	en fleurs		X	
une	plage	ensoleillée	X		
la	fin	de l'été		X	
les	touristes	étrangers	X		
la	valise	que j'ai préparée			X
un	sécateur	rouillé	X		

Réécrire

9 **a.** et **b.** une écriture qui n'est pas lisible → illisible
un acte qu'on ne peut pas tolérer → intolérable
un sourire auquel on ne peut pas résister → irrésistible

Écrire

12 *Cet exercice vise à explorer les règles des expansions du groupe nominal en faisant appel à la créativité de l'élève. Il est possible de donner plusieurs exemples de phrase :*
1. Un merveilleux tableau de Delacroix qui montre la Liberté.

2. Un beau morceau d'opéra qui a été écrit au XVIIIe siècle.
3. Un joli texte de théâtre que j'ai appris à l'école.

10 - L'apposition p. 288-289

Démarche et objectifs pédagogiques

▶ La leçon 10 est une leçon de révision sur l'apposition, déjà abordée précédemment dans le cycle 4. Elle est donc facultative, mais nous avons jugé utile de revenir sur cette expansion que les élèves ont parfois du mal à identifier et à différencier de l'épithète. Outre son repérage, nous proposons aux élèves des travaux permettant l'identification de la classe grammaticale de l'apposition et du sens circonstanciel qu'elle peut avoir, en lien avec le travail mené sur les compléments et les propositions circonstanciels.

Activité 1

a. et **b.** « Petit-Poucet rêveur » apposé à « je ».
« assis au bord des routes » apposé à « je ».
« rimant au milieu des ombres fantastiques » apposé à « je ».
« un pied près de mon cœur » apposé à « je ».
Comme un vin de vigueur n'est pas une apposition, mais un GN détaché à valeur comparative.

c. Les appositions complètent toutes le pronom personnel « je » et permettent de dessiner un portrait du poète en jeune homme bohême.

Activité 2

a. et **b. 1.** Antigone : **C**
2. soutenir son père : **B**
3. la citée qu'ils ont dirigée : **A**
4. Ayant tout abandonné : **E**
5. Que ses frères se réconcilient : **G**
6. Subjugués : **F**
7. Rivaux : **D**

Activité 3

a. 1. cause ; **2.** temps ; **3.** opposition
b. 1. Arrivées en retard, elles ont manqué leur train.
2. Louis XIV, roi, a fait construire le château de Versailles.
3. Ils ont accepté de se réconcilier, opposés l'un à l'autre.

Repérer

1 Appositions : « d'une stupidité paralysante », « un monceau d'enthousiasmes imbéciles », « un de ces esclaves qui ne mettent rien en question », « inconscient témoignage de l'ardeur qu'il déployait ».

2 **1.** moquer les vices de son temps : infinitif
2. Que l'on reconnaisse l'apport d'Ésope : proposition complétive
3. le cœur battant : GN
4. Réunis à la cour du Lion : participe passé ; pourtant innocent : adjectif qualificatif

Réécrire

5 **a.** et **b. 1.** Ayant commencé à parler → Lorsqu'il commença à parler
2. les yeux baissés → comme il baissait les yeux
3. roi de France → quand il régnait
4. Arrivés au sommet du mont Blanc → Parce qu'ils étaient arrivés au sommet du mont Blanc

Préparer une dictée

8 Les sapins en bonnets pointus,
De longues robes revêtus,
Comme des astrologues
Saluent leurs frères abattus,
Les bateaux qui sur le Rhin voguent […]

Les sapins, beaux musiciens,
Chantent des noëls anciens
Au vent des soirs d'automne
Ou bien, graves magiciens,
Incantent le ciel quand il tonne […]

D'après **G. Apollinaire**, « Les sapins », *Alcools*, 1913

b. Elles permettent de rapprocher les sapins d'êtres humains. Les appositions construisent donc une personnification des sapins tout au long du poème.

Produire à l'oral

11 *L'objectif de l'exercice est de faire écrire les élèves pour qu'ils se rendent compte des potentialités de l'apposition. Cette dernière permet de créer des images ou de suggérer des rapprochements avec une grande économie des moyens. Elle convient aux textes poétiques, comme ce tableau se prête à en écrire.*

Ressource numérique lienmini.fr/jdl3-110

Le manuel numérique enrichi vous propose les **exercices 3, 6 et 9** (fiche 1) et **4, 7 et 10** (fiche 2) permettant ainsi de compléter les exercices proposés dans le manuel.

Fiche 1

Repérer

3 **1.** Lassé par des années d'errance, Ulysse, roi d'Ithaque, arrivait chez Calypso.
2. Qu'il puisse punir les prétendants, voilà la seule idée qui animait Ulysse.
3. Alors elle lui laissa le choix : vivre comme un dieu avec elle ou vivre comme un homme avec sa femme, Pénélope.
4. Déçue, le cœur brisé, Calypso le laissa alors partir.

Réécrire

6 Cependant, le médecin de famille avait eu déjà plusieurs conversations particulières avec M. Chabre.

Préparer une dictée

9 **Partis** en voyage, les élèves écoutaient dans le bus leur professeure qui leur expliquait, **enthousiasmée**, le programme du séjour. De chaque côté de la route de montagne, la forêt rayonnait, **éclairée** par le soleil du matin. Soudain, après un virage, un embouteillage les bloqua : les bus et les voitures, **arrêtés** sur la chaussée, ne pouvaient plus avancer. L'enseignante, l'air étonné, **interrompue** dans son explication, alla demander au chauffeur ce qui se passait. Il lui dit qu'un camion, qui les précédait de quelques centaines de mètres, **ralenti** par la neige, n'arrivait plus à avancer.

Fiche 2

Repérer

4 Lucile, la quatrième de mes sœurs, avait deux ans de plus que moi. Cadette délaissée, sa parure ne se composait que de la dépouille de ses sœurs. Qu'on se figure une petite fille maigre, trop grande pour son âge, bras dégingandés, air timide, parlant avec timidité et ne pouvant rien apprendre.

F.-R. de Chateaubriand, *Mémoires d'Outre-Tombe*, I, 3, 1849

Réécrire

7 **1.** Cependant, le médecin de famille avait eu déjà plusieurs conversations particulières avec M. Chabre.
2. Estelle se serait ennuyée mortellement, si Hector n'avait pas fini par leur rendre visite tous les jours.
3. De temps à autre, elle regardait dans son panier.

Préparer une dictée

10 **Partis** en voyage, les élèves écoutaient dans le bus leur professeure qui leur expliquait, **enthousiasmée**, le programme du séjour. De chaque côté de la route de montagne, la forêt rayonnait, **éclairée** par le soleil du matin. Soudain, après un virage, un embouteillage les bloqua : les bus et les voitures, **arrêtés** sur la chaussée, ne pouvaient plus avancer. L'enseignante, l'air étonné, **interrompue** dans son explication, alla demander au chauffeur ce qui se passait. Il lui dit qu'un camion, qui les précédait de quelques centaines de mètres, ralenti par la neige, n'arrivait plus à avancer.

11 - La proposition subordonnée relative

p. 290-291

Démarche et objectifs pédagogiques

▶ Comme la leçon 10, la leçon 11 est une leçon de révision, permettant de revenir sur une autre expansion, abordée au cours du cycle 4, la proposition subordonnée relative. En outre, cette leçon permet aussi d'aborder des questions relatives à la subordination et à la phrase complexe sur lesquelles portent les leçons 22 à 30.

Activité 1

L'activité vise à faire comprendre aux élèves :
– que la PSR est une proposition, c'est-à-dire qu'elle comprend toujours un verbe ;
– que la PSR ne peut être déplacée mais peut parfois être supprimée (PSR explicative). Sinon elle est déterminative.

Activité 2

a., b. et **c. 1.** L'homme qui est le juge est entré au tribunal. Remplace le nom commun « homme »
2. J'écris une lettre à mon meilleur ami que j'ai rencontré en voyage. Remplace le GN « mon meilleur ami ».
3. Tu vois une fleur qui s'appelle une tulipe. Remplace le nom commun « fleur »
4. Je parle d'un spectacle qui a rencontré un grand succès. Remplace le nom commun « spectacle »
Le pronom relatif peut avoir la forme « qui » ou « que » ; il évite de répéter un mot. Le pronom relatif remplace le plus souvent un nom (parfois un pronom).

Activité 3

a., b., c. et **d.1.**. Antécédent : roman. J'ai lu un roman. Ce roman m'a passionné. (COD)
2. Antécédent : salle. J'ai vu ma première pièce dans une salle. Cette salle se trouve à Paris. (CC lieu)
3. Antécédent : artiste. L'artiste joue du violon. L'artiste se produit à l'opéra. (Sujet)
4. Antécédent : livre. Tu tiens le plus à un livre. J'ai emprunté ce livre. (COI)
5. Antécédent : peintre. Tu aimes les tableaux d'un peintre. Ce peintre a vécu au XVIe siècle. (complément du nom)
e. que : COD ; où : CCL ; qui : sujet ; auquel : COI ; dont : CN

Activité 4

Dans l'ordre d'apparition dans le texte : que je vous fais ; que je souffre ; que je souffrirai ; que vous verrez ; qui me les fait écrire.

Repérer

1 **1.** que je connaisse (antécédent : mélodie)
2. qui a inspiré la *Joconde* (antécédent : la femme)
3. où je me trouve (antécédent : lieu)
4. auquel tu parles (antécédent : voisin)
5. dont tu vois le nid (antécédent : oiseaux)

2 **a.** et **b. 1.** antécédent : l'hôtel ; relatif : où (CCL).
2. antécédent : l'oncle ; relatif : auquel (COI).
3. antécédent : un équipement ; relatif : que (COD).
4. antécédent : Rimbaud ; relatif : qui (sujet).
5. antécédent : la route ; relatif par laquelle (CCL).

Accorder

5 **1.** entrés ; **2.** entendues ; **3.** rencontrés ; **4.** poussé ; **5.** venues ; **6.** visitées.

Réécrire

7 **1.** La Fontaine écrivit de nombreuses fables qui sont inspirées des auteurs antiques.
2. Tu écris avec un stylo que ton père t'a donné.
3. Nous avons visité le château de Versailles où Louis XIV a vécu.
4. Tu m'as présenté ta grand-mère avec qui tu es parti en vacances.
5. J'ai adoré ce roman dont le personnage principal est Jean Valjean.

8 **1.** Mon voisin est un homme **qui vit seul**.
2. Je connais une histoire **à laquelle personne ne peut croire**.
3. C'est le cousin **qui a le plus grand appétit de la famille**.
4. C'est une maison **où l'on se plait** avec un jardin **qui comprend des arbres**.

Écrire

10 *L'exercice vise à montrer aux élèves qu'ils peuvent condenser leurs remarques et densifier leurs phrases par le recours aux PSR.*

Ressource numérique lienmini.fr/jdl3-111

Le manuel numérique enrichi vous propose les **exercices 3, 6 et 11** (fiche 1) et **4, 9 et 12** (fiche 2) permettant ainsi de compléter les exercices proposés dans le manuel.

Fiche 1

Repérer

3 **1.** Déterminative ; **2.** Explicative ; **3.** Explicative ; **4.** Déterminative.

Accorder

6 **a.** et **b. 1.** Connais-tu l'homme **que** j'ai salué ?
2. L'enfant **dont** le bras est cassé est nouveau dans la classe.
3. Voici la route **où** l'accident a eu lieu.
4. Qui aime bien, châtie bien.

Écrire

11 *L'exercice vise à développer les compétences en rédaction des élèves, en particulier dans un texte descriptif. C'est l'occasion pour eux de réaliser que les expansions du nom, et en particulier les propositions subordonnées relatives, permettent de décrire et enrichissent le texte descriptif.*

Fiche 2

Repérer

4 **1.**COI ; **2.** Complément de nom ; **3.** COI ; **4.** Complément de nom ; **5.** Complément de nom.

Réécrire

9 **1.** La neige qui est tombée macule la pelouse.
2. Toi, qui es arrivé en dernier, ferme la porte !
3. Les passants, qui sont arrêtés devant la vitrine, sont surpris.

Écrire

12 *L'exercice vise à développer les compétences en rédaction des élèves, en particulier dans un texte descriptif. C'est l'occasion pour eux de réaliser que les expansions du nom, et en particulier les propositions subordonnées relatives, permettent de décrire et enrichissent le texte descriptif.*

12 - Les accords dans le groupe nominal p. 292-293

Démarche et objectifs pédagogiques

▶ La leçon 12 constitue une synthèse sur les acquis en morpho-syntaxe du cycle 4 relatifs au groupe nominal et à ses composants. Elle permet de revenir sur les constituants du GN. Mais l'orientation choisie ici est orthographique : nous proposons de revoir les difficultés d'accords au sein du GN, dont la plupart ont été abordées en cours de cycle 4.

Activité 1

a. Jusqu'**aux jours** où au sein des ténèbres, **des lumières jaillirent** soudain dans mon esprit, tellement **brillantes** et **merveilleuses**, et pourtant si **simples** dans **leurs explications** que, tout en me sentant pris de vertige devant l'immensité des perspectives qui s'offraient à **nous, nous fûmes stupéfiés** par l'idée qu'il **nous** fût réservé à **nous, des novices**, de trouver **les clefs** d'aussi **extraordinaires secrets**, là où avaient échoué tant d'hommes de génie qui avaient orienté leurs recherches vers la même découverte.

D'après **M. Shelley**, *Frankenstein*, 1818

b. Les changements portent sur :
– le GN (accord des déterminants et de certaines expansions) ;
– des verbes pour certains accords ;
– des pronoms qui passent du singulier au pluriel ;
– l'ordre des mots.

Activité 2

a. une femme brune ; la musicienne de l'orchestre ; attirée par l'odeur, la louve s'approche du poulailler ; la spectatrice, qui est assise au théâtre, rit devant la comédie.

b. Nous pouvons observer un changement de forme pour le déterminant et pour certaines expansions.

c. *Cette question est l'occasion de faire le point avec les expansions variables (épithète, adjectif en apposition) et invariables (complément du nom).*

Activité 3

Un noir rougeoiement ; des boulevards et des places illuminés ; la nuit… libérée ; les premières fusées des réjouissances officielles.

Accorder

1 **1.** marchés matinaux ; vendeurs et vendeuses affairés
2. femme mystérieuse ; vêtements bleu clair.
3. biscuits roses ; célèbres.
4. frais matins ; feuilles marron.

2 **1.** des cerfs-volants ; **2.** des coupe-ongles ; **3.** des sourds-muets ; **4.** des essuie-mains ; **5.** des beaux-frères ; **6.** des porte-manteaux.

Repérer

5 **1.** « Attendues » : accord de l'apposition au féminin pluriel avec « hirondelles ».

2. « fleuris » : accord de l'épithète au masculin pluriel car complète deux noms coordonnés « les lilas et les tulipes ». Le masculin l'emporte.

3. « rivaux » : accord de l'apposition au masculin pluriel avec « candidats ».

4. « jouent » : accord du verbe de la PSR à la 3e personne du pluriel car son sujet, le pronom « qui », a pour antécédent « les enfants ».

Réécrire

8 **1. Cette grande lionne** : accord du déterminant démonstratif et de l'épithète.

Avant qu'Hercule ne **la** chasse : le pronom COD s'accorde en genre et en nombre avec le nom qu'il reprend, ici au féminin singulier.

2. Une petite enfant : accord du déterminant indéfini et de l'épithète. Enfant ne change pas de forme car le nom peut être masculin ou féminin.

3. la femme, inconnue, qui entrait dans la pièce : accord du déterminant défini et de l'apposition ; pas d'accord de la PSR.

4. Les habitantes qui étaient restées chez elles : accord du verbe de la PSR car son sujet « qui » a pour antécédent « les habitantes » ; accord du pronom « elles ».

9 **a. 1. Les** poisson**s** rouge**s** de ma sœur **ont sauté** de **leur** bocal.

2. Immense**s** et gris sombre, **les** immeuble**s** que l'on construisait **s'effondrèrent**.

3. Les oiseau**x** qui **ont rejoint leur** nid arrêt**ent** de chanter le soir venu.

4. Arrêté**s** dans **leur** course, **les** cavalier**s** contemplai**ent les** spectacle**s** de la nature.

b. Accord des épithètes et des adjectifs en apposition.

Écrire

10 *L'exercice pousse les élèves à formuler des périphrases pour employer diverses expansions nominales et pour réaliser les accords qui s'imposent.*

Préparer une dictée

13 larges roues ; statue hideuse ; zébus caparaçonnés ; corps colorié ; rouge sombre ; yeux hagards ; cheveux emmêlés ; langue pendante

Ressource numérique

lienmini.fr/jdl3-112

Le manuel numérique enrichi vous propose les **exercices 3, 6 et 11** (fiche 1) et **4, 7 et 12** (fiche 2) permettant ainsi de compléter les exercices proposés dans le manuel.

Fiche 1

Accorder

3 **1.** de beaux manteaux verts
2. ses marque-pages neufs
3. les bijoux les plus précieux
4. ces rues silencieuses
5. des légumes orange

Repérer

6 **1.** Belles : adjectif épithète, s'accorde en genre (féminin) et nombre (pluriel) avec « oranges ».

Mures : adjectif épithète, s'accorde en genre (féminin) et nombre (pluriel) avec « oranges ».

Tombent : verbe de la PSR dont l'antécédent est « oranges ». Le verbe de la PSR s'accorde avec son sujet (« qui »), reprenant l'antécédent, donc le verbe s'accorde au pluriel.

2. Sommes : verbe de la PSR dont l'antécédent est « toi et moi ». Le verbe de la PSR s'accorde avec son sujet (« qui »), reprenant « toi et moi ». L'accord est donc à la 1re personne du pluriel (toi + moi = nous).

Ont : verbe de la PSR dont l'antécédent est « ceux ». Le verbe s'accorde donc avec son sujet, reprenant l'antécédent.

Écrire

11 *L'exercice vise à développer les compétences rédactionnelles des élèves, en particulier dans des textes descriptifs. On pourra faire travailler les élèves sur l'importance de varier l'emploi des expansions et sur l'accord de ces dernières.*

Fiche 1

Accorder

4 **1.** de bons courts-bouillons fumants
2. les beaux micro-ondes neufs
3. ces excellents croquemonsieurs
4. ces nouveaux mélis-mélos colorés
5. de courageuses arrière-gardes

Repérer

7 **a.** et **b.** La commerçante**, matinale** (apposition : adjectif qualificatif)**,** a rangé un légume **frais** (épithète : adjectif qualificatif) et du poisson **de rivière** (complément de nom : nom commun) dans son arrière-boutique **qui est très encombrée** (PSR).

Écrire

12 *L'exercice vise à développer les compétences rédactionnelles des élèves, en particulier dans des textes descriptifs. On pourra faire travailler les élèves sur l'importance de varier l'emploi des différentes expansions et sur leur accord.*

Pédagogie différenciée sur le nom

p. 294-295

Démarche et objectifs pédagogiques

▶ Cette activité de bilan permet de faire le point sur la morpho-syntaxe du nom et du groupe nominal, de récapituler les connaissances des élèves sur les différents types d'expansion et de réviser les règles orthographiques d'accord nom/expansion ou sujet/verbe. Le choix d'un texte poétique descriptif se prête particulièrement à un travail sur le nom et ses expansions. Trois questionnaires l'accompagnent, conçus dans l'esprit du brevet, mais permettant à l'enseignant de mettre en place une pédagogie différenciée, avec des questions simples (groupe 1), plus ambitieuses (groupe 2) ou plus complexes (groupe 3). Le même nombre de questions est conçu pour chaque groupe et les questions visent les mêmes compétences.

Groupe 1

Repérer

1 **a.** Vie (l. 11)
b. Il s'agit d'une personnification.

2 – **ce** (déterminant démonstratif) rêve **étrange et pénétrant d'une femme inconnue** (épithète et complément de nom) ;
– **mon** (déterminant possessif) front **blême** (épithète) ;
– **au** (article défini contacté) regard **des statues** (complément du nom) ;
– **des** (article défini contracté) voix **chères qui se sont tues** (épithète et PSR).

3 Ce sont des appositions.

Manipuler

4 Je fais souvent ces rêves étranges et pénétrants de femmes inconnues que j'aime et qui m'aiment

5 Elles seules les savent rafraîchir, en pleurant.

Écrire

6 *L'objectif est de déceler les sentiments du poète, tels qu'il les exprime dans ce sonnet : on acceptera l'idée qu'il est amoureux, habité par la présence d'une femme, qu'il est troublé face à une évocation imprécise, onirique. L'intérêt réside aussi dans la manipulation des différents types d'expansions du nom par les élèves.*

7 *L'exercice, conçu dans l'esprit du brevet, permet aux élèves de travailler sur le texte descriptif, à travers un portrait. Ils utiliseront les différents types d'expansion à cet effet.*

Groupe 2

Repérer

1 **a.** Vie (l. 11)
b. Il s'agit d'une personnification.

2 **a.** et **b.** – **ce** (déterminant démonstratif) rêve **étrange et pénétrant d'une femme inconnue** (épithète et complément de nom) ;
– **mon** (déterminant possessif) front **blême** (épithète) ;
– **au** (article défini contacté) regard **des statues** (complément du nom) ; – **des** (article défini contracté) voix **chères qui se sont tues** (épithète et PSR).

3 Appositions du texte : « transparent », « lointaine », « calme », « grave ».

Manipuler

4 Je fais souvent **ces rêves étranges et pénétrants**
De femmes inconnues, que j'aime et qui m'**aiment**,
Et qui ne **sont**, chaque fois, ni tout à fait **les mêmes,**
Ni tout à fait **d'autres** et m'aim**ent** et me comprenn**ent**.

5 Elles seules les savent rafraîchir, en pleurant.
Sont-elles brunes, blondes ou rousses ? – Je l'ignore

Écrire

6 *L'objectif est de déceler les sentiments du poète, tels qu'il les exprime dans ce sonnet : on acceptera l'idée qu'il est amoureux, habité par la présence d'une femme, qu'il est troublé face à une évocation imprécise, onirique. L'intérêt réside aussi dans la manipulation des différents types d'expansions du nom par les élèves.*

7 *L'exercice, conçu dans l'esprit du brevet, permet aux élèves de travailler sur le texte descriptif, à travers un portrait. Ils utiliseront les différents types d'expansion à cet effet.*

Groupe 3

Repérer

1 **a.** Vie (l. 11)
b. Il s'agit d'une personnification.
c. Le poète exprime avec gravité l'action de la Vie, comme si elle décidait du sort de chacun. Elle semble douée d'une volonté autonome.

2 – **ce** (déterminant démonstratif) rêve **étrange et pénétrant d'une femme inconnue** (épithète et complément de nom) ;
– **mon** (déterminant possessif) front **blême** (épithète) ; – **au** (article défini contacté) regard **des statues** (complément du nom) ; – **des** voix **chères qui se sont tues** (épithète et PSR).

3 « transparent », « lointaine », « calme », « grave »

Manipuler

4 Je fais souvent ces **rêves étranges et pénétrants**
De femmes inconnues, que j'aime et qui m'**aiment**,
Et qui ne **sont**, chaque fois, ni tout à fait **les mêmes,**
Ni tout à fait **d'autres** et m'**aiment** et me **comprennent**.
Car elle**s** me **comprennent**, et mon cœur, transparent
Pour **elles seules**, hélas ! cesse d'être un problème

5 **Elles seules les savent** rafraîchir, en pleurant.
Sont-elles brunes, **blondes** ou **rousses** ? – Je l'ignore

Écrire

6 *L'objectif est de déceler les sentiments du poète, tels qu'il les exprime dans ce sonnet : on acceptera l'idée qu'il est amoureux, habité par la présence d'une femme, qu'il est troublé face à une évocation imprécise, onirique. L'intérêt réside aussi dans la manipulation des différents types d'expansions du nom par les élèves.*

7 *L'exercice, conçu dans l'esprit du brevet, permet aux élèves de travailler sur le texte descriptif, à travers un portrait. Ils utiliseront les différents types d'expansion à cet effet.*

Dictée

lienmini.fr/jdl-018

Hauts jusqu'à trois cents mètres, minces, ronds, tortus, crochus, difformes, imprévus, fantastiques, ces surprenants rochers semblaient des arbres, des plantes, des bêtes, des monuments, des hommes, des moines en robe, des diables cornus, des oiseaux démesurés, tout un peuple monstrueux, une ménagerie de cauchemar pétrifiée par le vouloir de quelque Dieu extravagant. Jeanne ne parlait plus, le cœur serré, et elle prit la main de Julien qu'elle étreignit, envahie d'un besoin d'aimer devant cette beauté des choses.

Le verbe

Présentation et progression au sein de la partie des fiches 13 à 17

▶ Ce premier groupement de leçons consacrées au verbe met particulièrement l'accent sur la morphologie et l'orthographe. Ce groupement alterne révisions et notions nouvelles. La leçon 13 propose tout d'abord de réviser les modes verbaux du conditionnel, de l'impératif et du subjonctif. Les élèves réfléchissent ensuite aux formes en -ant, issues du mode participe, et étudient leurs caractéristiques (leçon 14). Les leçons suivantes proposent alors des révisions des constructions du verbe (leçon 15) puis des voix active et passive (leçon 16). La notion de périphrase est enfin étudiée afin de faire prendre conscience de ces tournures spécifiques (leçon 17).

Objectifs pédagogiques

À l'issue de ce groupement de leçons, les élèves auront :
- révisé les modes conditionnel, impératif et subjonctif ;
- réfléchi aux différentes formes en *-ant* ;
- révisé les constructions du verbe ;
- révisé la voix passive et la voix active ;
- manipulé des périphrases verbales.

Atelier de classe Comment identifier la forme d'un verbe ? p. 296-297

Pour plus de détails sur les objectifs généraux des ateliers et les modalités de mise en œuvre, veuillez vous reporter aux explications données dans l'atelier d'ouverture p. 143.

Démarche

▶ La fable s'inscrit dans l'étude du thème 2, « Dénoncer les travers de la société ». Les élèves s'appuient sur le message délivré par le fabuliste pour analyser les différentes formes verbales présentées à leur étude.

Mise en œuvre

▶ **Constitution des groupes**

On placera les élèves par groupes de 3 ou 4 maximum pour que chacun puisse participer. Le travail s'appuie sur des prérequis relatifs au verbe, il parait donc intéressant de choisir des élèves de niveaux hétérogènes.

▶ **Déroulement**

Avant de lancer le travail en groupe, il faudra prendre le temps de lire attentivement le texte et de faire en sorte qu'il soit compris. On pourra par exemple demander aux élèves de distinguer les caractéristiques des personnages du Loup et du Chien, en relevant ce qui les oppose.

Les élèves peuvent ensuite commencer le travail par groupe suivant les modalités choisies (voir la présentation de ces modalités dans l'atelier d'ouverture). On leur rappellera que l'atelier vise à les mettre en position de grammairiens chercheurs, et qu'ils devront découvrir ou redécouvrir des informations sur la forme d'un verbe. Comme les grammairiens, ils devront ensuite rédiger eux-mêmes leurs conclusions à la fin de chaque partie de l'atelier et en bilan général.

▶ **Gestion du temps**

La mise en œuvre de cet atelier ne devrait pas dépasser deux heures, du fait de la brièveté du texte étudié.

Objectifs pédagogiques

- Réviser la voix active et la voix passive.
- Distinguer les différentes formes en *-ant*.
- Réviser les constructions de verbe.

Partie 1

Observons et manipulons

Cette partie est consacrée à la manipulation de la voix active et de la voix passive. La situation du Chien, soumis à son maitre et privé de liberté, se prête de façon intéressante à une réflexion sur les effets d'une conjugaison à la voix passive.

1. L'étiquette qui convient est : Il chasse les mendiants.
L'autre ne convient pas car il n'accomplit pas cette action.

2. Le Chien porte un collier pour symboliser sa soumission.
L'expression qui l'indique est : « le collier dont je suis attaché », au vers 14. Le verbe employé est « attacher », mais le Chien n'est pas celui qui effectue l'action. C'est le Maitre qui s'en est chargé.

3. Le Chien est nourri par le Maitre avec des os.
Parfois, le Chien est caressé par le Maitre.
Le complément qui désigne celui qui accomplit l'action est « par le Maitre ». La préposition qui l'introduit est : « par ».

Qu'avons-nous observé ?

Les activités des élèves doivent les conduire à formuler les observations suivantes :
- la voix active est employée quand le sujet accomplit l'action, alors que le sujet d'un verbe conjugué à la voix passive subit l'action ;
- le complément d'un verbe à la voix passive est introduit par la préposition « par » et désigne celui qui accomplit l'action.

Partie 2

Observons et manipulons

Les activités visent à permettre de distinguer deux formes en *-ant*, en comparant les différentes orthographes de la terminaison.

1. Le mot « portant » complète le nom « gens ».

La différence de terminaison n'est pas facile à expliquer car les deux formes semblent similaires. L'une parait être un verbe, et l'autre un adjectif ou un nom.

2. L'expression correcte pour remplacer le groupe « chemin faisant » est : « Alors qu'ils faisaient chemin… ». La fonction grammaticale du nom « chemin » est COD du verbe « faisant ». Ceux qui accomplissent l'action sont le Chien et le Loup.

La classe grammaticale à laquelle le mot « faisant » appartient est celle du verbe.

3.

Verbe	Nom ou adjectif
oubliant rêvant	errants bienveillant

Pour les distinguer, on peut essayer de les mettre au féminin.

Qu'avons-nous observé ?

Les activités de cette partie doivent pouvoir conduire les élèves à la conclusion suivante :

Il existe deux formes en *-ant* :

– l'une reste invariable, et joue le rôle d'un verbe dans la phrase ;

– l'autre s'accorde en genre et en nombre, à la manière d'un adjectif qualificatif, ou comme certains noms.

Partie 3

Observons et manipulons

Cette partie est consacrée à la révision des différentes constructions du verbe. Les activités présentées alternent observation et manipulation, afin de rappeler les caractéristiques de ces constructions.

1. « vous aurez un bien meilleur destin » (v. 1) correspond à la construction Sujet – Verbe – COD.

« Le Chien complait à son Maitre » correspond à la construction Sujet – Verbe – COI.

Dans cette situation, le verbe *avoir* est un verbe transitif **direct,** car il est suivi d'un complément d'objet **direct.**

2. Les phrases qui expriment les qualités du Loup aux yeux de La Fontaine sont :

Le Loup reste un animal libre.

Le Loup est attentif au Chien.

3. Les verbes employés décrivent des qualités, ils n'expriment pas d'actions.

Ils appartiennent au modèle de phrase suivant : Sujet – Verbe – Attribut du sujet.

4. Dans le dernier vers, les verbes *s'enfuir* et *courir* ne sont pas suivis d'un complément. Le terme approprié pour définir cette situation est : **verbes intransitifs**.

Qu'avons-nous observé ?

Les activités devraient mener les élèves à lister les constructions de verbe suivantes :

– verbe intransitif : sans complément ;

– verbe transitif direct : suivi d'un COD ;

– verbe transitif indirect : suivi d'un COI ;

– verbe attributif : suivi d'un attribut du sujet.

13 - Les modes impératif, conditionnel et subjonctif p. 298-299

▶ Les modes de conjugaison exposés au cours de cette leçon ont déjà été abordés au cours de la scolarité, que ce soit lors du cycle 3 ou pendant les premières années du cycle 4, c'est pourquoi ils sont présentés de manière conjointe. L'accent est mis sur la morphologie, puisque les valeurs du conditionnel et du subjonctif sont présentées aux leçons 28 et 29.

Démarche

La première activité présente une réplique de théâtre, pour rappeler les particularités du mode impératif. La deuxième activité revient sur la morphologie du subjonctif, avec un exercice de prononciation à voix haute, puis propose de compléter un tableau. L'activité 3 présente les formes composées du subjonctif, et la dernière activité permet de revoir la conjugaison du conditionnel en montrant ses ressemblances avec les formes du futur et les terminaisons de l'imparfait.

Objectifs pédagogiques

À l'issue de cette leçon les élèves devront :

– être capables de conjuguer un verbe aux modes subjonctif, impératif et conditionnel ;

– savoir distinguer le mode impératif du mode subjonctif.

Activité 1

Les verbes conjugués à l'impératif présent sont :

– au vers 2 : « Venge-moi, venge-toi » ;

– au vers 3 : « Montre-toi digne fils » ;

– au vers 5 : « Va, cours, vole, et nous venge ».

On reconnait l'impératif car il n'est jamais accompagné d'un pronom personnel sujet. De plus, on ne le conjugue qu'à trois personnes : 2e personne du singulier, 1re et 2e personnes du pluriel.

On peut accepter une réponse qui s'appuie sur la valeur d'ordre de l'impératif, mais ce n'est pas l'objectif de cette leçon.

Activité 2

a. 1. Pourvu que je **puisse** venir !

2. Bien que tu **saches** ce que je vais dire, écoute-moi quand même.

3. Je doute que vous le **fassiez** correctement.

b.

1re pers. du singulier	que je dise
2e pers. du singulier	que tu dises
3e pers. du singulier	qu'il/elle dise
1re pers. du pluriel	que nous disions
2e pers. du pluriel	que vous disiez
3e pers. du pluriel	qu'ils/elles disent

Activité 3

La forme verbale qui se distingue des autres est : « se soit amélioré ». Elle apporte une valeur d'antériorité à l'action. C'est une forme passée du subjonctif.

Activité 4

a. 1. Je le **disais** (imparfait) hier, il **faudrait** (conditionnel) prévoir une voiture plus grande pour tout emporter.

2. Nous **aurons** (futur simple) le temps de finir ce travail demain, aujourd'hui il **aurait été** (conditionnel) difficile de terminer dans les délais.

3. Si tu **voulais** (imparfait) bien venir avec nous, tes parents **seraient** (conditionnel) ravis.

b. Il est possible de se tromper car le conditionnel et le futur emploient le même radical verbal, alors que leur terminaison est différente. Le conditionnel présente en revanche les mêmes terminaisons que l'imparfait, ce qui peut aussi créer une confusion.

Repérer

1 **1.** J'aurais préféré qu'il **prenne** au moins un vêtement. (subjonctif présent)

2. Quoi qu'elles **aient fait**, cela ne peut être grave. (subjonctif passé)

3. Bien qu'il **fallût** se hâter, nous profitâmes pleinement de cette journée. (subjonctif imparfait)

4. Pour que tu **sois** sûr d'être à l'heure, il aurait fallu te lever plus tôt. (subjonctif présent)

2 **1.** fallait : imparfait ; aurais voulu : conditionnel passé.

2. Seriez : conditionnel présent.

3. disiez : imparfait ; pressait : imparfait.

4. penserait : conditionnel présent.

Accorder

5

conditionnel présent	subjonctif présent	impératif présent
tu ferais / vous feriez	que tu fasses / que vous fassiez	fais / faites
tu viendrais / vous viendriez	que tu viennes / que vous veniez	viens / venez
tu dirais / vous diriez	que tu dises / que vous disiez	dis / dites
tu mettrais / vous mettriez	que tu mettes / que vous mettiez	mets / mettez
tu saurais / vous sauriez	que tu saches / que vous sachiez	sache / sachez

6 **1.** À supposer que tu le **retiennes**, ton chat fera quand même ce qu'il veut.

2. Les enfants sont sortis jouer, bien que le temps **ait été** pluvieux.

3. Pour qu'elles **puissent** remporter le championnat, une préparation assidue sera nécessaire.

4. Pourvu qu'il **fasse** beau pour le piquenique !

Préparer une dictée

9 Puissent tous les hommes se souvenir qu'ils sont frères ! Qu'ils aient en horreur la tyrannie exercée sur les âmes, comme ils ont en exécration le brigandage qui ravit par la force le fruit du travail et de l'industrie paisible ! Si les fléaux de la guerre sont inévitables, ne nous haïssons pas, ne nous déchirons pas les uns les autres dans le sein de la paix [...].

Voltaire, *Traité sur la tolérance*, 1763

Écrire

11 *Cette écriture propose la rédaction d'un texte de théâtre. Si son enjeu principal reste la conjugaison correcte du conditionnel, il est possible de recourir à l'impératif. Les répliques appellent à développer une argumentation contre la malhonnêteté.*

Réécrire

13 Il **faudrait** que je **partisse** déjà, mais je **serais** très fatigué. De toute façon, que je **sois** présent ou non, cela ne **changerait** rien.

Ressource numérique lienmini.fr/jdl3-113

Le manuel numérique enrichi vous propose les **exercices 3, 7 et 12** (fiche 1) et **4, 8 et 10** (fiche 2) permettant ainsi de compléter les exercices proposés dans le manuel.

Repérer

3

Subjonctif	Impératif
que je sois que tu sois qu'elle soit que nous soyons que vous soyez qu'ils soient	sois soyons soyez

Accorder

7

	Futur simple	Conditionnel présent
avoir	j'aurai	j'aurais
pouvoir	je pourrai	je pourrais
tenir	je tiendrai	je tiendrais
croire	je croirai	je croirais

Écrire

12 *La suite des phrases est laissée à l'imagination des élèves. Pour faciliter leur utilisation d'un verbe au subjonctif, on peut demander aux élèves de le souligner.*

Fiche 2

Repérer

4 *Les verbes à surligner en jaune sont ici surlignés en gris et ceux à surligner en orange sont soulignés dans ce corrigé.*

1. Quoiqu'elle eût fini son travail, elle resta encore à son bureau.

2. Il fut convaincu par nos explications.

3. Dès qu'il accepta ma proposition, je téléphonai à mes parents.

4. Avant qu'elle eût terminé, la garagiste préféra vérifier à nouveau les freins.

Accorder

8 **1.** Il est en route ; pourvu qu'il **arrive** avant l'orage ! (subjonctif présent)

2. Je regrette vraiment que vous **ayez refusé** la précédente proposition. (subjonctif passé)

3. Les enfants se préparent afin que tout **aille** bien. (subjonctif présent)

4. Bien qu'elle **ait remarqué** ma présence, cela ne l'a pas dérangée. (subjonctif passé)

Préparer une dictée

10 **a.** et **b.**

Ma seule consolation, quand je montais me coucher, était que maman viendrait m'embrasser quand je serais dans mon lit. Mais ce bonsoir durait si peu de temps, elle redescendait si vite, que le moment où je l'entendais monter [...] était pour moi un moment douloureux. Il annonçait celui qui allait le suivre, où elle m'aurait quitté, où elle serait redescendue. De sorte que ce bonsoir que j'aimais tant, j'en arrivais à souhaiter qu'il vînt le plus tard possible, à ce que se prolongeât le temps de répit où maman n'était pas encore venue.

M. Proust, *Du côté de chez Swann*, 1913

14 - Participe présent et adjectif verbal p. 300-301

▶ Les différentes formes en *-ant* de la langue française sont souvent confondues, et leur distinction présente un enjeu orthographique intéressant. Il est donc utile de préciser cette notion, qui facilitera le recours au langage soutenu pour les élèves.

Démarche

La première activité permet d'observer le phénomène des formes se terminant par *-ant*, afin de construire des hypothèses sur la nature grammaticale du participe présent. La deuxième activité permet d'observer une autre forme en *-ant*, celle de l'adjectif verbal, dont la qualité d'adjectif est envisagée grâce à un exercice de transposition. L'activité 3 vise à présenter le gérondif, une forme particulière du participe présent, en comprenant sa fonction de complément circonstanciel de manière. La dernière activité permet de vérifier les observations formulées au cours de l'atelier par un exercice d'application.

Objectifs pédagogiques

Au terme de la leçon, les élèves devront être capables de :

– distinguer le participe présent de l'adjectif verbal et choisir l'orthographe appropriée ;

– accorder comme il convient le participe présent ;

– reconnaitre le gérondif.

Activité 1

a. et **b.** Les deux formes surlignées présentent une même terminaison, en *-ant*. Elles sont formées à partir d'un verbe, comme *regarder* pour le mot « regardant ».

Activité 2

b. Le mot en gras semble appartenir à la classe grammaticale des adjectifs qualificatifs. Au féminin, on écrira : « d'une attitude menaçante ». On remarque que le mot s'accorde avec le nom qu'il complète.

c. Cette expression permet de comprendre les deux classes grammaticales à partir desquelles ce terme est formé : il se comporte comme un adjectif qualificatif, car il s'accorde en genre et en nombre avec le nom complété, mais il ressemble aussi au verbe « menacer », à partir duquel il est formé.

Activité 3

b. Les expressions surlignées donnent des conseils sur la manière dont l'action se déroule, c'est-à-dire sur la façon dont les personnes doivent se comporter dans le cadre de l'activité physique et de la nutrition. La forme en *-ant* exprime précisément le complément circonstanciel de manière.

Activité 4

1. Elle commença à se plaindre, **manifestant** son mécontentement. (participe présent)

2. Elles se montrent très **exigeantes** avec leurs employés. (adjectif verbal)

3. Les commères se mirent à chuchoter, **médisant** de leurs voisines. (participe présent)

4. Les avions sont des moyens de transport **rassurants** (adjectif verbal)

5. **Prenant** Alice par la main, ils la menèrent jusqu'à la reine **grimaçante**. (participe présent puis adjectif verbal).

6. Les héros, **triomphant/triomphants**, entrèrent dans la ville. (adjectif verbal)

Pour cette dernière phrase, les deux formes sont possibles. Il faut faire préciser aux élèves ce qui les aide à déterminer leur choix.

Repérer

1 **1.** Participe présent, on ne peut transposer ce terme au féminin. C'est un complément circonstanciel de cause.

2. Adjectif verbal, le mot est accordé au féminin singulier.

3. Participe présent, on ne peut transposer ce terme au féminin, c'est un complément circonstanciel de cause.

4. Adjectif verbal, le mot est accordé au féminin singulier.

5. Participe présent, c'est une forme en *-ant*, alors que l'adjectif verbal de ce verbe s'écrit avec un « e ».

2 **1.** Il ne pourra pas travailler très longtemps en se **fatiguant** de la sorte.

2. Sa plaidoirie n'est pas **convaincante**.

3. L'auteur ne parvient pas à être **intrigant**.

4. **Provoquant** un débat, l'orateur se mit à parler plus fort.

Manipuler

5 **1.** Nous avons choisi des chambres communic**antes**.

2. Désormais, vous me rendrez des comptes tous les jours, en justifi**ant** chacun de vos déplacements.

3. Les promeneurs s'étaient abrités sous un porche, la pluie hurl**ant** à leurs oreilles.

4. Les informations intéress**antes** se trouvent sur la dernière page.

5. Ils sont partis en cour**ant**.

6 **1.** Néglig**eant** les remarques de ses voisins, il continue à mal se comporter.
2. Il est très néglig**ent** avec ses affaires.
3. Nous cherchons une expression équival**ente**.
4. Elle ne ressemble guère à son frère, son visage différ**ant** beaucoup du sien.

Préparer une dictée

9 Formes en *-ant*: vibrant (adjectif verbal) ; arrêtant (participe présent) ; reprenant (participe présent).

Écrire

11 *Cet exercice permet d'employer des gérondifs sur le modèle proposé lors de l'activité 3. Leur manipulation ne présente pas de difficulté particulière et permet de s'exercer à leur repérage.*

Ressource numérique

lienmini.fr/jdl3-114

Le manuel numérique enrichi vous propose les **exercices 3, 7 et 12** (fiche 1) et **4, 8 et 10** (fiche 2) permettant ainsi de compléter les exercices proposés dans le manuel.

Fiche 1

Repérer

3 **1.** Il a rougi en voyant son mensonge démasqué.
2. L'enfant courait rapidement, ne prenant pas même le temps de se reposer.
3. Le moniteur s'est trompé en agrafant les pages.
4. Téléphonant de bonne heure, le médecin a pris de ses nouvelles.

Manipuler

7 **1. La nuit tombant**, les animaux sortent de leur tanière.
2. Je cherche une voiture **ne tombant jamais en panne**.
3. Les vaches, **s'agitant**, se levèrent avec inquiétude.
4. Nous sommes finalement sortis, **le vent ayant cessé de souffler**.

Écrire

12 *L'exercice permet de s'entraîner à distinguer les participes présents et les adjectifs verbaux en les employant dans une même phrase. Les élèves les plus en difficulté peuvent commencer par reprendre la structure de phrase proposée.*

Fiche 2

Repérer

4 **1. Négligeant** mes avertissements, il est sorti en pleine tempête de neige.
2. Je lui avais confié mon chien, mais mon voisin s'est montré **négligent**.
3. Tes gâteaux sont vraiment **excellents** !
4. Il s'est levé tard, **émergeant** de son sommeil avec difficulté.

Manipuler

8 **a. 1.** supplier : suppliant
2. prendre : prenant
3. passer : passant
4. déterminer : déterminant
b. *Les élèves peuvent ici choisir le sujet de leur choix pour la rédaction des phrases.*

Préparer une dictée

10 **a.** *Don Carlos, <u>tirant</u> de sa ceinture un poignard et une bourse.*

– Daignez, madame, choisir de cette bourse ou bien de cette lame.

Doña Josefa, *<u>prenant</u> la bourse.* – Vous êtes donc le diable ?

Don Carlos – Oui, duègne.

Doña Josefa, *<u>ouvrant</u> une armoire étroite dans le mur.* – Entrez ici.

Don Carlos, *<u>examinant</u> l'armoire.* – Cette boîte !

Doña Josefa, *<u>refermant</u> l'armoire.* – Va-t'en, si tu n'en veux pas.

V. Hugo, *Hernani*, 1830

b. Les didascalies contiennent des indications sur les circonstances de l'action, notamment sur la manière dont les acteurs doivent jouer. De ce fait, le participe présent est une forme privilégiée pour les exprimer.

15 - Les différentes constructions de verbe p. 302-303

▶ Les constructions du verbe sont abordées dès le cycle 3, et cette leçon vise surtout à permettre une révision de notions familières.

Démarche

La première activité cherche d'abord à rappeler la différence entre verbe transitif et intransitif. Une fois cette distinction établie, la deuxième activité propose d'ajouter des compléments aux verbes présentés. Cette manipulation permet de constater des impossibilités : les constructions du verbe présentent des différences entre les verbes transitifs et intransitifs. L'activité propose alors de réfléchir aux termes qui désignent ces compléments, notamment la signification entre complément direct et complément indirect. La troisième activité présente les verbes attributifs et l'activité 4 propose de relever les compléments des verbes attributifs dans un texte littéraire.

Objectifs pédagogiques

À la fin de la leçon, les élèves devront :
- distinguer les verbes transitifs et les verbes intransitifs ;
- identifier les verbes transitifs directs et les verbes transitifs indirects ;
- reconnaitre les verbes attributifs et leurs compléments.

Activité 1

Les verbes « reflète » et « sais » sont suivis d'un complément d'objet, tandis que le verbe « approche » est dépourvu de complément.

Activité 2

a. Certains verbes ne peuvent pas être associés à des compléments : le verbe *soutenir* ne peut être suivi d'un complément introduit par une préposition, et le verbe *ressembler* ne peut être suivi d'un COD.

b.

Verbe + COD	Verbe + COI	Verbe + COD + COS
ils soutiennent	elles ressemblent	vous donnez

c. COD signifie complément d'objet direct et COI complément d'objet indirect.

d. Le verbe *soutenir* est un verbe transitif direct et le verbe *ressembler* est un verbe transitif indirect. Quant au verbe *donner*, il est suivi à la fois d'un COD et d'un COI.

Activité 3

a. Verbes qui permettent d'accomplir une action : « attrape », « expose ».

Verbe qui définit un état : « être ».

b. Les verbes qui permettent d'accomplir une action sont suivis d'un COD. Le complément qui accompagne le verbe *être* est l'attribut du sujet.

Activité 4

a. Les compléments soulignés sont :
- un groupe nominal : « une femme sèche et maigre » ;
- des adjectifs qualificatifs : « jaune comme un coing » ;
- des participes passés : « faites » et « tyrannisées ».

b. Ils apportent des éléments nécessaires à la description, c'est leur rôle dans la phrase.

Repérer

1 *Les verbes transitifs directs sont surlignés en gris et les verbes transitifs indirects sont soulignés dans le corrigé.*

1. Honoré de Balzac écrit ce roman en 1833.
2. Il raconte la vie provinciale d'une jeune fille, Eugénie.
3. Il a écrit de nombreuses œuvres par la suite.
4. Ses parents voulaient pourtant qu'il étudie le droit.
5. Il utilisait des carnets pour prendre des notes.
6. Son objectif principal demeurait de dépeindre l'âme humaine.
7. Il parle des vices et des défauts des hommes.

2 **a.** et **b.**

1. Il porte les marques de son chagrin sur son visage.
→ complément d'objet, verbe transitif
2. Elle demeure impassible, malgré son envie de rire.
→ attribut du sujet, verbe attributif
3. Les enfants paraissent sages, ce soir.
→ attribut du sujet, verbe attributif
4. Ils ont dépensé toute leur énergie.
→ complément d'objet, verbe transitif
5. Vous êtes devenus de grandes personnes.
→ attribut du sujet, verbe attributif
6. Elle usa de diplomatie pour obtenir l'information.
→ complément d'objet, verbe transitif
7. Je demeurai stupéfait du résultat de sa démarche.
→ attribut du sujet, verbe attributif

Manipuler

5 *Les exemples proposent de travailler sur des phrases voisines, en recherchant des compléments différents, ce qui permet de manipuler la différence entre transitif direct et indirect.*

6 *Les verbes présentés dans cet exercice présentent la caractéristique de pouvoir être transitifs et intransitifs, selon leur emploi. Il s'agit donc de composer des phrases après avoir précisé chacune des notions.*

Préparer une dictée

9 *Dans ce corrigé, les verbes attibutifs sont en gras et les attributs surlignés :* « tout **était** clair », « les ténèbres en **semblaient** lumineuses », « les nuits luisantes **sont** plus joyeuses ».

Écrire

10 *La consigne ne comprend que peu d'indications afin que l'élève se concentre sur la manipulation des verbes en identifiant leurs constructions.*

11 *Ce tableau présente une scène vivante. Les passages descriptifs peuvent facilement trouver leur place, tout en imaginant les actions des personnages.*

Ressource numérique

lienmini.fr/jdl3-115

Le manuel numérique enrichi vous propose les **exercices 3, 7 et 12** (fiche 1) et **4, 8 et 13** (fiche 2) permettant ainsi de compléter les exercices proposés dans le manuel.

Fiche 1

Repérer

3 **1.** Le chien aboie dehors. **intransitif**
2. Ils dansent avec passion. **intransitif**
3. Les élèves reçoivent de chaleureux applaudissements. **transitif**
4. On le leur a offert. **transitif**

Manipuler

7

Transitif	Intransitif	Attributif
Il ne connaissait pas la générosité.	Il travaillait beaucoup. Sa famille vivait modestement.	Le père d'Eugénie était laid. Il paraissait très âgé.

Écrire

12 *La consigne invite les élèves à rédiger un portrait d'Eugénie Grandet, à l'aide de plusieurs verbes attributifs. Si les élèves ne connaissent pas ce personnage, ils peuvent inventer un caractère et un physique de leur choix.*

Fiche 2

Repérer

4 **a.** et **b. 1.** Ils ont montré leurs cahiers hier.
→ complément d'objet : oui ; verbe : transitif direct
2. Elle ne s'adressait qu'à son père.
→ complément d'objet : oui ; verbe : transitif indirect
3. L'oiseau vole de ses propres ailes.
→ complément d'objet : non ; verbe : intransitif
4. Elles ouvrent de grands yeux.
→ complément d'objet : oui ; verbe : transitif direct

Manipuler

8 *L'exercice implique de définir la construction qui convient à chaque verbe, précisée ci-dessous.*
1. Je comprends + verbe transitif direct.
2. Vous offrez : *les deux constructions sont possibles* : verbe transitif direct ou verbe transitif indirect.
3. Elles emmènent : *Les deux constructions sont possibles* : verbe transitif direct ou verbe transitif indirect.
4. Tu parles : *les deux constructions sont possibles* : verbe transitif direct ou verbe transitif indirect.

Écrire

13 **a.** Le verbe en gras est transitif direct.
b. *La consigne invite les élèves à rédiger un portrait d'Eugénie Grandet, à l'aide de plusieurs verbes attributifs. Si les élèves ne connaissent pas ce personnage, ils peuvent inventer un caractère et un physique de leur choix.*

16 - Les voix du verbe p 304-305

▶ Les voix du verbe sont abordées au cours du cycle 4, il s'agit dans cette leçon d'une révision des principes essentiels de cette notion.

Démarche

La première activité se concentre sur la différence entre la voix active et la voix passive, particulièrement sensible dans ce texte du fait des actions. Ainsi, le terme « passif » fait l'objet d'une étude lexicale, et le rôle du sujet dans cette voix est clairement exposé. La deuxième activité permet de manipuler des verbes en les transposant de la voix passive à la voix active grâce à un exemple. La dernière activité permet de chercher les indices conduisant à distinguer la voix active et la voix passive.

Objectifs pédagogiques

À la fin de la leçon, les élèves devront :
– distinguer voix active et voix passive ;
– reconnaitre la forme passive des différents temps verbaux.

Activité 1

b. Ce sont les criquets qui accomplissent l'action mentionnée mais ils ne sont pas les sujets grammaticaux de la phrase.
c. Le sujet est « le champ ». On peut dire qu'il est passif, car il subit l'action, c'est-à-dire l'invasion de criquets.

Activité 2

b. L'étiquette qui convient est : Le visiteur a étonné les lapins.
c. La phrase du texte concentre l'attention sur les lapins, tandis que la phrase transformée met en avant le responsable de cette action, le visiteur.
d. On ne peut pas transposer de la même manière cette phrase, car on ne connait pas le responsable de cette action.

Activité 3

1. Le chat a été surpris par la pluie. → voix passive
2. Les pluies ont été abondantes cette année. → voix active
3. Il a envoyé une carte de vacances. → voix active
4. Elles ont été envoyées depuis hier. → voix passive

Repérer

1 **a.** et **b. 1.** Alphonse Daudet a tout d'abord publié des articles de journaux. → voix active
2. Il est très influencé par sa rencontre avec le poète Frédéric Mistral. → voix passive
3. Tout au long de sa vie, il est attaché à la Provence.
→ voix passive
4. Son œuvre la plus célèbre reste *Les Lettres de mon moulin*.
→ voix active

2 **1.** Le train est installé de l'autre côté du quai.
→ présent, voix passive
2. J'espère que tu as installé les tables comme il faut.
→ passé composé, voix active
3. Ce livre est lu d'une traite, un vrai moment de bonheur !
→ présent, voix passive
4. Il a lu rapidement ce roman, ça lui a plu.
→ passé composé, voix active
5. Il est reparti dès la fin du spectacle.
→ passé composé, voix active
4. Elles sont réparties en trois équipes.
→ présent, voix passive.

Manipuler

5

	Voix active	Voix passive
présent	je prends	je suis pris(e)
passé composé	j'ai pris	j'ai été pris(e)
passé simple	je pris	je fus pris(e)
futur simple	je prendrai	je serai pris(e)

6 **1.** Les trains sont regardés par les vaches qui paissent.
2. Des fleurs ont été offertes par les élèves à leur maitresse.
3. Les animaux sont emmenés par Léa chez le vétérinaire.
4. De longs poèmes sont récités par l'enfant.

Écrire

9 Paris est aussi grand qu'Ispahan. Les maisons y sont si hautes qu'on jurerait qu'elles ne **sont bâties** que par des astrologues. Tu juges bien qu'une ville bâtie en l'air, qui a six ou sept maisons les unes sur les autres, **est** extrêmement **peuplée** et que, quand tout le monde **est descendu** dans la rue, il s'y fait un bel embarras.

Montesquieu, *Lettres persanes*, 1721

Produire à l'oral

12 *Cet exercice permet d'imiter l'écriture journalistique, en composant un article de fait divers. Les élèves peuvent notamment varier les temps verbaux en employant le mode conditionnel, à la voix active comme à la voix passive.*

Ressource numérique

lienmini.fr/jdl3-116

Le manuel numérique enrichi vous propose les **exercices 3, 7 et 10** (fiche 1) et **4, 8 et 11** (fiche 2) permettant ainsi de compléter les exercices proposés dans le manuel.

Fiche 1

Repérer

3

Monsieur, c'est une œuvre historique dans le genre de Walter Scott, où le caractère de la lutte entre les protestants et les catholiques est présenté comme un combat entre deux systèmes de gouvernement, et où le trône était sérieusement menacé.

H. de Balzac, *Illusions Perdues*, 1842

Manipuler

7 **1.** Un voleur **aurait été vu** entrant dans la banque.
2. Le musée **est apprécié** par de nombreux visiteurs.
3. Lors de la cérémonie, le réalisateur **fut félicité**.
4. Le bus ne s'arrêta pas, bien qu'il ne **soit rempli** qu'à moitié.

Écrire

10 *Cet exercice s'inscrit dans le thème 1 et vise à manipuler des verbes à la voix passive pour construire un bref récit de soi. Pour matérialiser le repérage des verbes à la voix passive, il faut demander aux élèves de souligner les verbes employés.*

Fiche 2

Repérer

4 **a.** et **b. 1.** Bien qu'il ait été préparé rapidement, ce gâteau est très bon.
mode : subjonctif ; temps : passé
2. Mettons-nous plus loin, les oiseaux seraient gênés par notre présence.
mode : conditionnel ; temps : passé
3. Dans cette exposition, les tableaux trop abstraits sont refusés.
mode : indicatif ; temps : présent
4. Une technique novatrice a été utilisée pour cette construction.
mode : indicatif ; temps : passé composé

Manipuler

8 **1.** Nous ne fûmes pas surpris quand il revint rapidement.
2. Les acteurs de la pièce étaient vivement applaudis.
3. Sa réflexion a été emportée par la fièvre.
4. Je ne suis pas forcé à rester par vous.

Écrire

11 *Cet exercice s'inscrit dans le thème 1 et vise à manipuler des verbes à la voix passive pour construire un bref récit de soi. Pour matérialiser le repérage des verbes à la voix passive, il faut demander aux élèves de souligner les verbes employés.*

17 - Les périphrases verbales p. 306-307

▶ Cette leçon vise à enrichir les possibilités de conjugaison grâce au recours aux semi-auxiliaires, qui forment avec les verbes à l'infinitif des périphrases verbales de sens variés.

Démarche

La première activité vise à rappeler la notion de périphrase, à partir de laquelle celle de périphrase verbale est plus facile à concevoir. Après cette réflexion, la périphrase est présentée dans la deuxième activité, grâce à des observations simples. Les élèves peuvent alors définir cette notion. La troisième activité permet de relever sa présence dans un texte et de réfléchir à ses différentes valeurs. Enfin, la dernière activité amène les élèves à manipuler des périphrases verbales exprimant l'ordre.

Objectifs pédagogiques

Au terme de la leçon, les élèves devront :
– identifier la présence d'une périphrase verbale ;
– préciser sa signification.

Activité 1

le lion → le roi des animaux
le XVIIIe siècle → le siècle des Lumières
la police → les forces de l'ordre
Ces expressions enrichissent le texte car elles apportent plus de subtilité, en utilisant des images.

Activité 2

a. Vous allez manquer votre train. → Le verbe « aller » signifie que l'action est sur le point de se produire.
Allez-vous en vacances au bord de la mer ? → Le verbe « aller » désigne ici le déplacement.
b. Le point commun à ces différentes périphrases verbales est mis en évidence grâce à la couleur : ces expressions associent un verbe conjugué et un infinitif. Le verbe conjugué a le plus souvent un sens figuré.

Activité 3

b. Le premier verbe est conjugué à l'indicatif présent.
c. Cette expression permet de renforcer l'immédiateté d'un évènement qui s'est produit dans un passé proche.

Activité 4

a. et **b.** *Cet exercice d'écriture propose de travailler avec les périphrases verbales d'obligation de façon ludique, avec des panneaux fantaisistes. L'élève manipule ces périphrases puis doit les retrouver dans ses exemples.*

Repérer

1 *Dans ce corrigé, les périphrases sont surlignées en gris.*

1. Je préfère le laisser choisir son vêtement.
3. Je vais prendre celui-ci, il me parait meilleur.
6. Ils doivent arriver dès demain.
8. Je lui ai fait avouer la vérité.

2 **1.** Les joueurs se sont mis à s'entrainer trop tard.
→ début d'une action
2. Je ne vais pas accepter si facilement. → futur
3. Vous le ratez de peu, il vient juste de quitter la maison !
→ passé proche
4. Ne commencez pas tout de suite, il va être déçu que vous ne l'attendiez pas. → futur

Manipuler

5 **1.** Les journalistes espèrent que cette interview **pourra** les renseigner.
2. Ils **essaient** d'interroger un responsable, qui les a informés.
3. On leur **fait** croire qu'une célébrité **va** venir.
4. L'un d'eux **s'apprête** aussitôt à téléphoner.
5. D'autres l'imitent et **laissent** paraitre leur excitation.
6. **J'ai failli** tomber dans les escaliers !
7. Il **doit** y avoir une erreur.

6 **1.** Nous **allons partir** en vacances dans une heure.
2. Vous **devrez arroser** les plantes en notre absence.
3. **Je viens de rencontrer** le voisin dans l'escalier.
4. Sa mère **l'a laissé** se rendre au match.

Lire

9 « Le bateau ne va pas tarder » : futur proche
« On allait aborder » : futur proche.

Écrire

12 *La poursuite du récit s'appuie sur l'utilisation de périphrases verbales. Compte-tenu du contexte évoqué par Blaise Cendrars, on peut penser aux semi-auxiliaires exprimant une nuance de temps, ainsi que ceux exprimant une possibilité ou une probabilité.*

Ressource numérique lienmini.fr/jdl3-117

Le manuel numérique enrichi vous propose les **exercices 3, 7 et 10** (fiche 1) et **4, 8 et 11** (fiche 2) permettant ainsi de compléter les exercices proposés dans le manuel.

Fiche 1

Repérer

3 **1.** Le train va partir dans quelques minutes.
2. Ils doivent penser que ce bouquet me fait plaisir.
3. Nous laissons apparaitre nos sentiments de joie.
4. Les enfants pourront dire ce qu'ils veulent, ils doivent s'exprimer.

Manipuler

7 **1.** La petite fille met son collier.
→ L'action n'est plus dans le futur proche.
2. Le joueur marque un but.
→ L'action n'est plus au passé.
3. Le chien joue dans le salon.
→ Le sujet n'accomplit plus l'action.
4. Nos amis sont venus. → L'action a eu lieu alors que ce n'était pas le cas auparavant avec la présence de la périphrase.

Lire

10 « Tu devrais arriver » : possibilité, probabilité, conseil
« il faut d'abord trouver » : obligation
« Prépare-toi à te perdre » : nuance temporelle
« le collège peut paraitre » : possibilité
« il faut commencer » : obligation
« commencer à se concentrer » : nuance temporelle.

Fiche 2

Repérer

4 **1.** Je fais venir le plombier demain matin.
2. Il doit y avoir une fuite dans mes canalisations.
3. Je pense que ce n'est pas très grave.
4. En attendant, il faut éponger les écoulements d'eau.
5. Je me demande si ton idée d'aller à cette fête est envisageable.

Manipuler

8 L'enquêteur principal **venait** enfin d'arriver sur la scène de crime. Un voisin attendait à côté d'une voiture, car il **allait** apporter un témoignage important. On le **faisait** attendre, car il **fallait** d'abord relever les indices matériels. Une fois son témoignage recueilli, on le **laissait** rentrer chez lui.

Lire

11 **a.** La périphrase verbale employée à deux reprises dans ce texte est : « vous allez croire ».
b. Le narrateur s'en sert pour annoncer des développements possibles de son histoire, ce qui contribue à intriguer le lecteur.

Pédagogie différenciée sur le verbe

p. 308-309

Démarche

▶ Il s'agit de faire le point sur les éléments de morphologie verbale abordés au cours de cette partie. Le texte proposé à l'étude des élèves est accessible, et permet des activités de repérage variées. Il se rapproche du thème 2, « Dénoncer les travers de la société », pour la critique de la société qui rejette l'ancien bagnard. La scène de discours narrativisée au cours de laquelle l'aubergiste s'adresse aux autres habitants fournit en outre plusieurs possibilités d'écriture.

Mise en œuvre

Ce bilan peut faire l'objet d'un travail à la maison ou d'une évaluation en classe. Chaque élève choisit de lui-même le groupe auquel il se rattache, ce qui peut aussi être déterminé par le professeur.

Objectifs pédagogiques

- Reconnaitre les constructions du verbe.
- Distinguer les formes en *-ant*.
- Conjuguer à l'impératif, au conditionnel et au subjonctif.
- Écrire des périphrases verbales.

Groupe 1

Repérer

❶ Les deux formes verbales appartiennent au verbe *aller* : l'une est une forme sans pronom, c'est donc un impératif présent, tandis que l'autre est une forme conjuguée avec une terminaison en *–a*, c'est donc un passé simple de l'indicatif.

❷ « En vous voyant » (l. 14) : la forme verbale employée dans ce groupe est un participe présent au gérondif.

❸ Les verbes en gras ne sont pas suivis d'un complément d'objet, ce sont donc des verbes intransitifs.

Manipuler

❹ L'expression modifiée est : Voulez-vous que nous disions. Il s'agit du mode subjonctif.

❺ La transposition de la phrase est : La tête de l'homme fut baissée.

❻ Voici un exemple de périphrase réécrite : La voix de l'aubergiste le fait tressaillir.

Écrire

❼ *Cet exercice d'écriture vise à imaginer un dialogue à partir d'un extrait du texte. Les élèves doivent employer des modes variés pour exprimer les mises en garde de l'aubergiste à l'encontre de Jean Valjean.*

❽ *L'objectif de cet exercice consiste à employer le conditionnel pour exprimer les hypothèses relatives à ce qui pourrait arriver aux habitants. Par ailleurs, on attend des élèves qu'ils soient capables de construire au moins un verbe à la voix passive.*

Groupe 2

Repérer

❶ Les deux formes verbales appartiennent au verbe *aller* : l'une est une forme sans pronom, c'est donc un impératif présent, tandis que l'autre est une forme conjuguée avec une terminaison en *–a*, c'est donc un passé simple de l'indicatif.

❷ « En vous voyant » (l. 14) : la forme verbale employée dans ce groupe est un participe présent au gérondif.

❸ Les verbes en gras ne sont pas suivis d'un complément d'objet, ce sont donc des verbes intransitifs.

Manipuler

❹ L'expression modifiée est : Voulez-vous que nous disions. Il s'agit du mode subjonctif.

❺ La transposition de la phrase est : La tête de l'homme fut baissée.

❻ L'expression est composée d'une périphrase verbale avec le verbe *faire*. Voici un exemple de périphrase réécrite : La voix de l'aubergiste le fait tressaillir.

Écrire

❼ *Cet exercice d'écriture vise à imaginer un dialogue à partir d'un extrait du texte. Les élèves doivent employer l'impératif et le subjonctif pour exprimer les mises en garde de l'aubergiste à l'encontre de Jean Valjean.*

❽ *L'objectif de cet exercice consiste à employer le conditionnel pour exprimer les hypothèses relatives à ce qui pourrait arriver aux habitants. Par ailleurs, on attend des élèves qu'ils soient capables de construire au moins un verbe à la voix passive.*

Groupe 3

Repérer

❶ Dans l'expression « allez-vous-en » (l. 3), le verbe est conjugué à l'impératif présent. Un autre verbe conjugué au même mode est : « Tenez » (l. 10).

❷ « En vous voyant » (l. 14) : la forme verbale employée dans ce groupe est un participe présent au gérondif. C'est un complément circonstanciel de manière.

❸ Les verbes en gars sont intransitifs car ils ne sont pas suivis d'un complément d'objet.

Manipuler

❹ L'expression modifiée est : Voulez-vous que nous disions. Il s'agit du mode subjonctif.

❺ La transposition de la phrase est : La tête de l'homme fut baissée. L'autre expression à la voix passive est « Le voyageur était courbé », l. 4.

❻ L'expression est composée d'une périphrase verbale avec le verbe *faire*. Voici un exemple de périphrase réécrite : La voix de l'aubergiste le fait tressaillir.

Écrire

❼ *Cet exercice d'écriture vise à imaginer un dialogue à partir d'un extrait du texte. Les élèves doivent employer l'impératif et le subjonctif pour exprimer les mises en garde de l'aubergiste à l'encontre de Jean Valjean.*

❽ *L'objectif de cet exercice consiste à employer le conditionnel pour exprimer les hypothèses relatives à ce qui pourrait arriver aux habitants. Par ailleurs, on attend des élèves qu'ils soient capables de construire au moins un verbe à la voix passive.*

Dictée

lienmini.fr/jdl-019

J'ai passé hier une affreuse soirée. Il ne se manifeste plus, mais je le sens près de moi, m'épiant, me regardant, me pénétrant, me dominant et plus redoutable, en se cachant ainsi, que s'il signalait par des phénomènes surnaturels sa présence invisible et constante.
J'ai dormi, pourtant.

Présentation et progression au sein de la partie des fiches 18 à 21

▶ Le second groupement consacré au verbe met en avant les situations d'accord au sein du groupe verbal et contient une dominante orthographique. Après avoir révisé les constructions du verbe lors du groupement précédent, les élèves révisent une autre notion abordée à plusieurs reprises au cours des cycles 3 et 4, les compléments essentiels du verbe (leçon 18). Ils approfondissent ensuite la notion d'attribut du COD (leçon 19), avant de procéder à la révision des accords du participe passé (leçon 20) et des verbes pronominaux (leçon 21).

Objectifs pédagogiques

À l'issue de ce groupement de leçons, les élèves devront :
- repérer les compléments essentiels dans la phrase ;
- reconnaitre l'attribut du COD ;
- accorder le participe passé comme il convient ;
- accorder comme il convient le participe d'un verbe pronominal.

Atelier de classe : Comment accorder dans le groupe verbal ? p. 310-311

Pour plus de détails sur les objectifs généraux des ateliers et les modalités de mise en œuvre, veuillez vous reporter aux explications données dans l'atelier d'ouverture p. 143.

Démarche

▶ Le texte de Romain Gary s'inscrit dans le thème 1, « Se raconter, se représenter ». La découverte de la mer par le narrateur, qui rapporte un émouvant souvenir d'enfance, permet d'observer différentes situations d'accord du participe passé.

Mise en œuvre

▶ **Constitution des groupes**

On placera les élèves par groupes de 3 ou 4 maximum pour que chacun puisse participer. Le travail s'appuie sur des prérequis relatifs aux accords des participes passés, il parait donc intéressant de choisir des élèves de niveaux hétérogènes.

▶ **Déroulement**

Avant de lancer le travail en groupe, il faudra prendre le temps de lire attentivement le texte et de faire en sorte qu'il soit compris. On cherchera notamment à faire préciser les circonstances dans lesquelles le narrateur arrive au bord de la mer et les sensations qu'il découvre alors.

Les élèves peuvent ensuite commencer le travail par groupe suivant les modalités choisies (voir la présentation de ces modalités dans l'atelier d'ouverture). On leur rappellera que l'atelier vise à les mettre en position de grammairiens chercheurs, et qu'ils devront découvrir ou redécouvrir des informations sur l'accord au sein du groupe verbal. Comme les grammairiens, ils devront ensuite rédiger eux-mêmes leurs conclusions à la fin de chaque partie de l'atelier et en bilan général.

▶ **Gestion du temps**

Il parait judicieux de consacrer deux heures à cet atelier, car les notions mises en œuvre sont souvent familières aux élèves, et tout aussi souvent sources de difficultés.

Objectifs pédagogiques

- Réviser les accords du participe passé employé avec l'auxiliaire *être* et comme épithète.
- Réviser les accords du participe passé employé avec l'auxiliaire *avoir*.
- Découvrir la notion d'attribut du COD.

Partie 1

Cette partie propose d'étudier les accords du participe avec l'auxiliaire *être* et en situation d'épithète. Dans ces deux cas, l'accord est systématique, ce qui permet de commencer l'atelier par le rappel d'une règle simple. Les activités de manipulation sont aisées, et permettent de formuler une définition théorique.

Observons et manipulons

1. « parfumée » se rapporte à *fraîcheur* ; « couchés » se rapporte à *canots*. Pour répondre, il faut s'appuyer sur l'accord en genre et en nombre des participes passés avec les mots qu'ils complètent.

2. Le « je » qui prononce cette phrase est une femme.

Par rapport à la phrase initiale, le participe a une terminaison au féminin singulier. Le changement de sens que l'on observe est que le « e » fait comprendre qu'il s'agit d'une femme.

3. Le participe passé employé avec l'auxiliaire *être* s'accorde avec le sujet.

Qu'avons-nous observé ?

Lorsqu'il est employé en position d'adjectif épithète et lorsqu'il est conjugué avec l'auxiliaire *être*, le participe passé s'accorde en genre et en nombre avec le sujet.

Partie 2

Après avoir établi les règles d'accord avec l'auxiliaire *être*, cette partie est consacrée à celles qui régissent l'accord du participe passé avec l'auxiliaire *avoir*. La première activité permet de commencer par l'analyse d'une phrase simple. Les manipulations suivantes permettent de comprendre les changements engendrés par la présence d'un COD, avant de formuler une récapitulation en choisissant parmi différentes propositions.

Observons et manipulons

1. La mère du narrateur a baissé sa vitre.

Le participe passé ne s'accorde ni avec le sujet ni avec le COD. Il reste invariable.

2. Le pronom « l' » remplace : « la fenêtre ». Sa fonction grammaticale est COD.

Dans la phrase, on remarque que la terminaison du participe passé est différente : il se termine par *-ée*. (l. 3).

3. Les bonnes réponses sont :

Il reste au masculin singulier si le COD est placé après le verbe.

Il s'accorde avec le COD placé avant le verbe.

Qu'avons-nous observé ?

Pour accorder un participe passé employé avec l'auxiliaire *avoir*, il faut vérifier la présence d'un COD dans la phrase et sa place par rapport à l'auxiliaire.

Partie 3

Cette partie permet de définir la notion d'attribut du COD à partir de quelques observations. Une fois cette définition posée, un exemple de manipulation permet de vérifier des règles d'accord.

Observons et manipulons

1. Elle les a bleus. Elle les a blancs.

L'adjectif de chaque étiquette se rattache au mot « les ». L'indice qui aide à répondre est que l'adjectif présente une terminaison au pluriel. On peut dire que ces adjectifs complètent : le COD (→ attribut du COD).

2. Cette toile, on peut la trouver **attrayante**.

3. Ces phrases sont complétées avec des adjectifs laissés au choix des élèves. Il s'agit surtout de montrer que les règles d'accord sont appliquées.

Qu'avons-nous observé ?

L'attribut du COD permet d'apporter un élément de caractérisation supplémentaire. Il s'accorde en genre et en nombre avec le nom complété.

18 - Les compléments essentiels p. 312-313

▶ Cette leçon est consacrée aux révisions des compléments essentiels de la phrase, c'est pourquoi elle se compose de trois activités. Elle complète la leçon qui aborde la question des constructions de verbe (leçon 15).

Démarche

La première activité présente un repérage simple des compléments d'objet du verbe à l'aide des questions auxquelles les élèves sont habitués. La deuxième activité permet d'aborder ensuite la notion d'attribut du sujet. Enfin, un court extrait littéraire est présenté, dans lequel les élèves doivent distinguer les compléments essentiels de lieu et de temps des compléments circonstanciels.

Objectifs pédagogiques

- Distinguer les compléments d'objet du verbe, COD et COI.
- Reconnaitre l'attribut du sujet.
- Distinguer les compléments essentiels de lieu et de temps des compléments circonstanciels.

Activité 1

1. Les chameaux portent des sacs.
Les chameaux portent… quoi ? → COD
2. Un homme les regarde de loin.
Les hommes regardent… qui ? → COD
3. Le peintre donne de nombreux détails à son tableau.
Le peintre donne de nombreux détails… quoi ? → COD
Le peintre donne à son tableau… à quoi ? → COI

Activité 2

a. Les verbes en gras sont des verbes d'état (attributifs).

b. Les compléments qu'ils introduisent sont : « immobile comme une peinture », et « de grands poissons noirs arrêtés ».

c. Les compléments relevés sont attributs du sujet. On peut le dire car ils se rapportent au sujet grammatical de la phrase et sont placés après un verbe d'état.

Activité 3

a. Si on lit la phrase en supprimant les compléments soulignés, elle n'a plus de sens.

b.

Compléments supprimables	Complément non-supprimable
un certain lundi 8 juin 1903 vers les huit heures du matin à Bruxelles	au monde

Le complément qui ne peut pas être supprimé est «au monde».

Repérer

1 **1.** Il <u>me</u> plaisait beaucoup (COI).
2. Elle s'adresse <u>à sa voisine</u> (COI).
3. Nous donnons <u>du pain</u> (COD) <u>aux oiseaux</u> (COI).
4. Elles pensent <u>revenir</u> (COD).
5. Je vois <u>qui je veux</u> (COD).

2 **1.** Hier soir, le spectacle a duré au moins **trois heures** !
2. Je veux aller **à la mer** lors des prochaines vacances.
3. Ma montre indique **vingt heures** ! Je dois rentrer chez moi, avant que le bus ne passe plus.
4. L'avion que nous prendrons décollera **de Rome** à huit heures et atterrira **à Paris**.

Manipuler

5 **Elles** commenç**aient** à sentir les tortures de la faim, car **elles** av**aient** mangé pour la dernière fois plusieurs heures avant de quitter le navire, et **elles** ét**aient** tellement harcel**ées** par cette exigence de la nature qu'**elles** ne pur**ent** s'abstenir de traduire **leur** impatience […] en portant plusieurs fois le doigt à la bouche pour montrer le besoin qu'**elles** av**aient** de nourriture.

D'après **J. Swift**, *Voyages de Gulliver*, 1721, trad. J. Pons,
© Gallimard, 1976

6 **1.** Elles paraissent bien **joyeuses** et **gaies** ce matin.
2. Vous deviendrez peut-être des **champion(ne)s** de voile.
3. Les enfants restaient **songeurs, déçus** de ne pas trouver de friandises dans le placard.

Préparer une dictée

9 **a.** Un COD : «un pas».
Un COI : «à s'élever».
Un attribut du sujet : «immobiles».
Deux compléments essentiels de lieu : «dans ces forêts américaines, dans les ténèbres».

b. L'attribut du sujet s'accorde avec le pronom sujet de la deuxième personne du pluriel « vous ».

Écrire

12 *L'exercice d'écriture peut s'appuyer sur les nombreux documents iconographiques présentés dans le manuel. Pour distinguer les différents compléments employés, on peut demander aux élèves de les préciser par des couleurs particulières.*

Ressource numérique lienmini.fr/jdl3-118

Le manuel numérique enrichi vous propose les **exercices 3, 7 et 10** (fiche 1) et **4, 8 et 11** (fiche 2) permettant ainsi de compléter les exercices proposés dans le manuel.

Fiche 1

Repérer

3 **1.** ~~Tous les matins~~, je me dépêche pour arriver à l'école.
2. Elles habitent dans un village éloigné, ~~près d'une petite rivière~~.
3. Tu me parais fatigué, ~~ce matin~~.
4. ~~Pour son exposé~~ elle veut m'emprunter un livre.

Manipuler

7 *Les élèves complètent à leur guise les phrases en respectant les exigences indiquées. Ils peuvent ainsi mettre en pratique les règles des compléments essentiels, tout en faisant appel à leur créativité sur ces phrases courtes.*

Préparer une dictée

10

Complément essentiel de lieu	Complément de lieu non essentiel
à Pompéi sur un sable noirâtre	à Naples

Fiche 2

Repérer

4 **a.** Pendant un demi-siècle, les bourgeoises de Pont-Lévêque envièrent à Mme Aubain sa servante Félicité. Pour cent francs par an, elle faisait la cuisine et le ménage, cousait, lavait, repassait, savait brider un cheval, engraisser les volailles, battre le beurre, et resta fidèle à sa maîtresse, - qui cependant n'était pas une personne agréable.

G. Flaubert, *Un cœur simple*, 1877

b. « à Mme Aubain » : COS
« sa servante Félicité » : COD
« la cuisine et le ménage » : COD
« brider un cheval » : COD
« un cheval » : COD (du verbe brider)
« engraisser les volailles » : COD
« les volailles » : COD (du verbe engraisser)
« battre le beurre » : COD
« le beurre » : COD (du verbe battre)
« à sa maîtresse » : COI
« fidèle » : attribut du sujet
« une personne agréable » : attribut du sujet

Manipuler

8 *Les élèves composent des phrases à leur guise en respectant les exigences indiquées. Ils peuvent ainsi mettre en pratique les règles des compléments essentiels, tout en faisant appel à leur créativité sur ces phrases courtes.*

Préparer une dictée

11 *Pour le corrigé, nous avons mis en souligné les COD, mis en gras les attributs du sujet et en italique les compléments essentiels de lieu et temps.*

Ce fut **comme une apparition** :

Elle était **assise**, au milieu du banc, **toute seule** ; [...] elle avait un large chapeau de paille, avec des rubans roses qui palpitaient au vent derrière elle. Ses bandeaux noirs, contournant *la pointe des sourcils*, descendaient *très bas* et semblaient presser amoureusement l'ovale de sa figure.

19 - L'attribut du COD et son accord p. 314-315

▶ La notion d'attribut du COD ne présente pas de difficulté particulière dès lors que les élèves savent relever le COD du verbe. Par ailleurs, la règle d'accord, qui ne connait aucune exception, est également assez simple à comprendre.

Démarche

La première activité s'appuie sur une phrase qui permet de relever de nombreux attributs du COD, en les associant à la fonction COD. La deuxième activité présente une méthode pour distinguer l'adjectif épithète de l'attribut du COD, grâce à un critère important : on ne peut pas supprimer l'attribut du COD sans dénaturer le sens de la phrase. La troisième activité propose un autre critère de détermination, grâce à une reformulation de la phrase, qui permet en outre de distinguer attribut du sujet et attribut du COD. Enfin, une dernière activité offre la possibilité d'appliquer la règle d'accord tout en relevant les verbes qui impliquent la présence d'un attribut du COD.

Objectifs pédagogiques

Au terme de la leçon, les élèves devront :
- identifier la présence d'un attribut du COD ;
- rattacher l'attribut du COD au nom complété ;
- accorder comme il convient l'attribut du COD.

Activité 1

a. Les COD du verbe avoir sont :
- « le teint frais » ;
- « le visage plein » ;
- « les joues pendantes » ;
- « l'œil fixe et assuré » ;
- « les épaules larges » ;
- « l'estomac haut » ;
- « la démarche ferme et délibérée ».

b. « frais » : complète « teint ».
« plein » : complète « visage ».
« pendantes » : complète « joues ».
« fixe et assuré » : complète « œil ».
« larges » : complète « épaules ».
« haut » : complète « estomac ».

« ferme et délibérée » : complète « démarche ».
Ces adjectifs complètent le COD.

Activité 2

a. 1. La maladie a rendu Julie fiévreuse.
2. Les élèves ont jugé ce texte facile à comprendre.
La fonction grammaticale des noms relevés est COD.
b. On ne peut pas supprimer le complément souligné, il est indispensable à la phrase.
c. D'après ces observations, la fonction grammaticale des groupes soulignés est : attribut du COD.

Activité 3

a. 1. Je **le** pense utile à tous.
2. Nous **la** sentons très motivée par ce projet.
3. On **le** croit souvent indifférent, et c'est faux.
b. La fonction grammaticale des adjectifs soulignés dans ces phrases est **attribut du sujet.**
c. On peut distinguer l'attribut du sujet et l'attribut du COD grâce à la fonction du nom complété qui est différente.

Activité 4

a. *Les élèves ont le choix des adjectifs, qu'ils doivent accorder comme il convient.*
b. Les GN et les pronoms soulignés ont pour fonction grammaticale : COD.
c. Le point commun entre les verbes qui introduisent ces compléments est que « ce sont des verbes qui expriment un jugement ».

Repérer

1 **1.** Le cowboy s'écria : « Attrapez ce cheval ! Il me le faut vivant ! »
2. Elle a trouvé ma robe très jolie.
3. Tu m'as mis en colère avec tes bêtises !
4. Vous me rendez un travail vraiment satisfaisant.

2 **1.** La mer bleue me fait rêver à des baignades infinies.
2. Les élèves sont ravis, ils trouvent les expériences enrichissantes.
3. On m'a rendu une feuille déchirée, c'est navrant.
4. Ils l'ont désigné responsable du matériel pour demain.

Réécrire

5 **1.** Vous le croyez **plein** ?
2. Ses amis le jugent **amusant et fidèle.**
3. Les voyageurs le trouvent **très agréable.**
4. L'avocat le pense **innocent.**

6 **1.** Je le crois d'accord avec nous.
2. Mon frère m'estime mûr pour mon âge.
3. Ces enfants jugent nos reproches injustifiés.

Préparer une dictée

9 « vaine » : adjectif qualificatif
« la proie de leurs consciences » : groupe nominal
« en bébé » : groupe nominal prépositionnel
« une vraie personne » : groupe nominal

Écrire

11 *Les attributs du COD peuvent être introduits par des verbes de jugement. C'est pourquoi cet exercice présente un sujet de réflexion, à choisir parmi une liste.*

Ressource numérique lienmini.fr/jdl3-119

Le manuel numérique enrichi vous propose les **exercices 3, 7 et 10** (fiche 1) et **4, 8 et 12** (fiche 2) permettant ainsi de compléter les exercices proposés dans le manuel.

Fiche 1

Repérer

3 **a.** et **b.** *Dans ce corrigé, nous avons mis en gras les attributs du sujet et surligné en gris les attributs du COD.*
1. Tout le monde a trouvé cette pièce très intéressante : sa mise en scène était **judicieuse.**
2. Il a l'air **satisfait** de cette décision, pourtant je ne la pense pas avantageuse.
3. Pourquoi jugez-vous ce livre mauvais ? Il m'a paru bien **écrit.**

Réécrire

7 **a.** et **b.** *Pour cette consigne, les élèves peuvent indiquer un attribut du COD de leur choix, sans précision de nature grammaticale.*
1. Nous estimons ce travail…
2. Sa veste ? Il la préfère…
3. Le conseil a désigné Mme Durand…
4. Leurs enfants imaginaient les trains…

Préparer une dictée

10 **a.** Phédon a les yeux creux, le teint échauffé, le corps sec et le visage maigre : il dort peu, et d'un sommeil fort léger : il est abstrait, rêveur, et il a, avec de l'esprit, l'air d'un stupide [...].
La Bruyère, *Les Caractères*, 1688
b. Attribut du sujet : « abstrait », « rêveur ».
Attribut du COD : « creux », « échauffé », « sec », « maigre ».
« Léger » est épithète.

Fiche 2

Repérer

4 **1.** Mes amis me trouvent sympathique, et j'aime leur faire plaisir.
→ classe grammaticale : adjectif qualificatif
2. Elle a été déçue de son voyage, elle l'imaginait plus dépaysant.
→ classe grammaticale : adjectif qualificatif
3. En 2008 et 2012, les citoyens américains ont élu M. Obama président.
→ classe grammaticale : nom commun
4. Nous jugeons cette activité ennuyeuse, et nous ne reviendrons pas.

→ classe grammaticale : adjectif qualificatif

5. Le magicien a changé un lapin en chapeau sous nos yeux.

→ classe grammaticale : groupe nominal prépositionnel

Réécrire

8 **1.** Des internautes ont élu Molière meilleur dramaturge de tous les temps.

2. L'accumulation de remarques négatives a mis Julie en colère.

3. Dans cette histoire, la sorcière a changé le héros en bête.

4. Les examinatrices ont jugé l'exercice satisfaisant.

Écrire

12 *L'exercice s'appuie sur un document historique pour amener les élèves à utiliser des attributs du COD dans des phrases variées. On peut leur demander de les souligner pour faciliter leur repérage.*

20 - Les accords complexes du participe passé p. 316-317

▶ Les accords du participe passé ont été plusieurs fois abordés au cours du cycle 4. Cette leçon est l'occasion de rappeler les différentes règles qui caractérisent ces accords. Le cas des verbes pronominaux est abordé dans la leçon suivante.

Démarche

La première activité permet de réviser l'emploi du participe passé comme épithète, avec l'auxiliaire *être* et avec l'auxiliaire *avoir*, en demandant aux élèves de retrouver la règle qui s'applique. La seconde activité présente ensuite un texte littéraire qui permet d'observer les règles précédemment établies. Enfin, la dernière activité expose la situation particulière d'accord du participe passé en présence du pronom indéfini « en ».

Objectifs pédagogiques

À la fin de cette leçon, les élèves devront :

- distinguer les différentes situations d'accord du participe passé employé avec l'auxiliaire *avoir* ;
- accorder correctement le participe passé employé avec l'auxiliaire *être*.

Activité 1

1. Employé avec l'auxiliaire *être*, le participe s'accorde avec le sujet.

2. Employé avec l'auxiliaire *avoir*, le participe reste au masculin singulier.

3. Employé avec l'auxiliaire *avoir*, le participe s'accorde avec le COD placé avant le verbe.

Activité 2

b. Les participes surlignés en orange se rattachent :

- « dominée » : Milady. Le « e » indique que le participe se rattache à un nom féminin.
- « envoyé » : démon.

c. Le verbe en gras est conjugué au passé composé.

d. On observe la présence du *e* du féminin à la fin de « terrassée » et « ressuscitée » car ils renvoient à Milady. Elle est désignée par le pronom « vous ».

Activité 3

b. Le pronom *en* remplace le GN « des fleurs » dans la deuxième proposition. Il occupe la fonction de COD du verbe. Pourtant, dans cette situation, le participe passé ne s'accorde pas avec le COD.

c. La forme du participe qui convient dans la phrase suivante est : Nous avons cueilli des champignons et en avons fait une soupe.

Repérer

1 **1.** Employé avec l'auxiliaire *avoir*, le participe passé s'accorde avec le COD lorsque celui-ci est placé devant le verbe.

2. Employé avec l'auxiliaire *avoir*, le participe passé reste invariable.

3. Employé avec l'auxiliaire *avoir*, lorsque le pronom *en* est COD du verbe, le participe passé reste invariable.

4. Employé avec l'auxiliaire *être*, le participe passé s'accorde en genre et en nombre avec le sujet.

5. Employé avec l'auxiliaire *avoir*, le participe passé s'accorde avec le COD lorsque celui-ci est placé devant le verbe.

6. Employé avec l'auxiliaire *avoir*, lorsque le pronom *en* est COD du verbe, le participe passé reste invariable.

2 **1.** Milady, vous êtes **tombée** dans un piège.

→ Employé avec l'auxiliaire *être*, le participe passé s'accorde en genre et en nombre avec le sujet.

2. J'ai **révélé** votre identité aux gardes, ils l'ont **transmise** à M. de Tréville.

→ Employé avec l'auxiliaire *avoir*, le participe passé s'accorde avec le COD lorsque celui-ci est placé devant le verbe.

3. Vous avez **cru** m'échapper, mais je vous ai **retrouvée**.

→ Employé avec l'auxiliaire *avoir*, le participe passé s'accorde avec le COD lorsque celui-ci est placé devant le verbe.

4. Ainsi **enfermée**, vous ne nuirez plus à personne.

→ Employé en épithète, le participe passé s'accorde avec le sujet.

5. Vous m'en avez **donné**, du souci.

→ Employé avec l'auxiliaire *avoir*, lorsque le pronom *en* est COD du verbe, le participe passé reste invariable.

6. Pourtant, je vous ai **aimée** passionnément.

→ Employé avec l'auxiliaire *avoir*, le participe passé s'accorde avec le COD lorsque celui-ci est placé devant le verbe.

Manipuler

5 **1.** Elles ont *participé* à une mission dans des pays *touchés* par la guerre.

2. Dès que nous fûmes *revenus* à nous, nous quittâmes le manoir hanté.

3. Nous avons *fait* livrer des fleurs à notre frère malade.

4. J'avais *emprunté* une chaise à ma sœur, et je la lui ai *rendue* hier.

Réécrire

8 **1. Ils** ne **sont** pas **intéressés** par ce livre.

2. Les chaises que vous avez **achetées** me **plaisent** beaucoup.

3. Nous avons pris conscience **des temps** qui **se sont écoulés**.

4. Cette recette, **les enfants** l'**ont** beaucoup aimée.

9 **Nous avons** revu en rêve une nuit étoilée, que **nous avions** aperçue sur une toile de Van Gogh. Il **nous** avait semblé que **nous voyions** les étoiles tourner sur elles-mêmes. **Nous avions** alors été **submergés** par le sentiment qu'il avait réussi à peindre la lumière de la nuit. Cette émotion **nous** a **bouleversés** durablement.

Préparer une dictée

12 **a.** – « entrées » : employé avec l'auxiliaire *être*, le participe passé s'accorde en genre et en nombre avec le sujet.
– « quitté » : employé avec l'auxiliaire *avoir*, le participe passé reste invariable.
– « grandi » : employé avec l'auxiliaire *avoir*, le participe passé reste invariable.
– « élevée » : employé avec l'auxiliaire *être*, le participe passé s'accorde en genre et en nombre avec le sujet.

b. Hier, la mère et le fils sont entrés dans un salon où je me trouvais. [...] Lucien n'a jamais quitté les jupes de sa mère ; il a grandi en plein luxe, en pleine liberté ; il a été élevé au milieu de cet appartement aristocratique, parmi ces invités souriants, qu'il accueille en fils savant.

D'après **É. Zola**, « Au couvent », 1870

Ressource numérique

lienmini.fr/jdl3-120

Le manuel numérique enrichi vous propose les **exercices 3, 6 et 10** (fiche 1) et **4, 7 et 11** (fiche 2) permettant ainsi de compléter les exercices proposés dans le manuel.

Fiche 1

Repérer

3 **a.** et **b. 1.** Ces terres labourées ont l'air bien travaillées.
2. Bien que fatigué, l'alpiniste continuait à gravir des sommets enneigés.
3. Les oiseaux recueillis dans ce refuge sont bien traités.
4. Abandonnés, oubliés de tous, plus jamais lus, ces vieux livres attendent de trouver un lecteur.

Manipuler

6 **1.** Ces livres, elle les *a pris*.
2. On nous *a vus* jeter ce papier.
3. Il vous *a plu*.
4. De la craie, il en *a utilisé* hier.

Réécrire

10 Toutes ces jeunes filles étaient les gouttes d'un sang brûlant qui avait inondé la terre ; **elles** étaient **nées** au sein de la guerre, pour la guerre. **Elles** avaient rêvé pendant quinze ans des neiges de Moscou et du soleil des Pyramides.

D'après **A. de Musset**, *La Confession d'un enfant du siècle*, 1836

Fiche 2

Repérer

4 *La nature du complément souligné est indiquée par une flèche et la mauvaise forme du participe passé est barrée dans ce corrigé.*
1. Ces bruits, je les ai encore entendu / entendus hier. → **COD**
2. La pièce à laquelle j'ai *pensé* / ~~*pensée*~~ ce matin ne se joue plus. → **complément d'attribution**
3. Les félicitations que son récital lui a ~~*valu*~~ / *values* sont tout à fait méritées. → **COD**
4. Nous leur avons *offert* / ~~*offerts*~~ des fleurs pour les remercier. → **complément d'attribution**

Manipuler

7 **1.** Je les ai trouvés chez un antiquaire.
2. Il les possédait aussi.
3. Ma mère les a achetées, et elle les lui a offertes.
4. On nous les a livrés hier.

Réécrire

11 **a.** Toutes ces jeunes filles étaient les gouttes d'un sang brûlant qui avait inondé la terre ; **elles** étaient **nées** au sein de la guerre, pour la guerre. **Elles** avaient rêvé pendant quinze ans des neiges de Moscou et du soleil des Pyramides.

D'après **A. de Musset**, *La Confession d'un enfant du siècle*, 1836

b. – « inondé » : employé avec l'auxiliaire *avoir*, le participe passé reste invariable
– « nées » : employé avec l'auxiliaire *être*, le participe passé s'accorde en genre et en nombre avec le sujet.
– « rêvé » : employé avec l'auxiliaire *avoir*, le participe passé reste invariable

21 - Les verbes pronominaux et leur accord p. 318-319

▶ Les verbes pronominaux ne forment pas une catégorie uniforme, et les règles qui régissent l'accord du participe passé se révèlent particulièrement complexes.

Démarche

La première activité a pour intention de permettre l'identification du verbe pronominal. La deuxième activité permet de repérer qu'il existe différentes catégories de verbes pronominaux. L'activité 3 vise enfin à établir qu'ils n'obéissent pas aux mêmes règles d'accord et à proposer une astuce pour les distinguer.

Objectifs pédagogiques

À la fin de cette leçon, les élèves devront :
- reconnaitre un verbe pronominal ;
- distinguer les différents types de verbes pronominaux ;
- être capable d'accorder comme il convient le participe passé d'un verbe pronominal.

Activité 1

a. Les verbes conjugués dans cet extrait sont : « s'endormait », « se prenait » et « s'emparait ». Le pronom qui les accompagne est le pronom personnel « se ».

b. Mon esprit s'endormait dans les illusions du passé et **je me prenais** à palpiter de joie à la vue de ce Paris imaginaire.

Le verbe « se prenait » change de personne et se conjugue à la 1re personne du singulier.

c. Le pronom réfléchi d'un verbe pronominal renvoie au sujet de la phrase.

Activité 2

a. 1. Le prisonnier évade discrètement.

2. Les spectateurs promettent de revenir pour un prochain concert.

3. Les animaux efforcent de retrouver leur chemin.

b. Les phrases 1 et 3 ne sont pas correctes, les verbes sont toujours pronominaux.

c.

Pronom « se » obligatoire devant le verbe	Verbe utilisable sans le pronom « se »
s'évade s'efforcent	se promettent

Activité 3

a. 1. Ils attribuent la meilleure place **à eux-mêmes**.

2. Elles donnent le temps de le faire **à elles-mêmes**.

3. En lisant ces livres, nous cultivons **nous-mêmes**.

b. D'après cet exercice, le pronom réfléchi n'est pas toujours COD, il peut également être un complément d'attribution.

c. Tout comme lorsqu'il s'agit de l'auxiliaire avoir, quand « se » est complément d'attribution, le participe passé reste invariable.

→ Ils se sont attribué la meilleure place.

→ Elles se sont donné le temps de le faire.

→ En lisant ces livres, nous nous sommes cultivés.

Repérer

1 **1.** Le verbe n'est pas pronominal.

2. Le verbe est pronominal.

3. Le verbe est pronominal.

4. Le verbe est pronominal.

5. Le verbe n'est pas pronominal.

2 **1.** Le verbe est de sens réfléchi.

2. Le verbe est de sens réciproque.

3. Le verbe est de sens réfléchi.

4. Le verbe est de sens réciproque.

5. Le verbe est de sens réfléchi.

6. Le verbe est de sens réciproque.

Accorder

5 **1.** Mes amies *se sont* bien *plu* bien chez moi, elles *se sont promenées* tous les jours.

2. Ils s'en *sont allés* au bout de trois jours seulement.

3. Ils *se sont promis* de revenir dans la région.

4. Ils sont montés dans l'avion qui *s'est envolé* aussitôt.

6

Impératif	Passé composé
évanouissez-vous	vous vous êtes évanoui(e)s
distrayez-vous	vous vous êtes distrait(e)s
promettez-vous	vous vous êtes promis(es)
dites-vous	vous vous êtes dit

Préparer une dictée

9 a. – « s'arrêtaient » : s'arrêter. → Le verbe n'est pas essentiellement pronominal.

– « se promèneraient » : se promener →Le verbe n'est pas essentiellement pronominal.

– « se balanceraient » : se balancer. → Le verbe n'est pas essentiellement pronominal.

– « se faisait » : se faire. → Le verbe n'est pas essentiellement pronominal

– « se ressemblaient » : se ressembler. → Le verbe n'est pas essentiellement pronominal.

b. – ils se sont arrêtés

– ils se sont promenés

– ils se sont balancés

– elle s'est fait

– les jours se sont ressemblé

Écrire

12 *Cet exercice d'écriture propose de raconter la suite du texte, à l'aide de verbes d'action pronominaux. Le récit au passé composé est l'occasion d'envisager les différentes règles d'accord du participe passé.*

Ressource numérique

lienmini.fr/jdl3-121

Le manuel numérique enrichi vous propose les **exercices 3, 7 et 10** (fiche 1) et **4, 8 et 11** (fiche 2) permettant ainsi de compléter les exercices proposés dans le manuel.

Fiche 1

Repérer

3 *Les verbes pronominaux de sens réciproque sont surlignés en gris et les verbes pronominaux de sens réfléchi soulignés dans ce corrigé.*

1. En 1914, la France et l'Allemagne se sont déclaré la guerre.

2. Les obus tombaient de tout côté, on ne s'entendait plus dans les tranchées.

3. Les soldats, malgré leur peur, ne se dérobaient pas lors des assauts.

Accorder

7 **1.** Ce problème **sera réglé** facilement.

2. Ce modèle de chaussures **est** bien **vendu**.

3. La langue chinoise **est** de plus en plus **parlée**.

4. Les boissons désaltérantes ne sont pas toujours **bues** froides.

Préparer une dictée

10 *Dans ce corrigé, le verbe pronominal de sens réciproque est surligné en gris, le verbe pronominal de sens réfléchi souligné et le verbe pronominal de sens passif encadré.*

Il montra le nouveau commerce à l'œuvre. Ce fut d'abord la puissance décuplée de l'entassement, toutes les marchandises accumulées sur un point se soutenant et se poussant ; [...] toujours l'article de la saison était là ; et, de comptoir en comptoir, la cliente se trouvait prise, achetait ici l'étoffe, plus loin le fil, ailleurs le manteau, s'habillait, puis [...] cédait au besoin de l'inutile et du joli.

É. Zola, *Au Bonheur des Dames*, 1833

Fiche 2

Repérer

4 **a.** et **b.** *Le verbe pronominal est ici souligné et sa nature indiquée par une flèche.*

1. Les volleyeurs s'entrainent tous les jours.
→ verbe avec ou sans pronom réfléchi, ou réfléchi, selon que l'on considère l'action mutuelle des joueurs ou celle d'un groupe
→ verbe de sens réciproque

2. Elle s'écria : « Attendez-moi ! »
→ verbe essentiellement pronominal

3. Ils se sont inscrits au cours de samba.
→ verbe avec ou sans pronom réfléchi
→ verbe de sens réfléchi

4. Je suis tellement enrhumée que je me mouche toutes les cinq minutes.
→ verbe avec ou sans pronom réfléchi
→ verbe de sens réfléchi

5. Elles se félicitent de leur réussite au concours.
→ verbe avec ou sans pronom réfléchi
→ verbe de sens réciproque

Accorder

8 **1.** Les joueurs *se sont encouragés* pendant le match.
2. Les animaux *se sont méfiés* des visiteurs.
3. Les tuiles *s'étaient envolées* à cause de la tempête.
4. L'actrice *s'est regardée* dans le miroir.

Préparer une dictée

11 *Dans ce corrigé, le verbe pronominal de sens réciproque est surligné en gris, le verbe pronominal de sens réfléchi est souligné et le verbe pronominal de sens passif encadré.*

Il montra le nouveau commerce à l'œuvre. Ce fut d'abord la puissance décuplée de l'entassement, toutes les marchandises accumulées sur un point se soutenant et se poussant ; [...] toujours l'article de la saison était là ; et, de comptoir en comptoir, la cliente se trouvait prise, achetait ici l'étoffe, plus loin le fil, ailleurs le manteau, s'habillait, puis [...] cédait au besoin de l'inutile et du joli.

É. Zola, *Au Bonheur des Dames*, 1833

Pédagogie différenciée sur le groupe verbal p. 320-321

Démarche et objectifs pédagogiques

▶ Ce texte appartient à l'autobiographie de Simone de Beauvoir, et s'inscrit donc dans le thème 1, « Visions poétiques du monde ». Les exercices de repérage et de manipulation se focalisent plus particulièrement sur les situations d'accord, c'est pourquoi la partie manipulation comprend surtout des exercices de réécriture. La dominante orthographique en fait un outil d'évaluation simple à mettre en place. Dans ce dernier cas, il parait préférable de laisser au professeur la responsabilité de définir les groupes auxquels les élèves se rattachent. À la fin de cette leçon, les élèves devront :
– reconnaitre la forme pronominale du verbe ;
– caractériser les compléments essentiels du verbe ;
– appliquer les règles d'accord du participe passé.

Groupe 1

Repérer

1 L'infinitif du verbe dans cette proposition est *s'interroger*. C'est une forme pronominale.

2 Les compléments de lieu en gras ne peuvent pas être supprimés Ce sont donc des compléments essentiels.

3 Les adjectifs « violette et convulsée » se rattachent à Simone de Beauvoir, présente dans la phrase grâce au pronom « me ». Ce sont des attributs du COD.

Réécrire

4 Louise **a arraché la petite fille** du square.
Le COD se place alors après le verbe, et non plus avant. De ce fait, il n'y a pas d'accord du participe avec le COD.

5 **Protégées, choyées, amusées** par l'incessante nouveauté des choses, **nous étions des petites filles très gaies.**

6 **Nous nous sommes** souvent **interrogées** sur la raison et le sens de **nos** rages. **Nous croyons** qu'elles s'expliquent en partie par une vitalité fougueuse et un extrémisme auquel **nous n'avons** jamais tout à fait renoncé.

Écrire

L'exercice d'écriture permet de développer le récit de la tante de Simone de Beauvoir, qu'elle évoque dans ce texte. En adoptant un autre point de vue, les élèves peuvent, tout en employant les deux verbes indiqués par la consigne, transposer à une autre personne certains passages du texte. On peut ainsi vérifier leur maitrise des différentes règles d'accord du participe passé.

Groupe 2

Repérer

1 L'infinitif du verbe dans cette proposition est *s'interroger*. C'est une forme pronominale. L'autre verbe qui présente la même forme est le verbe « s'expliquent ».

2 Les compléments en gras ne peuvent pas être supprimés. Ce sont donc des compléments essentiels de lieu.

❸ Les adjectifs « violette et convulsée » se rattachent à Simone de Beauvoir, présente dans la phrase grâce au pronom « me ». Ce sont des attributs du COD.

Réécrire

❹ Louise **a arraché la petite fille** du square.
→ Le COD se place alors après le verbe, et non plus avant. De ce fait, il n'y a pas d'accord du participe avec le COD.

❺ **Protégées, choyées, amusées** par l'incessante nouveauté des choses, **ma sœur et moi étions des petites filles très gaies.**

❻ **Nous nous sommes** souvent **interrogées** sur la raison et le sens de **nos** rages. **Nous croyons** qu'elles s'expliquent en partie par une vitalité fougueuse et un extrémisme auquel **nous n'avons** jamais tout à fait renoncé.

Écrire

L'exercice d'écriture permet de développer le récit de la tante de Simone de Beauvoir, qu'elle évoque dans ce texte. En adoptant un autre point de vue, les élèves peuvent, tout en employant les verbes indiqués par la consigne, transposer à une autre personne certains passages du texte. On peut ainsi vérifier leur maitrise des différentes règles d'accord du participe passé.

Groupe 3

Repérer

❶ L'infinitif du verbe dans cette proposition est *s'interroger*. C'est une forme pronominale. L'autre verbe qui présente la même forme est le verbe « s'expliquent ».

❷ Les compléments en gras ne peuvent pas être supprimés Ce sont donc des compléments essentiels de lieu.

❸ Les adjectifs « violette et convulsée » sont des attributs du COD « me », qui reprend Simone de Beauvoir.

Réécrire

❹ Louise **a arraché la petite fille** du square.
Le COD se place alors après le verbe, et non plus avant. De ce fait, il n'y a pas d'accord du participe avec le COD.

❺ **Protégées, choyées, amusées** par l'incessante nouveauté des choses, **ma sœur et moi étions des petites filles très gaies**.

❻ **a. Nous nous sommes** souvent **interrogées** sur la raison et le sens de **nos** rages. **Nous croyons** qu'elles s'expliquent en partie par une vitalité fougueuse et un extrémisme auquel **nous n'avons** jamais tout à fait renoncé.
b. Le premier participe passé est employé avec un verbe pronominal de sens réfléchi, c'est pourquoi le participe s'accorde en genre et en nombre avec le sujet du verbe.

Écrire

L'exercice d'écriture permet de développer le récit de la tante de Simone de Beauvoir, qu'elle évoque dans ce texte. En adoptant un autre point de vue, les élèves peuvent, tout en employant les verbes indiqués par la consigne, transposer à une autre personne certains passages du texte. On peut ainsi vérifier leur maitrise des différentes règles d'accord du participe passé.

Dictée

lienmini.fr/jdl-020

Nous arrivâmes un peu avant quatre heures à notre fosse, nous nous partageâmes aussi également que possible le reste du butin, et, sans nous donner la peine de combler le trou, nous nous remîmes en marche vers notre case, où nous déposâmes pour la seconde fois nos précieux fardeaux, juste comme les premières bandes de l'aube apparaissaient à l'est, au-dessus de la cime des arbres.
Nous étions absolument brisés; mais la profonde excitation actuelle nous refusa le repos. Après un sommeil inquiet de trois ou quatre heures, nous nous levâmes, comme si nous nous étions concertés, pour procéder à l'examen de notre trésor.

La phrase

Présentation et progression au sein de la partie

▶ Ce groupement propose une démarche progressive pour s'approprier les caractéristiques de la phrase complexe. Les textes présentés à l'étude, en alternance avec des phrases d'exercice, sont variés et permettent d'envisager à partir de différents supports les applications de la leçon étudiée.

Le groupement s'ouvre sur la révision des types et formes de phrase (leçon 22), puis aborde des leçons plus complexes, comme la notion de proposition subordonnée complétive (leçon 23), qui sont ensuite retravaillées dans les leçons suivantes, à commencer par celle autour du mot *que* (leçon 24). La leçon 25 présente une vision panoramique des compléments circonstanciels, par la suite enrichie (leçons 26 et 27). Pour terminer ce groupement, deux leçons sont consacrées aux emplois des modes subjonctif et conditionnel (leçons 28 et 29), afin de proposer une récapitulation sous un angle différent, et de remédier aux difficultés de repérage des propositions subordonnées qui peuvent subsister. C'est également la fonction de la double page qui présente une synthèse de la phrase (leçon 30).

Objectifs pédagogiques

À l'issue de ce groupement de leçons, les élèves seront capables de :
- délimiter les propositions de la phrase ;
- identifier la proposition subordonnée s'il s'agit d'une phrase complexe ;
- reconnaitre les compléments circonstanciels ;
- distinguer les emplois du subjonctif ;
- distinguer les emplois du conditionnel.

Atelier de classe : Qu'est-ce qu'une phrase complexe ? p. 322-323

Pour plus de détails sur les objectifs généraux des ateliers et les modalités de mise en œuvre, veuillez vous reporter aux explications données dans l'atelier d'ouverture p. 143.

Démarche

▶ L'atelier s'ouvre sur le repérage au sein de la phrase complexe des propositions qui la constituent, afin de les distinguer. Ensuite, la deuxième partie revient sur une notion déjà abordée lors de l'étude du discours indirect, en 4e : la proposition subordonnée complétive. Pour conclure, les élèves travaillent à distinguer les propositions subordonnées complétives et circonstancielles.

Mise en œuvre

▶ **Constitution des groupes**

Placer les élèves par groupes de 3 ou 4 maximum pour que chacun puisse participer. Le travail s'appuie sur des prérequis relatifs à la phrase, il parait donc intéressant de choisir des élèves de niveaux hétérogènes.

▶ **Déroulement**

Avant de lancer le travail en groupe, il faudra prendre le temps de lire attentivement le texte et faire en sorte qu'il soit compris. On pourra demander aux élèves de reformuler l'histoire avec leurs propres mots pour s'assurer de leur bonne compréhension de ce texte complexe, en particulier leur compréhension du mécanisme du souvenir décrit par Proust.

Les élèves peuvent ensuite commencer le travail par groupe suivant les modalités choisies (voir la présentation de ces modalités dans l'atelier d'ouverture). On leur rappellera que l'atelier vise à les mettre en position de grammairiens chercheurs, et qu'ils devront découvrir ou redécouvrir des informations sur la phrase. Comme les grammairiens, ils devront ensuite rédiger eux-mêmes leurs conclusions à la fin de chaque partie de l'atelier et en bilan général.

▶ **Gestion du temps**

La mise en œuvre de cet atelier ne devrait pas dépasser deux heures, du fait de la brièveté du texte étudié.

Objectifs pédagogiques

- Reconnaitre une phrase complexe.
- Identifier une proposition subordonnée interrogative indirecte.
- Distinguer propositions subordonnée complétive et circonstancielle.

Partie 1

La première partie est consacrée aux caractéristiques des phrases complexes. La première activité proposée permet de rappeler la définition de proposition, ainsi que les caractéristiques de la proposition principale et des subordonnées. Ensuite, les élèves s'entrainent à délimiter correctement les propositions au cours d'activités variées qui s'appuient sur des éléments très visuels, afin de pouvoir relever les éléments structurels.

Observons et manipulons

1. Dans la phrase indiquée, on relève trois propositions. La principale est celle qui n'est pas introduite par une conjonction de subordination : « je tressaillis ».

Les mots qui montrent le lien de dépendance sont « où » et « qui », et « ce qui ».

2. *Nous avons souligné les sujets et passé les verbes en gras pour répondre à la consigne.*

<u>Je</u> **sentais** qu'<u>elle</u> **était** liée au goût du thé et du gâteau, mais qu'<u>elle</u> le **dépassait** infiniment.

C'est la disposition 2 qui sépare correctement les propositions.

3. Le verbe qui permet d'organiser les propositions de la phrase soulignée est le verbe « sentais ».

Je sentais que… mais que…

4. […] [je **portai** à mes lèvres une cuillerée du thé] [où j'**avais laissé** s'amollir un morceau de madeleine]. (l 4 à 5)

On peut supprimer la deuxième proposition, ce n'est donc pas la proposition principale.

Qu'avons-nous observé ?

Les observations des élèves doivent aboutir aux éléments suivants, présentés sous la forme qui leur conviendra :

– la phrase complexe comprend plusieurs propositions ;

– la proposition subordonnée est introduite par un mot subordonnant ;

– la proposition principale ne peut pas être supprimée.

Partie 2

Cette deuxième partie est focalisée sur la proposition subordonnée interrogative indirecte. La première activité présente plusieurs reformulations indirectes d'une question, pour observer les mécanismes de transposition.

Observons et manipulons

1. « Le narrateur se demanda ce qu'elle signifiait ».

Le mot introducteur « Que » a été remplacé par « ce que », et l'ordre des mots a été modifié.

2. La question sur l'origine de la joie de l'auteur est : « D'où avait pu me venir cette puissante joie ? ».

Le narrateur se demanda d'où cette puissante joie avait pu lui venir.

Le mot introducteur n'est pas modifié, à la différence du pronom personnel « me », qui a été remplacé par « se ».

Qu'avons-nous observé ?

Les observations des élèves doivent aboutir aux éléments suivants, présentés sous la forme qui leur conviendra :

– la transposition du discours direct au discours indirect entraine la modification de plusieurs éléments de la phrase :

- les mots introducteurs,
- les pronoms personnels,
- l'ordre de la phrase.

Partie 3

Cette partie concentre l'attention des élèves sur la distinction entre proposition subordonnée complétive et proposition subordonnée circonstancielle. Cette dernière est plus aisée à identifier grâce aux significations de temps et de cause. La comparaison avec une proposition subordonnée complétive permet de montrer la différence entre les deux, ce qui pourra ensuite faciliter le travail lors des leçons.

Observons et manipulons

1. La mère du narrateur lui propose « un peu de thé » lors d'« un jour d'hiver », « comme je rentrais à la maison ».

Dans la phrase citée, la proposition subordonnée est « comme je rentrais à la maison ». On la reconnait grâce à la présence d'un mot subordonnant et d'un verbe conjugué accompagné de son sujet propre.

2. […] **car** ce jour-là je ne sortais pas avant l'heure de la messe […]

La fonction de ce complément circonstanciel est complément circonstanciel de cause.

3. Le mot complété par la proposition subordonnée « que j'avais froid » est « voyant ». Cette subordonnée complète un verbe, c'est donc un COD.

« quand j'allais lui dire bonjour dans sa chambre » occupe une fonction différente, car c'est un complément circonstanciel de temps.

Qu'avons-nous observé ?

Les observations des élèves doivent aboutir aux éléments suivants, présentés sous la forme qui leur conviendra :

– il existe des propositions subordonnées qui peuvent être complément circonstanciel de temps ou de cause ;

– il existe des propositions subordonnées complément d'objet direct.

Qu'avons-nous découvert sur les propositions dans la phrase complexe ?

– On reconnait la proposition principale d'une phrase à son absence de mots subordonnants, et à l'impossibilité de la supprimer de la phrase.

– On pose une question de manière indirecte en modifiant le mot introducteur, les pronoms, et l'ordre des mots dans la phrase.

– Les propositions subordonnées peuvent occuper des fonctions dans la phrase : COD et complément circonstanciel de temps et de cause sont ces fonctions.

22 - Types et formes de phrase p. 324-325

▶ Les types et formes de phrase font l'objet d'une étude détaillée en début de cycle 4. La présente double page a donc pour fonction de proposer des révisions simples, préparant les études détaillées des valeurs des modes de conjugaison conditionnel et subjonctif.

Démarche

La double page s'articule autour d'un texte principal assez long, qui concentre les révisions : les questions abordent les différents types de phrase. La deuxième activité permet de focaliser l'attention sur la forme emphatique, souvent mal connue des élèves.

Objectifs pédagogiques

Au terme de cette double page, les élèves devront savoir :

– reconnaitre les différents types de phrase ;

– repérer la présence de la négation ;

– relever la présence de procédés d'emphase et expliquer leur rôle.

Activité 1

a. Le signe de ponctuation qui est répété trois fois est le point d'exclamation : il permet d'exprimer la colère du général de Gaulle, son envie de poursuivre le combat.

b. L'autre procédé qui permet d'exprimer l'émotion de l'auteur dans ces phrases est la répétition. Un deuxième passage du texte qui exprime la même émotion : « Non ! ».

c. Les phrases en gras sont des phrases interrogatives. Charles de Gaulle apporte une réponse exclamative, comme un cri : « Non ! ».

d. La défaite n'est pas définitive ! Le signe de ponctuation le plus adapté est le point d'exclamation.

e.

Types de phrase	Signe(s) de ponctuation correspondant(s)
déclaratif	point
exclamatif	point d'exclamation
interrogatif	point d'interrogation
injonctif	point d'exclamation ou point

La ponctuation aide à comprendre les intentions de l'auteur en marquant ses intonations, et en mettant en valeur ses sentiments.

Activité 2

Harpagon – Veux-tu te ruiner par des emprunts si condamnables ?

Cléante – Cherchez-vous à vous enrichir par des usures si criminelles ?

Les mots soulignés ne sont pas indispensables, mais permettent de créer un effet d'insistance.

Repérer

1 Type de phrase interrogative : « Enfin, tout de même, de qui se moque-t-on ? »

Type de phrase exclamative : « Pourquoi pas un petit pois avec un grand officier de la Légion d'honneur, pendant que vous y êtes ! »

Type de phrase injonctive : « Non, mon ami, croyez-moi, n'insistez pas, ne vous fatiguez pas, ça ne donnerait rien, vous entendez, rien, absolument rien… »

Type de phrase déclarative : « Il faut réellement être insensé pour oser essayer de tenter d'additionner un veau avec des cigarettes, des cigarettes avec un café-filtre, un café-filtre avec une amande verte […] ».

Réécrire

5 **a. 1.** Le chat ne court pas dans le jardin.
2. Quel animal surprenant !
3. Il n'attrape jamais des souris de cette manière.
4. Il ne se régale ni de croquettes et ni de pâtées.
5. Il ne passe jamais l'après-midi à se prélasser au soleil.

b. La deuxième phrase est impossible à modifier car on ne peut pas insérer de négation dans une phrase nominale exclamative.

6 Je te dis : « Va de ce pas trouver mon beau-père et ma belle-mère, dis-leur que je les conjure de se rendre ici tout à l'heure. »

Lire

9 Il s'agit d'une phrase déclarative. La reformulation met en question la souffrance de la patiente :

« Et souffrez-vous ? » En formulant différemment sa question, le Docteur Knock prend l'ascendant sur sa patiente, en faisant semblant de deviner sa souffrance.

Écrire

10 **a.** Le poète s'appuie sur les négations pour exprimer son refus de voir le monde : il répète la préposition « sans », le pronom indéfini « aucun » et les adverbes « ne » et « ni ».

b. Si l'on supprime ces mots, la phrase exprime le contraire, c'est-à-dire que l'auteur souhaite voir le monde autour de lui.

Ressource numérique

lienmini.fr/jdl3-122

Le manuel numérique enrichi vous propose les **exercices 2, 3, 7 et 11** (fiche 1) et **4, 8, 12 et 13** (fiche 2) permettant ainsi de compléter les exercices proposés dans le manuel.

Fiche 1

Repérer

2 **1.** Le docteur Knock, c'est un bon médecin.
2. Voilà ma fille, docteur, examinez-la, je vous en prie.
3. C'est moi qui ai transformé tout cela.

3

Interrogation totale	Interrogation partielle
Portez-vous des lunettes ? Êtes-vous de grande taille ?	Quel âge avez-vous ? Où êtes-vous né ? De quelle couleur sont vos yeux ?

Réécrire

7 **Fais** préchauffer le four à 180°C. **Épluche** les légumes et **mets-les** dans une grande marmite d'eau bouillante. **Laisse** cuire 20 minutes. Une fois cuits, **égoutte-les. Étale** une pâte à tarte dans un moule de 30 cm de diamètre, **recouvre-la** des légumes et **ajoute** les œufs battus. **Place-la** au four pendant 30 minutes, puis **déguste-la.**

Écrire

11 *L'étude des types et formes de phrase se prête particulièrement bien à la pratique de l'écriture théâtrale, qui ne présente pas de difficultés particulières. En les variant au fil du dialogue, les élèves peuvent parfaire leurs révisions.*

Fiche 2

Repérer

4 **1.** N'êtes-vous donc jamais satisfaits ? **s'exclamer**
2. Voudriez-vous m'aider à tenir la porte ? **ordonner**
3. Maintenez-vous vos propos ? **questionner**
4. C'est bientôt fini, ce vacarme ? **s'exclamer**
5. Êtes-vous enfin prêts ? **questionner**

Réécrire

8 **1.** C'est Georges Orwell qui a écrit *1984* pour dénoncer le totalitarisme.
2. Voilà le protagoniste, qui s'appelle Bernard Winston.
3. C'est à Londres que le roman se déroule.

Écrire

⓬ *L'étude des types et formes de phrase se prête particulièrement bien à la pratique de l'écriture théâtrale. En les variant au fil du dialogue, les élèves peuvent parfaire leurs révisions.*

⓭ *Cet exercice créatif permet à l'élève de réviser la leçon sur les types et formes de phrase en appliquant directement ce qu'il a appris au cœur de son univers personnel.*

23 - La proposition subordonnée complétive

p. 326-327

▶ La proposition subordonnée complétive connait des emplois variés dans la phrase complexe. La présente leçon les aborde de façon panoramique, avant leur reprise progressive au cours des leçons suivantes.

Démarche

La première activité permet d'observer des propositions complétives en les comparant à des groupes nominaux, de manière à observer leur fonction commune. La seconde activité, toujours fondée sur des phrases d'exercice, est l'occasion de lister ces fonctions de façon très claire. L'activité 3 permet d'observer des propositions subordonnées interrogatives indirectes dans un texte littéraire, et l'activité 4 offre un autre exercice de transposition, cette fois-ci du style direct au style indirect.

Objectifs pédagogiques

À l'issue de cette leçon, les élèves devront :
- reconnaitre la proposition subordonnée complément du verbe ;
- distinguer les différents emplois de la proposition subordonnée complétive ;
- avoir également révisé la transposition du style direct au style indirect.

Activité 1

a. Voici les différentes possibilités :
Je devine → que le chien est là
Elle demande → au chien
Elle demande → si elle vient
Elle demande → le chien
Tu vois → que le chien est là
Tu vois → le chien
« pour qu'il entre » ne trouve pas sa place, car c'est un complément circonstanciel, qui ne peut donc se rattacher à un verbe.

b. La différence qu'on peut observer est que certaines structures sont constituées de groupes nominaux, alors que d'autres sont des propositions.

c. La fonction commune à ces expressions est d'être complément du verbe, de façon directe ou indirecte.

d. Les propositions se nomment subordonnées complétives car ce sont des propositions qui complètent un verbe.

Activité 2

a. 1. Que son vœu se réalise est mon plus vif souhait. → sujet
2. Je me demande à quoi tu te prépares. → COI
3. Il est très content que vous soyez là. → complément de l'adjectif
4. Elle exprima précisément son intention : que nous soyons tous réunis. → apposition
5. L'essentiel est qu'il soit d'accord. → attribut du sujet

b. Les propositions subordonnées complétives peuvent être :
- sujet ;
- attribut du sujet ;
- complément de l'adjectif ;
- apposées ;
- COD ;
- COI.

Activité 3

a. Cacambo demanda à un grand officier comment il fallait s'y prendre pour saluer Sa Majesté : si on se jetait à genoux ou ventre à terre ; si on mettait les mains sur la tête ou sur le derrière ; si on léchait la poussière de la salle ; en un mot, quelle était la cérémonie.

Voltaire, *Candide*, 1759

b. Cacambo demanda : « Comment faut-il s'y prendre pour saluer Sa Majesté : doit-on se jeter à genoux, ou ventre à terre ? Doit-on mettre les mains sur la tête ou sur le derrière ? Doit-on lécher la poussière de la salle ? En un mot : quelle est la cérémonie ? »

c. Les propositions subordonnées sont devenues des questions. Dans le texte de Voltaire, elles permettent de transcrire les questions que pose le personnage de Cacambo en les intégrant au récit.

Activité 4

a. La Tortue affirma [que le lièvre n'atteindrait pas l'arrivée avant elle].
Le Lièvre répondit [que la Tortue n'était pas sage, en répétant « sitôt »].

b. Pour compléter les verbes, les élèves doivent utiliser une proposition subordonnée complétive.

Repérer

❶ **a.** et **b. 1.** Jean de La Fontaine dit [que la Tortue est lente].
2. Le Lièvre affirme [qu'elle ne peut le devancer].
3. Le fabuliste raconte [que le Lièvre prend son temps].
4. Il demande alors [où se trouve la Tortue].

❷ [que les habitants d'Eldorado embrassent leur roi] → COD
[qu'il fait aussitôt] → attribut du sujet
[Que le roi soit aussi accessible] → sujet
[que ce monarque existe] → complément de l'adjectif

Manipuler

❻ **a.** et **b. 1.** Romain Gary annonce à sa mère **que la guerre a commencé**. (COD)
2. Elle lui fait part de sa crainte **qu'il meure**. (complément du nom)
3. Son plus cher désir est **qu'il devienne écrivain**. (attribut du sujet)
4. Il écoute alors **ce qu'elle lui explique**. (attribut du COD)

Réécrire

❼ **a.** et **b. 1.** Il m'a demandé de venir. → Il a demandé que je vienne.
2. J'entends les enfants jouer dehors. → J'entends que les enfants jouent dehors.

3. Nous avons vu des troupeaux errer sur les routes. → Nous avons vu que des troupeaux erraient sur les routes.
4. Elles entendent leurs adversaires se préparer. → Elles entendent que leurs adversaires se préparent.

Préparer une dictée

10 Je veux [que l'on soit homme], et [qu'en toute rencontre
Le fond de notre cœur dans nos discours se montre],
[Que ce soit lui qui parle], et [que nos sentiments
Ne se masquent jamais sous de vains compliments].

Molière, *Le Misanthrope*, 1666

Écrire

11 *Pour cette écriture, le but est de décrire les sensations et impressions ressenties devant le tableau de Kandinski à l'aide de débuts de phrase introduisant des propositions subordonnées complétives. Ainsi, les élèves peuvent s'entrainer à composer des phrases avec des propositions subordonnées complétives de façon consciente.*

Ressource numérique

lienmini.fr/jdl3-123

Le manuel numérique enrichi vous propose les **exercices 3, 4 et 8** (fiche 1) et **5, 9 et 12** (fiche 2) permettant ainsi de compléter les exercices proposés dans le manuel.

Fiche 1

Repérer

3 **a. 1.** Je voudrais venir à la réception.
2. Nous entendons siffler les oiseaux du jardin.
3. Je suis sûr de vouloir ce festin.
4. Elles sentaient la fièvre monter.
5. J'écoute les trains passer au loin.
b. Elles complètent des verbes de perception.

4 **a.** et **b.**

Il n'était donc pas ridicule de vous dire, et il ne l'est pas de vous répéter que, de ce jour même, je serai ou votre Amant ou votre ennemi.
Je sens à merveille que ce choix vous gêne ; qu'il vous conviendrait mieux de tergiverser ; et je n'ignore pas que vous n'avez jamais aimé à être placée ainsi entre le oui et le non […].
C'est maintenant à vous à décider : je peux vous laisser le choix mais non pas rester dans l'incertitude.

C. de Laclos, *Les Liaisons dangereuses*, 1782

c. Les verbes introducteurs sont des verbes de perception et des verbes de parole.

Réécrire

8 **1.** Il demande **si nous venons demain.**
2. La policière demande au témoin **ce qu'il a vu.**
3. Il s'exclama **que c'était une triste journée.**

Fiche 2

Repérer

5 **a.** et **b. 1.** Je vis dans la crainte qu'un accident survienne.
→ proposition complétive
2. Elle est très heureuse que tu acceptes sa proposition.
→ proposition complétive
3. On lui a fait une proposition qu'il ne pouvait refuser.
→ proposition relative
4. Nous lui avons donné l'assurance que tout se passerait bien. → proposition complétive

Réécrire

9 Mme Smith demande quand ils pensent se marier tous les deux.
M. Smith répond que ce sera au printemps prochain, au plus tard.
Mme Smith remarque qu'il faudra sans doute aller à leur mariage.
M. Smith dit qu'il faudra leur faire un cadeau de noces. Il se demande lequel.

D'après **E. Ionesco**, *La Cantatrice chauve*, sc. 1, Gallimard, 1954

Écrire

12 *Il n'existe pas de façon précise de compléter les phrases, il est par contre important que les élèves identifient le mode verbal employé. Voici quelques propositions.*
1. Il est convaincu que le chat est un animal intelligent.
Le mode qui convient est l'indicatif.
2. Mes parents ne doutent pas que je réussisse mon examen.
Le mode qui convient est le subjonctif.
3. Je suis inquiet à la pensée que le train ait du retard.
Le mode qui convient est le subjonctif.
4. Les policiers ne se doutent pas que les voleurs se préparent à agir.
Le mode qui convient est l'indicatif.
5. Nous sommes très heureux que tu aies gagné ta course.
Le mode qui convient est le subjonctif.
6. Voilà ce qui devait arriver : que ta voiture tombe en panne.
Le mode qui convient est l'indicatif.

24 - Le mot *que* p. 328-329

▶ Le mot *que* est un terme polyvalent dans la langue française, employé aussi bien en phrase simple qu'en phrase complexe. Il est présent dans la plupart des mots subordonnants, dans la négation restrictive, mais aussi employé comme pronom ou adverbe. Les activités proposent un panorama de ces différents emplois, pour proposer aux élèves des indices faciles à reconnaitre.

Démarche

La première activité fait appel à des connaissances étudiées dans la leçon 23, afin de mener de façon progressive l'étude du mot *que*. Ensuite, une série de phrases illustre les différents emplois de *que* dans une phrase simple. Le texte de Camus permet d'observer l'emploi de *que* associé à une négation, puis la dernière activité présente le *que* comparatif.

Objectifs pédagogiques

À l'issue de l'étude, les élèves devront être capables de :
- reconnaitre le *que* conjonctif ;
- distinguer le que conjonctif du *que* relatif ;
- repérer la caractéristique de la négation restrictive ;
- distinguer le *que* adverbe exclamatif et le *que* pronom interrogatif ;
- étudier la construction de tournures comparatives.

Activité 1

a. Il sert généralement à introduire des propositions subordonnées.
b. Un verbe précède le premier mot encadré : on trouve ce mot dans des propositions subordonnées compléments de verbe.
c. Un nom précède le dernier mot encadré, il s'agit donc d'une proposition subordonnée relative.
d. Le mot *que* se trouve donc dans les propositions subordonnées qui dépendent d'un verbe et dans celles qui dépendent d'un nom.

Activité 2

a. Que ce chat est remarquable ! → phrase exclamative
Que rien ne vienne troubler mon repos. → phrase injonctive
Que cela te serve de leçon. → phrase injonctive
Que prendras-tu pour déjeuner ? → phrase interrogative
b. Au début d'une phrase simple, le mot *que* exprime une intonation, ce qui explique qu'il s'agisse de type de phrase exclamatif, injonctif ou interrogatif.

Activité 3

a. Le changement des saisons **ne** s'y lit **que** dans le ciel. [...] on **ne** peut plus vivre alors **que** dans l'ombre des volets clos.
A. Camus, *La Peste*, © Gallimard, 1947
b. Les négations relevées n'expriment pas une impossibilité totale. Grâce au mot *que*, une seule possibilité reste envisageable.

Activité 4

a. Le lien logique introduit est un lien de conséquence.
La partie en gras dépend du mot « si ».
b. Pour composer une autre phrase à partir de l'expression suivante, il faut insérer des termes à l'aide de la tournure comparative.
Il faut autant de… que… .
c. Dans ces deux phrases, le mot « que » introduit une comparaison.

Repérer

1

proposition subordonnée complément de l'antécédent	Proposition subordonnée complétive
que tu as accueilli que je n'aime pas	que tu as accueilli un chien que vous n'êtes pas d'accord

2 **1.** Les joueurs se déplacent **aussi vite que possible.**
→ complément du comparatif
2. Je **ne** mange **que** des produits frais.
→ négation restrictive
3. Il n'est pas **aussi fort qu'il le croit.**
→ complément du comparatif.

Manipuler

5 « que M. Jones maltraite » : « que » pronom relatif
« que la ferme du Manoir est désormais la ferme des Animaux » : « que » conjonction de subordination
« que chacun se met à redouter » : « que » pronom relatif
« que les cochons sont devenus pareils à des humains » : « que » conjonction de subordination

6 **1.** Cet élève est **tellement** distrait, **qu'**il a oublié son classeur.
2. Nous avons **tant** de livres **que** la bibliothèque va se briser sous leur poids.
3. Il est **si** célèbre **qu'**il a des fans à l'étranger.

Préparer une dictée

9 « depuis que » : conjonction de subordination
« tout ce que » mon corps : pronom relatif
« il faut que » : conjonction de subordination
« Je ne vois que » : négation restrictive
« Je ne vois le gazon vert que » : négation restrictive
« tu crois que » : conjonction de subordination

Écrire

10 *Cette écriture d'invention est principalement descriptive et permet de manipuler les différentes formes de proposition subordonnée rencontrées au cours de la leçon.*

Ressource numérique lienmini.fr/jdl3-124

Le manuel numérique enrichi vous propose les **exercices 3, 7 et 11** (fiche 1) et **4, 8 et 12** (fiche 2) permettant ainsi de compléter les exercices proposés dans le manuel.

Fiche 1

Repérer

3

que injonctif	*que* relatif	*que* conjonction de subordination	*que* complément du comparatif
Que cela cesse tout de suite, c'est gênant !	que je croyais	que ce n'était pas le bon moment que les gens devraient se faire confiance	plus grand que je le pensais

Manipuler

7 **1.** L'habitation était aussi grande **qu'un château.**
que → complément du comparatif
2. Le tableau représente le bateau **que nous empruntions tous les jours.**
que → pronom relatif

3. Je crois **que le chat demande des croquettes.**

que → conjonction de subordination

4. Les voiliers s'élancent sur l'océan **que les tempêtes balaient régulièrement**.

que → pronom relatif

Écrire

11 b. On trouve deux *que* qui complètent des verbes, ce sont donc des conjonctions de subordination (Je crois que) et L'histoire nous apprend qu'en.

« Que le plus coupable de nous / Se sacrifie » est une tournure injonctive, le *que* est ici un adverbe.

c. Il faut que le plus coupable d'entre nous se sacrifie.

Fiche 2

Repérer

4 **1.** Je souhaite que la pollution cesse dans les grandes villes.

que → conjonction de subordination, introduit une proposition subordonnée complétive.

2. C'est un élément que nous pouvons contrôler.

que → pronom relatif, introduit une proposition subordonnée relative.

3. Pour que l'air s'améliore, rien de plus simple.

que → conjonction de subordination, introduit une proposition subordonnée complément circonstanciel de but.

4. Il ne faut que quelques efforts quotidiens.

que → négation restrictive, il n'y a pas de fonction associée.

5. Que d'énergie économisée grâce aux transports en commun !

que → adverbe exclamatif, il n'y a pas de fonction associée.

Manipuler

8 **a.** *Il est assez simple de compléter ces phrases, dont le contenu est laissé à l'imagination des élèves.*

b. 1. Je n'ai rien apporté de plus que…

que → négation restrictive

2. J'ai apporté le manteau que…

que → pronom relatif

3. Le chat comprend que…

que → conjonction de subordination

4. Le chat ne comprend que…

que → négation restrictive

5. Répète ce qu'il t'a dit : que… ?

que → pronom interrogatif

6. Non mais que… !

que → adverbe exclamatif

7. Voilà le combustible pour que…

que → conjonction de subordination

Écrire

12 *L'exercice s'appuie sur le discours argumentatif, qui permet d'insérer des tournures exclamatives et injonctives assez simplement. Le repérage des emplois permet ensuite d'effectuer une autocorrection, ce qui en fait un exercice assez complet.*

25 - Les nuances des compléments circonstanciels p. 330-331

▶ Cette double page fait le choix de présenter de façon conjointe les différents compléments circonstanciels en se plaçant du point de vue du sens, et en concentrant les questions de classe grammaticale. Tous les compléments abordés dans cette page font ensuite l'objet d'une étude plus détaillée lors des doubles pages suivantes.

Démarche

Les activités s'efforcent de dresser un panorama varié, sans entrer par les dénominations : ainsi la première activité propose d'observer différents emplois du mot « comme ». L'activité 2 invite à découvrir plusieurs formulations de la condition, et l'activité 3 offre de réviser quelques compléments circonstanciels d'accès plus facile, comme le lieu, le temps et la manière. La reconnaissance de la classe grammaticale s'effectue de façon logique, de sorte que la classe des adverbes peut être écartée grâce à l'analyse.

Objectifs pédagogiques

Au terme de cette étude, l'élève sera capable de :

– reconnaitre les caractéristiques des compléments circonstanciels ;

– définir le rôle du complément circonstanciel dans la phrase ;

– reconnaitre la classe grammaticale d'un complément circonstanciel.

Activité 1

b. 1. La diva arriva **comme** la scène s'éclairait. (indication de temps)

2. Elle chanta **comme** un rossignol au printemps. (comparaison)

3. Comme elle achevait son tour de chant, nous l'applaudîmes à tout rompre. (indication de cause)

4. Inclinant gracieusement son cou **comme** un cygne, elle nous salua et sortit. (comparaison)

c. « Comme » est donc un terme qui peut exprimer aussi bien le temps, la cause que la comparaison.

Activité 2

a. 1. J'aurai de bons résultats, **à condition que je travaille**.

2. J'aiderai ceux qui me le demandent, **pour peu que je sois disponible**.

3. Je mangerai des fruits et des légumes tous les jours, **pourvu que** j'en trouve au magasin.

4. Je me lèverai de bonne humeur **si** personne ne me dérange.

b. Le mode verbal n'est pas le même dans chacune des conditions : *à condition que*, *pour peu que* et *pourvu que* sont suivis du subjonctif, tandis que *si* est suivi de l'indicatif.

Activité 3

« quand le soleil daigne s'y montrer » : temps, proposition subordonnée conjonctive.

« depuis la Haye [jusqu']à Amsterdam » : lieu, groupe nominal prépositionnel.

« avec respect » : manière, groupe nominal prépositionnel.

Il faut noter que la classe des adverbes n'est pas représentée ici.

Repérer

1 **1.** Les parents de Simone Veil déménagèrent à Nice dès qu'ils le purent.
Proposition subordonnée conjonctive

2. Sa mère joua un rôle central dans sa vie, même après qu'elles furent déportées.
Proposition subordonnée conjonctive

3. Quand elle revint, seules ses sœurs avaient survécu.
Proposition subordonnée conjonctive

4. Avant même que la guerre ne débute, Simone Veil pressentait que des évènements graves allaient survenir.
Proposition subordonnée conjonctive

2 **a.** et **b.** **1.** Voltaire dut s'éloigner à plusieurs reprises de Paris, du fait de ses écrits.
Complément circonstanciel de cause, groupe nominal introduit par une préposition.

2. En Angleterre, il découvrit le régime de la monarchie parlementaire, et il en fut si impressionné qu'il ne cessa de le célébrer.
Complément circonstanciel de conséquence, proposition subordonnée conjonctive

3. Bien qu'il ne fût armé que de sa plume, les puissants le craignaient.
Complément circonstanciel de concession, proposition subordonnée conjonctive

Réécrire

5 **a.** et **b.** **1.** Voltaire publie *Candide* sous un nom d'emprunt **parce qu'il craint la censure.**

2. **Comme les lecteurs le soutiennent**, il reconnait qu'il en est l'auteur.

3. Voltaire crée un personnage naïf et curieux, **parce qu'il cherche à faire réfléchir**.

4. Puisqu'il connait le succès, il est encouragé à continuer ses critiques.

Manipuler

6 *Les comparaisons sont proposées à titre indicatif. L'objectif de cet exercice est de manipuler des propositions subordonnées dans le cadre de comparaisons.*

1. Ce matin est sombre comme **le sont des geôles d'une prison.**

2. Elle se déplace légèrement **ainsi que le font les papillons d'été.**

3. Cette musique semble harmonieuse comme **l'est le chant matinal des oiseaux.**

Préparer une dictée

9 «quand M. Madeleine passait dans une rue» : le verbe est conjugué au mode indicatif, car l'action a eu lieu et s'est répétée.
«jusqu'à ce qu'il eût disparu» : le verbe est conjugué au mode subjonctif, car l'auteur désigne une action qui ne s'est pas encore produite.

Écrire

10 *L'exercice complète directement l'exercice 6, car il s'agit cette fois de combiner des propositions subordonnées de comparaison avec des propositions subordonnées de temps dans le cadre d'une écriture créative. Pour continuer le premier vers, l'élève peut commencer par répéter la même structure grammaticale de la phrase, avant d'introduire progressivement des variations.*

Ressource numérique lienmini.fr/jdl3-125

Le manuel numérique enrichi vous propose les **exercices 3, 7 et 11** (fiche 1) et **4, 8 et 12** (fiche 2) permettant ainsi de compléter les exercices proposés dans le manuel.

Fiche 1

Repérer

3 **1.** Pendant que les animaux de la jungle se nourrissent, une trêve règne parmi eux. → temps

2. Pour que nous puissions partir l'esprit tranquille, je voudrais vérifier les bagages une dernière fois. → but

3. Allez à la bibliothèque en bus ; vous pourrez rapporter plus de livres. → moyen

4. Les invités ont passé une très bonne soirée bien qu'il ait plu à verses. → opposition

Manipuler

7 **1.** ~~Une fois endormi~~, il rêva de la mer, ~~puisqu'il avait pensé à ses vacances tout l'après-midi~~. → Il rêva de la mer

2. Je suis allé t'acheter du pain ~~ce matin pour ton petit-déjeuner~~, mais ~~pendant que j'étais dehors~~ tu es partie ~~sans me prévenir~~. → Je suis allé t'acheter du pain, mais tu es partie.

Écrire

11 **a. b.** *Cet exercice propose la rédaction d'un texte qui mêle le discours explicatif à la forme du récit, (avec narration et description). Dans ce récit, qui peut s'appuyer aussi bien sur le souvenir que sur l'invention, les compléments circonstanciels trouvent leur utilité.*

Fiche 2

Repérer

4 **1.** Pendant que les animaux de la jungle se nourrissent, une trêve règne parmi eux. → temps

2. Pour que nous puissions partir l'esprit tranquille, je voudrais vérifier les bagages une dernière fois. → but

3. Allez à la bibliothèque en bus ; vous pourrez rapporter plus de livres. → moyen

4. Les invités ont passé une très bonne soirée bien qu'il ait plu à verses. → opposition

Manipuler

8 **1.** Puisqu'il avait pensé à ses vacances tout l'après-midi, une fois endormi, il rêva de la mer. → Il rêva de la mer.

2. Pour ton petit-déjeuner, je suis allé t'acheter du pain ce matin, mais tu es partie sans me prévenir pendant que j'étais dehors. → Je suis allé t'acheter du pain, mais tu es partie.

Écrire

12 *Cet exercice présente une activité déclamatoire qui s'appuie sur les propositions subordonnées de temps. Le travail en binôme offre en outre la possibilité de se corriger mutuellement, en particulier sur la notion de proposition subordonnée qui pose souvent des difficultés aux élèves. Il parait nécessaire de prévoir au moins une demi-heure pour la réalisation de cet exercice et sa déclamation orale.*

26 - Les compléments circonstanciels de but, de cause, de conséquence et de temps p. 332-333

▶ Cette double page a pour objet de présenter plusieurs compléments circonstanciels, en focalisant plus particulièrement l'étude sur les propositions subordonnées circonstancielles. La relation de cause / conséquence présente souvent un écueil pour les élèves qui manquent de sens logique, c'est pourquoi elle fait l'objet de travaux approfondis.

Démarche

Les deux premières activités permettent de réinvestir ces notions, en réécrivant la phrase de manière à mettre en avant l'un ou l'autre de ces liens logiques. Une fois que la distinction est travaillée, l'activité 3 développe la notion de but, dans un groupe nominal et dans une proposition subordonnée au subjonctif. La dernière activité invite, pour finir, à comparer les propositions subordonnées compléments circonstancielles de temps à l'indicatif et au subjonctif.

Objectifs pédagogiques

À l'issue de la page, les élèves doivent être capables :
- d'expliquer la distinction cause / conséquence ;
- de reconnaitre le complément circonstanciel de but, en groupe nominal ou proposition subordonnée ;
- de distinguer les propositions subordonnées compléments circonstancielles de temps au subjonctif et à l'indicatif.

Activité 1

a. Les animaux se rendent dans la grange pour entendre ce que Major a à dire.

b. Ils viennent parce qu'ils admirent profondément Major. La conséquence est qu'ils sont prêts à perdre une heure de sommeil.

Activité 2

a. Major est très ancien **si bien qu'**il porte ce nom.

Les animaux sont **si** terrorisés **que** personne ne s'oppose à Napoléon.

b. Les phrases contiennent toujours une proposition subordonnée, mais l'ordre de la phrase a été modifié.

c. Une même phrase contient donc l'expression de la cause et de la conséquence. Le complément circonstanciel est reconnaissable grâce à la conjonction de subordination employée.

Activité 3

b. L'interdiction de lire est prononcée dans le but suivant : « de peur que la tentation diabolique ne leur prenne de s'instruire ».

c. La reformulation peut être la suivante : « Afin que les fidèles **soient édifiés et que leurs âmes soient bonnes** ».

d. Le mode verbal employé dans cette proposition subordonnée est le subjonctif.

Activité 4

a. et **b.** Chacune de ces phrases contient un complément circonstanciel de temps. Recopiez-le s'il s'agit d'une proposition subordonnée.

1. Quand tu partais peindre : indicatif

2. Avant même que tu finisses ton tableau : subjonctif

3. jusqu'à ce qu'on aperçoive ton travail : subjonctif

5. Après que tu t'étais endormi : indicatif

c. Entre ces modes verbaux, on peut observer la différence suivante : l'un désigne une action dont la réalisation est certaine et l'autre des réalisations incertaines, ou qui n'ont pas encore eu lieu.

Repérer

1 **1.** J'ai entrepris ce long voyage <u>afin que nous puissions nous rencontrer</u>. (CC But)

2. J'ai entrepris ce long voyage <u>si bien que nous nous sommes rencontrés</u>. (CC Conséquence)

3. Les enfants restent sereins <u>parce qu'on leur a promis que tout irait bien</u>. (CC Cause)

4. On a promis aux enfants que tout irait bien <u>pour qu'ils restent sereins</u>. (CC But)

2 **1. Sous prétexte que nous n'étions pas venus**, nous n'avons pas été informés. (CC Cause)

2. Le temps est **tellement** froid aujourd'hui **que nous avons allumé le chauffage**. (CC Conséquence)

3. Du fait de votre travail fatigant, vous pouvez vous reposer. (CC Cause)

4. Je désapprouve cette action, **non que vous ayez tort**, mais ce n'est pas le bon moment. (CC Cause)

Réécrire

5 Pour certaines phrases, il est nécessaire de changer la proposition subordonnée en groupe nominal.

1. Tout sera prêt **parce que** je fournirai le repas.

2. Elle a oublié ses affaires, **parce qu'**elle est très pressée.

3. Du fait de votre émotion, vous bafouillez.

4. Grâce à la préparation soigneuse de leurs bagages, ils ont pu partir plus tôt.

5. Puisque j'ai emprunté tellement de livres à la bibliothèque, je n'ai pas pu tous les lire à temps.

6 **1. Lorsque le soleil se lèvera**, il vous faudra partir.

2. Nous prenons le train **après que le concert est terminé.**

3. Quand je me souviens de ces bons moments, je souris encore.

4. Avant que vous ne partiez, n'oubliez pas de prendre vos valises !

Préparer une dictée

9 **a.** Le complément circonstanciel introduit par la conjonction de subordination « de sorte que » est « de sorte que sa voix et sa vie lui sont en même temps ravies ». C'est un complément circonstanciel de conséquence.

b. Le meurtre est conçu de la façon suivante :

– Britannicus repousse sa boisson parce qu'elle est trop chaude ;

– elle est encore inoffensive, puisque le poison n'a pas encore été ajouté ;

– il meurt en perdant la parole parce du poison a été dilué dans l'eau froide qui devait rafraichir la boisson.

Produire à l'oral

12 *L'exercice permet de travailler en vue d'une production orale, en faisant appel à l'imaginaire tout en s'appuyant sur des connaissances techniques. Les compléments circonstanciels trouvent aisément leur utilité dans le contexte de ce discours explicatif.*

Ressource numérique

lienmini.fr/jdl3-126

Le manuel numérique enrichi vous propose les **exercices 3, 7 et 10** (fiche 1) et **4, 8 et 11** (fiche 2) permettant ainsi de compléter les exercices proposés dans le manuel.

Fiche 1

Repérer

3 **a.** et **b.**

Complément circonstanciel de cause	Complément circonstanciel de conséquence
parce que nous sommes persuadés de réussir Étant donné que les vacances sont proches non qu'ils me servent tout de suite	si bien qu'ils vous seront reconnaissants

Réécrire

7 **a.** et **b.**

1. Comme je n'ai plus d'enveloppe, je ne peux pas lui envoyer ma lettre.

→ Je n'ai plus d'enveloppes, de sorte que je ne peux pas lui envoyer ma lettre.

2. Je répondrai à sa lettre puisqu'il me le demande.

→ Il me le demande si bien que je répondrai à sa lettre.

3. Je ne l'ai pas fait plus tôt parce que j'attendais sa réponse.

→ J'attendais sa réponse, si bien que je ne l'ai pas fait plus tôt.

Préparer une dictée

10 **a.** Chimène se réjouit, **puisque** son père est favorable à son union avec le jeune Rodrigue dont elle est amoureuse.

De son côté, l'Infante avoue à sa gouvernante qu'elle a organisé l'union de Chimène et Rodrigue **de sorte que** son amour pour le jeune homme ne puisse la détourner de son devoir.

Le comte Don Gomès, père de Chimène, sort d'une audience chez le roi Don Fernand en compagnie de Don Diègue, père de Rodrigue. **Comme** le roi a accordé le titre de gouverneur du Prince de Castille à Don Diègue, les deux hommes se disputent. Don Gomès gifle Don Diègue qui ne peut se défendre **parce qu'**il est trop âgé. Celui-ci retrouve son fils Rodrigue, et lui réclame vengeance.

Rodrigue se lamente sur ce coup du sort **étant donné qu'**il l'oblige à choisir entre l'amour et l'honneur. Il se décide à venger son père.

Cause	Conséquence
puisque Comme parce qu' étant donné qu'	de sorte que

Fiche 2

Repérer

4 **a.** et **b.** **1.** M. Jones tira un coup de fusil dans la cour, de sorte que la réunion prit fin rapidement. → conséquence

2. Il travaillait trop peu pour que la ferme fût florissante.
→ but

3. Un jour, sa négligence amena les animaux à se révolter, afin qu'ils aient à manger. → but

4. On se moqua longtemps de lui pour avoir perdu sa ferme.
→ cause

Réécrire

8 **1.** Puisque le théâtre est un spectacle vivant, les spectateurs doivent être silencieux.

2. On demande souvent aux spectateurs d'éteindre leurs portables, parce que cela gêne trop les spectateurs

3. Molière était un si bon comédien que des spectateurs venaient exprès l'entendre.

4. Un soir toutefois il n'a pu finir la pièce parce qu'il était malade.

Préparer une dictée

11 **a. b.**

CC de cause	CC de conséquence
puisque son père est favorable à son union avec le jeune Rodrigue dont elle est amoureuse Comme le roi a accordé le titre de gouverneur du Prince de Castille à Don Diègue parce qu'il est trop âgé étant donné qu'il l'oblige à choisir entre l'amour et l'honneur	de sorte que son amour pour le jeune homme ne puisse la détourner de son devoir

27 - Les compléments circonstanciels de comparaison, de condition, d'opposition et de concession p. 334-335

▶ Ces compléments circonstanciels sont assez différents, et leur étude fait également appel à l'observation de la proposition subordonnée. Par ailleurs, les compléments circonstanciels de condition, de concession et d'opposition sont des outils essentiels de l'argumentation, c'est pourquoi les exercices d'écriture ont une nette dimension argumentative.

Démarche

Les propositions subordonnées de condition sont celles qui présentent la signification la plus facile à reconnaitre, c'est pourquoi la première activité leur est consacrée. Dans un deuxième temps, les élèves travaillent autour des compléments circonstanciels de comparaison, tout en s'entrainant à former des propositions subordonnées. Enfin, les deux dernières activités permettent d'identifier les conjonctions de subordination d'opposition et de concession, tout en les distinguant.

Objectifs pédagogiques

– Reconnaitre la proposition subordonnée complément circonstanciel de condition.

– Identifier le complément circonstanciel de comparaison.

– Distinguer opposition et concession.

– Comprendre l'utilité de l'opposition et de la concession dans le cadre de l'argumentation.

Activité 1

b. Les propositions subordonnées circonstancielles de condition sont :

– « si quelqu'un d'autre que ces trois brutes sait tout à l'heure ce que tu as tenté de faire »

– « Si tu te tais maintenant »

– « si tu renonces à cette folie ».

On les reconnait à la présence de la conjonction de subordination « si », en tête de proposition.

c. Elles sont conjuguées à l'indicatif présent, le sauvetage d'Antigone semble encore possible aux yeux de Créon.

Activité 2

a. Comparaison de l'extrait 1 : « comme un oiseau », comparaison dans l'extrait 2 : « comme un visage défiguré par quelque horrible maladie ».

b. La reformulation fait apparaitre des phrases assez longues :

– comme un oiseau est léger quand il vole.

– comme un visage peut être défiguré par quelque horrible maladie.

En comparant ces phrases avec les extraits des poèmes, on peut s'apercevoir que la tournure est très lourde, maladroite.

Activité 3

a. Antigone aime Hémon **alors qu'**elle choisit de défier Créon.
Créon a soutenu Étéocle **bien qu'**il se soit battu contre Polynice.
Ismène veut protéger Antigone **quoiqu'**elle ne veuille pas se défendre

b. Les conjonctions « bien que » et « quoique » sont suivies du mode subjonctif.

Activité 4

a. 1. Beaucoup considèrent que le code de la route est trop contraignant, **quoiqu'**il permette de sauver des vies.

2. Aux yeux des chasseurs de fauve, il n'est pas utile de réglementer la chasse, **alors que** de nombreuses espèces sont en voie de disparition.

3. Plusieurs personnes jugent que le règlement du collège n'est pas nécessaire, **bien qu'**il permette d'encadrer la vie scolaire.

b. Dans l'argumentation, ce procédé permet de développer une réfutation de la thèse adverse.

Repérer

1 **1.** J'ai choisi un livre de science-fiction, <u>tandis que tu as pris une bande dessinée</u>. (CC d'opposition)

2. <u>Pour peu qu'on me réveille</u>, je serai à l'heure.
(CC de condition)

3. <u>Quoique la leçon soit complexe</u>, je la comprends.
(CC de concession)

4. Nous jouons amicalement, <u>alors qu'en face ils semblent prêts à tout</u>. (CC. d'opposition)

2 CC qui expriment une opposition : Bien que je ne sois pas d'accord ; Alors que je travaille.
CC qui exprime une concession : Même si je ne suis pas là.

Manipuler

5 *Les phrases peuvent être complétées de façon très diverse. Néanmoins, il ne faut surtout pas oublier d'utiliser le mode subjonctif derrière « bien que » et « quoique ».*

1. Nous sommes très satisfaits, bien que… (opposition)

2. Les spectateurs étaient mécontents, alors que…
(opposition)

3. Les animaux restent agités, même si… (concession)

4. Vous pouvez venir, quoique… (concession)

5. Elles ont privilégié cette hypothèse, tandis que…
(opposition)

6 **1.** Si tu **viens** ce soir, tu pourras les voir.
(hypothèse réalisable)

2. S'il **faisait** moins froid, nous pourrions sortir.
(hypothèse réalisable)

3. Si les vacances **avaient duré** plus longtemps, nous serions allés au bord de la mer. (hypothèse irréalisable)

4. Si nous **avions été** plus jeunes, nous aurions eu plaisir à jouer avec vous. (hypothèse irréalisable)

Préparer une dictée

9 **a.** CC d'opposition : « Quoi qu'il arrive », « même si elle manquait de mots pour les exprimer ».

b. L'autre expression qui contient une opposition est : « Mais quand même ».

Écrire

10 *La rédaction impose de distinguer la contradiction contenue dans chacune des affirmations, dont la simplicité présente une séduction trompeuse. Les propositions subordonnées d'opposition permettent de réfuter ces affirmations.*

Produire à l'oral

13 *L'exercice propose de développer un discours argumenté, à partir de la situation présentée dans le texte de l'exercice 10. Le recours à des connecteurs variés permet ainsi de construire un discours intégrant au moins trois arguments distincts, articulés autour d'une idée principale, l'inquiétude face aux massacres.*

Ressource numérique

lienmini.fr/jdl3-127

Le manuel numérique enrichi vous propose les **exercices 3, 7 et 11** (fiche 1) et **4, 8 et 12** (fiche 2) permettant ainsi de compléter les exercices proposés dans le manuel.

Fiche 1

Repérer

3 **1.** Antigone obéirait à Créon, pourvu qu'il la laissât enterrer Polynice.
→ mode employé : subjonctif imparfait

2. Si Antigone cédait à Créon, elle aurait l'impression de se trahir.
→ mode employé : indicatif imparfait

3. Le conflit se résoudrait rapidement, à condition que chacun fasse une concession.
→ mode employé : subjonctif présent

4. Créon aurait pu laisser partir Antigone, pour peu qu'elle se montrât moins intraitable.
→ mode employé : subjonctif imparfait.

Manipuler

7 **1.** Bien qu'il roule rapidement, ce motard ne se trouve pas au-dessus des limites de vitesse.

2. Sur la route, même si beaucoup conduisent prudemment, quelques-uns ont quand même une conduite dangereuse.

3. Quoiqu'il soit très imposant, ce camion est pourtant moins grand que celui-ci.

4. Même si la conduite automobile est strictement réglementée, il y a cependant encore trop d'accidents.

Écrire

11 *L'exercice permet de construire un discours autour d'une thèse précisément identifiée : il faut défendre Antigone et convaincre Créon qu'elle a agi à juste titre. Les conjonctions de subordination qui expriment la concession ou l'opposition, ainsi que la condition, révèlent ainsi leur intérêt dans le cadre de l'argumentation.*

Fiche 2

Repérer

4

CC d'opposition	CC de temps
tandis que vous préférez une pièce de théâtre Alors que tu me trahissais	Alors que je me préparais Tandis que nous avançons calmement

Manipuler

8 **1.** Antigone sera sauvée, si elle accepte de ne pas contredire Créon.

2. Ismène aurait pu la défendre, si elle avait été plus courageuse.

3. Hémon la suivrait, si Antigone le lui demandait.

4. Antigone n'aurait pas voulu accepter un compromis, si Créon le lui avait proposé.

Écrire

12 *L'exercice permet de construire un discours autour d'une thèse précisément identifiée : il faut défendre Antigone et convaincre Créon qu'elle a agi à juste titre. L'élève peut ainsi mesurer l'intérêt des compléments circonstanciels d'opposition, de concession et de condition dans le cadre de l'argumentation.*

28 - Les emplois du subjonctif p. 336-337

▶ Le subjonctif est un temps que l'on retrouve dans la plupart des leçons précédentes. L'objectif de cette leçon est donc d'en proposer une synthèse, de manière à offrir un repère permettant d'ancrer la compréhension de son utilisation dans la phrase simple ainsi que dans la phrase complexe.

Démarche

Les activités permettent d'envisager progressivement les différentes valeurs du subjonctif, à partir d'un premier exercice plutôt ludique. Les emplois sont présentés de façon de plus en plus complexe, en ayant soin de choisir des supports accessibles. La deuxième activité présente un extrait de poème dans lequel l'auteur utilise alternativement l'impératif et le subjonctif, ce qui facilite l'observation. L'activité 3 permet d'observer la présence du subjonctif dans la proposition subordonnée relative, à l'aide d'une comparaison assez simple de deux exemples. La vignette de bande-dessinée constitue un support attractif, afin d'aborder de façon créative les emplois du subjonctif dans la proposition subordonnée complétive et dans la proposition subordonnée circonstancielle.

Objectifs pédagogiques

– Définir les valeurs du subjonctif, dans la phrase simple et dans la phrase complexe.
– Réviser la construction de la phrase complexe.

Activité 1

a. *L'activité présente tout d'abord un exercice anodin, plutôt créatif, au cours duquel l'élève se projette dans une journée à venir.*

b. *L'analyse de l'emploi du subjonctif s'appuie sur cette projection, afin de comprendre la valeur essentielle du subjonctif : l'action n'a pas encore eu lieu.*

Activité 2

a. Dans les passages soulignés, Lamartine utilise deux modes différents, l'impératif, reconnaissable à l'absence de pronom, et le subjonctif.

b. Les élèves peuvent donc en déduire que le subjonctif peut avoir, dans une phrase simple, une valeur comparable à celle de l'impératif, c'est-à-dire exprimer un ordre ou un souhait.

Activité 3

a. et **b.** **1.** Je cherche quelqu'un qui **ait** le même livre.

2. Si vous apercevez un objet qui **puisse** lui plaire, prenez-le.

Les différences de sens sont perceptibles quand on compare chaque phrase avec sa réécriture. On peut se rendre compte que le deuxième énoncé est plus hypothétique, ce qui correspond à la valeur du subjonctif dans laquelle le fait énoncé est incertain.

Activité 4

a. *La rédaction de phrases est ici assez simple, compte-tenu du contexte présenté dans la vignette de bande dessinée. Les verbes exposent des envies et des besoins qu'on peut deviner pour le soldat présent dans la tranchée, sous la pluie, avec de l'eau et de la terre jusqu'aux genoux. De plus, les conjonctions de subordination proposées mettent également en avant ses motivations, avec une limite de temps grâce à la conjonction* jusqu'à ce que.

b. Dans le texte composé, l'élève doit relever des verbes à l'indicatif et au subjonctif.

c. Les emplois du subjonctif dans ces phrases complexes sont liés à la présence de verbes introducteurs exprimant la volonté, le souhait, ainsi qu'après certaines conjonctions de subordination qui portent sur des faits qui ne sont pas encore arrivés.

Repérer

1 **a.** et **b.** **1.** Il fallait que je m'applique à réduire ce cri. Il fallait que je sois naturel. **A. Camus** (proposition subordonnée)

2. Vienne la nuit, sonne l'heure / Les jours s'en vont, je demeure. **G. Apollinaire** (proposition indépendante)

3. Étudie, non pour que tu en saches davantage, mais pour que tu le saches mieux. **Sénèque** (proposition subordonnée)

2 **1.** La mère de Romain Gary rêvait qu'il **devînt** chanteur d'opéra ou écrivain. (expression du souhait)

2. Elle l'avait ensuite éduqué pour qu'il **fût** ambassadeur de France. (expression du but)

3. Il servit dans l'armée, jusqu'à ce que la Seconde Guerre mondiale **s'achevât**. (expression du temps non encore réalisé)

4. Il n'y avait personne au monde qui **pût** surpasser la force de son amour maternel pour lui. (expression d'une impossibilité)

Accorder

5 **1.** Il faudra que tu **viennes** de bonne heure pour achever ce travail.

2. Pourriez-vous déplacer votre voiture, de sorte que je **puisse** passer avec la mienne.

3. Je voudrais tant qu'ils **reçoivent** ce qu'ils méritent !

4. Quand les marins **rentrent** au port, ils sont souvent exténués. (Ce verbe n'est pas au subjonctif.)

6 **a.** **1.** Je crois qu'ils **peuvent** venir dès demain.

2. Je ne crois pas qu'ils **puissent** venir dès demain.

3. Je pense qu'il **choisit** la manière la plus simple.

4. Je doute qu'il **choisisse** la manière la plus simple.

b. L'action risque de ne pas se réaliser dans les phrases 2 et 4, du fait des verbes introducteurs qui expriment clairement leur certitude de ne pas la voir se réaliser.

Écrire

9 **a.** Ce sont des propositions subordonnées relatives.

b. L'emploi de négation permet de comprendre le caractère irréel des affirmations de Sage l'Ancien.

Personne n'entrevoit ce que signifient des mots comme loisir ou bonheur, personne n'est libre, quand le malheur ou la servitude l'accable.

10 *Le résumé doit développer les temps principaux de la fable, en les articulant grâce aux conjonctions de subordination. Proposition :*

Maitre Corbeau se tient sur un arbre.

Maitre Renard le flatte, **jusqu'à ce qu'il** obtienne du Corbeau ce qu'il convoite.

Le Corbeau veut chanter, **de sorte qu'il** laisse tomber son fromage.

Maitre Corbeau se promet que cela ne se reproduira plus, **afin que** personne ne profite de lui désormais.

11 **1.** Voici le roman le plus long que j'**aie** lu.

2. J'ai vu le plus beau paysage qu'on **puisse** imaginer.

3. C'est le meilleur restaurant que je **connaisse.**

Ressource numérique lienmini.fr/jdl3-128

Le manuel numérique enrichi vous propose les **exercices 3, 7 et 12** (fiche 1) et **4, 8 et 13** (fiche 2) permettant ainsi de compléter les exercices proposés dans le manuel.

Fiche 1

Repérer

3 **1.** Nous ne parviendrons pas au terme de cette escapade, à moins que tu **arrives** à nous aider. (subjonctif)

2. Si le feu **finit** par s'éteindre, nous n'aurons plus de quoi nous éclairer. (indicatif)

3. Il affirme qu'il **peut** gagner le prochain match. (indicatif)

4. Votre mère souhaite que vous **restiez** au chaud ce soir. (subjonctif)

5. Je ne peux croire qu'un tel malheur **se produise**. (subjonctif)

Accorder

7 **1.** Les soldats des tranchées risquaient leur vie alors qu'ils **montaient** au front.

Complément circonstanciel de temps, l'évènement a eu lieu.

2. Les rescapés furent les plus ardents partisans de la paix pour que le désastre d'une guerre ne **se reproduise** pas.

Complément circonstanciel de but, c'est le résultat désiré.

3. Jusqu'à ce que l'armistice **soit** enfin signé,

Complément circonstanciel de temps, mais l'action n'a pas encore eu lieu.

beaucoup doutaient encore que cela **soit** possible.

Proposition subordonnée complétive, après un verbe exprimant le doute.

Écrire

12 *La présence de verbes exprimant le souhait conjugués au conditionnel est un élément qui amène de façon assez simple les élèves à réinvestir l'emploi du subjonctif dans les propositions subordonnées complétives.*

Fiche 2

Repérer

4 **1.** Les animaux de la ferme de M. Jones sont très malheureux parce qu'ils meurent de faim.

→ mode et temps du verbe : indicatif présent

→ emploi : c'est une proposition subordonnée circonstancielle de cause, l'évènement a donc eu lieu.

2. Napoléon a imaginé un système dans lequel chacun <u>puisse</u> se croire libre de travailler plus.

→ mode et temps du verbe : subjonctif présent

→ emploi : dans une proposition subordonnée relative, pour exprimer un résultat impossible

3. L'âne Benjamin doute que les cochons <u>soient</u> bien intentionnés.

→ mode et temps du verbe : subjonctif présent

→ emploi : après un verbe exprimant un doute

4. Avant que les cochons ne <u>fussent</u> avantagés, tous rêvaient de profiter des produits de la ferme.

→ mode et temps du verbe : subjonctif plus-que-parfait

→ emploi : complément circonstanciel de temps, l'action n'a pas eu lieu

Accorder

8 **a. 1.** Il veut être le premier à entrer, de sorte qu'il **ait** le lot le plus important.

2. Pourvu que nous **puissions** franchir ce désert, même si nous **manquons** cruellement d'eau !

3. Je **veux** que tu **viennes** évaluer les dégâts.

4. Bien qu'il **soit** très honnête, je **préfère** avoir son accord écrit pour cette vente.

b.

Souhait dans une phrase simple	Après un verbe de volonté	Dans un complément circonstanciel de concession	Dans un complément circonstanciel de conséquence
puissions	viennes	soit	ait

Écrire

13 *La réalisation de cet exercice permet d'employer le subjonctif en phrase simple à la place de l'impératif, et en phrase complexe à la suite de verbes exprimant le souhait, la volonté, ou encore la crainte.*

29 - Les emplois du conditionnel p. 338-339

▶ Le conditionnel est abordé lors de la leçon consacrée aux propositions subordonnées de condition, la présente leçon a donc pour objet de préciser les différentes circonstances de son utilisation.

Démarche

La première activité permet aux élèves d'identifier la forme particulière du conditionnel en interrogeant son étymologie. La deuxième activité approfondit cette démarche en distinguant de façon ludique les faits réalisés et ceux qui restent irréels. Les dernières activités invitent à réfléchir aux subtilités de l'expression de l'hypothèse et de l'irréel.

Objectifs pédagogiques

- Réviser la construction du conditionnel.
- Analyser les différents emplois du conditionnel, selon qu'il s'agisse de phrases simples ou complexes.

Activité 1

a. 1. Si j'étais sérieux, je ne **resterais** pas à plaisanter près de vous.

2. Si nous n'avions pas autant de bagages, nous **pourrions** aller plus vite.

3. Si tu n'étais pas si pressé, tu **pourrais** t'arrêter pour prendre quelques photos.

b. La proposition qui commence par *si* est un complément circonstanciel d'hypothèse qui établit une condition. En ce sens, le mot *conditionnel* souligne que la réalisation du fait n'est pas certaine.

c. Le conditionnel est employé pour exprimer la conséquence d'une **condition, d'une hypothèse**.

Activité 2

a. LISTE A : Les évènements se sont produits.

Le livre papier continue de séduire les acheteurs.

Les basketteurs n'iront pas en finale.

LISTE B : Les évènements ne se sont pas produits.

Les cambrioleurs seraient repartis avec une auto noire.

Pourrait-on voir des voitures volantes dans un futur proche ?

b. La phrase 3 pourrait se trouver dans les deux listes, car elle comporte une information dont la réalisation n'aura pas lieu.

c. L'emploi du conditionnel permet de nuancer la véracité des faits évoqués : on met en doute leur réalité.

Activité 3

a. 1. Si le chat entre dans la maison, il **faudra** surveiller le rôti.

2. Je **voudrais** connaitre la raison de cet achat, si ce n'était pas trop vous demander.

3. Si vous **étiez** venues hier, vous auriez vu quel beau film on diffusait.

b. si + proposition au présent → **indicatif** futur dans la principale

si + proposition à l'imparfait → **conditionnel présent** dans la principale

si + proposition au plus-que-parfait → **conditionnel passé** dans la principale

Activité 4

a. *La réalisation de cette activité est plus libre : il s'agit de se projeter dans une réaction hypothétique de Jules Verne. Le critère de réussite repose sur l'emploi du conditionnel dans les phrases dépeignant les réactions de l'auteur.*

b. Dans ce cas, le mode conditionnel permet d'évoquer une possibilité, un fait probable mais non vérifié.

Repérer

1 **1.**

Conditionnel présent	Futur simple
je serais nous serions vous seriez	tu seras elle sera ils seront

2.

Conditionnel présent	Futur simple
tu vaudrais vous vaudriez elles vaudraient	je vaudrai il vaudra nous vaudrons

3.

Conditionnel présent	Futur simple
tu voudrais elle penserait nous aurions ils peindraient	je saurai vous irez

2 **1.** Si j'étais à votre place, je n'attendrais pas. → résultat d'une condition
2. Les joueurs seraient sur le point de rentrer chez eux. → fait incertain
3. Vous faudrait-il une couverture supplémentaire ? → fait incertain
4. Si cet avion ne décollait pas, tu serais bloqué. → résultat d'une condition

Accorder

5 **1.** Si le peintre **s'appliquait** davantage, la peinture ne **coulerait** pas autant sur le sol.
2. **Croirais**-tu encore au Père Noël ?
3. Si les moineaux **laissaient** quelques fruits sur l'arbre, nous **pourrions** enfin les gouter.
4. Elles parlaient de ce qu'elles **feraient** quand elles **seraient** sorties du collège.

6 **1.** Si je veux finir à temps, il **faudra** de meilleurs outils.
2. Le vieux marin **raconterait** des histoires terrifiantes, si nous le laissions faire.
3. Je **préférerais** ne pas venir demain.

Produire à l'oral

9 *L'exercice permet de varier les activités de production de phrases au conditionnel. On peut également le rattacher au travail d'autoportrait réalisé au cours du thème 1.*

Écrire

10 *Les critères de réussite de cet exercice reposent sur l'emploi de verbes variés, notamment parmi ceux qui présentent une conjugaison difficile observés dans l'exercice 1.*

11 *L'exercice permet de conjuguer une nouvelle fois des verbes au conditionnel, en réfléchissant aux nuances de sens qui caractérisent son emploi :*
1. L'action est encore réalisable.
2. L'action n'est plus réalisable.
3. L'action n'est plus réalisable.
4. L'action est encore réalisable.

Ressource numérique lienmini.fr/jdl3-129

Le manuel numérique enrichi vous propose les **exercices 3, 7 et 12** (fiche 1) et **4, 8 et 13** (fiche 2) permettant ainsi de compléter les exercices proposés dans le manuel.

Fiche 1

Repérer

3 *ne m'attendez pas* : est inclassable, attention, c'est un verbe à l'impératif

Conditionnel	Indicatif (présent ou imparfait)
tu pourrais Je voudrais	tu te dépêchais je n'ai pas Il fallait le train pouvait je serai

Accorder

7 **1.** Je **voudrais** tout d'abord te remercier de m'écouter attentivement.
2. Il me **faudrait** un peu de sagesse, et quelques grammes de sérénité.
3. J'**aimerais** beaucoup recevoir tout cela rapidement.
4. Je **désirerais** que le monde soit pacifique.

Écrire

12 *Les critères de réussite reposent sur un emploi de verbes variés au conditionnel présent, en essayant également de varier les personnes.*

Fiche 2

Repérer

4

Possibilité	Souhait
Il semblerait les habitants seraient surement effrayés	J'aimerais Je voudrais

Accorder

8 **1.** Il fallait te prévenir, sinon tu **serais** allé trop vite et nous **aurions dû** te rejoindre ensuite.
2. Si tu avais été inquiet, nous **aurions pris** soin de te prévenir plus souvent.
3. Vous seriez tellement heureuses si nous **partions** tous ensemble aussi loin.

Écrire

13 *Ce dernier exercice propose une variation sur les phrases hypothétiques dans lesquelles les élèves doivent se projeter dans différents futurs possibles. Le fait de souligner les verbes contribue à les rendre conscients de leur démarche d'écriture.*

30 - La phrase : outils de mémorisation

p. 340-341

Ressource numérique

lienmini.fr/jdl3-1301

Fiche 1

Repérer

1 **a.** et **b.**

1. Je vous écris ce soir, mon ami, parce que j'ai envie de partir dès demain pour Londres. → phrase complexe

2. Je m'en vais envoyer votre lettre chez notre ami commun, M. Dupont. → phrase simple

3. Au revoir, mon cher ami ; je vous embrasse bien tendrement. → phrase simple

Réécrire

3 Mme de la Fayette est toujours languissante **et** M de la Rochefoucauld est toujours éclopé, **ainsi** nous faisons quelquefois des conversations bien tristes.

D'après **Mme de Sévigné**, *Lettres*, 1668

Écrire

5 *L'exercice permet de réviser les notions relatives à la composition des phrases. Si les premières n'ont pas besoin d'être longuement explicitées, en revanche les phrases complexes posent souvent problème aux élèves déjà en difficulté. Le contenu est quant à lui assez facile à imaginer, et peut être complété par une recherche d'image pour faciliter le travail.*

Fiche 2

Repérer

2 **1.** Je vous écris ce soir, mon ami, parce que j'ai envie de partir dès demain pour Londres. → phrase complexe

2. Je m'en vais envoyer votre lettre chez notre ami commun, M. Dupont. → phrase simple

3. Au revoir, mon cher ami ; je vous embrasse bien tendrement. → phrase simple

Réécrire

4 Mme de la Fayette est toujours languissante et M de la Rochefoucauld est toujours éclopé, ainsi nous faisons quelquefois des conversations bien tristes.

D'après **Mme de Sévigné**, *Lettres*, 1668

Écrire

6 *L'exercice permet de réviser les notions relatives à la composition des phrases. Si les premières n'ont pas besoin d'être longuement explicitées, en revanche les phrases complexes posent souvent problème aux élèves déjà en difficulté. Le contenu est quant à lui assez facile à imaginer, et peut être complété par une recherche d'image pour faciliter le travail.*

Ressource numérique

lienmini.fr/jdl3-1302

Fiche 1

Repérer

1 **1.** J'ai croisé tes voisins la semaine dernière, quelle coïncidence !

2. Rejoins-moi en bas de la résidence ; il faut que je te parle.

3. J'ai appris récemment que tu déménageais.

4. Tu ne devrais pas envoyer de SMS pendant que tu traverses la route, c'est dangereux !

Réécrire

3 **1.** Il est resté dans sa chambre toute la journée.
(proposition subordonnée)
→ Il est resté dans sa chambre **tant qu'a duré la journée.**

2. Revenez immédiatement !
(GN prépositionnel)
→ Revenez **tout de suite.**

3. J'ai réfléchi à ce problème tandis que je t'attendais.
(adverbe)
→ J'ai réfléchi à ce problème **simultanément**.

4. Nous voudrions aller en vacances à Berlin.
(GN prépositionnel)
→ Nous voudrions aller en vacances **en Allemagne**.

Écrire

5 *La réalisation de cet exercice permet de varier les compléments circonstanciels en s'appuyant sur un récit personnel de l'élève.*

Fiche 2

Repérer

2 **a.** et **b.** **1.** J'ai croisé tes voisins la semaine dernière, quelle coïncidence !
→ classe grammaticale : groupe nominal
→ valeur : complément circonstanciel de temps

2. Rejoins-moi en bas de la résidence ; il faut que je te parle.
→ classe grammaticale : groupe nominal prépositionnel
→ valeur : complément circonstanciel de lieu

3. J'ai appris récemment que tu déménageais.
→ classe grammaticale : adverbe
→ valeur : complément circonstanciel de lieu

4. Tu ne devrais pas envoyer de SMS pendant que tu traverses la route, c'est dangereux !
→ classe grammaticale : proposition subordonnée conjonctive
→ valeur : complément circonstanciel de temps

Réécrire

4 **1.** Il est resté dans sa chambre toute la journée.
(proposition subordonnée)

→ Il est resté dans sa chambre **tant qu'a duré la journée.** (CC de temps)

2. Revenez immédiatement !
(GN prépositionnel)
→ Revenez **tout de suite.** (CC de temps)

3. J'ai réfléchi à ce problème tandis que je t'attendais. (adverbe)
→ J'ai réfléchi à ce problème **simultanément**. (CC de temps)

4. Nous voudrions aller en vacances à Berlin.
(GN prépositionnel)
→ Nous voudrions aller en vacances **en Allemagne**.
(CC de lieu)

Écrire

6 *La réalisation de cet exercice permet de varier les compléments circonstanciels en s'appuyant sur un récit personnel de l'élève.*

Pédagogie différenciée sur la phrase

p. 342-343

Démarche

▶ Le texte choisi se révèle facile d'accès, et est un bon déclencheur d'écriture. La succession de textes brefs permet également un repérage aisé des propositions subordonnées. Enfin, l'anaphore qui caractérise ce texte rassure les élèves les plus fragiles en répétant une structure simple, dont le repérage est facilité. Il permet de cibler plusieurs phrases complexes qui contiennent des propositions subordonnées complétives. La manipulation entraine ensuite les élèves à composer des propositions subordonnées, d'abord en changeant le mot subordonnant, puis, dans l'exercice d'écriture, en rédigeant des phrases complexes.

Mise en œuvre

▶ Le bilan peut se dérouler en classe, lors d'une évaluation, ou en devoir à la maison. Le niveau de l'élève peut être défini par le professeur ou par l'élève lui-même. Dans ce cas, il parait intéressant de procéder à une évaluation par compétences, plutôt que chiffrée, qui permet de repérer les connaissances relatives à la phrase complexe qui sont assimilées, et celles qui ne le sont pas.

Objectifs pédagogiques

– Réviser les acquisitions sur les notions relatives à la phrase complexe.
– Distinguer proposition principale et proposition subordonnée.
– Analyser différents emplois du mot *que*.
– Rappeler différentes propositions subordonnées compléments circonstanciels.

Groupe 1

Repérer

1 **a.** La proposition subordonnée est : « que mon oncle avait une 11 CV immatriculée 7070 RL2 ».

b. Elle complète le verbe « me souviens ». On inclut le pronom du fait de la forme spécifique du verbe pronominal *se souvenir*.

2 Le premier *que* introduit la proposition suivante : « que *L'Express* s'étant sous-titré "L'hebdomadaire de la Nouvelle Vague", *Le Canard enchaîné* avait fait remarquer qu'on aurait davantage attendu d'un organe de presse qu'il se vante de donner des nouvelles précises ». Le pronom *que* dépend du verbe « me souviens ». Au sein de cette proposition, on trouve deux autres *que* :
– « qu'on aurait davantage attendu d'un organe de presse qu'il se vante de donner des nouvelles précises », qui dépend du verbe « avait fait remarquer » ;
– « qu'il se vante de donner des nouvelles précises », qui dépend du verbe « aurait attendu ».

3 **a.** Le verbe « s'agrandisse » est conjugué au subjonctif présent.

b. La conjonction indique que l'action n'a pas encore eu lieu, ce qui explique la présence du subjonctif.

Manipuler

4 **a.** Je me souviens que le personnage central de *L'Étranger* se nomme Antoine (?) Meursault, **mais** il a souvent été remarqué qu'on ne se souvient pas de son nom.

b. L'opposition est exprimée à l'aide de la conjonction de coordination *mais*.

5 Je me souviens que j'étais louveteau, **alors que** j'ai oublié le nom de ma patrouille.

6 **a.** Je me souviens qu'Art Tatum avait été en Lorraine, **si bien qu'il appela un morceau *Sweet Lorraine*.**

b. L'ordre de la phrase dans la proposition a été inversé.

c. La conjonction *si bien que* exprime ici une conséquence.

Écrire

7 *Les critères de réussite reposent sur l'emploi de propositions subordonnées variées, afin de construire plusieurs phrases complexes. Les héros de fiction peuvent appartenir aussi bien au domaine littéraire qu'au domaine cinématographique.*

Groupe 2

Repérer

1 **a.** La proposition subordonnée « que mon oncle avait une 11 CV immatriculée 7070 RL2 » est complétive.

b. On peut le dire car elle complète le verbe pronominal « me souviens ».

2 Le premier *que* introduit la proposition subordonnée « que *L'Express* s'étant sous-titré "L'hebdomadaire de la Nouvelle Vague", *Le Canard enchaîné* avait fait remarquer qu'on aurait davantage attendu d'un organe de presse qu'il se vante de donner des nouvelles précises ». Elle dépend du verbe « me souviens ». Au sein de celle-ci, on en retrouve deux autres :
– « qu'on aurait davantage attendu d'un organe de presse qu'il se vante de donner des nouvelles précises », qui dépend du verbe « avait fait remarquer » ;
–– « qu'il se vante de donner des nouvelles précises », qui dépend du verbe « aurait attendu ».

b. Les propositions complètent des verbes, ce sont des propositions subordonnées complétives. Puisque les *que* introduisent des propositions subordonnées complétives, ce sont des conjonctions de subordination.

3 **a.** La proposition conjuguée est un complément circonstanciel de temps.

b. Le verbe « s'agrandisse » est conjugué au subjonctif présent. La conjonction indique que l'action n'a pas encore eu lieu, ce qui explique la présence du subjonctif.

Manipuler

4 **a.** Je me souviens que le personnage central de *L'Étranger* se nomme Antoine (?) Meursault, **mais** il a souvent été remarqué qu'on ne se souvient pas de son nom.

b. L'opposition est exprimée à l'aide de la conjonction de coordination *mais*.

5 Je me souviens que j'étais louveteau, **alors que** j'ai oublié le nom de ma patrouille.

6 Je me souviens qu'Art Tatum avait été en Lorraine, **si bien qu'il appela un morceau *Sweet Lorraine*.**

Écrire

7 *Les critères de réussite reposent sur l'emploi de propositions subordonnées variées, afin de construire plusieurs phrases complexes. Les héros de fiction peuvent appartenir aussi bien au domaine littéraire qu'au domaine cinématographique.*

Groupe 3

Repérer

1 **a.** et **b.** Les propositions subordonnées « que mon oncle avait une 11 CV immatriculée 7070 RL2 » et « qu'Art Tatum appela un morceau *Sweet Lorraine* parce qu'il avait été en Lorraine pendant la guerre 14-18 » sont des propositions subordonnées complétives car elles complètent le verbe « me souviens ». La proposition « parce qu'il avait été en Lorraine pendant la guerre 14-18 » est circonstancielle car il s'agit d'un complément circonstanciel de cause.

2 Le premier *que* est une conjonction de subordination, car il introduit une proposition subordonnée conjonctive. C'est également le cas du second, qui introduit la subordonnée complétive « qu'on aurait davantage attendu d'un organe de presse qu'il se vante de donner des nouvelles précises », qui complète le verbe « avait fait remarquer ». Le troisième introduit la proposition subordonnée complétive qui dépend du verbe « aurait attendu » : « qu'il se vante de donner des nouvelles précises ».

3 **a.** Les verbes encadrés sont conjugués au subjonctif présent.

b. Le premier verbe est conjugué dans une proposition subordonnée circonstancielle, complément de temps. L'action ne s'est pas encore réalisée, ce qui explique la présence du subjonctif.

Le deuxième verbe est dans une proposition subordonnée complétive qui dépend d'un verbe au conditionnel. Là encore, il s'agit d'une action qui ne s'est pas réalisée.

Manipuler

4 **a.** Je me souviens que le personnage central de *L'Étranger* se nomme Antoine (?) Meursault, **mais** il a souvent été remarqué qu'on ne se souvient pas de son nom.

b. L'opposition est exprimée à l'aide de la conjonction de coordination *mais*.

5 Je me souviens que j'étais louveteau, **alors que** j'ai oublié le nom de ma patrouille.

6 Je me souviens qu'Art Tatum avait été en Lorraine, **si bien qu'il appela un morceau *Sweet Lorraine*.**

Écrire

7 *Les critères de réussite reposent sur l'emploi de propositions subordonnées variées, afin de construire plusieurs phrases complexes. Les héros de fiction peuvent appartenir aussi bien au domaine littéraire qu'au domaine cinématographique.*

Dictée

lienmini.fr/jdl-021

Déjà tout le monde était réveillé dans l'hôtel. On entendait des garçons qui riaient, des servantes qui chantaient, des soldats qui brossaient les habits des officiers. Sept heures venaient de sonner. Léon voulut obliger son amie à prendre une tasse de café au lait, mais elle déclara que sa gorge était si serrée, qu'elle mourrait si elle essayait de boire quelque chose.

Léon, muni de ses lunettes bleues, descendit pour payer sa note.

Le texte

Présentation et progression au sein de la partie des fiches 31 à 35

▶ Les leçons 31 et 35 permettent d'aborder un certain nombre d'aspects en grammaire du texte : certains constituent des révisions ; d'autres sont nouveaux : tous sont importants pour préparer les élèves au brevet et à la poursuite de leurs études, en particulier au lycée. L'atelier de classe en ouverture permet de revenir sur la situation d'énonciation, largement abordée en cycles 3 et 4. Puis, les leçons 31 à 33 concernent différents sujets permettant aux élèves de se repérer dans un texte et de saisir son message. Les leçons 34 et 35, portant respectivement sur les types de discours rapportés et sur les points de vue permettent de synthétiser ce qui a été vu les années précédentes et de parachever l'apprentissage des élèves, pour les préparer au lycée.

Objectifs pédagogiques

- Comprendre, définir, analyser la situation d'énonciation dans un texte.
- Saisir le message porté par un texte et les différents moyens de le transmettre.
- Repérer, analyser, utiliser les différentes formes de discours rapportés.
- Repérer, analyser, utiliser les différents points de vue dans un texte narratif.

Atelier de classe : Qu'est-ce que la situation d'énonciation ? p. 344-345

Partie 1

Observons et manipulons

1. L'énonciateur est G. Sang : elle s'exprime au moyen de la première personne, perceptible au moyen du pronom personnel « je » ou des formes verbales à la première personne.

2. Le destinataire est Maurice Sand, il est désigné par la 2e personne : pronoms personnels « tu », « te » et formes verbales (« tu n'y comprendrais rien », l. 4).

3. « Maurice Sand », « Mon pauvre Bouli », « mon garçon ». Cela témoigne de la proximité affective de G. Sand pour son fils.

Qu'avons-nous observé ?

L'atelier permet de faire la distinction entre l'énonciateur (celui qui émet le message) et le destinataire (celui à qui le message est adressé) dans la situation.

Partie 2

Observons et manipulons

1. « Ici » renvoie à Paris : G. Sand y fait référence dans le contenu de sa lettre et dans la situation de sa lettre, en épigraphe de la lettre. Le destinataire se trouve à Nohant, comme cela est indiqué à côté du nom du destinataire, en épigraphe.

2. La lettre date du 17 avril 1848. Elle relate la révolte populaire de 1848 contre le roi Louis-Philippe et l'institution de la IIe République. G. Sand décrit donc la révolte populaire (« un beau et triste spectacle que ce peuple marchant » l. 5).

Qu'avons-nous observé ?

Les éléments spatio-temporels doivent être repérés pour analyser correctement une situation d'énonciation. Dans une lettre, ils sont présentés en épigraphe.

Partie 3

Observons et manipulons

1. « les » (pronom personnel) renvoie à « ouvriers ».
« leur » (pronom personnel) renvoie à « ouvriers ».
« cela » (pronom démonstratif) renvoie à la répression de la révolte.

Les ouvriers sont présentés de manière positive (ou méliorative), comme le montrent ces expressions : « la colonne des ouvriers, toujours bonne, polie et fraternelle » (l. 7), « ce peuple marchant, fier et mécontent » (l. 5).

2. L'expression désigne les armes employées par le Gouvernement. C'est une hyperbole qui a pour fonction d'en donner une image négative (ou péjorative).

3. Le ton de l'auteur est conforme à ses engagements ; comme aux autres moments de sa vie, G. Sand prend le parti du petit peuple qui est ici présenté de manière méliorative.

Qu'avons-nous observé ?

Le ton employé par l'énonciateur et son jugement porté sur les acteurs d'un fait historique, ici, permet de définir le contenu du message de l'énonciateur et d'observer par quels procédés il le présente au destinataire.

31 - La situation d'énonciation dans différents genres littéraires p. 346-347

Démarche et objectifs pédagogiques

▶ En fin de cycle 4, les élèves ont déjà souvent travaillé sur la situation d'énonciation : il s'agit donc de consolider les acquis, d'opérer les révisions qui s'imposent et de poursuivre l'apprentissage des élèves en observant les variations qu'impliquent les différents genres littéraires. L'atelier d'ouverture constitue une première présentation des différents enjeux posés par cette leçon. On s'attachera, en particulier, à faire prendre connaissance aux élèves de la différence entre énonciation de discours et énonciation de récit.

L'objectif de la leçon est de distinguer l'énonciateur et le destinataire, les énonciations de récit et de discours, et éventuellement d'introduire la double énonciation. Les deux premières activités permettent aux élèves de repérer sur quels indices différencier énonciation de discours et de récit. La troisième concerne les indices lexicaux relevant de l'énonciation de discours. À l'issue de la leçon, les élèves doivent distinguer énonciation de discours et de récit.

Activité 1

a. Le changement intervient avec le début du discours (« Et toi… »).

b. La ponctuation (**:** et **« »**).

Les personnes des verbes (2e).

Les temps : présent; mode : impératif « écarte » des verbes.

Activité 2

La situation d'énonciation est marquée par l'emploi du présent et de l'impératif des 1re et 2e personnes. Les personnages se trouvent dans la maison de Chimène. C'est une énonciation de discours.

Activité 3

a. Niveau courant chez Molière ; niveau courant voire soutenu chez La Fontaine.

b. Vocabulaire courant et usuel chez Molière. Le personnage parle à ses serviteurs : il s'adresse à eux et leur communique un message ; vocabulaire sentencieux chez La Fontaine : le fabuliste parle aux lecteurs.

Repérer

1 Il s'agit d'une énonciation de discours, comme le montrent les temps (présent, futur proche : « vous allez dire »), les modes (impératif : « répondez »), le recours aux 1re et 2e personnes dans les pronoms et les formes verbales. Le discours est adressé avec des questions.

2 Il s'agit d'une énonciation de récit, comme le montrent les temps (imparfait, plus-que-parfait), l'emploi de la 3e personne, l'effacement de l'énonciateur et du destinataire, puisque le discours n'est pas adressé.

3 **a.** Imparfait : « avais », « avait », « s'appelait », « était », « tenait ».

Passé simple : « tombai », « fus aspiré », « empoisonna », « faillit », « puis », « s'empara », « devinrent », « se mit », « se troubla ».

Présent : « sais ».

b. Ce texte présente une énonciation de récit.

Lire

6 **a.** L'auteur emploie à la 1re personne, l'imparfait dans le 1er paragraphe, puis le passé composé et le présent dans le 2e paragraphe.

b. Ce texte présente une énonciation de récit.

Écrire

9 *L'exercice vise à développer des compétences d'écriture chez les élèves et à construire deux récits en parallèle sur le même sujet en adoptant deux formes d'énonciation différentes, d'abord une énonciation de récit, puis une énonciation de discours.*

Ressource numérique

lienmini.fr/jdl3-131

Le manuel numérique enrichi vous propose les **exercices 4, 7 et 10** (fiche 1) et **5, 8 et 11** (fiche 2) permettant ainsi de compléter les exercices proposés dans le manuel.

Fiche 1

Repérer

4 **b.** Il s'agit d'une énonciation de discours. On comprend que le destinataire a demandé son avis à l'énonciateur sur une nouvelle qu'il a écrite.

c. On repère une énonciation de discours, typique des échanges épistolaires (par lettres) où l'énonciateur s'exprime à la première personne et au présent (« je trouve », « je me figure »). L'énonciateur donne son avis sur la nouvelle du destinataire et lui témoigne son admiration.

Lire

7 **b.** L'auteur emploie surtout le passé simple (« j'arrivai », « j'examinai ») mais il recourt aussi au plus-que-parfait (« était arrivée ») : cela montre qu'il est passé par Rome avant d'arriver à Venise.

c. Les verbes sont conjugués à la première personne.

d. C'est une énonciation de discours.

e. L'auteur raconte ses voyages, en particulier en Italie dans ce passage.

Écrire

10 Je suis monté (montai) au premier, voir le malade. Je l'ai trouvé (le trouvai) dans son lit, suant sous ses couvertures et ayant rejeté bien loin son bonnet de coton. C'était un gros petit homme de cinquante ans, à la peau blanche, à l'œil bleu, chauve sur le devant de la tête, et qui portait des boucles d'oreilles.

Fiche 2

Repérer

5 **b.** Le texte est écrit aux temps du passé : passé simple (« je me trouvai ») et imparfait (« égalait »).

c. Voici le champ lexical de la perception par les sens : « ce qui me surprit davantage », « l'un sifflait à mes oreilles », « occupé mon attention fort longtemps », « je sentis mes bras chargés », « ils me tinrent en cet état jusqu'à ce que je visse arriver ». Le personnage est surpris, et même exalté par la présence des oiseaux autour de lui.

d. Il s'agit d'une énonciation de discours.

Lire

8 **b.** Les personnages s'expriment en aparté pour ne pas être entendus de Dorante.

c. Il s'agit d'une double énonciation car, d'une part, les personnages s'expriment tous les trois, de l'autre M et Mme Jourdain échangent tous les deux sans être entendus de Dorante.

d. Le public apprend que Mme Jourdain se méfie de Dorante et qu'elle le prend pour un manipulateur qui veut dérober l'argent de son mari.

Écrire

11 **b.** Il s'agit d'une énonciation de discours car l'énonciateur s'exprime à la première personne et relate des faits qui lui sont arrivés : il parle de lui, comme dans des Mémoires ou un texte autobiographique. Comme il évoque des faits passés, il les relate au passé simple et à l'imparfait.

c. Il arriva à Venise le 23 ; il examina pendant cinq jours les restes de sa grandeur passée : on lui montra quelques bons tableaux du Tintoret, de Paul Véronèse et de son frère, du Bassan et du Titien. Il chercha dans une église déserte le tombeau de ce dernier peintre, et il eut quelque peine à le trouver : la même chose lui était arrivée à Rome pour le tombeau du Tasse.

32 - Les reprises anaphoriques p. 348-349

Démarche et objectifs pédagogiques

▶ Cette leçon poursuit les travaux sur la situation d'énonciation. Elle permet d'aider les élèves à repérer les reprises dans un texte pour mieux en saisir le contenu et à travailler leur expression écrite pour faire un emploi raisonné et cohérent de ce type de reprise.

La première activité permet aux élèves d'employer les reprises anaphoriques, la deuxième de repérer leurs marques en genre et en nombre. Enfin la dernière les invite à identifier les différentes classes grammaticales auxquelles peuvent appartenir ces différentes reprises anaphoriques. À l'issue de cette leçon, les élèves doivent savoir identifier les reprises anaphoriques et construire des chaines de reprises anaphoriques.

Activité 1

L'activité vise à faire utiliser aux élèves différentes reprises anaphoriques, qu'elles soient nominales ou adjectivales en particulier.

Activité 2

a. 1. B ; **2.** E ; **3.** A ; **4.** F ; **5.** D ; **6.** C

b. Les indices concernent les marques en genre et en nombre des noms propres.

Activité 3

a. 1. elle : pronom personnel ; **le jeune homme** : GN
2. y : pronom adverbial
3. celui-ci : pronom démonstratif
4. fait : verbe
5. le lui : pronoms personnels
b. le : COD ; lui : COS
c. Les chaines pronominales suivent l'ordre suivant : COD + COD ou COI ou COD + COS.

Repérer

1 **1. le** : jouet ; **lui** : enfant
2. il : l'homme ; **en** : bleuets
3. où : côte ; **il** : capitaine
4. ce dernier : Léo
5. le sien : livre
6. les : tours de magie ; **leur** : spectatrices
7. la : la maison ; **lui** : Jeanne

2 **a.** et **b. il** (pronom) ; **les** (pronom) ; **le jeune homme** (GN) ; **y** (pronom) ; **eux** (pronom) ; **celui-là** (pronom) ; **qui** (pronom) ; **l'** (pronom) ; **le** (pronom). En outre, le verbe faire (fit) est ici une reprise anaphorique.

Réécrire

5 **1.** Il lui raconte comment il l'a tué.
2. Il ajoute qu'il a dû les tuer là.
3. Il l'a aussi capturée.
4. Il leur explique ensuite qu'il les a nettoyées.
5. Il leur en a donné.
6. Il est même allé chercher Cerbère jusque là.

6 **1.** Elle la leur enseigne.
2. Il lui en demande un.
3. Il le leur réclame.
4. Il leur en offre.

Accorder

9 **1.** recueilli ; adopté
2. acheté ; dévorée
3. rencontré ; invités
4. liées ; envoyé
5. ramené ; données
6. lus
7. venues ; partie

Produire à l'oral

12 *L'objectif de l'exercice est de faire employer aux élèves des reprises anaphoriques adaptées à chaque personnage, en genre et en nombre.*

13 *Le but de cet exercice est de faire travailler les élèves sur les reprises anaphoriques en manipulant des pronoms démonstratifs.*

Ressource numérique lienmini.fr/jdl3-132

Le manuel numérique enrichi vous propose les **exercices 3, 7 et 10** (fiche 1) et **4, 8 et 11** (fiche 2) permettant ainsi de compléter les exercices proposés dans le manuel.

Fiche 1

Repérer

3 Ils se séparèrent au jour levant. Elle suivit en voiture son amant jusqu'à la première étape. Et elle l'embrassa presque en face du régiment à l'instant de la séparation. On trouva même ça très gentil, très digne, très bien, et les camarades serrèrent la main du capitaine en lui disant : …

G. de Maupassant, *Le Lit 29*, 1884

Réécrire

7. **1.** Mon stylo est cassé mais son stylo fonctionne.
Mon stylo est cassé mais **le sien** fonctionne.
2. Je suis déjà venu dans cette ville il y a très longtemps.
Je suis déjà venu **ici** il y a très longtemps.
Ou **J'y** suis déjà venu il y a très longtemps.
3. Ce roman a été écrit par Hugo et ce roman par Balzac.
Ce roman a été écrit par Hugo et **celui-ci** par Balzac.
4. J'ai mangé beaucoup de biscuits.
J'**en** ai mangé beaucoup.

Accorder

10 Je suis allée ce matin à la nouvelle médiathèque de la ville ; je l'ai **trouvée** assez belle. Elle a été **pensée** de manière très moderne. Le bâtiment est plus grand que celui que j'avais **imaginé** ; il a quatre étages ! Je les ai **visités** avec plaisir ; j'y ai trouvé des BD qui m'ont beaucoup **intéressé (e)** et que j'ai tout de suite **empruntées**.

Fiche 2

Repérer

4 **a.** Ils se séparèrent au jour levant. Elle suivit en voiture son amant jusqu'à la première étape. Et elle l'embrassa presque en face du régiment à l'instant de la séparation. On trouva même ça très gentil, très digne, très bien, et les camarades serrèrent la main du capitaine en lui disant : …

G. de Maupassant, *Le Lit 29*, 1884

b.

Le capitaine Epivent et Irma	Ils
Le capitaine Epivent	Son amant, l', lui
Irma	Elle, elle
Le baiser du capitaine et Irma	ça

Réécrire

8 **1.** Mon stylo est cassé, mais **le sien a fonctionné**.
2. Je suis déjà venu dans **celle-ci** ; je l'avais **visitée** avec mes parents.
3. Ce roman a été écrit par Hugo et **celui-là** par Balzac. Je les ai **lus** tous les deux.
4. J'**en** ai fait beaucoup ; les as-tu **goûtés** ?

Accorder

11 Je suis allée ce matin à la nouvelle médiathèque de la ville ; je l'ai **trouvée** assez belle. Elle a été **pensée** de manière très moderne. Le bâtiment est plus grand que celui que j'avais **imaginé** ; il a quatre étages ! Je les ai **visités** avec plaisir ; j'y ai trouvé des BD qui m'ont beaucoup **intéressée** et que j'ai tout de suite **empruntées**.

33 - Thème et propos p. 350-351

Démarche et objectifs pédagogiques

▶ Cette leçon permet de favoriser la compréhension du message contenu dans un texte et de développer la qualité de la rédaction des élèves, en vue de l'épreuve du brevet. Ce sujet, déjà abordé au cycle 4, est ici approfondi, notamment par l'étude de la mise en valeur du propos au sein de la phrase. Parmi les moyens retenus pour cette mise en valeur, la passivation est l'occasion de faire des révisions.

Avec la première activité, les élèves distinguent thème et propos dans une phrase ; avec la deuxième ils comprennent qu'un même thème peut faire l'objet de plusieurs propositions ; enfin, avec la troisième, ils observent comment mettre en valeur le propos. À l'issue de la leçon, les élèves doivent savoir identifier et distinguer thème et propos.

Activité 1

a. 1. B, ; **2.** A ; **3.** D ; **4.** C

b. Le thème est Daphné. Le propos est le reste de la phrase. On compte donc un seul thème et quatre propos différents.

Ainsi, on remarque qu'un même thème peut concerner différents propos.

c. Apollon (thème) poursuit Daphné (propos). Daphné (thème) se métamorphose en laurier (propos).

Chacune de ces phrases a son propre sujet et son propre thème. En l'occurrence, le propos de la première phrase devient le thème de la seconde (progression linéaire).

Activité 2

a. Le thème du tableau est un combat qui se déroule durant un mariage entre des créatures mythologiques.

b. La question vise à montrer le caractère unique du thème auquel on peut apporter de nombreux propos.

c. Il y a toujours un unique thème (celui du tableau) sur lequel portent divers propos.

Activité 3

a. Elle répond à la question : Qui les Centaures ont-ils enlevé au cours du combat ?

b. Au cours du combat, les Centaures (thème) ont enlevé les femmes (propos).

c. 1. Mise en valeur par détachement du propos (antéposition).

2. Mise en valeur du propos par le présentatif (c'est… que).

3. Mise en valeur du propos par la tournure passive.

À chaque fois, le propos devient donc le thème.

Repérer

1 **1.** Ma fille se mariera (thème) l'hiver prochain (propos).
2. Il s'y est introduit (thème) pour dérober des bijoux (propos).
3. Le marteau se trouve (thème) dans la remise au fond du jardin (propos).
4. L'enfant a dit (thème) qu'il était perdu (propos).

2 **a.** et **b. 1.** Mon avis (thème) : détachement.
2. Guenièvre (thème) : voix passive
3. au fond du terrier (thème) : présentatif
4. la paix (thème) : voix passive

3 La progression est continue : reprise de « son fils » dans la première phrase et par « il » dans toutes les autres.

Réécrire

6 *Tous les procédés sont acceptables, par exemple :*
1. C'est la Toison d'or que Jason a découverte.
2. Pour cela, c'est jusqu'en Colchide qu'il a dû naviguer.
3. Le navire Argo, il l'a piloté.
4. C'est un dragon que Médée a aidé Jason à affronter au cours de sa quête.

7 **1.** Des fleurs ont été offertes par l'homme à sa femme.
2. Les copies seront rendues par le professeur le lendemain.
3. Le cerf est chassé par les chiens dans la forêt.
4. Après les fouilles, un trésor a été trouvé dans la tombe.

Écrire

10 *L'exercice permet aux élèves de renouveler leurs pratiques d'écritures en se sensibilisant aux deux types de progressions proposés dans la leçon. Ils feront ainsi l'expérience des effets induits par chaque type de progression. On pourra prolonger le travail par une comparaison entre les deux écrits.*

11 *L'exercice offre aux élèves la possibilité de pratiquer les deux types de progression en inventant une histoire à partir d'une phrase. L'exercice s'inscrit dans le type de rédaction souvent proposé au brevet où il s'agit de poursuivre un texte.*

Ressource numérique lienmini.fr/jdl3-133

Le manuel numérique enrichi vous propose les **exercices 4, 8 et 12** (fiche 1) et **5, 9 et 13** (fiche 2) permettant ainsi de compléter les exercices proposés dans le manuel.

Fiche 1

Repérer

4 **b.** Le thème de ce texte est le visage de la vieille femme.

Réécrire

8 Propos 2 : « d'où l'on domine un immense pays onduleux et roux depuis la mer bleuâtre jusqu'à la chaîne de l'Ouarsenis ».

Thème 3 : « la chaîne de l'Ouarsenis ».

Propos 3 : « qui porte sur ses faîtes la forêt de cèdres de Teniet-el-Haad ».

Écrire

12 *L'exercice vise à développer les compétences en matière de rédaction des élèves : il s'agit de les inviter à employer un type de progression (continue ou linéaire) et à en expérimenter les potentialités pour enrichir leur récit. L'exercice doit les amener à éviter les répétitions (on pourra se reporter si besoin à la leçon sur les reprises anaphoriques, leçon 32).*

Fiche 2

Repérer

5 **b.** Le thème de ce texte est le visage de la vieille femme.

c. Sa progression est continue.

Réécrire

9 **a.** La progression de ce texte est linéaire

b. Thème 1 : « les marches de l'après-midi ».

Propos 1 : « le long des chemins un peu boisés sur ces ondulations de côtes ».

Thème 2 : « les ondulations de côtes ».

Propos 2 : « d'où l'on domine un immense pays onduleux et roux depuis la mer bleuâtre jusqu'à la chaîne de l'Ouarsenis »

Thème 3 : « la chaîne de l'Ouarsenis ».

Propos 3 : « qui porte sur ses faîtes la forêt de cèdres de Teniet-el-Haad ».

Écrire

13 *L'exercice vise à développer les compétences en matière de rédaction des élèves : il s'agit de les inviter à employer les deux types de progression (continue ou linéaire) et à en expérimenter les potentialités pour enrichir leur récit. L'exercice doit les amener à éviter les répétitions (on pourra se reporter si besoin à la leçon sur les reprises anaphoriques, leçon 32). Les élèves peuvent ensuite comparer les deux récits pour se rendre compte de l'intérêt de chaque type de progression employée.*

34 - Les paroles rapportées p. 352-353

Démarche et objectifs pédagogiques

▶ Amorcé au cycle 4, cette leçon permet de synthétiser les acquis des élèves : il s'agit de différencier clairement styles direct et indirect. En fonction des classes, on pourra faire travailler les élèves sur le style indirect libre. Cette approche est nécessaire aux élèves aussi bien pour analyser les textes que pour se former à la rédaction, qui peut souvent comprendre des formes de dialogue.

Chaque activité permet de sensibiliser les élèves à un type de discours rapporté différent, le discours direct (activité 1), le discours indirect (activité 2) et le discours indirect libre (activité 3). À l'issue de la leçon, les élèves doivent savoir identifier et distinguer les trois types de discours rapportés.

Activité 1

1. J'affirme que j'ai toujours aimé lire. **2.** Elle s'exclame qu'elle a vu le voleur entrer et ressortir avec son butin. **3.** Il ordonne que vous alliez faire les courses. **4.** Il promet qu'il l'aimera toute sa vie.

Activité 2

1. Elle m'a dit qu'elle nous / me (si l'on considère que le « vous » employé est un vous de politesse) connaissait bien (je → elle).

2. Il nous ont dit qu'ils viendraient nous rendre visite (viendrons au futur → viendraient au conditionnel).

3. Elle affirma qu'elle avait visité la ville la veille (hier → la veille).

4. Il m'a demandé si je le reconnaissais (est-ce que → si).

5. Il dit à ses enfants de prendre leurs cartables pour aller à l'école (prenez : impératif → de prendre : infinitif).

Activité 3

b. Il n'y a pas les marques traditionnelles du discours direct, mais, comme dans le discours direct, on trouve des marques d'oralité « quoi ! », « on ».

c. Ici, l'auteur emploie des temps du discours indirect : imparfait et conditionnel.

d. Il s'agit d'un autre type de discours rapporté, le discours indirect libre.

Repérer

1 **1.** Discours indirect avec paroles rapportées et verbe introducteur. **2.** Discours direct avec signes de ponctuation (guillemets) et verbe introducteur (« dit-elle »). **3.** Discours indirect libre avec paroles rapportées sans verbe introducteur. **4.** Discours indirect libre avec paroles rapportées sans verbe introducteur.

2 **1.** Discours indirect libre : la dernière phrase traduit les paroles du personnage mais elles sont rapportées sans verbe introducteur. **2.** Discours indirect libre : les deux dernières phrases sont des questions posées par le narrateur mais sans verbe introducteur. **3.** Discours indirect car les paroles sont rapportées par un verbe introducteur (« il me dit »).

Réécrire

5 **1.** Il demande ce qu'elle a fait aujourd'hui.
2. Il demande si le travail a avancé.
3. Il demande s'il est invité.
4. Il demande ce que vous avez / j'ai (si l'on considère que le « vous » employé est un vous de politesse) aimé dans le roman.
5. Il demande si tu es / je suis toujours à l'heure.
6. Il demande comment vous avez / j'ai (si l'on considère que le « vous » employé est un vous de politesse) rencontré cette personne.

6 **a. 1.** Il vous a ordonné de venir.
2. Elle vous a prié de ne pas être en retard.
3. Il a déclaré qu'il rentrerait tard ce soir.
4. Elle a affirmé qu'elle avait assisté à toute la pièce.
b. Des changements de mode, de temps, et de personnes ont dû être effectués.

Lire

9 **a.** et **b. 1.** Discours indirect libre. Cela permet de faire entendre la parole du personnage de Mme Lorilleux ; elle apparait comme quelqu'un de geignard, au ton plaintif.
2. Discours direct. Cela permet de faire entendre le parler de la paysanne.

Écrire

12 *L'objectif de l'exercice est de faire manipuler aux élèves deux types de discours rapportés différents et de leur montrer les potentialités expressives et les effets produits sur le spectateur. Cela permet aussi aux élèves de choisir ce qu'ils décident de révéler sur le locuteur qu'ils font parler.*

Ressource numérique lienmini.fr/jdl3-134

Le manuel numérique enrichi vous propose les **exercices 3, 7 et 10** (fiche 1) et **4, 8 et 11** (fiche 2) permettant ainsi de compléter les exercices proposés dans le manuel.

Fiche 1

Repérer

3 – Votre âge est vieux pour moi, Germain ; j'aimerais l'âge de Bastien, quoique Bastien ne soit pas si joli homme que vous.
– Tu aimerais mieux Bastien le porcher ? dit Germain avec humeur. Un garçon qui a les yeux faits comme les bêtes qu'il mène ?
– Je passerais par-dessus ses yeux, à cause de ses dix-huit ans.
Germain se sentit horriblement jaloux.
– Allons, dit-il, je vois que tu en tiens pour Bastien. C'est une drôle d'idée, pas moins !
– Oui ce serait une drôle d'idée, répondit la petite Marie en riant aux éclats, et ça ferait un drôle de mari.

G. Sand, *La Mare au diable*, 1846

Réécrire

7 *L'exercice invite les élèves à s'entrainer à l'exercice de réécriture qui est proposé à l'épreuve de français du brevet et à utiliser le discours indirect. Ils sont amenés à adapter les temps et les personnes du discours direct pour les transformer en discours indirect. On sera attentif à ce que les élèves introduisent le discours indirect par des verbes différents, en s'intéressant aux nuances apportées par les verbes introducteurs.*

Lire

10 **b.** Il s'agit du discours direct.
c. L'emploi du discours direct permet d'incarner le propos : le « nègre » relate les terribles crimes qu'il a subis sur un ton détaché. Ainsi le lecteur éprouve de la pitié pour lui.

Fiche 2

Repérer

4 **a.** – Votre âge est vieux pour moi, Germain ; j'aimerais l'âge de Bastien, quoique Bastien ne soit pas si joli homme que vous.
– Tu aimerais mieux Bastien le porcher ? dit Germain avec humeur. Un garçon qui a les yeux faits comme les bêtes qu'il mène ?
– Je passerais par-dessus ses yeux, à cause de ses dix-huit ans.
Germain se sentit horriblement jaloux.
– Allons, dit-il, je vois que tu en tiens pour Bastien. C'est une drôle d'idée, pas moins !
– Oui ce serait une drôle d'idée, répondit la petite Marie en riant aux éclats, et ça ferait un drôle de mari.

G. Sand, *La Mare au diable*, 1846

b. Au discours direct, on emploie surtout les première (« moi », « j'aimerais », « allons ») et deuxième personnes (« votre âge », « tu aimerais mieux »).

Réécrire

8 **a.** Plantée devant l'Assommoir, Gervaise songeait : « Si j'avais deux sous, j'entrerais boire la goutte. Peut-être qu'une goutte me couperait la faim. Ah ! j'en ai bu des gouttes ! C'est bien bon tout de même ».
b. Plantée devant l'Assommoir, Gervaise se disait que si elle avait eu deux sous, elle serait entrée boire la goutte. Elle pensait que peut-être une goutte lui aurait coupé la faim. Elle se rappelait qu'elle en avait bu des gouttes ! Elle pensait que c'était bon tout de même.

D'après **É. Zola**, *L'Assomoir*, 1877

Lire

11 **a.** Alors Jacques, les jambes brisées, tomba au bord de la ligne, et il éclata en sanglots convulsifs, vautré sur le ventre, la face enfoncée dans l'herbe. Mon Dieu ! il était donc revenu, ce mal abominable dont il se croyait guéri ! Voilà qu'il avait voulu la tuer cette fille ! Tuer une femme ! Tuer une femme !

D'après **É. Zola**, *La Bête humaine*, 1890

b. Il s'agit d'un discours indirect libre.

c. Cela renseigne sur le caractère souffrant du personnage, obsédé par le mal qui l'assaille. Les exclamations et la répétition finale traduisent sa douleur face à son mal.

35 - Les points de vue p. 354-355

Démarche et objectifs pédagogiques

▶ Comme la leçon 34, la leçon 35 permet de revenir sur un thème déjà abordé au cours du cycle 4, les points de vue (ou focalisations). On insistera sur les effets de chaque point de vue sur le lecteur et on aidera les élèves à repérer le type de point de vue dans un texte tout en comparant ses effets. Cette leçon permet de préparer les élèves à la suite de leur cursus au lycée.

La première activité permet de faire la différence entre points de vue externe et interne ; la seconde à identifier le point de vue omniscient. À l'issue de la leçon, les élèves doivent savoir distinguer les trois types de points de vue.

Activité 1

Tableau de Caillebotte

a. Les élèves décrivent le tableau et il peut être intéressant de souligner avec eux que le spectateur parait être dans le tableau.

b. Le spectateur semble inclus dans le tableau, le peintre fait en sorte de nous placer sur le balcon, comme si la scène était vue par un troisième homme.

c. Le point de vue est donc interne.

Tableau de Manet

a. Les élèves décrivent les personnages et leur attitude.

b. Le spectateur est extérieur au tableau, il le regarde de loin : il en parait exclu.

c. Le point de vue est donc externe.

d. Le spectateur est captivé par la position et l'air de la femme du premier plan. Il est invité à s'enfuir du tableau en suivant son regard dans le vague.

Mise en perspective

	Caillebotte	Manet
Spectateur inclus	oui	non
Point de vue	interne	externe

Activité 2

a. Il s'agit d'une énonciation de récit où le narrateur décrit un personnage à la 3e personne.

b. Le lecteur sait tout du personnage ; il en a un portrait physique et moral.

c. Les informations sont très précises, le narrateur parait tout savoir sur l'histoire, les connaissances et les capacités de son personnage. Il est omniscient.

Repérer

1 Point de vue interne, favorisé ici par la narration à la 1re personne. Le personnage est décrit à travers le regard du narrateur. Le fait que le portrait soit dynamique, puisque le jeune homme passe, invite le lecteur à regarder le jeune homme par les yeux du narrateur, qui parait ne pas bouger.

2 Point de vue omniscient. Le narrateur parait tout savoir de son personnage, y compris sa date de naissance, la profession de son père, son passé…

3 Point de vue externe. La scène est décrite comme dans un film, le lecteur y assiste sans passer par le filtre d'une subjectivité.

Réécrire

4 **a.** Point de vue interne. La scène est racontée du point de vue d'Aurélien : Diane est décrite en fonction des sentiments et des points de vue du personnage principal.

b. *L'exercice vise à faire écrire un texte aux élèves en point de vue interne, en adoptant le regard d'un personnage et en interprétant ses sentiments ou ses opinions.*

Lire

7 **1.** Point de vue interne : Paris est décrit à travers le regard de Saccard. Cela permet de traduire les sentiments intérieurs du personnage. Le fait qu'il soit amoureux et heureux semble influer sur sa perception lumineuse de la ville.

2. Point de vue omniscient : le narrateur décrit Paris à travers la métaphore filée de la bouche pour traduire la fonction nourricière de la ville. Il donne des informations sur le nombre de gens nourris et sur le statut social des personnages.

Écrire

8 *L'exercice vise à proposer aux élèves d'utiliser un point de vue dans un texte descriptif. Cela peut les préparer aux exercices de rédaction du brevet, où ils peuvent être amenés à employer tel ou tel point de vue. On pourra confronter les récits d'élèves ayant choisi des points de vue différents et faire un travail comparatif sur les effets produits.*

Ressource numérique lienmini.fr/jdl3-135

Le manuel numérique enrichi vous propose les **exercices 5, 9 et 10** (fiche 1) et **6, 11 et 12** (fiche 2) permettant ainsi de compléter les exercices proposés dans le manuel.

Fiche 1

Réécrire

5 *L'exercice invite les élèves à confronter deux points de vue (interne et omniscient) et à transposer un texte où dominent les marques de subjectivité du personnage en un texte où le narrateur a une parfaite connaissance des enjeux de la situation. On pourra remarquer avec les élèves que le caractère mystérieux du texte, dû à son point de vue interne, disparait avec le point de vue omniscient.*

Écrire

9 Le point de vue interne permet de révéler les sentiments et les sensations de Thérèse, confrontée à Laurent. Le lecteur saisit l'intérêt que le jeune homme provoque chez l'héroïne et l'éveil de sentiments.

10 *Dans cet exercice, les élèves relatent le même récit en changeant le point de vue adopté. Ils peuvent employer la 1re ou la 3e personne. Ils sont ainsi obligés de faire un tri dans les informations qu'ils délivrent. Un travail de comparaison pourra servir à mettre en valeur l'intérêt de chaque texte. On peut aussi demander aux élèves de choisir le texte qu'ils préfèrent et de justifier leur choix.*

Fiche 2

Réécrire

6 *L'exercice invite les élèves à confronter deux points de vue (interne et omniscient) et à transposer un texte où dominent les marques de subjectivité du personnage en un texte où le narrateur a une parfaite connaissance des enjeux de la situation. On pourra remarquer avec les élèves que le caractère mystérieux du texte, dû à son point de vue interne, disparait avec le point de vue omniscient.*

Écrire

11 Le point de vue interne permet de révéler les sentiments et les sensations de Thérèse, confrontée à Laurent. Le lecteur saisit l'intérêt que le jeune homme provoque chez l'héroïne et l'éveil de sentiments.

12 *Dans cet exercice, les élèves relatent le même récit en changeant le point de vue adopté. Ils peuvent employer la 1re ou la 3e personne. Ils sont ainsi obligés de faire un tri dans les informations qu'ils délivrent. Un travail de comparaison pourra servir à mettre en valeur l'intérêt de chaque texte. On peut aussi demander aux élèves de choisir le texte qu'ils préfèrent et de justifier leur choix.*

Pédagogie différenciée sur la situation d'énonciation p. 356-357

Démarche et objectifs pédagogiques

▶ Cette activité de bilan permet de faire le point sur une partie des leçons en grammaire de texte. Elle permet aux élèves de récapituler leurs connaissances et leurs compétences sur la situation d'énonciation, les types de discours rapportés, les différents points de vue. Trois questionnaires l'accompagnent, conçus dans l'esprit du brevet, mais permettant à l'enseignant de mettre en place une pédagogie différenciée, avec des questions simples (groupe 1), plus ambitieuses (groupe 2) ou plus complexes (groupe 3). Le même nombre de questions est conçu pour chaque groupe, visant des compétences analogues.

Groupe 1

Repérer

1 **a.** et **b.** Il s'agit d'une énonciation de récit, à la 3e personne. Les verbes du texte sont au passé, en particulier imparfait et passé simple.

2 **a.** et **b.** Le point de vue adopté est interne : en effet la scène est relatée du point de vue de Frédéric. Cela est notamment perceptible à travers les verbes de vision dont le sujet est le personnage. On peut relever : « ce fut comme une apparition » (l. 1), « il ne distingua personne dans l'éblouissement que lui envoyèrent ses yeux » (l. 3-4), « [une servante], coiffée d'un foulard, se présenta » (l. 21-22).

3 « Ce » renvoie à la vue de Mme Arnoux ; « Elle » renvoie à Mme Arnoux.

4 « Elle » (l. 2), « la » (l. 8), « elle » (l. 11)

Manipuler

5 Le passage s'apparente à un discours direct libre, c'est un cas rare. Réécriture : « Vous n'êtes pas sage, Mademoiselle, quoique vous eussiez (ayez) sept ans bientôt ; votre mère ne vous aimera plus ; on vous pardonne trop vos caprices. »

Écrire

6 Le point de vue interne révèle la personnalité de Frédéric ; il est charmé par Mme Arnoux, contemple sa beauté en observateur précis. Il apparait de nature sensible et rêveuse.

7 *L'exercice vise à faire travailler les réécritures et la rédaction, deux exercices présents à l'épreuve du brevet. En l'occurrence, il s'agit de contrôler que les élèves aient bien compris le sens du texte et qu'ils parviennent à s'en emparer pour décrire justement les pensées et les sentiments de Mme Arnoux, en focalisation interne, grâce aux informations contenues dans le texte.*

Groupe 2

Repérer

1 **a.** et **b.** Il s'agit d'une énonciation de récit, à la 3e personne. Les verbes du texte sont au passé, en particulier imparfait et passé simple.

2 **a.** et **b.** Le point de vue adopté est interne : en effet la scène est relatée du point de vue de Frédéric. Cela est notamment perceptible à travers les verbes de vision dont le sujet est le personnage. On peut relever : « ce fut comme une apparition » (l. 1), « il ne distingua personne dans l'éblouissement que lui envoyèrent ses yeux » (l. 3-4), « [une servante], coiffée d'un foulard, se présenta » (l. 21-22).

3 Les mots en gras sont des pronoms, l'un démonstratif (« Ce »), l'autre personnel (« Elle »).

4 « la » (l. 26), « Mademoiselle » (l. 26), « elle » (l. 27), « l' » (l. 28), « lui » (l. 28).

Manipuler

5 Le passage s'apparente à un discours direct libre, c'est un cas rare. Réécriture : « Vous n'êtes pas sage, Mademoiselle, quoique vous eussiez (ayez) sept ans bientôt ; votre mère ne vous aimera plus ; on vous pardonne trop vos caprices. »

Écrire

6 Le point de vue interne révèle la personnalité de Frédéric ; il est charmé par Mme Arnoux, contemple sa beauté en observateur précis. Il apparait de nature sensible et rêveuse.

7 *L'exercice vise à faire travailler les réécritures et la rédaction, deux exercices présents à l'épreuve du brevet. En l'occurrence, il s'agit de contrôler que les élèves aient bien compris le sens du texte et qu'ils parviennent à s'en emparer pour décrire justement les pensées et les sentiments de Mme Arnoux, en focalisation interne, grâce aux informations contenues dans le texte.*

Groupe 3

Repérer

❶ **a.** et **b.** Il s'agit d'une énonciation de récit, à la 3e personne. Les verbes du texte sont au passé, en particulier imparfait et passé simple.

❷ **a.** et **b.** Le point de vue adopté est interne : en effet la scène est relatée du point de vue de Frédéric. Cela est notamment perceptible à travers les verbes de vision dont le sujet est le personnage. On peut relever : « ce fut comme une apparition » (l. 1), « il ne distingua personne dans l'éblouissement que lui envoyèrent ses yeux » (l. 3-4), « [une servante], coiffée d'un foulard, se présenta » (l. 21-22).

❸ Les mots en gras sont des pronoms, l'un démonstratif (« Ce »), l'autre personnel (« Elle »). Ils ont une valeur d'anaphorique : « Ce » renvoie à la vue de Mme Arnoux ; « Elle » renvoie à Mme Arnoux.

❹ « la » (l.26), « Mademoiselle » (l. 26), « elle » (l. 27), « l'» (l. 28), « lui » (l. 28). Toutes les reprises anaphoriques sont au féminin.

Manipuler

❺ Le passage s'apparente à un discours direct libre, c'est un cas rare. Réécriture : « Vous n'êtes pas sage, Mademoiselle, quoique vous eussiez (ayez) sept ans bientôt ; votre mère ne vous aimera plus ; on vous pardonne trop vos caprices. »

Écrire

❻ Le point de vue interne révèle la personnalité de Frédéric ; il est charmé par Mme Arnoux, contemple sa beauté en observateur précis. Il apparaît de nature sensible et rêveuse.

❼ *L'exercice vise à faire travailler les réécritures et la rédaction, deux exercices présents à l'épreuve du brevet. En l'occurrence, il s'agit de contrôler que les élèves aient bien compris le sens du texte et qu'ils parviennent à s'en emparer pour décrire justement les pensées et les sentiments de Mme Arnoux, en focalisation interne, grâce aux informations contenues dans le texte.*

Dictée

lienmini.fr/jdl-022

Mon frère Félix ! Il est admirable. Je devrais le détester parce qu'elle le gâte, et je l'aime parce qu'il lui tient tête. Quand, par hasard, elle le menace, il attrape un manche à balai, et elle n'approche pas. Quel type ! Aussi elle préfère le prendre par les sentiments : elle dit qu'il est d'une nature trop susceptible, qu'elle n'en ferait rien avec des coups et qu'ils s'appliquent mieux à la mienne.

Présentation et progression au sein de la partie des fiches 36 à 38

▶ Les leçons 36 à 38 s'inscrivent dans la suite des leçons 31 à 35 et approfondissent les connaissances des élèves en grammaire du texte. Ces leçons permettent notamment de développer les connaissances et les compétences des élèves sur le texte argumentatif. On pourra donc se servir de ces leçons lors de l'initiation des élèves à l'argumentation ou lors de la lecture de textes argumentatifs, appartenant en particulier aux thèmes 2 et 5 du manuel.

Après avoir revu la distinction entre implicite et explicite dans l'atelier de classe, cette distinction est reprise dans une leçon sur l'ironie (leçon 36). La leçon 37 propose une synthèse sur les différents types de connecteurs, tant dans le texte narratif que dans le texte argumentatif. Enfin, la leçon 38 expose l'intérêt et l'emploi des modalisateurs aux élèves.

Objectifs pédagogiques

- Distinguer implicite et explicite.
- Repérer et interpréter l'ironie dans un texte.
- Identifier, interpréter et employer les connecteurs et les modalisateurs dans le texte narratif et argumentatif.

Atelier de classe : Qu'est-ce que l'implicite ? p. 358-359

Partie 1

Observons et manipulons

1. La phrase souligne la curiosité extraordinaire des Parisiens. On peut imaginer : Les habitants de Paris sont d'une très grande curiosité. L'adverbe qui en renforce le sens est « jusqu'à ».

2. L'insistance est renforcée par l'énumération puis la généralisation (« vieillards, hommes, femmes, enfants, tous »).

3. Il s'agit des phrases exclamatives et interrogatives.

4. C'est une hyperbole. On peut relever par exemple : « tout le monde se mettait aux fenêtres » (l. 4), « cent lorgnettes dressées contre ma figure » (l 5-6). Elle donne l'impression que Rica est unique et que tous les Parisiens sont avides de le découvrir et de l'observer.

5. L'auteur emploie la 1re personne afin de renforcer l'hyperbole et, ce faisant, concentrer tous les regards sur le narrateur.

Qu'avons-nous observé ?

Voici les principaux types de modalisateurs : des adverbes, des types de phrase (interrogatives, exclamatives), des figures de style (énumération, hyperbole).

Partie 2

Observons et manipulons

1. Il s'agit de la curiosité.

2. Il s'agit de la surprise ou de la déconvenue de Rica devant le fait que plus personne ne le reconnaisse.

3. Le regard des Parisiens est péjoratif ou neutre lorsqu'ils ignorent l'origine de Rica (l. 15 « m'avait fait perdre en un instant l'attention et l'estime publique ») puis devient mélioratif lorsqu'ils apprennent qu'il est persan (l. 19-20).

Qu'avons-nous observé ?

Le changement de vêtements a un sens explicite puisqu'il se matérialise concrètement et il prend un sens implicite pour la morale de la lettre : Montesquieu critique ainsi implicitement l'attention des Parisiens qui ne s'attachent qu'aux apparences et aux allures, et non à l'essence des êtres.

Partie 3

Observons et manipulons

1. « Enfin » a une valeur conclusive, « et » a une valeur cumulative ou additive, « mais » a une valeur adversative.

2.

Connecteur comparatif	« comme si » (l. 2)
Connecteur temporel	« lorsque » (l. 2)
Connecteur final	« pour » (l. 13)
Connecteur causal	« car » (l. 16)

3. « si je sortais » : connecteur
« si curieux et si rare » : modalisateur

Qu'avons-nous observé ?

Les connecteurs peuvent structurer le texte, ils permettent aussi d'associer des idées en les liant de différentes manières (addition, opposition…)

36 - L'ironie · Implicite et explicite p. 360-361

Démarche et objectifs pédagogiques

▶ Les élèves ont déjà eu l'occasion de travailler sur l'ironie au cours du cycle 4 : il s'agit de revenir avec eux sur cette notion complexe, d'en observer le fonctionnement et de les aider à la repérer pour ne pas commettre de contre-sens sur un texte. On pourra s'assurer au préalable que les notions d'implicite et d'explicite sont acquises à partir de l'atelier de classe (p. 358-359).

L'ironie est approchée par les élèves au moyen de trois supports différents, de difficulté croissante : un texte, un dialogue narratif, un texte argumentatif. À l'issue de cette leçon, les élèves doivent identifier et interpréter les procédés de l'ironie.

Activité 1

a. La scène est drôle en raison de l'opposition entre les deux personnages qui permet d'opposer les pays du Sud (à gauche) et les pays du Nord (à droite). Le comique de la scène vient du contraste entre les deux (maigre/gros ; pauvreté/abondance).

b. Le contraste entre les deux personnages vise à faire réagir le lecteur en raison de l'inégalité entre les personnages. La critique est portée contre le personnage de droite, qui incarne les pays du Nord : il semble prêt à agir en faveur du personnage de gauche, qui incarne les pays du Sud, mais il est incapable de le faire véritablement.

c. La critique contre le personnage de droite est implicite : elle vient de l'opposition entre son discours et son action.

Activité 2

a. C'est la maitresse de maison qui parle en premier.
d. Le procédé employé dans ce texte est l'ironie.

Activité 3

a. Le lien sous-entendu est causal, mais il scandalise le lecteur car il n'y a pas de lien causal entre les deux propositions. Montesquieu semble sous-entendre que l'esclavage est nécessaire pour compenser les crimes commis par les Européens contre les populations américaines.
b. C'est le sucre qui semble justifier l'esclavage : Montesquieu sous-entend que le sucre est plus important que la vie d'un homme.
c. Montesquieu ne peut être d'accord, comme le montre la distance prise par l'emploi du conditionnel « serait ».
d. Montesquieu reprend les arguments des gens qui sont favorables à l'esclavage dans ces deux phrases pour mieux montrer leur absurdité. Il reprend donc des propos sans être d'accord avec eux. Tenir un propos sans le croire vrai relève alors de l'ironie.

Repérer

1 **a.** L'ironie est perceptible par les figures d'opposition (antithèse) entre « il est à craindre » et « les moyens de perfectionner les arts mécaniques », « réveiller le génie de nos cultivateurs ».
b. L'auteur pense que les livres et le savoir qu'ils contiennent doivent circuler pour faire progresser le savoir humain.
2 **a.** L'ironie vient de la métaphore du roi en « grand magicien » et du fait que le roi contrôlerait « l'esprit » de ses sujets.
b. L'auteur refuse l'absolutisme et défend la liberté de penser.

Lire

5 **a.** Le portrait du chevalier de La Barre est mélioratif (« jeune homme de beaucoup d'esprit »).
b. Il est condamné à la torture.
c. Voltaire condamne la torture par le ton détaché avec lequel il relate les faits : en rapportant les châtiments subis par le jeune chevalier, il semble trouver cela normal et éveille ainsi l'indignation du lecteur. Ce ton met en valeur le décalage entre le délit commis et la peine encourue.

Écrire

8 **a.** *Les élèves décrivent ce qu'ils voient et font le lien avec le titre.*
b. Le titre évoque une colombe en beauté et en train de voler. Il y a un décalage car la colombe apparait ici plumée et rôtie : elle est ridicule.
c. Le sens de l'image vient de son titre : cela signifie que la colombe est morte, comme la paix dont elle est l'allégorie.
d. L'ironie est une arme utile pour dénoncer car elle permet de diffuser un message sans l'affirmer explicitement.
9 *Avec cet exercice, les élèves produisent un discours ironique : ils proposent un éloge paradoxal d'un des thèmes proposés, qu'on aura définis avec eux dans un premier temps. Ils peuvent ainsi employer les procédés de l'ironie.*

Ressource numérique

lienmini.fr/jdl3-136

Le manuel numérique enrichi vous propose les **exercices 3, 6 et 10** (fiche 1) et **4, 7 et 11** (fiche 2) permettant ainsi de compléter les exercices proposés dans le manuel.

Fiche 1

Repérer

3 **a.** Rien ne pèse tant qu'un secret ;
Le porter loin est difficile aux dames ;
Et je sais même sur ce fait
Bon nombre d'hommes qui sont femmes.

J. de La Fontaine, « Les Femmes et le secret », *Fables*, 1678

b. Il s'agit d'une figure d'exagération

Lire

6 **a.** L'ironie repose sur l'accumulation (et l'antiphrase).
b. Le champ de bataille est comparé à l'enfer : cela permet de lier le lieu à la mort.
c. L'expression est employée lors d'un déchainement de violence entre combattants, soulignant l'antiphrase de cette expression.
d. Voici les notations chiffrées : « à peu près six mille hommes », « neuf à dix mille coquins », « quelques milliers d'hommes », « une trentaine de mille âmes ». Les chiffres ne sont pas précis : cela donne l'impression que les vies humaines ne valent rien.
e. Une « boucherie héroïque » désigne le champ de bataille, qui est habituellement un lieu où l'on gagne l'honneur par son héroïsme, mais ici Voltaire en fait une « boucherie » à cause du nombre de morts. Il y a donc opposition entre les deux termes : il s'agit d'un oxymore.
f. Le tableau de la guerre proposé par Voltaire est ironique : en effet, il semble apparemment décrire un tableau positif du champ de bataille mais l'emploi de figures d'exagération (accumulation, hyperbole) et d'opposition (oxymore, antithèse) permet à l'auteur de mettre à distance son propos et de condamner la guerre.

Écrire

10 **1.** Puisqu'il fait si beau, nous pourrions, par exemple, rester enfermés pour travailler assidument nos lacunes en mathématiques, non ? → Il ne fait pas beau, donc il va falloir rester à l'intérieur.
2. Oh, chic, il pleut encore, quel bonheur ! J'apprécie tellement la météo de cet été : rien que de la bonne pluie bien froide depuis quatre semaines → Il pleut bien que ce soit l'été. La présentation de la pluie est méliorative alors que l'énonciateur se plaint de la pluie.

Fiche 2

Repérer

4 **a.** Rien ne pèse tant qu'un secret ;
Le porter loin est difficile aux dames ;
Et je sais même sur ce fait
Bon nombre d'hommes qui sont femmes.

J. de La Fontaine, « Les Femmes et le secret », *Fables*, 1678

b. Il s'agit d'une figure d'exagération

c. Un secret pèse tant que les femmes ne parviennent pas à le conserver ; et bien des hommes ne parviennent pas mieux à garder un secret que les femmes.

Lire

7 **a.** Le thème du texte est le vol.

b. Toute forme de paiement implique la possibilité de voler. Le choix d'une profession repose sur la possibilité, voire l'obligation de voler. Les arguments sont ironiques.

c. La première phrase est une hyperbole : l'adjectif « unique » rend la proposition excessive. La seconde phrase est une antiphrase car elle associe deux verbes opposés, « payer » et « voler ».

d. Ce texte est un éloge paradoxal car le voleur fait l'apologie du vol au moyen d'arguments et d'une réflexion dont la logique apparente parait raisonnée.

Écrire

11 **1.** Ces marcheurs se déplacent à 2 km/h. À ce rythme-là, ils sont bientôt arrivés !

2. Il ne lit presque jamais, c'est comme cela qu'il va se cultiver.

3. Ce gâteau est trop cuit. On va se régaler !

4. Ces enfants refusent de dire bonjour : ils sont vraiment très bien élevés.

37- Les connecteurs narratifs et argumentatifs p. 362-363

Démarche et objectifs pédagogiques

▶ Travaillés au cours des cycles 3 et 4, les connecteurs ont souvent fait l'objet d'une étude dispersée. Cette leçon propose de récapituler toutes les connaissances des élèves en la matière et d'organiser le classement des connecteurs en fonction de leur valeur. On peut travailler sur cette leçon en regard du travail sur les compléments circonstanciels (leçons 25 à 27) ou des travaux en littérature sur l'argumentation. L'activité 1 permet de faire le point sur la valeur des connecteurs, l'activité 2 aide les élèves à se rendre compte de leur importance dans la logique d'un texte et l'activité 3 les invite à les utiliser. À l'issue de cette leçon, les élèves doivent savoir distinguer les connecteurs du récit et de l'argumentation et les utiliser correctement.

Activité 1

a. *L'exercice consiste à décrire les vignettes à partir d'un connecteur de valeur différente.*

b. car : puisque, vu que ; **mais** : cependant, néanmoins ; **et** : en outre, de plus.

c. opposition : mais ; **cause** : car ; **addition** : et.

Activité 2

a. Les connecteurs surlignés en bleu expriment l'opposition. Ceux en vert sont conclusifs.

b. Lucky emploie les connecteurs sans logique apparente ; son discours est illogique.

c. On peut supposer que le personnage est fou ou incohérent.

Activité 3

2. d'abord ; **7.** puis ; **3.** ensuite ; **4.** alors ; **6.** finalement ;
1. mais ; **5.** heureusement

Repérer

1 **1.** « de surcroit » (addition)
2. « donc » (conséquence)
3. « pourtant » (opposition)
4. « en effet » (cause)

Préparer une dictée

4 **a.** Liste des connecteurs du texte : « alors », « d'abord », « puis », « ensuite ».

b. Les connecteurs permettent de suivre chronologiquement les étapes du discours prononcé par le patron.

Manipuler

5 Connecteur dans l'ordre de la narration : alors, car, et, mais.

Réécrire

8 **1.** « car » : parce que
2. « d'abord » : premièrement ; « ensuite » : deuxièmement ; « enfin » : troisièmement
3. « pourtant » : cependant
4. « comme » : de même que

9 **1.** Tous les bâtiments furent détruits parce que la tempête ravagea la contrée.
2. L'enfant était perdu, il se mit donc à pleurer.
3. Comme il surveille son troupeau, le loup ne peut approcher.
4. Vu qu'il fait froid, couvre-toi.

Produire à l'oral

12 *L'exercice permet aux élèves de s'initier à l'argumentation sous la forme d'un débat oral. L'intérêt est de les inviter à articuler leurs idées et leurs arguments au moyen de connecteurs différents et appropriés.*

Ressource numérique lienmini.fr/jdl3-137

Le manuel numérique enrichi vous propose les **exercices 2, 6 et 10** (fiche 1) et **3, 7 et 11** (fiche 2) permettant ainsi de compléter les exercices proposés dans le manuel.

Fiche 1

Repérer

2 Tant qu'un peuple est contraint d'obéir et (addition) qu'il obéit, il fait bien ; sitôt qu'(temps) il peut secouer le joug et (addition) qu'il le secoue, il fait encore mieux ; car (cause), recouvrant sa liberté par le même droit qui la lui a ravie, ou (alternative) il est fondé à la reprendre, ou (alternative) l'on ne l'était point à la lui ôter. Mais (opposition) l'ordre social est un droit sacré […]. Cependant (opposition) ce droit ne vient point de la nature ; il est donc (conséquence) fondé sur des conventions.

D'après **J.-J. Rousseau**, *Du Contrat social*, 1762

Manipuler

6 Il est dangereux de dire au peuple que les lois ne sont pas justes, **car** il n'y obéit qu'à cause qu'il les croit justes. **C'est pourquoi** il lui faut dire en même temps qu'il y faut obéir parce qu'elles sont lois, **comme** il faut obéir aux supérieurs non pas parce qu'ils sont justes mais parce qu'ils sont supérieurs. **Par là**, voilà toute sédition prévenue.

B. Pascal, « Injustice », *Pensées*, 1670

Réécrire

10 Mon professeur de français voulait que je prépare un exposé sur *Le Robot qui rêvait*, d'Isaac Asimov. **Or** je ne voyais pas comment faire. **De plus** je n'avais pas le courage de lire cette nouvelle. **Mais** il a réussi à me convaincre grâce au discours passionné qu'il a tenu sur le livre. Me voilà **donc** enthousiaste de présenter mon travail à la classe demain. **En outre** j'espère avoir une bonne note. **En effet** je ne veux pas avoir travaillé pour rien !

Fiche 2

Repérer

4 **a.** Tant qu'un peuple est contraint d'obéir et (addition) qu'il obéit, il fait bien ; sitôt qu' (temps) il peut secouer le joug et (addition) qu'il le secoue, il fait encore mieux ; car (cause), recouvrant sa liberté par le même droit qui la lui a ravie, ou (alternative) il est fondé à la reprendre, ou (alternative) l'on ne l'était point à la lui ôter. Mais (opposition) l'ordre social est un droit sacré […]. Cependant (opposition) ce droit ne vient point de la nature ; il est donc (conséquence) fondé sur des conventions.

D'après **J.-J. Rousseau**, *Du Contrat social*, 1762

b. Les connecteurs permettent à l'auteur de présenter et d'affiner sa thèse : ainsi il montre qu'un peuple doit obéir, mais qu'il est bon qu'il refuse une autorité excessive en vue de récupérer sa liberté.

Manipuler

7 **a.** et **b.** Et : **de plus** (addition)
cependant : **néanmoins** (opposition)
Car : **en effet** (cause)
Mais : **cependant** (opposition)

Réécrire

11 **a.** et **b.** Mon professeur de français voulait que je prépare un exposé sur *Le Robot qui rêvait*, d'Isaac Asimov. **Or** (opposition) je ne voyais pas comment faire. **De plus** (addition) je n'avais pas le courage de lire cette nouvelle. **Mais** (opposition) il a réussi à me convaincre grâce au discours passionné qu'il a tenu sur le livre. Me voilà **donc** (conséquence) enthousiaste de présenter mon travail à la classe demain. **En outre** (addition) j'espère avoir une bonne note. **En effet** (cause) je ne veux pas avoir travaillé pour rien !

38 - Les modalisateurs p. 364-365

Démarche et objectifs pédagogiques

▶ En fin de cycle 4, l'étude des modalisateurs constitue un bon moyen de réviser différents points de langue, vus au cours des trois dernières années (classes de mots, modes et temps, types de phrase, figures de style) dans la perspective du brevet et du passage au lycée où les modalisateurs seront utiles dans l'étude littéraire des textes. Les activités permettent de souligner leur importance dans l'expression quotidienne (activité 1), les textes littéraires (activité 2) ou l'argumentation (activité 3). À l'issue de cette leçon, les élèves doivent savoir repérer, employer et interpréter les modalisateurs.

Activité 1

a. et **b.** Ordre des phrases : **1.** : emploi du conditionnel et du verbe pouvoir ; **6.** : phrase interrogative ; **4.** : futur antérieur ; **3.** : phrase déclarative dépendant d'un verbe introducteur de pensée ; **5.** : adverbe sans doute ; **2.** : phrase déclarative, expression de la certitude explicite.

Activité 2

a. Le lecteur ressent une impression de dégoût, de malaise.

b. La description est péjorative et subjective.

c. Expressions péjoratives : « la crasse », « buffets gluants », « la misère sans poésie ».

Champ lexical de l'ancien : « indistincte aujourd'hui », « ternies », « débris de la civilisation », « vieux », « expirant ».

Figure de style : accumulation (« vieux »… « expirant »).

Activité 3

L'activité invite les élèves à exprimer à l'oral et à l'écrit leurs sentiments face à une situation qui provoque l'indignation, la pitié ou la peine. Ils doivent employer des modalisateurs pour rendre compte de leurs sentiments.

Repérer

1 **1.** Jugement mélioratif sur Venise grâce à la comparaison « comme une belle femme ».

2. Jugement péjoratif sur le personnage au moyen d'une accumulation avec gradation d'adjectifs de sens négatif.

3. Jugement mélioratif sur la beauté de la Princesse de Clèves par les hyperboles (« attira les yeux de tout le monde », « une beauté parfaite »).

2 **a.** et **b.** **1.** Cette phrase exprime une certitude avec le verbe savoir au conditionnel nié (« je ne saurais… »)

2. Cette phrase exprime un doute avec le conditionnel.

Lire

5 **a.** Il se dégage une impression feutrée et paisible d'un train qui serpente sur de grandes distances. Cela est dû à la reprise du même rythme (6 syllabes), à la répétition de « grand(e) ».

b. L'image est méliorative.

6 **a.** C'est une accumulation d'adjectifs, certains sont péjoratifs (« rouge, grasse, énorme »).

b. Le portrait physique est composé d'adjectifs péjoratifs ; elle parait même monstrueuse avec son caractère hybride (incertitude entre le féminin et le masculin avec « barbe », métaphore avec un objet, l'écumoire).

Écrire

9 *Avec cet exercice, les élèves commentent un tableau surréaliste : ils sont invités à formuler leurs interprétations au moyen de modalisateurs.*

10 *L'exercice permet de développer les compétences d'écriture des élèves : il s'agit d'un texte argumentatif, comme on en trouve souvent dans les exercices d'écriture du brevet. C'est l'occasion pour les élèves d'utiliser des modalisateurs pour exprimer leur avis.*

Ressource numérique lienmini.fr/jdl3-138

Le manuel numérique enrichi vous propose les **exercices 3, 7 et 11** (fiche 1) et **4, 8 et 12** (fiche 2) permettant ainsi de compléter les exercices proposés dans le manuel.

Fiche 1

Repérer

3 **1.** Je sais avec quelle fureur le fanatisme s'élève contre la philosophie.

Voltaire, *Correspondance*, 1765

2. Il serait inutile de dire combien la société est nécessaire aux hommes : tous la désirent et tous la cherchent.

F. de La Rochefoucauld, *Réflexions diverses*, 1665

3. La misère peut disparaître comme la lèpre a disparu. Détruire la misère ! Oui, cela est possible !

V. Hugo, *Discours sur la misère*, 1849

Lire

7 **a.** et **b.** L'auteur reproche à La France d'avoir été l'un des derniers, presque le dernier, pays d'Europe occidentale à abolir la peine de mort.

La France a été parmi les premiers pays du monde à abolir l'esclavage, ce crime qui déshonore encore l'humanité. Il se trouve que la France aura été, en dépit de tant d'efforts courageux l'un des derniers pays, presque le dernier – et je baisse la voix pour le dire – en Europe occidentale, dont elle a été si souvent le foyer et le pôle, à abolir la peine de mort. Pourquoi ce retard ? Voilà la première question qui se pose à nous.

R. Badinter, *Discours à l'Assemblée nationale*, 1981

c. L'auteur met en rapport la rapidité de la France à abolir l'esclavage à l'échelle de l'histoire alors qu'elle a tardé à abolir la peine de mort, au point d'être l'un des derniers pays à le faire. Cela lui permet de rappeler qu'elle a toujours été prompte à s'engager en faveur des progrès humanistes.

Écrire

11 *Avec cet exercice, les élèves sont invités à écrire un texte de type descriptif, comme cela leur est souvent demandé au brevet. Ils sont invités à employer des modalisateurs pour exprimer la beauté d'un lieu et l'admiration qu'elle provoque. On sera attentif à leur faire employer des modalisateurs de types différents.*

Fiche 2

Repérer

4 **a.** Ce ton si doux et presque suppliant d'une si belle dame fit tout à coup oublier à Julien ce qu'il devait à sa réputation de latiniste. La figure de Mme de Rênal était près de la sienne, il sentit le parfum des vêtements d'été d'une femme [...] il examinait Mme de Rênal. Tel est l'effet de la grâce parfaite, quand elle est naturelle au caractère, et que surtout la personne qu'elle décore ne songe pas à avoir de la grâce.

Stendhal, *Le Rouge et le Noir*, 1830

b. Julien éprouve de l'admiration pour Mme de Rênal.

Lire

8 Julien se retrouva seul dans une bibliothèque magnifique (adjectif qualificatif) ; ce moment fut délicieux (adjectif qualificatif). Pour n'être pas surpris dans son émotion, il alla se cacher dans un petit coin sombre ; de là, il contemplait avec ravissement le dos brillant (adjectif qualificatif) des livres : je pourrai lire tout cela, se disait-il. Et comment me déplairais-je ici ?

D'après **Stendhal**, *Le Rouge et le Noir*, 1830

L'intention de l'auteur est de mettre en valeur le plaisir de Julien à admirer les livres de la bibliothèque.

b. La question traduit le plaisir de Julien qui n'imagine pas pouvoir être mal dans un lieu contenant tant de livres.

Écrire

12 *Avec cet exercice, les élèves sont invités à écrire un texte de type descriptif, comme cela leur est souvent demandé au brevet. Ils doivent employer des modalisateurs pour exprimer la beauté d'un lieu et l'admiration qu'elle provoque. On sera attentif à leur faire employer des modalisateurs de types différents.*

Pédagogie différenciée sur le texte p. 366-367

Démarche et objectifs pédagogiques

▶ L'activité de bilan permet de faire le point sur les leçons en grammaire du texte (leçons 36 à 38). Les élèves peuvent récapituler les connaissances et les compétences acquises au cours des dernières leçons, en particulier sur l'ironie, les connecteurs et les modalisateurs. Ils travaillent sur un portrait, révisant ainsi les leçons sur le texte descriptif. Trois questionnaires l'accompagnent, conçus dans l'esprit du brevet, mais permettant à l'enseignant de mettre en place une pédagogie différenciée, avec des questions simples (groupe 1), plus ambitieuses (groupe 2) ou plus complexes (groupe 3). Le même nombre de questions est conçu pour chaque groupe et elles visent les mêmes compétences.

Groupe 1

Repérer

1 « pour » : valeur finale (but).
« de là » : valeur de conséquence.

2 « et » (l. 3) : sens adversatif ; « et » (l. 5) : sens d'addition.

3 L'auteur propose un portrait péjoratif de Thénardier.

Lire

4 Voici quelques modalisateurs : « le regard d'une fouine » (l. 7), « fort escroc » (l. 15), « filousophe » (l. 15).

5 **a.** Thénardier est comparé à une fouine.
b. Cette comparaison dresse l'image d'un personnage malin et indiscret, renforcée par « sa fourberie » (l. 3).

6 L'ironie vient de l'attitude double du personnage qui sourit au mendiant tout en ne lui donnant pas d'argent. L'ironie est révélée par l'adverbe « même ».

Écrire

7 *La question entraine les élèves à l'analyse littéraire en récapitulant et en organisant les remarques formulées au cours de l'étude : il s'agit donc de mettre en valeur le caractère péjoratif du portrait de Thénardier, reposant sur les modalisateurs employés (figures de style, création lexicale, dénotation et connotation péjorative de certains mots) et l'ironie.*

8 *L'exercice permet aux élèves de s'entrainer à la rédaction d'un texte descriptif, en l'occurrence un portrait. Ce dernier pourra décrire le personnage du point de vue physique et/ou moral. Ce peut être l'occasion de revenir en classe sur les caractéristiques du texte descriptif.*

Groupe 2

Repérer

1 « pour » : préposition ; valeur finale : but.
« de là » : locution adverbiale ; valeur de conséquence.

2 « et » (l. 3) : sens adversatif ; « et » (l. 5) : sens d'addition.

3 L'auteur propose un portrait péjoratif de Thénardier (« sa fourberie commençait là » l. 3).

Manipuler

4 **a.** Voici quelques modalisateurs : « le regard d'une fouine » (l. 7), « fort escroc » (l. 15), « filousophe » (l. 15).
b. Le terme est un néologisme composé de filou et de philosophe.

5 Il s'agit d'une animalisation : « le regard d'une fouine » (l. 7).

6 **a.** Dans cette phrase, l'ironie est provoquée par une antiphrase.
b. On retrouve cette même figure de style dans la phrase « Sa coquetterie consistait à boire avec les rouliers » (l. 7-8).

Écrire

7 *La question entraine les élèves à l'analyse littéraire en récapitulant et en organisant les remarques formulées au cours de l'étude : il s'agit donc de mettre en valeur le caractère péjoratif du portrait de Thénardier, reposant sur les modalisateurs employés (figures de style, création lexicale, dénotation et connotation péjorative de certains mots) et l'ironie.*

8 *L'exercice permet aux élèves de s'entrainer à la rédaction d'un texte descriptif, en l'occurrence un portrait. Ce dernier pourra décrire le personnage du point de vue physique et/ou moral. Ce peut être l'occasion de revenir en classe sur les caractéristiques du texte descriptif.*

Groupe 3

Repérer

1 « pour » : préposition ; valeur finale : but.
« de là » : locution adverbiale, valeur de conséquence.

2 Le premier « et » (l. 3) a un sens adversatif, qui met en valeur l'opposition entre l' aspect maladif du personnage et le fait qu'il « se portait à merveille ». Le second (l. 5) a un sens d'addition, mettant en lien deux éléments de sens complémentaires.

3 L'auteur propose un portrait péjoratif de Thénardier (« sa fourberie commençait là » l. 3 ; « il souriait habituellement par précaution » l. 4-5).

Manipuler

4 **a.** Voici quelques modalisateurs : « le regard d'une fouine » (l. 7), « fort escroc » (l. 15), « filousophe » (l. 15).
b. Le terme est un néologisme composé de filou et de philosophe : la composition avec le terme péjoratif « filou » fait de ce néologisme un modalisateur.

5 Il s'agit d'une animalisation : « le regard d'une fouine » (l. 7).

6 **a.** L'ironie vient de l'attitude double du personnage qui sourit au mendiant tout en ne lui donnant pas d'argent. L'ironie est révélée par l'adverbe « même ». Il s'agit d'une antiphrase
b. Le nom du cabaret « cabaret du sergent de Waterloo » est ironique par le décalage des registres entre les connotations populaires du nom « cabaret » et la fierté que tire le personnage de sa participation à Waterloo.

Écrire

7 *La question entraine les élèves à l'analyse littéraire en récapitulant et en organisant les remarques formulées au cours de l'étude : il s'agit donc de mettre en valeur le caractère péjoratif du portrait de Thénardier, reposant sur les modalisateurs employés (figures de style, création lexicale, dénotation et connotation péjorative de certains mots) et l'ironie.*

8 *L'exercice permet aux élèves de s'entrainer à la rédaction d'un texte descriptif, en l'occurrence un portrait. Ce dernier pourra décrire le personnage du point de vue physique et/ou moral. Ce peut être l'occasion de revenir en classe sur les caractéristiques du texte descriptif.*

Dictée

lienmini.fr/jdl-023

Finalement nous allégeâmes le coffre en enlevant les deux tiers de son contenu, et nous pûmes enfin, mais non sans peine encore, l'arracher de son trou. Alors, nous nous mîmes précipitamment en route avec le coffre, nous atteignîmes la hutte sans accident, mais après une fatigue effroyable et à une heure du matin. Épuisés comme nous l'étions, nous ne pouvions immédiatement nous remettre à la besogne, c'eût été dépasser les forces de la nature. Nous nous reposâmes jusqu'à deux heures, puis nous soupâmes ; enfin nous nous remîmes en route pour les montagnes, munis de trois gros sacs que nous trouvâmes par bonheur dans la hutte.

Nº d'éditeur : 2016_1650 – Dépôt légal : septembre 2016 - Nº d'imprimeur : H16/54768N
Imprimé en France en septembre 2016 par l'Imprimerie Maury S.A.S. à Millau (12)
PEFC 10-31-2774 / Certifié PEFC / Ce produit est issu de forêts gérées durablement et de sources contrôlées. / pefc-france.org